读客外国小说文库

熊猫君激发个人成长

绞河镇的
最后一夜

[加] 约翰·欧文 著　孙璐 译

文汇出版社

图书在版编目（CIP）数据

绞河镇的最后一夜 /（加）约翰·欧文著；孙璐译. -- 上海：文汇出版社，2021.7
ISBN 978-7-5496-3562-7

Ⅰ. ①绞… Ⅱ. ①约… ②孙… Ⅲ. ①长篇小说—加拿大—现代 Ⅳ. ①I711.45

中国版本图书馆CIP数据核字（2021）第093158号

LAST NIGHT IN TWISTED RIVER by JOHN IRVING
Copyright © 2009 by Garp Enterprises,Ltd.
Simplified Chinese edition copyright © 2021 by Dook Media Group Limited
Published by agreement with INTERCONTINENTAL LITERARY AGENCY LTD(ILA)
through Big Apple Agency,Inc.,Labuan,Malaysia
ALL RIGHTS RESERVED

中文版权 © 2021 读客文化股份有限公司
经授权，读客文化股份有限公司拥有本书的中文（简体）版权
著作权合同登记号：09-2021-0474

绞河镇的最后一夜

作　　者 /	（加）约翰·欧文
译　　者 /	孙　璐
责任编辑 /	徐曙蕾
特邀编辑 /	顾珍奇　叶　子
封面装帧 /	李子琪
出版发行 /	文汇出版社
	上海市威海路755号
	（邮政编码200041）
经　　销 /	全国新华书店
印刷装订 /	三河市龙大印装有限公司
版　　次 /	2021年7月第1版
印　　次 /	2021年7月第1次印刷
开　　本 /	890mm×1270mm　1/32
字　　数 /	451千字
印　　张 /	18.5

ISBN 978-7-5496-3562-7
定　　价 / 72.00元

侵权必究
装订质量问题，请致电010-87681002（免费更换，邮寄到付）

Last Night in Twisted River

JOHN IRVING

献给埃弗里特——我的先锋，我的英雄

我在大北方林区找了份工作
做了一阵子厨师
可我对这个实在提不起兴趣
有一天就被炒了鱿鱼

——鲍勃·迪伦 Tangled Up In Blue

目录

I 一九五四年 新罕布什尔州库斯县
01 原木之下　　　　　　　　　　002
02 互绕步　　　　　　　　　　　026
03 意外频发的世界　　　　　　　064
04 八寸铸铁煎锅　　　　　　　　093

II 一九六七年 波士顿
05 笔名　　　　　　　　　　　　122
06 事情的中间　　　　　　　　　175

III 一九八三年 佛蒙特州温德姆县
07 贝内文托和阿韦利诺　　　　　208
08 死狗/回忆毛家餐厅　　　　　 249
09 世事无常　　　　　　　　　　282
10 天空女士　　　　　　　　　　305
11 蜂蜜　　　　　　　　　　　　345

IV 二〇〇〇年 多伦多
12 蓝色野马　　　　　　　　　　378
13 狼之吻　　　　　　　　　　　425

V 二〇〇一年　新罕布什尔州库斯县

14　凯奇姆的左手　　　　　　　　　　452
15　驼鹿舞　　　　　　　　　　　　　479

VI 二〇〇五年　　安大略省波因特奥巴里站

16　迷失的族群　　　　　　　　　　　510
17　凯奇姆除外　　　　　　　　　　　534

致谢　　　　　　　　　　　　　　　　573
作者后记　　　　　　　　　　　　　　575

I

一九五四年
新罕布什尔州库斯县

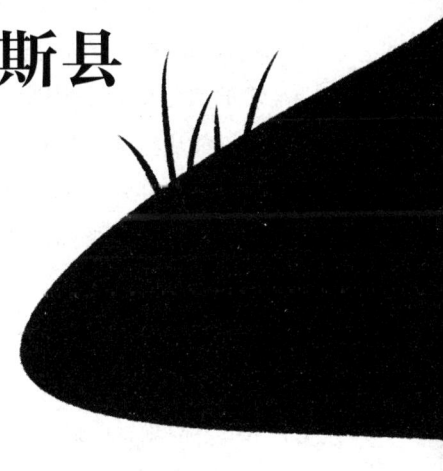

01 原木之下

年轻的加拿大人顶多只有十五岁，他犹豫的时间太长了。那个仿佛静止的一瞬间，他在河湾上游盆地漂浮的原木上停住脚步，没等别人抓住他伸出来的手，他就整个儿滑进水里。一位年长的伐木工已经够到了年轻人的头发，手指在冰冷的河水中摸索，河水如汤汁般浑浊浓稠，漂浮着脱落下来的大块树皮，忽然，两根原木重重地撞上施救者的胳膊，折断了他的腕骨。不断移动的成片原木犹如地毯，将年轻的加拿大人团团围拢，他再也没有浮出水面，连一只手、一只靴子都没能从褐色的浑水中挣脱出来。

碰上原木阻塞，一旦撬松卡在关键位置的原木，木材运输工就必须一刻不停地迅速移动，哪怕仅仅停顿一两秒钟，也会失足跌入洪流。运输木材时，工人可能连溺死的机会都没有，就被漂流的原木挤死——但溺水的情况更为普遍。

河岸上，厨师和他十二岁的儿子听见被原木撞断手腕的那个工人的咒骂，立刻意识到，比起施救者，有人可能遇上了更大的麻烦。伐木工已经抽出受伤的手腕，设法在漂移的原木上重新站稳了脚跟。同伴们顾不上理会他，迈着细碎而快速的步伐朝河岸方向移动，呼喊着落水少年的名字，用长篙不停地戳戳点点，拨弄着面前的浮木。其实，大多数河工是打算选择最安全的方式上岸，厨师的儿子却满怀希望地以为，他们也许试图在水面上拨弄出足够宽阔的空间，好让年轻的加拿大人浮出水面，可实际上原木之间只有些断断续续的缝隙。那个曾经告诉他们自己名叫"安吉尔·波普"，"来自多伦多"的男孩就这样转瞬即逝了。

"那是安吉尔吗？"十二岁的孩子问父亲。这个男孩有着深褐色的眼睛，表情相当严肃，有时会被错认为安吉尔的弟弟，但他和他那个时刻保持警惕的父亲有着毋庸置疑、一家人才有的相似性。厨师周身笼罩着一种处于自我克制之下的忧心忡忡，仿佛总是能够预见到最出人意料的灾难，这一点在他儿子的严肃表情中也有所反映。事实上，男孩看起来很像他的父亲，不少伐木工甚至觉得，儿子走起路来竟然不像父亲那样明显地一瘸一拐，实在是件令人惊讶的事。

厨师非常清楚，掉到原木下面的就是那个加拿大年轻人。这位厨师曾经提醒过伐木工们：安吉尔太缺乏经验，不适合一上来就从事木材运输工作，不应该派这孩子去排除原木阻塞。然而也许是这孩子急于讨好大家，也许是河工们起初不曾注意到他。

厨师认为，同样因为缺乏经验，安吉尔·波普也不适合在锯木厂的主锯旁边工作，严格来说，那是锯工的活儿——锯木厂里的高技能职位。刨床操作也是个需要熟练工的职位，尽管并非特别危险。

至于危险程度更高、技能要求较低的职位，比如在原木平台干活，需要把木头滚到厂里的锯木台上，或者在卡车旁卸货。在机械装载机问世之前，卸货时必须打开卡车货厢的侧板，让整车的木材同时滚落在地，但侧板有时会卡住，尝试松开侧板的工人偶尔会被一股脑儿滚下来的原木埋没。

厨师觉得，凡是跟移动原木沾边的活计，安吉尔都不该干，可伐木工们像厨师父子一样喜欢这个年轻的加拿大人，安吉尔也说自己厌烦了厨房里的活儿，想干点儿更辛苦的体力活，而且他喜欢户外。

长篙戳弄原木的"铿铿"声此起彼伏,忽然被河工们的叫喊声短暂打断:他们在安吉尔落水处五十码开外的地方发现了男孩的长篙。这根十五英尺多长的杆子漂离了运送原木的航道,被水流冲到了远处。

厨师看到手腕骨折的伐木工上了岸,没受伤的那只手拿着长篙,根据对方那熟悉的咒骂、蓬乱的头发和打了结的胡须,他认出伤者是凯奇姆——熟知原木漂流凶险之处的老手。

时值四月,积雪完全消融,泥泞季节刚刚开始,不过直到最近,河谷盆地的冰层才开始破裂,第一批原木在盆地上游的达默尔地区压碎各处小湖的冰面,坠入水中。河水冰冷满涨,许多伐木工蓄起长须长发,这样五月中旬时多少能抵御一些粉虱的叮咬。

凯奇姆仰面躺在河岸上,像头搁浅的熊。大片原木从他身边漂过,犹如一张救生筏,站在上面的伐木工如同海上的遇难者——只不过这片海会突然从棕绿色变成蓝黑色,大量的单宁酸硬生生地改变了绞河水的色调。

"该死,安吉尔!"仰面朝天的凯奇姆喊道,"我说过,'脚要动起来,安吉尔。千万不能停!'唉,他妈的!"

对安吉尔来说,水面上大片铺展的原木绝对不是什么救生筏,他肯定已经淹死,要么就是挤死在河湾上游的盆地里,不过伐木工们(包括凯奇姆在内)至少会跟随漂流的原木走到绞河注入庞图克水库的地方,就是那个"死女人水坝"。正是由于安德罗斯科金河上修了这么一座水坝,才形成了庞图克水库。假如任由木材沿河漂流,接下来它们会抵达米兰城外的分拣口。安德罗斯科金河在柏林有一段三英里的河道,落差达到两百英尺,那儿的分拣口附近有两家造纸厂,各据河岸一侧。不难想象,来自多伦多的年轻人安吉尔·波普正一路前往那里。

夜幕降临，厨师父子还在小聚居区的食堂里收拾没人动过的几十份残羹冷炙，打算留到第二天吃。这个食堂其实就是所谓的"绞河镇"上的伙房，整个"镇子"比伐木营大不了多少，也长远不了多少。不久之前，河道上的"食堂"还连座房子都算不上，而是个永久搭建在卡车上的流动厨房，与之相邻的另一辆卡车充当餐厅，车上的预制板可以拆下来重新组装——不管伐木工们接下来要去哪里干活儿，都要用这些卡车把营房运送到绞河沿岸的其他工地。

那时候，除了周末，河工们很少回绞河镇吃饭睡觉，营地的厨师经常在帐篷里做饭，所有东西都必须能够随时带走，连睡觉的棚子也得搭建在卡车上。

现在没人知道这个根本算不上繁荣兴旺的绞河镇以后会变成什么样，它坐落在河谷盆地和达默尔地区的湖群之间，锯木厂的工人拖家带口在此居住，伐木公司还为流动性更大的临时工修建了简易住房，这部分人不仅包括那些四处游荡打短工的法裔加拿大人，还有大多数木材运输工和伐木工。公司还为厨师父子维护着一座设施更好的厨房和真正的食堂——就是前面提到的伙房，至于这一现状会维持多久，连伐木公司的老板都不知道。

伐木业处于转型之中，终有一天，每个工人都可能在家工作。伐木营（哪怕是绞河镇这样规模并不算小的伐木营）行将消亡，窝棚正在消失，这些稀奇古怪、用于食宿和存放装备的小棚子不仅安装在卡车、轮子或是履带上，还有搭建在木筏和小船上的。

为厨师工作的那个印第安洗碗工早就告诉过厨师年幼的儿子，"窝棚"这个词来自阿布纳基印第安语，男孩不由得怀疑洗碗工本人就是阿布纳基部落来的，当然，她也可能只是碰巧知道这个词的起源，或者只是宣称自己知道而已。（厨师的儿子听一个印第安同学说，"窝棚"这个词来自阿尔冈昆印第安语。）

运输原木时，工人得从早干到晚，依照伐木业的规矩，他们一天要吃四顿饭。过去，假如移动工棚无法靠近河边的工地，就得派人徒步把两顿中饭送给运输工，早饭和晚饭则在营地解决——如今是在食堂就餐。不过这天晚上，出于对安吉尔的悼念，许多伐木工没有去食堂吃饭，黄昏时分，他们跟随漂浮的原木顺流而下，直到天黑才停步——不仅由于天黑，还因为他们逐渐意识到，没有人清楚死女人水坝的闸门是不是开着的。如果水闸开着，原木——很可能带着安吉尔——也许已经从绞河镇下游的盆地漂到了庞图克水库，要是庞图克水坝和死女人水坝都没关闸，加拿大少年的尸体会顺着安德罗斯科金河迅速漂走。没人比凯奇姆更清楚，假如是这样，就别想在那边找到安吉尔了。

厨师知道河工们是什么时候停止搜寻的——透过伙房的纱门，他听见他们把长篙支在外面的墙上。几个疲惫的搜寻者天黑之后来到食堂，厨师不忍心把他们拒之门外。雇来的帮工都回家了——只剩那个印第安洗碗工，她一般会待到深夜。厨师有个挺拗口的名字，叫多米尼克·巴恰加卢波，不过伐木工们都喊他"大厨"——他给几个工人做了一顿夜宵，让十二岁的儿子端过去。

"凯奇姆呢？"男孩问父亲。

"大概是去固定胳膊了吧。"厨师回答。

"他肯定饿了，"十二岁的孩子说，"可他很能忍。"

"对一个酒鬼来说，他是挺能忍的。"多米尼克表示同意，不过他暗地里觉得，这一次凯奇姆恐怕忍不了，因为这位老伐木工始终像老母鸡保护小鸡似的罩着那个加拿大男孩，尽力照顾着他。

凯奇姆的头发和胡子都黑得出奇——如同木炭，胜过黑熊的毛皮。他很年轻时就结婚了——而且结过不止一次，跟已经长大成人、独立生活的子女关系疏远。他长年住在工地宿舍，偶尔在破旧的旅店过夜，或者待在他自己设计的窝棚里——棚子就搭在他的皮卡车后斗，冬天的夜里他有好几回喝得烂醉如泥，差点儿冻死在里面。不过凯奇姆不许安吉尔沾酒，也不让所谓的"舞厅"里那些年长的女人靠近年轻的加拿大人。

"你还太年轻，安吉尔。"厨师曾听到凯奇姆告诉那孩子，"再说了，那些女人把病传给你怎么办。"

凯奇姆挺有经验的，厨师心想。比起运输木材时弄折手腕，凯奇姆给自己造成过更大的伤害。

伙房里，煤气炉——这台陈旧的"加兰德"牌炉具有两个烤箱、八个灶头，上面搁了只被火熏黑的烤架——平稳的"咝咝"声和不时跳动的火苗似乎跟伐木工们吃夜宵时的唏嘘哀叹格外搭调。他们喜欢安吉尔，像收留流浪宠物一样收留了他，厨师也喜欢他，也许在这个异常开朗的少年身上看到了自己十二岁儿子未来的模样——因为安吉尔性格讨人喜欢，有着真诚的好奇心，在绞河镇这个蛮荒之地，与他同龄的几个年轻人时常闷闷不乐，不爱搭理别人，安吉尔却从来不会这样。

再加上这孩子告诉他们，自己是刚从家里跑出来的，这一切就愈发让人感到稀奇了。

"你是意大利人，对吧？"多米尼克·巴恰加卢波曾经这样问他。

"我不是从意大利来的，我不会说意大利语——从多伦多来的怎么能算意大利人。"安吉尔回答。

厨师没再多说。多米尼克对波士顿的意大利人有些了解，他们中的一部分似乎不认为自己是意大利人。厨师知道，在安吉尔的家乡，他可能叫作"安吉洛"。（多米尼克小时候，他母亲曾经用西西里口音叫他"安杰鲁"，听起来就像"安—切—鲁"。）

然而事故发生后,他们连块写着安吉尔·波普名字的纸片都没找到,男孩仅有的几件随身物品中,没有一本书或一封信能表明他的身份,就算他有身份证,也已经跟他一起落了水——很可能就装在他的工作服口袋里——假如找不到尸体,就永远无法通知安吉尔的家里或者他当初想要逃避的人。

无论是否合法,有没有正当手续,安吉尔·波普最终跨越加拿大边境,来到了新罕布什尔州,但来路非同寻常——不是从魁北克来的,而是来自安大略,这说明他不是法裔加拿大人。厨师从来没听安吉尔说过哪怕一个字的法语或者意大利语,营地的法裔加拿大人也不想跟这个离家出走的男孩扯上关系——显然,他们并不喜欢讲英语的加拿大人。安吉尔也和这群法裔加拿大人保持距离,魁北克人不喜欢他,他也不喜欢魁北克人。

多米尼克向来尊重男孩的隐私,可他现在宁愿对安吉尔·波普和他的家乡多一些了解。安吉尔性格随和,不偏不倚,是厨师十二岁的儿子丹尼尔——或者丹尼(伐木工和锯木厂的人都这么叫他)——的好伙伴。

绞河镇几乎每个处于工作年龄的男性都认识厨师父子,有些女人也认识他们。多米尼克必须认识一些女人——主要是为了请她们帮忙照顾儿子——厨师年轻的妻子,即丹尼尔的母亲十年前就去世了。

多米尼克·巴恰加卢波相信,安吉尔·波普以前肯定在厨房干过活,动作笨拙却毫无怨言,透着唯有熟练才能造就出来的有条不紊——哪怕他经常嚷嚷说干腻了厨房的杂活,还会在案板上切到手。

此外,这个年轻的加拿大人喜欢看书,借走不少多米尼克的亡妻留下的书,还经常大声读给丹尼尔听。凯奇姆觉得,安吉尔给小丹尼读过的罗伯特·路易斯·史蒂文森的作品"有点太多了"——不仅读了《诱拐》和《金银岛》,连未完成的遗作《圣艾夫斯》也读了,凯奇姆认为这本书应该跟作者一起去死。落水事故发生前，安吉尔一直在给丹尼读《肇事者》。（凯奇姆对这本书尚未作出评判。）

好了，无论安吉尔·波普背景如何，他显然接受过一些教育，比厨师认识的大多数法裔加拿大人更有学问。（也超过了大多数锯木工和当地的伐木工。）

"安吉尔为什么会死？"丹尼问爸爸。十二岁的男孩正在帮父亲擦桌子，吃过夜宵的伐木工已经回去睡觉或是喝酒去了。虽然那个印第安洗碗工经常在伙房忙碌到深夜，至少也会忙到丹尼睡着之后，但今天她已经干完杂活，开着自己的卡车回镇上了。

"安吉尔没必要死，丹尼尔——这场事故本来是可以避免的。""某某事故本来是可以避免的"简直是厨师的口头禅，他对人类多么容易犯错——尤其是年轻人的鲁莽——抱有宿命式的悲观看法，十二岁的儿子非常清楚父亲的论调。"他太没经验，根本干不了河道上的活儿。"厨师说，仿佛一句话就能概括这件事的本质。

丹尼·巴恰加卢波知道，在父亲眼里，安吉尔或者与其同龄的任何男孩都一样，因为太年轻，所以许多工作是干不了的。厨师还希望安吉尔远离钩棍。（钩棍最重要的部件是带铰链的钩子，手里拿上这种工具，就能让沉重的原木滚动起来。）

按照凯奇姆的说法，"早年间"这一行还要危险。他说冬天自己曾经赶着马把载运木料的板车从树林里拉出来，光是这个活儿就险象环生。冬季，伐木工人步行上山，砍倒树木，用马把原木拖出来（不久前依然如此），每次一根。马拉着板车或者不带轮子的雪橇滑过冻硬的雪地，冰面结实得连马蹄都踩不出凹陷，雪橇留下的辙痕一夜之后就会冻平，接下来便是冰雪消融后的泥泞时节。"早年间，一到这个时候，"凯奇姆说，"林子里的一切工作都会中断。"

不过，如今连这一点也在发生变化。新式伐木机可以在泥泞的条件下工作，能把木料运到更远处的平坦路面上，并且一年四季照常作业，泥泞时节也一样，马匹也逐渐被履带拖拉机所取代。

有了推土机，就能修筑一条直接通往伐木场地的道路，用卡车把木材运走，送到位于河流、水塘或湖泊岸边的那些更集中的堆放点。实际上，公路运输很快就会取代河道运输，利用绞盘协助马匹走下陡坡的日子早已一去不返。"没有绞盘，整个马队就得从坡上滑下去。"凯奇姆告诉小丹尼。（凯奇姆对牛的评价很高，因为牛的步子稳，擅长在深雪中立足，可惜用得不多。）

铁路运材的方式也被淘汰，一九四八年，这种方式在佩米格瓦塞特山谷正式退出历史舞台，就在同一年，凯奇姆的一个堂表兄弟在利沃摩尔瀑布造纸厂被一列"谢尔"伐木蒸汽机车给撞死了，车头重达五十吨，正把最后一段铁轨从林子里拖出来。二十世纪五十年代，过去的铁路路基被改造成更坚固的公路路基，方便卡车运货，不过凯奇姆还记得发生在比贝河铁路上的一桩谋杀案。那时他是个赶马车的，指挥四匹马拖运满载着优质云杉木的长雪橇。凯奇姆还为早期的伦巴第蒸汽机车赶过马，因为这种机车是靠马拉着转向的：马在前面拖着类似雪橇的滑行装置，赶马的坐在原木车斗的前侧，后来的新车型用掌管方向盘的操作员取代了马匹和赶马的。凯奇姆也当过操作员，丹尼·巴恰加卢波清楚，凯奇姆什么都干过。

如今，绞河周围那些为伦巴第机车运输原木而修筑的老路已经变成了跑卡车的公路，不过当地还有一些废弃的伦巴第车头。（绞河镇上就明晃晃地立着一台，还有一台侧翻在地，在西达默尔的伐木营里，西达默尔的别名是"巴黎"，源自缅因州巴黎市的巴黎制造公司。）

菲利普斯河流经巴黎和阿莫努萨克，注入康涅狄格河，河工们驱赶着硬木锯材和一部分造纸用的软木经由菲利普斯河运至巴黎。严格说来，巴黎的锯木厂是个硬木加工站——缅因的制造公司是生产平底长雪橇的——巴黎的伐木营拥有蒸汽驱动的锯木机，那里的人把以前的马棚改成了机械车间。锯木厂的经理就在那里安家，还有一座住着七十五名工人的简易宿舍、一间食堂、一些简陋的家庭住房、大家抱着乐观态度种下的一片苹果林和一座校舍。绞河镇就没有校舍，谁都不知道这个地方能维持多久，所以也没人种什么苹果树，甚至促使人们（主要是巴黎人）认为，巴黎的伐木营是个比绞河镇更文明长久的社区。

只要爬到这两处穷乡僻壤之间的高地看上一眼，就没有哪个算命的蠢到敢预言这两个地方将来能繁荣兴盛，长远留存。丹尼·巴恰加卢波听凯奇姆说过，巴黎和绞河镇的伐木营迟早完蛋，不过厨师也曾提醒儿子，凯奇姆"什么进步都接受不了"。多米尼克·巴恰加卢波并不擅长讲故事，还经常怀疑凯奇姆讲的故事。"丹尼尔，别急着相信凯奇姆说的那一套。"多米尼克会这样说。

凯奇姆的会计姑妈是不是真的在米兰的车床厂被一堆翻倒的侧板给砸死了？"我不确定米兰是不是有过这么一家车床厂。"厨师告诉儿子。凯奇姆还说，在达默尔湖——达默尔地区面积最大、地势最高的那个水塘——的排水坝附近，四个锯木厂的人死于雷暴。据说，闪电击中了运输原木的货厢。"钉环工、安装工、操作带锯的锯木工，还有个送外卖的，全都被一道闪电劈死了。"凯奇姆告诉丹尼。有人看到整个工厂被大火烧成灰烬。

"我就是有点儿吃惊，这一回的受害者里面竟然没有凯奇姆的什么亲戚，丹尼尔。"多米尼克只说了这么一句。

这也难怪，因为凯奇姆有个表亲掉进了纸浆厂的断木机；有个叔叔在切造车间被突然飞过来的一截四英尺长的原木砸破了脑袋，当时他们正把长长的云杉原木切割成适合制浆的长度。达默尔湖上曾经漂着一台蒸汽炉，是用来捆扎原木、送到排水坝旁边的锯木厂入口的，但它后来爆炸了，人们在湖心岛的春雪中找到一只冻硬了的人耳朵，岛上所有的树都被火苗燎成了黑色。后来，凯奇姆说，有个铁石心肠的渔民拿这只耳朵当鱼饵，在庞图克水库钓鱼。

"我来猜猜，里面又有你的亲戚？"厨师问。

"反正我没听说。"凯奇姆回答。

凯奇姆说他认识那个"传说中的王八蛋"——这家伙在五号营地的简易工棚和食堂的上游盖了一座马棚，害得伐木营的人全生了病。他们用缰绳做了一张网，把这个王八羔子吊在马棚里的粪坑上面——"直到那个浑蛋被臭气熏得晕了过去"。

"这下你明白凯奇姆为什么留恋从前了吧，丹尼尔。"厨师对儿子说。

多米尼克·巴恰加卢波也知道一些故事——但大部分都不适合讲出来，能讲的又无法像凯奇姆的故事那样让小丹尼浮想联翩。有个故事是关于厨师帐篷外面的豆洞的："早年间"，某次运输木材时，多米尼克曾经在成功湖附近的齐克沃奈皮地区搭了个帐篷做饭，在外面挖了个四英尺宽的洞，用来焖豆子。晚上睡觉前，他把装着豆子的锅埋进去，用烧热了的灰和土盖好，次日清早五点时，豆子已经焖得烂熟，他正打算把滚烫的锅子挖出来吃早餐，有个法裔加拿大人迷迷糊糊地从睡觉的窝棚里钻出来（大概是要撒尿），一脚踏进了豆洞，当时他赤着脚，结果两只脚都烫伤了。

"就这些吗，没别的了？"丹尼问爸爸。

"嗯……这是个关于做饭的故事。"凯奇姆好心地安慰小丹尼，其实他蛮喜欢拿这个话题调侃多米尼克的——安德罗斯科金河上游，意大利面即将取代烤豆子和豌豆汤。

"以前我们这儿哪有这么多的意大利厨师呀。"凯奇姆说，朝丹尼挤挤眼睛。

"你是说,比起意大利面,你更喜欢烤豆子和豌豆汤?"厨师反问老朋友。

"你爸还真是个敏感的小家伙,对不对?"凯奇姆会这样对丹尼说,再次挤挤眼。"拉不出屎来的老天爷啊!"凯奇姆还不止一次地这样挖苦过多米尼克,"你怎么一戳就爆呢!"

现在又到了一年一度的泥泞季节,河水再次上涨,汹涌的激流冲出泄洪闸——凯奇姆说这种水流像"钻头"一样猛,大概来自小达默尔湖东头的某个闸口——那个稚嫩青涩、他们还没来得及了解的多伦多少年就这么被冲走了。

伐木工们还得在极短的时间内提高绞河的水量——在注入主河道的支流建造水闸,开春时将上游的水排出来,就能源源不断地增加原木运输的水量,把冬季里堆积在支流的软木(有些堆在岸边)冲进绞河。如果在融雪后不久开闸泄流,那么河水会变得相当湍急,河岸被原木撞击得千疮百孔。

厨师认为,绞河的弯道数量其实并不多,有点儿名不副实。这条河从群山间直泻而下,只拐了两道弯,不过在那帮给这条河命名的老古董眼里,每年春天这两个弯就足够引起要命的原木阻塞了——尤其是在盆地上游的达默尔湖群附近——经常需要有人亲手撬开卡住的原木。上游的那个弯水流最急,谁也不会让安吉尔这样的新手去排除阻塞。

其实安吉尔丧命的那个河谷盆地水流相对平缓,虽然整条河都被原木搅得波浪起伏,这儿的水流还是十分温和的。发生在两处河湾的更严重阻塞多半需要拿炸药疏通,多米尼克·巴恰加卢波极力反对这个做法,因为爆炸会把伙房的锅碗瓢盆和挂在墙上的炊具震得一塌糊涂，食堂里的糖罐和番茄酱瓶也会从桌上掉下来。"你爸除了不会讲故事，丹尼，还讨厌炸药。"凯奇姆这样对男孩说。

水流一过绞河镇下游的盆地，就进了安德罗斯科金河。新罕布什尔州北部的主要运材水道除了康涅狄格河就是阿莫努萨克河和安德罗斯科金河，都是劣迹斑斑的杀人河。

但也有些河工淹死或者挤死在小达默尔湖和绞河镇之间的那一小段急流之中，也有人死在河谷盆地。年轻的加拿大人安吉尔·波普不是第一个，也不会是最后一个。

绞河镇和巴黎的定居点深受其害，不少锯木厂的工人为此受伤致残，有的还丧了命——不幸的是，其中还包括许多在酒吧和伐木工斗殴而死的家伙。女人数量不够往往是斗殴的主要原因，尽管凯奇姆一口咬定是酒吧的数量太少。无论如何，巴黎没有酒吧，那边伐木营里的女人也都是结了婚的。

凯奇姆认为，正是出于这两个原因，巴黎的男人几乎每天晚上都会沿着运输道到绞河镇来。"他们就不应该在菲利普斯河上建桥。"凯奇姆多次强调。

"听见了吗，丹尼尔，"厨师对儿子说，"凯奇姆又一次给咱们证明了进步有多么害人。"

"首先会害死我们的是天主教思想，丹尼，"凯奇姆说，"意大利人是天主教徒，你爸是意大利人——你当然也是，不过你俩都不像是传统的意大利人，也不像正宗的天主教徒。我是拿你们跟法裔加拿大人比的，他们才是正宗天主教徒，总是生一大堆孩子，有时候名字都起不过来，只好给孩子编号。"

"老天爷。"多米尼克·巴恰加卢波摇着头说。

"真的？"小丹尼问凯奇姆。

"二十·仲马算什么人名？"凯奇姆问男孩。

"罗兰·仲马和乔安妮·仲马可没有二十个孩子!"厨师叫道。

"也许加起来没那么多,"凯奇姆说,"不过,小二十这个名字到底是怎么回事,口误?"

多米尼克又开始摇头。"怎么啦?"凯奇姆问他。

"我跟丹尼尔的妈妈保证过,要让这孩子接受正规的教育。"厨师说。

"嗯,我不也是在加强丹尼的教育嘛。"凯奇姆急忙辩白。

"加强,"依然在摇头的多米尼克重复道,"你的词汇量还挺大,凯奇姆。"厨师似乎还想说点什么,最后忍了回去。

尽管认为多米尼克既不会讲故事也讨厌炸药,丹尼·巴恰加卢波还是非常爱他的父亲,也注意到厨师有个习惯——想事情经常想到一半就不再去想,也可能是不喜欢把自己的想法全都说出来。

除了印第安洗碗工和几个在伙房帮工的锯木厂工人的妻子之外,来食堂吃饭的女人几乎没有,周末算是例外,有些男人会带家人来用餐。厨师不许他们喝酒,晚饭(在窝棚吃饭的老河工叫这顿饭为"夜宵")天黑就开始,大多数伐木工和锯木工都不会在喝醉的状态下吃晚饭,他们吃的速度也很快,偶尔跟邻座含糊地聊上两句——周末或者没忙着运木头的时候也是这样。

由于工人都是一下工就来吃饭,衣服通常灰扑扑的,散发着树脂、云杉树胶、湿树皮和锯末的气味,不过在厨师的要求下,他们的手和脸都用食堂大盥洗室里的松焦油肥皂洗得干干净净,完全没有怪味(饭前洗手是多米尼克定下的又一条规矩)。不仅如此,盥洗室的毛巾也总是干干净净,印第安洗碗工之所以经常待到深夜,部分原因就是要把毛巾洗干净。厨房帮工洗刷最后一批碗盘时,洗碗工本人会把毛巾放进伙房洗衣间的洗衣机,直到洗衣机停转,把毛巾全部塞进烘干机，她才会回家。

大家都叫洗碗工"印第安·简"，但不会当着她的面叫。丹尼·巴恰加卢波喜欢她，她似乎也很宠着这个男孩。她比丹尼的父亲大了不止十岁（甚至比凯奇姆的年龄都大），失去过一个儿子——也许是在佩米格瓦塞特河淹死的，要是丹尼没听错的话。还有一个可能，简和她儿子都来自佩米格瓦塞特荒原——总之是本州位于荒原上的那部分，在康威那些工厂的西北边——而她可怜的儿子是在别处淹死的。米兰北面有一片更大的荒野，有一座云杉加工厂和更多的伐木营，还有很多可能会淹死年轻伐木工的地方。（简告诉丹尼，"佩米格瓦塞特"是"歪脖子松树小道"的意思，这下子那个敏感的孩子更相信那儿是个注定要淹死人的地方了。）

小丹尼只记得，洗碗工的儿子好像死于一次混乱的原木漂流事故。从她望着厨师儿子的温柔眼神可以看出，她儿子溺水时的年纪大概也是十二岁，不过丹尼不敢确定这一点，也没有问过她。他对印第安·简的全部了解都来自于默默的观察，或者无意中听到的只言片语。

"别听那些跟你没关系的话，丹尼尔。"父亲曾经警告他。厨师的意思是，丹尼不应该偷听工人们吃饭时那些七零八碎、前言不搭后语的对话。

大多数夜晚，吃过饭之后，伐木工和锯木工还会喝两杯，但从来不会像以前住窝棚时那么无所顾忌，假如次日一大早还得运木头，他们也不会沾酒。那些在绞河镇真正安了家的少数人会在家里喝，临时工——大部分伐木工和全体加拿大短工——则在各自的简易宿舍里喝，这些设施简陋的棚屋位于镇上的潮湿区域，俯瞰河谷盆地，走不多远就是昏暗沉闷的酒吧和名不副实的舞厅，里面没人跳舞，只有音乐——女人更是凤毛麟角。

拖家带口的伐木工和锯木工更喜欢巴黎的那些相对较小，但更"文明"的聚居点。凯奇姆不屑于叫那个伐木营"巴黎"，说那儿的真名应该是"西达默尔"。"无论什么地方，就算是个伐木营，也不应该照着制造公司的名字来起名。"他宣告，最让他恼火的地方在于，新罕布什尔州的伐木场竟然以缅因州的公司名字命名——还是个生产平底雪橇的公司。

"老天爷！"厨师喊道，"用不了多久，绞河里的所有木头都得变成纸浆！难道平底雪橇还比不上一张破纸？"

"书可是用纸做的！"凯奇姆驳斥道，"平底雪橇跟你儿子的教育又有什么关系？"

绞河镇本来就没几个小孩，他们都去巴黎上学——丹尼·巴恰加卢波也不例外，至少在他需要上学的时候是这样的。为了让小丹尼接受更好的教育，厨师常把儿子留在家里，不叫他去上学——好让孩子读几本书，巴黎（或者凯奇姆所说的"西达默尔"）的学校不怎么鼓励学生读书。"伐木营的孩子看什么书啊？死了这条心吧！"凯奇姆时常愤怒地嚷嚷。他小时候就没有学会识字，为此总是耿耿于怀。

过去——现在仍然如此——硬木锯材和造纸软木在加拿大境内的销路良好，新罕布什尔州北部地区一直在向本州和缅因州的造纸厂、佛蒙特州的一个家具厂供应大量木材，然而众多伐木营却消失得无声无息，始终没能留下曾经存在的痕迹。

在绞河镇这样的地方，只有天气不会改变。从小达默尔湖低处的水闸到绞河下游的盆地，激流上方常常飘荡着或浓或淡的雾气，直到上午才会消散——除了河流结冰的时节，一年四季都不例外。锯木厂里刀片的尖啸犹如鸟叫一样不绝于耳，熟悉又自然，但最雷打不动的事实莫过于新罕布什尔州的这个地方从来没有真正的春季，只是在四月初到五月中旬这段令人遗憾的时期，冰冻的泥地会开始软化，仅仅能从这一点来判断冬天已经结束。

尽管如此，厨师却留了下来，绞河镇没几个人知道原因，至于他当初为什么要来、是什么时候、从哪里来的，知道的人就更少了。不过，人人都清楚他的跛脚背后有一段故事，在锯木厂或伐木营这样的地方，像多米尼克·巴恰加卢波这样的瘸子并不少见，无论原木是大是小，移动时都有可能压断脚踝。就算厨师不走路的时候，人们也能看出，他跛脚上的那只靴子比好脚上的靴子大了两个号，无论他是坐是站，这只大脚总是指着错误的方向。在绞河镇的那些见多识广的人看来，这样的伤可能是不止一次伐木事故造成的。

多米尼克喜欢装嫩，他觉得自己就算比安吉尔·波普成熟一点，但也"足够幼稚"，他就是这么告诉儿子的。以前，他放学后会到柏林的一家大工厂打零工，在装载平台上给车装货，那里的一个工头跟多米尼克失踪的父亲是朋友。父亲的这位朋友"二战"前一直在那个厂上班，厨师记得，这个所谓的"翁贝托叔叔"是个酒鬼，经常说多米尼克母亲的坏话。（事故发生后，多米尼克·巴恰加卢波那个跑路的父亲依然不曾联系过儿子，翁贝托"叔叔"也一次都没证明自己是他们家的朋友。）

当时，原木平台上堆了不少硬木锯材，主要是枫木和桦木。小多米尼克正用钩棍把原木滚到厂房里，就在这时，平台上的一堆原木突然全都滚落下来，他想躲都来不及。一九三六年，他只有十二岁，对自己的钩棍操作技术满怀信心，尽管现在小丹尼跟当年的他一般大，左右两手都能灵活地使用钩棍，厨师却从不允许宝贝儿子踏足原木平台。当年的多米尼克被原木砸倒在地，手中带铰链的钩棍尖头像没有倒刺的鱼钩那样扎进了他的左边大腿，左脚踝被沉重的木料碾得歪向一边，骨头都碎成了小片。钩棍的刺伤倒不至于让他失血而死，但那时总有人被败血症夺去性命。脚踝的伤可能导致他死于坏疽——更有可能截去左脚甚至整条左腿。

一九三六年，库斯县还没有 X 光机，柏林的医疗机构不愿承接拼接脚踝碎骨的精细活计，因此不太可能建议伤者手术，只能"等等看"：如果受伤部位的血管已经压扁，不再有血液循环，医生只能给他截肢，否则碎裂错位的脚踝会将错就错地长在一起，无论如何，多米尼克·巴恰加卢波都会变成瘸子，一辈子忍受伤脚的疼痛。（现在看来应该是后一种情况。）

钩棍也在他大腿上留下了伤疤，像一只奇特的小动物留下的咬痕——这只动物只有一颗弯弯的长牙，嘴巴不大，没法咬穿十二岁少年的大腿。多米尼克迈步之前，左脚会猛然撇向左边，脚趾指向侧面，人们常会首先注意到他畸形的脚踝和方向错乱的脚掌，然后才看见他瘸腿走路的样子。

可以肯定的是，小多米尼克再也当不了伐木工了，这种工作需要掌握平衡，而且他是在工厂里受的伤，工头还是他跑路的父亲的醉汉"朋友"。工厂不再是多米尼克·巴恰加卢波的出路。

"嘿，巴恰加卢波！"翁贝托叔叔经常跟他打招呼，"你也许有个那不勒斯人的名字，可你闲逛的时候像个西西里人。"

"我就是西西里人。"多米尼克老老实实地回应，他母亲可是很为这一点自豪。

"嗯，没错，但你的姓是那不勒斯人的。"翁贝托告诉他。

"因为我是跟我爸姓。"小多米尼克大胆猜测道。

"你爸可不姓巴恰加卢波，"翁贝托叔叔告诉他，"去问问努齐你的姓是怎么来的吧，你的姓是她给的。"

十二岁的多米尼克不喜欢翁贝托叫他母亲"努齐"，这是安努齐亚塔的昵称，翁贝托显然不喜欢她，却还这样叫，而且语气一点都不亲切。（假如把这一幕搬到戏剧或者电影里，观众很容易就能看出翁贝托不过是个小角色,然而翁贝托的扮演者必须始终相信自己是主角,才能把这个角色演好。)

"我猜你不是我的亲叔叔,对吧?"多米尼克问翁贝托。

"问你妈去,"翁贝托说,"要是她真把你当成西西里人,就该让你跟她姓。"

他母亲的娘家姓是塞埃塔——说出"塞—埃—塔"这个姓的时候,她总是自豪得不得了,跟多米尼克提到塞埃塔家的人时,也表现得非常自豪。

安努齐亚塔压根儿不愿提起多米尼克的身世,小男孩只能四处收集蛛丝马迹,其中不乏虚假信息,而且积累得相当缓慢琐碎,"缺胳膊少腿",就像丹尼尔小时候流行的那个棋盘游戏,充满残破的证据和不完整的线索。厨师和凯奇姆都陪小丹尼玩过这个游戏,有时候简也会加入。(杀人凶手是厨房里拿烛台的土黄上校,还是舞厅里举着左轮手枪的深红小姐?)

小多米尼克只知道他父亲——那不勒斯人,把怀孕的塞埃塔抛在了波士顿,传言说他坐船返回了那不勒斯。对于"他现在在哪里"这个问题(男孩问过母亲许多次),安努齐亚塔总会耸耸肩,叹口气,要么抬头望天,要么盯着厨房炉灶的排气口,神神秘秘地告诉儿子:"那不勒斯附近吧。"小多米尼克也曾听到母亲在睡梦中念叨着那不勒斯附近的两个山区市镇(和省)的名字——贝内文托和阿韦利诺——在一本地图集的帮助下,男孩得出结论:父亲逃到了意大利的那个地区。

至于翁贝托,他显然不是什么叔叔——用凯奇姆的话来说,他绝对是个"传说中的王八蛋"。

"翁贝托是个什么名字?"多米尼克问工头。

"国王的名字!"翁贝托愤慨地回答。

"我是说,这是个那不勒斯名字,对吧?"男孩问。

"你问我这个干什么?你这个十二岁的臭小子,假装自己十六岁!"翁贝托叫道。

"是你让我假装十六岁的。"多米尼克提醒工头。

"这不是为了给你找活干嘛,巴恰加卢波。"翁贝托说。

然后原木一滚,多米尼克成了厨师。他母亲,出生在西西里的意大利裔美国人,因为意外怀孕,从波士顿北区跑到新罕布什尔的柏林,身负厨艺。当她离开城市前往北方的时候,杰纳罗·卡波迪卢波流窜到波士顿大西洋大道和商业街附近的码头,撇下她和孩子,坐船"回那不勒斯去了"(不是字面意思就是比喻意义)。

王八蛋翁贝托说得没错:多米尼克的父亲不姓巴恰加卢波。安努齐亚塔告诉儿子,他的跑路父亲姓卡波迪卢波——卡—波—迪—卢—波,意思是"狼头"。这位未婚妈妈还能怎么办?"你爸满嘴跑火车,他应该姓博卡达卢波!"她对多米尼克说。后来男孩得知,博卡达卢波的意思是"狼嘴",倒是很适合王八蛋翁贝托,小多米尼克经常这样想。"但是你,安杰鲁,你是我的狼之吻!"他妈妈说。

为了给孩子一个合法的身份,加上他母亲对词语怀有无比执着的热爱,她不会让多米尼克姓"狼头"(或者"狼嘴"),安努齐亚塔·塞埃塔只能接受"狼之吻",就是"巴恰卡卢波",然而努齐总是把"卡"念成"加",久而久之,再加上幼儿园的人记错了,她儿子还没当上厨师就成了"多米尼克·巴恰加卢波"。他母亲还会叫他"多姆",多米尼克的简称,意思是"星期天"。安努齐亚塔并非凯奇姆所说的正宗天主教徒,正是塞埃塔家族的意大利天主教徒把这个年纪轻轻的未婚妈妈驱赶到北边的新罕布什尔。在柏林,会有其他意大利人(很可能也是天主教徒)照顾她。

他们是否希望她生下孩子后送给别人收养,然后回到波士顿北区？努齐知道许多人会这么做，但她不愿放弃自己的宝宝，虽然时常对意大利裔聚居的波士顿北区流露出强烈的怀念之情，可她从未打算重返波士顿。因为意外怀孕而被赶出家门，她当然有理由心生怨恨。尽管安努齐亚塔在自己的厨房里依然是个忠诚的西西里人，亲族的纽带早已不可挽回地磨损殆尽，波士顿的家人亲戚——以及北区的意大利裔社群，总之就是代表了"正宗天主教徒"的一帮人——跟她断绝了关系，她反过来也不认他们，努齐从来不望弥撒，也不要求多米尼克参加。"咱们想告解的时候就去告解，这就够了。"她告诉小多姆——她的小狼之吻。

她从来不教孩子意大利语——某些必不可少的烹饪术语除外——多米尼克也没兴趣学习这门"母国"语言，对这个孩子来说，他的"母国"是波士顿北区，而非意大利。那门语言和那个地方同时抛弃了他的母亲，因此意大利语永远不会成为多米尼克·巴恰加卢波的语言，他也坚定地表示自己绝对不会去波士顿。

安努齐亚塔·塞埃塔的新生活是由一种推倒重来的感觉定义的。作为三姐妹中的老小，她能阅读英文和讲英语，与她做西西里菜的水平相当。努齐在柏林的一所小学教孩子们识字——那场事故发生后，她没让多米尼克继续上学，而是教给他一些基本的厨艺，同时坚持督促孩子阅读——不仅是食谱，还包括她读过的所有书，其中大部分是小说。工厂对童工保护法的忽视导致她的儿子成了跛脚，安努齐亚塔决定让孩子在家接受教育，依照她的计划学习烹饪和文学。

凯奇姆却无缘接受这两个领域的教育，他不到十二岁就辍学了。一九三六年，十九岁的凯奇姆还不认字，更不会写字。不做伐木活儿的时候，他就在柏林最大工厂的露天平台上给铁路平板车装货。平台的工人得把货厢里的木材堆成锥形，这样平板车才能从隧道或桥下安全通过。"你妈教我识字之前，我就受过这么一点教育。"凯奇姆喜欢这样告诉丹尼·巴恰加卢波，厨师又会开始摇头，但多米尼克的妻子生前确实教过凯奇姆识字，这是无法否认的。

至少凯奇姆很晚才识字的这段传奇不是他胡编乱造出来的，除此之外，他嘴里的其他故事可能多半都是吹牛。比如一号营地工棚的屋顶是怎么塌掉的：据凯奇姆说，"有个印第安人"被派去给屋顶铲雪，但他一直偷懒，雪越积越厚，终于把屋顶压塌了，只有一个伐木工逃了出来，印第安人没能幸免于难。凯奇姆说，工棚里的"湿袜子味儿太重"，把这家伙给熏死了。（厨师父子明白，凯奇姆这是又开始借机发牢骚，他总抱怨说，湿袜子是工棚里最让人讨厌的东西。）

"我不记得一号营地有个印第安人。"多米尼克只对老朋友说了这么一句。

"你那时还太小，记不住一号营地的事，大厨。"凯奇姆说。

丹尼·巴恰加卢波经常发现，父亲不愿听人提起他比凯奇姆小了七岁，甚至还会为此发火，凯奇姆却总喜欢强调他们的年龄差异，不惜过分夸张。不过，当年他们在柏林认识的时候，七岁的差距对这两个年轻人来说像是一道无法跨越的鸿沟——十九岁的凯奇姆虽然骨瘦如柴，个头却不小，而且已经长出了参差不齐的胡须，安努齐亚塔的小多姆看起来却连十几岁都不到。

十二岁的他块头不大，但体格结实，直到现在，尽管看上去有点显老——在小丹尼眼里尤其如此——三十岁的他依然保持着年轻伐木工的精壮身材。儿子认为，父亲显老的原因是他总板着脸，谁要是敢当着厨师的面谈什么"过去"和"未来"，准会看到他皱起眉头。而至于"现在"，就连十二岁的丹尼尔·巴恰加卢波也明白，"现在"始终处于变化之中。

丹尼还知道，脚踝受伤彻底改变了父亲的人生，发生在男孩年轻的母亲身上的另一场意外改变了他自己的童年，也使父亲的人生再次改变。在十二岁孩子的世界里，改变不可能是件好事，任何改变都会让丹尼焦虑不安——正如失学使他焦虑不安一样。

在不那么"早年"的日子里，每逢原木漂流，丹尼会和父亲一起在窝棚里干活睡觉，不去上学。他不喜欢学校——却总能轻而易举地跟上落下的功课——这一点也让他不安，同年级的男生都比他大，因为他们能逃学就逃学，也从来不补上落下的功课，全都留过一两级。

每当看出儿子的焦虑，厨师总是说："坚持住，丹尼尔——别认输，我向你保证，总有一天我们会离开这里。"

但这个保证也使丹尼·巴恰加卢波感到焦虑，因为他觉得窝棚也像是自己的家。在绞河镇，这个十二岁的孩子有自己的卧室，就在伙房楼上，那儿还有他父亲的卧室，他们共用一个卫生间。伙房的二楼只有这几间屋，好在它们宽敞舒适，每个房间都有天窗，还有几扇大窗，能看到远处的山景和伙房附近山脚下的一部分河谷盆地。

高低起伏的丘陵与山脉遍布伐木小径，硬木和针叶林消失的地方出现了大片的草地和次生林。从卧室里望出去，小丹尼尔·巴恰加卢波觉得光秃秃的岩石和次生林永远都无法替代原先的枫树和桦树，还有那些软木——云杉、冷杉、红松、白松、铁杉和落叶松。十二岁的男孩以为草地上会长出齐腰深的草，却不知道这片地域被规划为可持续的木材产区，那些林子——"在他妈的二十一世纪"，就像凯奇姆后来说的那样——还在供应木材。

也正如凯奇姆经常提起的那样，有些事永远都不会变。"落叶松永远喜欢湿地，黄桦树始终是备受欢迎的家具木材，灰桦树除了烧火，什么屁用都没有。"而对于库斯县很快就会只允许四英尺以下的软木经由河道运输这件事，凯奇姆愁眉苦脸，不予置评。（这位经验丰富的老伐木工仅仅表示，体积较小的软木容易在河上乱漂，偏离航道，需要专人看管。）

现代化这个躁动不安的幽灵即将改变伐木业,也可能让厨师丢掉工作。时代的变迁或许会杀死无数个绞河镇这样微不足道的"聚居点"。无论如何,丹尼·巴恰加卢波只想知道:伐木工们走了,绞河镇还会剩下什么工作?厨师也会走吗?他不由得担忧起来。(凯奇姆会走吗?)

至于那条河,如同所有的河流那样,它只会继续流淌——如同所有的河流那样。原木之下,年轻的加拿大人的尸体随波逐流,在水中来回摆荡——来回摆荡。如果说这一刻的绞河也感到躁动不安,甚至不耐烦的话,或许它也该带着男孩的尸体继续前进了。

02 互绕步

伙房的餐具室有个储物间,厨师在里面放了两张折叠床——这是窝棚时代留下来的,当年他就睡在流动厨房的折叠床上。多米尼克还留下了几个睡袋。厨师保留旧折叠床和发霉的睡袋,并非出于对窝棚的怀念。而是因为凯奇姆有时会睡在伙房,当他偶尔来这里过夜时,假如丹尼还没睡,就会没完没了地央求父亲让自己也睡在伙房。如果凯奇姆没喝太多酒,丹尼希望能听他再讲一个伐木工的故事——或者把老故事修改得更离谱一点。

安吉尔·波普消失在原木之下的那天晚上,下了一点雪。四月的夜里依然寒冷,但多米尼克打开了伙房里的两个燃气烤箱,温度分别设定在350度和425度。睡觉之前,他已经提前搅拌好做烤饼、玉米松饼和香蕉面包的干燥原料。他做的法式吐司(用香蕉面包做的)很受欢迎,到了早上还得从头开始做薄煎饼,因为薄煎饼的面糊里有生鸡蛋,多米尼克可不想把面糊搁在冰箱里存个两天以上。同样需要从头做起的还有酪奶饼干,他几乎每天早晨都会留到最后才动手,放进425度的烤箱之后,很快就能出炉。

丹尼的工作一般是晚上给土豆削皮、切块,放进盐水里泡一夜。早上,他父亲会用平底锅煎土豆和培根。平底锅就放在"加兰德"牌煤气炉的烤架上,跟厨师的眼睛差不多高。无论是拿着长柄铲子、踮起脚尖,还是踩在矮凳上,对跛脚的厨师来说都不是什么轻松的增高方法——把手伸到平底锅后面时,多米尼克常常会烫到前臂。(有时印第安·简会帮忙照看,因为她个子高,能够到更远的地方。)

多米尼克天不亮就起来煎培根、烤点心,丹尼在伙房的楼上闻到培根和咖啡的香味,从睡梦中醒来时,天也还是黑的。厨房帮工和印第安洗碗工从镇上过来时,天依然没亮——从车头灯和引擎声就知道她们来了。大多数早晨,"加兰德"煤气炉的烤箱都是滚烫的,这是为了融化煎蛋饼上的奶酪。小丹尼去上学之前,得先切好用来做煎蛋饼的甜椒和西红柿,把盛着枫糖浆的大锅搁在八灶头煤气炉后排的灶头上预热。

伙房的外门已经快要散架,无法正常开闭,被风吹得吱嘎作响。内侧的纱门是往里开的,它也是丹尼·巴恰加卢波焦虑的原因之一,出于各种实用性的考虑,有时门朝外开更方便。伙房随时有人进出,谁也不愿让一扇门挡道——很久以前,这里甚至来过一头熊。那天晚上天气不错,伙房那扇麻烦的外门开着,用东西给撑住了,那头熊用脑袋拱开了纱门,走了进来。

丹尼当时很小,不记得那头熊,但他让父亲把这件事反复讲给他听。男孩的母亲早就把他送到楼上的卧室睡觉了,熊进来的时候,她正和丹尼的父亲一起吃夜宵——蘑菇煎蛋饼和白葡萄酒。讲到这里,多米尼克·巴恰加卢波会告诉儿子,他过去是喝酒的,而且常常会给自己和妻子做夜宵。(现在不做了。)

丹尼的母亲看到熊,尖叫起来,吓得熊猛地站直了,斜着眼睛看她。多米尼克喝了很多酒,起初并没意识到那是头熊,还以为不速之客是个体毛过多、喝得烂醉的伐木工,来骚扰他漂亮的妻子。

炉子上放着一只八英寸的铸铁煎锅,厨师刚用它炒过煎蛋饼里的蘑菇。多米尼克抄起还热乎的煎锅，一下子拍在熊的脸上——砸中了它的鼻头和两只小眯缝眼之间的又宽又扁的鼻梁，熊立刻四肢着地，夺路而逃，撞烂了纱门，板条的碎片挂在门框上，晃来晃去。

每当讲起这件事，厨师总是说："嗯，门肯定得修好，这是自然，但开门的方向还是错的，始终没调过来。"说给儿子听时，多米尼克·巴恰加卢波还会加上一句："我永远不会用铸铁煎锅去砸一头熊——我还以为那是个男人！"

"那你会怎么对付熊？"丹尼问父亲。

"我猜，我会试着跟它讲道理，"厨师回答，"在那种情况下，是没法跟男人讲道理的。"

至于什么是"那种情况"，丹尼只能自己猜测。他父亲是不是以为自己在保护漂亮的妻子不受危险男人的伤害？

至于那只八英寸的铸铁煎锅，它在伙房里赢得了特殊的位置，不再跟其他锅碗瓢盆待在楼下，而是进了楼上的卧室，就挂在多米尼克房间门后的钩子上，跟厨师齐肩高。这只煎锅证明了自己的价值：假如厨师听见楼梯上传来脚步声、发觉有人或动物试图闯进来，它都会是他的首选武器。多米尼克没有枪，也不想要枪。虽然在新罕布什尔州长大，可他小时候错过了所有的猎鹿机会——不仅因为脚踝有伤，还因为他在成长过程中缺少父亲的陪伴。那些伐木工和锯木工也有喜欢猎鹿的，打到鹿之后会交给厨师，他替他们宰杀，自己留出足够的肉，所以伙房偶尔也会供应鹿肉。多米尼克并非不赞成狩猎，只是不喜欢鹿肉和枪支。他还反复遭受同一个噩梦的折磨，丹尼尔听他讲过这个梦。厨师经常梦到有人趁他睡觉时开枪杀了他，每次从梦中惊醒，枪声依然在他的耳边回响。

因此，多米尼克·巴恰加卢波在自己的卧室里挂了一只煎锅。伙房里有各种尺寸的铸铁煎锅，但八英寸的最适合自卫，连小丹尼都能把它挥舞得蛮有震慑力,而那些十英寸半和十一又四分之一英寸的煎锅也许更适合做饭,过于沉重,做武器不趁手,连凯奇姆都没法举着这样的大锅快速舞动,解决色胆包天的伐木工或者熊。

安吉尔·波普掉到原木下面的那天晚上,丹尼尔·巴恰加卢波躺在伙房楼上的卧室里。男孩的房间就在伙房那扇往里开的纱门和关不严的外门的上方,他能听到外门在风中吱扭吱扭响,还能听到河水流淌的声音。在伙房里是能听到绞河的水声的,除非冰层铺满了河面。不过,丹尼一定是像他父亲那样很快就睡着了,因为这个十二岁的男孩并没有听到卡车的声音,卡车的头灯也没有照进伙房,无论开卡车的是谁,他一定是几乎完全摸着黑从镇上开过来的,因为这天晚上的月光并不亮,要么就是司机喝醉了,忘了打开车头灯。

丹尼觉得自己听到了卡车驾驶室门关闭的声音。室外的泥地白天里松松软软,夜里踩上去却会嘎吱作响,因为晚上仍然很冷,足以使泥浆冻结,而且这天晚上地面覆盖了一层刚下的雪。丹尼怀疑自己也许并没有听到卡车车门关上的声音,刚才的"哐啷"声可能来自他的梦里。伙房外面,冻硬的泥地上传来的脚步声踢踢踏踏,迟缓而警惕。也许那是头熊,丹尼想。

厨帅在外面放了个密封的冷藏箱,里面有切好的碎羊肉,用来做羊肉杂烩的,还有培根——都是些容易变质却不适合放进冰柜的东西。熊是不是闻见了冷藏箱里的肉味?丹尼想。

"爸爸?"男孩不由得叫了一声,但他父亲可能在楼下的食堂里睡着了。

与其他人一样,这头熊在走进外门时遇到了一点儿麻烦,它用一只熊掌拍打着门板,小丹尼还听到了它不耐烦的咕哝。

"爸爸!"丹尼大喊,他听到父亲把铸铁煎锅从卧室墙上摘了下来,跟父亲一样,男孩上床时穿的是长衬裤和短袜,但踩着楼上走廊的地板还会觉得凉。父子俩悄悄下楼,来到昏暗的厨房,室内唯一的光源就是"加兰德"煤气炉跳动的火苗。厨师两手紧紧握住黑色的煎锅。外门打开了,那头"熊"——假如它真的是熊——用胸脯顶开了纱门,直立着走了进来,步子还有点儿摇摇晃晃,牙齿很长,白晃晃的看不清楚。

"我不是熊,大厨。"凯奇姆说。

原来,丹尼以为是熊牙的那一团白东西是凯奇姆右胳膊上刚打的石膏,从这个大块头男人的手掌一直包到他的肘弯。"对不起,吓着你们了吧。"凯奇姆补充道。

"关上外面的门,好吗?得给屋里保暖。"厨师说。丹尼看到父亲把煎锅搁在楼梯最下面的那级台阶上。凯奇姆费力地用左手关着外门。"你喝醉了。"多米尼克对他说。

"我只剩一条胳膊好使,大厨,而且我用惯了右手。"凯奇姆说。

"可你还是喝醉了,凯奇姆。"多米尼克·巴恰加卢波告诉老朋友。

"我猜你记得我喝醉了是什么样。"凯奇姆说。

丹尼帮凯奇姆关上了外门。"我敢打赌,你肯定饿坏了。"他对凯奇姆说。大块头男人身体微晃,揉了揉男孩的脑袋。

"我不是来吃东西的。"凯奇姆说。

"我来给你醒醒酒。"厨师说。多米尼克打开冰箱,告诉凯奇姆:"我这儿有肉馅糕,不是很凉,你可以蘸着苹果酱吃。"

"我不是来吃东西的,"大块头又重复了一遍,"你得跟我出去一趟,大厨。"

"去哪儿?"多米尼克问,但就连小丹尼都能看出父亲什么时候是明知故问。

"你知道去哪儿,"凯奇姆告诉厨师,"我只是想不起具体位置了。"

"这是因为你喝得太多了,凯奇姆——所以才想不起来。"多米尼克说。

凯奇姆低下头,身子摇晃得更厉害了,丹尼一度觉得这个伐木工可能会栽倒在地。两个男人都压低了声音,男孩由此明白,他们是在谈判。两人还得小心注意不能多说,因为凯奇姆不知道十二岁男孩对母亲的死了解多少,多米尼克·巴恰加卢波也不希望儿子听到凯奇姆回忆起来的任何奇怪或是令人不快的细节。

"来几块肉馅糕吧。"厨师轻声说。

"蘸着苹果酱很好吃。"丹尼说。河工找了张凳子坐下,把打着石膏的胳膊搁在柜台上。凯奇姆浑身上下都透着冷硬和锐利,像根削尖的棍子。丹尼还观察到,他"特别能忍",因此看起来脆弱不堪的石膏绷带跟这位硬汉毫不搭调,仿佛一条假肢。(就算凯奇姆失去了胳膊,也不会装什么假肢,甚至还会把残肢当棍子用。)

不过,既然凯奇姆已经坐下了,丹尼觉得碰碰他应该不会有什么危险。这孩子以前从没摸过石膏套。就算喝醉了,凯奇姆也知道小丹尼在想什么。"来吧,摸摸看。"伐木工说着就把裹着石膏的胳膊朝男孩伸了过去。凯奇姆弯曲的手指头露在外面,动也不动,上面沾着几块干掉的血迹,要么就是树脂。手腕骨折的头几天,活动手指会很疼。男孩轻轻碰了碰凯奇姆的石膏套。

厨师给凯奇姆端来一大盘肉馅糕和苹果酱。"你喝牛奶还是橙汁?"多米尼克问,"我还可以煮点咖啡。"

"没一样带劲儿的。"凯奇姆对丹尼眨了眨眼。

"是啊,"厨师摇着头说,"我去煮咖啡吧。"

丹尼希望两个大人能好好谈谈。男孩知道不少过去的事,但对母亲的了解还不够。只要与她的死有关系,无论什么细节他都愿意听,更不会嫌它们奇怪,他想知道一切。然而厨师是个谨慎过头的男人,或者说他是后来才变成这样的。就连凯奇姆这个把亲生子女从自己身边赶走的人都对丹尼保护有加,就像他对待安吉尔那样。

"你喝酒了,我没法跟你过去。"厨师说。

"我带你去的那次,你也喝酒了。"凯奇姆说。他没再多说什么,咬了一大口抹着苹果酱的肉馅糕。

"除非河道被木头堵住,尸体从木头下面漂过去,不然它的速度是赶不上木头的,"多米尼克·巴恰加卢波说,好像在跟咖啡壶对话,而不是背朝着他的凯奇姆,"尸体还有可能挂在木头上。"

丹尼以前听过这种解释。他母亲的尸体几天之后——确切地说是三天——才从河谷盆地漂进狭窄的水道,撞到了大坝上。溺水者的尸体会先沉下去,厨师告诉儿子,然后再浮上来。

"整个周末水坝都是关着的。"凯奇姆说(他说的不只是死女人水坝,还有安德罗斯科金河上的庞图克水坝)。他一口接一口地吃着,但速度不快,有点儿生疏笨拙地用左手拿着叉子。

"蘸着苹果酱很好吃,对吧?"男孩问他。凯奇姆赞同地点点头,起劲儿地嚼着。

他们闻见了煮咖啡的香味。厨师说——不像是对儿子或者凯奇姆说的,更像自言自语:"我还是趁现在做点培根吧。"凯奇姆继续吃着,一声不吭。"我猜,木头已经到了第一道水坝了,"多米尼克又说,仍然像是自言自语,"我是说咱们这批木头。"

"我知道你说的是哪批木头,哪个水坝,"凯奇姆告诉他,"没错,木头已经到了水坝那边了——你做晚饭的时候就到了。"

"这么说,你还是去那边找那个白痴医生了?"厨师问,"倒不是说非得什么神医才能给手腕打石膏,可你也真敢冒险。"多米尼克去外面的冷藏箱里拿出培根。外面一片漆黑,响亮的水声涌进温暖的伙房。

"你以前不也挺爱冒险的嘛,大厨!"凯奇姆冲老朋友喊道,又小心翼翼地看了看丹尼,"你爸那时候比现在快活多了,还喝酒呢。"

"我以前是过得挺快活——行了。"厨师说。他把一大块培根放在案板上的架势引起了丹尼的注意,凯奇姆却始终低着头吃他的肉馅糕和苹果酱。

"既然尸体往下游漂的速度比木头慢,"凯奇姆故意慢条斯理地说,吐字有点含混,"你估计安吉尔什么时候才能到那个我想不起具体在哪儿的地方?"

丹尼也在暗自估计,但男孩和凯奇姆都清楚,厨师早就推演过加拿大少年的旅程。"星期六晚上或者星期天早晨。"多米尼克·巴恰加卢波说。他必须提高嗓门才能盖过煎培根的吱吱声。"我不会在夜里跟你过去的,凯奇姆。"

丹尼立刻望向凯奇姆,期待着大块头的反应。毕竟这是男孩最感兴趣的一件事,也是他最在乎的。"那一次我可是晚上跟你去的,大厨。"

"星期天早晨你清醒的可能性更大,"厨师告诉凯奇姆,"星期天早晨九点——丹尼尔和我去那里等你。"("那里"指的是死女人水坝,但小丹尼明白,这两个人是不会说出水坝名字的。)

"咱们可以坐我的卡车去。"凯奇姆说。

"我开车带丹尼尔过去,免得你还没醒酒。"多米尼克说。凯奇姆把吃干净的盘子推到一边,乱蓬蓬的脑袋往柜面上一放,打量着胳膊上的石膏套。"你是说,你们在工厂水塘那边等我?"凯奇姆问。

"我可不这么叫它,"厨师说,"先有的水坝,才有的工厂。而且那儿也不是什么水塘,不过是河道变窄了而已。"

"工厂的人都那样。"凯奇姆轻蔑地说。

"没有工厂的时候就有水坝了。"多米尼克重复道,依然没说出水坝的名字。

"水总有一天得把水坝冲垮，他们不会费力气再建一座了。"凯奇姆闭着眼睛说。

"他们总有一天不会在绞河上运木头，"厨师说，"到时候就不用在水库的入水口建水坝了，不过我相信，他们会保留安德罗斯科金河上的庞图克水坝。"

"这一天不远了，大厨。"凯奇姆补充道。他依然闭着眼睛，脑袋、胸脯和两条胳膊全都搭在柜面上。厨师轻轻移走空盘子，但凯奇姆没有睡着，说话的速度比先前还要慢。"水坝另一侧有条泄洪道，流出去的水积成了一个水潭，像个没封口的井，不过那边加了一道浮栏，就是拴着绳子的浮漂，可以挡住木头，不让它们被水冲出去。"

"你好像记得跟我一样清楚。"多米尼克告诉他。

丹尼知道，他们就是在那里找到他母亲的。她的尸体漂在水里，比原木还要低一点儿，她一定是从浮栏底下漂进了泄洪道。凯奇姆在那个水潭里——或者说井里——发现了她，旁边一根原木都没有。

"我记不清怎么到那边去了。"凯奇姆有些沮丧地说。他闭着眼睛，慢慢弯曲着右手的手指，拿指尖去够裹了石膏的掌心，但没法完全够到。厨师父子明白，伐木工是在测试自己忍受疼痛的能力。

"好吧，我可以告诉你，凯奇姆。"多米尼克轻声说，"你得越过大坝，或者从那些木头上穿过去——想起来了吗？"

厨师把其中一张折叠床搬进伙房，朝儿子点点头，丹尼帮他把床支在不会妨碍使用烤箱和向里推开纱门的地方。"我也想在厨房里睡。"丹尼告诉爸爸。

"你还是别听了，回去睡觉吧。"多米尼克对儿子说。

"我想听你们说话。"丹尼说。

"我们快说完了。"厨师在男孩耳边小声说，亲了亲他。

"那可不一定,大厨。"凯奇姆闭着眼睛说。

"我还要烤面包,凯奇姆——还得做土豆呢。"

"你不是能一边聊天一边做饭吗?"凯奇姆说,依然闭着眼睛。

厨师瞪了儿子一眼,指着楼上。"楼上冷。"丹尼抱怨道,他站在最下面的台阶上,煎锅就放在那儿。

"快去,把煎锅也放回去,丹尼尔。"

男孩不情愿地往楼上走,每上一级楼梯都要停一停。他听到父亲在碗里搅拌东西,不用看就知道这是在做什么——厨师总是先做香蕉面包。当小丹尼把八寸铸铁煎锅挂到父亲卧室的钩子上时,已经数出父亲往不锈钢碗里打了十六个鸡蛋,然后是把香蕉糊和核桃碎加进去(有时候,他爸爸会把烤苹果块撒在面包上)。厨师接下来做的是烤饼,往干燥原料里加鸡蛋和黄油,有水果的话,最后还会放点水果。站在楼上的走廊里,丹尼听见父亲往烤松饼的模具里抹油,然后撒上面粉,再把搅好的玉米松饼面糊倒进去。香蕉面包里有燕麦片,还有甜麦麸粉,很快男孩就能在卧室闻到它们的香味了。

躺在温暖的被窝里,丹尼听到厨师打开烤箱门,把烤盘和松饼模具推进去,然后关上烤箱门。接着是一阵不寻常的动静,他睁开眼睛坐了起来,原来那是他父亲费力挪动凯奇姆的声音——扳住大块头的两个腋窝,把他拖到折叠床上。丹尼不知道父亲竟然如此强壮,能把凯奇姆给抬起来。十二岁男孩蹑手蹑脚地走下楼梯,看着父亲把凯奇姆安顿在折叠床上,把一只完全打开的睡袋当成毯子盖在伐木工身上。

多米尼克·巴恰加卢波正往平底锅里倒土豆,凯奇姆突然开口道:"当时我绝对不能让你看到她,大厨——那样不合适。"

"我明白。"厨师说。

楼上的丹尼再次闭上眼睛,想象着故事的经过——凯奇姆醉醺醺地小步走过那些原木,来到泄洪道冲出来的水潭边。"别过来,大厨!"凯奇姆朝岸上叫道,"别踩那些木头!也别上坝!"

多米尼克望着凯奇姆抱着他妻子的尸体绕过浮栏。"离我远点,大厨!"凯奇姆喊道,越过原木走过来。"你不能再看她!她已经变样了!"同样喝得醉醺醺的厨师从凯奇姆的卡车上拿来了毛毯,但凯奇姆抱着尸体不肯上岸,哪怕喝醉了,他也没忘记在原木上飞快地迈着小碎步。"把毯子铺在卡车后面,大厨——然后走开!"凯奇姆上岸时,多米尼克站在离河岸和凯奇姆的卡车同样远的等腰三角形顶点处。"站着别动,大厨——我给她盖上。"凯奇姆说。

丹尼想知道父亲经常安慰他的那句"坚持住,丹尼尔,别认输"[1]是不是就从这里来的。凯奇姆轻轻地把厨师妻子的尸体放到卡车后面,给她盖上毯子。多米尼克没有上前。

"你当时不想看看她吗?"丹尼问过父亲很多遍。

"我信任凯奇姆,"他父亲回答,"万一我出了什么事,丹尼尔,你也要信任他。"

在各种烤点心的香气之外,丹尼还闻到了羊肉杂烩的气味,这才发觉自己刚才下意识地溜回卧室的床上睡了一会儿,因为他没有听到父亲打开伙房那扇难开的外门,从冷藏箱里拿出羊肉块的声音。男孩躺在床上,没有睁开眼睛,品味着所有香气。他想问问凯奇姆,当时他找到他母亲时,她是脸朝上漂在水中,还是脸朝下趴在泄洪道里。

丹尼穿上衣服,下楼来到厨房,发现父亲已经抽空上楼换了衣服,很可能是趁着凯奇姆在折叠床上昏睡时才到楼上去的。丹尼望着在煤气炉前忙碌的父亲,当厨师专注于手头的三四个任务时,只

---

[1] stand your ground:坚持住,也有"别动"的意思。——译者注(本书中注释如无特别说明,均为译者注)

如果你不知道读什么书
就关注书单来了跟信专

关注后，回复数字，即可查看相关书单。

1. 还有太少读懂中国之美，你就到了书单君这里
2. 5年来各种时间读的书，有趣又不乏味
3. 考验千人，一定会改善你性格的5本书
4. 这5本书，解答各自领域的经典之作
5. 我看过什么书，就你还在为几岁天？
6. 读懂优秀的时候，就看这5本书
7. 这5本书，教你看懂一本书没有说
8. 十几岁就读的人，几乎都读这5本书
9. 5位大师的藏书之作，对着你让这样更震撼
10. 这5本书是他的宿舍，在床边放他第一本

. . . . . .

微信号：shudanlaile

还有500万爱读书的小伙伴！

要这几件事是相互联系的，那就基本看不出他是个跛脚。丹尼能想象出父亲十二岁时——脚踝受伤之前——是什么样的。十二岁的丹尼·巴恰加卢波是个孤独的孩子，没有朋友，常常希望现在的自己能够认识十二岁时的父亲。

当你十二岁的时候，会觉得四年是一段相当漫长的时光。安努齐亚塔·塞埃塔明白，不用四年，她的小多姆脚踝的伤就能愈合。努齐心爱的"狼之吻"四个月就摆脱了拐杖，十三岁时就能读十五岁的孩子读的书。家庭教育功不可没。安努齐亚塔自己就是小学老师，深知上学的时间有不少都浪费在了整饬纪律、休息和加餐上面。白天，努齐在学校教书，男孩则在家里写作业，然后仔细检查。他不仅有时间阅读大量的课外书，还能把自己掌握的烹饪技巧记在本子上。

男孩学习厨艺的速度要慢上许多。事故发生后，安努齐亚塔制定了她自己的"童工保护法"，直到小多米尼克的厨艺真正入了门，并且年满十六岁，她才让儿子去柏林的一个早餐店打工。在那四年里，多姆长成了博览群书的十六岁少年，还是个技艺高超的厨子。尽管还没有多少刮胡子的经验，但对于跛脚行走这件事，他早就习以为常了。

一九四〇年，多米尼克·巴恰加卢波认识了丹尼的母亲。那时她二十三岁，跟安努齐亚塔·塞埃塔在同一所小学教书，实际上，还是厨师的母亲把十六岁的儿子介绍给这位新来的老师的。

对于这件事，努齐别无选择。她表姐玛莉亚也是塞埃塔家族的人，嫁给了一个姓卡罗杰洛的人，这是个常见的西西里姓氏。"自从有个希腊圣徒死在那里，就突然出现了不少姓这个的孩子，当然，他们大部分是孤儿。"努齐向多米尼克解释道。她把这个姓读成卡—罗—切—洛。也有把它当成名字来用的，他母亲说，"经常用在私生子身上"。

十六岁时，多米尼克对于私生子这个话题十分敏感——不是说安努齐亚塔就不敏感，她表姐也把自己怀孕的女儿打发到了新罕布什尔州的荒凉地区，她女儿是卡罗杰洛家族的第一个女大学生，做母亲的为此觉得很惋惜。"那是所师范大学，她从那里学了不少东西——可还是让人搞大了肚子！"可怜的女孩的母亲告诉努齐，努齐又把这段口无遮拦、麻木不仁的评论转述给了多姆，不用她多说，男孩就知道这个怀孕的二十三岁姑娘会被送到他们家来，因为旁人觉得安努齐亚塔和她的私生子跟这个姑娘是一路货。姑娘名叫罗茜娜，但努齐喜欢叫别人的昵称，所以，这个被放逐的女孩一从波士顿来到柏林，就变成了罗茜。

"早年间"，不只是在波士顿北区，也绝对不仅限于意大利和天主教家庭——塞埃塔和卡罗杰洛家族会把本族中做出丑事的人打发到对方家里。安努齐亚塔因而也有了加倍怨恨那些波士顿亲戚的理由。"这是给你的教训，多姆，"少年的母亲告诉他，"不能因为可怜的罗茜遭遇了不幸就对她说三道四，咱们得爱她，就像什么事都没发生过一样。"

安努齐亚塔的宽恕精神值得称赞——尤其是在一九四〇年，当时的美国人普遍认为未婚妈妈罪不可赦——可她告诉十六岁的儿子，要"就像什么事都没发生过一样"爱这位远房表姐，这就有点画蛇添足了。

"她为什么是我远房表姐？"男孩问妈妈。

"也许不该这么叫——她可能是你的隔代表姐，"努齐说，多米尼克满脸迷惑，他母亲又说："不管怎么叫，她不是你真正的表姐——反正不是亲表姐。"

这些信息（或者说错误信息）给十六岁的残疾少年带来了未知的

危险,他遭遇的事故、他的康复、他在家接受教育,还有他改头换面成了厨师——所有这些都使他失去了结识同龄朋友的机会。"小"多姆有一份全职工作,已经认为自己是个年轻男人了,现在努齐又告诉他,二十三岁的罗茜·卡罗杰洛不是他"真正的"表姐。

至于罗茜,她刚来的时候并没有"表现出"自己很快就会再添一个麻烦。

罗茜在师范学院拿到了文学学士的学位,老实说,那时让她在柏林教小学绝对是大材小用,不过等这个年轻姑娘显出怀孕的样子时,就要暂停工作了。"要不然我们就得给你找个丈夫,找不到真的,就编造一个。"安努齐亚塔告诉她。罗茜年轻貌美,当然能找到真正的丈夫——多米尼克觉得她漂亮极了——但是这个可怜的女孩正怀着孕,无心参与那些能遇到年轻单身男人的社交活动。

四年来,男孩一直跟母亲学习厨艺,因为他把每个食谱都写了下来,偶尔还会独自尝试各种改动,所以连他本人都能意识到,自己的烹饪水平在某些方面已经超越了她。其时,在那个改变命运的夜晚,多米尼克正在给两个女人和自己做饭。在柏林的早餐店,他的名气越来越大,下班回家的时间也要比罗茜和他母亲从学校回来早得多。努齐喜欢在周末做饭,除了周末,多米尼克正在变成他们这个小家庭的主厨。搅拌大蒜番茄酱汁的时候,他说:"好吧,我可以和罗茜结婚,或者假装她的丈夫——直到她找到更合适的人为止。我的意思是,只要我们自己不说,又有谁会知道呢?"

在安努齐亚塔看来,这似乎是个甜蜜而单纯的提议。她笑出声来,给了儿子一个拥抱。不过,小多姆实在想不出还有谁比他本人"更适合"罗茜,所谓的"假装"才是他编的。如果他真的和罗茜结婚,两人的年龄差异或者那层远亲关系,对他来说都不是问题。

对罗茜来说,十六岁少年的提议是不切实际的——虽然甜蜜,却没那么单纯,在新罕布什尔州北部甚至有可能违法——但这并不重要,让这个怀孕才三个月的可怜姑娘感动的是:就算是遭受相当程度的强迫,那个把她肚子搞大的小浑蛋都还没向她求婚呢。

出于塞埃塔家族和卡罗杰洛家族男性成员的偏好,这种"强迫"表现为多种形式的威胁,比如放话说要先阉了他然后淹死他。无论小浑蛋是坐船去了那不勒斯还是巴勒莫,他从来没提出过求婚。多米尼克发自内心的真诚提议算得上是罗茜第一次被人求婚,还没等他用调好的酱汁把虾煮上,她就情不自禁地坐在餐桌前哭了起来。心烦意乱的姑娘没吃晚饭,抽抽噎噎地回房间睡了。

当天夜里罗茜流产了,安努齐亚塔被她发出的声音惊醒,茫然不知所措,因为眼下无从判断孩子没了是福是祸。多米尼克·巴恰加卢波躺在床上,听着远房表姐(隔代表姐)的哭声、反复冲马桶和浴缸放水的声音——肯定见了血——好在他母亲满怀同情的低声安抚十分令人慰藉:"罗茜,也许这样更好,现在你不用辞职了——暂时的也不用了!也不用给你找什么丈夫——不管真的还是编的!听我说,罗茜——它还不是个孩子,还算不上孩子。"

躺在床上的多米尼克却在想:我做了什么?哪怕在想象中和罗茜结婚,这个男孩也会长时间勃起(他已经十六岁了,没什么好奇怪的)。听到罗茜停止了哭泣,小多姆急忙屏住呼吸。"多米尼克听到我的声音了吗——我把他吵醒了吗?"男孩听到姑娘问他母亲。

"没关系,他睡得很死。"努齐说,"不过你的动静着实不小——当然,可以理解。"

"他肯定听到我的声音了!"姑娘叫道,"我得跟他谈谈!"她说。多米尼克听到她跨出浴缸,拿毛巾用力擦拭身体,然后是光脚踩在浴室地面上的声音。

"早晨我会和多姆解释的。"他母亲说,但他这位"不是真正的表姐"已经光着脚从客厅跑进了客房。

"不!我有话要和他说!"罗茜叫道。多米尼克听到拉开抽屉的声音,一个衣架掉在她的衣橱里,然后姑娘就出现在了他的房间——没敲门就直接进来,在他旁边躺下,湿漉漉的头发蹭着他的脸。

"我听见你的声音了。"他告诉她。

"我会好起来的,"罗茜说,"以后我会有孩子的。"

"疼吗?"他问她。他从枕头上扭过脸来,避免面对着她,因为他很早就刷了牙,生怕嘴巴里又出现什么怪味。

"直到孩子没了,我才发现我想要他。"罗茜说。他想不出该说什么,但她接着说:"你对我说的那些,多米尼克,是我听过的最好的话——我永远都不会忘记。"

"我会跟你结婚的,你知道吗——我可不是说说而已。"男孩说。

她抱住他,亲吻他的耳朵。她趴在被子上,他在被子下面,但他仍然能感觉到她的身体压在他背上。"我不会再收到比这更好的表白了——我知道。"这位"不是真正的"表姐说。

"也许等我长大一点,咱们就可以结婚。"多米尼克提议。

"也许可以!"姑娘叫道,再次拥抱他。

这是她的真心话,还是在安慰我?十八岁的男孩暗忖。

安努齐亚塔在卫生间里放水擦浴缸,外面隐隐约约地传来两人的交谈声。让她惊讶的是,多米尼克竟然开口说话了,这孩子平时少言寡语,而且依然处于变声期,声音越来越低沉。但从安努齐亚塔听到罗茜说"也许可以"开始,多米尼克就打开了话匣子,姑娘只能偶尔小声地插几句话,语气也愈发黏糊起来。虽然听不清他们在说什么,但像极了恋人凑在一起窃窃私语。

安努齐亚塔只好不停地刷洗浴缸,她已经不再考虑这次流产是福是祸,"流产"已经不再是重点,重要的是罗茜·卡罗杰洛自己——她这个人究竟是福是祸?努齐当初又是怎么想的?她把一位漂亮、聪明(并且显然非常情绪化)的年轻姑娘——被情人抛弃、被家人赶走——领进家门,却没意识到对于一个发育期的孤独男孩来说,这个二十三岁的女人会是多么无法抗拒的诱惑。

安努齐亚塔起身走出浴室,穿过客厅来到厨房,儿子卧室的门虚掩着,还在不断传出叽里咕噜的耳语声。在厨房里,努齐捏起一撮盐,往身后一撒,克制住直接闯进去打断那两个人的冲动,退回客厅,提高了嗓门叫道:

"天哪,罗茜,你得原谅我。我还没问过你愿不愿意回波士顿呢!"她尽量不让这话听起来像是自己的主意,努力装出事不关己、不偏不倚的腔调,似乎这么说完全是为罗茜本人着想,然而话音刚落,多米尼克卧室里的窃窃私语就突然被不约而同地倒吸一口凉气的声音给打断了。

罗茜感觉到男孩在她的胸口下方猛地吸了一口气,随即发现自己也在猛然吸气,仿佛已经排练过如何回答那样,两人的反应配合得完美一致。"不!"安努齐亚塔听见儿子和罗茜异口同声地喊道。

努齐听到罗茜说:"我想留在这里,跟你和多米尼克在一起。我想在学校教书,永远都不回波士顿!"怒齐不禁暗忖:绝对不是多好的事。(但我又不能因此责怪她,安努齐亚塔意识到;她理解罗茜的感受。)

"我愿意让罗茜留下!"努齐听到儿子叫道。

哼,你当然愿意了!安努齐亚塔心想。可他们的年龄差异会不会带来什么影响?假如发生了战争,所有年轻男人都去参军,那时候又会如何?(不过她心爱的"狼之吻"是不会参军的,他的腿瘸得太厉害,努齐知道。)

罗茜·卡罗杰洛保住了自己的工作,而且表现得很不错。年轻的厨师也保住了他的工作,干得也很不错,早餐店甚至因此开始供应午餐。多米尼克·巴恰加卢波很快便超越母亲,成为更出色的厨师。无论年轻厨师准备了什么午餐,他都会把最好的带回家当晚餐,让母亲和"不是真正的"表姐享受到很好的伙食。母子俩偶尔还会一起做菜,但在大多数涉及烹饪的事务上,安努齐亚塔都会让多米尼克出马。

他用伍斯特郡酱汁和意大利熏干酪做肉馅糕,然后浇上他最喜欢的番茄大蒜酱汁趁热端上桌,凉了之后就配苹果酱吃。他还会做搭配帕尔玛干酪的面包糠炸鸡排;母亲告诉他,她在波士顿做过帕尔玛干酪炖小牛肉,但他在柏林弄不到上好的小牛肉(他用猪肉代替小牛肉——几乎跟小牛肉一样好)。多米尼克也做帕尔玛干酪炖茄子,柏林的许多法裔加拿大人知道茄子是什么东西。多姆还用柠檬、大蒜和橄榄油做小羊腿,橄榄油是从努齐熟悉的一家波士顿店铺买来的,多米尼克把它抹在烤鸡或者烤火鸡上,两种鸡的肚子里塞着玉米面包、香肠和鼠尾草叶。他用烤箱烘牛排,或者放在烤架上烤,配上白豆或是烤土豆,但他不太喜欢土豆,讨厌米饭。他的大部分主菜都搭配意大利面,意面的做法非常简单,只加橄榄油和大蒜,有时加豌豆和芦笋。他用橄榄油炒胡萝卜,再搁上西西里黑橄榄和更多的大蒜。尽管他讨厌烘豆子,但还是会上这道菜,食客中有伐木工和工厂工人,大多是些牙口不好的老人,很少吃别的东西。(努齐轻蔑地叫他们"吃烘豆子和豌豆汤的那群人"。)

有时安努齐亚塔能弄到茴香,她和多姆会用茴香和甜番茄酱烹制沙丁鱼,罐装沙丁鱼购自多姆熟悉的另一家波士顿店铺。母子俩把沙丁鱼捣碎,加上大蒜和橄榄油,浇在撒了面包屑的意面上,放进炉膛烤成棕色。多米尼克自己做比萨面团,每个星期五晚上,他都会做无肉比萨饼来代替鱼。年轻的厨师和他妈妈都不相信这个国家的北方腹地会有足够新鲜的鱼，而虾是冻在空心砖大小的冰块里从滨海地区运来的，因此多米尼克对虾很放心。他喜欢的番茄大蒜酱汁在比萨上放得更多，意大利乳清干酪、罗曼诺干酪、帕尔玛干酪和意大利熏干酪都是从波士顿买来的，西西里黑橄榄也是。厨师依然处于学艺阶段，他会切很多欧芹，做什么都加上一点儿——甚至搁在最常见的豌豆汤里。（母亲告诉他，欧芹是"纯叶绿素"，能消除蒜味，让你口气清新。）

多米尼克喜欢制作简单的饭后甜点，让努齐烦恼的是，它们没有半点西西里风味，不过是些苹果派、蓝莓馅饼和玉米饼——在库斯县，苹果和蓝莓随处都能买到，而且多米尼克擅长制作面团。

他做的早餐甚至更加简单——鸡蛋和培根、薄烤饼和法式吐司、玉米松饼、蓝莓松饼和烤饼。那时候，只有在香蕉变成棕色时，他才会做香蕉面包，因为母亲告诉他，用好香蕉来做是种浪费。

在安德罗斯科金河的谷地有个火鸡养殖场，大约位于柏林和米兰之间，厨师会用胡椒和洋葱——还有少量土豆——做火鸡杂烩。"咸牛肉不适合做杂烩，爱尔兰人才这样！"安努齐亚塔教导他。

那个浑蛋酒鬼翁贝托叔叔，战争结束前就会把自己喝死，从来没吃过"不是真正的"侄子做的一顿饭。作为工头，这个老伐木工难以容忍工厂里日渐增多的女工，而女工们对翁贝托更是半分都难以忍受，结果这位苦恼工头的酗酒问题更加严重。（无论是不是次要角色，翁贝托都会在多米尼克的记忆中反复出现，这位"不是真正的"叔叔在他的记忆里扮演了主角。多米尼克的父亲是怎么跟翁贝托交上朋友的？翁贝托不喜欢努齐，是因为她不愿意和他睡觉吗？由于母亲是被赶出波士顿的，在柏林的处境也不好，多米尼克经常痛苦地猜想：翁贝托曾经误以为努齐是个很容易勾搭的女人。）某一年的冬天——离浑蛋翁贝托的死期还有好几年——安努齐亚塔·塞埃塔得了当时所有小学生都患上的流感,在美国正式参战之前,她就去世了。

罗茜·卡罗杰洛和小多姆该怎么办?他们一个二十四岁,一个十七岁,多米尼克的母亲去世后,两人就不太合适继续住在一起了,可他们又无法忍受分离,这一对"不是真正的"表姐弟左右为难,努齐当然再也不能告诉他们该怎么办;年轻的女人和显然更年轻的男人只能按照自己认为的符合可怜的安努齐亚塔的心意的做法去做,也许这确实符合她的心意。

小多姆只是谎报了年龄,就和他的(不是真正的)表姐罗茜·卡罗杰洛在一九四一年的泥泞时节结了婚——在那年柏林北部安德罗斯科金河开始第一批原木大漂流之前。他们一个是成功却不富裕的年轻厨师,另一个是成功却不富裕的小学老师,不过,至少两人的工作都不是临时的,富裕也不是必要条件,他俩都还年轻(程度有所不同),彼此相爱,只想要个孩子——一个就够了——一九四二年三月,他们就会拥有这个孩子。

小丹尼出生在柏林——"就在泥泞时节来临之前",他父亲总是这样说(泥泞时节比日历要可靠得多)——孩子几乎刚一出生,他辛勤的父母就搬离了这个工业城镇。厨师敏锐地意识到,造纸厂的恶臭气味将会成为长期的危害,这个想法相当合理:战争有一天终将结束,到那时,柏林会变得更大,超出所有人的想象,唯有味道始终如故。在一九四二年,对多米尼克·巴恰加卢波来说,这座城市已经变得过于庞大,令人作呕——充斥着一言难尽的复杂回忆。罗茜先前在北区的经历也使她不愿返回波士顿,尽管塞埃塔和卡罗杰洛两家人都恳求这对年轻的表姐弟"回家"。

倘若家人给予的爱不是无条件的,孩子总会察觉到这一点。多米尼克明白,他母亲当年觉得自己是被家人一脚踢开了。虽然不得不和一个男孩结婚,罗茜并没有对此表现出怨恨,她真正痛恨的是家人起初把自己驱逐到柏林的做法。

两人对塞埃塔和卡罗杰洛两家的恳求充耳不闻,那伙人没有资格摆出"大度"的姿态"原谅"他们。显然,对于表姐弟结婚生子这件事,两家人并不介意,可多米尼克和罗茜清楚地记得,无论塞埃塔家和卡罗杰洛家,在自家女孩未婚先孕方面可是相当忌讳。

罗茜说:"他们还是去原谅别的什么人吧。"多米尼克知道努齐当年的感受,对此深表赞同。波士顿好比他们身后的一座桥,早就已经被烧毁了;更重要的是,这对年轻的夫妇确信,烧毁这座桥的人绝不是他们自己。

当然,在新英格兰,道德谴责可不是什么新鲜事物,一九四二年尤其如此;尽管多数人会选择波士顿而非绞河镇,但许多年轻夫妇会依据自身情况作出决定。对于巴恰加卢波这个刚刚建立的家庭而言,绞河镇或许有些偏僻和原始,但那里没有造纸厂。锯木厂和伐木营定居点尚未把任何一位厨师留到泥泞时节结束之后,那里也没有学校,毕竟镇上的居民大多是四处流动的零工。不过,菲利普斯河边的那个更小但看起来更长久的定居点——就是巴黎(以前叫西达默尔)——可能会有一所学校,那里离绞河镇这个明显更脏的村子只有几英里远,其间有运输原木的公路相连。那时候,伐木公司一直不肯出钱建造一座能够长期使用的伙房,他们表示,临时的移动厨房和就餐的移动窝棚已经足够。这让绞河镇看起来更像是个伐木营,而非真正的城镇,但这一点并没有让多米尼克和罗茜·巴恰加卢波打退堂鼓,在他们眼中,绞河镇能带来机会——哪怕意味着艰苦和辛劳。

一九四二年夏天,他们有充裕的时间订购教科书和其他用品,为筹办巴黎的新学校作准备——厨师和老师带着襁褓中的儿子,沿安德罗斯科金河北上抵达米兰,然后从庞图克水库沿着运输木材的河道朝西北偏北方向前进。人们把绞河水涌入庞图克水库的地方简单地称为"河峡";当时那里一座锯木厂都没有,只是个雏形的"死女人水坝"也尚未得名。(凯奇姆会说:"那时候哪有现在这么多的花样。")

夫妇俩带着孩子,在夜幕降临、蚊群肆虐之前来到绞河镇下游的盆地。在那些记得这个年轻家庭到来的少数人眼中,跛脚男人和他那怀抱新生儿、看起来年长一些的漂亮妻子看起来满怀希望,尽管他们随身只带了一点儿衣物。两人买的书、其他衣物以及厨师的厨具已经提前运走了——全都装在一辆拉木料的空卡车上,表面盖了一层油布。

厨房和用餐的移动窝棚需要的不仅是良好的清洁:移动窝棚需要全面修缮——厨师坚持要求如此,这是他留下来的前提条件。如果伐木公司希望厨师能待到来年的泥泞时节结束,还要再建一座永久性的伙房——伙房楼上得准备几间卧室,厨师一家打算住在那里。

罗茜的要求比较简单:在巴黎(原来的西达默尔)准备一间教室。那里以前从来没有过学校。一九四二年,菲利普斯河边只有几户人家有学龄儿童,绞河镇的学龄儿童就更少了。等战争结束,男人们回到家里,孩子很快就会多起来,可原来姓卡罗杰洛的罗茜·巴恰加卢波却没等到男人们从战场归来,也没有机会教育他们的孩子了。

一九四四年冬末,这位年轻的老师去世了——她儿子丹尼刚满两岁。孩子对母亲没有记忆,只能通过父亲保存的照片和她的许多书中的划线段落来了解她,这些书同样也是父亲保存下来的。(与多米尼克·巴恰加卢波的母亲一样,罗茜也喜欢读小说。)

从多米尼克明显流露出来的悲观情绪判断——他总是一副超然物外的模样,态度冷淡疏离,甚至有些阴郁——别人也许会得出这样的结论:他始终没从二十七岁妻子不幸去世的阴影中恢复过来。不过,除了心爱的儿子，多米尼克·巴恰加卢波得到了另一件自己想要的东西：按他的详细要求建造的伙房。

巴黎制造公司的内部关系显然起了作用：某个大人物的妻子曾经路过柏林，对多米尼克的厨艺大为赞赏，消息不胫而走：绞河镇的伙食比普通伐木营好得多——多米尼克这才没有马上收拾东西走人，可匪夷所思的是，他和儿子在这里一待就是十年。

当然，有那么一两个老伐木工——凯奇姆首先算一个——清楚厨师留在这里的可悲缘由：二十岁就成了鳏夫的厨师在为妻子的死感到自责。不过，他并不是唯一一个把住在绞河镇当作无限期自我赎罪的人。（只要想想凯奇姆就明白了。）

一九五四年，多米尼克·巴恰加卢波只有三十岁——作为十二岁孩子的父亲，实在算是年轻——看起来却已经是一副早就听天由命的模样，仿佛能够冷静地接受一切悲惨的现实，因此很容易被误认为是悲观主义者。然而，从他对儿子丹尼尔的悉心照顾中却看不出丝毫悲观的迹象，也仅仅是为了儿子，厨师才会抱怨绞河镇生活的艰苦和局限——比如说，小镇上依然没有学校。

至于巴黎制造公司在菲利普斯河建造的那所学校，与罗茜·巴恰加卢波执教时相比，教学质量并没有明显的改善。虽然这座只有一间教室的学校四十年代曾经重建，但粗野蛮横的校风始终在留过一两级的大男孩中流传。他们无法无天——与罗茜·巴恰加卢波不同，现在的老师只知一味容忍。巴黎学校的坏学生喜欢欺负厨师的儿子——不只因为小丹尼住在绞河镇，父亲又是个跛脚，他们还会嘲笑男孩用正确的方式讲话：小丹尼口齿清晰，发音准确，始终不像巴黎的孩子那样习惯吞掉辅音、元音又发得那么夸张，为此挨了他们不少辱骂。（凯奇姆一向叫他们"西达默尔那帮孩子"。）

"坚持住，丹尼尔——别让他们弄死你，"果不其然，父亲这样对他说,"我向你保证,总有一天咱们会离开这里。"

尽管环境一无是处,又有个悲惨的家庭,丹尼却只能去巴黎制造公司建在菲利普斯河畔的这所学校读书,甚至一想到离开这里,都会让丹尼·巴恰加卢波焦虑不安。

"安吉尔太嫩了,干不了林子里的伐木活,也干不了原木装载的活儿。"凯奇姆躺在厨房里的折叠床上说。厨师父子都知道,凯奇姆是在说梦话,他喝酒后特别喜欢说梦话。

原木装载台是个木头搭成的脚手架,设在运输木料的道路一侧,必须比运木料的卡车后斗高一点儿,卡车停在装载台的旁边装货,还可以在装载台旁搭一道通往车斗的斜坡,然后用马或者拖拉机牵引的升降机把木料装到车上。凯奇姆也不愿意让安吉尔·波普干任何装卸原木的活儿。

丹尼·巴恰加卢波开始干厨房里的日常杂活时,凯奇姆又醉醺醺地说起了梦话:"应该让他干给木料插棍子的活儿,大厨。"厨师在炉旁点点头,他不用看也知道,凯奇姆还在睡觉。

捯木板的活儿——又叫"给木料插棍子",相当名副其实——通常是给初入锯木厂的新手工人分配的任务,哪怕厨师本人都不会觉得安吉尔稚嫩到连这种活儿都干不了。木材是堆在捯好的一层层木板上的,每层木板之间插着"棍子"。"棍子"其实就是与木板交替叠放的细木条,使木板间隔开来,保持空气流通,利于原木干燥。假如让丹尼干这个活儿,多米尼克·巴恰加卢波或许也会同意。

"逐步加大机械化程度。"凯奇姆喃喃地说。要是这个大块头想在折叠床上用力翻个身,八成会滚到地上,或者把折叠床压塌,好在凯奇姆一动不动地仰面躺着,石膏套子横在胸前——像是等待海葬的死者,身上还盖着拉开拉链的睡袋,仿佛一面旗帜,左手垂到了地上。

"哎呀，天哪——又来了。"厨师笑着对儿子说。"逐步加大机械化程度"是凯奇姆的一块心病。一九五四年的时候，装配了橡胶轮胎的集材机已经开始在树林里出现，人们通常使用拖拉机码放较大的木材；那些用马匹运送原木的小规模运输队是按照"计件付酬"的方式（计件单位是"考得"[1]或者"千板尺"[2]）收费的，他们会把砍伐好的木材运到路边的指定位置。随着装有橡胶轮胎的伐木设备日益普遍地投入使用，像凯奇姆这样依靠马匹的老伐木工明白，如今收获木材的速度明显变快了，而他无法以更快的速度与之抗衡。

丹尼打开伙房那扇不灵活的外门，走到外面小便。（尽管他父亲不赞成在户外小便，凯奇姆却教导小丹尼享受这样做的乐趣）天还是黑的，奔流的河水中升起的薄雾扑到男孩脸上，又湿又冷。

"让那些开蒸汽机车的见鬼去吧！"凯奇姆在睡梦中大喊，"王八蛋卡车司机也见鬼去吧！"

"你说得很对。"厨师对熟睡的朋友说。十二岁的男孩回到屋里，关上了厨房的外门。凯奇姆突然从折叠床上坐了起来，也许是被自己的喊声给吵醒了。他的模样有些吓人，让人不敢直视，头发和胡子黑得不自然，好像被大火燎了一遍——在荧光灯的白色冷光映照下，他前额那道铅灰色伤疤显得格外苍白。凯奇姆迷糊而警惕地打量着四周的环境。

"别忘了让卡尔警官也见鬼去。"厨师对他说。
"那当然，"凯奇姆欣然同意，"那个该死的牛仔。"
让凯奇姆留下伤疤的正是卡尔警官。这位警官经常在舞厅和旅店的酒吧制止打架斗殴行为。有一次，他在给凯奇姆"拉架"时，用

---

[1] 原木材积计量单位，相当于3.6246立方米。
[2] 相当于2.36立方米。

他那支长筒点四五柯尔特手枪敲破了伐木工的脑袋。"只有新罕布什尔州才有这么爱炫耀武器的王八蛋。"凯奇姆表示。（从此，卡尔警官就成了"牛仔"。）

然而，在丹尼·巴恰加卢波看来，制止斗殴的时候，比起开枪射脚或者膝盖，卡尔警官觉得用点四五柯尔特手枪敲脑袋更加合适——这个牛仔喜欢朝加拿大临时工开枪，这通常意味着法裔加拿大人没法在树林里干活了，只能回魁北克去，卡尔警官觉得这是无所谓的。

"我刚才说什么了吗？"凯奇姆问厨师父子。

"你刚才揪着蒸汽机车司机和卡车司机的话题不放，发表了一通演讲。"多米尼克告诉他的朋友。

"让他们见鬼去吧，"凯奇姆下意识地脱口而出，"我要到北方去——只要不在这儿，去哪儿都行。"他宣布。凯奇姆依然坐在折叠床上，端详着手上的石膏套，仿佛这是一条刚装上去却毫无用处的肢体，他怨恨地盯着它看。

"没错，当然。"多米尼克说。

丹尼在工作台面上干活儿，切做煎蛋饼用的胡椒和西红柿；男孩知道，凯奇姆整天把"到北方去"挂在嘴边。新罕布什尔州的米尔斯菲尔德和"第二学院赠予地"这两个地区，现在的正式名称分别是"大北方林区"和"缅因州威尔逊米尔斯东南部的阿奇斯克哈山区"，这两个地方都是对凯奇姆有吸引力的伐木区，但这位经验丰富的河道工和使用马匹的伐木工也知道，那些"逐步加大机械化程度"的设备也会到北方去；实际上，北方已经有这些设备了。

"你们应该离开这里，大厨——你知道你们应该离开的。"凯奇姆说。这时候，第一道车头灯的光照进伙房，室内一下子亮了起来。

"没错，当然。"厨师又说。就像多米尼克·巴恰加卢波一样，凯奇姆总是嘴上说着要走,却留在这里不动。

在开过来的几辆车里,印第安洗碗工的卡车引擎声尤其刺耳。"拉不出屎来的老天爷啊!"凯奇姆说,他终于站了起来,"简是不是一直挂着一挡开车啊,就不知道换挡吗?"

一直在炉旁干活、没看凯奇姆一眼的厨师这时候抬眼看了看他,说:"我又没雇她开车,凯奇姆。"

"是啊,没错。"凯奇姆只说了这么一句。洗碗工印第安·简打开伙房外门,和其他帮厨的工人进了屋。(丹尼纳闷地想:那扇破门,为什么只有简开起来一点儿都不费劲呢?)

凯奇姆把帆布床和睡袋叠好,正要收起来,简说:"哎呀,伙房里有个伐木工,这可不是什么好兆头。"

"去你的兆头吧,"凯奇姆说,看都没看她,"你丈夫死了吗?还是咱们得推迟庆祝活动?"

"我还没嫁给他呢,从来都没这个打算。"简像往常那样回答。印第安洗碗工和卡尔警官住在一起——凯奇姆和厨师一向不喜欢卡尔警官,多米尼克甚至比凯奇姆还讨厌他——简跟他在一起的时间不长,而且(说到兆头)隐约提到过自己也许会离开他。他打她。厨师和凯奇姆不止一次地议论过简乌青的眼圈和绽裂的嘴唇,连丹尼都注意到了她小臂上那些拇指大小、指印形状的瘀青,明显是警官抓住她摇晃时留下的。

"挨打我倒是能忍,"简通常这样告诉凯奇姆和厨师,但显然也为两人担心她的安全感到高兴,"不过卡尔应该小心点儿,"她偶尔会这样加上一句,"总有一天,我会反过来揍他一顿。"

简是个大块头女人,她(像往常那样)把十二岁的男孩搂在腰间,贴着她肥大的臀部,以这种方式向他打招呼。男孩的脑袋跟她的胸口一般高,她的乳房巨大无比,连清早穿来御寒的宽松套头衫都盖不住。印第安·简有一头异常浓密的煤黑色头发——结结实实地编成了一根粗粗的辫子,垂到屁股上,哪怕穿着运动裤或者宽松的粗布工作服——她在伙房干活时就这样穿——也遮掩不住她的大屁股。

她头上戴着一顶一九五一年版克利夫兰印第安人队棒球帽,上面开了个洞,以供辫子穿过——帽子是凯奇姆送的礼物。有一年夏天,凯奇姆受够了蚊蝇的叮咬,尝试去开长途运输木料的卡车,从遥远的克利夫兰弄来了这顶帽子。(丹尼只能猜想,这一定是凯奇姆认定所有卡车司机都是王八蛋之前的事情。)

"好吧,简,你是印第安人——这帽子就给你吧。"凯奇姆告诉她。帽子上的徽标是瓦荷酋长的红脸膛,这个印第安人正咧着嘴,笑得有些癫狂,一个大大的字母C把他的脑袋和头上的一部分羽毛围在中间。叉子骨形状的字母C是红色的,帽子是蓝色的,至于瓦荷酋长是谁,凯奇姆和印第安·简都不知道。

十二岁男孩经常听简说起这件事,这是她最喜欢提到的事情之一。丹尼记得有一次,简摘下这顶克利夫兰印第安人队的帽子,告诉男孩凯奇姆是怎么把这顶帽子送给她的。"其实凯奇姆年轻时长得挺帅的,"简从来不会忘记这样告诉男孩,"不过他一直没有你爸帅,也比不上将来的你。"印第安洗碗工总是补上这么一句。她这顶咧嘴大笑的印第安人棒球帽上有水渍,还有厨房的油渍。简喜欢把瓦荷酋长帽扣在十二岁男孩的头上,它盖住了孩子的前额,低垂在眼睛上方,他能感觉到自己的头发从帽子后面的那个洞里伸了出来。

丹尼从来没见过印第安·简没编辫子时是什么样,尽管她曾经给他当过很多次保姆,尤其是他很小的时候——那时候他还太小,不能跟父亲一起去河边的工地,很小的孩子是没法在当厨房用的移动窝棚里睡个好觉的。简经常把小丹尼安顿在伙房二楼的卧室里睡觉。(丹尼猜测,父亲不在家的那些晚上,她肯定睡在厨师的卧室里。)

次日早晨，每当给孩子做早餐的时候，简的辫子早就已经绑好了，丝毫看不出曾经解开的痕迹。虽然很难想象睡觉时拖着这根又粗又长的辫子能舒服到哪里去，不过丹尼知道，简可能在睡觉时也戴着克利夫兰印第安人队的棒球帽，疯狂大笑的瓦荷酋长是个始终警惕的、恶魔般的存在。

"我就不打扰你们这些女士干活儿了，"凯奇姆说，"上帝知道，我可不想碍手碍脚。"

"上帝知道。"一位厨房帮工说。她是锯木厂工人的妻子——大部分厨房帮工都是锯木厂工人的妻子。她们都是结了婚的胖女人，只不过印第安·简更胖，而且也没跟卡尔警官结婚。

卡尔警官也是个胖子。"牛仔"的块头跟凯奇姆差不多——但凯奇姆不是胖——为人卑鄙。在丹尼的印象中，大家都瞧不起牛仔，可卡尔警官总能连任镇上的巡警，从来没人反对，这很可能是因为绞河镇的其他人一点都不愿意当警官：这份工作主要就是制止打架斗殴，设法把法裔加拿大临时工送回魁北克，这意味着卡尔警官的做法——就是开枪射击他们的脚或者膝盖——虽然下作，但确实管用。然而什么样的人才会愿意用枪管敲别人的头，或者开枪射击人家的脚或者膝盖呢？男孩喜欢的印第安·简，为什么愿意跟那样一个牛仔一起生活呢？

"在这儿过日子得学会将就，丹尼尔。"男孩的父亲常说。

"模样不如以前的女人才会跟卡尔警官那样的人在一起，"凯奇姆试图给小丹尼解释，"可等到女人的模样变化太大的时候，卡尔就会另找别人了。"

丹尼·巴恰加卢波估计，所有的厨房帮工——那些锯木厂工人的妻子当然都不例外——容貌大多不如以前了。尽管印第安·简比她们都胖，但她仍然有漂亮的脸蛋和令人赞叹的头发，以及那对体积惊人的乳房,厨师的儿子常常不由自主地想到它们,(当然)这意味着他的思绪会在意想不到的时候飘到简的乳房上。

"男人喜欢女人,是因为喜欢她们的乳房吗?"丹尼曾问过父亲。

"问凯奇姆吧。"厨师回答。可丹尼觉得凯奇姆年纪太大,不会再对乳房感兴趣了——甚至老得根本不会去注意女人的胸部。当然,凯奇姆遭过不少罪,艰苦的生活让他看起来比实际年龄老很多,其实他只有三十七岁——只是看起来很显老(尽管他的头发和胡须黑得吓人)而已。

简呢——她多大了?丹尼想知道。印第安·简比丹尼的父亲大十二岁——她今年四十二岁——但她看起来同样显老,也遭过不少罪,曾经折磨过她的不止卡尔警官一个。在十二岁少年眼中,每个人似乎都显得挺老,至少比实际年龄要大一些,甚至连丹尼学校里的同年级男孩都显得更成熟。

"我敢打赌,你昨晚睡得很香。"简对厨师说,又朝丹尼露出微笑,双手伸到背后,把围裙的带子系到粗壮的腰部。她的胸可真大!男孩暗忖。"你睡着了吗,丹尼?"印第安洗碗工问他。

"当然,我睡足了。"男孩回答。他希望父亲和锯木厂工人的妻子们不在眼前,这样他就能跟简打听自己母亲的事了。

父亲曾经告诉他,凯奇姆从泄洪道找回了她那撞击得面目全非的尸体,也许正因如此,凯奇姆才阻止厨师,不让他看到水流和原木对她造成了什么样的伤害,然而丹尼的父亲始终无法谈起事故本身——至少不肯对儿子说,不愿提起任何细节。凯奇姆也不忍多说。"那时我们都喝醉了,"凯奇姆总是这样开口,"你爸爸喝醉了,我也喝醉了——你妈妈也有点醉了。"

"我醉得最厉害。"多米尼克每次都这样说,他对自己当年的醉酒深感自责,从那以后就不再喝酒,尽管不是马上戒掉的。

"也许我醉得比你厉害,大厨,"凯奇姆有时会说,"毕竟是我看着她走到冰上去的。"

"那是我的错,"厨师会坚持说,"我醉得那么厉害,甚至得让你背着我,凯奇姆。"

"别以为我不记得了。"凯奇姆会这样说,但两个人都不会(或者不愿意)吐露到底发生了什么。丹尼怀疑他们并没有忘记细节,而是认为难以启齿,或者两人都觉得无法将这样的细节透露给孩子。

印第安·简当时没喝酒——她从来不喝酒——把事情告诉了十二岁的孩子。不管男孩问她多少遍,她每次讲的都是同样的内容,他由此知道,她讲的很可能是真的。

那天晚上照看丹尼的是简;丹尼当时两岁。那是个星期六的晚上,舞厅里有人跳舞——既有真正的舞蹈,也有四对舞伴跳的方块舞。多米尼克·巴恰加卢波不跳舞;他腿脚不好没法跳,但他较为年长的妻子——凯奇姆叫她"罗茜表姐"——喜欢跳舞,厨师也喜欢看她跳。罗茜漂亮娇小,长得苗条又精致——在新罕布什尔州的绞河镇和巴黎,大多数与她年龄相仿的女人都无法跟她相比。("你妈妈的身材根本不像三十岁的女人——反正不像这里的三十岁的女人。"每次向小丹尼提起这件事,印第安·简总会这么说。)

显然,凯奇姆不是太老了就是身体太糟糕,不适合参战。尽管卡尔警官刚刚才敲破凯奇姆的额头,可他早就满身伤残——足以使他失去服兵役的资格,但并不能阻止他跳舞。"你妈妈教会了凯奇姆识字和跳舞。"厨师曾经告诉儿子,语气却出乎意料地平淡,好像说不清这两项技能究竟哪一项对凯奇姆来说更了不起或者更重要似的。

其实,凯奇姆是罗茜·巴恰加卢波唯一的舞伴,像照顾女儿那样照顾她,(在舞池之外)厨师的妻子站在大块头的凯奇姆身边,显得更加娇小，几乎像是他的孩子一样。

不过有一个"值得注意的巧合"，印第安·简这样告诉丹尼，男孩的母亲和凯奇姆当年都是二十七岁。

"凯奇姆和你爸爸喜欢一起喝酒，"简对小丹尼说，"我不明白男人为什么喜欢一起喝酒，但是凯奇姆和你爸爸有点喜欢得过了头。"

也许喝了酒就能痛痛快快说出想说的话了，丹尼想。自从多米尼克·巴恰加卢波彻底戒酒——凯奇姆依然像二十来岁的河道工那样酗酒度日——两个男人之间的对话可能就谨慎了许多，甚至连十二岁的孩子都知道，他们有很多话都没说出口。

根据凯奇姆的说法，"印第安人"是滴酒不沾的——所以对于印第安·简不喝酒这件事，他认为是很简单的常识。然而，她跟卡尔警官住在一起，那家伙是个下流的酒鬼。舞厅和旅店的酒吧打烊之后，警官会喝得烂醉，随时都能发酒疯。简开车回家时常常已经很晚——她要把伙房里的毛巾洗好，放进洗衣房里的烘干机，然后才能从伙房开车离开。无论时间多晚，简准备上床睡觉时，卡尔警官偶尔会醒着，向她发脾气。毕竟，她必须早起，而牛仔不用。

"我来给你仔细讲讲当时的情况，"有时候，印第安·简会突然对小丹尼这样说，"你爸爸的酒量不如凯奇姆，但他会硬拼，你妈妈更理智，但她也会喝醉。"

"我爸爸的酒量不如凯奇姆，是因为他的块头小吗？"丹尼总是问简。

"跟体重也有一定的关系，"洗碗工通常会这样回答，"凯奇姆背着你爸爸从舞厅回伙房，这不是他第一次把你爸爸背回来了。你妈妈还在他们身边跳舞，跳的是她擅长的那种漂亮的小互绕步。"（从印第安·简提到罗茜表姐漂亮的小互绕步的语气中，小丹尼有没有听出一丝嫉妒或是嘲讽呢？）

丹尼知道，互绕步是方块舞的一种舞步，他曾经让凯奇姆跳给他看，但凯奇姆摇了摇头，大哭起来。简给丹尼示范了一下，双臂抱着巨大的胸部，绕过他的右肩，围着他背对背地转圈。

男孩试着想象大块头的凯奇姆背着他爸爸，他妈妈围着凯奇姆跳互绕步。"凯奇姆当时也在跳舞吗？"丹尼问。

"我想是的，"简回答，"后来我才见到他们。我当时跟你在一起，记得吗？"

冰封的河谷里，罗茜·巴恰加卢波不再围着凯奇姆跳互绕步，开始隔着冰面向山腰喊话，绞河结冰后，回声变得更多，比起没有结冰的水面，冰面会把声音更快更逼真地传递回来。

"这是为什么呢？"丹尼通常会这样问简。

"我在伙房里听到了他们的声音，"印第安·简继续说道，她从来不会去想回声的问题，"你妈妈喊'我爱你'！你爸爸在凯奇姆肩膀上喊回去'我也爱你'！凯奇姆喊的是'狗屁'！之类的话，然后又大喊'浑蛋'！三个人很快都开始喊'浑蛋'！我以为他们的喊声会吵醒你，可是在晚上，没有什么能把你吵醒——哪怕你只有两岁。"

"是我妈妈先到冰上去的吗？"丹尼总是问。

"互绕步在冰上很难跳，"简回应，"凯奇姆也走到冰面上配合她；他还背着你爸爸。那是一层透明的薄冰，树林里还有积雪，但河谷的冰面上没有，那儿一直有风，而且几乎一个星期没下雪了。"简往往还会补充说："以往的大多数年头里，河谷的冰面是不会这样裂开的。"

喝醉了的厨师根本站不稳，却也想在冰面上溜几圈，就让凯奇姆放他下来，然后多米尼克就摔倒了——屁股着地，于是凯奇姆像推雪橇那样推着他走，丹尼的妈妈围着他们跳互绕步，如果他们没在大喊大叫"浑蛋"的话，或许其中的某个人会听到原木逼近的声音。

那时候，使用马匹的伐木工会把尽可能多的原木倾倒在小达默尔湖和绞河盆地之间的冰面上——以及上游支流的冰面上。有时原木的重量会先压碎达默尔湖的冰层，达默尔湖是达默尔湖群中比较大的一个，被一道蓄水坝拦住，但这道堤坝有时也不管用。无论如何，绞河镇上游的冰层总是最先破裂的，一九四四年冬末，原木坠入小达默尔湖的急流，击破前方的冰层——破裂的冰块和所有木材顺流而下，畅通无阻地冲进了河谷盆地。

冬末或者初春时节，这样的事情总会发生；通常出现在白天，因为白天更暖和。一九四四年，原木在夜里涌入河谷盆地，如同势不可当的雪崩，与此同时，凯奇姆推着坐在冰上的多米尼克，厨师那漂亮但"年纪有点大"的妻子正围着他们跳舞。

"年纪有点大"是印第安·简讲述当晚事情经过时的原话吗？（丹尼·巴恰加卢波不记得了，但他知道，简在说到原木冲进河谷盆地时，总会提起那个"值得注意的巧合"：凯奇姆和罗茜表姐同岁。）

那天晚上，印第安·简打开了伙房的门，正要告诉他们别喊什么"浑蛋"了，以免吵醒小丹尼。简所在的位置高于河谷盆地，能够听到河水和原木奔涌而下的声音。整个冬天，河水流淌的声音都被冰雪给盖住了，那个星期六的夜里却并非如此，简关上伙房的门，向山坡下面跑去。

现在没有人喊"浑蛋"了，第一批原木滑到了河谷盆地的冰面上，这些湿漉漉的木头碰到冰面后，前冲的速度似乎更快了，其中的一部分深深钻入冰层下方的河水，又被浮力托举，较大的木材从水下破冰而出。"就像鱼雷一样。"印第安·简总是说。

简赶到河谷盆地时，原木的重量已经压碎了冰层，冰面破开时形成的一些碎块足有小汽车那么大。凯奇姆发现罗茜不见了，不由得松开了手，厨师歪倒在原地。上一秒她还在跳互绕步，下一秒就消失在足有一堵墙那么大的冰块后面。紧接着,她曾经站立的位置又被成片的原木彻底覆盖。凯奇姆穿过巨大的冰块和剧烈晃动的原木,来到厨师旁边。多米尼克·巴恰加卢波正坐在一块布道台大小的浮冰上,向下游漂移。

"她不见了,大厨——消失了!"凯奇姆喊道。厨师坐了起来,惊愕地看着一根原木从河谷中浮起,从他身边呼啦啦地漂了过去。

"罗茜?"多米尼克叫道。假如他大喊"我也爱你",这时候在原木和碎冰制造的嘈杂音乐之中,再也不会听到什么明显的回声了。凯奇姆扛起厨师,踮着脚尖踩着一根根原木上了岸,有时他踩的不是原木,而是大块的浮冰,腿会没入水中,膝盖以上的位置全都浸湿了。

"浑蛋!"印第安·简在河岸上喊道——喊的是他们两个,或者他们三个。"浑蛋!浑蛋!"她一遍又一遍地哭喊着。

厨师又湿又冷,浑身打着哆嗦,牙齿咯咯作响,但凯奇姆和简清楚他是怎么想的。"她不可能消失,凯奇姆——她不能就这么不见了!"

"可是她消失得太快了,丹尼,"洗碗工告诉男孩,"比月亮在云彩背后滑行还要快——你妈妈就那样不见了。我们回到伙房时,你已经醒了,正在哭叫——哭得比我见过的任何一次被噩梦惊醒还要厉害。我觉得这是一个兆头:你不知怎么已经知道妈妈不见了。我没法让你停下不哭——也劝不动你爸爸。凯奇姆拿起一把切肉刀,站在厨房里,左手按着砧板,右手握着刀。""不要。"我告诉他,可他直勾勾地盯着砧板上的左手——我猜他是在想那只手没了会是什么样。后来我丢下他去照顾你和你爸爸,等回到厨房时,凯奇姆不见了。我到处找他的左手,感觉肯定会在什么地方找到他的手,我可不想让你或者你爸爸找到它。"

"但是他并没有把手切下来?"丹尼每次都会打断她问。

"嗯，没有——他没切。"简有点不耐烦地告诉男孩，"你看到了，凯奇姆还有左手，不是吗？"

有时，尤其是凯奇姆喝醉了的时候，丹尼会看到伐木工盯着自己的左手看，就像前一天晚上盯着他胳膊上的石膏套子看那样。如果印第安·简看到凯奇姆盯着自己的石膏套子，也许会以为这是凯奇姆仍然打算切掉左手的兆头。（但为什么会是左手？丹尼·巴恰加卢波想不明白。凯奇姆是右利手。如果真的那么讨厌自己，或是感到自责，想要切掉的难道不该是那只好手吗？）

一群人在厨房里忙得不可开交——所有的胖女人、瘦厨师和他更瘦的儿子。要从别人身后过去，得说"借过"或者拍拍对方的后背。锯木厂工人的妻子们从丹尼身后走过时，经常会拍拍男孩的屁股，其中的一两个人也会拍拍厨师的屁股，不过都是在背着印第安·简的时候。丹尼注意到，简经常出现在他父亲和厨房帮工之间——尤其是炉子和台面之间的狭窄走道那里，每当需要打开烤箱门时，走道会变得更窄。伙房的工作区还有更多狭窄的地方，考验着厨师和帮工们的应对能力，不过炉子和台面之间的走道是最窄的。

凯奇姆出去小便了——这是他住移动窝棚时养成的习惯，似乎牢不可破——印第安·简走进餐厅摆桌子。在工人们住移动伐木营地的"美好过去"，凯奇姆喜欢往窝棚宿舍的铁皮墙板上撒尿，把河工和其他伐木工吵醒。"河里有个窝棚！"他喜欢扯着嗓子大喊，"啊，老天爷——它漂走啦！"接着窝棚里便会传出一阵刺耳的叫骂声。

凯奇姆还喜欢拿河工的长篙敲打窝棚宿舍的铁皮墙板。"别让熊进去！"他嚷道，"噢，上帝——它抓了一个女的！噢，天哪！亲爱的上帝！不！"

丹尼把热乎乎的枫糖浆从后排灶头的大锅里舀出来，倒进几个罐子里。一位锯木厂工人的妻子朝男孩的脖颈后方呼气。"借过,小可爱!"女人粗声粗气地说。他爸爸正给香蕉面包蘸鸡蛋液,一个厨房帮工把法式香蕉吐司放进烤盘,另一个用刮铲不停地翻搅羊羔肉杂烩。

在出门去撒一泡似乎没完没了的尿之前,凯奇姆对十二岁的男孩说:"星期天早上九点,让你爸别忘了,丹尼。"

"我们会去的。"男孩说。

"你跟凯奇姆有什么打算?"印第安·简在十二岁男孩的耳边低声说。虽然她块头大,男孩却没注意到她来到了自己身后,起初还以为她是那个朝他脖颈后面吹气的锯木厂工人的老婆,可简已经从餐厅回来了。

"星期天早晨,我和爸爸要去死女人水坝见凯奇姆。"丹尼告诉她。

简摇了摇头,那根比马尾巴还长的辫子在大屁股上晃来晃去。"这么说,凯奇姆说服了他。"她不以为然地说。她把那顶克利夫兰印第安人队棒球帽的帽檐压低了,男孩从帽檐上方看不到她的眼睛。像往常一样,瓦荷酋长冲着十二岁的男孩癫狂地咧嘴笑着。

陌生人也许察觉不到,厨房里只是表面看起来忙成一团,实则乱中有序,近乎完美,丹尼和印第安洗碗工早就对此习以为常。在他们看来,所有的一切始终如一,比如锯木厂工人的妻子们总会给戴着连指手套端烤盘的厨师让路,动作十分敏捷——其中的一位还会边让路边把玉米松饼从模具里敲出来,收进一只大瓷碗里。谁也不会碰到谁,尽管大家的块头都不小——除了丹尼和他父亲,他俩(在这群女人中间)显得异常瘦小。

在台面和炉灶之间的狭窄过道里,八个灶头中至少有六个放着煎盘和汤锅,厨师和印第安洗碗工背对背地错身而过,这一幕极为常见——然而丹尼从两人的舞步中捕捉到了一丝微妙之处,还无意中听到了(他以前从未听到过)他们之间的一段简短但非常清晰的对话。两人背对背错身经过时,简故意撞到多尼米克身上——用她的大屁股碰了碰他的背部中央,因为厨师的头顶和简的肩膀一样高。

"跟你的搭档来个互绕步吧。"洗碗工说。

尽管厨师是个跛脚,却没有失去平衡,一个烤饼也没从烤盘里掉出来。"互绕步。"多米尼克·巴恰加卢波轻声说,此时印第安·简已经走到了他的身后。只有丹尼注意到了他们的接触,男孩心想,如果凯奇姆也在——无论喝没喝醉——肯定也会注意到的。(不过当然,凯奇姆没在屋里——可能还在撒尿呢。)

03 意外频发的世界

星期四,安吉尔·波普消失在原木之下。星期五早餐过后,印第安·简开着卡车,把丹尼送到菲利普斯河边巴黎制造公司的学校,然后开车返回绞河镇的伙房。

河工们会前往死女人水坝上游的某处工地,用长篙拨正原木的位置,厨师和厨房帮工们会准备四顿正餐,用背包给河工送去其中的两顿,另外两顿开车送给伐木工——他们在绞河镇与庞图克水库之间的木材运输道路旁给卡车装货。

哪怕大家没有因为安吉尔的死而难过,星期五也是个难熬的日子。每个人都急切盼望着周末的到来,尽管(厨师觉得)在绞河镇,周末无非意味着酗酒无度,管不住下半身——"更不用说随后的尴尬和羞耻了。"丹尼·巴恰加卢波听父亲(经常)这样说。在多米尼克看来,伙房的星期五晚餐是最难准备的。厨师给法裔加拿大人中的天主教徒制作他名声在外的无肉比萨饼,但对于那些"不吃鲭鱼的人"——凯奇姆喜欢这样描述自己和多数伐木工以及锯木工——而言,星期五晚上只有无肉比萨饼是不够的。

印第安·简把丹尼送到巴黎的学校时,用拳头轻轻捶了几下丹尼的上臂;假如他运气好,学校里的那些大孩子揍他时,就会打在这个部位,当然,那些大孩子比简打得用力多了——无论打的是丹尼的上臂还是别的地方。"下巴向下压,肩膀放松,手肘往里收,双手护住脸,"简告诉他,"你得装出要挥拳的样子,然后踹那个小杂种的蛋。"

"我知道。"十二岁的男孩告诉她。他从来没朝任何人挥过拳头,也从没踹过任何人的蛋。简的指点让男孩感到迷惑,他觉得这一套必定来自于卡尔警官给她的某些建议,但简需要防备的人只有警官一个人——不会有谁敢像他那样打她,小丹尼相信,可能连凯奇姆都没那个胆量。

简会在伙房或者绞河镇的任何地方跟丹尼亲吻道别,可送他在巴黎制造公司的学校下车时,或是在菲利普斯河附近接他时,她却从来没吻过他。那些西达默尔的孩子也许会在周围闲逛,假如看到印第安·简亲吻丹尼,一定会更加起劲地找他的麻烦,远甚于平时。在这个特殊的星期五,十二岁的男孩坐在卡车里,在简的身边动也不动。小丹尼可能暂时忘记了他们身处何地——因而等待她来吻他——要么就是想要问简某个跟他母亲有关的问题。

"怎么了,丹尼?"洗碗工说。

"你和我爸跳过互绕步吗?"男孩问她。

简对他笑笑,但这个笑比他以前在这张脸蛋上见到的笑容更加克制;她没有回答,这使他感到不安。"别告诉我让我去问凯奇姆。"男孩脱口而出。这句话让印第安·简笑出了声,笑容变得更自然、更坦率。(像往常一样,瓦荷酋长在癫狂地咧嘴笑。)

"我刚想说让你去问你爸爸,"洗碗工说,"别紧张。"她说,又捶了捶他的上臂——这次多用了点力气。"丹尼?"十二岁男孩正要爬出卡车驾驶室,简说,"别问凯奇姆。"

这是个意外频发的世界,厨师想。他正在厨房里一道接一道地做菜:早餐供应羊肉杂烩,这道菜当午餐也不错;他还做了鹰嘴豆汤

（给天主教徒们准备的）和炖鹿肉，炖鹿肉里加了胡萝卜和珍珠洋葱；没错，还有一锅可恶的烘豆子和无处不在的荷兰芹豌豆汤，但除此之外就没有多少标准的伐木营伙食了。

一位锯木厂工人的妻子正用烤盘煎意大利甜香肠，厨师不停地嘱咐她，煎的时候要把香肠切碎——听到他的话，另一个锯木厂工人的妻子唱了起来："拿锅铲把肉切碎！"用的是《与主同行》的调子，虽然有点走音，但这首歌尽人皆知，其他女人也跟着唱了起来。

锯木厂工人的妻子之中，厨师给"主唱"分配的任务是比萨饼面团拌酵母——他一直留意着她。多米尼克想要赶在他们开车去送午餐之前和好比萨饼面团，开始发酵。（星期五晚上，如果给吃鲭鱼的人准备的无肉比萨饼数量不够，会有一群法裔加拿大人发脾气。）

厨师还在做着玉米面包，又想开始给晚上供应的烤鸡填料；等他从河边的工地和伐木工装车的地方回来，就会把香肠、玉米面包、芹菜和鼠尾草混在一起，加上鸡蛋和黄油。丹尼刚才加热枫糖浆的那口大锅里现在正煮着冬南瓜，多米尼克准备回来后把它们捣成糊，拌上枫糖浆和黄油。星期五晚上，除了填过作料的烤鸡，他还会供应焗土豆和奶油南瓜，这大概是凯奇姆最爱吃的饭，大多数星期五的晚上，凯奇姆也会吃一些无肉比萨饼。

多米尼克为凯奇姆感到难过，他不知道凯奇姆是否真的相信他们星期天早晨会在上游水坝的溢洪道中找到安吉尔，凯奇姆也许希望他们永远都找不到少年的尸体。厨师已经决定不让小丹尼尔看到安吉尔的尸体。多米尼克·巴恰加卢波也不确定自己是否愿意看到安吉尔的尸体，还是希望永远都找不到男孩的尸体。

煮过鸡蛋的那一锅水又开起来了，厨师往里面加过几盎司醋。他已经做好了早餐的羊肉杂烩配水煮蛋，但羊肉杂烩作为午餐的时候只需要配很多番茄酱，水煮蛋不适合长途运送。兑了醋的水烧开之后,多米尼克把它倒在几块砧板上,为它们消毒。

一位锯木厂工人的妻子用早餐剩下的材料做了五十几个加了培根、生菜和番茄的三明治,她的眼睛看着厨师,拿了一块三明治吃了起来——多米尼克看出她心里盘算着什么鬼主意。她叫朵特[1],然而名不副实,体形过于臃肿,根本不像什么"小圆点",又似乎因为生过太多孩子而放弃了许多本领,如今只剩下一副好胃口,而至于她的胃口,厨师是连想都不敢想的。(她的胃口未免太大了,多米尼克暗忖。)

拿着锅铲的那位锯木工人的妻子——就是需要别人提醒才记得把香肠切碎的那个——似乎也在恶作剧,因为她的眼睛也盯着厨师。鉴于吃三明治的女人嘴巴塞得满满的,所以拿锅铲的女人率先开腔了。她的名字叫梅,块头比朵特还大,结过两次婚。梅和第二任丈夫生的孩子跟她的孙辈同龄,这些孙辈是她第一次婚姻期间养育的子女的孩子——这个"反常"现象搞得梅和她的第二任丈夫精神失常,始终无法恢复,甚至连彼此安慰都做不到。

多米尼克觉得奇怪的是,对于子女跟孙辈同龄这件事,梅一直耿耿于怀。这有什么大不了的?厨师感到不解。

"瞧瞧她吧,"凯奇姆曾经说,他指的是梅,"对她来说,所有的事都不是他妈的小事。"

也许是这样的,厨师想。梅用锅铲指着他,诱惑般地扭着屁股,嗲声嗲气地说:"噢,大厨,只要你肯娶我,给我做饭,我就忘了以前的苦日子!"

多米尼克正拿着长柄洗碗刷,刷洗泡在开水里的砧板,热水里的醋熏得他流出了眼泪。"你已经结婚了,梅,"他说,"要是你嫁给

---

[1] dot,小圆点。

我,我们有了孩子,你的儿女会比你的孙子还小。我可不敢想你那时候会怎么样。"

梅可能真的被这个想法吓到了,也许他就不该提起这个可怕的话题,厨师想。不过朵特依然在吃三明治,塞得满满的嘴巴里发出断断续续的笑声——结果噎住了,包括梅在内的厨房帮工们站在一边,等待厨师设法施救。

多米尼克·巴恰加卢波对于噎住这种事并不陌生,他见过很多伐木工和厂里的工人噎着过——他知道该怎么办。几年前,他救过一个舞厅里的女人的命:她喝醉了,被自己的呕吐物噎住,但厨师知道该怎么处理。这个故事很有名——凯奇姆甚至给它起了个标题——《大厨勇救六罐装帕姆》。这个女人像凯奇姆那样又高又瘦,多米尼克在凯奇姆的帮助下才把她打得跪下来,最后四肢着地,这才方便施展海姆立克急救法。(凯奇姆给她的绰号是"六罐装帕姆",因为据他估计,这个女人每天晚上开始喝波旁威士忌之前先要灌下六罐啤酒。)

海姆立克医生出生在一九二〇年,但是在一九五四年,他那如今已经众所周知的急救方法还没传到库斯县。多米尼克·巴恰加卢波已经给大食量的人做了十四年的饭,无数人在他面前噎住过,其中三个噎死了。厨师观察到,用力击打背部的办法并非总是有效,凯奇姆原来的处理方法——把噎住的人倒立,脚朝上头朝下地抱起来用力摇晃——也不管用。

然而有一次,凯奇姆不得不临场发挥,竟然大获成功,多米尼克目睹了全过程:某个伐木工喝醉了酒,变得更加凶狠好斗,块头也很大,凯奇姆费力地把他倒过来抱着摇晃时,好多次不慎脱手让这家伙摔到地上,于是这个快要噎死的工人试图弄死凯奇姆。

凯奇姆使出上勾拳,反复捶打那个疯子的上腹部,挨了四五记上勾拳之后，对方吐出一大块没嚼过的羊肉，先前他不小心把这块肉吸进了气管里。

多年来，厨师修改了凯奇姆即兴创造出来的方法，使其与自己较小的体形和更加温和的性情相符合。多米尼克会从噎住的人挥舞的手臂下方钻过去，躲到他或她的身后，箍住对方的上腹，双手紧扣，猛然向上一按——就在胸腔下方的位置，这一招屡试不爽。

厨房里，朵特开始挥舞手臂，多米尼克迅速弯腰，钻到她的背后。"噢，我的上帝啊，大厨——救救她！"梅叫道，子女 - 孙辈的同龄危机暂时被她忘了个干干净净。

厨师的鼻子抵在朵特温热而汗津津的后脖颈上，几乎搂不过来她的腰。朵特的大胸垂得很低，多米尼克得把它托上去，才能找到她的胸腔下方和上腹顶部那个位置，可当他托起她的乳房时——尽管只是一触即收，朵特还是用自己的双手按住了他的手，屁股朝他的肚子用力一拱，歇斯底里地笑了起来，一点也不像噎住的样子。疯疯癫癫的梅和其他厨房帮工跟着哈哈大笑。"哦，大厨——你怎么知道我喜欢这样？"朵特呻吟道。

"我一直觉得大厨是个喜欢后入式的家伙。"梅一本正经地说。

"噢，你可真是个小狗狗！"朵特喊道，挤压着厨师，"我就是喜欢你说'借过'[1]的那个劲儿！"

多米尼克终于从她胸前抽走了双手，轻轻一推，离开她的身体。

"我想对他来说，咱们的块头还不够大，朵特。"梅悲伤地说，厨师听出她的语气里透着一丝恶意。我刚才提了孩子 - 孙辈那件事，现在得付出代价了，多米尼克想。"要不然就是咱们的印第安味儿不够足。"梅说。

---

[1] behind you，借过，又有"在你后面"的意思。

厨师根本没怎么正眼看她，其他厨房帮工，甚至就连朵特也转过身去。梅挑衅地拿锅铲拍打着锅里的羊肉杂烩。多米尼克伸手绕过她，关掉了火，从她身后经过时，他拿手指碰了碰她的背部。"打包吧，女士们。"他用几乎和平时一样的语气说。"你和梅给河工送饭。"厨师告诉朵特，"其他人开车去路上找伐木工。"他没对着梅说话，也没有看她。

"这么说，走路的活儿全是朵特和我来做？"梅问他。

"你们应该多走点路，"多米尼克还是没看她，"走路对你们有好处。"

"好吧，这些该死的三明治是我做的——就让我来拿吧。"朵特说。

"把羊肉杂烩也带上。"厨师告诉她。

有人问河工里面有没有什么法裔加拿大人是"极端的天主教徒"，也许朵特和梅还应该带点鹰嘴豆汤送到河边的工地去。

"我不背汤。"梅说。

"那些吃鲭鱼的人可以把培根从三明治里面挑出来。"朵特建议。

"我不觉得这些河工里面有吃鲭鱼的人，"多米尼克说，"我们把鹰嘴豆汤和炖鹿肉送给路边的伐木工吧。要是河道工里有天主教徒发脾气，让他们怪我好了。"

"哦，我会让他们怪你的。"梅告诉他。她一直盯着他，但他一眼都没看她。他们各自出发时，梅说："我块头这么大，你可不能假装看不见我，大厨。"

"我假装看不见你，你应该觉得高兴，梅。"他告诉她。

厨师没想到的是，凯奇姆竟然和伐木工们一起在路边给卡车装货：哪怕受了伤，凯奇姆干起运输原木的活儿来也比河边工地的任何一个人都要好。"那个白痴大夫告诉我，不能弄湿了石膏套。"凯奇姆解释道。

"你怎么会弄湿石膏套呢?"多米尼克问他,"我从没见过你掉进水里。"

"也许我昨天在那条河上看到的够多了,大厨。"

"有炖鹿肉。"一位厨房帮工告诉伐木工们。

拉木头的一匹马出了事故,牵引起重机的一台拖拉机也出了事故,凯奇姆说,还有个法裔加拿大人从装车台上卸木头,弄丢了一根手指头。

"好吧,今天是星期五。"多米尼克说,仿佛预料到星期五时会有傻瓜出意外。"你们之中谁在意今天是星期五的,有鹰嘴豆汤喝。"厨师宣布。

凯奇姆注意到老朋友有点心烦,于是问道:"怎么了,大厨?发生什么事了?"

厨师解释道:"朵特和梅刚才胡闹来着。"他把事情的经过——还有梅说了简什么坏话——告诉凯奇姆。

"别和我说——跟简说去,"凯奇姆告诉他,"要是你告诉简,简会给梅撕出一个新屁眼。"

"我知道,凯奇姆——所以我不告诉她。"

"要是简看到朵特把你的手按在她奶子上,她这会儿早就已经被简撕出一个新屁眼了,大厨。"

多米尼克·巴恰加卢波也清楚这一点。这世界是个不太平的地方,厨师不想知道这方面的统计数字——每分钟有多少人被撕出了新的屁眼。凯奇姆当年撕出了不少,也不在乎再多撕几个。

"今晚有烤鸡,填了馅儿的,还有焗土豆。"多米尼克告诉凯奇姆。

凯奇姆闻言似乎很痛苦。"我有个约会,"大块头说,"要错过烤鸡了,真不走运。"

"约会?"厨师嫌恶地说。他从来不觉得凯奇姆的一夜情——对象主要是舞厅里的那些女人——也算约会。最近凯奇姆一直跟六罐装帕姆见面,只有上帝知道他俩凑在一起能喝多少酒!多米尼克·巴恰加卢波想。自从救了六罐装帕姆之后,厨师对她有了好感,但他感觉到她不怎么喜欢他,也许是恨他救了她。

"你还在跟帕姆见面吗?"多米尼克问这位酒量很大的朋友。

但凯奇姆不想谈这件事。"梅知道你和简的事了,大厨,你难道不应该担心吗?"

多米尼克的思绪转到了厨房帮工们身上:她们在哪儿?在忙些什么?八成已经在运输木材的路边搭好了折叠桌。窝棚里有丙烷炉子,可以给汤和炖肉保温。折叠桌上摆着大碗和汤匙,伐木工们走进窝棚,每人拿起一个碗和一把汤匙,女人们在窝棚里给他们盛饭。

"你看上去还是不够担心,大厨,"凯奇姆对他说,"要是梅知道了简的事,那么朵特也就知道了;要是朵特知道了,那么你厨房里的每个女人就都知道了。连我都知道,只不过我不在乎就是了。"

"我知道,谢啦。"厨师说。

"我的意思是,卡尔警官再过多久能知道?那个王八蛋。"凯奇姆说。他把沉重的石膏套搭在厨师肩膀上。"瞧瞧我,大厨。"凯奇姆用他那只好手指着自己前额那道长长的铁灰色疤痕,"我的脑袋比你的硬,大厨。你绝对不会想让牛仔知道你和简的事的——相信我。"

你的约会对象是谁?为了转移话题,多米尼克·巴恰加卢波差点这样问老朋友。但是厨师并不是真的想知道凯奇姆这次跟哪个女的上床——只要不是六罐装帕姆就无所谓。

大多数夜晚,简回到家时通常已经很晚,卡尔警官已经醉得不省人事,次日早晨简出门上班之后,牛仔才会醒来。麻烦只是偶尔会有——多数发生在简回家太早的情况下。不过,即便警官是个愚蠢的醉汉,他迟早也会发现这件事,某些厨房帮工也有可能把这事透露给丈夫:锯木厂的工人可不像河工跟伐木工那么喜欢厨师和简。

"我明白你的意思。"厨师对凯奇姆说。

"放屁,大厨,"凯奇姆说,"丹尼知道你和简的事吗?"

"我正打算告诉他。"多米尼克回答。

"正打算告诉?"凯奇姆嘲弄地说,"这话听着就像你正打算戴套,而不是已经戴了,对吧?"

"我明白你的意思。"厨师又说。

"星期天早上九点。"凯奇姆提醒他。多米尼克只能猜测,凯奇姆的"约会"要持续两个晚上——更像是花天酒地的无节制狂欢。

在绞河镇,如果说有哪些晚上厨师会瞒着儿子做点自己的事,那一定是星期六的夜里——到处都是嫖妓与酗酒的人。绞河镇本就是个不太可能长久存在的偏僻之地,紧邻一条暴戾的河流。这儿的居民从事的还是高度危险的职业,因此他们认为星期六的晚上放纵自己是理所应当的。

虽然多米尼克·巴恰加卢波滴酒不沾,又是个不爱好嫖妓的鳏夫,但他对星期六晚上的自甘堕落行为耳闻目睹,不免心怀同情。厨师似乎更能容忍绞河镇的其他粗人和恶棍,唯独强烈反感凯奇姆的作为,因为凯奇姆不是傻瓜,所以厨师格外无法忍耐他的愚蠢行径。不过,在聪明的十二岁男孩看来——丹尼不仅聪明,还具有敏锐的观察力——厨师对凯奇姆失望,不只是因为缺乏耐心,还有其他缘由。如果说印第安·简并没有在厨师面前维护凯奇姆的话,那么小丹尼却已经做到了。

这个星期六的晚上,安吉尔或许已经抵达了死女人水坝,因为尸体漂流的速度不及原木,少年那具磕碰得面目全非的尸体可能早就从浮栏下方钻过去了。在这种情况下,年轻的加拿大人可能要么顺时针打转,绕到主坝和溢洪道的右侧,要么逆时针漂到左侧。丹尼·巴恰加卢波正在帮爸爸擦桌子,伙房里的晚餐已经供应完了,厨房帮工们回家去了,印第安·简留下洗刷最后一批锅碗瓢盆,顺便等待洗衣机转完,好把所有毛巾和桌布放进烘干筒。

星期六晚上来伙房吃晚餐的基本都是全家出动:有些男人已经喝醉,跟妻子吵了起来,几个女人(轮流上阵)呵斥自家的小孩。有个锯木工吐在了洗手间里,两个喝醉酒的伐木工来晚了,错过了晚餐,正在坚持要求给他们上菜——这是自然。厨师每个星期六晚上——为了孩子们——都会做的意大利面和肉丸已经凝固变凉,远远达不到多米尼克·巴恰加卢波要求的标准,所以厨师给两个工人现做了通心粉,加了点意大利乳清干酪和他最喜欢用的欧芹。

"真他妈的好吃!"一位醉汉宣布。

"这是什么菜,大厨?"另一位印象深刻的伐木工问。

"Prezzémolo。"多米尼克郑重地说,这个词的异国情调犹如新端上来的啤酒,冲刷着伐木工醉醺醺的认知。两人跟着厨师把这个词重复念了好几次,才念对它的意大利语发音——普莱茨—贼—莫—罗。

简觉得反感,她知道这个外国词不过是欧芹的意大利语说法而已。"为两个天生爱迟到的醉汉做饭。"简抱怨道。

"要是凯奇姆来晚了,你会让他就那么饿着,"丹尼对父亲说,"你对凯奇姆太苛刻了。"

然后两个醉汉享受了一顿特别的晚餐,心满意足地走了。厨师父子和简快把星期六晚上的杂活干完了,这时餐厅的大门突然被人一脚踢开,风吹了进来,宣告另一位迟到者抵达了伙房。

简在厨房里,看不见来的是谁,于是朝着狂风吹进来的方向大喊:"你来得太晚了!晚餐结束了!"

"我不饿。"六罐装帕姆说。

的确,帕姆表面看来一点儿都不饿:她的骨架不小,却瘦得几乎没有肉,皮肤松弛下垂,面容瘦削狠戾,犹如野兽,苍白的嘴唇紧紧抿着,一副完全缺乏食欲的模样,嗜酒的迹象相当明显。不过她个子高,宽肩膀,足以撑起身上那件凯奇姆的羊毛法兰绒衬衫,而且这衣服穿在她身上一点儿都不显得肥大。帕姆细长柔软的金发中夹杂着缕缕白发,看上去很干净,然而疏于打理——她浑身上下都透着股不修边幅的劲儿,手里拿着一只警棍般大小的手电筒。(绞河镇的夜间照明不怎么样)凯奇姆的衬衫穿在她身上,就连袖子都不显得长。

"我猜,你是不是把他杀了,还抢了他的衣服?"厨师警惕地看着她说。

"我又没噎着,大厨。"帕姆告诉他。

"这次没有,六罐装!"简在厨房里喊道。丹尼猜想这两位女士肯定很熟,因为简只听声音就知道来的是帕姆。

"雇来的帮工待到现在还不下班,是不是有点太晚啦?"帕姆问厨师。

多米尼克看出,六罐装这一次少见地喝醉了,他惊奇地发现自己竟然有点儿嫉妒和伤感——这个大块头女人喝起啤酒和波旁威士忌来比凯奇姆还厉害。简走出厨房,胳膊底下夹着个煮意面的锅,没盖盖子的锅口像炮口那样正对着帕姆。

小丹尼刚刚进入青春期,性意识只觉醒了三分之一,另外三分之二还处于懵懂状态。他想起凯奇姆那番关于女人模样变化——以及变化程度跟卡尔警官的关系——的言论,在十二岁男孩眼中,简的模样并没有变差——现在还没有,脸蛋依然漂亮,煤黑色的长辫格外醒目,让人不禁遐想解开后的样子,她巨大的胸部也很能激发他的想象。

然而六罐装帕姆同样会让丹尼心动,但有所不同:她像男人一样好看（属于帅气的那种），又透着一丝青涩而不自知的女性魅力——漫不经心地披着凯奇姆的衬衫，没戴胸罩，松脱的乳房把衬衫撑了起来，目光扫了一遍简和丹尼，最后定格在厨师身上，神情像个胆大而又紧张的年轻姑娘。

"我需要你帮忙照顾凯奇姆，大厨。"帕姆说。多米尼克开始担心凯奇姆是不是犯了心脏病，甚至出了更糟糕的事，他希望六罐装别说出什么可怕的细节，让小丹尼听到。

"我可以帮你照顾凯奇姆，"印第安·简告诉帕姆，"我猜他是醉得走不动了吧？要是这样的话，我可以背他，比大厨轻松多了。"

"他光着身子醉倒在厕所里了，我可只有一个厕所。"帕姆对多米尼克说，没有看着简。

"我希望他只是在那里读书。"厨师回应道。

凯奇姆似乎一直在坚持读多米尼克·巴恰加卢波的书，它们其实曾经属于多米尼克的母亲，还有罗茜钟爱的小说。作为一个辍学时比丹尼还小的人，凯奇姆带着疯狂的决心读这些借来的书，把书还给厨师时，几乎每一页上都有圈出来的单词——不是画了线的段落，也不是完整的句子，只是一些孤立的单词。（丹尼感到奇怪，不知道妈妈是不是这样教凯奇姆读书的。）

小丹尼曾经把凯奇姆在母亲那本霍桑的《红字》里圈出的单词列出来，合在一起也没看出其中的含义。

  象征
  鞭刑柱
  性
  坏女人
  剧痛

乳房
刺绣
扭动
可耻
庄重
颤抖
惩罚
救赎
哀怨
哭泣
中邪
私生子
无罪
内在
报应
情人
玷污
丑恶

凯奇姆从前四章里圈出来的,只有这些词!
"你觉得他在想什么?"丹尼问父亲。虽然很难抗拒回答这个问题的诱惑,厨师还是忍着没说。当然,"性"和"乳房"是凯奇姆时常在想的事;至于"坏女人",凯奇姆也认识几个(其中就有六罐装帕姆!)。说到"情人",多米尼克·巴恰加卢波是这方面的专家,不过他宁愿对此一窍不通——该死的凯奇姆为什么要把这个词圈出来!而"鞭刑柱"和"扭动"——更不要说"哭泣""私生子""玷污"和"丑恶"了——厨师根本不愿细想凯奇姆对这些词汇究竟抱有什么样的龌龊兴趣。

"庄重""无罪""内在"以及最重要的"象征"则有些让人意外,多米尼克也不认为凯奇姆会对"刺绣""可耻""颤抖"或者"哀怨"之类的词感兴趣。厨师相信,"报应"(尤其是其中"惩罚"的部分)和"中邪"很符合这位老朋友的口味,因为凯奇姆确实就像中了邪一样——而且似乎到了无法"救赎"的程度。(凯奇姆难道经常感到"剧痛"吗?因为谁?或者因为什么事?多米尼克想知道。)

"也许这就是一些词而已。"小丹尼推断。

"什么意思,丹尼尔?"

凯奇姆只是想增加词汇量吗?他没受过什么教育,口才却很不错——而且一直在借书看!

"他只是把一些奇怪的单词列出来,大部分都挺怪的。"丹尼猜测。

没错,厨师表示同意——也许除了"性"和"乳房",还有"剧痛"之外,大都是些怪词。

"我只知道,我正给他大声念书,然后他带着那本该死的书进了厕所,晕过去了,"六罐装说,"他的身子卡在角落里,屁股还在马桶上。"她补充道。

多米尼克可不想知道什么大声念书的事。他对凯奇姆交往的那些舞厅女人的印象是,她们并没有文学方面的兴趣或好奇,厨师觉得凯奇姆很少跟这些女人交流,也很少听她们说话。但多米尼克曾经(开玩笑地)问凯奇姆,他拿什么当"前戏"。

令厨师大为惊讶的是,凯奇姆回答说:"我请她们给我大声念书,这样我才能进入情绪。"

说不定还会进入这种情绪:拿着书钻进厕所,然后昏过去。多米尼克无奈地想。厨师不觉得凯奇姆的舞厅相好们能有多么高的文化水平，凯奇姆是怎么知道哪些女人会念书的？那本让他失去跟六罐装帕姆做爱兴致的书，究竟是哪一本呢？（凯奇姆也很可能只是想上厕所而已。）

印第安·简进了厨房，又拿着一只手电筒走出来。"回来时照着路，"她把手电筒递给多米尼克，"我留下陪着丹尼，照顾他上床睡觉。"

"我可以跟你一起去吗？"男孩问他的父亲，"我可以帮你照顾凯奇姆。"

"我住的地方不太适合孩子去，丹尼。"帕姆告诉他。

这句话算不上正面回应，但厨师只是说："你和简留下，丹尼尔。我很快回来。"后一句与其说是对儿子说的，不如说是跟简说的，但印第安洗碗工已经回厨房了。

从伙房楼上的卧室能看到河谷里的一部分景色，还可以更清楚地看到谷地上方的小镇，然而夜里的镇子漆黑一片，以至于从远处的伙房看不清各家酒馆和客栈里有哪些活动——丹尼和印第安·简也听不到舞厅里的音乐，那儿没有人跳舞。

有一段时间，男孩和印第安洗碗工能望见两道手电筒的光束往镇上移动，跛脚的厨师步子也小，想跟上迈着大步的六罐装帕姆，只能把迈步的次数提高一倍，所以他手中的电筒光束也跟着上下晃动，很好辨认。（简或许希望自己能听到他们的交谈，丹尼却很想看到凯奇姆光着身子坐在马桶上的样子。）不过，手电筒的光很快便消失在笼罩着河谷的雾气中，消失在小镇昏暗的灯光里。

"他很快就会回来的。"十二岁的男孩说，因为他觉得简一定希望如此。她没有作声，只是放下他父亲卧室里的床，打开床头柜上的夜灯。

丹尼跟着她来到楼上的走廊，看到她离开卧室时，摸了摸那口挂起来的八寸铸铁煎锅。煎锅跟他爸爸的肩膀、印第安·简的胸部和丹尼的眼睛一样高。男孩从旁边经过时，也摸了摸它。

"你想用它打熊吗？"简问男孩。

"我猜，你刚才就是这样想的。"他告诉她。

"去刷牙吧，把别的事也做完。"她说。

男孩走进他和父亲共用的卫生间。等他换好睡衣准备上床睡觉时，简来到他的卧室，挨着他坐在床上。

"我从来没见过你解开辫子，"男孩说，"我想知道你披散开头发是什么样。"

"想看我披散开头发的样子，你还太小了，"简告诉他，"要是把你吓死了，我会良心不安的。"男孩能看出，在那顶克利夫兰印第安人队棒球帽的帽檐下面，她眼里有着戏谑的神情。

镇上有人喊了一嗓子，要么是在回应别人，要么是河谷附近的回声，但听不清喊了什么，与其相关的争吵声和后续的喊叫声被风吹散了。

"星期六晚上，镇上很危险，对吧？"丹尼问印第安·简。

"我认识一个小瘸子——也许你知道我说的是谁——他老说这是个'频繁发生意外的世界'，这话你听起来很熟悉吧。"简说。她的大手偷偷伸进被子，钻到小丹尼的腋窝那里，她知道他的腋下最怕痒。

"我知道你说的是谁！"十二岁男孩叫道，"别胳肢我！"

"嗯，星期六晚上，意外发生得更多，"简继续说，虽然没有胳肢他，但她一直把手放在他的腋下，"不过，没有人会招惹你爸爸——六罐装和他在一块呢。"

"他还要一个人回来呢。"男孩指出。

"别担心你爸爸,丹尼。"简告诉他,并从他腋下抽回手来,坐直了身体。

"你能打过六罐装吗?"丹尼问她。这是丹尼尔·巴恰加卢波最喜欢问的问题之一,他总是问印第安·简,她能不能"打过"某个人,跟凯奇姆宣称或者真的给某个对手"撕出新屁眼"意思一样。简能不能"打过"亨利·希伯特、"无指人"拉弗勒、博德特兄弟、双胞胎毕比或者斯科蒂·芬纳德、厄尔·丁斯莫尔、查理·克拉夫,还有弗兰克·贝米斯?

对于这些问题,印第安·简通常回答:"我觉得能。"(丹尼问她能不能打过凯奇姆时,她会回答:"要是他喝得足够醉的话,也许可以。")

但当想象中的对手变成六罐装帕姆时,简犹豫了。丹尼没想到她会如此犹豫。"六罐装是个迷途羔羊。"简最后说。

"可你能打过她吗?"小丹尼坚持问。

简从床上站起来,朝男孩俯下身,有力的大手抓住他的肩膀,吻了他的额头。"我觉得能。"印第安·简说。

"六罐装为什么不戴胸罩?"丹尼问她。

"她穿衣服时似乎很着急。"简告诉他,在卧室门口给他一个飞吻,然后半掩房门,走了出去。走廊上的灯光是给丹尼留的夜灯——从他记事起就是如此。

他听到风摇晃拉扯着松脱的伙房外门,那扇讨厌的门发出吱吱扭扭的声音。十二岁男孩知道,这不是爸爸回家或者深夜访客的声音。

"只不过是一点风而已!"印第安·简在走廊里向他喊道,她知道,自从听过熊的故事,男孩就一直担心有入侵者。

简总是把鞋或者靴子留在楼下,只穿袜子上楼。如果她下楼了,丹尼会听到楼梯被她压得咯吱咯吱响,但简现在一定待在楼上,因为她穿着袜子，可以像夜行动物那样悄无声息。后来，小丹尼听到卫生间里响起冲水声，想知道是不是父亲回家了，可男孩实在太困，没有起来察看。丹尼躺在那里，听着风声和无所不在的喧哗水声，当有人再次亲吻他的额头时，十二岁的男孩已经睡得很沉，不知道吻他的是父亲还是印第安·简——还是他梦见六罐装帕姆正在吻他。

帕姆大步穿过小镇——厨师一瘸一拐地跟在后面，像一条忠诚但受了伤的狗——看起来强大可畏，坚定不移，不会有任何人产生吻她或者被她亲吻的愿望。当然，厨师做梦也没出现过这样的念头——哪怕是下意识的。

"慢点，六罐装。"多米尼克说，但要么是风声盖过了他的话，要么是帕姆故意地加大了步子，她似乎没有听见。

风穿过锯木厂外面储存锯木屑的三层塔架，在木屑上犁出道道沟渠，粉尘迷了他们的眼。塔架很容易起火，凯奇姆说它"可能变成地狱"——尤其是在每年的这个时候，堆放了一整个冬季的锯木屑堆要等到泥泞时节结束、运输木材的道路变硬之后才能被卡车拉走，出售给安德罗斯科金河谷地的农民（当然，锯木厂里还有更多锯木屑）。一旦锯木屑着火，会点燃整个镇子，连最靠近河湾的山丘上的伙房也无法幸免，因为河边的风吹来时，山丘和伙房首当其冲，面积较大、更加明亮的余烬会被风从镇子向上吹到伙房那里。

然而，厨师坚持要求建造的伙房是绞河镇这个小定居点最坚固的建筑，那些旅店和酒馆——哪怕是锯木厂本身以及所谓的"舞厅"——在凯奇姆那些预言灾祸的梦境里，总是被锯木屑引发的熊熊火焰包围。

或许凯奇姆正在厕所里做梦——这也可能只是多米尼克·巴恰加卢波努力跟上六罐装帕姆时的突发奇想。他们路过一家酒馆，就在法属加拿大临时工们喜欢的那座旅店旁边。舞厅侧面的那条泥泞小巷里有一台一九一二年的"伦巴第"蒸汽原木运输车,已经在那边停了很久,原来的舞厅拆除后,又在它旁边重建起来(从三十年代起,人们开始使用汽油驱动的原木运输车,把满载原木的雪橇运出树林)。

假如小镇被烧,多米尼克心想,也许这台古旧的"伦巴第"机车将是唯一幸存的遗迹。令厨师惊讶的是,就在他端详着"伦巴第"运输车时,突然看到博德特兄弟睡在长雪橇的前排座位上,也可能是死了,他们或许是被人从舞厅里赶了出来,醉倒(或是被抛尸)在这里。

多米尼克蹒跚着从倒在地上的兄弟俩旁边走过,逐渐放慢脚步,帕姆也看到了他们,却没有停下来。"他们冻不死——都没下雪。"六罐装说。

下一家酒馆外面,四五个男人正在围观一场慢吞吞的斗殴。厄尔·丁斯莫尔和双胞胎毕比中的一个已经打了很久,拳头挥得有气无力,或是醉得太厉害,无法进入战斗状态——两人似乎谁也伤不了谁,即便出现了伤害,也不是故意的。双胞胎毕比中的另外一个要么出于无聊,要么是为自己的兄弟感到害臊,突然跟查理·克拉夫打了起来。六罐装帕姆随手放倒了查理,然后一胳膊抡在厄尔·丁斯莫尔的耳朵上,让他也躺在了地上。毕比兄弟茫然地面面相觑,半天才意识到,他们已经没有了打架的对手——除非两人敢惹帕姆。

"是大厨和六罐装。""无指人"拉弗勒说。

"你竟然能分清我们两个谁是谁,真让我吃惊。"帕姆告诉他,把挡路的拉弗勒推到一边。

他们来到了平顶的排屋——这些比较新的旅舍是卡车司机和蒸汽机车驾驶员的住处。正如凯奇姆所说,任何打算在新罕布什尔州北部建造平顶二层建筑的包工头,都是连人有几个屁眼都数不清的超级白痴。就在这时,舞厅的门被风吹开了(也有可能是被人推开的），传出一阵哀哀戚戚的音乐——佩里·科莫唱的《别让星星走进你的眼睛》。

最近的那座宿舍外面有道楼梯，帕姆转过身来，揪住多米尼克的衣袖，拉着他跟她走。

"小心倒数第二级，大厨。"她告诉厨师，拖着他走上楼梯。

作为跛脚，他上楼梯一向费劲——尤其是六罐装正拉着他走，更加吃力。靠近顶端的倒数第二级楼梯没有了，厨师跟跟跄跄地向前栽去，扶着帕姆宽大的后背才保持平衡。她只是再次转过身来，托着他的两腋，把他举到了最高一级楼梯上，他的鼻梁撞到她的锁骨，闻见她喉咙附近的女性气息——如果那不是香水味的话，但凯奇姆的羊毛法兰绒衬衫上有股男人味，搅乱了厨师的认知。

在楼梯顶端听来，舞厅的音乐更响了——帕迪·佩奇正在唱《橱窗里的那只小狗（卖多少钱）？》。难怪没有人跳舞，多米尼克·巴恰加卢波心想，这时候六罐装垂下肩膀，顶开房门。"该死，我讨厌这首歌。"她说，把厨师拽进屋里。"凯奇姆！"她大喊，但没人回答。谢天谢地，帕姆关门之后，可怕的音乐声消失了。

他们首先来到的地方似乎是个厨房，可厨师看不出哪里是厨房的尽头，哪里又是卧室的开始，到处都是散乱的锅碗瓢盆，还有内衣和一张乱七八糟的大床，唯一的光源是一只绿色的水族缸。六罐装帕姆竟然喜欢养鱼（假如水族缸里的东西确实是鱼的话。多米尼克看不出水草周围有什么活物。也许六罐装喜欢水草）？还是说她喜欢宠物？

他们跌跌撞撞地穿过卧室，就算厨师的腿不瘸，要绕过那张大床也不容易。虽然多米尼克很容易就能想到凯奇姆醉倒在那个尴尬的地方会是一种怎样的场面，可为什么帕姆如此匆忙地穿上衣服，连胸罩都没戴？他们朝厕所走过去，一路上看到了三件胸罩——哪怕再着急，也是可以随便抓起一件来戴上的。

这时候，六罐装挠了挠身上那件凯奇姆的羊毛法兰绒衬衫下的乳房，多米尼克并不担心她这样做是搔首弄姿地勾引他，或者跟他调情，她的这个动作如同把查理·克拉夫打倒在泥地里，或者挥挥胳膊，打中厄尔·丁斯莫尔的耳朵一样，都是无心之举。厨师知道，假如六罐装想挑逗他，根本不会只是摸摸胸口那么含蓄。另外，她贴身穿着凯奇姆的羊毛法兰绒衬衫，肯定觉得又刺又痒。

他们在马桶上找到了凯奇姆，跟帕姆先前看到他的样子差不多，凯奇姆双膝张开，正在读的那本平装书压在石膏套下面，摊在赤裸的大腿上。马桶里的水面上鲜红一片，凯奇姆仿佛就要因缓慢失血而死。

"他肯定是内出血！"六罐装惊叫，但厨师意识到，凯奇姆是把一支灌了红墨水的钢笔掉进了马桶，他一定是用这支笔圈单词来着。"我离开之前，已经冲过水了。"帕姆说。多米尼克卷起袖子，（把手伸到凯奇姆的双膝之间）拿出马桶里的钢笔——又冲了一次水，然后在水槽里洗了手和钢笔，用毛巾擦干。

这时候他才注意到凯奇姆勃起了。也许因为厨师一开始就非常不想看到凯奇姆勃起的样子，所以他进来时并没有注意到这个明显的事实。六罐装自然没有忽略这一点。"唉，他知不知道自己究竟在干什么！"她说，搬起凯奇姆沉重的双臂，扶着他在马桶上坐正，让他从卡在角落里的憋屈姿势中解脱出来。"你只要抓住他的脚踝，大厨，剩下的交给我。"

那本差点儿随着钢笔一起掉进马桶的书顺着凯奇姆的大腿滑落在地，是陀思妥耶夫斯基的《白痴》——这个事实让多米尼克·巴恰加卢波颇感意外，与之相较，他觉得凯奇姆在马桶上（或者说马桶下面）捧着小说昏了过去的一幕反而更好理解，而六罐装在那张泛着绿光的硕大床铺上给凯奇姆读书则是他难以想象的。多米尼克本能地大声念出书名，引起了帕姆的误解。

"你想告诉我,他是个白痴!"她说。

"你喜欢这本书吗?"厨师问她。两人把凯奇姆从厕所里拖出来,不小心让他的脑袋撞到了门把手,凯奇姆的石膏套在地上拖着。

"讲的是该死的俄国人的事,"六罐装轻蔑地说,"我没怎么注意故事情节——就是念给他听听而已。"

短暂的撞击并没有唤醒凯奇姆,不过却让他说起了胡话。"在那些低级酒吧,你哪怕盯着某个超级敏感的浑蛋多看了一会儿,就有可能惹上一大堆麻烦,柏林市中心没有哪家酒吧比得上班戈的'地狱半亩地'——反正我是不知道。"凯奇姆说,勃起的阴茎就像风向标一样竖着。

"你对缅因州了解多少?"帕姆问他,好像凯奇姆意识清醒、能听懂她的话一样。

"我没杀佩内蒂——他们永远别想陷害我!"凯奇姆宣布,"那把冲压锤不是我的!"

人们在安德罗斯科金河边的那家有年头的"兴隆旅馆"——米兰以北大约两英里——发现了勒基·佩内蒂的尸体,他被人杀死在自己的床上,脑袋让冲压锤给砸烂了。几个河工说,那天下午早些时候,勒基跟凯奇姆在河边的木材分拣口吵了起来。像往常一样,人们发现凯奇姆在埃罗尔的"恩贝格旅馆"过夜——有个在那里的厨房干活的弱智女人跟他在一起。无论是凶手反复击打佩内蒂(打算在他额头上砸出字母H的痕迹)的那把冲压锤,还是凯奇姆自己的锤子,全都不知所踪。

"那是谁杀了勒基?"六罐装问凯奇姆。她和多米尼克把凯奇姆扔到床上,老河工那始终勃起的阴茎对着他们抖动,宛如大风中的旗杆。

"我敢打赌,是贝吉隆干的,"凯奇姆回答,"他有一把冲压锤,跟我那把一样。"

"而且贝吉隆当时没在搞埃罗尔的那个智障！"帕姆说。

凯奇姆依然闭着眼睛，只是笑了笑。厨师很想回到厕所，看看凯奇姆在《白痴》上圈出了哪些词——怎么样都行，只要能远离老朋友勃起的下身。

"你醒了没有？"多米尼克问凯奇姆，他看起来好像又晕了过去——要么就是正在把自己想象成华沙-圣彼得堡列车上的三等车厢乘客。因为凯奇姆最近才借走了《白痴》，厨师认为，在这段"晕在马桶上"的插曲打断了他精心挑选的前戏之前，六罐装不太可能读完了第一章的太多内容。

"好了，我该回家了。"多米尼克说。凯奇姆的阴茎终于垂落下来，似乎标志着晚间的娱乐活动结束了，可帕姆也许不这么想——她面对着厨师，开始解那件借来的衬衫的纽扣。

真正的挑逗来了，多米尼克·巴恰加卢波暗忖。床脚和卧室的墙挨得很近，六罐装挡住了他的去路，他必须爬到床上，跨过凯奇姆的身体，才能绕开她走掉。

"来吧，大厨，"帕姆说，"让我看看你的本事。"她把羊毛法兰绒衬衫往床上一扔，盖住了凯奇姆的脸，但没盖住他倒下来的阴茎。

"她不完全是个智障，"凯奇姆在衬衫下面喃喃地说，"也不是埃罗尔的——她是从迪克斯维尔峡谷来的。"他说的一定是"恩贝格旅馆"的那个厨房帮工，佩内蒂在安德罗斯科金河畔"兴隆旅馆"被杀那晚，凯奇姆和她鬼混了一夜。（凯奇姆的冲压锤和凶器都找不到了，也许是个巧合。）

六罐装狠狠抓住厨师的肩膀，把他的脸猛地按在自己的乳房之间——这下子一点儿都不含蓄。他接下来的动作像是海姆立克急救法做了一半——蹲下来，从她的胳膊底下钻到她身后，双手锁住她的胸腔下方，就在那对漂亮的乳房下面，鼻子痛苦地卡在帕姆的肩胛骨之间。多米尼克说："我不能那么做，六罐装——凯奇姆是我的朋友。"

她轻而易举地挣脱他的掌控，抬起又长又硬的胳膊肘，往他嘴上一捣，撞裂了他的下嘴唇，然后单臂锁住他的脑袋，夹在她的腋窝和柔软的胸脯之间。"要是你让他找到安吉尔，你就不是他的朋友！那个该死的孩子快要折磨死他了，大厨，"帕姆告诉他，"要是你让他看到那孩子的尸体，或者剩下的胳膊腿儿什么的，你就不是凯奇姆的朋友！"

他们在床上滚来滚去，旁边就是凯奇姆被盖住的脸和纹丝不动的裸体。厨师几乎无法呼吸。他伸手圈住六罐装的肩膀，打她的耳朵，但她毫不妥协地压在他身上，重心落在他的胸口。他的头和脖子被她锁得牢牢的，右胳膊也被紧紧地按住了，只有左手能动。他再次挥动笨拙的左手打她，拳头落在她的颧骨、鼻子、太阳穴和耳朵上。

"上帝啊，你打起架来真是个外行，大厨。"六罐装不屑地说。她从他身上翻下来，放开了他。多米尼克·巴恰加卢波将会记得这一幕：他躺在那里，胸膛起起伏伏，朋友在旁边打着呼噜，水族缸发出的恐怖绿光笼罩着大口喘息的厨师，浑浊的水中，那条看不见的鱼可能一直在嘲笑他。帕姆捡起一件胸罩，背对着他戴上。"你至少可以带着丹尼提前过去，赶在凯奇姆到达之前找到安吉尔的尸体。只要别让凯奇姆看到那个孩子就行！"她叫道。

凯奇姆扯掉脸上的衬衫，茫然地凝视着天花板；厨师在他旁边坐起来。帕姆已经穿好了胸罩，正气呼呼地往身上套T恤。多米尼克也会记住这一幕：六罐装的无背带工装裤低垂在她宽大但坚硬的屁股上，裤裆的拉链开着，从中可以瞥见她金色的阴毛。当然，她现在很着急，穿衣服的速度很快。"你滚吧，大厨。"她告诉他。他看了一眼凯奇姆，老河工已经闭上了眼，石膏套遮在脸上。"凯奇姆找到你老婆的时候,让你看她了没有?"帕姆问厨师。

多米尼克·巴恰加卢波将会努力忘掉这一幕:他从床上爬起来,但六罐装不让他从她身边过去。"回答我。"她对他说。

"没有,凯奇姆不让我看她。"

"这么说,凯奇姆对你够朋友。"她说,放开了厨师。厨师一瘸一拐地朝位于厨房区域的门口走去。"小心楼梯,从上往下数第二级。"她提醒他。

"你应该让凯奇姆给你修好那一级楼梯。"多米尼克说。

"就是凯奇姆把它拆下来的——为了听见有人上楼或者偷偷下楼。"六罐装告诉厨师。

毫无疑问,凯奇姆必须采取某些预防措施,多米尼克心想。他来到门外,缺席的那一级楼梯正在等着他——他小心翼翼地跨了过去。舞厅里传出的令人沮丧的音乐立刻顺着楼梯涌进他的耳朵。特蕾莎·布鲁尔唱着《直到我和你再次跳起华尔兹》,此时一阵风吹开了房门,厨师刚才还以为自己把门关严了。

"该死!"他听见帕姆说。

风或是舞厅的音乐转瞬间唤醒了凯奇姆——清醒到足以让老河工在六罐装用力关上门之前发表最后的评论。"现在你他妈的没那么走运了吧,勒基?"凯奇姆考问着这个多风的夜晚。

可怜的佩内蒂,多米尼克·巴恰加卢波想。也许勒基·佩内蒂从来没听到过这个问题——也就是说,凯奇姆第一次这样问的时候(假如他真的问过的话),他就没有听到。(当然,勒基现在什么也听不到了。)

厨师绕过破旧的旅馆酒吧,酒吧招牌上的字母已经残缺不全了。

"未成年人禁入!"霓虹灯招牌朝他眨着眼睛。

"第三杯啤免!"另外一块牌子闪烁着。

走过霓虹灯招牌之后,多米尼克才发现忘记了拿手电筒。如果回去取,六罐装绝对不会给他好脸色。厨师舔了舔嘴唇上的伤口,摸了摸嘴,看着手指上的血迹。本来就昏暗的绞河镇灯光变得愈发暗淡,舞厅的门被风吹得关上了(也可能是被人用力带上的),特蕾莎·布鲁尔的歌声戛然而止,仿佛六罐装突然扼住了这位女歌手纤细的脖子。舞厅的门再次被风吹开(或者被人踢开)的时候,托尼·贝内特低声唱起了《白手起家》。多米尼克坚信不疑:绞河镇之所以会产生永无休止的暴力,应该部分归咎于无可救药的音乐。

毕比双胞胎刚才干架的酒馆门口,没有留下丝毫斗殴的痕迹。查理·克拉夫和厄尔·丁斯莫尔已经从泥地上爬了起来。不知是死掉还是昏倒的博德特兄弟已经离开了永远占据舞厅旁边小巷的"伦巴第"机车(也可能是被人抬走了),几乎可以确定,这台车头要比舞厅存在得更久。

多米尼克·巴恰加卢波摸着黑向前走,一瘸一拐的模样很容易被人当成出脚探路的醉汉。一个熟悉的身影走出法裔加拿大临时工最常去的那家旅店附近的酒馆,跟跟跄跄地朝多米尼克靠近。厨师还没确定这家伙是不是卡尔警官,一道手电筒的光柱就照花了他的眼。"站住!这个词的意思是'停下!'站住[1]!如果你是他妈的法国裔的话。"牛仔说。

"晚上好。警官。"多米尼克眯着眼睛看向手电筒,灯光和风吹过来的锯木屑刺激得他睁不开眼。

"已经这么晚了,你怎么还在外面,大厨——你流血了。"警官说。

"我刚才去看一个朋友。"厨师说。

---

[1] 原文为法语。

"打你的人可不是你的朋友。"牛仔说着又靠近了一步。

"我忘拿手电筒了,撞在什么东西上了,卡尔。"

"可能撞在什么人的膝盖……或者胳膊肘上了吧。"卡尔警官推测道,他的手电筒几乎触到了多米尼克流血的下唇,警官恶臭的呼吸夹杂着啤酒和威士忌的气味,像锯木屑那样刺痛了厨师的脸。

幸好此时有人调大了舞厅音乐的音量,那扇跟旋转门差不多的门再次打开——多丽丝·戴在唱《隐秘的爱》——门外,印第安·简的两个情人面对面站着,醉醺醺的牛仔耐心察看着清醒的厨师嘴唇的伤口。就在此时,法裔加拿大临时工最喜欢的旅馆里猛然闪出另一道人影——迷失在夜晚的倒霉蛋吕西安·沙莱,这个小伙子像土狼崽子那样哀嚎着,一丝不挂地被人扔了出来,四肢着地落在泥巴上。警官把手电筒转向受惊的法裔加拿大人。

四周突然安静下来,舞厅的门关上了,阻隔了多丽丝·戴的歌声——就像这扇任性的门刚才突然把《隐秘的爱》释放到夜幕之中那样——多米尼克·巴恰加卢波和吕西安·沙莱两个人都清楚地听到卡尔警官打开了他那把点四五柯尔特的保险。

"耶稣啊,卡尔,别……"多米尼克说,警官瞄准了年轻的法裔加拿大人。

"把你的法国光屁股挪回你该去的地方!"警官喊道,"趁我还没轰掉你的鸡巴蛋!"

四肢着地的吕西安·沙莱直接尿在了地上——尿液冲出的小坑越来越大,很快淹没了他粘满泥巴的膝盖。法裔加拿大人转过身,像狗一样爬进旅店,刚才把他扔出来的那些恶作剧的家伙急忙赶到门口迎接他,仿佛这个光屁股青年命悬一线,能否活下来取决于爬得够不够快(也许的确如此)。接下来是一阵夹杂着"吕西安"的急促叫喊,全都是厨师和警官听不懂的法语。沙莱安全地回到旅店之后,卡尔警官关掉手电筒。那把荒唐的点四五柯尔特的保险依然是打开的。牛仔的枪口对准了多米尼克·巴恰加卢波那条好腿的膝盖,厨师惊慌失措,牛仔缓缓地关上手枪保险。

"你愿意让我陪你回家吗,大厨?"卡尔问。

"我没事。"多米尼克回答。他们都能看到伙房的灯光,在镇子靠近河谷那一头的山丘上。

"我看出来了,你今晚又把我亲爱的简留下干活,让她忙到三更半夜。"警官说。厨师还没来得及考虑如何谨慎地答复,卡尔又说:"你儿子不是挺大的了,还不能自己上床睡觉吗?"

"丹尼尔是不小了,"多米尼克回答,"我只是不想让他晚上单独待在家里,他又那么喜欢简。"

"我们俩都喜欢她。"卡尔警官说,吐了口痰。

我们三个都喜欢简!多米尼克·巴恰加卢波心想,但他没说话。他还记得帕姆把他的脸按在乳房之间,差点憋死他。他感到羞愧,仿佛做了对简不忠的事,因为六罐装确实让他兴奋——哪怕手段有点要命。

"晚安,警官。"厨师说。他开始往山上走去,牛仔拿手电筒晃了晃他,短暂照亮了前方的路。

"晚安,大厨。"卡尔说。手电筒熄灭后,厨师依然感到警官还在盯着他。"你虽然瘸了,走路还是挺利索的!"牛仔朝黑魆魆的山坡喊道。多米尼克·巴恰加卢波也会把这句话记在心里。

舞厅传出一段歌声,但多米尼克已经离镇子太远,听不清歌词的内容了。只是因为听过无数次这首歌,他知道这是埃迪·费舍尔唱的《哦,我的爸爸》——音乐声消失很久之后,厨师才恼火地发现,自己还在唱着这首蠢兮兮的歌。

04 八寸铸铁煎锅

厨师始终无法摆脱这种感觉：警官尾随着他回了家。多米尼克·巴恰加卢波在黑暗中的餐厅窗前徘徊了许久，寻觅镇子方向照过来的手电筒灯光，但假如牛仔打算调查伙房里的情况，哪怕是卡尔这样的白痴，也不会蠢到打着手电筒上山来。

多米尼克没有关掉伙房外面的门廊灯，好让简看清通往卡车的路。他把粘满泥巴的靴子放在楼梯底部，挨着简的靴子。厨师觉得，也许自己在楼下徘徊还有别的原因：他该如何向简解释嘴唇上的伤？该不该告诉她自己碰到了卡尔警官？简难道不该知道多米尼克曾经遇到过牛仔——而且卡尔警官的行为和脾气像往常一样，让人捉摸不透——吗？

厨师甚至无法确定，警官是不是通过某种方式知道了简是多米尼克的"情妇"——凯奇姆会这样叫她，他会从厕所读物讲述的禁忌恋情中引用各种词汇。

多米尼克·巴恰加卢波穿着袜子悄悄上楼——可因为他是跛脚，楼梯还是发出独特的嘎吱声，简就坐在床上，他也不可能神不知鬼不觉地从自己打开的卧室门口溜过去（他偷偷地往里瞄了一眼，看到她解开了头发，能偷偷做到这一点，难度已经很高了）。多米尼克打算在她看到自己之前清理一下嘴唇的伤口，但简肯定察觉到了他有事瞒着她,只见她这时候把那顶克利夫兰印第安人队的棒球帽扔进了走廊,差点儿打到他。瓦荷酋长头朝下落在地上,仍然咧着嘴笑——疯狂的眼神似乎凝视着走廊,望着卫生间和小丹尼卧室的方向。

厨师站在卫生间的镜子前,发现自己的下嘴唇可能需要缝针,假如不缝,伤口最终也能愈合,可缝几针好得更快,留下的疤痕也浅。他痛苦地刷完牙,临时往下嘴唇倒了点双氧水,用一条干净毛巾拍干——注意到毛巾上沾了血。遗憾的是,明天是星期天,他宁愿让凯奇姆或简给自己的嘴唇缝针,也不打算试着在星期天到那个有着他连想都不愿想的倒霉地名的地方去,找那个白痴大夫处理伤口。

厨师走出卫生间,径直穿过走廊,来到丹尼尔的房间。多米尼克·巴恰加卢波给了熟睡中的儿子一个晚安吻,在孩子前额留下一点血渍,可他没发觉。厨师回到走廊上时,脑袋倒过来的瓦荷酋长又在朝他咧嘴大笑,好像在提醒他,一定要小心地和印第安·简解释,注意措辞。

"谁打的你?"他在卧室脱衣服时,她问。

"凯奇姆喝醉了不光说胡话,还发酒疯,你知道的。"

"要是凯奇姆打了你,大厨,你现在不会站在这儿。"

"这只是个意外,"厨师坚持说,他希望自己最喜欢的词能发挥作用,"凯奇姆没想着伤害我,只是不小心拿石膏套子碰到了我。"

"要是他拿石膏套子砸你,你已经没命了。"简告诉他。她坐在床上,头发披散了一身,垂到腰部以下,双臂交叉横在胸前,乳房被头发和胳膊给遮住了。

每当她解开辫子,披着头发回家时,只要卡尔警官没醉得昏睡过去,准会找她麻烦。今晚简应该多待一会儿,早晨早点回去,假如她还要回家的话,多米尼克想。

"我今晚见到过卡尔。"厨师告诉她。

"打你的也不是卡尔,"简说,他上床躺在她身边,"这肯定不会是他用枪打的。"

"我说不准他是不是知道咱俩的事,简。"

"我也说不准。"她告诉他。

"杀勒基·佩内蒂的人是凯奇姆吗?"厨师问。

"没人知道,大厨。这么多年了,我们还是什么都不知道!六罐装为什么打你?"简问他。

"因为我不愿意跟她乱搞——就因为这个。"

"要是你上了六罐装,我就揍死你,让你再也找不到下嘴唇。"简对他说。

他笑了,可嘴唇表示反对,疼得他瘪着嘴。"可怜的宝贝,今晚没法亲你了。"简说。

厨师躺在她旁边。"除了亲嘴,还可以做别的事。"他对她说。

她把他推得仰面躺着,伏在他身上,巨大的体重把他牢牢地压在了床垫里。厨师有点儿喘不过气,假如闭上眼睛,他又会看到自己被六罐装夹得几乎窒息,所以他始终睁大着眼睛。印第安·简跨到他的腰上,实实在在地往他的大腿上一坐,多米尼克霎时感到自己猛然把空气吸进了肺里。六罐装打他这件事引发了简的紧迫感,她有些心急地让厨师滑进她的身体,没浪费任何时间。

"我来让你看看还能做哪些事。"印第安洗碗工说,她开始前摇后晃,乳房落在他的胸口,嘴巴蹭着他的脸,小心地避开他的下嘴唇,长长的头发倾泻而下,犹如一顶帐篷,罩住了他们两个。

厨师可以呼吸,但是不能动。简太重了,他丝毫无法采取主动,况且多米尼克·巴恰加卢波一点儿都不想改变她在上面来回摇摆的方式——他就爱她那股越来越猛的劲头。(即便印第安·简像多米尼克已故的妻子罗茜一样轻盈,厨师本人也不想像凯奇姆那样魁梧。)

多米尼克把这想象成坐火车——不过他能做的，只有抱紧这列火车，而且确切地说，是火车坐在他的身上。

丹尼确定自己刚才听到了卫生间的冲水声，也的确有人亲吻了他的额头——要么是他父亲，要么是来自简的晚安吻，但这些都不重要，男孩把这个吻和梦境混在了一起，梦见六罐装热情地亲吻他——不一定吻在额头上，这也并不重要。十二岁男孩知道，先前那一阵奇怪的嘎吱声是父亲跛着脚上楼的声音（上楼时，父亲总是先迈出那只好脚，跛脚再轻轻地跟上来），这一点也没么重要，因为他现在又听到一阵不熟悉的"吱吱"声，跟父亲上楼的声音完全不同。

关键在于，新出现的这个声音嘎嘎吱吱地一直在响，已经完全清醒过来的男孩紧张不安地思考着声音是从哪里来的——他非常确定，现在摇晃着伙房的整个二楼的并非只有风，因为丹尼听过也感受过每个季节的风。他悄悄下了床，屏住呼吸，踮着脚尖穿过半掩的卧室门，来到二楼走廊。

翻倒在地的棒球帽上，瓦荷酋长正鼻孔朝天地朝他疯狂地笑。简出了什么事？小丹尼想。她的帽子在走廊里，她的脑袋去哪儿了？入侵者（肯定有个掠食者在附近游荡）八成是用爪子或者大镰刀（假如掠食者是人类的话）切掉了简的脑袋。

丹尼小心翼翼地穿过走廊，有些担心会在浴缸里看到简被切下来的脑袋，但他从卫生间敞开的门前经过时，没有看到她的头。十二岁的孩子只能猜测，入侵者是熊，不是人，那头熊吃了简，现在正在袭击他的父亲。因为无可否认，暴戾的吱吱声和清晰的呻吟声（或者更糟，是哭泣声）来自他父亲的卧室，男孩越靠近，听得越清楚。当他走过那顶克利夫兰印第安人队的棒球帽时，发现瓦荷酋长的脸居然是倒过来的，这一幕加深了男孩的恐惧。

丹尼·巴恰加卢波走进父亲的卧室，看到的（更准确地说，是他认为自己所看到的）恰恰是十二岁男孩最担心的情景，甚至更糟——那头熊竟然比他想象的还大，毛也更多。熊的身子底下，只露出他父亲的膝盖和双脚。更吓人的是，他父亲的小腿一动也不动。也许男孩来得太晚，已经没救了！只有熊在动——这头圆滚滚的驼背野兽（脑袋看不清楚）正在摇晃着整张床，黑亮的毛发又长又密，超出了丹尼的想象，他从来都没想到，黑熊的皮毛竟然是这样的。

这头熊正在吞食他的父亲，或者说，在十二岁男孩眼里，情况就是这样的。男孩赤手空拳，别人可能以为，男孩会以野蛮而疯狂的方式朝那头袭击他父亲的动物扑过去，然后被野兽甩到墙上，惨遭利爪屠戮。但家族史——也许主要是小时候听大人讲的故事——会入侵我们最基本的本能，唤醒我们最深刻的记忆，尤其是在特别紧急的情况下。小丹尼伸手去拿八英寸的铸铁煎锅，仿佛那是他亲自准备的武器，而不是他父亲准备的。那口煎锅是个传奇，丹尼知道它挂在哪里。

男孩双手握住锅柄，走到床边，瞄准他认为熊头所在的位置，开始像凯奇姆曾经拿斧头给他示范过的那样，收好胯部，确保屁股不会阻碍发力的势头，扬起铁锅挥了过去。与此同时，他发现大熊身下还有一双光脚，脚底朝上，像在跪着祈祷，就在他父亲裸露的膝盖边，看起来很像简的脚。印第安洗碗工整天站着，对她这样一位身体沉重的女性来说，难免会觉得脚疼，她曾经告诉小丹尼，她最喜欢的就是揉脚，丹尼给她揉过不止一次。

"简？"丹尼怀疑地小声问道，但已经来不及收回挥过去的铁锅了。

简肯定听到了男孩叫她的名字，因为她抬起头，转身面对他，也正因如此，铁锅正中她的右侧太阳穴，响起一阵低沉滞闷的嗡鸣声，小丹尼第一次感到双手又麻又痛，刺痛感沿着手腕传到胳膊上。在他的有生之年，只要记忆能够存续，让丹尼·巴恰加卢波唯一感到些许安慰的是，煎锅打到简的时候，他没能看到她的漂亮面孔上有着怎样的表情。（她的头发很长，把什么都遮住了。）

简庞大的身躯颤抖起来。因为过于庞大，头发过于顺滑美丽，她永远都不会成为黑熊——无论今生还是来世，她显然正在前往来世。简从厨师身上滚下来，落到地上。

现在，谁也不会误以为她是熊了。她的头发像扇子那样散开，又像完全伸展的翅膀，铺散在死气沉沉的硕大身躯两侧，美丽的大胸滑进了腋窝的凹陷处，一动不动的手臂伸过头顶，仿佛（甚至在临死之时）试图高高托起正在下沉的宇宙。她的裸体固然令人叹为观止，但丹尼·巴恰加卢波这个纯真的十二岁男孩还会记住简睁大的双眼里那茫然的目光，她似乎在凝视着远方，除了在最后一瞬对命运的了然，她的眼神里还有些别的东西，在那遥不可及的地方，她究竟看到了什么？丹尼很想知道。无论简瞥见的是如何不可预见的未来，她显然被吓坏了——令她恐惧的不仅是自己的命运，还有他们所有人的命运。

"简。"丹尼再次说道。这次不再是问句，尽管男孩的心脏狂跳，脑子里也有许多疑问。丹尼只瞥了父亲一眼，是父亲的赤裸使得男孩这么快把视线移开吗？（也许因为凯奇姆所说的厨师是个"小家伙"那一面，在死去的印第安洗碗工旁边，多米尼克的这一面变得非常明显。）"简！"丹尼叫道，仿佛需要三次叫出她的名字才能最终记住自己对她做了什么。

厨师很快用枕头盖住了她的私处。他跪在她铺散开来的大片头发之间，耳朵贴在她了无声息的胸口上听了听。小丹尼双手握着煎锅，震颤和刺痛似乎依然纠缠着他的手掌，也许他前臂的刺痛会永远持续下去。虽然丹尼·巴恰加卢波只有十二岁,但他清楚地知道,自己的余生刚刚开始。"我以为她是熊。"男孩告诉父亲。

即便此时死去的洗碗工变成了熊,多米尼克也不会更加震惊,但厨师能看出心爱的丹尼尔需要安慰。男孩站在那里,浑身颤抖,紧紧抓着杀人凶器,仿佛相信接下来会有真正的熊袭击他们。

"你以为简是熊,这是可以理解的。"父亲说,抱了抱他,从发抖的儿子手里拿走煎锅,又抱住他,"这不是你的错,丹尼尔。这是个意外。不是任何人的错。"

"怎么可能不是任何人的错?"十二岁的孩子问。

"那就是我的错,"父亲告诉他,"永远不会是你的错,丹尼尔。都是我的错,而且,这是个意外。"

厨师当然在想卡尔警官。在警官的世界里,不存在没有过错的意外。在牛仔眼中,如果什么都可以说成意外,良心就一无是处了。就算救不了自己,你还可以救儿子,多米尼克·巴恰加卢波想。(厨师又能保得了自己和儿子多长时间的安全呢?)

很久以来,丹尼一直想看看简解开辫子、散开头发的样子——更不用说做梦都想看到她的大乳房了。现在他却没办法看她。"我爱简!"男孩脱口而出。

"你当然爱她,丹尼尔——我知道你爱她。"

"你是在和她跳互绕步吗?"十二岁的孩子问。

"是的。"父亲回答,"我也爱简。只是和我爱你妈妈不一样。"厨师补充道。为什么要这么说?他愧疚地自问。多米尼克真的爱简,他一定是屈服于这样的事实:没时间为她难过了。

"你的嘴唇怎么了?"男孩问父亲。

"六罐装拿胳膊肘撞的。"厨师回答。

"你也在和六罐装跳互绕步吗?"儿子问他。

"不,丹尼尔。简才是我的女朋友——只有简。"

"那卡尔警官呢?"小丹尼问。

"我们还有很多事要做,丹尼尔。"父亲告诉他。但他们的时间并不多,厨师知道。天很快就要亮了,必须马上开始。

随之而来的是笨拙而焦急的疯狂忙乱,虽然后来厨师父子会找出许多理由,回想起离开绞河镇的这个夜晚,但在被迫离开的各种细节方面,两人的记忆却不一样。对小丹尼来说,给死去的女人穿衣服是个艰巨的任务,更不用说还得把她的尸体从伙房二楼弄下来,再拖到她的卡车上了。男孩最初也并不明白,父亲为什么要一丝不苟地给简穿好衣服——就像她是给自己穿的衣服那样,不漏掉任何一件,也不能穿歪。她的大胸罩的带子不能拧起来,超大号平角内裤的裤腰不能打卷,袜子也不能穿反。

可她已经死了!这又有什么关系呢?丹尼暗忖。男孩没考虑到,有人也许很快就会仔细检查印第安·简的尸体——比如法医会通过尸检判断死因(显然是头部遭到重击,但用的是什么凶器?它在哪里?),还会推测大致的死亡时间。所以对厨师而言,让简看起来在死亡时穿戴整齐非常重要。

至于多米尼克,他会永远感激凯奇姆——因为正是凯奇姆有一次去缅因州饮酒作乐时,给伙房弄回来一辆小推车。小推车可以用来从卡车上卸下干货,运送成箱的橄榄油和枫糖浆——甚至成箱的鸡蛋,还有各种重物。

厨师父子把简绑在小推车上,这才把她以半直立的姿势运下楼,然后又把她(姿势几乎笔直)推到她的卡车旁边。可要把印第安·简弄进驾驶室,小推车就帮不上忙了,这件事会作为逃离过程中"非常艰巨"的步骤,或者"非常艰巨"的步骤之一,留在厨师的记忆中。

至于杀人凶器，多米尼克·巴恰加卢波会把八寸铸铁煎锅跟他最喜欢的厨房用品一起打包，这件厨房用品其实就是他最喜欢的烹饪书，因为他知道自己没有时间和足够的空间来打包所有的厨具了，只能留下锅碗瓢盆，他会把其余的食谱和所有小说都留给凯奇姆。

丹尼几乎没时间收拾母亲的照片，不过他拿了一些书，书里夹着她的一部分照片。至于衣服，厨师只打包了自己和小丹尼必须带的衣物——多米尼克给自己带的衣服比给儿子带的多，因为丹尼尔很快就会长个子，再也穿不上现在的衣服。

厨师的车是一辆一九五二年的庞蒂亚克旅行车——所谓的半木装饰"酋长"豪华版。一九四九年，厂商生产了最后一辆真正的"木板装饰"车，半木装饰的外侧饰板是仿木的，衬着栗色的车身，内侧饰板才是实木，栗色座套也是真皮的。因为多米尼克左脚残疾，这辆庞蒂亚克"酋长"豪华版是自动挡——很可能是绞河镇唯一一辆自动挡汽车——所以丹尼也能开。十二岁男孩的腿还不够长，没法把离合器踏板踩到底，不过丹尼已经在运送木材的道路上开过这辆半木旅行车了。卡尔警官不会在这种道路上巡逻。菲利普斯河和绞河附近的小路上，有很多开轿车和卡车的男孩，有的与丹尼同龄，有些甚至比他还小——他们的驾驶技术很好。（比丹尼高一点的孩子能把离合器踏板踩到底。）

考虑到逃离绞河镇过程中可能遇到各种突发事件，丹尼能开"酋长"显然是件好事，因为把简（用她的卡车）送回卡尔警官家之后，厨师可不想让人看见自己步行穿过小镇，返回伙房。黎明前的天光会让清早起床的人看到多米尼克·巴恰加卢波一瘸一拐走路的样子，从而认出是他——厨师父子竟然在这个荒唐的时间一起在外面散步，毫无疑问非常可疑。

当然，多米尼克的栗色半木旅行车在镇上独一无二，这辆一九五二年的庞蒂亚克"酋长"必然也会引起路人的注目,但开着它穿过镇子,要比厨师跛着脚走路快多了,不过,这辆旅行车绝对不能在多米尼克撇下简的卡车的地方出现。

"你疯了吗?"他们准备离开伙房时,丹尼最后一次问父亲,"我们为什么要把尸体送到警官那里去?"

"喝醉的牛仔早上醒过来,会以为是他干的。"厨师告诉儿子。

"我们到那里的时候,卡尔警官醒着怎么办?"男孩问。

"所以咱们还有后备计划,丹尼尔。"他父亲说。

一阵几乎难以察觉的毛毛雨如薄雾般洒落下来,豪华版"酋长"旅行车栗色的引擎盖闪闪发光,厨师在盖子上抹了一下,弄湿了拇指,把手伸进敞开的驾驶室车窗,擦掉儿子额头那块已经干涸的血迹。想起先前的晚安吻,多米尼克·巴恰加卢波这才意识到那是自己的血,他希望那不是自己最后一次吻丹尼尔,希望儿子今晚再也不要沾到(任何人的)血迹。

"我跟着你就行,对吧?"小丹尼问父亲。

"对。"厨师说。他爬进简的卡车驾驶室,心中不断盘算着那个后备计划。简的身子歪斜着倒在副驾驶一侧的车门上,并没有流血。值得庆幸的是,多米尼克看不到她右边太阳穴的瘀伤。简的头发掉在前面,遮住了脸上的挫伤(肿胀到了棒球那么大),青肿的部分抵着车窗的玻璃。

他们开着两辆车,前往平顶的二层宿舍,六罐装在那里的二楼租一套公寓。从简的卡车后视镜里,厨师只能看到儿子从一九五二年的庞蒂亚克方向盘后露出来的半张小脸。"酋长"的外遮阳板就像拉下来的棒球帽帽檐,盖在这辆八缸旅行车眼睛般的挡风玻璃上方,车上还有鲨鱼齿形状的散热格栅和风格招摇的引擎盖装饰。

"该死!"多米尼克大叫。他突然想起了简的那顶克利夫兰印第安人队棒球帽。它在哪儿？他们是不是把倒过来的瓦荷酋长忘在了伙房二楼的走廊里？但他们已经来到了六罐装家，街上一个人都没有，舞厅的门也没打开，现在已经不能再回伙房了。

丹尼把庞蒂亚克停在帕姆家的室外楼梯前面，钻进简的卡车驾驶室，来到可怜的简和父亲中间——多米尼克还没注意到印第安·简的棒球帽不见了的时候，小丹尼就已经把它戴上了。

"咱们得让瓦荷酋长和她在一起，不是吗？"十二岁的男孩问。

"好孩子。"父亲说，他的心里充满自豪，可一想到后备计划里还有那么多需要十二岁的孩子记住的事情，他又非常担忧。

厨师需要儿子的帮助才能将印第安·简从卡车驾驶室弄到卡尔警官家的厨房门口。简说过，那扇门从来不锁。他们完全可以拉着她的身体，让她的双脚在泥地里拖行，因为简的靴子上有泥是不会引起警官怀疑的，但他们不能让她身体的其他部分接触地面。小推车当然也会在泥地里留下车辙——多米尼克该怎么处理它呢？留在简的卡车上，还是丢在卡尔警官家门口？

他们驱车前往镇子的荒芜地带，那里靠近锯木厂和法裔加拿大临时工最青睐的旅店（卡尔警官喜欢住在被他伤害最深的那群人旁边）。厨师把简的卡车停在她平时停车的地方，丹尼问父亲："你觉得凯奇姆有多重？"父子俩站在卡车门边的踏板上，小丹尼把副驾驶座上的简扶正，他父亲设法把她僵硬的双腿搬出打开的车门。可当她的双脚放到踏板上之后，接下来怎么办？

"凯奇姆大概二百二十磅，也许二百三十磅。"厨师说。

"六罐装呢？"小丹尼问。

因为被六罐装锁过喉，多米尼克·巴恰加卢波在接下来的一星期都会觉得脖颈发僵。"帕姆大概一百七十五磅，最多一百八十磅。"他回答。

"你有多重?"丹尼问。

厨师明白这个问题会引向何处,他让印第安·简的脚一路滑到泥地上,然后站在她旁边的湿地上,抱紧她的屁股,丹尼尔(还站在踏板上)抱着她的腋下。我们迟早倒在泥地里,被简压在下面!多米尼克想,但他尽可能不露声色地说:"噢,我不知道自己的体重——我猜可能有一百五十磅吧。"(厨师其实很清楚,就算穿上所有的冬衣,他也只有一百四十五磅——他从没到过一百五十磅。)

"简呢?"小丹尼咕哝了一声,从卡车踏板来到地面。印第安洗碗工的身体向前倒进父子俩提前张开的怀抱。虽然简的膝盖弯了一下,但没粘到泥,厨师和儿子跟跟跄跄地抱着她,好在没有摔倒。

印第安·简的体重最少也有三百磅——也许三百一十五或者三百二十磅——但多米尼克·巴恰加卢波只会假装不知道。厨师把死去的情人拖到她那个坏男朋友的厨房门口,几乎喘不过气来,可当他低声回答儿子的问题时,听起来却像是没什么好担心的:"简?嗯,她的体重和凯奇姆差不多,也许还要重一些。"

让父子俩惊讶的是,他们看见卡尔警官的厨房门不仅没锁——而且敞开着(也许是风吹的——要么就是牛仔回家时醉得太厉害,没关门就断片了)。毛毛雨把门后露出来的厨房地板打湿了,尽管厨房里光线昏暗,但至少亮着一盏灯,可他们看不清厨房里面的样子。

简分开的双脚碰到厨房的地面,多米尼克觉得自己有把握独自把她拖进去。简的靴子上有泥,地板是湿的,这可以让他省点劲儿。"再见,丹尼尔。"厨师小声对儿子说。十二岁的孩子摘下简的棒球帽,戴在父亲头上,以此代替亲吻。

直到再也听不见丹尼在泥泞街道上的脚步声,厨师才拖着简沉重的身体进了厨房。他只希望儿子能记住自己的指示。"要是听到枪声,就去找凯奇姆。要是你在庞蒂亚克里等我,等到超过了二十分钟——就算没听到枪响,也得去找凯奇姆。"

多米尼克告诉十二岁男孩,假如爸爸出了事——无论是不是今晚——就去找凯奇姆,把一切都告诉他。"小心帕姆家楼梯顶上的倒数第二级台阶。"厨师还告诉儿子。

"六罐装也会在那里吗?"男孩问。

"你只要告诉她,你得和凯奇姆谈谈,她会让你进去的。"他父亲说。(他只能希望帕姆会让丹尼尔进去。)

多米尼克·巴恰加卢波拖着印第安·简的尸体,滑过厨房地板的潮湿区域,把她靠在橱柜上,然后兜着她的胳膊,让她沉重的身体搭在台面上,最后慢慢把尸体挪到地面,让她手脚摊开地躺着。厨师朝她弯下腰,克利夫兰印第安人队棒球帽从他头上掉下来,反着落在简旁边,瓦荷酉长疯狂地大笑着。多米尼克等待着点四五柯尔特的扳机扣动声响起,他确定自己会听到这样的声音,就像丹尼尔确定自己会听到枪响那样——在一天中的这个时候,枪声不是一般的响,镇上的每个人都会听到,甚至包括凯奇姆那个正在用睡眠消除勃起的家伙。(有时候,哪怕远在伙房,多米尼克也能听到那把点四五柯尔特开火的声音。)

然而什么也没发生。厨师平复呼吸,决定不再四处张望。如果卡尔警官在家,多米尼克宁愿在离开时被牛仔从背后开枪击中,也不想看到他。厨师小心翼翼地往外走,用跛脚外翻的脚尖抹掉自己的泥脚印。

外面马路的排水沟上搭着一块木板,多米尼克用这块板抹平了简的靴子尖头和后跟在地上留下的深深凹痕——标志着从卡车到警官家厨房门口这段艰难的拖行之路。厨师把木板放回原处,把手上的泥抹在简的卡车湿漉漉的挡泥板上,越来越大的雨会把它冲刷干净。(雨水也会冲掉他和小丹尼的足印。)

没有人看到厨师一瘸一拐地走过安静的舞厅，博德特兄弟或是他们的鬼魂也没有重新占据那台老旧的"伦巴第"原木运输车，它就像孤独的哨兵，伫立在舞厅旁边泥泞的小巷里。多米尼克·巴恰加卢波想知道，睡眼惺忪的卡尔警官早上被印第安·简的尸体绊倒时，会有什么想法？牛仔也许会回忆自己是拿什么打的她？以前他可打过她不止一次，但是武器呢？打人的钝器在哪里？警官一定会问自己。也许打她的人不是我——再过一阵子，等牛仔的脑子清醒过来，尤其是当他发现厨师父子已经离开小镇的时候，必然会得出这样的结论。

上帝，求你给我时间，厨师想。他看到"酋长"豪华旅行车满是雨水痕迹的挡风玻璃后面露出儿子的小脸，小丹尼还坐在副驾驶等着他，仿佛永远相信父亲会从卡尔警官家安全返回，坐进驾驶室，带他离开。

至于时间这个顽强不屈、始终陪伴在人身边的东西——多米尼克·巴恰加卢波所说的时间，不只是迫在眉睫的逃离所需要的时间，还有让他成为好父亲、看着儿子长大成人的时间。厨师祈祷自己能拥有那么多的时间，尽管他并不知道该如何享用这件未必能够获得的奢侈品。

直到坐上旅行车的驾驶位，他依然觉得自己会被那把点四五柯尔特击中。小丹尼哭了起来。"我一直在听，听枪声响没响。"十二岁的孩子说。

"总有一天，丹尼尔，你可能会听到的。"父亲告诉他。拥抱了儿子之后，他发动了庞蒂亚克。

"我们不是要告诉凯奇姆吗？"丹尼问。

"我们没时间了。"厨师说，也许这句话后来会一语成谶，但多米尼克依然这么说了。

栗色的半木旅行车犹如一辆长长的、缓慢移动的灵车，沿着运送原木的道路驶出小镇,前往东南偏南方向,路上有时会看到绞河。黎明很快降临了。等他们到了庞图克水库,还有水坝的事情要处理;然后,无论他们要去哪儿,都得取道十六号公路,那是一条顺着安德罗斯科金河南北延伸的公路。

而在不久之后的将来,还剩下多少时间?这取决于他们在死女人水坝找到了什么——以及需要在那边停留多久。(可不能太久,多米尼克边开车边想。)

"咱们还要告诉凯奇姆吗?"小丹尼问父亲。

"当然。"他父亲回答,尽管厨师并不知道该怎么跟凯奇姆说,但凯奇姆靠得住,这是显而易见的。

这时候,风声雨势有所减弱,前方运输木材的道路泥泞湿滑,车辙遍布,但太阳正在升起,照进驾驶室一侧的车窗,让多米尼克·巴恰加卢波对未来产生了一点乐观(尽管并不现实)的想法。

仅仅几个小时之前,厨师还在为寻找安吉尔的尸体担心——具体说来,他是担心看到加拿大男孩的尸体会对他心爱的丹尼尔产生不好的影响。后来,十二岁男孩杀死了他最喜欢的保姆,父子俩一起把印第安·简的尸体从伙房楼上运到几乎可以算是她的最后安息地的卡尔警官家——事态的发展已经超出了他的掌控。

无论厨师和他的宝贝儿子会在死女人水坝发现什么,多米尼克都很乐观,还能糟糕到哪里去呢?(身处压力之下,连厨师也会不由自主地想到那座水坝有个不正经的名字。)

随着"酋长"驶近庞图克水库,男孩和父亲看到了海鸥。尽管庞图克水库离海还有一百多英里,但安德罗斯科金河周围始终有海鸥活动——这是一片极其浩大的水域。

"我们班上有个孩子叫霍尔斯泰德。"丹尼不安地说。

"我想我认识他爸爸。"厨师说。

"他爸爸穿着安全靴踢过他的脸——那孩子脑门上有个小坑。"小丹尼说。

"那肯定是我认识的那个霍尔斯泰德。"多米尼克说。

"凯奇姆说,应该把锯末鼓风机塞进霍尔斯泰德的屁股,看看能不能给那个胖杂种充充气——凯奇姆说的是他爸爸。"丹尼解释道。

"凯奇姆已经给不少杂种推荐过锯末鼓风机了。"厨师说。

"我敢打赌,我们会非常想凯奇姆的。"男孩忧伤地说。

"会的,"他父亲表示同意,"我们会很想他。"

"凯奇姆说,铁杉木永远都烘不透。"丹尼不停地说着。十二岁的孩子显然对他们要去的地方——不只是死女人水坝,还有他们以后可能要去的地方——感到担忧。

"铁杉木很适合造桥。"多米尼克反驳。

"车前横木要尽可能靠近货物,"小丹尼突然冒出这么一句,背诵般念念有词,"成功湖那儿有最他妈大的河狸。"

"你打算一路上都引用凯奇姆的话吗?"父亲问他。

"去哪里的一路上?"十二岁男孩焦急地问。

"我还不知道,丹尼尔。"

"硬木的浮力不行。"男孩说。

是的,但软木的浮力又太行了,多米尼克·巴恰加卢波想。安吉尔掉到原木下面时,河道里漂着的尽是些软木。昨晚的大风可能会把最高处的原木吹到浮栏以外,它们会顺着溢满水的泄洪道漂流到蓄水坝的两侧。这些流失的原木——多半是云杉和松木——会让他们很难把安吉尔从漩涡里打捞上来。水坝的存在造成了水位很高的岸边和水流较慢的工厂蓄水池,幸运的话,他们也许会在那里的浅滩找到安吉尔的尸体。"什么样的人会穿着安全靴踢自己孩子的脸呢？"心烦意乱的男孩问父亲。

"咱们再也见不到这种人了。"多米尼克告诉儿子。死女人水坝旁边的锯木厂看似荒废，但其实只是因为现在是星期天而已。

"他们为什么叫这里死女人水坝来着？"丹尼对父亲说。

"你很清楚他们为什么这么叫，丹尼尔。"

"我知道你为什么不喜欢这样叫，"男孩很快地说，"死女人就是妈妈——就是因为这个，对吧？"

厨师把一九五二年的庞蒂亚克停在工厂的装卸码头旁边。多米尼克不会回答儿子的问题，但正如父亲所说，十二岁男孩"很清楚"整件事的经过。简和凯奇姆都给男孩讲过这件事。"死女人水坝"正是以他母亲命名的，可丹尼总想让父亲讲讲这件事，父亲却总是不愿意。

"为什么凯奇姆有一根发白的手指头？这跟链锯有什么关系？"小丹尼又问，他根本停不下来。

"凯奇姆有好几根发白的手指头，你知道那跟链锯有什么关系，"他父亲说，"链锯会震动，记得吗？"

"哦，对。"男孩说。

"丹尼尔，放松点。过了现在这一关，我们就能继续前进了。"

"前进到哪里？"十二岁的男孩叫道。

"丹尼尔，拜托，我和你一样心烦，"他父亲说，"咱们去找安吉尔吧，看看能找到什么，好吗？"

"对于简，我们什么都不能做，是吗？"丹尼问。

"是，我们什么都不能做。"父亲说。

"凯奇姆会怎么看我们？"男孩问。

多米尼克也想知道。"别再说凯奇姆了。"厨师只说了这么一句。凯奇姆会知道该怎么做的，作为他的老朋友的厨师想。

可他们该怎样告诉凯奇姆发生了什么呢？不能在死女人水坝一

109

直等到上午九点。如果找安吉尔需要花掉一半时间，那他们连找到他的那一刻恐怕也等不到！

一切都取决于卡尔警官醒来并且发现简的尸体的时间。一开始，牛仔肯定以为自己就是凶手。伙房不供应星期天的早餐，只提前供应一顿晚餐。下午三点左右厨房帮工才会去伙房，那时她们才会发现厨师父子不见了，但她们不一定会把这件事报告给警官（至少不会马上报告）。牛仔也没有理由马上去找凯奇姆。

多米尼克开始觉得，假如在死女人水坝等凯奇姆，也许可以一直等到上午九点。根据厨师对卡尔警官的了解，他只会埋葬简，然后忘掉她——就这么着，直到听说厨师父子不见了为止，而绞河镇的大多数人则会以为印第安·简和厨师父子一起离开了小镇！只有警官知道简在哪里，在这种情况下（做贼心虚的卡尔警官匆匆忙忙地掩埋了简），牛仔不太可能只是为了证明自己的观点而挖出简的尸体。

然而，这会不会只是多米尼克·巴恰加卢波一厢情愿的想法？如果卡尔警官相信印第安·简是自己杀的，会毫不犹豫地埋掉她。厨师真正一厢情愿的想法是，他希望牛仔能为杀死简而后悔——后悔到开枪自杀的程度。（这才叫一厢情愿——卡尔警官会悔罪？牛仔的字典里有"后悔"这个词儿吗？简直是做梦！）

闸板和泄洪道的右侧，浮栏以外的河水顺时针方向绕着大坝打转，几根被风吹散的原木（是些红松、落叶杉和云杉）在开阔的水面上盘旋。小丹尼和父亲没看到那里有尸体。河水通过水闸流出泄洪道时，交叠的原木卡在浮栏一侧，然而在湿淋淋的树皮与暗沉沉的河水之间，并没有什么扎眼的东西。

厨师父子小心地越过堤坝，来到浮栏左侧的开阔水域，这里的河水和一些散落的原木在逆时针旋转，一只鹿皮手套在水里绕着圈儿，但两人都知道，安吉尔从来不戴手套。深沉黝黑的河水表面漂浮着大块的树皮,他们在这里也没看到尸体,多米尼克感到既失望又解脱。

"也许安吉尔漂到外面了。"丹尼说,但他父亲知道得更清楚,那么年轻的死者是不会从移动的原木底下溜出去、漂到外面的。

这时候已经是早晨七点多了,但他们还得继续找,就连安吉尔避之唯恐不及的家人也会想知道他们的孩子怎么样了。搜索水面开阔的蓄水池需要更长时间——它离水坝有一段距离——尽管那里走起来更安全。厨师父子离水坝和浮栏越近,越彼此担心。(他们没穿安全靴,动作也不像凯奇姆那么灵活,甚至赶不上最没经验的河工,他俩根本就不是伐木工。)

他们找到安吉尔的尸体时,已经八点多了。留着长发的加拿大男孩穿着红白绿相间的格子衬衫,脸朝下漂浮在岸边的浅滩,周围一根原木都没有。丹尼连鞋都没湿,就把尸体弄上了岸。十二岁男孩用一根掉下来的树枝钩住安吉尔的皇家斯图尔特牌衬衫,把他拖到够得着的地方,再把父亲叫来,两人一起把安吉尔抬到河岸的高处。与拖动印第安·简相比,搬运这具尸体简直轻松极了。

他们解开年轻伐木工的安全靴鞋带,拿其中一只靴子当水桶,把水带到岸边,洗掉安吉尔灰白泛青的脸和手上的泥巴和碎树皮。丹尼用自己的手指当梳子,尽可能地给死去的年轻人梳好头发。

十二岁男孩发现了一条水蛭,大小跟凯奇姆的那根弯曲得相当怪异的手指差不多,当地人叫这种水蛭为"北方吸血鬼"——它附着在安吉尔的喉咙上。厨师知道,安吉尔身上并非只有这一条水蛭。多米尼克·巴恰加卢波还知道凯奇姆多么讨厌水蛭。看情形,多米尼克可能没法不让老朋友看到安吉尔的尸体,好在有丹尼尔帮忙,他们也许可以不让凯奇姆看到那些水蛭。

九点钟,他们把安吉尔搬到了锯木厂的装卸码头,这里至少比较干燥,还能见到些阳光,甚至看得见停车场。他们脱掉尸体的衣服,移走了近二十条水蛭，用安吉尔那件湿透了的格子衬衫擦干净他的身体，拿出父子俩的几件不太起眼的衣服给死去的男孩换上。丹尼有件穿起来始终太肥的 T 恤，套在安吉尔身上却很合适，他们又给他穿上一条多米尼克的旧工作裤——这是为了凯奇姆，如果他能过来的话，至少安吉尔穿的是干净干燥的衣服。对于安吉尔灰白泛青的肤色，他们无能为力，寄希望于四月的阳光把自然的肤色还给死去的年轻人显然不切实际，但不知怎么，安吉尔看起来仿佛有了温度，不再是冷冰冰的了。

"我们要等凯奇姆吗？"丹尼问父亲。

"再等一小会儿。"厨师回答。现在做父亲的成了焦虑不安的那一个。（多米尼克知道，时间的特点就是冷酷无情。）

厨师拧干安吉尔泡透了的脏衣服时，在加拿大年轻人工作裤的左前口袋里摸到一只钱包——那是只廉价的仿皮钱包，塑料膜里夹着一张照片，上面是个漂亮的胖女人，由于浸在冷水里，塑料膜变得有点花。多米尼克用衬衣袖子擦了擦塑料膜，看清楚了女人的脸，安吉尔显然长得很像她——这一定是死去的男孩的母亲了，她的年纪比厨师大一点，但比印第安·简年轻。

钱包里没有多少钱——只有小额美钞（多米尼克原本希望也能找到加元），还有一张业务名片，是个有着意大利名字的餐厅的——它证实了厨师最初的印象：安吉尔对厨房里的工作并不陌生，尽管这也许并不是男孩最想选择的职业。

然而，有些事还是出乎多米尼克·巴恰加卢波的意料：那家餐厅并不在多伦多或者安大略省的某个地方，而是一家位于马萨诸塞州波士顿市的意大利餐厅，它的名字更让人惊讶。安努齐亚塔·塞埃塔的私生子对这个词组很熟悉，因为他曾经听母亲用被人抛弃的怨恨语气提到过它。"那不勒斯附近。"说起多米尼克的父亲逃到哪里的时候，努齐这样讲，结果让她的儿子误以为父亲就是从"那不勒斯附近"的那些山城和行省来的（并且后来又逃回了那里）。安努齐亚塔在睡梦中念叨过的那些城镇和行省的名字——贝内文托和阿韦利诺——又一次浮现在多米尼克的脑海。

可是，他那个不中用的无赖父亲会不会只是逃回了汉诺威街上的某一家意大利餐厅？努齐说那条街是波士顿北区的"主街"。因为安吉尔钱包里的这张业务名片就来自一家汉诺威街的意大利餐厅，靠近十字街，甚至名字就叫"那不勒斯附近"。多米尼克小时候对这两条街的名字很耳熟，因为努齐总说那里的欧芹很不错，还经常提到汉诺威街上的另外两家餐馆——"安娜妈妈"和"欧罗巴"。

厨师并不认为这是难以置信的巧合——尤其是在十二岁的丹尼尔·巴恰加卢波拿父亲用以成名的煎锅打死父亲的情人这一天（谁会相信，厨师曾经用同一口煎锅从熊掌中救出了现在已经死去的妻子？）。即便如此，多米尼克在安吉尔·波普的钱包里发现的最后一样东西还是让他吃了一惊，厨师分辨出那是一张波士顿电车和地铁的夏季通票，多米尼克听母亲说过这种东西。这张季票表明，持有者在一九五三年夏天时还不满十六岁，上面还有安吉尔的出生日期，着更加证实了这一点。加拿大男孩出生于一九三九年二月十六日，也就是说，安吉尔刚满十五岁，离家出走时才十四岁，如果他真的是离家出走的话。（当然，现在没办法确定波士顿究竟是不是死去男孩的"家乡"，但这张季票和"那不勒斯附近"餐馆名片说明事实正是如此。）

当然，最吸引厨师注意力的还是安吉尔的真名——它并非"安吉尔·波普"，而是……

"安杰鲁·德尔波波洛"

113

"谁？"听到父亲大声念出电车和地铁季票上的名字，丹尼问。

厨师知道，"德尔波波洛"的意思是"人民"，而"波普"是这个西西里姓氏常见的美国化拼法，姓"德尔波波洛"的不一定是西西里人，但名字叫"安杰鲁"的一定是西西里人。这个男孩曾经在那不勒斯餐厅打工吗（十四岁的孩子打零工是合法的）？但又为什么逃走了呢？从照片看，他似乎仍然爱着自己的母亲。

但厨师只对儿子说："看起来，安吉尔隐瞒了自己的身份，丹尼尔。"多米尼克给丹尼看了那张季票，还有北区的"那不勒斯附近"餐厅名片，如果他们打算寻找安杰鲁·德尔波波洛的家人，只能依靠这两样东西。

当然，还有一个更紧迫的问题——凯奇姆到底在哪里？多米尼克·巴恰加卢波心想。他们还能等多久？万一卡尔警官并没有喝得那么醉，又该怎么办？万一牛仔已经发现了印第安·简的尸体，但是马上意识到自己压根没碰过她——至少昨晚没碰过，他们要怎么应对？

很难想象厨师应该在安吉尔的尸体上给凯奇姆留下什么样的字条，因为万一最先看到安吉尔的不是凯奇姆怎么办？那样的话，是不是要用暗语写字条？

> 吃惊吗？安吉尔不是加拿大人！
> 还有，顺便说一句，简的死是意外！
> 凶手不存在——甚至也不是卡尔！

厨师怎么能留下这样的字条呢？
"我们还要等凯奇姆吗？"小丹尼问父亲。
"再等一小会儿，丹尼尔。"父亲的回答显然没那么自信了。

凯奇姆的那辆破卡车还没拐到运输原木的道路上,车载收音机里的歌声就传到了装卸码头,飘进父子俩耳朵里——好像是乔·斯塔福德唱的《跟我做爱》,但厨师还没来得及听个清楚,凯奇姆就把广播给关了。(因为常年使用链锯,凯奇姆越来越聋,卡车上的广播音量总是很大,再加上现在是春天,卡车的窗户也开着。)多米尼克看到六罐装没跟来,不由得松了一口气,要是她来了,事情会更麻烦。

凯奇姆把嘎嘎作响的破卡车停在离庞蒂亚克旅行车不远的地方,刻意留出一定的距离。他坐在驾驶室里,胳膊上的白色石膏套架在方向盘上,目光越过父子俩,落在平台上,安吉尔的尸体斜倚在那边飘忽不定的阳光里。

"你们找到他了,我看见了。"凯奇姆说。他扭头望向水坝,仿佛在数被浮栏挡住的原木。

与往常一样,凯奇姆的皮卡车后斗里装的东西并不出人意料,但又匪夷所思:后斗搭了座自制的棚子,把卡车变成了移动窝棚,装着凯奇姆随身必备的链锯、各式斧头和其他工具——不知怎么,还有盖着帆布的半捆木柴,让人怀疑凯奇姆是不是总担心自己会遇到需要生一堆篝火的紧急情况。

"丹尼尔和我可以把安吉尔放在你的皮卡后面,你就不用看他了。"多米尼克说。

"为什么安吉尔不能待在你的'酋长'上?"凯奇姆问。

"因为我们不回绞河镇了。"厨师告诉老朋友。

凯奇姆叹了口气,目光慢慢落在安吉尔身上。老河工下了卡车,走向装卸码头,脚步莫名其妙地一瘸一拐。(多米尼克甚至怀疑他是在模仿和嘲笑自己。)凯奇姆轻轻抱起年轻人的尸体,仿佛那是个熟睡的婴儿。伐木工抱着十五岁的男孩往卡车驾驶室走,丹尼跑在前面,打开了车门。

"我最好还是现在就看看他,不用等回到镇上放下他时再看。"凯奇姆告诉他们,"他身上穿的是你的衣服吧?"他问小丹尼。

"我的和爸爸的。"十二岁的孩子说。

厨师跛着脚走向卡车,拿着安吉尔湿漉漉的脏衣服,把它们放在驾驶室的地板上,男孩的尸体旁边。"安吉尔的衣服,洗洗再烘干还是经得住的。"他告诉凯奇姆。

"我会让简把他的衣服洗净烘干的,"凯奇姆告诉他们,"我和简还可以给安吉尔洗得干净一点——然后穿上他自己的衣服。"

"简死了,凯奇姆。"厨师告诉他。(这是一次意外,他正要补上这句话的时候,却被宝贝儿子抢了先。)

"我用煎锅把她打死了,就是爸爸拿来打熊的那口锅。"丹尼脱口而出,"我以为简是一头熊。"男孩告诉凯奇姆。

厨师立刻从老朋友身上移开视线,证实了小丹尼的说法。凯奇姆抬起那条好使的胳膊,搂住丹尼的肩膀,把男孩拉过来靠在自己身上。小丹尼把脸埋进凯奇姆那件羊毛法兰绒衬衫的衣襟——就是先前六罐装穿的那件蓝绿相间的苏格兰格子衬衫,十二岁的孩子真切地感受到了身强力壮的凯奇姆和六罐装的体味混在一起是多么浓郁。

凯奇姆抬起另一条胳膊,石膏套指着庞蒂亚克。"上帝啊,大厨,你不会是把可怜的简放在'酋长'里吧?"

"我们把她送到卡尔警官家了。"丹尼说。

"我不知道卡尔是在另一间屋睡觉,还是没在家,但我把简放在他家厨房地板上了,"厨师解释道,"运气好的话,牛仔会发现她的尸体,以为是他自己干的。"

"他当然会以为是自己干的!"凯奇姆咆哮起来,"我敢打赌,一个小时之前,他就把她埋了,要不然就是在我们说话的时候,他正在挖该死的坑。可要是卡尔听说你和丹尼离开了镇子,就会开始怀疑不是他干的！他会觉得是你干的！大厨——要是你和丹尼不回绞河镇的话！"

"你是说，我们可以假装不知道这回事？"多米尼克问。

"有什么好装的？"凯奇姆问，"牛仔那个人渣会寻思一辈子：他究竟为了什么、又是怎么杀了简的——可你要是不回去，他会找你的，大厨。"

"你这是假设他不记得昨晚的事，"厨师说，"可不能随便假设，对吧？"

"六罐装告诉我，你昨晚来找过我们，"凯奇姆告诉老朋友，"你觉得我还记得你来过吗？"

"可能不记得了吧。"多米尼克回答，"但是你的建议相当于要我把所有的一切都赌上。"说到"一切"时，厨师下意识又不由自主地直视着小丹尼。

"你们回伙房，我帮你把'酋长'上的东西卸下来，等厨房帮工下午去干活的时候，你和丹尼已经安顿好了。然后，到了做晚饭的时候，"凯奇姆继续道，"你派朵特或者梅——随便一个没什么用的该死的锯木工婆娘——去卡尔警官家，让她说：'简去哪儿了？洗碗工怎么还没来，大厨要气疯了！'这样一诈唬，就把他吓住了，"凯奇姆告诉他，"牛仔会吓得拉裤子，提心吊胆好几年——生怕哪条狗把印第安·简的尸体刨出来！"

"我不知道这样行不行，凯奇姆，"厨师说，"这样虚张声势太冒险了，我没法接受——尤其是不能拿丹尼尔冒险。"

"你要是走了，风险更大，"老朋友告诉他，"妈的，要是牛仔轰掉你的脑袋，我会照顾好丹尼的。"

小丹尼一会儿看看父亲，一会儿看看凯奇姆。"我觉得咱们应该回伙房。"十二岁男孩告诉父亲。

但是厨师知道,改变——任何改变都会让儿子焦虑。丹尼尔·巴恰加卢波当然愿意留下,假装若无其事,离开意味着要为更多的不可预知担惊受怕。

"你可以这样想,大厨,"凯奇姆把白色的石膏套搭在朋友身上,它和牛仔那把点四五柯尔特一样重,"要是我猜错了,卡尔开枪打了你,那他绝对不敢再动丹尼一根手指头;可要是我说得对,牛仔去找你,他会把你们两个都杀了——因为你们都算逃犯。"

"没错,我们现在就是——我们就是逃犯。"多米尼克说,"我不再像从前那样爱冒险了,凯奇姆。"

"你现在就是在冒险,大厨,"凯奇姆告诉他,"不管留下还是离开,都得冒险,不对吗?"

"抱抱凯奇姆吧,丹尼尔——我们该走了。"男孩的父亲说。

丹尼·巴恰加卢波会记住这个拥抱,他还奇怪为什么父亲和凯奇姆没拥抱——他们毕竟是那么多年的好朋友啊。

"时代变了,大厨,"凯奇姆试着告诉朋友,"不会再有原木漂流了,达默尔湖上的那些水坝都会消失,这个水坝也长久不了。"他挥了挥胳膊上的石膏套子,指着河里的浮栏,但没说出"死女人水坝"这个名字。

"达默尔湖和小达默尔湖,还有绞河的水,都会直接流进庞图克。我猜安德罗斯科金河上的那些水闸码头会留下,但再也不会有人用了。到时候,要是西达默尔或者绞河镇起了火,你觉得还会有人费事重建这些可怜的破地方吗?谁不想搬到米兰或者埃罗尔,甚至到柏林去?"凯奇姆又补充道,"你和丹尼,大厨,你们只需要留下来——待到这个可悲的地方完蛋为止。"可厨师父子已经朝"酋长"走过去了。"要是你们现在逃跑,那就得逃一辈子了!"凯奇姆在他们身后大喊,他绕过卡车,一瘸一拐地从副驾驶走到驾驶室那边。

"你怎么瘸了？"厨师冲着他喊道。

"妈的，"凯奇姆说，"六罐装家的楼梯少了个台阶——我把这件破事给忘了。"

"保重，凯奇姆。"老朋友告诉他。

"你也是，大厨，"凯奇姆说，"我就不问你的嘴唇是怎么回事了，可这种伤我熟悉。"

"顺便说一句，安吉尔不是加拿大人。"多米尼克·巴恰加卢波告诉凯奇姆。

"他的真名叫安杰鲁·德尔波波洛，"小丹尼解释道，"他从波士顿来，不是多伦多人。"

"我猜你们要去波士顿，"凯奇姆问他们，"对吧？"

"安吉尔肯定有家人——肯定有人想知道他怎么样了。"厨师说。

凯奇姆点了点头。阳光透过卡车的挡风玻璃照在安杰鲁·德尔波波洛身上，忽明忽暗，似乎在和警惕地正襟危坐的尸体开玩笑。安吉尔看起来不仅像是还活着，他年轻的人生旅程也仿佛刚刚开始——而不是已经结束了。

"我就告诉卡尔，你和丹尼去给安吉尔的家人报丧去了，你觉得怎么样？你们没把伙房弄成像是再也不会回去的样子吧？"凯奇姆问。

"我们没拿多少东西，谁也不会注意到的，"多米尼克说，"看起来就像我们还会回去一样。"

"我告诉牛仔，印第安·简竟然没和你们在一起，我觉得挺奇怪，这样说行不行？"凯奇姆问，"我可以说，如果我是简，我也会去加拿大。"丹尼看到父亲正在考虑这些建议，这时凯奇姆又说："我想我不会说你们去了波士顿，也许这样说更好：'如果我是简，我会去多伦多。'你觉得怎么样？"

"你怎么说都行，就是别说太多。"厨师告诉他。

"如果可以的话，我相信我还是会把他当成'安吉尔'。"凯奇姆爬进卡车，只是飞快地瞥了一眼死去的男孩，随即望向别处。

"我永远都会把他当成'安吉尔'！"小丹尼喊道。

凯奇姆和厨师都说不清，丹尼·巴恰加卢波是否知道，在他误以为印第安·简是一头熊之前，这场冒险——或者可以说是灾难——就已经开始了，不过，丹尼看起来似乎"知道"。凯奇姆肯定清楚，这也许是他最后一次见到父子俩，他想让厨师更积极地看待这场冒险，于是叫道："丹尼！我想告诉你，有时候，我有好几次都把简当成了一头熊！"

然而凯奇姆并不是那种能长时间鼓励别人的人。"我猜，出事的时候，简是不是没戴那顶瓦荷酋长的帽子？"伐木工问丹尼。

"对，她没戴。"十二岁男孩告诉他。

"该死，简，哦，该死，简！"凯奇姆大喊，"有个克利夫兰人告诉我，那是一顶幸运帽，"河工对男孩说，"那家伙说，瓦荷酋长是个幽灵，他会照看印第安人的。"

"也许他现在就在照看简。"丹尼说。

"别跟我传教，丹尼——你只要别忘了简就行了，她真的很爱你。"凯奇姆告诉十二岁的孩子，"只要记着她——你只能做到这个了。"

"我已经开始想你了，凯奇姆！"男孩突然喊道。

"哦，该死，丹尼——快走，如果你们真的要走的话。"河工说。

凯奇姆发动卡车，沿着运输原木的道路驶向绞河镇，留下厨师父子去面对他们那漫长而不确定的旅程——改头换面的下一段人生。

II
一九六七年
波士顿

05 笔名

距离卡尔警官被印第安洗碗工的尸体绊倒在厨房,已经过去了几乎整整十三年,这是个不怎么吉利的数字,连凯奇姆都拿不准牛仔是不是对同一天晚上消失的厨师父子起了疑心。根据库斯县的那个地区——也就是安德罗斯科金河的上游一带——最有见识的人的说法,印第安·简是和厨师父子一起走掉的。

在凯奇姆看来,"简和厨师私奔了"这条广为流传的谣言比起这个可能性——警官用某一件不知道是什么的钝器(始终没找到凶器)谋杀了自己的女朋友——更让卡尔困扰。卡尔肯定相信简是自己杀的,当然,他处理了她的尸体。再也没有人见过她。(她的尸体也从没出现过。)

然而,每次遇见牛仔,凯奇姆总会遭遇各种话里有话的盘问。"你还是没收到大厨的消息吗?"卡尔总是这样问他,"我还以为你们两个是朋友呢。"

"大厨不爱说话,"凯奇姆反复指出,"没收到他的消息,我并不觉得奇怪。"

"那孩子呢?"牛仔偶尔会问。

"他怎么了?丹尼就是个小孩,"凯奇姆诚恳地说,"小孩不会写什么信,对吧?"

可丹尼尔·巴恰加卢波写了不少东西——不只给凯奇姆写信。在他们最初的通信里，男孩告诉凯奇姆，他想成为作家。

"那样的话，你最好别接触太多天主教思想。"凯奇姆回信说。小丹尼惊讶地发现，凯奇姆的字竟像是女人写的，真是奇怪。丹尼问父亲，母亲是不是把她的字体——连同跳舞和识字一起——教给了凯奇姆。

"我不这么觉得。"多米尼克只说了这么一句。

凯奇姆写字秀气的缘由始终是个未解之谜，多米尼克似乎不太在意老朋友的字，至少没达到小丹尼的程度。十三年里，未来的作家丹尼·巴恰加卢波与凯奇姆的通信次数超过了父亲和他的老朋友。凯奇姆和厨师的通信总是简洁明了。卡尔警官在找他们吗？多米尼克一直想知道。

"你最好这样假设。"这是凯奇姆每一封回信的主旨，但最近他似乎有更多的话要说。他给丹尼和多米尼克寄来同一封信，更新鲜的是，信是用打字机打的。"出事了，"凯奇姆在信的开头写道，"咱们应该谈谈。"

这话说得容易，做起来难——凯奇姆没有电话。他习惯在公共电话亭给多米尼克和小丹尼打对方付费的电话，每当凯奇姆宣布自己的蛋快要冻掉了的时候，接下来往往会突然挂掉电话。新罕布什尔州北部和缅因州固然很冷，凯奇姆似乎在缅因州待得越来越久，但这么多年来，他的对方付费电话几乎都是在寒冷天气打来的。（也许是故意的，或是凯奇姆喜欢长话短说。）

凯奇姆写给小丹尼和他父亲的第一封打出来的信上还说，牛仔隐晦地提到了一件事，这是"不祥之兆"，其实也没什么新鲜的，多米尼克和丹尼早就知道，卡尔警官本来就是他俩的不祥之兆，说话也老是拐弯抹角，可这一次他特别提到了加拿大。卡尔认为，越战是美加关系恶化的原因。"我跟加拿大当局合作,什么狗屁都没查到。"牛仔只对凯奇姆说了这么一句。凯奇姆猜测,这说明卡尔还在探听边境另一侧的消息。十三年了,警官始终相信厨师父子去了多伦多。如果牛仔要找他们,是不会去波士顿打听的——至少暂时不会。可凯奇姆既然写信过来,说明出现了新情况。

很久以前,凯奇姆给丹尼提出的那个建议——如果男孩想当作家,就不能接触太多天主教思想——也许建立在误会的基础上。米开朗琪罗中学——丹尼在波士顿北区就读的新学校——是所公立学校,孩子们叫这里"米奇",因为老师全都是爱尔兰裔,可是其中没有修女。凯奇姆一定是把米开朗琪罗中学当成了天主教学校。("别被他们洗脑。"他写信告诉丹尼——这个"他们"大概跟天主教思想有关,但具体指的是谁,凯奇姆也许永远不会说明。)

无论如何,小丹尼并没有受到米奇中学与天主教相关的那一面的影响,甚至对此毫不惊讶。他从一开始就注意到的反而是波士顿北区的意大利特色:经常有大批意大利移民聚集在米开朗琪罗中学的活动中心,参加归化入籍的仪式。丹尼在米奇中学的不少同学住在拥挤逼仄、没有热水的廉价公寓里,这些公寓最初是为爱尔兰移民建造的,他们先于意大利人来到北区,但并没有在此定居,而是去了多切斯特和罗克斯伯里,或者南方。不久之前,这儿还有少量的葡萄牙渔民——也许舰队街附近现在还有一两家——但在一九五四年,丹尼·巴恰加卢波和他父亲刚来的时候,北区已经完全是意大利人的天下了。

厨师父子没有被当作陌生人——至少很快就融入了当地,愿意接纳他们的亲戚多不胜数。不知有多少姓卡罗杰洛和塞埃塔的与巴恰加卢波父子套近乎,亲热地称呼他们"本家"。但多米尼克和小丹尼并不习惯大家庭的生活,更不用说跟八竿子打不着的所谓远亲来往,而且,正是离群索居才让他们在库斯县得以立足。意大利人不理解什么叫保持距离,他们要么给你拥抱,要么揍你一顿。

年长者依然会在街角和公园聚集,那里不仅能听到那不勒斯和西西里方言,还有人讲阿布鲁齐和卡拉布里亚的本地话。天气暖和的时候,年轻人和老年人都会来到户外,在狭窄的街道上活动。这些移民中有许多是在世纪之交来到美国的——其中不仅包括那不勒斯和巴勒莫人,还有从意大利南部那些数不清的村子里来的。在波士顿北区,他们重新拾起了一度被自己抛弃的街头生活,往来于露天蔬果摊、小面包房和糕点店、肉铺、每周五在十字街和塞勒姆街贩卖鲜鱼的手推车、理发店和擦鞋店之间。每逢夏季的宗教节日和假期,那些五花八门的礼拜堂总是人满为患,它们的一楼临街窗户上绘制着主保圣人的画像。至少对于多米尼克和丹尼尔·巴恰加卢波来说,这些圣徒是五花八门、稀奇古怪的,父子俩(十三年来)始终没能在自己身上发掘出半点天主教徒或者意大利人的特色。

好吧,公平地说,丹尼或许并非完全"缺乏"意大利人的特色——他依旧在努力消除在新罕布什尔州北部养成的冷漠脾气,而这种冷漠似乎早已在多米尼克身上永久扎根,再也无法摆脱——他会做意大利菜,但要做意大利人,那就是另外一码事了。

尽管凯奇姆可能误以为米开朗琪罗是一所天主教学校,但小丹尼一直以来觉得不公平的是,他父亲认为是凯奇姆让小丹尼产生了"离开"米奇中学,去寄宿学校读书的想法。凯奇姆不过是在早些年的一封信中——字体充满少女气息——提到过,他认识的一个最聪明的"伙计"是在新罕布什尔州沿海地区的一所私立学校读的书。凯奇姆指的是埃克塞特中学,从波士顿开车往北走,不用多久就到了——那时候还能坐火车,凯奇姆叫那趟车为"老波士顿和缅因",从波士顿北站开往新罕布什尔州北部。"妈的,我觉得你绝对可以从北区走到北站。"凯奇姆在给小丹尼的信中写道,"就连瘸腿的伙计都能走过去。"("伙计"这个词在凯奇姆的措辞中出现得愈发频繁,也许是受到了六罐装的影响,但简以前也会用这个词,丹尼和父亲也是。)

厨师恼火地认为,凯奇姆这是"干扰"丹尼尔的中学教育,可小丹尼为此和父亲争论过。对于最终促成丹尼前往埃克塞特读书这件事,男孩在米奇中学七八年级的英文老师利里先生起到的作用远远大于凯奇姆,反常之处在于,多米尼克并不怪他。

应该责怪的是厨师自己——因为当多米尼克听说埃克塞特(当时)是一所男校的时候,突然被说服了,同意让心爱的丹尼尔去那里上学。那是一九五七年秋天,小丹尼只有十五岁,后来多米尼克尽管非常想念儿子,但晚上睡得还可以,因为他觉得儿子至少安全无虞,不会接触到女孩子。他之所以允许丹尼尔去埃克塞特,是因为想让儿子"尽可能长期"远离女孩,在给凯奇姆的信里,他就是这么写的。

"好吧,这是你的问题,大厨。"他的老朋友回信说。

确实如此。他们刚来北区的时候,这个问题并不明显,那时小丹尼才十二岁,似乎不太在意女孩子,但厨师看出女孩子们已经开始注意他的儿子了,进而联想到塞埃塔和卡罗杰洛家族的那些真真假假的表姊妹也许会亲吻他儿子——男孩和女孩们还有很多自由交往的机会,因为北区是个大社群,到处都是热情的疯子。厨师和十二岁的儿子以前从来没在这样的社群中生活过。

一九五四年四月的那个星期日,父子俩费了一些工夫才找到北区。在北区步行要比开车容易得多,甚至在当时就是这样的。(在那里的街道上,无论是驾驶还是停好庞蒂亚克"酋长"都不容易,虽然肯定不如把印第安·简的尸体从伙房运到卡尔警官家的厨房那么麻烦,但也存在相当的难度。)所以他们决定步行前往汉诺威街,路上经过萨姆纳隧道管理局的金色圆顶,它就像不同星球上的另一颗太阳,将父子俩笼罩在金光之下。找到"那不勒斯附近"之前,他们还在十字街周围看到了另外两家餐馆。("欧罗巴"和"安娜妈妈"。)

此时已经是黄昏时分,他们从新罕布什尔州北部开车过来,一路上花了不少时间——不过,他们把安吉尔铁青色的尸体留给凯奇姆的时候还是寒冷的早晨,相比之下,这儿的气候显得格外温暖,阳光明媚。

当地的人行道熙熙攘攘,路人大多沾亲带故,有聊得不亦乐乎的,也有吆五喝六的。(而他们离开绞河镇的同一天早晨,看到的只有惨遭误杀的印第安洗碗工、淹死的男孩和凯奇姆。)来到这里之后,从停好庞蒂亚克、开始步行的那一刻起,丹尼就激动得说不出话来,除了在电影上,他从来没见过这样的地方。(在绞河镇没有电影可看,印第安·简偶尔会带小丹尼去柏林看一场。厨师说,他永远都不会回柏林,"除非戴着手铐"。)

四月份的那个星期天,在汉诺威街,当他们在"那不勒斯附近"餐厅门口停住脚步时,丹尼瞥了父亲一眼——厨师就像是让人给戴上了手铐,被拖到了北区一样,显然十分不愿意来这家店。报丧会不会给人带来霉运?多米尼克暗忖,传递坏消息的人会有怎样的遭遇?他是否还会碰到更可怕的灾祸?

小丹尼能感觉到父亲的犹豫,但没等父子俩打开店门,一个老人就从里面敞开了门。"进来吧,进来吧!"老人招呼他们,他握着丹尼的手腕,把男孩拉进这个舒适宜人的地方。多米尼克默默地跟在后面。厨师只看了一眼,就知道这位老先生并不是他那个令人鄙夷的父亲,对方的长相也跟多米尼克毫无相似之处,况且他已经很老了,不可能是那个杰纳罗·卡波迪卢波。

老人是"那不勒斯附近"餐厅的领班兼店主,他的外表完全符合这一点。老人不记得见过安努齐亚塔·塞埃塔，但他其实认识努齐（只是还没意识到而已），他还认识塞埃塔家的不少人——在这个星期天，这位老人同样没能意识到的是，他以前解雇过的那个杰纳罗·卡波迪卢波就是多米尼克的父亲。杰纳罗那头猪曾经在"那不勒斯附近"当传菜工，出了名的轻浮好色（努齐和多米尼克的花心父亲正是在这家餐厅认识的）。不过，年迈的店主兼领班听说过安努齐亚塔·塞埃塔的事，也听说过罗茜娜或者"罗茜"·卡罗杰洛。小丹尼和父亲很快就会知道，这里的人特别喜欢八卦别家的丑闻。

"那不勒斯附近"餐厅地方不大，餐桌也小，铺着红白格子桌布，两个年轻女人和一个小孩（跟安吉尔差不多大）正在安排餐位。前厅有个不锈钢服务台，越过服务台，多米尼克可以看到后面的砖砌比萨烤炉和开放式厨房，两个厨师正在干活。让多米尼克庆幸的是，这两位的年龄都不够大，不足以成为他的父亲。

"我们还没开始上菜，但你们可以先坐坐——点几杯饮料什么的。"老人笑着对丹尼说。

多米尼克把手伸进外套内袋，摸到了安杰鲁·德尔波波洛的钱包——它还是湿的。不过，他还没把钱包掏出来，领班就向后退了一步。"你是警察？"老人问。"警察"这个词引起了厨房里那两位厨师的注意，他们戒备地从服务柜台后面走出来。布置餐桌的小孩和两个女人也停了手，盯着多米尼克。

"警察干活的时候，一般不会带着孩子。"其中一位厨师对老人说。这个厨师身上全是面粉——不光围裙上有，双手和裸露的前臂都是粉白色。（这大概是比萨师傅，多米尼克想。）

"我不是警察，我是厨师。"多米尼克告诉他们。两个年轻男人和老人释然地大笑起来，两个女人和小孩立刻回去干活了。"但我有些东西要给你们看看。"多米尼克说。厨师在安吉尔的钱包里翻找，不确定应该先给他们看哪样东西——是那张印着安杰鲁·德尔波波洛姓名和出生日期的交通季票,还是那个漂亮丰满的女人的照片。多米尼克决定还是先拿出季票,但没等他想好先把季票给谁看,老人就看到了打开的钱包里的那张照片,立刻把钱包从多米尼克手里夺了过去。

"卡梅拉!"领班喊道。

"有个孩子,"多米尼克开腔道,两个厨师低头打量着钱包塑料膜底下的照片。"也许这是他母亲。"

多米尼克没有说下去。比萨师傅双手捂脸,两侧的脸颊全都抹上了面粉,"安——杰——鲁!"他哀叫道。

"不!不!不!"老人嚷道,他抓住多米尼克的双肩摇晃着。

另一位厨师(显然是餐厅的主厨)捂着心口,仿佛被人捅了一刀。

比萨师傅的脸白得像小丑,用裹着面粉的手指轻轻碰了碰小丹尼的手。"安杰鲁出了什么事?"他非常温柔地问男孩,多米尼克意识到,这个男人肯定有个与丹尼尔同龄的孩子,或者曾经有过这么大的孩子。两个厨师差不多都比多米尼克大十来岁。

"安吉尔淹死了。"丹尼告诉他们。

"是个意外。"他父亲说。

"安杰鲁又不是打渔的!"领班哀叹。

"发生了伐木事故,"多米尼克解释说,"在河道上运木头时,那孩子滑到了原木下面。"

两个年轻女人和那个跟安吉尔年纪相仿的小孩已经不在前厅了——丹尼并没有看到他们离开。(后来他才知道,他们只是跑进了厨房。)

"安杰鲁以前放学后来这里干过活,"老人对丹尼说,"他妈妈卡梅拉——现在也在这里干活。"

另一位厨师走过来,向多米尼克伸出了手。"安东尼奥·莫利纳里。"主厨忧郁地握着多米尼克的手说。

"多米尼克·巴恰加卢波,"厨师回应道,"我是伐木营地的厨师,这是我儿子丹尼尔。"

"朱塞·波尔卡里,"老人低垂着眼睛,看着小丹尼说。"没人叫我朱塞佩,你们也可以叫我乔。"老波尔卡里指着比萨师傅说:"这是我儿子保罗。"

"你们可以叫我丹或丹尼。"男孩告诉他们,"只有爸爸叫我丹尼尔。"

托尼·莫利纳里[1]走到餐厅门口,望着汉诺威街上的行人。"她来了!"他说,"我看见卡梅拉了!"两个厨师跑进厨房,把不知所措的巴恰加卢波父子和老波尔卡里留在前厅。

"你们告诉她吧——我做不到。"朱塞(或者可以叫他"乔")说,"我把你们介绍给她。"领班推着多米尼克来到餐厅门口,丹尼拉着父亲的手。"她丈夫也是淹死的,他们两个是真爱!"老波尔卡里告诉他们,"不过他是个打渔的——渔夫经常有淹死的。"

"卡梅拉还有别的孩子吗?"多米尼克问。现在他们三个看到她了——身材丰满,容貌漂亮,头发乌黑,不到四十岁,也许跟凯奇姆同龄,顶多比他老一点。胸和屁股都不小,笑容灿烂——不过,小丹尼注意到,她只有笑容能够在尺寸上和印第安·简媲美。

"安杰鲁是她的独生子。"朱塞回答多米尼克。丹尼放开他爸爸的手,因为老波尔卡里递过来一样东西。那是安吉尔的钱包,摸起来又湿又凉,交通季票歪斜着从里面伸出来,丹尼打开钱包,把季票放回原处。这时候,卡梅拉·德尔波波洛走进了门。

---

1 托尼是安东尼奥的昵称。

"嘿，乔，我迟到了吗？"她兴高采烈地问老人。

"没有，卡梅拉——你总是很准时！"

也许这就是促使丹尼尔·巴恰加卢波成为作家的时刻之一：这是他第一次尝试预测未来的事情，难免有些尴尬。男孩突然看到了父亲的未来，甚至清楚地看到了自己的未来。没错，卡梅拉看起来比安吉尔放在钱包里的那张照片上的女人年纪大了一点，也更胖一些，但谁也不会觉得她已经不漂亮了。十二岁的丹尼也许还太小，不怎么注意女孩子，或是女孩们还太小，无法引起他的注意，但是这个男孩已经对成熟的女人产生了兴趣。（其中当然包括印第安·简和六罐装帕姆。）

卡梅拉·德尔波波洛让小丹尼一下子想到了简。她的皮肤是橄榄棕色，简的皮肤是红棕色，颜色非常接近；卡梅拉有点扁平的鼻子、宽阔的颧骨、深褐色的眼睛几乎和简一模一样，卡梅拉的眼睛也差不多跟头发一样乌黑，像极了简，而且她很快就会变得和简一样悲伤。简也失去了儿子，与多米尼克·巴恰加卢波一样，卡梅拉还失去了心爱的配偶。

眼下，小丹尼并没有看出父亲被卡梅拉吸引——或者她被他吸引——的丝毫迹象，不过，男孩一厢情愿地坚信，安吉尔的母亲会成为父亲喜欢的下一个女人——只要他们还在波士顿北区躲避卡尔警官。

"你得坐下，卡梅拉，"老波尔卡里边说边往厨房里退，其他人都躲在那里，"这就是那位厨师和他的儿子，他们是从北边来的——你知道，他们是安杰鲁的朋友。"

原本就容光焕发的女人变得更加光彩照人。"你就是多米尼克？"她叫道，两手按了按厨师的太阳穴，又很快转身望向丹尼，这时候朱塞·波尔卡里已经跟其他胆小鬼一起消失了。"你一定就是丹尼了！"卡梅拉高兴地说，用力地拥抱了他——不像简有时拥抱得那么用力,但也足够使劲儿,足以让小丹尼再次想起简来。

多米尼克现在才意识到,为什么安吉尔的钱包里没有多少钱,为什么死去的男孩几乎没留下什么遗物——安吉尔一直在给母亲寄钱。他曾经央求印第安·简送他去邮局,他告诉简,虽然往加拿大汇款的手续费不少,但他经常给母亲寄汇票。他显然也和她保持通信,把自己在绞河镇的生活原原本本地告诉了她,因为她知道厨师父子跟自己的儿子关系不错。就在这时,她突然问起了凯奇姆。

"凯奇姆先生和你们一起来了吗?"卡梅拉问丹尼,温暖的掌心捧着男孩的脸颊。(也许这无言以对的时刻有助于丹尼尔·巴恰加卢波成为作家。身为作家,必须重视那些你明明知道自己应该说什么,却想不出该怎么说的时刻。)好在这时卡梅拉似乎注意到前厅没有别人,厨房里也看不到人影,可怜的女人还以为这说明他们打算给她一个惊喜。也许她的安杰鲁没打招呼就来看她了?其他人是不是把她的宝贝儿子藏进了厨房,所以才一声不吭?"安——杰——鲁!"卡梅拉叫道,"你和凯奇姆先生也来了吗?安——杰——鲁?"

多年以后,习惯了作家身份的丹尼尔·巴恰加卢波会觉得,这天厨房里发生的事情再也自然不过,那些人并不是胆小鬼,他们只是爱着卡梅拉·德尔波波洛,不忍心看到她难过。但眼下的小丹尼很震惊。最先出声的是比萨师傅保罗·波尔卡里。"安——杰——鲁!"他哭道。

"不!不!不!"他的老父亲伤心地嚷道。

"安杰鲁!安杰鲁!"托尼·莫利纳里喊道,声音更柔和。

两个年轻女人和那个跟安吉尔差不多大的孩子也在低声吟诵着死去男孩的名字,这场合唱并非卡梅拉希望听到的,他们凄惨地哀号着,可怜的女人望向多米尼克,期待他的解释,却只看到他脸上的悲伤和惶恐。丹尼无法直视安吉尔的母亲——正如他拿煎锅击中印第安·简之前的那个瞬间无法直视简那样。

老波尔卡里走开之前,从离他们最近的桌子下面拖出了一把椅子,那时他甚至还没嘱咐卡梅拉坐下——卡梅拉瘫倒在椅子上,不大像是坐着,脸色也不再是橄榄棕。她突然瞥见小丹尼的小手里拿着儿子的钱包,可当她碰到钱包、察觉到它是多么潮湿冰冷时,她踉跄地向后退去,跌坐进椅子里。厨师连忙扶住她,跪在她旁边,胳膊箍住她的双肩,丹尼本能地跪在她脚边。

她穿了一条柔滑的黑色裙子和一件漂亮的白色衬衫——衬衫很快就会黏满泪水——当她看着丹尼的黑眼睛时,必定看到了儿子从前望着自己的样子,因为她把男孩的脑袋搂在大腿上,紧紧抱住他,仿佛他就是她失去了的安杰鲁。

"不该是安杰鲁!"她哭道。

这时,厨房里有位厨师开始拿着木勺子有节奏地敲打意面锅,像回声那样,他也叫道:"不该是安杰鲁!"

"我很抱歉。"小丹尼听到父亲说。

"他淹死了。"男孩在卡梅拉的腿上说,感到她更用力地抱住了他的头。小丹尼再一次看到了不久之后的自己:父子俩和卡梅拉·德尔波波洛一起生活,丹尼·巴恰加卢波成为她的安杰鲁的替身。("你别怪那孩子去外面上学,"凯奇姆后来会这样写信告诉老朋友,"要怪就怪我好了,但别埋怨丹尼。")

"不应该淹死!"卡梅拉的喊声盖过了厨房里的哭叫,丹尼听不清父亲在悲伤的女人的耳边低声说了些什么,但他感觉得到她的身体因为抽泣而不停颤抖,他设法在她的膝盖上微微偏了偏脑袋,看到那些哀悼者从厨房里鱼贯而出,并没有拿意面锅或者木头勺子,脸上挂着泪痕(比萨师傅保罗脸上的面粉被泪水冲成了一道一道的)。丹尼尔·巴恰加卢波不用听就能想象出父亲在卡梅拉耳边说了些什么,肯定少不了"意外"这个词,这是个意外频发的世界——父子俩都知道。

"他们是好人。"老波尔卡里说,听起来像在祈祷,后来丹尼意识到,乔·波尔卡里并不是在祈祷,而是在跟卡梅拉谈论"北边来的"厨师父子。他说得没错,是男孩和父亲陪卡梅拉走回家的。(她有好几次差点晕过去,只能靠在他们身上,但要扶着她走路并不难——她至少比简轻一百磅,而且是个大活人。)

那天下午,就在他们离开"那不勒斯附近"之前——男孩的脑袋依然困在那位哀恸的母亲的大腿上——丹尼尔·巴恰加卢波已然认识到作家们知晓的另一个技巧,并且明白了该怎么运用它,但还要再过几年,他才会把这个窍门运用到写作中。所有作家都应该懂得如何置身于现实之外,与这种情绪化的时刻保持距离,丹尼就能做到这一点,尽管只有十二岁。男孩的脸被卡梅拉温暖的胳膊紧紧搂住,但他的思绪已经从这戏剧化的一幕中抽离出来。他仿佛变成了隐形人,站在比萨烤炉前的有利视角冷眼旁观,或者至少远离了在场的哀悼者,来到服务台靠近厨房的那一侧,他看见"那不勒斯附近"的店员们聚集在坐着的卡梅拉和他那跪着的父亲周围。

老波尔卡里站在卡梅拉后面,一只手搭住她的后颈,另一手捂着胸口。他的儿子——浑身面粉的比萨师傅保罗——低着头站在厨师对面,两人分别位于卡梅拉的臀部两侧。两个年轻的女人——她们是服务员,还在跟卡梅拉学手艺——跪在小丹尼正后方的地上。男孩从厨房的远处可以看到自己跪在那里,头枕着卡梅拉的膝盖。另一位厨师——主厨托尼·莫利纳里站在离他们稍远一些的地方,一只胳膊搂着那个几乎与安吉尔同龄的小孩瘦削的肩膀。(丹尼很快得知,这孩子是传菜工,担任传菜工将会是丹尼在"那不勒斯附近"的第一份工作。)

在这个真切而悲伤的时刻，丹尼尔·巴恰加卢波获得了远眺现实的能力，将一切都收入眼底。后来开始写作时，像许多年轻作家一样，他选择了第一人称的叙事角度。在一部早期的小说中，那个让他饱受折磨的开头会（部分）提到这个四月的星期天，描述发生在"那不勒斯附近"的母亲悼念儿子的场面。这位新手作家的原话是："我成了一个与我无关的家庭的一员——很久之后，我才对自己的家庭，或者说对父亲在我童年时面临的困境有了近乎充分的了解。"

"别用巴恰加卢波这个姓了，"凯奇姆给父子俩写信说，"万一卡尔去找你们——为了保险，最好还是改姓。"然而丹尼拒绝了他的建议。丹尼尔·巴恰加卢波为自己的姓氏感到骄傲——听父亲讲过这个姓氏的历史之后，他甚至有些叛逆地得意扬扬起来。多年以来，那些西达默尔的孩子整天叫他"意大利佬""南欧人"，小丹尼都能忍耐下来，现在到了意大利裔聚居的北区，更没有必要丢掉"巴恰加卢波"这个意大利姓氏。另外，即便牛仔找了过来，他的目标也是多米尼克·巴恰加卢波，而不是丹尼尔·巴恰加卢波。

多米尼克对自己的姓氏有不同的看法。在他眼中，"巴恰加卢波"始终是虚构出来的，是努齐给他编造的姓氏——他是她的"狼之吻"。实际上，姓"塞埃塔"对他来说更说得通，他毕竟有一半塞埃塔家族的血统，母亲让他姓卡波迪卢波都行——哪怕只是为了羞辱他那个不负责任的父亲。（"那个没用的浑蛋杰纳罗"，后来，老乔·波尔卡里这样说起那个被他解雇、不知所终的流氓传菜工——只有上帝知道他的下落。）

多米尼克可以从一大堆姓氏中挑选。安努齐亚塔的大家族希望他姓塞埃塔，罗茜的无数外甥外甥女——还有他亡妻的近亲们——想让他姓卡罗杰洛。多米尼克并没有陷入圈套——他马上意识到，如果改姓卡罗杰洛,塞埃塔家族会觉得受到侮辱,反之受辱的就是卡罗杰洛家。多米尼克在"那不勒斯附近"餐厅——他几乎立刻成为主厨托尼·莫利纳里和比萨师傅保罗·波尔卡里的学徒——的绰号是"甘巴科尔塔",意思是"短腿",是对跛子的昵称,这个绰号很快又缩短成了"甘巴"(意思是"腿")。但多米尼克认定,在餐厅以外的地方,"甘巴科尔塔"和"甘巴"都不是合适的姓氏——不符合厨师的身份。

"邦维诺这个姓怎么样?"老朱塞·波尔卡里建议。("邦维诺"的意思是"好酒",可多米尼克不喝酒。)

托尼·莫利纳里推荐的是"博诺帕内"("好面包"),而比萨师傅保罗·波尔卡里赞成"卡波比安科"("白头")这个姓——因为保罗经常浑身都是白面粉,但是,这些听起来滑稽的姓并不适合用在性情严肃的多米尼克身上。

来到北区的第一个夜晚,丹尼就预见到了父亲会选择什么新姓氏。父子俩护送寡妇德尔波波洛返回她位于宪章街的那座砖砌公寓楼时——卡梅拉的公寓有三个房间,楼里没有电梯,离老澡堂和科普斯山墓地不远;公寓不供应热水,只能用煤气灶自己烧——小丹尼看到了父亲以后的生活。他能想象出,多米尼克·巴恰加卢波很快就会(可以这么说)穿上淹死的渔夫的旧鞋子,尽管卡梅拉亡夫的鞋其实并不合多米尼克的脚。卡梅拉有一天还会惊喜地发现,多米尼克穿得上可怜的渔夫的衣服——两个男人都挺瘦的,丹尼也将很快穿上安吉尔留下的衣服。父子俩当然需要穿些城里人的衣服,在波士顿,人们的衣着打扮跟库斯县的人不一样。尽管丹尼·巴恰加卢波不愿接受凯奇姆提出的改姓建议,但对于父亲变成了"多米尼克·德尔波波洛"这件事,他并不惊讶(多米尼克毕竟是"人民的"厨师)——就算多米尼克在他们刚到北区的第一天晚上就改姓,丹尼也不会吃惊。

卡梅拉的厨房里有个浴缸，比餐桌还要大，餐桌旁已经摆好了不可或缺的三把椅子。煤气灶上，两个意面锅里装满了水——总是热的，永远不会沸腾。卡梅拉几乎不在厨房做饭，她给水保温只是为了洗澡。对于一个住在冷水公寓的女人来说，她十分干净，闻起来香喷喷的。在安吉尔的资助下，她付得起煤气费。当时的北区，与安吉尔同龄的年轻人很难找到全职工作，对那些足够身强力壮的青年而言，北边的缅因州和新罕布什尔州有更多全职工作，但很可能危险重重——正如可怜的安吉尔后来发生的那样。

丹尼和父亲坐在小小的餐桌前，卡梅拉在哭。男孩和父亲给这位抽泣的母亲讲她那淹死的儿子的事，有些事自然而然地引出了凯奇姆。等到卡梅拉暂时哭不动了，三个人也饿了，于是他们又回到"那不勒斯附近"，星期天晚上，这里只供应比萨和意面快餐。（那时候，对于大部分意大利人来说，星期天的午餐才是正餐。）餐厅很早就打烊了，晚上的顾客离开后，厨师会为店员准备一顿晚餐。其他日子的夜里，餐厅通常会营业到很晚，厨师和店员们会在供应晚餐之前的下午预先填饱肚子。

老店主兼领班猜到他们三个会回来，早就把四张小桌子拼在了一起，还为他们摆好了餐具。他们又吃又喝，仿佛这就是守灵之夜，只有忍不住想哭的时候才停下来——除了小丹尼，每个人都哭了。他们还为大家全都喜爱的死去的男孩干杯，尽管丹尼和他父亲滴酒不沾，敬酒词中频繁提到"万福玛丽亚"，很多次都是众人不约而同说出来的，但旁边并没有打开的棺材，他们也不是在通宵祷告守夜。多米尼克向哀悼者们保证，凯奇姆已经知道安吉尔是意大利人，这位老河工会跟法裔加拿大人一起安排"一些天主教的仪式"。（丹尼看了父亲一眼，因为他俩都知道，凯奇姆才不会做这种事：他只会让一切跟天主教徒和法裔加拿大人有关的东西离安吉尔越远越好。）

托尼·莫利纳里问多米尼克父子俩准备去哪里过夜的时候,已经很晚了。他们当然不打算开车返回新罕布什尔州北部,正如多米尼克告诉凯奇姆的那样,他不是个爱冒险的人——不再是了——但他信得过眼前这群人。(让他自己和丹尼大吃一惊的是)多米尼克竟然告诉了他们实话:"我们是逃出来的,再也回不去了。"这下子轮到丹尼哭了,两个年轻的女服务员和卡梅拉急忙安慰男孩。

"不要再说了,多米尼克——我们没必要知道你们为什么逃出来,或者要躲着什么人!"老波尔卡里嚷道,"在我们这儿,你们是安全的。"

"我不觉得吃惊,多米尼克。任谁都能看出来,你打过一架。"比萨师傅保罗抬起粘满面粉的手,同情地拍拍厨师的肩膀,"你嘴唇上的伤可不怎么好看,还在流血呢,你知道吗?"

"也许你需要缝几针。"卡梅拉对厨师说,显然真的担心他。但是多米尼克摇了摇头,拒绝了她的建议,他虽然什么也没说,但所有人都看得出,厨师腼腆的微笑里流露着感激之情。(丹尼又看了父亲一眼,他相信,父亲不解释嘴唇受伤的原因自有他的理由;父子俩的逃亡和六罐装帕姆成问题的性格以及异常的行为并无关系。)

"你们可以住在我家。"托尼·莫利纳里对多米尼克说。

"他们住我家。"卡梅拉告诉莫利纳里,"我有个备用卧室。"她的提议无可辩驳,因为她指的是安吉尔的房间,甚至只是提到这个房间就让卡梅拉再次哭了起来。丹尼和父亲陪她走回宪章街的冷水公寓,卡梅拉让他们睡她卧室的大床,自己到已经不在人世的安杰鲁的房间里睡单人床。

他们听到她抽噎个不停,始终难以入睡。哭声已经持续了很长时间,小丹尼低声对父亲说:"也许你该去劝劝她。"

"这不合适,丹尼尔。她想念的是她的儿子——我觉得你应该去劝她。"

丹尼·巴恰加卢波来到安吉尔的房间,卡梅拉抱住男孩,他挨着她躺在狭窄的小床上。"安——杰——鲁",她在他的耳边低语,直到终于入睡。丹尼不敢下床,生怕会惊醒她。他躺在她温暖的臂弯里,闻着她干净好闻的气息,也慢慢地睡着了。对于十二岁的孩子来说,这是漫长而残酷的一天——当然也包括前一天晚上的戏剧性事件——小丹尼肯定觉得累了。

甚至连丹尼这天晚上入睡的方式都对他成为作家有帮助。前一天晚上,丹尼尔·巴恰加卢波才刚刚杀死了三百多磅重的印第安洗碗工,她碰巧是他父亲的情人;而现在男孩却被寡妇德尔波波洛搂在温暖的怀里,这个丰满的女人很快就会取代印第安·简,出现在他父亲恍如隔世的生活中,续写他悲伤(只是暂时的)并且仍将继续的人生经历。有朝一日,这位作家会意识到,几个不同却彼此相关的重要事件几乎同时发生——这正是推动故事向前发展的主要因素,不过,在卡梅拉香喷喷的怀抱里沉入梦乡的时候,疲惫不堪的男孩只是在想:怎么会这么巧?(他还太小,并不明白:在任何一部经过深思熟虑的小说中,是不存在巧合的。)

也许过世的母亲的照片已经足够让小丹尼成为作家——他从绞河镇的伙房只带出来一部分,他也会想念那些夹过照片的书,尤其是罗茜在书里画出过一些段落的小说。这些段落本身再配上照片,就是男孩想象母亲的更好方式。尝试记住那些没带出来的照片是什么样的,也是想象她的一种方式。

他带到波士顿的照片中,只有几张是彩色的。父亲告诉丹尼,在某种程度上,黑白照片会"更真实"地展现出多米尼克所谓的"她那双充满杀伤力的蓝眼睛"是什么样子的。(为什么要说"充满杀伤力"?未来的作家好奇地想。还有,那些黑白照片怎么能比标准的柯达彩照"更真实"地展现出母亲的蓝眼睛呢？）

　　罗茜的头发是深褐色的，近乎纯黑，但皮肤白得惊人，五官精致娇小，这些特点结合到一起，让她看起来更加弱不禁风。后来，小丹尼见到了卡罗杰洛全家——其中包括他母亲的两个妹妹，这两位姨妈像照片上的罗茜一样娇小漂亮，最小的姨妈（菲洛梅娜）也有一双蓝眼睛。可当丹尼不由自主地盯着菲洛梅娜——她的年龄肯定跟罗茜去世时差不多（丹尼估计她在二十五到二十九岁之间）——看的时候，父亲很快就在一旁提醒他，说菲洛梅娜和他母亲的眼睛不是一种蓝（也许是不够有杀伤力，男孩猜测）。小丹尼还注意到，父亲很少跟菲洛梅娜说话，对她几乎有些无礼，不拿正眼看她，也从不评论她的穿戴。

　　丹尼尔·巴恰加卢波是不是已经开始以作家的眼光，打量起这些重要的细节来了？男孩是否已经看出，父亲先后喜欢上印第安·简和卡梅拉·德尔波波洛，其中存在某种可以称为"正在形成中的模式"的东西？这个"模式"就是，她俩都是深色眼珠的大块头女人，恰好与罗茜·卡罗杰洛相反。因为如果罗茜真是多米尼克一生的最爱，他会不会有意识地克制自己，不跟任何哪怕只是和她稍微有点相似的女人来往？

　　实际上，凯奇姆后来也指责厨师，说他通过选择与罗茜完全相反的女人来对亡妻保持忠诚，这是一种非常不近人情的做法。肯定是丹尼写信给凯奇姆，把卡梅拉的事告诉了他，也许还提到她的块头不小，因为厨师总是很谨慎，绝对不会在给老朋友的信里提及新女友的身材或者眼睛的颜色，也不会告诉凯奇姆任何关于安吉尔的母亲的事——当然包括他和她的恋情。多米尼克甚至没回复凯奇姆的那封指责信，不过厨师也很恼火，因为伐木工竟然大言不惭地批判他对女人的品位，凯奇姆这时候还和六罐装帕姆在一起——她跟罗茜表姐不也正好相反吗？

多米尼克只要照照镜子，就能想起帕姆的模样。那天夜里，六罐装攻击了他，在他下嘴唇上留下一条相当显眼的长疤。凯奇姆和六罐装竟然一直没分手，这让多米尼克·德尔波波洛（曾用姓氏：巴恰加卢波）惊讶不已，但两人在一起的时间比厨师和印第安·简的相处时间长了几年，甚至也会比多米尼克和卡梅拉·德尔波波洛——安吉尔那位可爱的大块头母亲——相处的时间长一点。

父子俩在波士顿醒来的第一天早晨，听到的是卡梅拉在小厨房里洗澡的诱人声音。出于对这位女士隐私的尊重，卡梅拉进行诱人沐浴过程的时候，多米尼克和小丹尼躺在各自的床上；他们不知道的是，她已经把第三和第四锅水放在煤气灶上，这些水很快就烧开了。"热水有的是！"她朝他们喊道，"接下来谁洗？"

因为厨师已经盘算过，撇开舒适性不谈，假如他和卡梅拉·德尔波波洛一起洗澡，那个大浴缸也容得下，所以他下意识地提出一条欠缺考虑的建议，要和丹尼尔一起洗——其实他的意思是父子俩用同一缸水——十二岁的男孩讨厌这个主意。"不，爸爸！"男孩在安吉尔卧室里的那张小窄床上叫了起来。

他们听见卡梅拉拖着沉重的躯体从浴缸里站起来。"我知道丹尼这么大的孩子是怎么想的——他们需要一些隐私！"她说。

是的，小丹尼想——他还没能充分意识到，自己很快就会需要更多的隐私，不受父亲和卡梅拉的打扰。毕竟，丹尼几乎是个青少年了。虽然他们不会在宪章街上的这座小公寓里生活多久——这儿的厨房里放着大浴缸，所谓的厕所却仅有巴掌大（外面挂着帘子，没有门），只能摆开一只马桶和一个小小的洗手池，洗手池上方挂着镜子，水龙头里只有冷水——但他们后来搬过去的那个公寓也大不了多少，对青少年丹尼·巴恰加卢波而言，隐私空间还是不够，尽管确实供应热水。那也是一座没有电梯的公寓楼，所在的位置以后会被命名为"卫斯理广场"，其实就是条紧挨着维多利亚咖啡馆的小巷子。公寓里除了有两间卧室，还有一个尺寸标准的浴室，带浴缸和淋浴（以及一扇真正的门），厨房也摆得开一张六人餐桌。

两个卧室依然彼此相邻——在北区，他们负担不起像绞河镇伙房二楼那样宽敞的住处。丹尼已经长大，不适合再听到父亲和卡梅拉刻意压低的做爱声——尤其是这个想象力格外丰富的男孩曾经听到也见到过父亲和印第安·简做爱。

厨师和卡梅拉所做的生活安排还可以接受，但并非长久之计，小丹尼越来越觉得自己是安吉尔的替身。很快就到了这个青少年与父亲保持距离的时候了——随着年龄的增长，另一个问题开始让丹尼觉得更不舒服。

如果说他经历过性成熟之前的觉醒，唤醒他的先后是简和六罐装帕姆，那么现在让这位青少年深感困扰的是，他对卡梅拉·德尔波波洛——凯奇姆说她是他父亲的"印第安人替身"——的迷恋日益严重，远超过了无法保持隐私这个问题。

"你需要离开。"凯奇姆写信给小丹尼，尽管男孩真心喜欢他在北区的生活，确切地说，他爱这里的生活，尤其是在与绞河镇——特别是巴黎制造公司附属学校——的生活比较之下。

米开朗琪罗中学完全不把丹尼·巴恰加卢波在那些菲利普斯河的游民——凯奇姆叫他们"西达默尔的笨蛋"——之中接受的那点可怜的教育当回事。学校让丹尼留级一年，所以他比班上的多数同学大一岁。七年级时，未来的作家头一次向英文老师利里先生提起凯奇姆建议他到埃克塞特上学，那时候，这位爱尔兰人已经把丹尼·巴恰加卢波视为自己最优秀的学生了。等到男孩学习八年级的英文课程时，丹尼在某种程度上已经成了利里先生的宠儿。

利里先生的几位以前的学生后来去了波士顿拉丁语学校就读，还有几个去了罗克斯伯里拉丁语学校——这位爱尔兰老人认为，这所盎格鲁式的学校有点狂妄自大。利里先生教过的两个男孩一个去了米尔顿，另一个去了安多弗，但利里先生的英语班上还没出过去埃克塞特读书的学生——与其他好学校相比，那儿离波士顿更远，但利里先生知道，那是一所非常好的学校。如果丹尼尔·巴恰加卢波被埃克塞特录取，这件事是否也会成为利里先生众多荣誉中值得夸耀的一项呢？

米奇中学的其他七八年级的男生多半没有不让利里先生感到头疼的，值得注意的是，丹尼从不参与捉弄老师的行为，因为这样做——以及其他更过分的调皮捣蛋——会让男孩想起他在巴黎学校的经历。

利里先生有一张爱喝酒的人常有的红脸膛，鼻子是土豆形状的，证实了他的同胞以土豆为主食的传言。他的耳朵上方伸出一簇簇犹如兽毛的白发，尽管如此，利里先生却是个秃顶——头顶还有个明显的凹痕，看起来像一只斑秃的猫头鹰。"小时候，"利里先生告诉所有学生，"我被一本大字典的未删节本砸到了脑袋，就是它激发了我对词语的热爱。"

七年级和八年级的男生都叫他"奥"，因为利里先生删掉了他姓氏里的"奥"[1]，这些表现差劲的男孩就趁他不在教室时，在黑板上写下一长串的"奥"。他们也喊他"奥"，不过只在他转过身去的时候才敢。

丹尼不理解，为什么这点小事会让原来姓"奥利里"的利里先生

---

[1] O'，常见于爱尔兰姓氏。

如此痛苦,丹尼尔·巴恰加卢波觉得,老师放弃姓氏里的"奥"没什么大不了的。(瞧瞧安吉尔·波普吧,还有他放弃的一切——这些意大利孩子是不是觉得,只有爱尔兰人才会偶尔淡化自己的外族特色?)

利里先生之所以认为丹尼尔·巴恰加卢波是个优秀学生,是因为男孩热爱写作,不停地写。在米奇中学的七年级和八年级,利里先生从来没见过类似的学生。这孩子就像着了魔——至少可以说是鬼迷心窍。

诚然,每次读到小丹尼写的东西,利里先生多少都会有些困扰,那些故事有不少都挺牵强,多半涉及暴力,而且全部含有色情成分,叙述过于清晰,文笔出色,完全不像青少年写的。这孩子有讲故事的天赋,利里先生想帮他掌握语法,以及所有其他写作技巧。利里先生听说,埃克塞特中学对语法要求严格,十分重视写作,学生每天都要写点东西。

利里先生给埃克塞特的招生人员写信,没有提及小丹尼喜好何种创作主题,反正埃克塞特中学对所谓的创意写作不怎么感兴趣。利里先生猜测,那里只看重说明议论题材的文章。他在信中指出,在米开朗琪罗中学,丹尼尔·巴恰加卢波是出类拔萃的学生,这所学校坐落于一个意大利裔聚居区。(利里先生小心翼翼地避免使用"移民"这个词,尽管他想表达的正是这个意思。)他想让埃克塞特的人知道,虽说这个社群的人有懒惰的倾向,性格小题大做,但巴恰加卢波这孩子是"与众不同"的。

利里先生表示,跟多数这样的意大利移民交流之后,你可能会留下这样的印象:他们坐船来美国时,都住在有老鼠的二等舱(其他方面的条件也很耸人听闻),他们要么是孤儿,要么只身一人背井离乡,除了自己的名字,身上只有几个可怜的里拉。虽然许多少女美丽动人,但长大后都会变成无可救药的胖女人,这是因为她们嗜食意面,毫无节制。利里先生怀疑,她们放纵的不只是食欲。老实说,这些意大利人并不像早期的移民——爱尔兰人——那样勤奋工作,任劳任怨。虽然这些并非利里先生对埃克塞特的招生人员所说的原话,但他在赞扬丹尼尔的同时,确实表达了不少偏见。无论如何,他在信中对丹尼尔·巴恰加卢波的才华和品格大为肯定,还提到男孩"在家里"面对并克服了"许多困难"。

利里先生指出,男孩出身单亲家庭,只有一位做厨师的家长——利里先生说,这位"不善交际的厨师"跟一个女人同居,她是个"经历过多次悲剧的寡妇"。换言之,假如埃克塞特要招收一位令人羡慕、有资格获得全额奖学金的学生的话,那么非丹尼尔·巴恰加卢波莫属!利里先生的精明之处在于,他不但清楚自己的信里全是偏颇之词,还想确保埃克塞特的人也意识到他的偏颇之处。他打算把波士顿北区说成水深火热之地,需要有人把丹尼从这里救出去。利里先生希望埃克塞特的人过来看看米开朗琪罗中学,即使这意味着他们会发现利里先生在这里多么不受尊重。只要负责审批奖学金的人看到丹尼尔·巴恰加卢波和米奇中学的那些不学无术的男孩在一起——同样重要的是,还要看到这个未来的作家不得不在父亲和那个悲惨的寡妇工作的廉价餐馆打工,身处喧嚷杂乱的环境——男孩的优秀就不言自明了,既然在北区这种地方都能如此出色,可见无论到了哪里,小丹尼都会脱颖而出,尽管利里先生没有说得这么明白,但那封信已经足够说明问题了。

他的信产生了预期的效果。"瞧瞧这家伙!"埃克塞特招生办公室里,第一个读到它的人肯定是这么说的(他指的是充满偏见的利里先生)。这封信在埃克塞特传阅开来,很多人可能都读过,其中就有利里先生心心念念的那个"负责审批奖学金的人"。

那个人的反应必定是:"我得去看看。"他指的不仅是去看看米奇中学和利里先生，还有丹尼尔·巴恰加卢波困窘的意大利裔美国人生活。

还有许多事，利里先生没有说。有必要告诉埃克塞特人这个男孩的想象力是多么不得了吗？他写过一个故事，里面的那个父亲被熊弄成了残废（腿永远瘸了），熊吃掉了他的一只脚，但这个瘸子居然用煎锅打跑了熊！还是这个跛脚，他在一次跳方块舞发生的意外中，失去了妻子。那是一场在码头举行的户外舞会，码头塌了，所有舞者都被淹死了。脚被熊咬掉的男人幸免于难，因为他不能跳舞！（如果利里先生没记错的话，男人当时站在远处看别人跳——虽然是个从头到尾都很荒谬的故事，但写得很好，棒极了。）

这个虚构出来的家庭还有个朋友，被一个坏警察打坏了脑袋。他是个伐木工，但利里先生觉得这不太可能，因为伐木工竟然酷爱读书，更不可能的是，他被警察打得太狠，竟然忘记了该怎么读书！至于丹尼尔·巴恰加卢波故事里的那些女人——上帝行行好吧！利里先生想。

有一个当地印第安部落的土著女人——那个跛脚男人的故事发生在新罕布什尔州北部的荒野地带，那里有个舞厅，但没人进去跳舞。（这又是怎么回事？利里先生想，这话是什么意思？）但这篇故事像往常一样写得很好，那个印第安女人体重足有三四百磅，头发长得超过了腰，所以有个智障男孩（被熊袭击的那位父亲的孩子）误以为她是一头熊！这个不幸的智障真心觉得这是当年吃掉父亲的脚的那头熊，现在又回来吃其他部分。实际上，那个印第安女人只是在和跛脚男人做爱——对于做爱，利里先生只能想象出男上女下这种体位。

然而当老师把这一点告诉丹尼时（"我猜，这个印第安女人应该是……啊……嗯……在下面的吧？"），巴恰加卢波这孩子满脸困惑，看来年轻的作家没听明白。

"不，她在上面。"丹尼回答利里先生。老师溺爱地笑了起来，在他眼中，丹尼尔·巴恰加卢波是个成长中的天才，这个奇迹男孩不可能出错。

可超重的印第安女人遭遇的事情惊掉了人的下巴，智障男孩竟然把她杀了，用父亲当年打熊的煎锅打了她！小巴恰加卢波的描写能力在这里发挥到了极致：赤身裸体死去的印第安女人姿态安详，细心的父亲连忙拿来一个枕头，遮住她的胯部，免得已经饱受刺激的儿子再发生什么误解。但是智障男孩已经看到了他那有限的智力无法理解的景象。此后的许多年里，死去的女人那对巨大的乳房——以及它们是如何了无生气地滑进她的腋窝里的——时常在男孩脑海中浮现。这孩子是怎么连续不断地想象出这样的细节的？利里先生疑惑不解。（那个赤裸着死去的印第安女人也会时常出现在利里先生的脑海中。）

可是，何必要把男孩想象力之中的那些成问题的部分告诉埃克塞特的人呢？就连利里先生也对那些部分感到不安。这些极端的细节不过是更为成熟的作家偏爱描述的东西。比如，有个女人穿着男人的羊毛法兰绒衬衫，没戴胸罩，喝了整整六罐啤酒之后，她强奸了这个智障男孩。没必要让埃克塞特人知道这个女人（利里先生也希望自己能把她忘掉）。还有住在澡堂和科普斯山墓地附近的宪章街冷水公寓里的那个女人——利里先生记得，她也有一对漂亮的大乳房。这是巴恰加卢波的另一篇故事，住在宪章街的这个女人据说是智障男孩的继母——就是前一个故事里的那个孩子，但他在这里并非智障。（新的故事说，男孩"只是受了点普通的伤害"。）

那位脚被熊吃掉的父亲经常做乱七八糟的梦——梦里既有熊，也有惨遭杀害的印第安女人。鉴于男孩的继母非常性感，利里先生怀疑，那个父亲对超重的女性有着异乎寻常的爱好，自然，这很可能是年轻的作家对大块头女人的爱好的投射。(利里先生自己也开始体会到了这种并非广受欢迎的女人的魅力所在。)

男孩的继母是意大利人,这激发了利里先生的偏见,他有意识地寻觅着这个女人的懒惰和小题大做的迹象,进而(非常满意地)发现了她"放纵无度"的证据。利里先生长期以来一直觉得意大利女人放纵无度。这个女人太喜欢洗澡了。

她对于洗澡这件事近乎痴迷,在冷水公寓的小厨房里装了个超大的浴缸,它成了小厨房的核心装饰品,煤气灶上总是热着四意面锅的水——那是她的洗澡水。浴缸的布置给这个放纵的女人的受伤继子带来了很大的隐私问题,他在连通卧室和厨房的门上钻了一个洞。

至于偷窥继母的裸体给这个男孩造成了哪些进一步的伤害——利里先生只能自己想象!小巴恰加卢波编造细节的能力体现在字里行间:性感的继母刮腋毛时,会(在某一侧腋窝)留下一小片黑桃形状的腋毛,故意不把它刮掉,"就像小精灵精心修剪的山羊胡"。

"哪一边的腋窝?"利里先生问新手作家。

"左边的那个。"丹尼毫不犹豫地回答。

"为什么是左边的而不是右边的?"英语老师问。

巴恰加卢波这孩子若有所思,仿佛在努力回忆某些复杂事件的先后顺序。"她是右利手,"丹尼回答,"用左手剃毛时,不像右手那么灵活,给右边腋窝剃毛用的是左手。"他对老师说。

"这些细节也很好,"利里先生告诉他,"我觉得你应该把它们也加进故事里。"

"好的,我会的。"小丹尼说。他喜欢利里先生,他竭尽全力保护自己的英语老师,让他免受其他男孩的捉弄。

其他男孩没人招惹丹尼。当然,米奇中学也有恶霸,但他们不如巴黎制造公司附属学校的那些恶霸强悍。在北区,如果某个恶霸敢找丹尼·巴恰加卢波的麻烦，男孩只要把这事告诉自己的表兄，总会有某个卡罗杰洛或者塞埃塔家的人把那个欺负人的恶棍踢出屎来，他的表兄们也能把西达默尔的那些笨蛋踢出屎来。

丹尼只给利里先生看过自己的作品，当然，男孩还会给凯奇姆写长信，但这些信不是虚构的。凡是脑子正常的人，都不会尝试说服凯奇姆相信他们编的故事是真的，况且小丹尼还需要对凯奇姆倾吐心事。他给凯奇姆写的许多信，都是以"你知道我有多爱我爸爸，我真的很爱他，可是……"这样的话开头的。

有其父必有其子：厨师有事瞒着儿子，丹尼（尤其是在七年级和八年级时）也有事瞒着父亲。他升上七年级，第一次见到利里先生时是十三岁，读完八年级时十五岁。在十四到十五岁的时候，他把自己在日益增长的冲动驱使下写出的故事拿给英文老师看。

尽管利里先生对故事的主题——主要在性的方面——有所担忧，但这个如同老猫头鹰那样睿智的爱尔兰人从来不会对心爱的学生说一句批评的话。利里先生认为，巴恰加卢波毫无疑问会成为作家。

英文老师衷心期待丹尼能被埃克塞特录取。如果这孩子被录取了，利里先生希望埃克塞特对他的要求能严格一些。这样也许会把小巴恰加卢波的想象力里面那些不太合适的地方纠正过来，也许埃克塞特对写作技法的要求很高，练习写作需要投入的时间也很多，因此丹尼会变成一个更理智的作家。（这究竟是什么意思？是说要把他变得不那么有创意吗？）

利里先生本人并不完全确定自己这种莫名其妙的想法究竟是什么意思，"成为更理智的作家"也许会损害丹尼的创造力——假如这就是利里先生的设想的话，但他的本意是好的。利里先生一心只为巴恰加卢波这孩子好，尽管他从来不会批评小丹尼写的任何一个字，但这位英文老师提出了一个大胆的建议。（其实这个建议并不算多么大胆，只是利里先生觉得大胆而已。）当时丹尼正处于八年级的"泥泞时节"——一九五七年三月，丹尼刚满十五岁，正跟老师一起等候埃克塞特的回信。利里先生提出的"大胆建议"将会促使丹尼尔·巴恰加卢波（多年以后）把凯奇姆的口头禅用自己的方式写出来。

"所有的破事好像都发生在泥泞时节！"凯奇姆经常这样抱怨，似乎为了驳斥这句话，厨师和他心爱的罗茜表姐就是在泥泞时节结的婚，小丹尼也是在泥泞时节来临之际出生的。（当然，波士顿不存在真正的泥泞时节。）

"丹尼？"利里先生试探性地问——仿佛不确定男孩叫什么名字，"以后你要是成了作家，也许会想着起一个 nom de plume。"

"一个什么？"十五岁的男孩问。

"笔名。有些作家会用自己起的名字发表作品，而不是用本名。在法语里，这叫 nom de plume。"男孩的老师解释道。利里先生感到自己的心提到了嗓子眼，因为小巴恰加卢波看起来突然像是挨了一巴掌。

"你是说，放弃'巴恰加卢波'这个姓。"丹尼说。

"有些姓名更好读，也好记，"利里先生告诉自己最喜欢的学生，"我还以为，既然你父亲改了姓——寡妇德尔波波洛没跟着你父亲姓巴恰加卢波，对吧？——嗯，我只是觉得，可能你也不太喜欢巴恰加卢波这个姓。"

"我非常喜欢它。"小丹尼说。

"没错，我能看出来——既然如此，你一定要保留这个名字！"利里先生诚恳而热情地说。（他觉得很尴尬，他并没有侮辱这个孩子的意思。）

"我觉得，对于作家来说，丹尼尔·巴恰加卢波是个好名字，"十五岁男孩坚定地说，"如果我写出好书，读者们就不会怕麻烦，愿意记住我的名字。"

"他们当然愿意，丹尼！"利里先生叫道，"对不起，跟你提起笔名这件事，是我欠缺考虑了。"

"没关系，我知道您只是想帮助我。"男孩告诉他。

"现在埃克塞特该给我们回复了，我们随时可能收到他们的消息。"利里先生不安地说，他急于转移关于笔名的失礼话题。

"但愿如此。"丹尼·巴恰加卢波一本正经地说。深思熟虑的表情回到了小丹尼脸上，他再也不愁眉苦脸了。

利里先生为自己的越界之举深感不安，他知道，男孩几乎每天下午放学后都会去"那不勒斯附近"干活，好心的英文老师没有阻拦丹尼打工。

平时下班之后，利里先生会在学校周围处理些杂事。他依然住在东北大学附近，他在那里读研究生时认识了自己的妻子。每天早晨，他搭地铁在干草市场站下车，晚上再搭地铁回家，不过，他都是在北区买东西（虽然买得很少）。他已经在米开朗琪罗中学任教很长时间，附近几乎每个人都认识他，他们要么是他的学生，要么是学生的家长。学生们捉弄利里先生——他毕竟是个爱尔兰人——但并不意味着不喜欢他，他的怪癖让他们觉得开心。

提出欠缺考虑的"大胆建议"的那天下午，利里先生去圣伦纳德教堂（St. Leonard Church）的庭院里站了一会儿，他再次为教堂的名字里少了"'s"感到不满。显然，这位老英文教师认为，这座教堂的名字应该是 St. Leonard's Church。利里先生在圣史蒂芬教堂（St. Stephen's）做告解，这座教堂的名字里就有个恰如其分的"'s"。其实，他只是更喜欢圣史蒂芬教堂，它更接近于别处的天主教堂，圣伦纳德教堂更意大利化，就连教堂庭院里的那段熟悉的祷文也被翻译成了意大利语。"Ora sono qui. Preghiamo insieme. Dio ti aiuta."（"现在我来了。让我们一起祷告。上帝会帮助你的。"）

利里先生祈求上帝帮助丹尼尔·巴恰加卢波获得埃克塞特中学的全额奖学金。他没进教堂的门就走出院子,心想,自己不喜欢圣伦纳德教堂,还有一个原因——教堂里有座圣佩里格林的石膏像,右腿缠着绷带,他总觉得这座雕像有些低俗。

他更喜欢圣史蒂芬教堂,也有另一个原因,老爱尔兰人沉思着——那座教堂就在普拉多公园对面,天气好的时候,老头子们会聚集在那边下跳棋,利里先生偶尔也会停下来和他们一起玩跳棋。有几个老家伙的确不错,但那些没学过英语的老人令他恼火——不学英语的人要么不够美国化,要么意大利习气太重,跟他合不来。

利里先生从前的一个学生(现在是消防员)在汉诺威街和宪章街拐角处的消防站门口,跟这位老教师打招呼,于是老人停下脚步,和这个健壮的家伙聊了几句。然后,利里先生顺路到巴龙药店配了一份处方药,逛了逛旁边的托斯蒂唱片行,他偶尔会在那儿买一张新专辑。歌剧是利里先生喜欢的一项"放纵的"意大利式消遣——老实说,他还喜欢维多利亚咖啡馆的浓缩咖啡,还有丹尼·巴恰加卢波的父亲在"那不勒斯附近"做的西西里肉馅糕。

利里先生在汉诺威街上的"现代"糕饼店买了点芝士卷,准备带回家当早餐,这种圆柱形的点心里有甜兮兮的意大利乳清干酪、坚果和蜜饯。利里先生不得不承认,自己就是喜欢这些令人放纵的意大利小点心。

他不喜欢往汉诺威街的斯科雷广场那个方向看,尽管他每天都要朝那边走,从干草市场坐地铁回家。干草市场南边是"赌场"剧院,斯科雷广场地铁站附近还有一家"老霍华德"剧院。利里先生总会抢先去这两个剧院看新推出的脱衣舞表演,免得以后审查人员看到表演后,对其中的内容做出"修剪"。利里先生经常光顾脱衣舞场,自己也觉得害臊,尽管他的妻子早已去世,也许妻子不会介意他去看脱衣舞——至少不会像对他再婚那么介意。其实利里先生倒也并没有再婚，但他看过许多遍其中几位脱衣舞娘的表演，有时甚至觉得自己已经在某种程度上跟她们结了婚。他记住了人称"摇摇女王"的皮奇斯身上的那颗痣，露易丝·杜菲——利里先生相信，她的名字拼错了——身高六英尺四英寸，一头金发是漂出来的。萨莉·兰德擅长气球舞，还有一位舞女表演时拿着羽毛。看完脱衣舞，他常常跑到圣史蒂芬教堂忏悔，除了这个，他还向神父坦白，自己已经不再怀念妻子了，尽管以前怀念过，但是——与妻子本人一道——这份想念也离他而去了。

自从给埃克塞特中学写信之后，利里先生养成了一个新习惯：每个工作日的下午，离开北区之前，他会折回米开朗琪罗中学，看看邮箱里是否有信件。他翻看着当天晚些时候送来的信件，打算去圣史蒂芬教堂再做一次告解，因为自己竟然建议巴恰加卢波那孩子取个笔名，这件事犹如一桩罪行，沉甸甸地压在他的心头。可是，对于一个作家来说，"丹尼尔·利里"这个笔名不是很好嘛！爱尔兰老人心想。就在这时，他看到了那个印着深红色字母的珍珠灰色信封，信封上的字体是多么优雅啊！

菲利普斯·埃克塞特中学

你现在终于相信了吧？利里先生对自己说。他在教堂做的每一次祷告都没有白费——甚至包括在圣伦纳德教堂的意大利味道过浓的庭院里祷告的那次。"上帝会帮助你的——Dio ti aiuta。"精明的爱尔兰老人用英语和意大利语大声说。（这样做只是为了保险起见，然后他拆开信封，开始读埃克塞特中学那位负责审批奖学金的人写的信。）

卡莱尔先生即将前来波士顿。他想参观米开朗琪罗中学，拜会利里先生。卡莱尔先生非常期待与丹尼尔·巴恰加卢波会面——以及男孩的父亲，那位厨师，还有男孩的继母。利里先生意识到，也许自己又越界了，他不该把寡妇德尔波波洛说成丹尼的"继母"，英文老师知道，厨师和那位身材火辣的餐厅女服务员并没有结婚。

自然，利里先生在其他几件事上也越界了。尽管小丹尼告诉过自己的英文老师，他父亲不愿意让儿子离家去别的地方上学——听说这个想法之后，卡梅拉·德尔波波洛还哭过——但利里先生已经把爱徒的成绩单提交给了那所古老的学校。他甚至还说服了米奇中学的其他几个老师为小巴恰加卢波写了推荐信。利里先生还为丹尼尔·巴恰加卢波申请了奖学金——这些全都是背着孩子的父亲干的！卡莱尔先生在信中提到，这家人需要提交财务情况说明书——利里先生觉得，那个冷若冰霜的厨师可能不会同意，但他希望自己的这次（再一次）越界行为不会像笔名事件那样完全失败，那件事真是个令人尴尬的错误。

噢，上帝，利里先生想——我该去做更多的祷告了！但是他勇敢地握紧埃克塞特中学的来信，另一只手里提着从"现代"糕饼店买来的小包点心，再次踏上汉诺威街——这次不是去圣伦纳德教堂的庭院，而是前往"那不勒斯附近"。他知道，自己能在那里找到巴恰加卢波这孩子，还有那个冷若冰霜的厨师——利里先生认为丹尼的父亲就是这样的人——还有那个超重的寡妇德尔波波洛。

性感的女服务员曾经在家长会上见过利里先生，她已故的儿子安杰鲁上过利里先生的七年级英语课。他是个开朗友善的孩子，从来不跟那些调皮的小浑蛋沉瀣一气，就因为利里先生放弃了姓氏里的"奥"而捉弄他。德尔波波洛那孩子也喜欢读书，可惜不够专心，利里先生也是这样告诉他母亲的。后来安杰鲁辍学去了偏僻的北方打工，在那里，这个小伙子像他父亲一样淹死了。（就利里先生所知，这是个劝人不要辍学的好例子。）

但是自从在家长会上见过寡妇德尔波波洛，利里先生偶尔会梦见她，也许每个见过这个女人的男人都会做那样的梦，老英语教师暗忖。不过，她的名字不止一次地出现在他在圣史蒂芬教堂的忏悔中。（如果卡梅拉·德尔波波洛在赌场剧院或者老霍华德剧院跳脱衣舞，每天晚上肯定人满为患！）

利里先生把埃克塞特的来信放回信封，朝那家小意大利餐厅急匆匆地走去。这家餐厅已经变成了（利里先生知道）北区最受欢迎的饮食场所之一。酷似猫头鹰的爱尔兰人没注意，有个米奇中学的调皮鬼用粉笔在老师那件海军蓝色的长雨衣背后画了个巨大的"O"。刚才他在北区买东西时没穿雨衣，现在匆忙之中才披好雨衣，看也没看就出发了。他身后的这个白粉笔画的"O"，（哪怕隔着一个街区）看起来显眼极了，犹如一个靶子。

一九六七年，库斯县的泥泞时节来临时，作家丹尼尔·巴恰加卢波住在艾奥瓦州艾奥瓦市。艾奥瓦州有真正的春天，没有泥泞时节，然而丹尼——他已经二十五岁了，有个两岁大的儿子，妻子刚刚离开他——的心情却像是陷入了泥泞时节。他此刻正在写作，努力回忆着利里先生怀揣埃克塞特来信、急切地敲打着上锁的店门时，"那不勒斯附近"餐厅里的人正在聊着什么话题。（店员们正在吃下午的工作餐。）

"是那个爱尔兰人！让他进来吧！"老波尔卡里喊道。

一位年轻的女服务员给利里先生开了门——她是丹尼的表姐埃琳娜·卡罗杰洛，要么十八九岁，要么二十出头，给卡梅拉打下手的另一个女服务员特蕾莎·迪玛蒂亚跟她年纪相仿。卡梅拉的娘家姓是迪玛蒂亚。寡妇德尔波波洛喜欢说,她是个"两次流离失所的那不勒斯人"——第一次是她小时候和家人从西西里来到北区(她的祖父母早就从那不勒斯附近迁移到这里了),第二次是因为她和一个西西里人结了婚。

按照卡梅拉自己那套奇怪的逻辑,她的流离失所还没有结束,作家丹尼·巴恰加卢波想,因为"安杰鲁"是个西西里姓氏(是安杰洛的变体),而现在卡梅拉又爱上了多米尼克。丹尼正在写《外出求学》这一章,写着写着却偏离了主题。

假如从男孩的那位心地善良却爱管闲事的英文老师的角度来看,这一章里的关键时刻实在是太多了——比如,父亲强忍泪水,同意儿子去寄宿学校上学。

"嘿,迈克!"那天下午,托尼·莫利纳里在餐厅里说。(要么就是比萨师傅保罗·波尔卡里率先和利里先生打的招呼?老乔·波尔卡里经常在普拉多公园跟利里先生下跳棋,他总是叫英文老师迈克尔——我爸也是,丹尼·巴恰加卢波回忆。)

也许对于丹尼来说,这是个糟糕的夜晚,他的写作不顺利,尤其是描写这一幕的时候。刚刚离开他的妻子(和他在一起三年)总是说,她不会留下来,但他不相信——凯奇姆说得对,是他不愿意相信。小丹尼遇到凯蒂·卡拉汉的时候,还是新罕布什尔大学的本科生,他读大三,凯蒂大四,两人都在人体写生课上做模特。

凯蒂告诉他自己要离开时,是这么说的:"我仍然相信你,你是个好作家,但我们唯一的共同点没办法一直保持下去。"

"那是什么?"他问她。

"可以满不在乎地在陌生人面前一丝不挂。还有,咱们两个的脑子都不好使。"她告诉他。也许这就是当作家必须具备的条件,在艾奥瓦州这个春天的雨夜,丹尼·巴恰加卢波想。他通常在晚上写作,那时候小乔已经睡了。除了凯蒂，几乎每个人都叫这个两岁的孩子"乔"。（孩子的名字是照着"那不勒斯附近"餐厅的领班取的，别人也从来不叫这孩子朱塞佩，老波尔卡里喜欢别人叫他朱塞，或者更简单的"乔"。）

至于在陌生人面前全裸和脑子不好使，凯蒂并没有开玩笑，说的就是她自己。丹尼在达勒姆读大四的时候，凯蒂已经怀上了乔，她依然在给人体写生课做模特，还跟一个艺术系的学生上床。现在，丹尼即将从艾奥瓦大学的作家班毕业，获得创意写作的硕士学位，而这时凯蒂还在给人体写生课做模特，不过这次跟她上床的是本校的一个老师。

但她告诉丈夫，这并不是自己离开他的原因。她原来就打算在丹尼大学毕业前跟他结婚，生个孩子。"你可不想去越南，对吧？"她问他。

实际上，丹尼（当时）曾经想过要去——并非因为他从政治角度不反对这场战争，尽管他永远不会像凯蒂那么关心政治（凯奇姆说她是个"该死的无政府主义者"），而是因为身为作家的丹尼尔·巴恰加卢波认为他应该去越南——他相信自己应该去观察一场战争，了解战争的本质。他父亲和凯奇姆都告诉他，关于这个问题，他的想法全都是狗屁。

"我当初同意你离开家，去那个该死的埃克塞特，可不是为了让你死在愚蠢的战场上！"多米尼克吼道。

凯奇姆扬言说要来找丹尼，从他的右手上剁几根指头下来。"要不就剁掉他妈的整只手！"凯奇姆在某个地方的电话亭里咆哮，蛋都快要冻掉了。

两人都向小丹尼的母亲保证过，绝对不会让她的儿子去打仗。凯奇姆说，他要用勃朗宁刀剁掉丹尼的右手，或者只剁几根手指头；那把刀的刀刃有一英尺长,凯奇姆把它磨得很锋利。"要么我就把那杆点十二口径霰弹枪填上猎鹿弹,对着你的膝盖来一枪!"

于是丹尼尔·巴恰加卢波转而接受了凯蒂·卡拉汉的建议。"来吧,搞大我的肚子。"凯蒂说,"我和你结婚,把孩子生下来。只不过,你可别指望我能久待——我不是任何人的老婆,也不是当妈的材料。但我知道怎么生孩子,我这样做是出于好心——是为了能让更多的人活着远离该死的战争。你说你想当作家!那你就得活着才能当上作家,对吧?笨蛋!"

她从来没有欺骗过他。他从一开始就知道她是什么样的人。两人初次见面时,是在人体写生课上一起脱衣服。"你叫什么名字?"她问他,"你长大后想干什么?"

"我要当作家。"丹尼脱口而出,甚至还没告诉她自己叫什么。

"要是你不写作也能活下去,那就别写。"凯蒂·卡拉汉说。

"你说什么?"他问她。

"这是里尔克说的,笨蛋。既然你想当该死的作家,那就读读他的书。"她说。

现在她要离开他,因为她遇到了(用她的话来说)"另一个觉得自己应该去越南看看的傻小子——他就是他妈的想去看看!"凯蒂打算让这小子也搞大自己的肚子,然后有一天,她会离开他,继续前进——"直到这场该死的战争结束"。

最后她的时间不够了。从数学角度来看,她的办法解救不了几个想当兵的傻子。人们把丹尼·巴恰加卢波这样的年轻父亲称为"肯尼迪父亲"。一九六三年三月,肯尼迪总统发布政令,延长了已为人父者的征兵缓召期,尽管这道命令——延迟征召育有子女者入伍——推行的时间并不长,但作家丹尼尔·巴恰加卢波享受到了它的好处,他从 2-S 类(学生缓召)转到了 3-A 类——养育子女的父亲可以延迟入伍。只要有了孩子，就能摆脱战争，然而，那些浑蛋最后还是把这扇门给关上了。好在丹尼已经走进了这扇门，至于另外那个傻小子能否享受到这条政令的好处，就连凯蒂也说不清。无论如何，她还是要走，不管能不能为那个想当兵的家伙生个孩子，也不管她是否能为了这个崇高的目标生育更多的婴儿。

"告诉我，我说得对不对。"跟妻子告别的时候，丹尼说。她从未成为过真正的妻子，并且始终没有成为母亲的兴趣。

"如果我再待下去，笨蛋，两岁的小东西就记住我了。"凯蒂说。（她叫自己两岁的儿子为"小东西"。）

"他叫乔。"丹尼提醒她。他继续道："告诉我，我说得对不对。你不只是反战活动家和性关系无政府主义者，还是个专门为逃兵役的人生孩子的疯女人，我说得对吗？"

"把这些也写进书里吧，笨蛋。"凯蒂建议，"写在书里，听起来可能顺耳一些。"这是她跟丈夫说的最后一句话。

凯奇姆和丹尼的父亲都警告过他。"我觉得，还是得让我帮你剁掉右手的几根手指头，这样更简单，长痛不如短痛，"凯奇姆说，"要不然，把你扣扳机的那个手指头剁了怎么样？我敢打赌，要是你没法扣扳机，他们就不会让你当兵了。"

丹尼尔把凯蒂·卡拉汉的照片拿给父亲看，多米尼克只看了第一张，就觉得自己不喜欢她。

"她看起来太瘦了。"厨师皱着眉头评论道，"她是不是吃不饱饭？"（他可真会说话！丹尼暗忖。厨师父子全都很瘦，吃得却一点都不少）"她的眼睛真有那么蓝吗？"多米尼克问。

"其实，她的眼睛比照片上还要蓝。"丹尼对父亲说。

这些娇小得不可思议的女人究竟有什么好的？多米尼克发现自己冒出这样的疑问。他想起那位"不是真正的"表姐罗茜，他的宝贝儿子丹尼尔又拜倒在这么一位小姑娘似的女人裙下,父子俩是不是都被她们娇小的外表蒙蔽了?甚至只是根据凯蒂的第一张照片,厨师就得出了推论:她是那种看起来像小孩子的女人,有些男人会忍不住想要保护她,但是凯蒂不需要也不想要别人的保护。

他们第一次见面时,厨师没法正眼看她——就像他(依然)无法正视丹尼的姨妈菲洛梅娜一样。"我不该让你看你母亲的照片的。"丹尼告诉父亲,他要和凯蒂结婚时,多米尼克说。

我要是找个漂亮的胖子结婚,也许他就满意了!丹尼尔·巴恰加卢波发现自己并没有继续写那一章,而是在考虑这件事。

然而越战拖延了下去。尼克松向选民承诺结束战争,赢得了一九六八年的总统大选,但战争一直持续到一九七五年。一九七○年四月二十三日,尼克松总统发布自己的政令,结束了初为人父者的 3-A 类征兵延期——这一天或者此后怀上的孩子,父亲不能享受延期入伍待遇。战争的最后五年里,还会有二万三千七百六十三名美国士兵丧生,丹尼尔·巴恰加卢波终于意识到,他应该感谢凯蒂·卡拉汉的救命之恩。

"就算她不停地给逃避兵役的人生孩子,那又怎么样,"凯奇姆给丹尼写信说,"她救了你的命,这他妈的很肯定。可我当初也没在开玩笑——就算她没救你,我也会把你的右手剁下来,免得你的蛋被别人轰掉。至少也得剁掉一两根手指头。"

但是,一九六七年七月的那个晚上,丹尼尔·巴恰加卢波在艾奥瓦州的雨幕中不断尝试写作的时候,他宁愿认为是两岁的儿子小乔救了他。

也许没有人救得了凯蒂。多年以后,丹尼尔·巴恰加卢波读到了小说家罗伯特·斯通的回忆录《全盛之绿:回忆六十年代》。"到六十年代中期,生活给了美国人很多东西,未来展现的种种可能让所有人都有点飘飘然。"斯通写道,"事物加速发展,还没等我们弄清楚它们的定义,就超出了我们的控制。在我看来,那些最关心变革的人、一生都投入到变革之中的人,也是最上当受骗的人。"

好吧,这说的肯定是凯蒂·卡拉汉了,丹尼想。然而罗伯特·斯通写书的时间太迟,已经来不及救凯蒂了,她也不会寻求保护,进而无从得救,但除了她那看起来放纵不羁又似乎尚未成年的外表,她的魅力主要在于叛逆,这也是最吸引丹尼的地方。(在性方面,她也有着放荡不羁的叛逆气质,你永远都不知道她接下来会做什么,因为她自己也不知道。)

"坐吧,迈克尔,坐吧,吃点东西!"老波尔卡里不停地招呼利里先生,但激动的爱尔兰人亢奋得过了头,什么也吃不下,只喝了一杯啤酒,又喝了一两杯红酒。可怜的利里先生无法直视卡梅拉·德尔波波洛,丹尼明白,利里先生一看见她,就会想起她的左边腋窝可能有一片黑桃形状的腋毛没刮。多米尼克一瘸一拐地走进厨房,给利里先生拿出一块他最喜欢的西西里肉馅糕,成长中的作家丹尼·巴恰加卢波看到,这只老猫头鹰的眼神变了,震惊地盯着他父亲的跛脚。也许确实有头熊咬掉了厨师的脚!利里先生或许在想,也许真的有个三四百磅重、头发垂到腰间的印第安女人。

利里先生没有据实告诉埃克塞特的另一件事是——他说这些移民喜欢小题大做。他不是还说过,小巴恰加卢波"与众不同"吗?在夸大其词方面,丹尼尔·巴恰加卢波是天生的一把好手!艾奥瓦市的雨夜里,尽管丹尼心烦意乱,但他坚持往下写,他还是有点爱着凯蒂·卡拉汉。(丹尼刚刚开始明白,父亲所说的"有杀伤力"的蓝眼睛是什么意思。)

约翰尼·卡什的那首歌是怎么唱的来着?丹尼觉得,自己第一次听那首歌是六七年前的事。

噢，我永远忘不了那双蓝眼睛，
走到哪里都能看见它们。

让我的注意力更分散一些吧，作家想。他似乎下定了决心，要从亲爱的利里先生去"那不勒斯附近"找他的那天晚上抽离出来。（让自己置身事外。）

利里先生喝掉第三和第四杯红酒，吃掉大部分肉馅糕之后，才鼓起勇气，从外套内袋里拿出那个珍珠灰色的信封。隔着桌子，丹尼看到信封上的深红色字母，十五岁的男孩清楚埃克塞特的校徽是什么颜色的。

"学校里都是男孩，多米尼克。"直到现在，作家还能清楚地想起利里先生说的这句话。老英文教师边说边扬了扬脑袋，他指的是卡罗杰洛家的姑娘（丹尼的性感表姐埃琳娜），还有她那个发育过度的朋友特蕾莎·迪玛蒂亚。丹尼放学后，到厨房换上传菜工的黑色工作裤时，这些姑娘总是跟着他。

"给丹尼一点隐私吧，姑娘们。"托尼·莫利纳里告诉她们，但她俩黏起人来没完没了。父亲决定让他去埃克塞特，除了亲爱的利里先生，也许还应该归功于这些姑娘。

不好写的地方来了：父亲含着泪水，说："丹尼尔，如果那是所好学校，就像迈克尔说的那样，你又真的想去——好吧，我猜卡梅拉和我可以偶尔去看看你，你也可以偶尔回波士顿过周末。"说到"偶尔"的时候，父亲还破了音。艾奥瓦市的雨夜里，写不下去却硬要坚持的丹尼尔·巴恰加卢波想到了这些。

丹尼还记得，自己起身走进"那不勒斯附近"的后厨，免得父亲看到他哭了——然后卡梅拉也哭了，不过她经常哭——丹尼在厨房里磨蹭了一会儿，打湿了一块抹布。爱喝红酒的利里先生没注意，丹尼偷偷把他雨衣的背后擦干净了,那个用粉笔画的"O"很容易抹掉,比那天晚上的其他东西都容易抹掉。

丹尼永远不会忘记,那天夜里晚些时候,他躺在卫斯理街那座公寓的卧室里,听到父亲哭个不停——卡梅拉试着安慰他,也跟着哭了起来。

最后,小丹尼敲了敲两个卧室之间的墙。"我爱你们!我会经常回家的——每个周末都回来!"

"我爱你!"父亲哭着说。

"我也爱你!"卡梅拉叫道。

好吧,他写不出那些场景——永远写不好,丹尼尔·巴恰加卢波想。

这一章的标题是《外出求学》,属于这位二十五岁的作家的第二本小说的一部分。在艾奥瓦大学读作家班的第一年年末,他完成了第一本小说,又在接下来的两年中花了很多时间修改它。在新罕布什尔大学读大四时,他很幸运,英文系的一位驻校作家把他介绍给了一位文学经纪人。他的第一本小说刚寄到第一家出版社,就被他们买下了。直到好几年之后,丹尼尔·巴恰加卢波才意识到自己是多么幸运。在那一年毕业的作家班学生里,可能只有他的小说已经得到了出版商的认可,即将出版。这让不少同学羡慕不已,不过丹尼并没有在班里交到多少朋友,他是少数几个已婚已育的学生之一,不怎么参加大家的派对。

丹尼曾经给凯奇姆写信说过这本书的事,他希望这位伐木工能成为第一批读者。这本小说要等到一九六七年十二月才会出版,也有可能到第二年。尽管小说的故事背景设置在新罕布什尔州北部,但丹尼尔·巴恰加卢波向凯奇姆和父亲保证,书里没提到他们。"书里没写你们俩,也没提到我——我还没做好写那些事的准备。"他告诉他们。

"没有安吉尔,没有简?"凯奇姆问,他听起来有些惊讶,也许还有些失望。

"这不是自传。"丹尼告诉他们,事实的确如此。

如果亲爱的利里先生还活着,读过这本小说,或许会说它"匪夷所思",但利里先生已经去世了。丹尼尔·巴恰加卢波在回想"那不勒斯附近"那个收到埃克塞特来信的下午时,意识到老朱塞·波尔卡里也去世了。餐厅搬了两次,先搬到舰队街,然后是北广场(现在还在那边)。托尼·莫利纳里和保罗·波尔卡里轮流担任领班,可以暂时离开厨房休息一下。多米尼克(因为跛脚)不是做领班的材料,尽管他接替的是主厨的职位,但只要保罗·波尔卡里当领班,他还得代他完成比萨师傅的工作。像以前一样,卡梅拉还是那里最受欢迎的女服务员,总是带着两个年轻的女跟班。

在埃克塞特和新罕布什尔大学就读期间——就是跟凯蒂结婚之前——每年暑假,丹尼都会去"那不勒斯附近"当服务员,碰到保罗或者他父亲需要休班的晚上,他就充当比萨师傅。假如没当上作家,丹尼尔·巴恰加卢波可能成为厨师。在艾奥瓦市的那个雨夜,他第二部小说进展不佳,第一部小说尚未出版,丹尼心情低落,以为自己最后还是得做厨师。(就算写作不成功,至少他还会做饭。)

对于即将到来的新学年,丹尼已经找到了一份工作——在佛蒙特州的一所规模不大的文科大学教创意写作和其他一些英语课程。申请这份工作之前,他从未听说过那所大学,但他的第一部小说会由兰登书屋出版,而且还在艾奥瓦大学久负盛名的写作班获得了艺术硕士学位——所以,丹尼要当大学老师了。年轻的作家很高兴回到新英格兰。他想念父亲和卡梅拉——而且,谁知道呢,他可能真的得多去看看凯奇姆。自从父子俩在那个可怕的四月的星期天逃离绞河镇，丹尼只见过凯奇姆一次。

丹尼在新罕布什尔大学读大一时，凯奇姆去达勒姆看他。那时候这位伐木工已经四十多岁了，他来到丹尼的宿舍，粗声大气地宣布："你爸和我说，你从来没学过怎么在真正的路上开车。"

"凯奇姆，我们在波士顿没有车——到那里的第一个星期，我们就把那辆'酋长'给卖了——在埃克塞特那样的地方，也没时间学开车。"丹尼解释道。

"拉不出屎来的老天爷啊！"凯奇姆说，"你不是大学生吗？连个驾照都没有，出去别说我认识你！"

然后凯奇姆教丹尼开他那辆旧卡车，对于一个只在绞河镇运木料的路上开过自动挡的年轻人来说，这样的驾驶课可够难的。凯奇姆在达勒姆住了一个多星期，就睡在卡车里——"跟当年住移动窝棚差不多"，伐木工说。凯奇姆在卡车后面睡觉时，新罕布什尔大学停车管理处给他开了违停罚单，凯奇姆把罚单给了丹尼。"这个钱由你来付，"凯奇姆告诉年轻人，"驾驶课是免费的。"七年来，丹尼尔只见过老伐木工这么一次，他觉得难过，而现在又过去了六年。

如此重要的人，怎么能这么多年不见面呢？丹尼尔·巴恰加卢波在艾奥瓦州的春雨中暗忖，更让他无法理解的是，父亲已经十三年没见过凯奇姆了，他们是怎么回事？丹尼的一半心思依然无法专注——迷失在那个不知该如何下笔的混乱章节里。

年轻作家的思绪跳跃到家里人跟卡莱尔先生——埃克塞特那个负责审批奖学金的人——初次见面的情景，这一幕同样发生在"那不勒斯附近"。也许丹尼也应该感谢卡梅拉帮他进入埃克塞特，因为卡莱尔先生看她的时间比看任何人都长——毫无疑问，连新罕布什尔州的埃克塞特市也从没有人令他如此沉迷——这个痴迷的男人一定在想,如果小巴恰加卢波进不了埃克塞特,我可能就再也见不到这个女人了!

丹尼尔第一次参观埃克塞特时,卡梅拉并没有跟他同行,卡莱尔先生心都碎了。多米尼克也没去。他们怎么能这样?在波士顿,三月十七日不仅是圣帕特里克节(年轻的爱尔兰人在街头狂吐绿色啤酒,利里先生每年都替他们尴尬),还是撤退纪念日,是北区的重要活动。因为一七七四或者一七七五年——丹尼不记得具体年份,其实应该是一七七六年——驻扎在科普斯山墓地的炮兵部队把英国军舰赶出了波士顿港,波士顿的学校在撤退纪念日和邦克山纪念日这两天放假。

一九五七年,撤退纪念日恰逢星期天,星期一学校放假,利里先生带丹尼尔坐火车前往埃克塞特。(在撤退纪念日这样的节假日,多米尼克和卡梅拉根本没法离开餐厅。)作家散漫的心思又跳到了跟利里先生一起坐火车去埃克塞特的旅途中,想起他们第一次见到那所古老学校时的感受。卡莱尔先生十分热情地接待了他们,然而没有见到卡梅拉,他一定非常难过吧。

尽管丹尼承诺经常回家——如果可能,每个周末都回——但他没做到,周末很少回波士顿,最多一学期回来两次。回到波士顿的周六晚上,他会去斯科雷广场,跟自己在埃克塞特交到的朋友见面,去老霍华德剧院看脱衣舞娘。虽然年龄需要造假,但很容易办到,看守一般都会放孩子们进去,前提是必须尊重里面的女士。有天晚上,丹尼在老霍华德遇到了以前的英文老师。那是个悲伤的夜晚,但对于热爱拉丁语的利里先生而言,这不过是"errare humanum est"(人人都会犯错)的普通一天,"人人"当然也包括这位可敬的英文老师和他的好学生。说到思维跳跃!他总有一天要写一写那个不愉快的夜晚(或者加以演绎),丹尼尔·巴恰加卢波想。

他的第一本小说是献给利里先生的。因为这位爱尔兰人热爱拉丁语，丹尼用拉丁语写道：

纪念迈克尔·利里。

正是从利里先生那里，他头一回听说了"in medias res"这个短语。利里先生是这样称赞小丹尼的作品的："作为读者"，他喜欢丹尼常常不按时间顺序从头写起，而是从故事的中间开始叙述的写法。

"这种写法叫什么——它有名字吗？"男孩天真地问。

利里先生回答："我叫它 in medias res，拉丁语的意思是'事情的中间'。"

嗯，这就是我眼下在人生中所处的位置，丹尼尔·巴恰加卢波想。他有个两岁的儿子，但莫名其妙地没按照父亲的名字给孩子取名；他失去了妻子，还没遇到别的女人。他在努力创作第二本小说，而第一本尚未出版；他即将返回新英格兰从事第一份工作，这份工作既不是厨师，也跟厨房没关系。如果这都不算"in medias res"，丹尼尔·巴恰加卢波想，那还有什么能算呢？

继续说拉丁语的事。丹尼第一次去埃克塞特时，同行的还有利里先生，这位英文老师的作用是"in loco parentis"——"代替家长"——陪男孩前往。

也许这正是丹尼尔把第一本书题献给利里先生的原因。"不题献给你爸爸？"凯奇姆会问丹尼。（卡梅拉也会问年轻的作家同一个问题。）

"也许下一本书吧。"他这样回答他们两个。对于儿子把书题献给利里先生，多米尼克从来没说过什么。

丹尼从书桌前站起来，看着艾奥瓦城的雨水在他的窗户上奔流，又去看了看熟睡的乔。既然这一章写不下去,那我也上床睡觉吧,作家想。他一般都熬夜到很晚,像父亲一样,丹尼尔·巴恰加卢波也戒了酒,其实是凯蒂治好了他的这个毛病,但在写不下去的晚上,他并不愿意回忆这件事。他发现自己期待凯奇姆打来电话。(凯奇姆不是说他们应该聊聊吗?)

每当凯奇姆从那些遥远的电话亭打来电话时,时间似乎都静止下来。每次听到凯奇姆的声音,二十五岁的丹尼尔·巴恰加卢波就仿佛回到了十二岁,总觉得自己才刚刚离开绞河镇。

有朝一日,作家会承认这一点:伐木工在这个四月的雨夜打来电话,并不是什么巧合。像往常一样,凯奇姆打的是对方付费电话,丹尼接起了电话。"该死的泥泞时节,"凯奇姆说,"你他妈的怎么样?"

"这么说,你现在开始打字了?"丹尼说,"我都想死你那笔秀气的小字了。"

"从来都不是我写的,"凯奇姆告诉他,"是帕姆写的,我的信都是六罐装写的。"

"为什么?"丹尼问他。

"我不会写字!"凯奇姆承认,"我也不识字——六罐装把你和你爸爸的信念给我听。"

这对丹尼尔·巴恰加卢波来说是个毁灭性的时刻。年轻的作家后来意识到,虽然当时妻子也离开了自己,但这件事的后果更严重。他想起自己这么多年来是如何跟凯奇姆推心置腹,在信中无话不谈——而凯奇姆也把很多事告诉了他,结果念信和回信的人竟然是帕姆,这意味着六罐装什么都知道了!

"我还以为我妈教会你识字了呢。"丹尼说。

"其实没有。"凯奇姆说,"对不起,丹尼。"

"这么说,打字的也是帕姆?"丹尼问。(真是难以想象:因为丹尼和父亲收到的凯奇姆的信里面，一处打字错误都没有。）

"我在图书馆认识了一位女士——她做过老师，丹尼。是她帮我打字回信的。"

"六罐装呢？"丹尼问。

"好吧，问题就在这里，"凯奇姆告诉他，"六罐装继续前进了。你知道这是怎么回事。"他补充道。凯奇姆知道凯蒂"继续前进"的事，所以无须多说。

"六罐装离开你了？"丹尼问。

"问题不在这里，"凯奇姆回答，"她离开我，我不觉得奇怪。让我奇怪的是，她竟然待了这么久，更让我奇怪的是，她搬到牛仔家住了，"凯奇姆又说，"问题在这里。"

丹尼和父亲都知道，卡尔不再是巡警了。（他们也知道，不再有绞河镇了：大火把它夷为平地，而在起火之前，它就已经废弃了。）卡尔现在是库斯县的副警长。

"你是说，六罐装会把她知道的事告诉牛仔？"丹尼问凯奇姆。

"不会马上告诉，"凯奇姆回答，"就我所知，她没理由抹黑我——或者伤害你和你爸。我们两个是和平分手。可等到卡尔揍她的时候，她就会说出来的，他肯定会揍她。要么是在他把她撵出去的时候，因为他不会让她待多久，你很长时间没见着六罐装了，丹尼——她的模样变得不怎么好。"

丹尼尔·巴恰加卢波暗自盘算。他知道凯奇姆和六罐装同岁，他俩也跟卡尔同岁，凯奇姆五十岁了，丹尼写下这个数字——他们全都是这个岁数。他能想象出六罐装帕姆变成什么模样，牛仔总有一天会把她赶出去。卡尔肯定也会打她，尽管这位副警长已经戒了酒。

"你就直说吧。"丹尼对凯奇姆说。

"卡尔要是欺负帕姆，她就会告诉他的。你看不出来吗，丹尼?"凯奇姆问,"这是她伤害到他的唯一方法。这么多年了,他一直在怀疑你和你爸——这么多年了,他一直以为是他杀了简,只不过想不起来怎么杀的!我觉得这要把他逼疯了——他想不起来自己动过手,却又相信是他杀了她。"

假如牛仔是个好一点的人,也许当他知道自己没杀印第安·简时,会松一口气。假如六罐装过着好一点的生活,也许就不会忍不住把自己知道的情况当成武器了。(最糟糕的情况是,帕姆可能偶然对卡尔吐露实情,要么是不小心,要么是挨了牛仔的打。)但凯奇姆并不指望牛仔良心发现,老河工知道六罐装过的是什么日子(他过的也是这种日子,完全算不上"好")。牛仔已然逼疯了自己——并非因为他相信自己杀了简,他对此丝毫不觉愧疚,更不用说发疯了。凯奇姆说得对:逼疯卡尔的是,他不记得自己杀她的过程,凯奇姆知道,假如牛仔能回忆起来,还会以此为乐。

正因为想不起杀人经过,所以这位警长才把酒戒了。几年前,凯奇姆第一次告诉丹尼和他父亲"库斯县新出了个滴酒不沾的家伙"时,厨师父子笑弯了腰。

"大厨一定得离开波士顿,这只是个开始,"凯奇姆说,"他还必须放弃德尔波波洛这个姓。我会告诉他的,但你也得和他说,丹尼。你爸并不总是听我的话。"

"凯奇姆,你是说,帕姆总有一天会告诉卡尔一切吗?"

"丹尼,就像牛仔总有一天会狠狠地揍她一顿那样,这是难免的。"

"上帝啊!"丹尼突然叫道,"别人以为我妈在教你识字的时候,你跟她在干什么?"

"跟你爸爸谈谈吧,丹尼——不应该我来告诉你。"

"你和她在睡觉吧?"丹尼问他。

"跟你爸爸谈谈吧,拜托。"凯奇姆说,丹尼不记得凯奇姆以前说过"拜托"这个词。

"我爸知道你跟她睡过吗?"丹尼问他。

"拉不出屎来的老天爷啊!"凯奇姆在电话里咆哮道,"你以为你爸为什么用那只该死的煎锅给我开了瓢?"

"你说什么?"丹尼问他。

"我喝醉了,"凯奇姆告诉他,"别管我说了什么。"

"我以为是卡尔拿他的点四五柯尔特开了你的瓢。"丹尼说。

"滚吧,要是牛仔敢打破我的头,我早把他宰了!"凯奇姆吼道。听到伐木工的话,丹尼明白他说的是真的,要是被别人打破头,凯奇姆绝对无法容忍,除非是多米尼克干的。

"我看见伙房亮着灯,"凯奇姆开腔道,语气突然有些疲倦,"你妈和你爸大半夜不睡,在那里说话、喝酒,那时候他们还没戒酒。我打开纱门走进厨房,那天晚上,你妈把我和她的事告诉了你爸。可我不知道。"

"我明白了。"丹尼说。

"你只明白了一部分。找你爸爸谈谈吧。"凯奇姆重复道。

"简知道吗?"丹尼问。

"他妈的,那个印第安人什么都知道。"凯奇姆告诉他。

"凯奇姆?"丹尼问,"我爸知道你没学会识字吗?"

"我现在正在努力学习,"凯奇姆戒备地说,"我觉得那个老师会教我。她说会的。"

"我爸知道你不识字吗?"年轻人问父亲的老朋友。

"我觉得,咱们两个里面,至少得有一个把这事告诉他,凯奇姆说,"也许大厨觉得罗茜肯定教了我一些东西。"

"所以你才打电话过来——你在信里说'出事了',就是这个意思,对吧?"丹尼问他。

"我真不敢相信,你竟然信了那一套熊之类的胡扯。"凯奇姆说。熊的故事已经被丹尼尔·巴恰加卢波编造得更加匪夷所思,写进了他的第一本小说。但是,当然,当时走进厨房的并不是真正的熊——而是凯奇姆。要不是熊的故事已经在小丹尼心里根深蒂固,也许那天晚上他就不会去拿那口八寸铸铁煎锅,也不会把父亲和简做爱的声音想象成熊吃人的声音,简或许就不会死。

"所以,根本没有熊。"丹尼说。

"他妈的,新罕布什尔州北面随时晃荡着三千多头熊——我见过不少,还用枪打过一些,"凯奇姆又说,"可要是熊真的顺着纱门爬进了伙房,你爸和罗茜最好还是从餐厅退出去,不能跑起来,也不能背对着熊,只能一边看着熊的眼睛,一边慢慢往后退。不,你这个笨蛋,根本不是什么熊——是我!谁都明白,拿煎锅砸熊的脸什么蛋用都没有!"

"要是我从来没写过这件事就好了。"丹尼只能这么说。

"还有件事,"凯奇姆告诉他,"是另一个写作方面的问题。"

"上帝啊!"丹尼又说,"你喝了多少?"

"你说话越来越像你爸了,"凯奇姆告诉他,"我只是说,你要出书了,对吧?你有没有想过,如果这本书成了畅销书,那意味着什么?要是你突然成了畅销书作家,你的名字和照片会登在报纸和杂志上——甚至还能上电视!"

"这只是我的第一本小说,"丹尼轻描淡写地说,"首批印量很少,也不会做太多的宣传,而且是纯文学作品,或者说我希望它是。它不可能变成畅销书!"

"想想吧,"凯奇姆说,"什么都有可能,不是吗?作家,甚至年轻作家,也会像其他人一样走运或者倒霉,对吧?要是这本书真的畅销了,那就惨了。"

这时候,丹尼终于明白过来——比当年他在米奇中学利里先生的课堂上醒悟得快一些,那一次,老英文教师提出了"大胆的建议",让男孩考虑是否能放弃巴恰加卢波这个姓氏。现在看来,凯奇姆又要建议他使用笔名了。凯奇姆此前跟丹尼和他父亲提过一次,现在他还希望多米尼克放弃德尔波波洛这个姓。

"丹尼?"凯奇姆问,"你还在听吗?那个词怎么说来着——就是作家不用原来的名,而是重新起个名字?乔治·艾略特就是这么做的,对吧?"

"这叫笔名。"丹尼告诉他,"你他妈的不是不识字吗,怎么会在图书馆认识那个女老师的?"

"哼,我认得一些作家的名字和书名,"凯奇姆气呼呼地说,"我可以把书借出来,找人读给我听!"

"哦。"丹尼说。他猜想,当年凯奇姆和母亲做的就是这件事,而不是学识字。凯奇姆管大声读书叫什么来着?他告诉过多米尼克,那叫"前戏",不是吗?(其实这是多米尼克说的,他给儿子讲过这件有趣的事!)

"笔名,"凯奇姆若有所思地重复道,"我记得还有个短语也是这个意思,好像是法语。"

"nom de plume。"丹尼告诉他。

"没错!"凯奇姆叫道,"nom de plume。嗯,你需要的就是这个——只是为了保险。"

"你不会是有什么建议吧?"丹尼尔·巴恰加卢波说。

"你是作家,这是你的工作。"凯奇姆说,"'凯奇姆'跟'丹尼尔'组合起来就很好,对吧?像个挺不错的库斯县人名。"

"我会考虑的。"丹尼告诉他。

"我知道你能想出更好的。"凯奇姆说。

"告诉我一件事,"丹尼说,"要是那天晚上我妈没死在河里,她会离开你,还是离开我爸?我没法跟我爸谈这件事,凯奇姆。"

"狗屎!"凯奇姆叫道,"你不是说,你老婆是个'自由灵魂'吗?其实凯蒂是个无法无天的灵魂,政治激进分子,该死的无政府主义者,铁石心肠的娘儿们——你应该很清楚,丹尼尔,罗茜才是个自由的灵魂!她永远不会离开我们任何一个人!你妈才是个自由的灵魂!丹尼,你们这些小年轻见都没见过!狗屎!"凯奇姆又喊起来,"有时候你的问题简直蠢透了——让我觉得你还是那个连车都不会开的大学生,要么就还是那个十二岁的小屁孩!只要你爸、简和我愿意,还是能把你耍得团团转。跟你爸谈谈吧,丹尼——跟他谈谈。"

凯奇姆"咔嗒"一声挂断了电话,只留下听筒里的拨号音,陪伴着心事重重的作家。

06 事情的中间

卫斯理广场的那座无电梯公寓里，出于某些不合逻辑的原因，电话装在卡梅拉的床边。那些年丹尼离家在外，先是去了寄宿学校，后来上了大学。如果电话铃声响起，厨师去接电话时，必然想到的是小丹尼。他希望打电话过来的是丹尼尔，而不是别人——告诉他一些关于丹尼的坏消息。（更常见的情况是，电话是凯奇姆打来的。）

卡梅拉告诉丹尼，他应该多给家里打电话。"你爸总和我说，就是为了你，我们才装的电话！"男孩非常听话，从那以后就更频繁地给家里打电话了。

"电话应该装在我睡的这边，不是吗？"多米尼克问卡梅拉，"我是说，反正你又不是很想跟凯奇姆说话，要是打来电话的是丹尼尔——或者更糟糕，是报告关于丹尼尔的坏消息的——"

卡梅拉没让他说完。"如果是关于丹尼的坏消息，我想先知道——这样我就能搂着你的肩膀讲给你听，就像你当初搂着我讲给我听那样。"她对他说。

"别疯了，卡梅拉。"厨师说。

但结果就是这样，电话继续留在卡梅拉那一边的床头。每当凯奇姆打来对方付费电话，接电话的总是卡梅拉，她会说："你好，凯奇姆先生，我什么时候才能见到你？我很期待哪天能见见你。"（凯奇姆不太健谈——至少跟她没多少话可说。她很快就会把话筒递给多米尼克——她亲昵地叫他"甘巴"。）

然而，一九六七年的春天，关于丹尼离婚的坏消息传来之后——他那个妻子确实可怕，配不上这个可爱的孩子——北边打来的对方付费电话比平时还要多（内容大都跟那个危险的警察有关）。凯奇姆吓到了卡梅拉。多米尼克后来觉得，凯奇姆可能是故意的。当卡梅拉像往常那样跟老伐木工打过招呼，正要把电话递给床另一侧的多米尼克时，凯奇姆说："我觉得你不会想见我的，因为现在的情况可不怎么好。"

卡梅拉吓得打了个寒战。这年春天的事已经足够让她烦恼，现在又被凯奇姆吓了一跳。凯蒂离开了丹尼，卡梅拉希望丹尼也能像她那样，觉得松了一口气。女人离开男人是一码事——卡梅拉可以理解——但做母亲的抛弃自己的孩子，那就是罪过了。可凯蒂一走，卡梅拉反而松了一口气，因为即便她没走，也不会是个称职的母亲。当然，卡梅拉和多米尼克从来没喜欢过凯蒂·卡拉汉；在"那不勒斯附近"，他们见多了像她这种顾客。"你能闻到她身上的铜臭气。"卡梅拉对厨师说。

"不是她身上的，是她下面的。"厨师评论道。他的意思是，凯蒂的家人用钞票给这个野姑娘编织了一张安全网，所以她能为所欲为，要是栽了跟头，家里人可以拿钱保住她。多米尼克像凯奇姆一样，确信凯蒂·卡拉汉所谓的自由精神是一种欺诈。丹尼却误解了父亲，以为厨师不喜欢凯蒂，是因为这个年轻女人长得像他那不忠的母亲罗茜。然而凯蒂的长相几乎跟多米尼克和凯奇姆不喜欢她的理由无关，从一开始就让他们觉得困扰的，正是她跟罗茜·卡罗杰洛有多么的不像。

凯蒂只是个有金钱安全网护身的叛逆姑娘。凯奇姆说她"在性方面无法无天",与其相反的是,罗茜爱着一个男孩和一个男人,她的困境在于,自己对这两个人的爱是真心实意的,这因此也成为他们的困境。相比之下,卡拉汉这个妓女不过是四处胡搞,更糟糕的是,她满脑子都是崇高的政治理念,自以为不受婚姻和母亲身份之类的传统束缚。

卡梅拉知道,丹尼以为母亲是个像凯蒂那样的无法无天的人,这让多米尼克感到痛苦。尽管多米尼克不厌其烦地向卡梅拉解释他、罗茜和凯奇姆三个人的关系,但她不得不承认,自己和丹尼一样弄不明白。卡梅拉能理解这种奇怪关系产生的原因,却不明白它是如何维持下来的。丹尼对此也想不通。另外,卡梅拉对心爱的甘巴最为不满的是,他没能尽快把丹尼母亲的事告诉儿子。丹尼年龄早已够大,可以知道这件事,要是多米尼克能在凯奇姆先生不小心在电话里向丹尼捅出真相之前告诉儿子就好了。

丹尼打电话来谈论这件事时,是卡梅拉接的电话。"二号!"她听出丹尼的声音,立刻叫道,这是丹尼在"那不勒斯附近"干活时的绰号。

"安杰鲁二号"这个绰号是老波尔卡里给他取的,把他视为第二个安吉尔。

所有人都小心翼翼地叫他安吉尔,而不是安杰鲁。卡梅拉在场时,他们会把他的绰号缩短为更简单的"二号"——尽管卡梅拉特别喜欢丹尼,以至于经常说他是自己的"二儿子"。

在餐厅的行话里,"二号"还有"第二道菜"的意思,所以这个简称就保留了下来。

可这一回卡梅拉的"安杰鲁二号"没心情跟她说话。"我得跟我爸谈谈,卡梅拉。"他说。

(凯奇姆已经提醒厨师,丹尼会打电话过来。"对不起,大厨,"

凯奇姆在电话里一上来就说,"我把事情搞砸了"。)

丹尼打电话过来的那个四月的早晨,卡梅拉知道年轻人会为父亲没告诉他那些事而生气。当然,她主要听到的还是多米尼克说了什么,不过她还是能听出,这通电话进展得相当糟糕。

"对不起——我本来打算告诉你的。"厨师开口道。

卡梅拉听到了丹尼的反应,他在电话那头朝父亲喊道:"那你还等什么?"

"也许就是在等这样的事发生在你身上,你很可能就会明白,跟女人在一起有多麻烦。"多米尼克说。卡梅拉在床上给了他一拳。当然,"这样的事"指的是凯蒂离开——似乎这段一开始就出错的感情完全可以跟罗茜和凯奇姆的事相提并论。关于那头熊,他们为什么一直要对男孩撒谎呢?卡梅拉不明白,当然也不指望丹尼能弄明白。

她躺在那里,听厨师告诉儿子那天晚上伙房发生的事:罗茜承认自己跟凯奇姆睡过,就在这时,凯奇姆打开纱门走了进来,他们三个都喝醉了,多米尼克用煎锅打了老朋友。幸运的是,凯奇姆打过很多架,从来不相信世上存在绝对不会揍他的人。于是这个大块头下意识地作出回应——他应该是拿小臂挡了一下,略微掉转了多米尼克手中武器的方向,所以只被煎锅的铸铁边缘打中了前额的正中央,没打到太阳穴,要是打到太阳穴,这个沉甸甸的家伙也许会要了他的命。

那时候绞河镇没有医生,甚至也没有锯木厂,那座后来成为"死女人水坝"的堤坝旁边也还没有所谓的蓄水池。后来,就是那个地方出现了一位白痴医生。罗茜在餐厅的一张桌子上给凯奇姆的额头缝了几针,用的是厨师捆鸡和火鸡的那种很细的不锈钢丝。厨师先把不锈钢丝放在沸水里煮过,消了毒。整个过程中,凯奇姆像公驼鹿那样嚎个不停。多米尼克一瘸一拐地绕着桌子转圈,罗茜和他们两个说着话。伤口不好缝,她感到很恼火。

"我真想把你们俩缝到一块儿。"她看着多米尼克说,然后告诉他们两个再这样做的后果。"要是你们再动手,我就走——听懂了吗?"她问他们。"你们得保证永远不会伤害对方——总是像好兄弟那样互相照顾——我才肯留下,到死也不离开你们。"她告诉他们。"所以,你们要么一人一半,要么谁也得不到我——这样的话,我会把丹尼带走,明白了吗?"他们看得出,她没在开玩笑。

"我猜,你妈妈是太骄傲了,她流产后始终不肯回波士顿——我母亲去世后,她觉得我太年轻,不能留下我一个人。"卡梅拉听到多米尼克告诉丹尼。"罗茜肯定觉得她必须照顾我,她当然知道我爱她。我不怀疑她也爱我,但我仍然是她的好孩子。她遇见凯奇姆的时候——嗯,她跟他同岁。凯奇姆是个大人。我们别无选择,只能忍着。丹尼尔——凯奇姆和我都很爱她,我相信,她也按照自己的方式爱着我们两个。"

"简是怎么看的?"丹尼问父亲,因为凯奇姆说过,那个印第安人什么都知道。

"简的想法并不让人意外,"父亲告诉他,"她说我们三个人都是浑蛋。简认为我们在冒险——那个印第安人说,我们是孤注一掷,随时都可能出问题。我也这么想。但你妈妈让我们别无选择——凯奇姆又一直比我更爱冒险。"

"你应该早点告诉我的。"他的儿子说。

"我知道,丹尼尔——对不起。"卡梅拉听到厨师说。

后来,多米尼克会把丹尼当时说的话告诉卡梅拉。"我不怎么介意熊的事——那是个不错的故事,"丹尼对父亲说,"但还有一件事你搞错了。你说你怀疑是凯奇姆杀死了勒基·佩内蒂。你和简,还有西达默尔一半的小孩,你们都是这么说的。"

"我觉得凯奇姆有可能杀了他,丹尼尔。"

"我觉得你错了。勒基·佩内蒂死在床上——在安德罗斯科金河边的兴隆旅馆,脑袋被冲压锤砸烂了,对吧?"作家丹尼尔·巴恰加卢波问父亲。

"是这样的,"他父亲回答,"勒基·佩内蒂前额留下了像是字母H的凹痕。"

"手段非常残酷,对吧,爸爸?"

"看起来是这样的,丹尼尔。"

"那就不是凯奇姆干的。"丹尼告诉他,"假如凯奇姆发现这么容易就能把勒基·佩内蒂杀死在床上,那他为什么不杀了卡尔?如果凯奇姆是杀人凶手,那他有很多办法弄死牛仔。"

多米尼克知道丹尼尔是对的("也许这孩子真是个作家!"告诉卡梅拉这件事时,厨师会说),假如凯奇姆真的是凶手,牛仔早就没命了。凯奇姆曾经答应罗茜,会照顾多米尼克——他俩保证要互相照顾——在那种情况下,还有什么更好的办法来照顾多米尼克呢?只要干掉牛仔就行了——把他杀死在床上,或者在他打盹儿的什么地方杀了他。

"你还不明白吗,爸爸?"丹尼问,"如果帕姆把一切都告诉了卡尔,牛仔又找不到你和我,他为什么不去找凯奇姆?他知道凯奇姆一直都知情——六罐装会告诉他的!"

但是父子俩都知道答案。如果牛仔去找凯奇姆,凯奇姆会杀了他——凯奇姆和卡尔都知道这一点。像多数打女人的男人一样,牛仔是个胆小鬼——他可能不敢去找凯奇姆,就算是带着有瞄准镜的步枪也不敢。牛仔知道,要杀掉伐木工可不像杀厨师那么容易。

"爸?"丹尼问,"你到底什么时候离开波士顿?"从多米尼克转身看着她时露出的内疚而恐惧的眼神中,卡梅拉意识到了两人谈到了什么。他们讨论过多米尼克离开波士顿的事,但厨师要么做不到,要么不愿意告诉卡梅拉自己什么时候动身。

多米尼克第一次对卡梅拉和盘托出时,特别指明了一点:如果卡尔来找他,厨师必须再次逃亡,卡梅拉不能和他一起走。她已经失去了丈夫和唯一的孩子,只不过没亲眼看着他们死去而已。假如卡梅拉跟多米尼克一起逃亡,牛仔或许不会把她也杀掉,但她会眼看着厨师被杀。"我不允许发生这种事,"多米尼克告诉她,"如果那个浑蛋来找我,我就一个人走。"

"为什么你和丹尼不能报警呢?"卡梅拉问他,"简的事只是意外!你们就不能让警察明白,卡尔很疯狂,而且很危险吗?"

跟没在库斯县待过的人很难解释。首先,在那个地方,牛仔就是警察——或者说是警方在当地的代表;其次,疯狂和危险不是犯罪,无论在哪里都不是,在新罕布什尔州北部就更不是了。卡尔掩埋或者处理了简的尸体,没有告诉任何人——这算不上多么大的罪行,关键在于牛仔没杀她——是丹尼干的。年纪渐长的厨师也明白过来,当初不该逃跑,如果那时候留下来,对某个人说出真相——也许事情就解决了。(多米尼克也可以和丹尼尔回绞河镇,像凯奇姆和小丹尼希望的那样,假装若无其事地蒙混过去。)

当然,现在已经晚了。厨师告诉卡梅拉时,他们的关系刚刚开始,她接受了这些条件。现在她对他的爱可不止一点,她为自己当初答应了那些事感到后悔。假如多米尼克非走不可,不跟他走会让她很为难。多米尼克当然也知道自己会想念卡梅拉——超过他对印第安·简的怀念,也许达不到他和凯奇姆怀念罗茜的程度,但厨师知道,卡梅拉是特别的。可他越是爱卡梅拉,越反对她和自己一起走。

卡梅拉躺在床上,考虑着自己不能再去北区的哪些地方——最初的那些地方是因为她跟渔民亡夫一起去过,后来——更让她痛苦——是因为她曾经和安杰鲁在某些地方留下了特别的回忆。现在,等多米尼克（她亲爱的甘巴）离开她以后，又有哪些地方再也不能去了呢？寡妇德尔波波洛想。

安杰鲁溺水后，卡梅拉再也不去帕门特街散步了——尤其不能去以前的库什曼小学附近。安杰鲁在那里读过低年级，后来学校被拆了（卡梅拉不记得那是一九五五年还是一九五六年的事了）。后来小学的原址建了图书馆，但卡梅拉永远不会靠近那座图书馆。

因为她一直是"那不勒斯附近"的服务员，这是她的第一份工作，也是唯一一份工作——大多数早晨她都没什么事，库什曼小学组织学生们在附近远足时，卡梅拉总是自愿去帮老师们的忙。所以她再也没去过老北教堂附近，她和安杰鲁的同学们曾经去那里参观过保罗·里维尔的后代一九一二年修复的教堂尖顶。那是一座圣公会教堂——卡梅拉不会去那里做礼拜，因为她是天主教徒——但它很有名（最重要的是，它在保罗·里维尔骑马报信时起到过关键作用），玻璃展柜里面有初代清教徒移民被英国殖民者监禁时的牢房砖块。

这两个原因决定了卡梅拉不能步行穿过北广场的"水手之家"，这对她来说有些尴尬，因为那儿离"那不勒斯附近"很近。"水手之家"是波士顿港和海员协会的地标建筑，上面有"感谢海员们的服务"的献词。安杰鲁班上的同学参观过水手之家，但卡梅拉没参与学校组织的这次远足——毕竟，她的渔夫是在大海里丧生的。

还有更多无辜的地方会让她想起渔夫和安杰鲁，虽然这样很傻，但她确实会想起他们。她喜欢维多利亚咖啡馆，却会回避那个有洛奇·马尔恰诺照片的房间，因为渔夫和安杰鲁很欣赏这位重量级拳击冠军。她还跟丈夫和儿子在汉诺威街的蓝洞餐厅吃过饭，恩里科·卡鲁索也在那儿用过餐，现在她再也不去那里了。

渔夫告诉过她，从来没有哪个水手在汉诺威街遭过抢，以后也永远不会有，就连醉得最厉害的水手，从海边走到"老霍华德"剧院，再走回来，一路上也很安全。斯科雷广场周围，除了脱衣舞场，还有水手们经常光顾的廉价酒吧和环绕广场的拱廊（这些事物当然会变，连斯科雷广场也会消失）。但卡梅拉与溺水身亡的丈夫和儿子一起生活过的那个世界——整条汉诺威街，于她而言既神圣又令人困扰。

甚至连干草市场上空盘旋着的海鸥，都会让她想起星期六的时候，安杰鲁拉着她的手，在那里观看周围的行人。现在，她小心地望着舰队街上的那家餐馆，那儿是"斯特拉"的原址，"那不勒斯附近"打烊之后，她偶尔会和多米尼克去那里吃饭，他们也会去"欧罗巴"用餐——多米尼克经常点炸鱿鱼，但从来不选纽约风味的。（"别放红酱，我只喜欢柠檬。"厨师会说。）甘巴走了之后，她不能再去这些地方吃饭了吗？卡梅拉想。

她肯定会搬进一套更小的公寓。夏天公寓里会不会太闷热，热得她像宪章街公寓楼里的那些老太太那样，搬出椅子来，坐在人行道旁乘凉？夏天，每逢以圣徒名字命名的宗教节日，那些冷水公寓楼会挂满装饰彩带。卡梅拉突然想起安杰鲁小时候坐在渔夫的肩膀上，当时因为有节日游行，汉诺威街会封闭，那天是圣罗科狂欢节，卡梅拉想起来了。如今，她也不喜欢看游行了。

一九一九年，朱塞·波尔卡里还是个年轻人。他记得那次糖蜜爆炸事件，北区死了二十一个人，乔·波尔卡里认识其中一位的子女。"他是被一波热糖蜜给煮死的！"老乔告诉丹尼。虽然战争已经结束，但那些听到爆炸的人还以为德国人来了——波士顿港遭到轰炸了。"我看到一架钢琴在糖蜜里漂着！"老波尔卡里告诉小丹尼。

在"那不勒斯附近的"厨房里，有一张尼古拉·萨科和巴托罗缪·凡泽蒂的黑白照片，照片上，这两名无政府主义移民被铐在一起。萨科和凡泽蒂被控杀害了南布伦特里的一家制鞋公司的出纳和保安，坐上了电椅。老波尔卡里脑子糊涂的时候，虽然记不起所有的细节，但还知道那些抗议游行。"萨科和凡泽蒂是被陷害的！指证他们的是查尔斯顿街监狱里的一个线人，马萨诸塞州释放了他，让他回意大利了。"老乔对丹尼说。北区的汉诺威街举行过为萨科和凡泽蒂抗议的活动，游行队伍一直走到特里蒙特街，那儿的骑警冲散了抗议的人群，乔·波尔卡里也是上千名抗议者中的一员。

"要是你或者你儿子遇到了什么麻烦，甘巴，告诉我。"朱塞·波尔卡里对多米尼克说，"我认识一些人——他们能为你解决麻烦。"

老波尔卡里指的是卡莫拉帮——相当于那不勒斯的黑手党，至少多米尼克无法分辨它和黑手党的区别。他小时候一调皮，努齐就说他是卡莫拉帮的，但多米尼克印象中的黑手党或多或少地控制着北区，这里的人把黑手党和卡莫拉帮都称为黑手党。

多米尼克告诉保罗·波尔卡里，牛仔可能来找他，保罗说："要是我爸还活着，他会打电话给他卡莫拉帮的哥们儿，但我不认识那些家伙。"

"我也不认识黑手党的人，"托尼·莫利纳里告诉多米尼克，"要是他们替你办了事，你就欠了他们人情。"

"我不想让你们卷进我的麻烦，"多米尼克对他们说，"我打算请黑手党或者卡莫拉帮帮我的忙。"

"那个疯子警察不会来找卡梅拉的，对吧？"保罗·波尔卡里问厨师。

"我不知道——需要有人关照卡梅拉。"多米尼克回答。

"我们会照顾她的，"莫利纳里说，"要是牛仔敢来这儿，到餐厅来——嗯，我们有餐刀、切肉刀——"

"还有酒瓶。"保罗·波尔卡里建议。

"想都不用想，"多米尼克告诉他们，"如果卡尔过来找我，他会带武器的——无论去哪儿，他都带着那把点四五柯尔特。"

"我知道我爸会怎么说,"保罗·波尔卡里说,"他会说,点四五柯尔特算什么——要是想搞衬衫厂的那些缝纫女工,那才够你喝一壶的,就算光着屁股,她们身上也藏着针扎你!"(乔·波尔卡里指的是老马卡洛尼亲王大厦的那家利奥波德·摩尔斯衬衫厂;他儿子保罗说,朱塞肯定搞过在那儿上班的某个不好惹的女工,或者试着搞过。)

三个厨师都笑了,他们试着忘记库斯县的那个副警长。除了忘掉他,还能怎么办?

老波尔卡里能讲一百个关于衬衫缝纫工的笑话。"你们还记得那个在波士顿香肠与粮食供应公司上夜班的女人的故事吗?"多米尼克问保罗和托尼。

两个厨师兴奋地嚷嚷起来。"没错,她在鲜肉去皮部门干活儿。"保罗·波尔卡里说。

"她拿着一把见不得人的小刀,给法兰克福香肠去皮!"莫利纳里回忆道。

"她很会刮皮——刮你的包皮就像剥葡萄皮一样!"三位厨师异口同声地喊道,这时卡梅拉走进餐厅,他们的笑声同时停了下来。

"又是荤段子?"她问他们。三个人只是默默地给比萨烤炉点火,等待面团发好;虽然还不到中午,大蒜番茄调味汁已经快要煮好了。卡梅拉看到,他们突然显得忧心忡忡,不敢看她的眼睛。"你们在说卡尔,对吧?"她问他们。厨师们就像自慰时被家长逮住的小男孩。"也许你应该按照凯奇姆说的去做——也许,甘巴,你应该听你老朋友的。"她对多米尼克说。自从凯奇姆发出警告,已经过去了两个月,但厨师还是不能——或者说不愿——告诉卡梅拉自己什么时候离开。

现在他们谁都无法直视亲爱的厨师甘巴科尔塔了。"要是你准备走，那就走吧。"卡梅拉告诉多米尼克。"夏天就要到了，"她突然宣布。"警察会放暑假吗？"她问他们。

他们都清楚，眼下是六月，学校快放假了。这是卡梅拉一年之中最难过的时候。北区很快就没有她能去的地方了，到处都是放假的孩子，他们会让卡梅拉想起她的"安杰鲁一号"，第一个安吉尔。

在这慢慢过去的两个月里，副警长一直跟六罐装待在一起。没错，这段关系还算新鲜，但正像凯奇姆指出的，对卡尔来说，两个月不打女人，时间实在有点久。厨师不记得有哪个星期，牛仔一次都没打过印第安·简。

关于厨师的宝贝儿子丹尼尔的某些事，卡梅拉永远不会告诉她亲爱的甘巴。比如，在去埃克塞特上学之前，丹尼尔这孩子曾经跟女孩上过床。卡梅拉曾经撞见丹尼和她的一个侄女做这种事——迪玛蒂亚家的姑娘，特蕾莎的妹妹乔西。那天，卡梅拉去餐厅上班，半路回卫斯理广场的公寓拿东西（她已经想不起当时忘记拿的是什么东西了），丹尼放假在家，不用去餐厅当传菜工。那时他已经知道自己获得了埃克塞特的全额奖学金，也许想要庆祝一下。卡梅拉当然知道，乔西·迪玛蒂亚比丹尼大，也许是乔西挑起的这件事。多米尼克一直怀疑特蕾莎·迪玛蒂亚——或者她朋友埃琳娜·卡罗杰洛，她绝对是个会和丹尼接吻的表姐——早晚得诱惑丹尼上床。

甘巴为什么这么担心呢？卡梅拉想。要是这孩子能多积累些性经验——她指的是他在埃克塞特读书的那几年里——也许上大学后就不会那么迷恋卡拉汉那个姑娘了！要是他多搞上几个愿意亲他的表姐妹——卡罗杰洛和塞埃塔家的姑娘，或者迪玛蒂亚家的某个女性——也许就能搞大某个姑娘的肚子，而对方肯定比凯蒂好得多！

可由于多米尼克始终担心的是埃琳娜·卡罗杰洛和特蕾莎·迪玛

蒂亚,当卡梅拉走进屋里,看到丹尼正在她的床上和某个姑娘做爱时,她首先以为对方是特蕾莎,正在给看起来惊恐万分的十五岁的男孩传授经验。而小丹尼恐惧的原因,自然是卡梅拉逮到了他们。

"特蕾莎,你这个婊子!"卡梅拉喝道。(其实,她当时叫这个姑娘特蕾娅——这个词来自那个臭名昭著的特洛伊女人,意思就是"婊子"。)

"我是乔西,特蕾莎的妹妹。"女孩气愤地说。她生气的原因是姑妈没认出自己。

"哦,没错,"卡梅拉说,"你们用我们的床干什么,丹尼?你自己有床,真恶心——"

"天,还不是因为你的床大。"乔西对姨妈说。

"但愿你们用了避孕套!"卡梅拉叫道。

多米尼克用避孕套,他不在乎,卡梅拉希望他能用。也许男孩找到了父亲的避孕套。卡梅拉知道,说起避孕套,世人的做法挺傻的。在巴龙药店,他们会把避孕套藏起来,让人根本看不到。假如孩子想买,药剂师会臭骂他们一顿,然而,任何有责任心、孩子又处于那个年龄的父母,都会告诫孩子用避孕套。可孩子们要到哪里去弄呢?

"是你爸的避孕套吗?"卡梅拉问丹尼。男孩盖着被单躺在那里,因为被人发现而一脸懊丧,迪玛蒂亚家的姑娘却相反,连胸脯都懒得盖,就那么光溜溜地坐着,闷闷不乐地盯着她的姨妈。"你要认错吗,乔西?"卡梅拉问女孩,"你准备怎么认错?"

"我戴了避孕套,特蕾莎给我的。"乔西说,对认错这个更大的问题避而不谈。

这下子卡梅拉真的生气了。特蕾莎那个婊子是怎么想的?给自己未成年的妹妹避孕套!"她给了你多少个?"卡梅拉问。没等女孩回答,她又问丹尼:"你没有作业可写吗?"这时候卡梅拉似乎意识到，仓促地认定特蕾莎有错，其实很虚伪。(特蕾莎给妹妹避孕套，难道不应该感谢她吗？可是不是因为有了避孕套，乔西才引诱了二号？)

"上帝，你想让我数数有多少个还是怎么着？"乔西问姨妈，她说的是避孕套。可怜的丹尼看起来却是一副想死的模样，卡梅拉永远都忘不了他的那副表情。

"好吧，你们这些孩子要小心——我得去上班了。"卡梅拉对他们说。"乔西！"走出公寓前，卡梅拉喊道，"你给我洗床单，铺好床！要不然我就告诉你妈！"

卡梅拉想知道，他们是不是整个下午和晚上都在做，避孕套够不够用。(她对此非常不安，甚至忘了自己回公寓是为了拿东西。)

她亲爱的甘巴想让儿子远离女孩们——丹尼去埃克塞特时，厨师哭得多么厉害啊！然而卡梅拉永远不能告诉他，送这孩子去寄宿学校并没有什么用（起码不像多米尼克期望的那么有用）。看到埃克塞特的毕业生去的那些大学，多米尼克深受触动，因此无法理解丹尼为什么在埃克塞特没能勤奋用功，进入常青藤盟校就读，结果去了新罕布什尔大学，这让多米尼克感到失望。儿子在埃克塞特的成绩也让他失望。但对于来自米奇中学的丹尼而言，埃克塞特高中并不是那么好读的，他在数理类的科目方面几乎没有什么天赋。

男孩的成绩不好，主要因为他一直在写作。利里先生猜得没错：埃克塞特并不重视所谓的创意写作，重视的是写作技巧。那里的几位英文老师接管了利里先生对丹尼的指导之责——他们读了小巴恰加卢波给他们展示的所有小说。(他们从来没建议丹尼使用笔名。)

丹尼在埃克塞特做的另一件事就是疯狂地跑步：秋天在田野里跑，冬春两季参加田径队，在跑道上跑。他讨厌学校里必修的体育课，但是喜欢跑步。基本而言，他算是个长跑运动员，身段苗条，轻巧矫健，非常有奔跑天赋，可他不怎么喜欢竞争。他热爱全力奔跑，速度尽可能快，但并不介意是否能超过别人。去埃克塞特之前，他从来没遇到过这么适合奔跑的环境——可以一整年都跑个不停。

在北区无处可跑，在北方的大森林跑步更是不安全，可能随时被什么东西绊倒，要是在运输木料的道路上跑，可能被运木头的卡车撞死，或者被它们从路上撵到一边。这些道路归伐木公司所有，而那些浑蛋卡车司机——凯奇姆这样称呼他们——开起车来，就像伐木公司欠他们似的。（当然，森林里还有猎鹿人，有用弓箭猎鹿的时节，也有适合用火器猎鹿的时节。如果你在猎鹿时节钻到树林里或者运木头的路上奔跑，某些浑蛋猎人可能一枪崩了你，或者一箭把你射穿。）

丹尼写信给凯奇姆，说他在埃克塞特跑步，凯奇姆回信道："妈的，丹尼，你幸亏没在绞河镇跑。在库斯县我熟悉的那些地方，要是我看见哪个家伙在跑，准会怀疑他干了坏事，正在逃跑。在这儿，看见谁在跑就给他一枪，准没有错。"

丹尼喜欢埃克塞特的室内跑道。汤普森体育馆里有条倾斜的木质跑道，下面还有条土质跑道，那是个构思故事的好地方。丹尼发现，跑起来的时候，自己的思路会变得很清晰，尤其是在刚开始感到疲倦的时候。

他离开埃克塞特时，英语和历史成绩都是B，其他科目是C。卡莱尔先生告诉多米尼克和卡梅拉，也许这孩子"大器晚成"。但是，作为作家，小丹尼从艾奥瓦作家班毕业不到一年，就发表了第一部小说，算得上年少有为。当然，卡莱尔先生指的是学术方面。丹尼在新罕布什尔大学的成绩非常好，与在埃克塞特相比，新罕布什尔大学读起来相当容易。他在达勒姆遇到的最大难题就是认识了凯蒂·卡拉汉，还要应付她惹出来的种种是非——在达勒姆和艾奥瓦市都惹过。卡梅拉和她亲爱的甘巴谈起那个姑娘时，都会感到不舒服，甚至像中毒了一样。

"瞧，甘巴，当初你还担心北区的那几个意大利辣妹！"卡梅拉有一次忍不住数落他说，"你应该预料到的是新罕布什尔大学的那座冰山！"

"铁石心肠的娘儿们。"凯奇姆这样说凯蒂。

"都是当作家给弄的，"多米尼克对卡梅拉说，"他整天都在想象这个，想象那个——这对丹尼尔没好处。"

"你疯了，甘巴，"卡梅拉告诉他，"凯蒂可不是丹尼想象出来的。再说了，你真想让他去越南吗？"

"凯奇姆不会让他去的，"多米尼克对她说，"凯奇姆可不是开玩笑，卡梅拉，丹尼尔差一点儿成了缺手指头的作家。"

也许她根本不愿意见到凯奇姆先生，卡梅拉不由自主地想。

一九六七年六月，作家丹尼尔·巴恰加卢波取得了艾奥瓦作家班的艺术硕士学位。几乎刚毕业，他就带着两岁的儿子乔去了佛蒙特州。尽管存在凯蒂带来的各种麻烦，丹尼还是喜欢艾奥瓦市和作家班的，可艾奥瓦市的夏天很热，他准备慢慢花时间在佛蒙特州的帕特尼找个住处，那里正是温德姆学院的所在地。此外还要给小乔找个日间托护——雇一位长期保姆，尽管丹尼在学院的学生可能会有一两个愿意帮忙。

他在艾奥瓦州只跟一位老师（没有其他人）说过笔名的事，这位老师就是作家库尔特·冯内古特，他是个和蔼善良的人，也是个好老师。冯内古特也知道凯蒂给丹尼带来的烦恼。丹尼没告诉冯内古特先生自己为什么考虑使用笔名，只表示自己不愿意用笔名。

"你无论用什么名字都没关系。"冯内古特告诉他。他还告诉年轻的作家,丹尼的第一本书《库斯县的家庭生活》是他读过的最好的小说之一。"这才是重点——而不在于你用什么名字。"冯内古特先生说。

《五号屠场》的作者给年轻作家提出一条批评意见——标点符号问题。冯内古特先生不喜欢分号。"别人也许会发现你上过大学,但你没必要尝试向他们证明这一点。"他告诉丹尼。

可这些分号是丹尼从十九世纪那些老式小说里看来的,正是读了这些小说,丹尼尔·巴恰加卢波才萌生了当作家的想法。他看过母亲留下的那些小说的标题和作者的名字——就是父亲留在绞河镇、送给凯奇姆的那些书。到埃克塞特之后,丹尼才读到那些书,而且对那些作家格外在意——比如纳撒尼尔·霍桑、赫尔曼·梅尔维尔。他们都爱写很长很复杂的句子。霍桑和梅尔维尔喜欢用分号,他俩还都是新英格兰的作家——因而成了丹尼的最爱。英国小说家托马斯·哈代同样自然而然地吸引了丹尼尔·巴恰加卢波,他甚至在二十五岁的时候就在别的作家身上窥见了自己的命运。

在艾奥瓦的作家班,他多少显得有些格格不入。与同学们相比,他更喜欢那些老作家,远胜大多数当代作家。但是丹尼真心喜欢库尔特·冯内古特的作品,也喜欢他这个人。在写作方面,丹尼很幸运地得到了好老师的指点,迈克尔·利里是其中的第一位。

"你会找到某个人的。"在艾奥瓦市道别时,冯内古特对丹尼说。(他的这位老师也许说的是丹尼最终会找到合适的女人。)"而且,"库尔特·冯内古特补充道,"也许资本主义会善待你的。"

丹尼开车东返,心里的唯一念头就是这个。"也许资本主义会善待咱们的。"前往佛蒙特州的途中,他对小乔说了好几次。

"你最好找个大一点儿的房子,好有空房间安顿你爸。"上次打电话时,凯奇姆告诉他,"虽然佛蒙特州离新罕布什尔还不够远——我觉得不够。你就不能在西部找个教学的工作吗?"

"看在基督的份上,"丹尼说,"佛蒙特州南部到库斯县的距离跟波士顿到库斯县差不多远,不是吗?我们在波士顿都待了十三年,也挺安全的!"

"佛蒙特太近了——我就是知道,"凯奇姆告诉他,"不过对你爸来说,现在待在那里比在波士顿要安全多了。"

"我一直是这么告诉他的。"丹尼说。

"我也一直这么跟他说,可他不听,那又有什么用。"伐木工说。

"因为卡梅拉,"丹尼告诉凯奇姆,"他非常依恋她。他应该带她一起走——我知道,如果他愿意,她会跟他走的——可是他不肯。我认为,卡梅拉是他遇到的最好的人。"

"别这么说,丹尼,"凯奇姆告诉他,"你没机会了解你的母亲。"

丹尼没接凯奇姆的话,他不希望老伐木工把话题转到自己身上。

"好吧,看起来我得把大厨从波士顿拖走了——不管用什么办法。"凯奇姆说。两人沉默了一阵。

"你打算怎么做?"丹尼问他。

"如果有必要,我会把他关在笼子里。你只管在佛蒙特找个够大的房子,丹尼。我会把你爸带过去的。"

"凯奇姆,你没杀勒基·佩内蒂,对吧?"

"我当然没有!"凯奇姆对着电话吼道,"勒基不值得杀。"

"有时候,我觉得卡尔值得杀。"作家丹尼尔·巴恰加卢波脱口而出,这个想法始终在他脑子里打转。

"我发现,我也一直在想这件事。"凯奇姆承认。

"我不想让你被抓。"丹尼告诉他。

"问题不在这里,我不在乎被抓。"伐木工说,"卡尔也不在乎被抓——假如他杀了你爸的话。"

"那么问题在哪?"丹尼问。

"我想让他先来杀我,"凯奇姆回答,"那我就没问题了。"

如同作家丹尼尔·巴恰加卢波想象的那样,难点在于,尽管牛仔非常愚蠢,但还没蠢到自己找死的程度,而且他不再喝酒了——这意味着卡尔不会完全控制不住自己。也许正因如此,他才两个月没打六罐装,或者至少没把她打到足以让她离去并且吐露真相的地步。

六罐装依然酗酒,凯奇姆知道,她很容易完全失控——这也是个问题。

"我担心一件事,"丹尼告诉凯奇姆,"你也没戒酒。你不怕自己喝醉了的时候,卡尔来找你吗?"

"你还没见过我的狗,丹尼——它真是个好畜生。"

"我不知道你养狗了。"丹尼说。

"妈的,六罐装甩掉我的时候,我得有个人说说话。"

"你在图书馆认识的那位女士怎么样——教你识字的那个老师?"丹尼问伐木工。

"她是在教我,但我们不怎么聊天。"凯奇姆说。

"你真的在学识字?"丹尼问。

"当然,真的——就是学得慢,比数浣熊屎还慢。"凯奇姆告诉他,"不过我有目标,等你的书出版时,我得能读它。"凯奇姆在电话那头顿了顿,又问:"笔名的事怎么样了,你想好了吗?"

"我的笔名叫丹尼·安吉尔。"作家丹尼尔·巴恰加卢波不情愿地告诉凯奇姆。

"不是丹尼尔吗?你爸爸真的很喜欢丹尼尔这个名字。我喜欢安吉尔那部分。"凯奇姆说。

"我爸还是可以叫我丹尼尔,"丹尼说,"丹尼·安吉尔是我唯一能接受的笔名了,凯奇姆。"

"小乔还好吗?"凯奇姆问,他察觉出年轻作家对笔名这个话题很敏感。

回东部的路上,丹尼大多在夜里开车。那时候小乔在睡觉。他会找一家有泳池的汽车旅馆,白天的大部分时间和小乔一起玩。两岁的孩子在汽车旅馆睡午觉时,他也跟着睡个午觉,然后再开一夜的车。作家丹尼·安吉尔开车时,有很多时间思考,可以想一整夜。然而无论丹尼怎么想象,都想不出凯奇姆那样的伐木工会去波士顿。就连丹尼·安吉尔——又名丹尼尔·巴恰加卢波——也想象不出这个可怕的伐木工会在那里有什么表现。

丹尼尔·安吉尔后来发现,温德姆学院其实是个对他而言无关紧要的地方。他的第一部小说《库斯县的家庭生活》出版后备受好评,精装本的销量却不高。年轻作家会卖掉平装本的版权,还有电影的改编权,尽管这本书从来没拍成过电影——接下来的两部小说毁誉参半,销量更少。(第二和第三部小说甚至不会推出平装本,也没人对它们的电影改编权感兴趣。)但所有这些对丹尼来说并不重要,他的主要目标是保护自己的父亲免受伤害,与此同时尽可能地成为乔的好父亲,然后不停地写下去。他需要靠教书来养活自己和年幼的儿子,同时他也告诉小乔:"也许有一天,资本主义会善待我们的。"

在帕特尼租一间够大的房子,足以安置他的父亲——甚至卡梅拉,假如她也来到佛蒙特的话——并非难事,丹尼找到的房子原来是农舍,建在一条土路旁边。他喜欢这座房子,是因为有条小溪从它旁边流过,土路还在好几个地方与小溪交错。流淌的河水总让丹尼尔·巴恰加卢波想起自己从哪里来。至于那座农舍,它离帕特尼村只有几英里远,村子很小,只有一家综合商店、一个名叫"帕特尼食品合作社"的杂货店,还有一个带加油站的便利店。加油站斜对面有个老造纸厂，温德姆学院跟造纸厂在同一条路上。丹尼第一次见到造纸厂时，立刻意识到父亲不会愿意住在帕特尼。（厨师来自柏林，他讨厌造纸厂。）

温德姆学院的建筑十分碍眼，周围的景观却很漂亮。系里的教授有的小有名气，有的默默无闻；温德姆并没有什么值得称道的学术成就，但有些教员其实是相当不错的老师，本来可以去更好的大学工作，但他们愿意住在佛蒙特州。如果越战没爆发，许多男生根本不会来上大学，大学四年是年轻男性最容易获得的推迟服兵役的理由。温德姆就是这样一个地方——它并不会与世长存，但只要战争不结束，它就会持续存在下去——作为丹尼的第一份与餐饮业无关的工作，在这里教书还算不错。

丹尼的学生里面，真正爱好写作的不多，少数几个喜欢的却要么没有足够的天分，要么不够勤奋，达不到他的要求。在温德姆，如果教室里有一半的学生对阅读感兴趣，就算很幸运了。丹尼尔·巴恰加卢波清楚，自己是第一位获得拯救、远离越战的小说家，所以他在教学方面十分宽容。他希望每个人——尤其是男生——都留在学校里。

即使像某些愤世嫉俗的人所说，温德姆存在的唯一理由是阻止一些年轻人去越南，丹尼·安吉尔也觉得无所谓，他的政治观点已经成熟到促使他反对这场战争了，更何况他主要是个作家，其次才是老师。丹尼并不在乎温德姆学院是否尽到了学术方面的责任，教学对他来说只是一份工作——给他足够的时间写书并且成为好父亲的工作。

丹尼和乔一搬进山核桃岭路的旧农舍，就立刻通知了凯奇姆。丹尼不在乎现在是谁给伐木工读信，年轻作家觉得应该是图书馆那位女士，那个正在教凯奇姆识字的老师。

"有足够的地方给我爸住。"丹尼写信给伐木工说，随信附上了他的新电话号码,以及从库斯县和波士顿这两个地方到帕特尼的这座房子该走什么路线。(这时已经快要到一九六七年的六月底了。)

"也许你会在七月四日出现,"丹尼告诉凯奇姆,"要是这样的话,我相信你会带点焰火过来。"

凯奇姆对焰火之类的东西充满热情。有一次,他怎么也捉不到一条鱼。"我发誓,这他妈的是菲利普斯河里面最大的鳟鱼。"他宣布,"也是最聪明的。"然后他就用炸药把这条鱼和旁边河里的不少鳟鱼一起炸了上来。

"别带炸药,"丹尼在信尾补了一句,"带焰火就很好。"

这次旅行的前半段,凯奇姆带到波士顿的可不只是"焰火"。北站位于波士顿西区与北区接壤的地方,凯奇姆在那里下了火车,一边的肩膀上扛着霰弹枪,另一只手里提着个帆布旅行包,这个包看起来很沉,但拎在凯奇姆手里轻若无物。霰弹枪装在皮革枪匣里,但凡是看到伐木工的人,都猜得出那件武器是什么——要么是步枪,要么是霰弹枪。枪匣一头粗一头细,可以判断凯奇姆握着的是枪管,枪托被他扛在肩上。

当时在"那不勒斯附近"做传菜工的那个男孩刚把自己的祖母送上火车,他看到了凯奇姆,赶在伐木工前面跑回了餐厅。传菜工说,凯奇姆似乎在"绕远路",这说明伐木工早已看过地图,选出了图上最显眼的路线,但这条路并不是最近的——凯奇姆肯定是沿着堤道街来到王子街,然后岔到汉诺威街——绕着大圈来到餐厅所在的北广场,但传菜工也警告大家说,那是个拿枪的大块头。

"什么样的大块头?"多米尼克问传菜工。

"我只知道他有枪——扛在肩膀上!"传菜工说。"那不勒斯附近"的每个人都预先收到了警告:牛仔可能来了。"他绝对是从北边来的——真他妈的吓人。"

多米尼克知道，卡尔会把点四五柯尔特藏起来，作为手枪，点四五柯尔特体积不小，但谁也不会把左轮扛在肩膀上。"听起来你说的是步枪或者霰弹枪。"厨师对传菜工说。

"耶稣和圣母啊！"托尼·莫利纳里说。

"他额头上有道疤，就好像有人拿切肉刀劈过他的脸！"传菜工叫道。

"是凯奇姆先生吗？"卡梅拉问多米尼克。

"肯定是。"厨师告诉她，"不可能是牛仔。卡尔又高又胖，可模样不怎么'吓人'，也不太像北方人。他看起来就像个警察——不管穿没穿警服。"

传菜工还在嚷嚷："他穿着件法兰绒衬衫，袖子剪掉了，腰带上别着一把巨大的猎刀——几乎垂到了膝盖上！"

"那是勃朗宁刀，"多米尼克说，"绝对是凯奇姆，到了夏天，他会把穿旧的法兰绒衬衫的袖子剪掉——反正袖子已经磨破了。"

"他拿枪干什么？"卡梅拉问她亲爱的甘巴。

"也许他打算赶在卡尔之前崩了我。"多米尼克说，卡梅拉却没听出幽默来——在场的全都没听出来，他们走到门口或者窗前，寻找凯奇姆的身影。眼下正是员工可以自由活动的下午时间，他们本应该在开始供应晚餐之前大吃一顿的。

"我给凯奇姆先生收拾个地方。"卡梅拉边说边忙碌起来，两个年轻的女服务员开始照镜子补妆，保罗·波尔卡里双手握着比萨铲，铲子像个巨型网球拍。

"放下铲子吧，保罗，"莫利纳里告诉他，"你看起来很滑稽。"

"他那个旅行包里面有不少东西——可能是弹药。"传菜工说。

"也许是炸药。"厨师说。

"看他的样子,很可能没等走到这边就让人给逮捕了!"传菜工对大家说。

"他来干什么?为什么不先打电话?"卡梅拉问她的甘巴。

厨师摇了摇头。他们只能等着,看看凯奇姆想干什么。

"他是来接你走的,甘巴,对吗?"卡梅拉问厨师。

"可能吧。"多米尼克回答。

即便如此,卡梅拉还是抚平了黑裙子外面的白色小围裙,打开门锁,等在门口。应该有人欢迎凯奇姆先生,她想。

我在佛蒙特能干什么?厨师心想。那里谁还在乎意大利菜?

凯奇姆没跟他们浪费时间。"我知道你是谁,"他愉快地告诉卡梅拉,"你儿子给我看过你的照片,你的模样没怎么变。"那张照片是十三年前拍的,她的模样已经变了——他们都知道,她至少重了二十磅——但卡梅拉感谢了对方的称赞。"你们都在这里吗?"凯奇姆问他们,"厨房里有人吗?"

"我们都在这里,凯奇姆。"厨师告诉老朋友。

"好吧,我看见你在这儿,大厨,"凯奇姆说,"你好像挺失望的,是不是不愿意见到我啊。"

没等厨师回应,凯奇姆就走进厨房,直到他们再也看不到他。"你们能看见我吗?"他在里面喊道。

"看不见!"除了厨师,他们全都大声喊道。

"好,我还是能看见你们,这里很完美。"凯奇姆告诉他们。他走出厨房,从枪匣里拿出霰弹枪,众人纷纷后退,厨师也不例外。这支枪有种怪味——也许是枪油的气味,或者是沾着油污的皮套散发出来的——但还夹杂着另外一种非常奇特的气味(就连餐厅和厨房里的几位厨师都觉得这味道怪),也许这是死亡的气息,因为枪支被制造出来，唯一的使命就是击杀。

"这是二零口径的伊萨卡——单发，不带保险。这把霰弹枪既可爱又好使。"凯奇姆告诉他们，"就连小孩也能用。"他掰开霰弹枪，让枪管几乎四十五度垂向地面。"不带保险的原因是，你得用大拇指拉开击锤，然后才能开火——也没有保险齿。"伐木工说，他们全都着迷地看着——多米尼克例外。

他们根本听不懂凯奇姆念叨的枪支知识，但伐木工耐心地重复着自己的话，给他们演示怎么装子弹，怎么取出空弹壳——反复示范，最后就连传菜工和年轻的女服务员都学会了。看到卡梅拉全神贯注地望着老伐木工，厨师的心都碎了；凯奇姆示范完毕之后，连卡梅拉也能给那支该死的霰弹枪填弹开火了。

直到凯奇姆讲到两种子弹那一段，他们才真正领会到这次演练的重要性。"这是大号铅弹，你们一定得保证这支伊萨卡的枪膛里始终填满大号铅弹。"凯奇姆举起一只大手，挡在保罗·波尔卡里满是面粉的大白脸前面。"从后边那里，就是我刚才在厨房里站着的那个地方，大号铅弹会形成这么大的一个扇面，命中站在这儿的目标。"他们渐渐明白了他的意思。

"你们只需要看看情况发展成什么样，如果卡尔相信了你们的说法——大家的口径必须一致——也许他会离开，什么都不做。那样的话，就不用开枪了。"凯奇姆说。

"什么说法？"厨师问老朋友。

"嗯，就是你是怎么抛弃这位女士的，"凯奇姆指着卡梅拉说，"听着，这种事虽然连傻子都干不出来，可你还是做出来了，所以这里的每个人都恨透了你。要是他们能找到你，也会把你宰了，你们不会记不住这个说法吧？"凯奇姆问他们，众人摇了摇头，连厨师也摇起头来，但他摇头的原因不一样。

"就这样，你们中的一个人跑进厨房里躲着，"凯奇姆继续说道，"不管牛仔知不知道你在里面——只要他看不到厨房里的人是谁就行。你可以把锅碗瓢盆摆弄得稀里哗啦地响，要是卡尔想看看你——他会提出来的，你就说你在忙着做饭。"

"我们中的谁该去厨房里开枪呢？"保罗·波尔卡里问伐木工。

"谁都可以——只要你们全都知道伊萨卡该怎么使。"凯奇姆回答。

"我猜，你知道卡尔会来？"多米尼克问他。

"这是难免的，大厨。他最想和卡梅拉谈谈，不过他会来这里跟每个人都谈谈。要是他不相信你们的说法，打算找麻烦——你们中的一个人就朝他开枪。"凯奇姆对众人说。

"我们怎么知道会有麻烦呢？"托尼·莫利纳里问，"怎么知道他是不是相信了我们的说法？"

"好吧，要是他信了，你们就不会看到那把点四五柯尔特。"凯奇姆回答，"相信我，他贴身带着那把枪，要是你们看到它，就知道他要找麻烦了。卡尔让你们看到那把柯尔特，说明他打算用它。"

"那样我们就开枪吗？"保罗·波尔卡里问。

"不管谁在厨房里，应该先朝他喊一句，"凯奇姆告诉他们，"只要说，'嘿，牛仔！'——他就会往你这边看。"

"我觉得，"莫利纳里说，"可以趁着他没往开枪的人那边看的时候开火，这样把握更大。"

"不，不是的，"凯奇姆耐心地告诉他，"如果牛仔往你这边看过来的话，假设你瞄准的是他的喉咙，那么你还会同时打中他的脸和胸口，甚至打瞎他的眼。"

厨师看着卡梅拉，因为他觉得她可能快晕过去了。传菜工看起来一副想吐的模样。"牛仔要是瞎了，你们就不用慌了，把空弹壳取出来，填上猎鹿弹，大号铅弹的作用是弄瞎他的眼，猎鹿弹才会要他的命，"凯奇姆解释道，"先把他弄瞎，再杀了他。"

小传菜工冲进厨房，他们听见他在洗碗工干活的超大号水槽旁呕吐。"也许他不是埋伏在厨房的合适人选，"凯奇姆轻声告诉大家，"妈的，我们在库斯县就是这样猎鹿的，先拿灯照它们，让它们傻乎乎地盯着你，然后用大号铅弹，再用猎鹿弹。"说到这里，伐木工突然顿了顿，这才继续道："嗯，如果是猎鹿——要是离得够近——大号铅弹就够了，要打牛仔，还是保险一点好。"

"我觉得我们谁也杀不了，凯奇姆先生。"卡梅拉说，"我们根本不知道该怎么做。"

"我不是告诉你们该怎么做了吗！"凯奇姆对她说，"小伊萨卡是我最容易使的一杆枪，我从米兰的掰手腕比赛赢来的——你还记得吗，大厨？"

"我记得。"厨师告诉老朋友。多米尼克记得，那场掰手腕比赛后来变得剑拔弩张，几乎不像是掰手腕比赛，但凯奇姆还是带着那支单发的伊萨卡全身而退——这无可争辩。

"该死，你们只要一口咬定那个说法就行了，"凯奇姆告诉他们，"要是说得活灵活现，也许你们就不用开枪打那个杂种了。"

"你大老远过来，就是为了给我们送这支枪？"厨师问他的老朋友。

"我这支伊萨卡是给他们用的，大厨——给你的朋友们用，不是给你的。我是来帮你收拾行李，咱们出门逛逛。"

多米尼克把手伸到背后，去握卡梅拉的手——他知道她站在自己身后——但卡梅拉动作更快，一把抱住甘巴的腰，脸贴着他的后颈。"我爱你，但我想让你跟凯奇姆先生走。"她告诉厨师。

"我知道。"多米尼克对她说。他知道，最好不要拒绝她，也别拒绝凯奇姆。

"旅行包里有什么?"传菜工问伐木工,这孩子已经从厨房出来了,看起来好多了。

"焰火,庆祝国庆日的。"凯奇姆回答,"丹尼让我带的。"他告诉多米尼克。

卡梅拉跟他们一起去了卫斯理广场的无电梯公寓,厨师的行李不多,但他从卧室墙的钩子上摘下了那口八寸铸铁煎锅;卡梅拉认为这口锅八成有什么象征意义。她和他们走到租车行,他们会开车去佛蒙特,凯奇姆再把车开回波士顿,然后从北站坐火车回新罕布什尔。凯奇姆不想让自己的卡车一连消失很多天,这样副警长就知道他出门了。而且,就算他想用自己的车送多米尼克去佛蒙特,那也需要一辆新卡车,旧卡车可能跑不了这么远的路。

十三年来,卡梅拉一直希望见到凯奇姆先生,现在见到了,也见识了他有多么暴力。她一下子就看出自己的安杰鲁为什么佩服这个人,也很容易想象凯奇姆年轻时,罗茜·卡罗杰洛(或者那个年龄的任何女人)是怎么爱上他的,可现在她恨凯奇姆,恨他来北区带走她的甘巴,她觉得自己甚至会想念厨师一瘸一拐走路的样子。

然而,接下来凯奇姆先生对她说了几句话,完全赢得了她的好感。"如果有一天,你想看看你儿子出事的地方,我会很荣幸地带你去看。"凯奇姆告诉她。卡梅拉强忍泪水,她很想去看看出事的那个河谷,但不想看到原木,她知道,看到原木会让自己受不了。只要看看河岸就够了,就是厨师和小丹尼站在那里看到事故发生的那片河岸——也许还要看看水里的那个位置——是的,也许有一天,她想去看看。

"谢谢你,凯奇姆先生。"卡梅拉对他说。她看着他们钻进汽车。开车的当然是凯奇姆。

"如果你想见我——"卡梅拉对多米尼克说。

"我知道。"厨师对她说,但他不肯直视她。

对卡梅拉而言,与甘巴离开那天相比,卡尔来"那不勒斯附近"的这一天根本算不了什么。当时也是下午过半,他们正在提前吃晚饭,时值夏末——一九六七年的八月,他们已经开始幻想(或者是希望),牛仔永远不会来了。

卡梅拉首先看见了那个警察,正如甘巴告诉过她的那样:就算卡尔脱了警服,看起来也像是还穿着警服。她也看到了凯奇姆提过的牛仔的好几层下巴,还有脖子上的好几层褶子。("也许所有条子的发型都很糟糕。"凯奇姆对她说。)

"找个人去厨房躲着。"卡梅拉说,从桌子旁边站了起来。门是锁着的,她过去打开锁。保罗·波尔卡里进了厨房。牛仔走进来的那一刻,卡梅拉意识到,她希望躲进厨房的那个人是莫利纳里。

"你就是那个姓德尔波波洛的女的?"副警长问她。他拿出警徽亮给众人看,说:"马萨诸塞州不在我的管辖范围——实际上,库斯县以外的地方都不归我管——可我在找一个人,我知道你们都认识他,他必须回答我的一些问题——他叫多米尼克,是个瘸腿的小矮子。"

卡梅拉哭了起来。她很容易哭出来,但是在这种情况下,她不得不强迫自己哭。

"那个王八蛋!"莫利纳里说,"要是我知道他在哪儿,我会杀了他。"

"我也会!"保罗·波尔卡里在厨房叫道。

"你可以出来吗?"副警长朝保罗喊话,"我想看到每一个人。"

"我在忙着做饭!"保罗尖叫,锅碗瓢盆哗啦啦响了起来。

牛仔叹了口气。他们都想起了厨师和凯奇姆是怎么描述卡尔的,

203

他们说这个条子始终面带笑容,但那是世界上最虚伪的笑容。"听着,"牛仔对他们说,"我不知道厨师对你们做了什么,可他得跟我解释一些事——"

"他甩了她!"莫利纳里说,指着卡梅拉。

"他偷了她的首饰!"传菜工叫道。

这孩子是个白痴!其他人暗忖。(也许就连这个警察也不会蠢到看不出卡梅拉不是那种拥有首饰的女人。)

"我不觉得大厨会偷首饰,"卡尔说,"你们跟我说的是实话吗?你们真不知道他在哪儿?"

"不知道!"一个年轻的女服务员叫道,仿佛被她的女同事给捅了一刀。

"那个王八蛋。"莫利纳里重复道。

"你呢?"牛仔冲着厨房喊道。保罗似乎变成了哑巴,当锅碗瓢盆声再次响起时,其他人都把这当成了远离警察的信号。凯奇姆告诉过他们,不能像一群鸡那样一哄而散,而是要跟牛仔保持必要的距离——方便拿枪的打死这个浑蛋。

"要是知道他在哪儿,我会煮了他!"保罗·波尔卡里大喊。他哆哆嗦嗦地用粘满面粉的双手举起伊萨卡,压低枪管,直到瞄准了牛仔的喉咙——卡尔的好几层下巴底下,肯定是喉咙的位置。

"你能出来一下,让我看到你吗?"警察呼唤保罗,斜眼打量着厨房里面。"嗯。"牛仔嘟囔道。就在这时,托尼·莫利纳里瞥见了那把柯尔特——卡尔已经把手伸进了夹克,莫利纳里看到一只大号枪套笨拙地别在副警长的腋下,这个胖子的手指头搭在那支长管手枪的握柄上,点四五柯尔特的握柄上镶嵌着东西,看起来像是骨头,也可能是鹿角。

看在上帝的份上,保罗!莫利纳里想,牛仔已经在看着你了——

开枪打他吧！卡梅拉吃惊地意识到，自己也在这样想——开枪打他！她竭力压抑着捂住耳朵的冲动。

保罗·波尔卡里不适合做这件事。这位比萨师傅是个可爱的绅士，他觉得自己喉咙里就像塞了一杯面粉，虽然想说"嘿，牛仔！"却发不出声音。牛仔不断地斜眼扫视厨房；保罗·波尔卡里知道，其实不用非得说点什么，只要扣动扳机，卡尔就什么也看不见了，但保罗下不了手——他就是做不到。

"好吧，该死！"副警长说。他侧身移动到餐厅门口。莫利纳里很担心，因为牛仔离开了保罗的视野，这时卡尔又把手伸进夹克，大家全都僵住了（他要拔出点四五柯尔特了！莫利纳里想）。然而牛仔从口袋里掏出来的是一张小卡片，他把卡片递给卡梅拉。"要是小瘸子给你打电话，你就打电话告诉我。"卡尔对她说，他依然面带笑容。

厨房里响起锅碗瓢盆掉在地上的声音，莫利纳里猜测，保罗·波尔卡里可能在厨房里昏过去了。

"应该是你在厨房里，托尼，"卡梅拉后来告诉莫利纳里，"但是我不能怪可怜的保罗。"

但是保罗·波尔卡里非常自责，整天把这件事挂在嘴上。托尼·莫利纳里几乎用了一个小时才擦干净伊萨卡上的面粉，好在牛仔不会回来了。也许厨房里的这把枪还是发挥了作用。至于凯奇姆让他们一口咬定的那个说法，卡尔肯定是相信了。

残忍的磨难结束后，卡梅拉哭个不停，他们都以为这是因为她刚才太紧张了，其实卡梅拉清楚，自己哭的原因是，她知道甘巴面临的磨难还没有结束。与她此前对凯奇姆所说的相反，假如厨房里的人是她，她会开枪的。一见到牛仔——看到他像凯奇姆描述的那样，用那种眼神盯着她——卡梅拉就确信，她会有胆量扣动扳机，然而她不会再有这样的机会，他们也不会再有这样的机会了。

卡梅拉·德尔波波洛真的会想念多米尼克，超过了她对渔夫的怀念。她也会想念二号。她知道，在宪章街的冷水公寓，男孩在他的卧室门上挖了个洞，发现了这个洞之后，也许她在洗澡时谨慎了一些，但卡梅拉还是愿意让小丹尼偷窥自己。渔夫死了，安杰鲁走了，已经太久没人看她了。当多米尼克和丹尼闯入她的生活，卡梅拉并不介意让十二岁的男孩看自己在厨房洗澡；她只是担心，这会在以后对丹尼造成影响。（她想到的影响并不是写作方面的。）

作家丹尼尔·巴恰加卢波最终选了一个笔名，对此有人惊讶，有人疑惑，有人失望，有人漠不关心，但卡梅拉·德尔波波洛无疑是所有人中最高兴的一个。因为丹尼·安吉尔的《库斯县的家庭生活》出版时，卡梅拉确信，二号一直都知道，自己是她儿子的替代品——正如"那不勒斯附近"的每个人（尤其是卡梅拉）都确信，任何人都无法替代她珍爱却已离去的安杰鲁。

III
一九八三年
佛蒙特州温德姆县

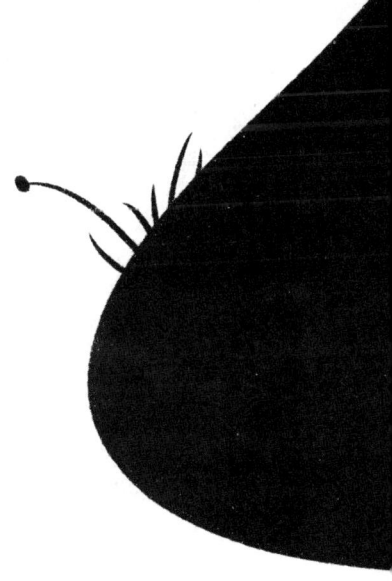

07 贝内文托和阿韦利诺

因为靠近康涅狄格河,这座老旧的建筑破烂不堪,有几套公寓破损得尤其严重,但这不能只怪那条河。早在六十年代,就有几个温德姆学院的孩子把其中的一套弄得乱七八糟。过去,这些房间租金低廉,现在贵了一点。经过清理,康涅狄格河变得干净多了,布拉托布罗的市容随之有所改观。厨师住的二楼公寓位于这座主街上的老楼背面,俯瞰河流。大多数早晨,多米尼克都会到楼下去,走进他那座空荡荡的餐厅和冷清的厨房,给自己煮点浓缩咖啡。厨房也在楼的背面,视野很好,可以看到河景。

在这座饱经风霜的公寓大楼靠近主街的那一面的底楼,总有一家营业中的店面或者餐馆,公寓楼对面是一家陆海军服装店和当地的电影院,电影院叫"拉齐斯"。

如果沿着小山来到主街,过了拉齐斯,就会来到运河街和集市,厨师通常在这里买东西。从那里往城外走,就会找到医院和一家购物中心——九十一号州际公路旁边,还有一堆加油站和常见的快餐店。

要是从主街往北走,登上小山,就会走到"藏书窖"——这是一家很不错的书店,现在已经成名的作家丹尼·安吉尔曾经在这里办过几场作品朗读会和签名售书会。厨师在"藏书窖"里认识了两位佛蒙特州的女性朋友,她们都知道多米尼克·德尔波波洛(也叫多米尼克·巴恰加卢波）是著名小说家安吉尔先生的父亲，还是附近最好的意大利餐厅的主厨兼老板。

丹尼尔选好笔名之后，多米尼克也得再改一次名。

"妈的，我觉得你们俩都应该姓安吉尔——也许这样更好办，"凯奇姆说，"老子姓什么，儿子也姓什么——人人都这样。"而且，凯奇姆坚持让厨师也抛弃多米尼克这个名字。

"你叫托尼怎么样？"丹尼向父亲建议。当时是一九六七年七月四日，凯奇姆的一场焰火表演险些烧光了帕特尼的那座农舍，最后一颗"樱桃炸弹"爆开时，小乔连续哭叫了五分钟。

丹尼认为，托尼这个名字听起来依然很有意大利味道，而且很普通。多米尼克也喜欢这个名字，这是因为他喜欢托尼·莫利纳里这个人；离开波士顿才没几天，厨师已经知道，自己会很想念莫利纳里。托尼·安吉尔——别名多米尼克·德尔波波洛，又名多米尼克·巴恰加卢波——也会想念保罗·波尔卡里，就算听说了这年夏天的八月发生的事，厨师也还是很想他。

牛仔安然无恙地走出"那不勒斯附近"，托尼·安吉尔会把这个不幸结果归咎于凯奇姆——而不是保罗·波尔卡里。可怜的保罗永远都不会扣下扳机。厨师认为这是凯奇姆的错，因为凯奇姆告诉他们，谁都可以拿着霰弹枪站在厨房里。得了吧！以凯奇姆对枪的了解，他应该知道，由谁瞄准和扣（或者不扣）扳机，都不是无关紧要的事！托尼·安吉尔永远都不会埋怨可爱又温柔的保罗。

"你什么事都怪凯奇姆，有点过分了。"丹尼不止一次这样告诉父亲，可厨师总是不听。

假如躲在厨房的是莫利纳里，多米尼克·德尔波波洛会把名字改回多米尼克·巴恰加卢波，而且还会回波士顿，回到卡梅拉身边，永远用不着变成托尼·安吉尔。作家丹尼·安吉尔的第四部小说是他的第一本畅销书——而现在是一九八三年,他的第五部小说已经被翻译成了三十多门外语——他多么想要满足自己多年来的愿望,把名字改回丹尼尔·巴恰加卢波啊。

"该死,凯奇姆!"厨师对他的老朋友说,"如果拿着你祝福过的伊萨卡躲进厨房的是卡梅拉,她会在卡尔眯着眼睛看她时,朝他连开两枪的。就算到厨房去的是那个白痴传菜工,我发誓,他也会扣扳机的!"

"对不起,大厨,他们是你的朋友——我和他们不熟。你应该提前告诉我,他们里面有个不肯开枪的人——一个该死的和平主义者!"

"别互相指责了。"丹尼反复告诉他们。

毕竟,事情已经过去了十六年,或者说,到这一年的八月,保罗·波尔卡里没能扣动凯奇姆那把单发二零口径霰弹枪的扳机这件事,已经整整过去了十六年。这么多年来,似乎并没有出现什么问题,不是吗?厨师边喝浓缩咖啡边想,眺望着从厨房窗外流过的康涅狄格河。

人们也曾在康涅狄格河上运输过原木。从餐厅的窗户望出去,可以看到主街和拉齐斯电影院的招牌,上面写着当天播放的电影。厨师在餐厅里挂了一大幅镶框黑白照片,拍摄的是发生在布拉托布罗市的原木阻塞河道的情景。照片当然是多年前拍的,佛蒙特和新罕布什尔州现在已经不用漂流的方式运送原木了。

缅因州的原木漂流持续得更久,因此,六七十年代,凯奇姆经常在缅因州干活。到了一九七六年,缅因州进行了最后一次原木漂流——从慕斯赫德湖沿肯纳贝克河顺流而下,凯奇姆自然参与其中。他从缅因州巴斯的一家酒吧给厨师打来对方付费电话,那里离肯纳贝克河的河口不远。

"有个造船厂的工人特别浑蛋,我得找件事转移注意力,要不然我会揍他一顿。"凯奇姆说。

"别忘了,你不是当地人,凯奇姆,当地的警察会偏向造船厂工人的。"厨师说。

"上帝,大厨——你知道原木漂流的成本有多少吗?我是说,从砍伐点运到工厂——差不多他妈的十五美分一考得!原木漂流的成本就这么低。"

厨师已经听过很多次这种说法了。我可以挂断电话,托尼·安吉尔想,但他还是听着——也许是出于对那个造船厂工人的同情。

"从陆路把一考得原木运到工厂,要花六七美元!"凯奇姆喊道,"新英格兰北部的路大多数破烂得没法开车!而且路上到处都是浑蛋卡车司机!你可能觉得,这本来就是个充满意外的世界,大厨,可是你想想,一辆超载的原木运输车如果翻了,把一车滑雪的人压成肉饼,那会是什么样!"

凯奇姆说得对。运输木料的卡车出过不少可怕的事故。在新英格兰北部,过去原则上是可以开着车到处跑的——但按照凯奇姆的说法,只需要一头驼鹿,或者一个喝醉酒的司机就能把你弄死,更何况现在大小道路上全都是浑蛋卡车司机。

"这个浑蛋国家!"凯奇姆在电话里吼道,"它总能找到办法,把便宜的变成贵的!把一大堆工作从正在干活的家伙手里抢走!"

他们的通话突然结束。在巴斯的那家酒吧里,逐渐响起模糊的争吵声,随后发生了激烈的混战,酒吧里无疑有人对凯奇姆诽谤国家提出了抗议——很可能就是那个浑蛋造船厂工人。(凯奇姆后来说那个家伙是"浑蛋爱国主义者"。)

早晨准备比萨面团时,厨师喜欢听广播。努齐曾经叮嘱他,一定要让比萨面团发酵两次,也许这只是个愚蠢的习惯,但他坚持了下来。保罗·波尔卡里这位出色的比萨师傅曾经告诉托尼·安吉尔,发酵两遍的效果确实更好,但不是绝对必要。在绞河镇的伙房干活时,厨师在比萨面团里少放了一种配料,现在他认为这种配料必不可少。

很久以前,他曾对那些锯木厂工人的妻子们——朵特和梅,还有那些差劲的胖婆娘——说,他认为可以把比萨皮做得更甜一些。朵特(骗厨师摸她的那个)说:"你疯了,大厨——你做的比萨皮已经是我吃过的最棒的了。"

"可能还得加点蜂蜜。"当时的多米尼克·巴恰加卢波告诉她,可伙房的蜂蜜用完了,于是他试着加了点枫糖浆代替。那是个坏主意——吃的时候能尝出枫糖味。后来他忘记了加蜂蜜这个主意,还是梅提醒了他,她故意用自己的大屁股撞了他一下,把蜂蜜罐子递给他。

厨师永远都不会原谅梅对印第安·简的嘲讽——她曾经说,她和朵特"印第安味儿不够足",不合他的意。

在"那不勒斯附近"的厨房里,保罗·波尔卡里第一次把自己做比萨面团的方子给托尼·安吉尔看。除了面粉、水和酵母,努齐总是往面团里加一点橄榄油——每个比萨不超过两汤匙。保罗给厨师演示了如何添加与橄榄油等量的蜂蜜,油使面团变得柔滑——烘烤的时候,即使硬皮不厚,也不会变得过于焦脆。至于蜂蜜——正如厨师本人在绞河镇差点发现的那样——会让硬皮变得有点甜,而且吃的人尝不出蜂蜜的味道。

托尼·安吉尔发酵比萨面团时,很少不会想起自己差一点儿就发明出了加蜂蜜的配方,但厨师已经有很多年不曾想起大块头的朵特和块头比朵特还大的梅了。这天早晨,他在布拉托布罗的厨房里想起了她们,他已经五十九岁了,那两个老娘儿们多大了?托尼·安吉尔想,她们至少也得六十多了。他记得,梅有一大串孙子孙女——其中一部分跟她与第二任丈夫生的孩子同龄。

　　这时候，广播打断了托尼的思绪。他怀念以前那个身为多米尼克的自己，广播让他想起了自己怀念的一切。在波士顿的时候，无论是"那不勒斯附近"里面播放的收音机节目，还是那时候的音乐，都比现在要好。五十年代的音乐真糟糕，厨师想，六七十年代的音乐变得很美妙，简直不可思议，现在又沦落到了可怕的边缘。他喜欢听乔治·斯特雷特的歌——《清晨的阿马里洛》和《恋爱的你真美》——可这天早晨，广播里接连放了两首迈克尔·杰克逊的歌（《比利·吉恩》和《走开》），托尼·安吉尔不喜欢迈克尔·杰克逊。厨师相信，保罗·麦卡特尼和杰克逊合作了那首《这姑娘是我的》，不啻于自我贬低。这天早些时候，电台也播放了这首歌，现在广播里放的是杜兰杜兰乐队的《饥饿如狼》。

　　六十年代，波士顿的音乐确实更好。就连老乔·波尔卡里都会跟着鲍勃·迪伦一起唱。保罗·波尔卡里会跟着《我不能一无所有》敲意面锅。当时除了滚石乐队和迪伦，还有西蒙和加芬克尔、披头士。托尼似乎仍然能听到卡梅拉是怎么唱《寂静之声》的，在"那不勒斯附近"的厨房里，他们跟着《一周八天》《车票》和《我们可以解决》一起跳舞。别忘了，那时候还有《便士巷》和《永远的草莓田》。披头士乐队改变了一切。

　　布拉托布罗市的厨房里，厨师关掉了收音机。他试着唱《你只需要爱》给自己听，代替听广播，可无论是从前的多米尼克·德尔波波洛（又名多米尼克·巴恰加卢波），还是现在的托尼·安吉尔，都不善于唱歌——披头士的这首歌很快就变得像是大门乐队的《点燃我的火》，它让厨师恼火地想起了前儿媳凯蒂。她是"大门""感恩而死""杰斐逊飞机"的忠实乐迷。厨师有点喜欢"大门"和"感恩而死"，但凯蒂那一身模仿格蕾丝·斯利克的打扮让托尼·安吉尔没法喜欢"杰斐逊飞机"——尤其没法接受《爱上某个人》和《白兔》。

他记得那段时间,丹尼尔把乔带到波士顿,跟厨师和卡梅拉团聚,可没过多久,丹尼尔夫妇就带着孩子回了艾奥瓦。当时丹尼尔和凯蒂要去纽约谢伊体育场听披头士的演唱会,凯蒂那些自以为高人一等的家人给她弄到了票,当时是八月,五万多人参加了那场演唱会。卡梅拉喜欢照顾小乔——跟他父亲一样,这个宝宝是三月出生的,所以那时只有五个月大——但凯蒂和丹尼尔回北区接孩子时,两个人都喝醉了。

他们肯定是离开纽约时就喝醉了,并且一路醉驾回到了波士顿。多米尼克不让他们带乔走。"你们醉成这样,别想带孩子开车回艾奥瓦。"厨师告诉儿子。

这时,凯蒂风骚地扭动起来,开始唱《爱上某个人》和《白兔》,边走边表演,看了凯蒂下流挑衅的表演,卡梅拉和厨师再也没法看格蕾丝·斯利克的演出了。

"得了吧,爸爸,"丹尼对父亲说,"我们开车没问题。让小乔跟我们走吧——我们不能都睡在这个公寓。"

"你们必须留下,丹尼尔,"父亲告诉他,"乔可以睡在我们的房间,跟我和卡梅拉一起睡,你和凯蒂在你房间挤那张单人床——你们俩都不是大块头。"厨师提醒这对年轻夫妇。

丹尼很生气,但他没有发脾气,无礼的是凯蒂。她走进卫生间,开着门小便,他们都能听见她的声音。丹尼尔看了父亲一眼,仿佛在说,你还想怎么样?卡梅拉走进自己房间,关上了门(小乔已经在里面睡着了)。凯蒂从卫生间出来时,什么都没穿。

凯蒂似乎当多米尼克不存在,直接对丹尼说:"来吧,要是我们只能在单人床上做,那就开始吧。"

当然,厨师知道儿子和凯蒂并没有真的在那里吵吵嚷嚷地做爱,但凯蒂想让丹尼的父亲和卡梅拉相信就是这样——她叫个不停,仿佛每分钟都高潮一次。丹尼和妻子醉得实在厉害,那天深夜,小乔做了噩梦,大哭起来,他俩都没有被小乔的哭声吵醒。

第二天丹尼尔和妻子一起离开时,厨师没和儿子说话,卡梅拉也没正眼看凯蒂。但未来的作家丹尼尔·巴恰加卢波带全家回艾奥瓦不久,厨师就给儿子打了电话。

"要是你继续这么喝下去,别想写出什么值得一读的东西。到了第二天,你会连前一天写了什么都记不住。"年轻作家的父亲告诉他,"我之所以戒酒,是因为应付不了这种情况,丹尼尔。好吧,这方面可能是遗传的——对于酒,你可能也应付不了。"

托尼·安吉尔不知道儿子在艾奥瓦遇上了什么事,但有件事让丹尼尔戒了酒。尽管如此,厨师也不想知道宝贝儿子究竟出了什么事,因为他确定那件事跟凯蒂有关系。

比萨面团和好了——搁在大碗里进行初次发酵,厨师把打湿的洗碗巾蒙在碗口——托尼·安吉尔一瘸一拐地来到街上,去了"藏书窖"。他喜欢那家书店的年轻女老板,她对他一直很友好,而且经常来他的餐厅吃饭。托尼偶尔会送她一瓶酒,每次去"藏书窖",他总会跟她开同一个玩笑。

"今天你有没有女人要介绍给我?"托尼总是问她,"年纪跟我差不多的——小一点儿也可以。"

厨师真的很喜欢布拉托布罗,在这边,他有了自己的餐厅。最初那几年,他讨厌佛蒙特,确切地说是讨厌帕特尼,那里的风格比较另类。("帕特尼是城镇里的异类。"厨师现在喜欢这样告诉别人。)

托尼想念北区——用凯奇姆的话说,就是"想得要吐"——帕特尼到处都是招摇过市的嬉皮士和一些辍学者。城外几英里的地方甚至还有个公社,名字里有"三叶草"这个词,其他的托尼不记得了。他觉得那是个只收女人的公社,所以厨师怀疑里面的人都是女同性恋。

帕特尼食品合作社里的那个肉贩总是切到自己,这种事竟然发生在肉贩身上,而且托尼觉得肉贩的性别"无法确定"。

"看在上帝的份上,爸爸,肉贩明显是个女的。"丹尼恼火地告诉父亲。

"你说她是女的,但你脱掉她的衣服看过吗?"他爸问他。

无论如何,托尼·安吉尔在帕特尼开了自己的比萨店,但他经常抱怨温德姆学院——他觉得那里不像是"真正的"大学(尽管他从来没上过大学),学院的所有学生都是"浑蛋"——比萨店的生意很好,主要是因为温德姆的学生是这里的常客。

"拉不出屎来的老天爷啊,千万别叫它'安吉尔比萨店'——反正不能让安吉尔的名字出现在里面。"凯奇姆告诉厨师,他后来越想越觉得丹尼和父亲选了"安吉尔"这个姓可谓昏招,万一卡尔记得安吉尔的死跟厨师父子离开绞河镇发生在同一时期怎么办?至于小乔的名字,丹尼已经选好了,尽管他本来很想给儿子取父亲的名字——小多米尼克(凯蒂不喜欢"多米尼克",也讨厌"小"),可他不希望用作家的笔名作为小乔的姓,因此乔还姓巴恰加卢波,不姓安吉尔。丹尼和厨师都记得,卡尔不会读"巴恰加卢波"这个词,他们告诉凯奇姆,牛仔肯定也不会拼这个词——就是杀了他也拼不出来,所以乔姓巴恰加卢波没什么大不了的,凯奇姆可以忍着。现在倒好,凯奇姆又抱怨起安吉尔这个姓来了!

厨师经常梦见杰纳罗·卡波迪卢波那个浑蛋——他跑路的父亲。托尼·安吉尔依然能听到母亲努齐在睡梦中反复念叨那不勒斯附近的那两个山城——也可能是两个省——的名字:贝内文托和阿韦利诺。托尼相信,他父亲真的回到了他的家乡那不勒斯附近,其实厨师并不在乎,为什么要在乎抛弃了你的人呢?

"你也不要自作聪明,叫那个比萨店'那不勒斯附近',"凯奇姆告诉厨师,"我知道牛仔不会说意大利语,但不管什么傻瓜,总有一天都会弄明白,那个意大利语店名的意思就是'那不勒斯附近'!"

于是厨师给他在帕特尼的比萨店取名"贝内文托",它是安努齐亚塔在睡梦中说出的那两个地名的第一个,除了托尼·安吉尔,没谁听他母亲说过这个词。那个该死的牛仔不可能把贝内文托跟任何事联系起来。

"狗屁,听起来还是意大利味儿的,大厨。"凯奇姆说。

帕特尼的贝内文托比萨店就在五号公路旁边——市中心的那个岔路口前面,五号公路从那里继续向北延伸,经过造纸厂和专门宰游客的"巴克斯维尔"旅馆。沿着五号公路再往北,才是温德姆学院。左边的岔道通往威斯敏斯特西,帕特尼最大的商店和帕特尼食品合作社就在这条路上。那个经常切到自己、性别"无法确定"的肉贩就在食品合作社干活,越过这条路,就是帕特尼中学,丹尼瞧不上这个预科学校,因为他觉得它达不到埃克塞特的水平——在山核桃岭路(作家丹尼·安吉尔依然住在这儿),有所名叫"文法学校"的私立小学,恰好符合丹尼的要求。

他把乔送到这所小学读书,男孩的成绩很不错,得以进入诺斯菲尔德黑门山学校(NMH)就读,丹尼对这所预科学校非常满意。诺斯菲尔德黑门山学校位于马萨诸塞州布拉托布罗以南半小时车程的地方——从丹尼在帕特尼的住处开车过去需要一个小时。一九八三年春天,已经读高三的乔经常回家看望父亲和祖父。

厨师在布拉托布罗的公寓里有个客房,总是收拾得很整齐,等待孙子回来。托尼拆掉了这套公寓的厨房墙壁,但没有改动管道。他建了个宽敞的浴室,俯瞰康涅狄格河,浴缸很大,很容易让厨师想起卡梅拉在宪章街冷水公寓厨房里的那个浴缸。托尼依然不确定,卡梅拉在那个浴缸洗澡时,丹尼尔是否偷窥过她,但他读过儿子写的所有五本小说。其中一本写了一个性感美貌、喜欢长时间泡澡的意大利女人,女人的继子到了开始自慰的年龄,就一边偷看继母洗澡,一边自慰。(这个聪明的孩子在浴室墙上凿了个洞,他的卧室就在隔壁,十分便于偷窥。)

尽管丹尼·安吉尔的书里存在这些易于识别的小细节,但厨师经常发现,有些事肯定是儿子捏造的。就算偷窥洗澡事件说的是卡梅拉,可小说中的继母这个人物的原型绝对不是卡梅拉;在丹尼尔的全部小说里,厨师找不到半点略微涉及他和凯奇姆的细节(有本小说里提到某个次要人物手腕骨折了,另一本小说中,有个人物喜欢说"拉不出屎来的老天爷啊")。凯奇姆和托尼·安吉尔都认为,在这些小说里面,没有任何人能让他们想起他们亲爱的丹尼尔。

"那孩子把自己藏在哪里?"凯奇姆问过厨师,因为就连丹尼·安吉尔的第四部(最有名的一本)小说《肯尼迪父亲》里,主人公——像丹尼一样,因为有了孩子得以延迟入伍,逃过了越战——也和凯奇姆与厨师了解并喜爱的那个丹尼尔本质上没有相似之处。

《肯尼迪父亲》里,有个人物是以凯蒂为原型的,丹尼·安吉尔叫她凯特琳——她是个小妖精,精力旺盛,出轨如同家常便饭,与她娇小的体格形成巨大反差,她从越战中拯救出来的肯尼迪父亲不计其数。凯特琳随心所欲地不停更换丈夫,厨师和凯奇姆都觉得,或许她也会如此随便地给别人口交——然而凯特琳不是凯蒂。

"凯特琳比她好多了。"托尼·安吉尔告诉老朋友。

"我也这么觉得!"凯奇姆赞同地说,"最后你甚至会喜欢上她!"

凯特琳的所有丈夫最后也都喜欢上了她,或者始终无法忘记她,也许这都是一回事。至于所有那些出生就被母亲抛弃的婴孩——好吧，我们永远不知道他们如何看待自己的母亲。在小说的结尾，尼克松总统终结了3-A类征兵条款，而战争还要再持续五年，凯特琳这个人物消失了。在《肯尼迪父亲》的最后一章，她彻底迷失了自我。她给所有的丈夫打电话，想和自己的孩子通话，孩子们却根本不记得她——这是读者最后一次得知凯特琳的情况，很容易唤起大家的同情。

凯奇姆和厨师非常清楚，凯蒂从来没给丹尼尔打过一次电话，也没要求跟乔通话。她好像根本不在乎他们，甚至没兴趣问一句他们过得怎么样，但凯奇姆总是说，丹尼如果出了名，也许会收到凯蒂的消息。

《肯尼迪父亲》出版后，丹尼出名了，凯蒂依然杳无音信，不过他收到了其他几位肯尼迪父亲的来信。关于这部小说的来信大多是善意的赞誉。丹尼相信，这些肯尼迪父亲心里都怀有某种愧疚，他们要么曾经觉得，自己的一生中，应该在某个时间去一次越南，要么（像丹尼那样）认为自己非去不可。现在，他们当然已经认识到，自己没去越南参加战争，实在是太幸运了。

小说因为看到了战争的另一面而受到赞扬——越战对美国带来了永久性的伤害和难以消弭的裂痕。小说中的那些年轻父亲也许（或者不）算得上是好父亲，而那些孩子——丹尼称他们为"离开越南的机票"——是否会受到伤害，还没到下定论的时候。大多数评论家认为，凯特琳是这部小说中最令人难忘的人物，也是故事里真正的英雄。为了保护这些年轻人，她牺牲了自己的人生，也让他们——很可能还有她自己的孩子们——始终无法忘记她，尽管她总是主动离开他们。

然而小说确实惹恼了凯奇姆和厨师。他们期待读到的是对凯蒂的恶毒攻击，可丹尼没有这么做，反而把自己可怕的前妻变成了他妈的英雄！

丹尼从某位肯尼迪父亲那里收到的一封信值得保留，后来他又把它拿给儿子看。这封信是在《肯尼迪父亲》初版问世几年后寄来的。当时是春天，乔在诺斯菲尔德黑门山学校读高一，只有一年驾龄，刚满十七岁。在小乔的建议下，丹尼还把信给父亲和凯奇姆看了。丹尼和乔讨论过这封信——它的意思和言外之意，凯奇姆和厨师给丹尼的回应却很谨慎，这两个上了年纪的人明白丹尼对凯蒂的看法跟他们有所不同。

信是一个名叫杰夫·里斯的男人写的，他自称是居住在俄勒冈州波特兰的"单身父亲"。信的开头说："像你一样，我是个肯尼迪父亲——凯蒂·卡拉汉挽救的傻小子中的一员。我也不确定有多少像我们这样的人，我至少还认识一个——我的意思是，除了你我之外——我也给他写了封信。很遗憾地通知你们，凯蒂没能拯救她自己，她只拯救了我们几个傻小子。我没法告诉你更多的情况，但我知道，她是因为吸毒过量去世的。"他没说凯蒂死于哪种毒品。也许杰夫·里斯以为丹尼知道凯蒂滥用的是什么毒品，但他们从来没一起吸过毒，只是偶尔抽点大麻。对他们来说，只是喝酒抽点大麻，已经足够了。（信中对《肯尼迪父亲》只字未提，可难免让人猜测，杰夫·里斯是断断续续地读这本书的，或是只读了足以让他意识到凯特琳并不是真正的凯蒂的章节，凯蒂是否读过《肯尼迪父亲》或丹尼·安吉尔的其他小说，杰夫·里斯没说，至少凯蒂肯定知道，丹尼·安吉尔就是丹尼尔·巴恰加卢波，否则杰夫怎么会把他们联系到一起呢？）

收到信后，丹尼随即开车来到儿子就读的学校诺斯菲尔德黑门山学校。老詹姆斯体育馆空无一人——现在还不是摔跤比赛的赛季——父子俩坐在倾斜的木质跑道上，反复阅读那封关于乔的母亲的来信。也许小乔曾经以为，总有一天他会收到母亲的消息，丹尼却从未有过这样的期待，但他身为作家的那一面曾经觉得，凯蒂或许会试着联系儿子。

十七岁的乔·巴恰加卢波经常看起来胡子拉碴,需要刮一刮,他的面部轮廓像二十出头的小伙子那样清晰分明,但乔那期待的表情让丹尼看到了他的孩子气,想起儿子小的时候。也许正因如此,丹尼对儿子说:"对不起,你没有母亲,我也没能为你找到适合扮演母亲这个角色的人。"

"可这不只是一个角色的问题,对吗?"乔问父亲,他依然拿着那封说他母亲因吸毒过量而去世的信。丹尼后来意识到,十七岁的儿子看着那封信的样子,就好像它是某种新奇的外国货币——充满异国情调,但不能马上派上用场。"我是说,我还有你——你一直在我身边,"乔接着说,"还有你爸——嗯,你知道,他就像是我的第二个爸爸,而且还有凯奇姆。"

"没错。"作家只能这么说。在和小乔谈话时,丹尼有时候不知道自己是在跟一个孩子还是一个大人交流。这是因为丹尼十二岁时也有过类似的焦虑,还是说凯奇姆和厨师有事瞒着丹尼,让他觉得乔也有什么秘密在瞒着自己呢?

"我只想确定你没事。"丹尼对乔说,但十七岁的孩子(或者大人,或者两个都是)肯定知道,父亲所谓的"没事"远不止如此,作家的意思是,乔不仅"没事",还能既开心又安全,仿佛只要父子俩经常这样聊一聊,乔的安全就能得到保障似的。不过,正如丹尼后来想到的那样,也许这正是身为作家才有的特殊负担——他把身为父亲感到的焦虑与对小说人物进行的分析混淆在了一起。

把那封提到凯蒂的信拿给乔看的那天,丹尼·安吉尔震惊地意识到,凯蒂的死有种隐秘而不真实的质感,陌生人的冷漠述说把凯蒂转变成了无关紧要的虚构人物。假如丹尼一直像她那样酗酒,也许会落得同样的下场——要么意外身亡,要么自杀,以令人失望的不体面结局收场。关于喝酒,他父亲说得没错,也许应付不了酒精这一点确实"来自遗传"。

"至少他还没写到罗茜。"凯奇姆在给老朋友的信中说。

老伐木工现在已经六十六岁了,托尼·安吉尔更喜欢他识字之前的回信。凯奇姆在图书馆认识的那位女士——他始终只叫她"老师"——完成了任务,教他学会了读写,然而凯奇姆的脾气却更加怪异暴躁。厨师深信,这位老朋友再也不愿专心听别人说话了。不识字的时候你只能听,也许伐木工以前听过的那些书是他理解得最透彻的东西,如今凯奇姆几乎读什么都会抱怨,当然,也有可能是托尼·安吉尔想念六罐装的笔迹了。(顺便说一句,凯奇姆也认为厨师的脾气变得更古怪了。)

毫无疑问,丹尼是怀念六罐装对凯奇姆的影响的。也许当年对帕姆的依赖使凯奇姆不至于像现在这样寂寞,丹尼早就接受了六罐装在凯奇姆和年轻作家及其父亲的往来书信中扮演的角色。

一九八三年,丹尼四十一岁。年过四十的男人多半不会觉得自己年轻,但十八岁的乔知道自己的父亲还算比较年轻,就连诺斯菲尔德黑门山学校的那些与乔同龄的女生都告诉他,他的名人父亲长得很帅,也许丹尼是挺帅的,但他不像乔那么好看。

小乔几乎比父亲和祖父高出了八英寸,虽然他母亲凯蒂身材娇小,但卡拉汉家族的男人都很高大——不胖但很高,厨师宣称,他们的身高跟他们的"贵族气息"相得益彰。

多米尼克和卡梅拉讨厌那场婚礼,他俩从头至尾都被冷落在一旁。婚礼在曼哈顿的一家昂贵的私人俱乐部举行,开销巨大——凯蒂当时已经怀孕好几个月了——食物却让人难以下咽。卡拉汉家族不讲究饮食,仅凭加了冰块的鸡尾酒和无数道饭前点心就能让他们满足，看起来就像因为太有钱所以不用吃饭似的——托尼·安吉尔这样告诉凯奇姆。当时凯奇姆还在缅因州运木头，他告诉丹尼自己太忙，不能参加婚礼，但真正的原因是厨师劝他别去。"我了解你，凯奇姆——你会带上勃朗宁刀和十二口径的枪，杀掉你能认出来的所有卡拉汉，包括凯蒂，然后再砍掉丹尼的几个手指头。"

"我知道你也想这么干，大厨。"

"没错，我也想。"厨师对他最好的朋友承认，"连卡梅拉都会支持我们的。但我们不能违背丹尼的意思，卡拉汉那个妓女不知道怀了谁的孩子，这个孩子能让我的孩子不用参加那场灾难性的战争。"

因此凯奇姆留在了缅因州。后来伐木工说，大厨去参加婚礼是件好事。因为乔长大后个子很高，厨师可能怀疑自己的宝贝儿子不是乔的父亲——毕竟凯蒂爱一个睡一个，很可能是被别人搞大了肚子之后才和丹尼尔结的婚，但这场婚礼提供了证据：卡拉汉家族的男人天生长得高，而乔长得又很像丹尼，不过他父亲的头顶才到他的胸口那么高。

乔生就了一副划桨手的身材，但他并非赛艇运动员，他基本上是在佛蒙特州长大的——这孩子是个经验丰富的高山滑雪运动员，他父亲对这项运动没什么兴趣，作为跑步爱好者，他更喜欢越野滑雪。丹尼还在坚持跑步，这有助于他的思考和想象。

乔是诺斯菲尔德黑门山学校的摔跤运动员，尽管他并不具备摔跤手的体格。厨师觉得，乔选择摔跤也许是受了凯奇姆的影响。（凯奇姆只是个喜欢在酒吧间闹事的家伙，但比起拳击，凯奇姆最喜欢的打架方式更接近于摔跤。他通常都是先把对手摔倒在地之后再揍他们。）

第一次参加乔在诺斯菲尔德黑门山学校的摔跤比赛时，凯奇姆这个酒吧斗殴老手并不了解这项运动。乔摔倒对手之后得分，对方摊手摊脚地侧躺在地，凯奇姆大喊："现在揍他！快揍他！"

"凯奇姆,"丹尼说,"不能打人——这是摔跤比赛。"

"上帝!这是打人的最佳时机,"凯奇姆说,"你都把他摔成那样了!"

在接下来的比赛中,乔把对手锁固在接近摔倒的位置,单臂扼住他的脖颈,让他的后背往下倒。

"乔不应该用胳膊搂他脖子的那一边,"凯奇姆对厨师抱怨道,"搂后脖颈是没法让一个人喘不动气的!必须勒住他的喉咙才行!"

"乔是要让那个家伙后背着地摔倒,凯奇姆——他没打算让人家喘不动气!"托尼·安吉尔告诉老朋友。

"勒得对手喘不动气是犯规的。"丹尼解释。

乔赢了那场比赛。所有比赛结束后,凯奇姆去跟男孩握手。这是他第一次踏上摔跤垫,伐木工感到脚下的软垫陷了下去,急忙退到体育馆的硬木地板上,就好像踩到了什么活的东西。"狗屎,这是第一个成问题的地方,"凯奇姆说,"这个垫子太软了——在这样的垫子上,是没法让对手受伤的。"

"凯奇姆,不能弄伤对手——只能把他锁住,或者摔倒他。"丹尼试着给他解释,可接下来他们发现,凯奇姆又打算教给乔怎么更好地从背后扭住对手。

"你把对手摔个嘴啃泥,然后把他的一条胳膊拉到背后,"凯奇姆热切地传授道,"再拿他的小臂当支点,另一条胳膊压在上面往左扳,直到右胳膊肘碰到左耳朵为止。相信我,他要是不想让自己的整个肩膀都脱臼的话,一定会翻身的!"

"不能把对手的胳膊扭到超过四十五度,"乔告诉老伐木工,"降伏和扭缠曾经是符合规则的,但现在已经不能让对手因为疼痛而屈服了——这就是降伏——也不能让对手喘不动气,现在这些做法都是犯规的。"

"拉不出屎来的老天爷啊——现在怎么都这样！"凯奇姆抱怨，"他们把以前的好事给禁止了——净剩下这些狗屁规矩了！"

不过，看完几场比赛之后，凯奇姆喜欢上了高中摔跤。"妈的，说实话，大厨，我刚开始看的时候，觉得这种打架方式太娘们儿了，可你要是看懂了，就能明白，如果比赛发生在没有裁判的停车场，赢的人会是谁。"

凯奇姆观看的比赛之多让乔感到惊讶，老伐木工开车穿越整个新英格兰，看完了乔所在的诺斯菲尔德黑门山学校队的所有比赛，这支高年级校队非常优秀。乔在诺斯菲尔德黑门山学校就读的四年里，凯奇姆看过的校队比赛绝对超过了男孩的父亲和祖父。

比赛在星期三和星期六举行。托尼·安吉尔在布拉托布罗的餐厅星期三不营业，这样他就能去看孙子参与的一部分摔跤比赛，但厨师星期六始终抽不出时间，而重要比赛似乎都是在周末举行的——比如赛季结束时的锦标赛。丹尼·安吉尔看过儿子的大多数比赛，不过作家经常出差，为书的出版做宣传。几乎每场必到的是凯奇姆，伐木工喜欢把这些比赛称为乔的"战斗"。

"你错过了一场精彩的战斗。"凯奇姆打电话给厨师或者丹尼，告诉他们小乔的摔跤比赛结果时，会这样说。

《肯尼迪父亲》成为畅销书后，丹尼才知道出版社里也有宣传部门。现在他的出版商正在宣传他的书，丹尼觉得自己有义务为了这本书出门活动一番。各种译本的出版时间并不一致，很少会与英文版同步，这意味着丹尼几乎每年都得去某个地方进行图书的宣传。

当父亲在摔跤赛季以外的时间出门时，乔常去布拉托布罗的祖父家过周末。有时候他在诺斯菲尔德黑门山学校的朋友会让各自的父母带他们去托尼·安吉尔的意大利餐厅吃饭。乔偶尔会去厨房帮忙，看到孙子在厨房干活或者收拾桌子，厨师会觉得像是回到了过去，但又不尽相同。托尼（又名多米尼克）想起丹尼尔读预科学校的那些年，自己能见到丹尼尔的次数不如现在能见到乔这么多，因此厨师与孙子的关系中有着苦乐参半的滋味；几乎称得上不可思议的是，托尼·安吉尔面对孙子经常心软，没法像以前评判（和批评）丹尼尔那样严格要求这孩子，他觉得自己当年的严厉似乎是一种不得不履行的义务。

乔的摔跤队里的其他人喜欢上了凯奇姆。"他是你大伯吗——那个有道伤疤的厉害家伙？"摔跤手们问乔。"不，凯奇姆是我们家的朋友——他是个河工。"乔告诉他们。

有一天，乔的摔跤教练问他："那个握手很有劲儿的大块头练过摔跤吗？他看样子像是练过的。"

"他没练过正规的。"乔回答。

"他那道疤是怎么回事？"教练问乔，"伤得挺狠，不像是用头撞人留下的。"

"不是用头撞人伤的——是被熊弄的。"乔告诉教练。

"熊！"

"绝对别问凯奇姆这件事，"乔说，"过程很可怕，凯奇姆只能杀了那头熊，虽然他并不愿意。他平时挺喜欢熊的。"

显然，乔·巴恰加卢波有几分与作家丹尼·安吉尔相似的地方——这是一种比外表相似更深刻的联系，不过丹尼担心儿子有些鲁莽——这并非巴恰加卢波式的在想象方面的大胆，也不是在摔跤方面。对于这项运动，丹尼可不想亲身参与，跛脚的厨师更是连想都不敢想。其实，只要乔掌握了某些诀窍，摔跤似乎可以变得很安全。年轻的乔身上存在另外一些要素，丹尼觉得那不是自己或者父亲遗传给他的。

如果说这孩子继承了凯蒂·卡拉汉的某些活跃基因，也许就是他乐于冒险的天性吧。他滑雪速度很快，开车也很快，跟女孩在一起就不只是"快"了，在他的作家父亲看来，乔太喜欢冒险了。

"也许这是凯蒂的遗传。"丹尼曾经对父亲说。

"也许吧。"厨师说。托尼·安吉尔不愿意想象那个可怕的女人对自己的孙子产生任何方面的影响。"还有，也许他受到了你母亲的遗传，丹尼尔。毕竟罗茜就是个爱冒险的人，你问问凯奇姆就知道了。"

丹尼在研究母亲的照片上花的时间足够让他写出一本小说，尽管在知道母亲、凯奇姆和父亲三个人之间的真实关系之后，他已经有段时间没看那些照片了。他曾经试图把照片交给父亲，但托尼·安吉尔不要。"不，它们是你的——我还能很清楚地看到她的样子，丹尼尔。"他父亲拍着脑袋说，"在这儿呢。"

"也许凯奇姆会喜欢这些照片。"丹尼说。

"凯奇姆已经有你母亲的照片了，丹尼尔。"厨师告诉他。

多年以来，凯奇姆把丹尼留在绞河镇的那些夹在书里面的照片陆续寄给了作家一部分，但并非全部。"拿着吧，我从她的一本书里找到了这张照片，"凯奇姆会在随照片而来的信中这样说，"我觉得你应该留着，丹尼。"

尽管不情愿，丹尼还是留下了照片。乔喜欢看。也许厨师说得对：乔爱冒险的鲁莽一面来自祖母，而不是凯蒂。丹尼看着母亲的照片时，看到的是一个眼睛很蓝的漂亮女人，但这个叛逆的女人曾经喝得大醉，和两个醉汉在绞河的薄冰上跳互绕步。在她儿子保存的照片里，娘家姓是卡罗杰洛的罗茜·巴恰加卢波的另外这一面表现得并不明显。

"他喝酒的时候注意点。"厨师告诉儿子——他说的是小乔喝酒的问题。（托尼·安吉尔就是这样了解十八岁的孙子是否还在喝酒的。)

"乔只是偶尔参加个派对,"丹尼对父亲说,"他从来没当着我的面喝酒。"

"无论如何,他在你面前是不会像我们担心的那样大喝特喝的。"厨师说。

是得好好注意乔是怎么喝酒的,作家丹尼·安吉尔想。至于儿子会遗传到什么样的基因,丹尼非常了解孩子的母亲凯蒂·卡拉汉。但他懒得回想,她不只是酗酒,在和丹尼结婚期间,也绝对不是"偶尔"抽点大麻而已。

可以说,在越战结束之前,温德姆学院就濒临倒闭,入学人数不断减少,无力偿还贷款等问题迫使这所学院在一九七八年正式关门,不过,丹尼·安吉尔在此之前就意识到温德汉姆的窘境。一九七二年,作家从这所学院辞职,同时接受了艾奥瓦作家班的教职。当时他还没写出《肯尼迪父亲》,依然需要靠教书谋生,在艾奥瓦作家班从事教授写作的职业可谓十分理想。(那里的学生认真对待写作,终日忙碌于写作,这意味着教师也有大量的写作时间。)

回到艾奥瓦之后,丹尼·安吉尔即将出版他的第二部小说,开始写第三本。那些年里,乔还不到十几岁,艾奥瓦城对于丹尼的儿子来说也是个相当理想的环境,那里的中学很棒,符合人们对大学城的期望,周边的社区也让他满意。当然,艾奥瓦城不是北区——尤其是在餐厅方面——但是丹尼喜欢回到那里。

作家给了他父亲一个选择:托尼·安吉尔可以来艾奥瓦城,也可以留在帕特尼。丹尼想保留佛蒙特州的农舍,在接受艾奥瓦的工作、从温德姆辞职之前,他买下了山核桃岭路的这座房子,因为他想让父亲可以继续留在温德姆县——假如厨师愿意的话。

在厨师看来，卡梅拉是个问题。托尼·安吉尔在帕特尼经营贝内文托比萨店期间，曾经多次前往波士顿采购。开车去那里单程就得花上两个多小时，就"采购"而言，未免有些远。丹尼的父亲宣称，他必须去北区的阿布鲁泽塞肉市买做比萨的香肠——还可以在熟悉的老街区买些奶酪、橄榄和橄榄油囤着。但丹尼知道，父亲其实"囤积"的是与卡梅拉见面的时间，他俩始终没能真正断干净。

厨师只在贝内文托投了很少一点钱，与他以前在库斯县和波士顿干的活相比，在一座穷人扎堆的大学城开个比萨店要容易一些。他从一个自称"广告牌画家"的老嬉皮士那儿买下这个店面，托尼·安吉尔觉得画家的生意非常惨淡，近乎倒闭，城里还有谣言说，布拉托布罗的拉齐斯电影院招牌上那个拼错了的"电影院"（把 Theater 拼成了 Theatre，多年来，拉齐斯一直试图筹款改正这个错误），就出自老嬉皮士之手。据说画家的妻子是个脾气古怪的陶艺家，不久前抛弃了他，这并非谣言，她只给可怜的画家留下了她的陶器窑炉，厨师觉得可以用它当砖砌的比萨炉。

丹尼邀请父亲去艾奥瓦城的时候，托尼恰好有点厌倦了经营自己的餐厅——无论如何，比萨店毕竟不是厨师想要拥有的那种餐厅——他与卡梅拉的关系也快要自然而然地走到尽头。她告诉厨师，只是偶尔见面，让她觉得自己在非法谈恋爱，"非法"这个词让托尼觉得这就像卡梅拉在圣伦纳德或者圣史蒂芬教堂告解时说的话。（对于认罪这种天主教徒的活动，厨师始终无法接受。）

为什么不去中西部看看呢？托尼·安吉尔想，如果把贝内文托卖掉，还能拿到一点钱——他要是留下，假如真像丹尼说的那样，温德姆学院倒闭了，到时候谁还愿意接手帕特尼的比萨店呢？

"你为什么不干脆让比萨炉里的火失去控制，然后领保险金呢？"凯奇姆问他的老朋友。

"绞河镇是不是你放火烧的？"厨师问凯奇姆。

"狗屎，它着火的时候，已经是个鬼城了——除了碍眼，没有别的作用，大厨！"

"那些房子，包括我的伙房，可不是'没有作用'，凯奇姆。"

"妈的，一点儿小火都把你吓成这样，看来你真该把比萨店卖了。"厨师的老朋友告诉他。

摧毁绞河镇的可不只是"一点小火"。凯奇姆制订了完美的纵火计划，选择在泥泞时节到来之前、三月的某个无风的夜晚下手。那时卡尔还没戒酒，凯奇姆因而得以逍遥法外——谁也找不到副警长，就算能找到，也叫不醒他。

如果那天有风，凯奇姆只需要点一把火就能把镇子和伙房都烧光，但在这个过程中，很可能引发森林火灾——即使当时还处于潮湿的三月，地上还有许多没有融化的积雪。凯奇姆不想冒险，而且他喜欢森林——他讨厌的是绞河镇和伙房。（罗茜死去的那天晚上，凯奇姆差点在伙房的后厨砍掉自己的左手，他听到大厨哭着睡了过去，简和厨师还有小丹尼待在楼上。）

绞河镇被焚毁的那天夜里，凯奇姆的卡车上绝对装了有四分之三考得的木柴，他把木柴分成两堆，点起两处篝火——分别在镇上的废弃锯木厂和原来的伙房后厨。他点燃两堆火只用了几分钟，然后看着它们烧到天亮。他用一种松木味道的高级灯油引火，因为不管煤油还是汽油都可能出现残留，而且必然在空气中留下气味，但灯油是纯松木味的，什么痕迹都留不下——更不用说他引燃两场火用的都是非常好烧的木柴了。

"昨天晚上绞河镇的那场火，你知道些什么，凯奇姆？"第二天，依然处于宿醉状态的卡尔副警长驱车察看过火灾现场后问他，"我觉得现场的轮胎印很像你的卡车留下的。"

"嗯，没错，我昨晚去看过，"凯奇姆告诉警察，"好大的一场火啊，牛仔——你真应该去看看！烧了一整夜！我喝了一两杯啤酒就去看了。"（又过了几年，凯奇姆会说，副警长竟然戒了酒，真是遗憾。）

因为卡尔已经知道是小巴恰加卢波用煎锅打死了印第安·简，其余的事他也知道，所以现在他们——牛仔和凯奇姆——的关系已经彻底破裂。副警长明白，简的死是个意外。根据凯奇姆的说法，也许简的死对于卡尔来说并不重要，尽管警察对于凯奇姆的隐瞒感到愤怒。牛仔真正在意的是，简在"属于"他的时候一直跟厨师私通，所以他才想杀了厨师。副警长已经向凯奇姆申明了这一点。

"我知道你不会告诉我大厨在哪里，凯奇姆，但你可以替我告诉那个小瘸子——我能找到他的，"牛仔说，"你要是知道好歹，那就小心点儿。"

"我一直很小心，卡尔。"凯奇姆告诉他。老伐木工只字未提自己养的狗，那是只"不错的畜生"。如果牛仔来找凯奇姆，老伐木工会让那条狗给他个惊喜。自然，全年都在安德罗斯科金河上游生活的人都知道，凯奇姆有只狗——卡尔也不例外，这畜生坐着凯奇姆的卡车到处去，凯奇姆隐瞒的是狗的凶狠程度。（当然，同一条"不错的畜生"不可能保护凯奇姆十六年，现在的看门狗肯定是第一条畜生的后代，凯奇姆养狗是为了代替六罐装帕姆。）

"我告诉过你们，"凯奇姆对丹尼和他的父亲说，"新罕布什尔州和佛蒙特州紧挨着——离得这么近，你们还能睡得着觉？我觉得你们俩都得去艾奥瓦州，这是个好主意。我相信小乔也会喜欢那边的。艾奥瓦，这又是个印第安名字，对吧？妈的，那些印第安人以前到处都是，对吧？瞧瞧这个国家对他们做了什么！这会让你怀疑，我们的国家到底安的什么心！越南可不是让咱们丢脸的第一件事，这个王八蛋国家到底想怎么样——也许那些埋在艾奥瓦和全国各地的印第安人会说,总有一天,咱们会遭报应的。"

厨师从"藏书窖"返回餐厅,他一瘸一拐地走在布拉托布罗的大街上,心想,该怎么形容凯奇姆的政治观呢?

不自由,毋宁死。

新罕布什尔州的汽车牌照上写着这句话,凯奇姆显然是个"不自由,毋宁死"的人,他一直相信这个国家会完蛋,可托尼·安吉尔想知道老朋友是否参加过哪怕一次投票选举。这个伐木工不相信任何政府,或者任何在政府任职的人。凯奇姆认为,遵守法律——说白了就是忍受规矩——的唯一理由是,浑蛋的数量比讲理的人多。(当然,法律不适用于凯奇姆,他过着没有规矩——除非是他自己立下的规矩——的生活。)

厨师停下脚步,欣赏着山下的那座餐厅——他自己的餐厅,这是他一直都想拥有的东西。

阿韦利诺
意大利家常菜

阿韦利诺是那不勒斯附近的另一个山城(也是一个省)的名字,它是努齐在睡梦中喃喃低语的第二个地名。招牌上主打的是"家常菜",而不是"高级美食",出于同样的原因,托尼·安吉尔以厨师而非主厨自居。托尼只想永远做个厨师,他相信自己还没有达到主厨的水平。这位曾用名多米尼克·巴恰加卢波——他是多么怀念从前的那个多米尼克啊!——的厨师,骨子里还是那个在工厂附属的城镇和伐木营干活儿的炊事员。

托尼·莫利纳里是主厨,厨师想——保罗·波尔卡里也是。托尼·安杰尔跟着两位主厨学了很多东西——比努齐教的多得多——但他也意识到,自己永远没法像莫利纳里或者保罗那么优秀。

"你对鱼没有感觉,甘巴。"莫利纳里曾经以最同情的语气告诉他。这是真的。在阿韦利诺,菜单上只有一道用鱼做的菜,有时候全天唯一的海鲜只存在于意面套餐里——如果厨师能买到鱿鱼的话。(他会把鱿鱼慢慢地炖上半天,加黑橄榄和松子制成的蒜香辣酱。)但在布拉托布罗,他一般只能买到冰冻的鱿鱼,这没关系,最可靠的鲜鱼是剑鱼。托尼·莫利纳里教他用柠檬、大蒜和橄榄油腌鱼,再放到烤箱里或者烤架上烤。厨师如果能弄到的话,还要加上新鲜的迷迭香,否则就用甘牛至。

他也不擅长做意大利甜点,保罗·波尔卡里和善地指出,多米尼克对甜点也没感觉。更确切地说是意式甜点,托尼·安吉尔想。他拿手的是工厂居住区和伐木营常见的派和水果馅儿饼。(在佛蒙特,用蓝莓和苹果做甜点准没错。)在阿韦利诺,厨师还会做水果奶酪,比起甜点,许多常客更喜欢这个。

对自己餐厅的欣赏让托尼·安吉尔一时间忘了分析凯奇姆的政治观,当他一瘸一拐地沿着山坡往下方的阿韦利诺走过去的时候,心思又回到了这个问题上。在别人所说的"先进事物"——比如引擎之类的机器——方面,凯奇姆有点像个勒德分子[1],他不仅怀念利用河道运输原木的方式,还宣称自己更喜欢电锯发明之前的伐木技术!(但凯奇姆过于迷恋枪支,厨师想——枪支属于这个老伐木工最不抵触的机械。)

---

1 强烈反对机械化或自动化的人。

凯奇姆既不是自由主义也不是保守主义,对他最好的形容莫过于"自由意志主义者"——这个伐木工放荡不羁,托尼·安吉尔想,(伐木工年轻时)还是个风流的享乐主义者。为什么厨师每次想起凯奇姆,都会联想到他不检点的那一面?(当然,从前那个多米尼克·巴恰加卢波知道这是为什么,只不过一想到凯奇姆的这些事,他总会闷闷不乐。)

祖孙三人都从艾奥瓦返回佛蒙特时,凯奇姆火冒三丈,但作家班慷慨地让丹尼在那里尽可能多教了一段时间书。起初他们签的合同只有两年,丹尼申请再教一年,他们同意了,可一九七五年夏天,乔已经十岁了,一家人回到了温德姆县。丹尼很喜欢他在帕特尼的旧农舍,他父亲在那里无事可做。越战已经结束,温德姆学院的垂死挣扎更加明显。托尼·安吉尔一直不喜欢帕特尼。

尽管丹尼的第二和第三本小说都没给他赚到钱,但厨师在艾奥瓦攒了不少钱,足以让他买下布拉托布罗主街的那个临街店面,还有楼上的公寓。同一年,阿韦利诺开张了——丹尼此时在马萨诸塞州南哈德利的霍利奥克山学院上班,这是作家能找到的离家最近的大学教职,但这所著名也有些保守的女子学院距离帕特尼有一个多小时(接近两个小时)的车程,冬天下雪时,这段路显得尤其漫长。但住在帕特尼对丹尼来说很重要,主要因为他对文法学校的评价很高,而且它离家很近,走着就能去,乔在这里读完了八年级,然后去诺斯菲尔德黑门山学校读书了。

厨师跛着脚往自己的餐厅走,突然摇了摇头,因为他想到丹尼尔真的喜欢住在乡下。托尼·安吉尔就相反——北区把他塑造成了一个城里人,或者说,他至少需要住在社区里。丹尼尔则不然,他往返于女子学院和家之间,一下子就是三年,然后《肯尼迪父亲》一九七八年出版,这本书的成功让他不用继续教书了。

作家当然得到了很多钱，厨师担心——现在依然担心——这会对小乔产生什么影响。丹尼尔已经足够成熟（他三十六岁了），作品畅销、名利双收不会对他造成什么影响，但乔只有十三岁，这孩子早晨睁开眼，发现父亲一夜间成了名人。这种事会不会给任何处于那个年龄段的孩子带来不好的影响？负面影响还有可能来自丹尼尔成名前后交往的那些女人。

与托尼和乔搬到艾奥瓦城之前，作家一直跟自己在温德姆学院教过的一个学生同居，这个女孩有个男孩名字——"我叫弗兰基，名字里有个y。"她喜欢噘着嘴说——她没跟着丹尼一家搬过去。

当时厨师想，感谢上帝。弗兰基看起来是个凶悍野蛮的小东西，一头真正的野兽。

"我开始和她睡觉时，她已经不是我的学生了。"丹尼跟父亲争辩道。可弗兰基就在一两年前还是跟他学写作的学生，她是温德姆学院那一大批似乎永远都不肯离开帕特尼的学生之一，有的已经毕业，有的辍了学，但依然在附近闲荡，不愿离开。

有一天，这个姑娘顺路过来拜访以前的老师，就这么留了下来。

"弗兰基整天都干什么？"他父亲问丹尼。

"她正在努力成为一名作家。"丹尼说。弗兰基喜欢闲逛，而且对乔很友善——他喜欢她。

弗兰基打扫房间，也做饭——如果那也能叫做饭的话，厨师想。这个野姑娘多数时候都赤着脚——甚至冬天在那个漏风的旧农舍里也这样，丹尼尔只用几个烧木柴的炉子给整座房子加热。（托尼·安吉尔注意到，帕特尼的人都喜欢用烧木柴的炉子，这个小镇连取暖的方式都如此怪异！厨师实在讨厌这里。）

弗兰基是个脏兮兮的金发女郎，头发细长柔软，姿态悠闲。她穿着滑稽的老式长裙，厨师记得努齐穿过这种衣服，但弗兰基从来不戴胸罩，厨师还发现她不刮腋毛。弗兰基跟丹尼尔和乔住一起时，顶多二十二三岁，他们一起去艾奥瓦时，丹尼尔刚满三十岁。

在艾奥瓦城，作家生活中出现了更多年轻女性，其中有个作家班的学生。他现在没有固定的女朋友——自从出了名之后，丹尼·安吉尔就没交过长期的女朋友。乔这时已经是青少年了，他见过父亲跟许多年轻女人在一起。（厨师记得还有三四个年纪明显挺大的女人，其中的两位是丹尼尔的外国版权代理。）

帕特尼的房子现在已经扩展成了一个大院子。作家把旧农舍改建为客房，给自己和乔另外盖了一座新房子，还有一座单独的房子，丹尼在那里写作，他叫它"写作窝棚"。那也能叫窝棚！托尼·安吉尔想——那座房子虽然不大，但里面有个只有马桶和水槽的厕所，还有一部电话、一台电视和一个小冰箱。

丹尼可能喜欢住在乡下，但他并不完全与世隔绝——所以建了客房。在作家生涯中，他必须认识一些城里人，他们会来拜访他——其中偶尔也有女人。托尼·安吉尔想知道，乔会不会因为耳闻目睹名人父亲和异性之间随随便便的关系，小小年纪就成了预科学校的花花公子？他为孙子操的心甚至超过了孩子的爸爸。没错，必须得好好注意这个十八岁孩子的饮酒问题，厨师知道。乔有着那种喜欢参加派对的男孩的调皮和无忧无虑。

因为越战，许多州的饮酒年龄底线降低到了十八岁，政府的逻辑是，他们既然都开始把这个年纪的孩子派出去送死了，允许他们喝点酒又有什么大不了的？战争结束后，饮酒的年龄限制又回到了二十一岁，直到一九八四年才会再次更改——但托尼也知道，很多像乔这么大的孩子都有假身份证，厨师在阿韦利诺经常看到这种假证，他知道孙子也有一个。

乔和女孩们的相处方式不能只用"快"来形容，这是托尼·安吉尔真正担心的地方。跟姑娘的关系发展得太快，就像喝酒一样，必然惹麻烦。曾用名多米尼克·德尔波波洛，又名巴恰加卢波的厨师深知这一点，他自己就遇到过这样的麻烦，丹尼尔也是。

尽管卡梅拉尽了最大的努力，托尼还是亲自撞见她侄女乔西和丹尼尔在一起。厨师确信，他儿子还睡了迪玛蒂亚家的好几个姑娘，甚至还有塞埃塔和卡罗杰洛家的一两个女孩！而小乔至少偷看和偷听到了父亲的好几次风流事，比丹尼尔当年和表姐妹们做的傻事猥琐多了。厨师知道，乔在菲尔德黑门山学校时，曾经在女生宿舍待过好几晚。（这孩子没被学校抓到开除，简直是个奇迹。现在他正读高三下学期，也许很快就会享受到这种待遇了。）有些事也许乔的父亲不知道，但他祖父知道。

在绞河镇度过惊慌失措的最后一夜时，厨师曾经祷告过——那是他迄今为止第一次，也是唯一的一次祷告：上帝，求你给我时间——很久以前，托尼·安吉尔望着坐在"酋长"豪华旅行车那雨水横流的挡风玻璃后面的十二岁儿子的小脸，这样祈求道。（丹尼尔在副驾驶座等父亲，仿佛永远相信厨师会把印第安·简的尸体留在卡尔家，安全地回来找他。）

厨师和凯奇姆谈论过很多次丹尼·安吉尔的小说——不只是书的内容，还有作家看似刻意略过不提的事情——他们总会发现，书里写的都是丹尼害怕发生的事情。也许书里的内容都是想象出来的，托尼想，他掀起盖在比萨面团上的湿毛巾看了看，面团还没发好，还不到揉面的时候。丹尼·安吉尔的小说在很大程度上与作家担心发生的事情有很大关系，故事经常沉迷于对噩梦的描述，或者围绕着做父母的最恐惧的事情来写：失去自己的孩子。丹尼·安吉尔的小说里，总会出现对孩子有威胁的人或事物。年轻人之所以有危险，部分原因是他们还年轻！

托尼·安吉尔已经不怎么读书了——尽管他（在儿子和凯奇姆的推荐下）从"藏书窖"买了许多小说。他读了很多本书的第一章，然后就不动了。凯奇姆和罗茜的关系让厨师再也没法读书。他唯一读完的只有儿子的全部小说，一个字都没落下。托尼不像凯奇姆，老伐木工什么都读。（也听别人读。）

厨师知道儿子最担心什么——丹尼尔害怕有什么事发生在自己爱的人身上，这个问题是他的心结，作家那可怖的想象力来自童年的恐惧。丹尼·安吉尔似乎总会不由自主地设想，任何情况下都有可能发生最糟糕的事情。从某种意义上来说，身为作家——也就是说，在他的想象之中——厨师的儿子（在他四十一岁时）依然是个孩子。

在他心爱的阿韦利诺餐厅安静的厨房里，厨师祈求上帝让自己多活一段时间，至少让他帮助孙子平安度过青春期。也许男孩们要到快三十岁才能脱离险境，托尼想，毕竟丹尼尔二十二岁时还找了凯蒂这样的女人做老婆。（这是纯粹的冒险）万一乔要到三十岁以后才会平安无事，又该怎么办？要是这孩子真遇到什么事，厨师祈求上帝让自己活下去，好照顾丹尼尔，他知道儿子那时会很需要他的帮助。

托尼·安吉尔看着静默无声的收音机，为了帮助自己驱除这些病态的想法，他差点把它打开。他想了想，决定不开收音机，而是给凯奇姆写封信，但最后他两件事都没做，只是不断地祈祷，不知道这些祷告的话是怎么冒出来的，他希望自己能停下来。

厨房里的菜谱旁边摆着各种版本的丹尼·安吉尔的小说，厨师按照出版时间给它们排了顺序。丹尼知道，父亲对这些小说就像对待菜谱一样，次序绝对不能颠倒。但望着名人儿子写的书，厨师的心情并没有平静下来。

厨师知道，继《库斯县的家庭生活》之后，丹尼尔又出版了《米奇》,可那是一九七二年还是一九七三年来着?第一部小说是献给利里先生的,但就题材而言,第二部更适合献给他。或多或少地出于之前的承诺,丹尼把这本书题献给了父亲。"献给我的父亲多米尼克·巴恰加卢波。"题词写道,这让读者有点迷惑,因为作者叫丹尼·安吉尔,而多米尼克已经改名,成了托尼或者安吉尔先生。

"这样别人不就知道你用的是笔名了?"凯奇姆抱怨道,但事实证明这样更好。当丹尼因为第四本小说而成名时,他用笔名写作这件事已经不是什么秘密,文学界几乎人人都知道,丹尼·安吉尔是个笔名,但很少有人记得他的真名,或是根本不在乎。(利里先生曾经建议丹尼取个比巴恰加卢波更好记的名字,他说得没错,还有多少人——即使在文学界——知道约翰·勒卡雷的真名是什么吗?)

毫无疑问,丹尼又跟凯奇姆掰扯了一番,他说他怀疑副警长在文学界的活跃程度,就连伐木工也知道,牛仔不是爱读书的人。另外,《米奇》最初出版时,读者非常少,第四本小说火起来之后,读者们才开始读丹尼过去的作品,这时《米奇》才会人人都读。

《米奇》中的第二主角是米开朗琪罗中学的英语老师,他是个精神压抑的爱尔兰人,小说围绕主要人物与他曾经的英语老师在"老霍华德"脱衣舞剧场的邂逅展开故事。厨师认为,整本书都跟这件事有着密切的关联——昔日的学生(与老师相遇时他已经是埃克塞特的高中生,跟一帮埃克塞特的朋友在一起)和那位显然以利里先生为原型的人物有着共同的耻辱和尴尬。也许在"老霍华德"的这一幕真的发生过——小说家的父亲相信,事情就是这样的。

丹尼全家搬回佛蒙特州不久,第三部小说在一九七五年问世。厨师怀疑,他们家可能是唯一的误以为"表亲"之间可能会"产生性冲动甚至发生关系"的家族。丹尼的第三本小说就叫《表亲》。(这里所谓的表亲就是指见面可以亲热地互相亲吻的远房亲戚,并非丹尼的父亲一直误以为的那种意思。)

丹尼的第三本书并没有题献给塞埃塔和卡罗杰洛家的表姊妹，这让厨师松了一口气，因为那两家的男性可能不会喜欢这样的献词。故事涉及一个男孩在波士顿北区经历的性觉醒，他在一家餐厅兼职做传菜工，在那里当女招待的表姐引诱了他。厨师明白，小说里这位表姐的原型显然是埃琳娜·卡罗杰洛那个荡妇——更确切地说，这个人物的外貌与埃琳娜本人完全吻合。但厨师和卡梅拉都确定，丹尼尔的初次性经历对象是卡梅拉的侄女乔西·迪玛蒂亚。

厨师清楚，这本小说也可能只是纯粹的幻想，或是一厢情愿的虚构，但有些细节让作家的父亲感到十分困扰——例如，男孩要去寄宿学校的时候，表姐跟他分手了，这位女招待告诉他，一直以来，她想上的都是男孩的父亲，而不是他。(小说很少提到这位父亲，只是含糊地指出，他是儿子做传菜工的那家餐厅的"新厨师"。)惨遭拒绝的男孩怀着对父亲的恨意去了学校，因为他觉得这位表姐最终会勾引他的父亲。

这当然不是真的——实在太过分了！托尼·安吉尔想，他从书里找出火车开出北站的那一段：男孩看着火车车窗外站台上的父亲，突然不忍心继续看他，把注意力转向继母。"我知道下次见到她时，她可能又会胖上好几磅。"丹尼·安吉尔写道。

"你怎么能那样写卡梅拉呢？"第一次读到这个伤人的句子时，厨师对作家吼道。

"那不是卡梅拉，爸爸。"丹尼尔说。(好吧——也许《表亲》里的继母并非卡梅拉，但丹尼·安吉尔把这本书献给了她。)

"我猜，给作家当亲属挺倒霉的，"凯奇姆告诉厨师，"我是说，要是丹尼写了我们，或者我们熟悉的某个人，我们会生气；但他要是不写我们，或者不把他真正的样子写出来，我们也会生气，更别说他还把那个该死的前妻写成了好人!"

真的是这样,厨师想。不知怎么,丹尼尔的小说那种像是自传又并非自传的性质让他深受触动。(当然,丹尼不同意。他上学的时候就开始试着写小说,只把作品给利里先生看过——那些故事不过是回忆与幻想的混乱组合,两者都经过了夸张,几乎像已故的迈克尔·利里一样,丹尼本人也觉得它们"令人困惑"——年轻的小说家自此再也没写过任何具有自传性质的东西,至少他本人是这么觉得的。)

厨师在《表亲》里找不到他想找的那个段落,于是把儿子的第三本书放回书架,目光迅速掠过第四本——凯奇姆叫它"名声制造机"。托尼·安吉尔甚至连看一眼《肯尼迪父亲》这本书都不愿意,因为它没有如实地描写凯蒂,尽管它不但让儿子声名鹊起,还成了国际畅销书,是丹尼尔的第一部被拍成电影的作品。

几乎每个人都说那部电影挺不错,可电影远不如小说成功。丹尼不喜欢电影,但他表示自己也不讨厌它,他只是想跟电影的制作过程撇清关系。他说自己永远都不想写剧本,也不会出售其他小说的电影改编权——除非有人写好了还算像样的剧本,丹尼看过剧本之后,才会同意出售。

作家曾向他的父亲解释说,这不是电影行业的常规做法。一般来说,小说的电影改编权早在编剧介入之前就售出了,所以他要求先看写好的剧本,然后再考虑是否出售电影改编权。丹尼·安吉尔确信,这样一来就几乎可以确保没人把他的小说拍成电影,只要他还活着,就不会有。

"我猜,丹尼还是讨厌《肯尼迪父亲》那部电影。"凯奇姆对厨师说。

不过,小乔在身边的时候,伐木工和作者的父亲谈起《肯尼迪父亲》时都相当小心。丹尼把这本小说献给了儿子,凯奇姆和厨师觉得满意的一点是,这书幸好不是献给凯蒂的。自然,丹尼注意到,这两位老朋友并不是他这本著名作品的书迷。

丹尼尔的一位出版商告诉厨师——她是那些跟作家睡过的外国老女人之一——按照自然规律,无论丹尼·安吉尔在《肯尼迪父亲》之后写出什么样的作品,都会得到这样的批评:没能达到那本具有突破性意义的畅销书(第四本小说)的水平。即便如此,丹尼还是忍不住写了第五本小说,它内容晦涩,还有令人不安的性爱内容,而且不止一位评论家指出,作家太喜欢用分号了,甚至把分号放进了书名里!

丹尼尔给这本书取了个很蠢的名字——《老处女;又名没结婚的姨妈》。"拉不出屎来的老天爷啊!"凯奇姆对畅销书作者叫道,"你就不能只给它起一个名字吗?"

接受采访时,丹尼总是说,从书名可以看出,这本书类似于十九世纪的那种老派小说。"胡说八道,"厨师对儿子说,"这个书名让人觉得你始终拿不定主意。"

"不管你叫它什么,这玩意儿看起来就像是有人在逗号上面拍扁了一只苍蝇,"凯奇姆对丹尼发表了自己对分号的见解,"我写的唯一一点东西就是给你和你爸的信,虽然我写了不少信,但我觉得就算把它们用过的蠢玩意儿全都加起来,也不如你在这本小说里任何一页上用得多。"

"它叫分号,凯奇姆。"作家说。

"我不管它叫什么,丹尼,"老伐木工说,"我就想告诉你,你他妈的用得太多了!"

但是,当然,真正让凯奇姆和厨师生气的,是丹尼·安吉尔第五部小说那该死的献词——"纪念凯蒂"。

对此,托尼·安吉尔只能跟凯奇姆说:"卡拉汉那个妓女让我儿子心碎,还抛弃了我的孙子。"(凯奇姆知道,假如这时向老朋友指出,凯蒂帮他儿子躲过了战争,还生下了他的孙子,恐怕不是什么好时机。)

更不用说《老处女;又名没结婚的姨妈》这本书的内容了,厨师怀疑地审视着厨房书架上的这本小说,心想。它讲述了另一个发生在北区的故事,但这一次,即将成年的男孩接受的性启蒙来自他的一个姨妈——而不是表姐,这位没结婚的姨妈——老处女像极了罗茜的妹妹——不幸的菲洛梅娜·卡罗杰洛!

这肯定是无中生有!厨师一厢情愿地想。可丹尼尔是否希望有过这种事?或是这件事曾经或者差一点儿就发生过?(如同丹尼·安吉尔的所有小说那样。)这本书里绘声绘色的细节非常令人信服,对男孩那位身材娇小的姨妈的性描写——她真是个可怜又自怨自艾的女人!——让厨师感到苦恼,但他还是一字不落地读完了。

评论家们还指出,"这位或许被高估了的作家"在"重复自己"。一九八一年第五本小说出版时,丹尼尔已经三十九岁了,所有的评论家都惹恼了他,但他没表现出来。《表亲》里的那位表姐告诉男孩,她一直想跟他父亲睡觉,在这本关于那位神经质的姨妈的小说里,每次跟男孩睡觉时,她都会告诉他,她幻想的是自己和他父亲上床!(这是一种怎样的自我折磨?第一次读《老处女;又名没结婚的姨妈》时,厨师纳闷地想。)

也许这件事真的发生过,依然怀念着从前那个多米尼克的厨师想。他一直以为罗茜的妹妹菲洛梅娜已经彻底疯了。每次看到她,他都会觉得她就像是戴着一副怪诞面具的罗茜——"冒牌的罗茜",他曾经这样跟凯奇姆描述过。可丹尼尔似乎极度迷恋菲洛梅娜,总是忍不住盯着她看,对她也不像对姨妈那么尊敬。轻浮的、仍旧可怜又未婚的(厨师猜测)菲洛梅娜会不会真的接受甚至鼓励了痴迷的年轻外甥对她的爱?

"你为什么不问问丹尼,那个疯子姨妈是不是破了他的处?"凯奇姆问厨师。这是库斯县的糙话,厨师厌恶这样的庸俗表达。(如果他在波士顿时多留意周围人的谈话,可能会发现,"破处"也是北区的糙话。)

《老处女;又名没结婚的姨妈》中,有个部分是托尼·安吉尔和凯奇姆都喜欢的:结尾的那场婚礼。长大后的男孩跟他大学时代的女朋友结婚了——新娘性格冷漠,比《肯尼迪父亲》中的凯特琳更接近真实的凯蒂。而且丹尼还把那些喜欢咂冰块的卡拉汉家的男人描写得活灵活现——丹尼相信,就是这些吹毛求疵的共和党贵族迫使逆反的凯蒂走上无法无天的无政府主义之路。这个含着金汤匙出生的孩子把自己重塑成激进分子,但凯蒂并非真正意义上的革命派,她唯一的革命行动,无非是一场小小的性革命而已。

丹尼·安吉尔还写了一本书,它不在阿韦利诺的厨房书架上,那是他的第六本小说,尚未出版,但厨师几乎已经读完了。托尼·安吉尔的卧室里有份校样,凯奇姆也有一份。两人都对这本书有着矛盾的看法,不急于把它读完。

《班戈尔以东》的故事背景设定在二十世纪六十年代缅因州的一家孤儿院,那时堕胎仍然是违法的,丹尼·安吉尔以前小说里的那个该死的男孩又出现了——他来自波士顿,最后去了寄宿学校——他搞大了北区两个表姐的肚子,一次是他在埃克塞特上学时(那时他还没学会开车),第二次是他上大学之后。自然,他读的是新罕布什尔大学。

缅因州的那家孤儿院里有个做堕胎手术的老助产士,她是个很有同情心的女人,厨师觉得她就像是可爱、温柔的保罗·波尔卡里(凯奇姆非要叫他"该死的和平主义者")和印第安·简不可思议的合体。

　　第一个表姐去缅因州生下了孩子，把孩子留在了那里，生下孩子却无法抚养的事实让她深受打击，所以她告诉另外那位怀孕的表姐，不要像她这么做。第二个表姐也去了缅因州——她去的是同一家孤儿院，不过是去堕胎的。问题是老助产士快要死了，可能没法给她做手术，如果由实习的年轻助产士来做，这位表姐会很受罪，年轻助产士没什么堕胎手术的经验。

　　凯奇姆和厨师都希望故事往好的方向发展，第二个怀孕的表姐不要遭遇厄运，但出于对丹尼·安吉尔的小说的了解，两位老读者都感到担心——而且还有一些事也让他们烦恼。

　　一年多以前，乔在诺斯菲尔德黑门山学校搞大了一个女孩的肚子。因为父亲是著名作家——丹尼·安吉尔很容易被人认出来——再加上乔已经知道父亲在小说里写过这种事，所以他没向父亲求助。那些反对堕胎的人把能做堕胎手术的大多数诊所和医生的办公室给围了起来，乔不想让父亲带着他和那个不幸的女孩到抗击者聚集的地方去，万一那些所谓的"生命权捍卫者"认出自己的名人父亲，那该怎么办？

　　"聪明小子。"丹尼的儿子给凯奇姆写信，凯奇姆对乔说。小乔也不想让祖父知道这件事，但凯奇姆坚持让厨师和他们一起去处理。

　　他们开车前往佛蒙特州的一家堕胎诊所，凯奇姆和厨师坐在厨师汽车的前排，乔和那个伤心又惊恐的女孩坐在后排。这一幕极为尴尬，因为这对年轻人不再是情侣，女孩发现自己怀孕时，他们已经分手快一个月了，但两人都知道，乔就是孩子的父亲。（在厨师和凯奇姆看来）他们作了正确的决定，但对他们来说，这是个艰难的抉择。

　　凯奇姆试图安慰他们，然而——凯奇姆就是凯奇姆——直来直去的他不小心说漏了嘴。"有一件事很值得庆幸，"他告诉后排座的那两个悲惨的年轻人,"当年你爸爸和他认识的一个姑娘也遇到了同样的问题,乔,当时堕胎是犯法的——还不一定安全。"

老伐木工忘了厨师在车里吗?

"所以你带丹尼和迪玛蒂亚家的那个姑娘去了缅因州!"托尼·安吉尔叫道,"我一直觉得就是这么回事!你说你想带他们去看看肯纳贝克河——还说那是'最后一条运输原木的河道'什么的,反正就是这一类的瞎话。但迪玛蒂亚家的那个孩子太傻了——她告诉卡梅拉,你开车把她和丹尼送到了班戈尔东边的什么地方,我知道,班戈尔可不在肯纳贝克河边上!"

去堕胎诊所的路上,凯奇姆和厨师吵个不停。诊所那里有一大群抗议者,乔是对的,他幸好没把名人父亲和抗议者搅和到一起。回去的路上——乔的前女友和乔要在布拉托布罗跟男孩的祖父一起过周末——乔在后座上搂着她,姑娘抽抽噎噎地哭个不停。她还不到十六岁,最多十七岁。"你会没事的。"凯奇姆和厨师希望如此。

现在,这两位长辈都在读到《班戈尔以东》最后一章时停下没读,这本书后来被称为丹尼·安吉尔的"堕胎小说"。厨师能看出,送男孩(和他第一个怀孕的表姐)去缅因州的那个人物有着凯奇姆的影子,根据描述,这位和蔼可亲的长者还让他想起托尼·莫利纳里;丹尼·安吉尔说他是北区餐厅的主厨,那两个怀孕的表姐也在同一家餐厅当服务员。托尼·安吉尔是从这个人物驾驶卡车送他们前往缅因州的方式上判断出他的原型是凯奇姆的。丹尼给这个人物安排了一副与莫利纳里相似的外表,这其实是伪装,因为他在完成这本堕胎小说的定稿时,还不知道凯奇姆已经告诉厨师丹尼让迪玛蒂亚家的姑娘怀孕的事——还有伐木工是怎么开车送他们去缅因州班戈尔市东边的某个孤儿院的。

这本书题献给了丹尼·安吉尔和父亲都喜爱的那两位厨师——托

尼·莫利纳里和保罗·波尔卡里——"拥抱托尼·M和保罗·P",作家写道。他给这两个人保留了一定的隐私。("拥抱"他们的是"那不勒斯附近"过去的那个传菜工/侍者/代理比萨师傅和二厨。)托尼·安吉尔知道,这两位厨师都退休了。"那不勒斯附近"也已不复存在,它在北区的位置已经被另一家名字不同的餐厅所取代。

托尼·安吉尔依然定期开车去北区采购,还会到维多利亚咖啡馆喝点浓缩咖啡,与莫利纳里和保罗见面。他们总是向他保证,卡梅拉过得不错;她有了别的男人,看起来似乎挺满足。卡梅拉最终和别人在一起,厨师并不觉得奇怪,毕竟她是那么美丽可爱。

小乔每次想读《班戈尔以东》这本书时,总觉得有些吃力,他在诺斯菲尔德黑门山学校上学时没时间读父亲的小说。就厨师所知,他的孙子只读过父亲的一本书——当然是那本《肯尼迪父亲》,因为他希望能从中了解到母亲是什么样的人。(根据凯奇姆对凯蒂的看法,他觉得小乔要从那本小说里了解母亲,他所了解到的"不会比一点浣熊粪更有价值",这是伐木工的原话。)

好吧,我又在担心小乔,担心这种事的后果了,厨师想。他又掀开比萨面团上面的湿毛巾看了看,面团已经发好了,可以揉开它了。厨师忙了一阵,再次浸湿洗碗巾,稍微拧了拧,重新盖在碗口,让比萨面团二次发酵。

他想,给凯奇姆的下一封信也许可以这样开头:"要担心的事情太多了,我似乎没法完全不管,你会笑话我的,凯奇姆,因为我竟然一直在祷告!"不过厨师没有马上动笔,他莫名其妙地感到疲惫不堪,而整个上午几乎什么都没干——只发酵了比萨面团,跛着脚去了趟书店,然后回到店里。现在又到了出门采购的时间。阿韦利诺不供应午餐——只供应晚餐,托尼·安吉尔在中午采购,中午过后,他手下的店员才会来干活。

说到担心，担心的并不是只有厨师一个人，丹尼也很担心。但他俩担心的程度都比不上凯奇姆。尽管这时候几乎已经到了六月份——佛蒙特州南部，泥泞时节早已过去，新罕布什尔州北部也已经有好几个星期没出现过泥巴了。众所周知，每当泥泞时节结束，凯奇姆会一连开心好几个星期，可现在却不是这样，自从厨师和儿子、孙子一起从艾奥瓦回到佛蒙特，凯奇姆就没真正高兴过。老伐木工不希望他们待在靠近新罕布什尔州的任何地方——尤其不愿意让老朋友留在附近，尽管他改了个永远让人难以适应的新名字。

有意思的是，厨师虽然什么都要操心，却丝毫不担心这个问题。时光飞逝，他离开波士顿已经十六年，而他在绞河镇度过那个惊心动魄的一夜，也已经是二十九年前的事。多米尼克·德尔波波洛，又名巴恰加卢波，现在已经成了托尼·安吉尔，库斯县那个愤怒的老牛仔远不如其他事情令他担心。

厨师本来应该更担心卡尔，因为凯奇姆说得对，佛蒙特州紧挨着新罕布什尔州，完全不能掉以轻心。那位副警长现在六十六岁，已经退休，时间充裕，而且他还在寻找当年那个跟他的印第安·简偷情的小瘸子。

08 死狗 / 回忆毛家餐厅

从作家"大院"——帕特尼的当地人喜欢这么叫它——开始,山核桃岭路向前延伸了一英里有余,时而与小溪相交,时而与其平行。自帕特尼通往威斯敏斯特西的那条所谓的"小路"是条土路,将丹尼·安吉尔位于帕特尼的房子和他最要好的朋友在威斯敏斯特西的住处连在了一起。在这段路的中点靠前一些的位置,有一座非常漂亮的农场,里面饲养着马匹,门前是一条漫长而陡峭的车道。天气温暖的时候——作家启用泳池的五月到清理泳池准备过冬的十月之间——丹尼会在这条路上跑步,一直跑到威斯敏斯特西的朋友家,还会提前打电话告诉朋友自己什么时候开始跑。那段路大概有四五英里,也许是六七英里,跑步时耽于幻想的作家从不在意这段距离有多长。

位于漫长车道尽头的那座漂亮农场似乎是作家遐想的焦点,因为那里住着一位年长的女性,她的头发像雪一样白(身体却像二十几岁的舞者那样矫健)。几年前,丹尼和她有过一段风流韵事。她叫巴雷特,没有结婚,至少那时候还没结,所以他们的关系并没有引发丑闻。但在作家的想象中——在他跑了大约两英里的时候——总会勾画出自己在这个女人的陡峭车道与土路的交叉口被杀身亡的一幕:他在路上跑步,刚刚跑过那条车道半秒,巴雷特就开车顺着车道溜下来——引擎熄火，挂着空挡——当他听到车胎把路面上散落的碎石碾飞的声音时，已经来不及躲避静悄悄冲过来的汽车了。

丹尼觉得，一个讲故事的人如果能这样死去，也算得上轰动了——著名小说家死于汽车杀人案，驾驶谋杀凶器的正是他过去的情人！

至于巴雷特是否真的打算这样结束作家的生命并不重要，无论如何，这都是个精彩的故事。其实她有过很多情人（丹尼估计），也没有杀害这些前任的企图，作家不相信巴雷特会撞死他们中的任何一个。她把全部心思都用在照顾马匹和保持自己的年轻身段上了。

每当布拉托布罗的拉齐斯电影院上映比较有趣的片子，丹尼常会邀请巴雷特一起去看。他们会去阿韦利诺吃晚餐，巴雷特的年龄更接近丹尼的父亲，这为厨师提供了向儿子抱怨的理由。如今，丹尼经常发现有必要提醒父亲，他和巴雷特"只是朋友"而已。

丹尼能以每英里七分钟的速度跑上五六英里，在近六分钟内跑完最后一英里。四十一岁的他没受过伤，身材依然苗条，身高五英尺七英寸，体重却只有一百四十五磅。（他父亲的个子矮一些，也许是跛脚让他显得比实际身高矮。）因为在通往威斯敏斯特西的土路上偶尔会出现坏狗，丹尼会带着一副锯短了的壁球拍——只有拍柄——跑步。假如狗在他跑步时袭击他，丹尼会把一只球拍柄朝狗的脸戳过去，直到狗把它狠狠咬住，然后他再用另一只拍柄揍这条狗——通常会打狗的鼻梁。

丹尼不打壁球，他在威斯敏斯特西的朋友打。阿曼多·德西蒙每打坏一只球拍，就送给丹尼，作家会把球拍的大头锯掉，留下拍柄。阿曼多在波士顿北区长大，丹尼和父亲搬到北区之前的十年，他就在那里了。跟厨师一样，阿曼多仍然定期开车去他心爱的波士顿购物。阿曼多和丹尼喜欢给对方做饭吃，他们在温德姆学院英文系做过同事，学院关门时，阿曼多去帕特尼中学教书了，他妻子玛丽曾是乔的老师，在文法学校教英语和历史。

丹尼·安吉尔名利双收之后，失去了几位老朋友，但不包括德西蒙夫妇。除了第一本小说，阿曼多读过丹尼·安吉尔的其他所有小说的手稿，还是丹尼六部小说中五部小说的最早读者，这样的朋友可不能丢。

阿曼多在威斯敏斯特西的住处院子里有个旧谷仓，他把它改造成了壁球场，还说接下来要盖游泳池，但这期间他和玛丽会去丹尼的泳池游泳。不下雨的时候，丹尼几乎每天下午都会跑步去威斯敏斯特西的德西蒙家，然后阿曼多和玛丽会开车把丹尼送回帕特尼，三个人下水游泳。游完上岸后，丹尼会给他们准备饮料，端到泳池旁边。

丹尼已经戒酒十六年了，时间长到即使家里有酒，或者要给朋友调酒时都不会有喝酒的欲望，他也不会再梦到自己参加没有酒的晚餐派对。但他记得自己刚戒酒时不能待在喝酒的人旁边，当年在艾奥瓦市的时候，这对他来说一直是个问题。

至于作家和父亲还有小乔再次来到艾奥瓦市生活——大多数情况下，日子都是在安宁平和中度过的，丹尼偶尔不愉快地回忆起自己和凯蒂在这里生活的时候除外。事后看来，丹尼觉得在艾奥瓦市度过的最后三年——当时是七十年代初，乔在读二、三、四年级，男孩面临的最大危险是骑自行车可能出事——几乎算得上幸福，那些年艾奥瓦市很安全。

乔跟着父亲和祖父回到艾奥瓦时才七岁，当他们返回佛蒙特时，他也才十岁。也许那是最安全的年龄段，作家边跑边想，这可能跟艾奥瓦没什么关系。

童年以及童年是如何塑造一个人的——此外还有童年是如何在

成年生活中重现的——是丹尼故事的主题（或者说是令他痴迷的东西），奔跑中的作家想到。从十二岁开始，他就为父亲担惊受怕——厨师始终是被人猎杀的对象。像他父亲一样，只是出于不同的原因，丹尼也在很年轻时做了父亲——而且也是个单身父亲（甚至在凯蒂离开他之前，他就独自拉扯小乔了）。现在，四十一岁的丹尼为小乔担惊受怕，超过了对父亲的担忧。

也许把小乔置于险境的不仅是凯蒂·卡拉汉的基因，丹尼也未必相信儿子的鲁莽劲儿来自他那位自由奔放的祖母——那个敢在冬末的绞河冰面上闯祸的大胆女人。不，丹尼看着十八岁的小乔时，看到的是处于这个危险年龄时的自己。从他们读到（或者误读）的丹尼·安吉尔的小说中，厨师和凯奇姆看不出丹尼躲过了多么致命的危险——险情不仅出现在他与凯蒂的生活中，也出现在凯蒂与他相遇之前。

丹尼十五岁时，去埃克塞特读书之前，给他性启蒙的并非乔西·迪玛蒂亚，虽然他俩被卡梅拉逮住了，但怀孕的那个女孩并非乔西。凯奇姆确实开车送丹尼去过缅因州的那家有位好心助产士的孤儿院，但去堕胎的是迪玛蒂亚家最大的姑娘特蕾莎（也许特蕾莎给妹妹们的避孕套太多，忘了给自己留一点）。给丹尼性启蒙的也不是特蕾莎，更不是丹尼那位差不多大的表姐埃琳娜·卡罗杰洛——尽管男孩对那些年纪比较大的女孩更感兴趣，胜过包括乔西在内的同龄人。乔西只比他大了一点点。塞埃塔家还有个叫朱塞佩娜的表姐，但朱塞佩娜并不是第一个勾引他的人。

实际上——那段非常具有启发性和建设性的启蒙来自男孩的姨妈菲洛梅娜——他母亲最小的妹妹，丹尼当时只有十四岁。菲洛梅娜跟小外甥约会时，可能已经二十八九岁，也许有三十岁了？跑到最后两英里时，丹尼思索着。

现在还是五月，黑蝇肆虐，但他跑得很快，不会受到影响。奔跑时，他能听到自己的心跳和呼吸，尽管这些生理功能所发出的声音，并不比男孩当年和疯癫的菲洛梅娜姨妈在一起时的呼吸和心跳声更喧嚣和急促。她当时在想什么？她喜欢的是丹尼的父亲，可厨师不会正眼看她，对菲洛梅娜而言，外甥对她的迷恋——丹尼无法将视线从她身上移开——是否就是一份足够的安慰奖？

她是塞埃塔和卡罗杰洛家族中第二位念过大学的女性，但菲洛梅娜和姐姐罗茜还有另外一个与众不同之处——她们不会循规蹈矩地对待男人。罗茜被家人赶到北方时，菲洛梅娜还是个孩子——最多十三四岁。她爱罗茜，也敬佩她——后来却看到她蒙受耻辱，成了家族内部教育年轻姑娘的反面教材。菲洛梅娜被送到圣心学院读书，这是一所天主教女子学校，就在北广场保罗·里维尔的老房子旁边。她尽可能地在身体和精神上远离男孩。

丹尼·安吉尔加快了奔跑的速度，心想，也许这就是菲洛梅娜姨妈对他这个男孩比对男人更感兴趣的原因（她那神圣的鳏夫姐夫是个例外——但菲洛梅娜肯定知道，厨师根本不可能接受她，这是痴心妄想，而还没长出胡子来的丹尼有着肖似父亲的长睫毛和母亲那样的头发，皮肤吹弹可破）。菲洛梅娜必定留下了这样的印象：十四岁的男孩崇拜他这位娇小漂亮的姨妈。据丹尼的父亲说，菲洛梅娜的眼睛跟罗茜的那双很有杀伤力的眼睛并不一样，但姨妈的眼睛和其他部位也足够危险，能给他造成长期的伤害——比如，菲洛梅娜成功地让丹尼对所有的同龄女孩失去了兴趣，直到他遇见凯蒂为止。

厨师和凯奇姆得出"小丹尼尔在凯蒂身上看到了自己母亲的影子"这样的结论实在草率，也许男孩在凯蒂身上看到的是这样一种组合：外表是自我毁灭、招蜂引蝶的年轻女人，内心却还是个自我压抑的小女孩，凯蒂像是更年轻、更有政治主张的菲洛梅娜姨妈。她们之间的区别是，菲洛梅娜把爱倾注在男孩身上，她为了胜过别的女孩而在性方面做出的努力取得了彻底的成功，少女时代无法宣泄的欲望让菲洛梅娜成年后（二十八九岁到三十多岁）着了魔。而丹尼遇到凯蒂·卡拉汉时，凯蒂对性几乎已经毫无兴趣，做爱做得多并不意味着她喜欢做爱。丹尼遇见她时，凯蒂已经把性当成了一种与人谈判的方式。

丹尼就读预科学校的那几年，他的姨妈菲洛梅娜几乎每个周末都会在埃克塞特旅馆开个房间。去那座发霉的砖房约会，是男孩在埃克塞特的生活中无与伦比的乐趣，也是他周末很少返回北区的部分原因。周五和周六的晚上是卡梅拉和厨师在"那不勒斯附近"工作最辛苦的时间，男孩却在搞他年轻的姨妈——常常是在一张殖民时代风格的四柱床上，纤薄的白纱床帐下面。（他是个跑步的，跑步的人精力旺盛。）在菲洛梅娜放荡的大力支持下，丹尼获得了成年人的独立——独立于他的现实家庭和埃克塞特的人群。

因此，男孩怎么可能会对埃克塞特举办的舞会感兴趣？参加者无非是些女子学校的学生。严密监护之下，舞池中的纯洁拥抱怎么比得上他和菲洛梅娜几乎每周都沉迷其中的热火朝天、大汗淋漓的亲密接触？而且这样的接触贯穿了他在埃克塞特的求学生涯，还延续到他在达勒姆大学读书的头两年。

一直以来，那些卡罗杰洛和塞埃塔家族的人对"可怜的"菲洛梅娜怜悯有加：她徒有美貌，像一束永远长在墙上的壁花，可望而不可即，既是未婚的姨妈，又即将变成老处女。可他们并不知道，在那饥渴疯狂的七年里，这个女人尽情地享受着与十几岁少年的性爱，借助即将成年的男孩发泄自己无休止的欲望。在那七年里，菲洛梅娜姨妈支配了丹尼的性生活，她弥补的远不只是失去了的时间。她在圣心学院——就是那所让少女时代的菲洛梅娜备受压抑的天主教女校——当老师,可谓完美的伪装。

卡罗杰洛和塞埃塔家族的其他人都觉得菲洛梅娜"可悲"——跑得越来越用力的丹尼想起来,这也是父亲评价她的原话。从表面上看,菲洛梅娜端庄得体,散发着天主教徒的禁欲气息,但是——啊!——她脱掉衣服的时候,就不再是这样了!

"这么说吧,我让他们一直忏悔。"她告诉意乱情迷的外甥,菲洛梅娜为他设立了标准:在她之后出现在丹尼生活中的年轻女人,在性的方面都无法与这位姨妈相提并论。

丹尼权衡要不要去越南时,菲洛梅娜已经快四十岁——她觉得自己不适合要孩子了。也许凯奇姆的解决方案更能让她满意:如果丹尼丢掉一两根手指头,也许会多陪姨妈一段时间。菲洛梅娜虽然疯狂,却并不愚蠢,她明白自己不可能把心爱的小丹尼永远留在身边。比起凯奇姆的建议,凯蒂·卡拉汉想出的办法前所未有地赢得了她的欢心——毕竟,尽管方式古怪,但菲洛梅娜真心爱着她的外甥,而且她并没有见过凯蒂。

要是菲洛梅娜见了那个粗俗的年轻女人,她可能还是会选择凯奇姆的勃朗宁刀,但这件事的决定权不在她手上。菲洛梅娜庆幸的是,她俘获了这样一个充满活力的年轻人,牢牢地吸引了他七年,她并不在意丹尼和迪玛蒂亚家的那些女孩或者其他表姊妹的打情骂俏。菲洛梅娜知道,丹尼总会带着全新的活力回到她身边,那些笨拙的荡妇根本无法与她匹敌——至少男孩就是这么觉得的。甚至连凯蒂也不能按照丹尼或许有过的期望变成年轻的菲洛梅娜。

作家知道,现在菲洛梅娜已经快六十岁了——他跑得更用力了。菲洛梅娜始终没结婚,她已经不在圣心学院了,但还在教书。他那本书名有分号的小说(《老处女;又名没结婚的姨妈》)几乎遭到每一个人的嘲笑,只收到一条赞赏的评论,作家丹尼·安吉尔对此表示感激。

菲洛梅娜在写给他的信中说："正如你肯定会期望的那样，我非常喜欢这本小说——其中不乏大量的敬意和适度的谴责。没错，我是利用了你——但也仅限于开始的时候。你和我在一起那么久，这让我感到自豪，就像我现在为你感到骄傲一样。如果说我曾经一度让你没法欣赏那些缺乏经验的女孩，那么我要向你道歉。可你必须学会更加明智地选择对象，亲爱的——因为现在你已经比我们当年分开时年长了一点。"

这封信写于两年前——《老处女；又名没结婚的姨妈》是一九八一年出版的。丹尼经常想去看看她，但如果他再去拜访菲洛梅娜，怎么可能没有不切实际的想法？他已经四十出头，未婚的姨妈年近六旬——他们之间要建立一种怎样的关系呢？

他也没有像菲洛梅娜所建议的那样，学会更明智地选择对象：也许他是故意不去选择那些向他做出过长久厮守暗示的女人的。作家明白，自己的年纪也不小了，不能再把一切归咎于姨妈曾在他年轻时勾引过他了。无论丹尼为什么不愿意与别的女人建立长久关系，都不该再怪罪菲洛梅娜。

丹尼已经跑到了坏狗可能出没的地段。假如说他会遇上麻烦，那么只能在这里遇上。丹尼在狭窄平坦的车道上寻找着那条两只眼睛颜色不一样的狗，车道两旁排满了废弃的车辆——缺少轮胎的轿车、没有发动机的卡车，还有辆没有车把的摩托。这时候，那条大公狗从一辆缺了门的"大众"巴士里蹿了出来。这条哈士奇和牧羊犬的混种朝路上猛冲过来——没有吠叫、没有咆哮，只是为了出击。它所发出的唯一动静就是爪子拍在土路上的"啪啪"声，甚至还没有开始喘息。

丹尼曾经用壁球拍柄打败过它，也跟这畜生的那位同样满怀敌意的主人交谈过——他是个二十几岁的年轻人，可能是温德姆学院的那些不肯离开的学生之一,看上去像个嬉皮士,却显然不是和平主义者。也许他是居住在帕特尼地区的无数自称"木匠"的年轻人中的一员。(如果真是这样,那这个木匠不知怎么从来不干活,老是待在家里。)

"管好你的狗!"上次丹尼这样冲着车道的另一头喊。

"去你妈的!到别的地方跑去!"嬉皮木匠大喊。

这次狗又没拴绳,它紧紧尾随着丹尼。他跑到路的最右侧,试图甩掉这条狗,但哈士奇-牧羊犬杂种狗立刻跟了上来。丹尼斜穿过嬉皮士车道,停下脚步,狗也停了下来,绕着他转圈,脑袋快要贴到了地上,龇着牙。狗冲着他的大腿猛扑过来的时候,丹尼伸出一只锯短的壁球拍,戳向它的耳朵,哈士奇-牧羊犬杂种狗一口咬住球拍,丹尼竭尽全力,用另一只球拍柄狠狠地抽在狗的鼻梁和双眼之间。(它的一只眼睛是淡蓝色的,像西伯利亚雪橇犬,另一只眼睛深棕色,像德国牧羊犬。)狗疼得叫了起来,松开了第一只球拍柄,短暂地向后退了退,丹尼趁机对准它的一只耳朵打了一下,又打了另一只耳朵。

"别动我的狗!你这个婊子养的!"嬉皮木匠大喊。他沿着夹在两排僵尸车之间的车道走了过来。

"管好你的狗。"丹尼只跟他说了这么一句。他又跑了起来,这时才看到第二条狗——和第一条几乎一模一样,丹尼起初还以为它们是同一只。这时,突然有两条狗同时朝他扑来,第二条一直跟在他后面。"叫住你的狗!"丹尼朝嬉皮木匠大喊。

"去你妈的,到别的地方跑去。"那家伙说,他沿着车道往回走,根本不在乎自己的狗会不会咬到丹尼。两条狗拼了命想要咬他一口,可丹尼设法把其中一只球拍柄塞进了第一条狗的喉咙,又幸运地反手一挥,打在第二条狗的脸上,正中它的一只眼睛,它正要下嘴咬住丹尼的小腿。他踢了喉咙里塞着球拍柄的那条狗一脚,它转身就跑,丹尼一下子打中它的耳朵后面,狗摔倒在地,但很快又爬了起来。第二条狗悄悄溜了,嬉皮木匠也不见了踪影,他的两条狗撤退回它们在车道上的地盘。

丹尼第一次搬到温德姆县时,达默斯顿和帕特尼学校之间的一条小路上也有条坏狗,丹尼打电话告诉州警,那条狗的主人同样满怀敌意。一位州警开车过去,只是想跟狗主人谈谈,结果狗袭击了州警,他不得不开枪打死了它——就在车道上。"你跟狗的主人是怎么说的?"丹尼问州警。(他叫吉米,从那以后他们就成了朋友。)

"我告诉他,管好他的狗。"吉米回答。

丹尼从那以后就一直这么说,但显然说得不如州警那么有权威。现在既然暂时打跑了坏狗,于是他又朝德西蒙家跑去。可丹尼跑最后几英里的节奏被打乱了,他不喜欢这样。他把那两条狗和嬉皮木匠的事告诉了阿曼多。"给你朋友吉米打电话。"阿曼多说,但丹尼解释说,州警可能会被迫射杀两只狗。

"我们为什么不弄死其中一条狗呢?"阿曼多建议,"也许那样,嬉皮木匠就明白了。"

"那样挺残忍的。"丹尼说,他知道阿曼多建议杀死其中一条哈士奇-牧羊犬意味着什么。德西蒙家养了条纯种的雄性德牧,名叫"公鸡",还是小狗的时候,"公鸡"见了别的狗就会摆出一副趾高气扬的模样,双腿绷直,充满威胁,它的名字就是这么来的。但是,"公鸡"凶狠的样子并非虚张声势,长大之后,它专门杀狗,对别的公狗深恶痛绝。袭击丹尼的狗里至少有一条是公的,作家无法确定另一条狗的性别,因为它是从后面过来的。

阿曼多·德西蒙远非丹尼·安吉尔在帕特尼的唯一一位"精通文学"的朋友,还是个真正的读者,他和丹尼会以合理的建设性方式争论读到的东西,但阿曼多有种与生俱来的抗争性格,这让丹尼觉得他像是更文明一些的凯奇姆。

丹尼有避免对抗的倾向，他经常为此感到懊悔。主动挑起事端、与作家争吵甚至打斗过的人会发现，他始终不愿反击。当丹尼真的决定还击时——那时他已经遭受过三番五次的挑衅了——对方会觉得吃惊，甚至感情受到伤害。丹尼发现，这些习惯戏弄和挑衅他的人一旦意识到作家始终在给他们的劣迹记账，总会感到愤慨。

阿曼多不记仇，遭到攻击时，总是马上反击。丹尼相信，这样做有益健康——尤其是对作家来说——但他的性格跟阿曼多不一样。对于坏狗事件带来的困扰，丹尼之所以接受了朋友的建议，只是因为他相信阿曼多的解决方式更好。（"也许那样，嬉皮木匠就明白了。"阿曼多说。）

作家应该知道，要想让嬉皮木匠明白，唯一的办法就是让"公鸡"咬他，但"公鸡"不会那么干，它从来不咬人。

"只咬一条狗，阿曼多——你得保证。"阿曼多的妻子玛丽说，三个人带着"公鸡"上了车，往丹尼家开去。

"告诉'公鸡'，让它跟你保证吧。"阿曼多说。他练过拳击，在高中和大学加入过拳击队。阿曼多开车，丹尼坐在大众甲壳虫的副驾驶。貌似长期以来都在忍受丈夫的玛丽和喘着粗气的德牧坐在后排，阿曼多的好斗似乎经常让她不满或者生气，但丹尼知道，阿曼多和玛丽是坚不可摧的一对儿——内心深处，他们始终彼此扶持。也许玛丽比阿曼多更像阿曼多。丹尼还记得以前她有位同事被解雇时玛丽说的话——这位前同事曾经在文法学校与玛丽共事，后来去了帕特尼学校，成了阿曼多的同事。

当时，玛丽说："公正就是因为罕见才显得珍贵。"（眼下的丹尼想知道，玛丽是否只是看起来不赞成丈夫打算让"公鸡"充当杀手的主意呢？）

最后，丹尼·安吉尔只能（以为自己辩解的口气）说，他并没有默许杀死那条狗——哪怕那条狗袭击过他。然而不知怎么，每次阿曼多参与进来——在涉及道德的方面发表意见——丹尼就默许了。

"哦，你说的就是那个浑蛋啊。"看到丹尼指了指那条排列着废弃车辆的车道，阿曼多说。

"你认识他？"丹尼问。

"你认识他！"阿曼多说，"我确定，他曾经是你的学生。"

"在温德姆？"

"当然是在温德姆。"阿曼多说。

"我没认出他来。我不觉得他曾经是我的学生。"丹尼告诉朋友。

"你会记得所有那些平庸的学生吗，丹尼？"玛丽问他。

"他只不过是个嬉皮木匠——也可能是个假木匠。"丹尼说，但他的语气并不怎么确定（就连他自己也这么觉得）。

"也许他是个作家木匠。"阿曼多说。丹尼还没考虑到那个年轻人可能知道丹尼·安吉尔是谁，在帕特尼，要当作家的人几乎跟自称木匠的嬉皮士一样多。（作家在佛蒙特州遭遇的敌意或者妒忌，往往与这种狭隘的"小路"思维有关。）

哈士奇-牧羊犬杂交的狗通常并非纯种德牧的对手，但它们有两条。不过对于"公鸡"来说，两条这样的狗也不是它的对手。丹尼下了大众车，拉下座椅靠背，让"公鸡"从后排座出来，德牧的前爪还没怎么着地，两条混血狗就向它袭来，丹尼回到大众车里看着。"公鸡"转瞬间咬死一条狗，丹尼和德西蒙夫妇还没来得及确认另一条狗是公是母，它就钻到大众甲壳虫的车底，"公鸡"够不着它。（德牧咬住第一条狗的喉咙，轻轻甩了几下，就咬断了它的脖子。）

阿曼多唤回"公鸡"，丹尼让德牧钻进甲壳虫车里，那个嬉皮木匠或者作家木匠从自己家里出来，盯着他的死狗看，他还没发现另一条狗钻到了小小的甲壳虫车底下。"管好你的狗。"丹尼对他说——阿曼多慢慢倒车，剩下那条哈士奇-牧羊犬杂交狗还在车下面，有个前轮压到了狗，车身颤了一下，伴随着狗的哀鸣。哈士奇-牧羊犬混血僵硬地站起来，抖了抖身子，丹尼发现它也是公的。他看到这条狗爬到死去的同伴跟前，嗅着那具尸体，与此同时，浑蛋嬉皮士望着大众甲壳虫车倒着开出了他的车道。可是，这就是玛丽（或者阿曼多）所说的"公正"吗？丹尼想，也许还是给吉米打电话更好——哪怕这位州警最后会开枪把两条狗都打死。作家相信，其实应该有人朝狗的主人开枪，把他打死，那样会是一个更好的故事。

要是不得不离开佛蒙特，我会想念这里的许多事，丹尼·安吉尔暗忖，但他最想念的会是阿曼多和玛丽·德西蒙，他羡慕他们稳定的关系。

三个朋友在丹尼帕特尼宅院的泳池里游泳，专门杀狗的德牧在旁边保护他们。"公鸡"不游泳，不过喝掉了丹尼给它端来的一大碗凉水，作家给阿曼多和玛丽调了金汤力。后来回想起来，这是丹尼对"公鸡"印象最深的记忆——它在泳池深水区边沿满意地喘着粗气，这条大牧羊犬喜欢小孩，但讨厌其他公狗，一定是过去的某段遭遇让它变成了这样，丹尼和德西蒙夫妇永远都不会知道那究竟是怎么回事。

后来有一天，"公鸡"在"小路"上傻乎乎地追着一辆校车跑，结果被一辆轿车给撞死了。暴力招致暴力，凯奇姆和厨师都已经明白了这个道理。那位死掉一条狗，另一条暂时还活着，几乎被人遗忘的嬉皮木匠或许有朝一日也能明白这个道理。

丹尼还不明白这个道理，但这是他最后一次在帕特尼到威斯敏斯特西的土路上跑步，这是个意外频发的世界，对吧？在这样的世界上，也许少惹点事才是明智的自保之举。

她们的丈夫都从米兰的云杉加工厂退了休，现在他们面对的，是一个由小型发动机维修之类的修补工作组成的世界。锯木工人的肥胖妻子——朵特和梅这两个坏老太婆——无论开车要走多远的路，都会抓住每个机会，离开烦人的丈夫出城游玩。两个老太太发现，退了休的男人令人讨厌，因此她俩宁愿彼此作伴，也不想跟别人待在一起。因为梅的那些比较年轻的子女（还有那些年纪比较大的孙辈）正在生养更多的孩子，所以不管其中哪个刚生完孩子的母亲出院回家——无论这个"家"在多远的地方，梅都会以她们叫自己过去帮忙为借口，逃离米兰，开车的总是朵特。

梅和朵特都已经六十八岁，比凯奇姆大几岁，她们有时候会看到他——凯奇姆住在埃罗尔，在安德罗斯科金河上游更远的地方。老伐木工从来没认出过朵特和梅，就算认出来了，也不会把她们当回事，但人人都会留意凯奇姆：伐木工有着野蛮人的名声，根深蒂固，他前额的那道伤疤更是生动地展现了他的暴力史。而朵特又重了六十磅，梅胖了八十磅，两人都是满头白发，一副典型的饱经风霜的北方人面孔，在路上吃个不停。某些生活在寒冷地区的人就有这样的习惯，仿佛总也吃不饱似的。

他们沿格罗夫顿路穿过新罕布什尔州北部，穿过斯塔克——这段路的一多半都与阿莫努萨克河平行——在兰开斯特，她们穿过康涅狄格州，进入佛蒙特。在圣约翰斯伯里南面岔入九十一号州际公路，沿这条路向南行驶。虽然接下来的路还很长，但她们一点都不着急。梅的女儿或孙女在马萨诸塞州的斯普林菲尔德生了孩子，如果朵特和梅在晚饭前赶到，她俩就得帮忙喂一群小孩吃饭，跟在他们后面收拾打扫。所以这两个相当精明的老太太决定在路上找地方停车吃晚饭，这样既能大快朵颐，还可以在晚餐结束很久之后再赶到斯普林菲尔德。运气好的话，刷碗的活也已经被别人干了，最小的孩子都已经上床睡觉了。

就在两个坏老太婆沿着九十一号州际公路来到麦金杜瀑布附近时，厨师和他的员工们正在阿韦利诺吃下午餐。让员工美餐一顿，看着每个人收拾桌子，为晚间营业作准备的时候，托尼·安吉尔总会燃起怀旧之情，想到七十年代在艾奥瓦城度过的那些年——那是两次来到佛蒙特生活之间的插曲，是厨师父子难以忘怀的一段时光。

在艾奥瓦城，托尼·安吉尔曾经在郑氏兄弟开在第一大街外的中餐厅当二厨，厨师叫那里"珊瑚村街"。如果这个中餐厅离市中心更近些，生意可能更好；在珊瑚村街，他们的店显得过于高档，在快餐店和廉价的汽车旅馆中鹤立鸡群，但兄弟俩觉得靠近州际公路也不错，每逢十大联盟[1]比赛期间的周末，艾奥瓦队在主场参赛时，这家餐厅就会吸引到许多外地顾客。无论如何，对于大多数学生——除非由他们的父母付钱——以及大学教员而言，这里的餐费都算得上昂贵，郑氏兄弟却把他们视为目标客户，理由是他们都有车，活动范围不会局限于位于市中心的校园附近的酒吧和餐馆。

托尼·安吉尔认为，郑氏兄弟给餐厅取的名字也有问题——"毛家餐厅"这个名字更容易迎合那些政治理想幻灭的学生，对于学生家长以及那些外地体育迷并没有特殊的吸引力——然而郑氏兄弟完全被当时的反战抗议迷住了。一九七二年到一九七五年的舆论，尤其是大学城里的舆论，经历了从支持战争到反战的转变，艾奥瓦的大学生在旧州议会大厦外面举行过许多次示威活动。诚然，假如毛

---

[1] 美国十余所大学组成的体育赛事联盟。

家餐厅开在麦迪逊或者安阿伯,生意可能更好。在珊瑚村街,过路的爱国主义者有时会拿砖头或者石块砸碎餐厅的窗户,然后开着轿车或者皮卡车迅速溜走。

"好斗的乡下人。"郑家阿哥不屑一顾地说,他是两兄弟中的老大。上海话里面,"阿哥"就是大哥的意思。

他是个了不起的厨师,读过美国烹饪学院的厨师学校,从小就在中餐馆打工,纽约皇后区出生,先是去了长岛,又去了曼哈顿。他在空手道馆认识了一个女的,在她的勾引下,郑家大哥来到艾奥瓦,这时女人却把他甩了,然而早在那个时候,郑家大哥就相信毛家餐厅会在艾奥瓦城取得成功。

郑家大哥在美国陆军服过役,越战爆发时,他的年纪恰好够大,超出了参战的年龄上限;他在阿拉斯加做过军队厨师。("那里除了鱼,没什么地道食材。"他告诉托尼·安吉尔。)郑家大哥留着傅满洲式的小胡子,扎着黑色马尾辫,辫子里的几绺头发染成了橙色。

他指点过弟弟如何躲避越战。首先,弟弟不能等着军方来征召他入伍,而要主动报名参战。"你就说,你绝对不会杀其他亚洲人,"大哥告诉他,"其他方面可以表现得狂热一些。"

于是弟弟跟人家说,无论让他开着什么车到什么地方去、给什么人做饭,他都愿意干。("让我上阵地!我愿意冲进埋伏圈,我愿意在迫击炮打过来的时候做饭!我只是不杀亚洲人而已!")

当然,这样做是在赌博——军队依然可能带走他。这事儿之所以能成功,除了哥哥的主意好,托尼·安吉尔想,还在于弟弟的疯劲儿也足——他根本用不着装疯就已经够疯的了。对于自己把弟弟从越战中挽救出来——让他不必杀戮亚洲同胞,或者被亚洲同胞杀掉——这件事,郑家大哥觉得很得意。

毛家餐厅供应经典的法国菜和多种风格混搭的亚洲菜，但郑家大哥把亚洲菜和法国菜分开了——有些菜例外。毛家餐厅的洛克菲勒牡蛎上撒的是日式面包屑，大哥用葡萄籽油和青葱制作蟹肉饼里的蛋黄酱（把蟹肉放进日式面包屑，加上切碎的龙蒿；日式面包屑放在冰箱里不会变得湿乎乎的，别的面包屑会）。

问题是，他们是在艾奥瓦，大哥要从哪里弄日式面包屑呢？——更不用说牡蛎、葡萄籽油和螃蟹了。这就轮到疯狂的弟弟出手了。上海话里，"小弟"是弟弟的意思，"小"字的发音接近于"Shaw"。每个星期，小弟都会开着郑氏兄弟的冷藏卡车（带两个冷冻室）到下曼哈顿跑一趟，托尼·安吉尔和他一起上路。从艾奥瓦市到纽约唐人街，要开十六个小时的车，厨师和小弟会去佩尔和莫特街的市场上采购。

如果说是空手道馆里的那个女人引诱郑家大哥来艾奥瓦的，那么让郑家小弟发疯的就有两个女人——她们一个住在雷哥公园，另一个在贝斯佩奇。其实厨师并不在意小弟去找哪个女人。托尼·安吉尔怀念北区，也同样喜欢皇后区和长岛的小型华人社区，这些地方的人对他很友好，彼此也很亲热。（就个人而言，厨师更喜欢雷哥公园的那个女朋友——她叫斯派西，至于贝斯佩奇的那位女士，他记不住她的名字，也不会发音。）托尼喜欢在唐人街买东西，甚至也喜欢沿八十号州际公路返回艾奥瓦的那段路。在州际公路上，他和小弟轮流开车，但在纽约市附近，他会让小弟开。

他们会在星期二下午离开艾奥瓦，整夜开车直到黎明——从荷兰隧道驶出，赶在星期三的早高峰到来之前进入哈得孙街和运河街。他们把车停在唐人街的佩尔街或者莫特街的时候，市场刚好开门。星期三晚上，他们在皇后区或者长岛过夜，然后在星期四的早高峰之前离开，开一整个白天的车返回艾奥瓦。星期四晚餐时间过后，他们会把货物卸在毛家餐厅。周末是毛家餐厅的重要营业时段，从唐人街买来的牡蛎、贻贝和鲜鱼放到星期五晚上也还是新鲜的——运气好的话，星期六晚上也还新鲜。

厨师前所未有地感到身强力壮。在艾奥瓦，他从四十八岁待到了五十岁，但给小弟的冷藏车装卸货让他练就了一身职业搬运工般的肌肉。车上有许多沉重的货物：成箱的青岛啤酒、大桶的海水和冷冻贻贝的碎冰。在回去的路上，他们通常会在印第安纳州或伊利诺伊州的一家折扣酒水商店停下，再多装一些冰，把比目鱼、鮟鱇鱼、海鲈鱼、苏格兰三文鱼、扇贝、虾、腊肠和所有的螃蟹冷冻起来。卡车一路向西，车厢里的冰块不断融化，车身开始打晃。有个冷冻柜总是散发着鱿鱼味，他们把鱿鱼冻在里面，还有个棕色的大坛子，里面装着天津咸菜（来自中国），必须用报纸包起来，否则咸菜会变得又干又碎。小弟说，把日式凤尾鱼放在中国咸鸭蛋旁边，是"自找倒霉"。

有一次，他们驶过东莫林在密西西比河上的桥梁时，为了避开一辆爆胎的公交车，冷藏车来了个急转弯，接下来的一路上，两个人闻着所有的亚洲作料的味道回了家：做泰式绿咖喱的"金童"鱼露瓶子碎了；中国的豆腐乳（豆类发酵制品）和台湾肉松撒了一地；泰国"湄南河"瓶装甜辣酱和红绿咖喱酱包装破裂，酱汁顺着锯齿状的玻璃瓶破口里淌出来。香油和酱油流了一车厢，但味道最大的还是要数港式蒜蓉辣酱，不知怎么，它的大蒜味儿又跟日式柴鱼片和中式海米经久不散的腥味混为一体。黑香菇撒得到处都是，几星期后还能找出来。

一到达文波特西，厨师和小弟马上把车停在八十号州际公路旁，准备打开车厢后门，检查密西西比河上那起差点撞车的事故引发的撒漏情况。但难闻的气味警告他们，在回到毛家餐厅之前不要冒险打开车门。这时，从车厢后门下面流出了一股不知道是什么玩意儿的东西。

"这是什么味道？"小弟问厨师。那是一种掺杂着啤酒沫的褐色液体，他们俩都看到了。

"什么味道都有。"托尼·安吉尔回答，他跪在人行道上，在车门底部嗅来嗅去。

一个州警骑着摩托过来，问他们是否需要帮助。小弟把所有的购物收据都放在杂物箱里，以防警察拦下卡车，怀疑他们运输赃物。厨师跟警察解释他们是如何为了躲避爆胎的公交车而在桥上急转弯的。

"也许我们不该停车，等回到艾奥瓦再检查损失情况。"托尼说。长着娃娃脸、胡子刮得光溜溜的小弟点头赞同，他那条光滑闪亮的黑马尾辫上绑着根粉红丝带，是斯派西或者另外那个女朋友送他的爱情小礼物。

"闻起来有股中餐馆的味儿。"骑摩托的警察说。

"我们就是中餐馆的。"托尼告诉他。

小弟和厨师都看出来，警察想见识一下车厢里究竟乱成什么样，既然已经停了车，他们别无选择，只得打开车厢后门。亚洲的气息，或者说，至少是那片大陆上的美食的香气一股脑儿地涌了出来：打翻的荔枝杏仁奶露、散落的生姜、三德贸易公司的紫苏叶——这些叶子贴在车厢的内壁和天花板上，看起来就像发了一层霉。还有一条面目狰狞的鮟鱇鱼，在酱油和深棕色冰块组成的肮脏海洋中凝视着他们——在这样的环境下，它应该很容易获得"世界上最丑的鱼"这个头衔。

"老天爷，这是什么啊？"骑摩托的警察问。

小弟解释说："鮟鱇鱼，穷人的龙虾。"

"你们在艾奥瓦城的餐厅叫什么名字？"警察问。

"毛家餐厅。"小弟自豪地回答。

"原来是那里！"骑摩托的警察说，"会有人开车跑到你们那边故意搞破坏，对吧？"

"偶尔吧。"厨师承认。

"还不是因为打仗，"小弟戒备地说，"那些乡下人都是主战派。"

"都怪你们的店名！"警察说，"毛家餐厅——怪不得有人搞破坏！这里是中西部，你知道吧，艾奥瓦可不是伯克利！"

回到卡车上——它永远散发着佩尔街和莫特街在天气不好的早晨散发的那种难闻气味（下曼哈顿的垃圾工人罢工时，也有这么一股味）——厨师对小弟说："你知道，警察说得有道理，我是指店名。"

小弟因为吃了巧克力浓缩咖啡球，精神异常亢奋，他把咖啡球和所有收据放在仪表板旁边的杂物箱，边开车边不停地吃——这是为了让自己保持清醒。要是厨师在十六个小时的车程中吃了超过两三颗，那他直到第二天都会心脏狂跳，还会不停地拉肚子——就像喝了二十多杯双倍浓缩咖啡似的。

"这个国家怎么了？毛不过是一个姓而已！"小弟叫道，"十年前，这个国家的蛋就让人在越南给割了！这跟毛完全没关系！那只是一个姓而已！"斯派西（或者另一位女朋友）给他绑马尾辫的那条非常醒目的粉色丝带松开了，小弟看起来就像个歇斯底里的女子举重运动员，驾驶着一座会跑的中餐厅，到这里吃饭的顾客肯定会被毒死。

"咱们还是回去卸货吧。"厨师建议，他希望能让小弟冷静下来。托尼·安吉尔试图忘记那条在香油里游泳的鮟鱇鱼，还有其他所有在卡车后厢里漂浮的东西。

装海水的桶已经空了，贻贝全死了，周末不会有豆豉酱清酒蒸贻贝这道菜了，也不会有洛克菲勒牡蛎（雪上加霜的是，小弟和厨师回到艾奥瓦城时，大哥已经切好做洛克菲勒牡蛎的菠菜和咸肉了）。

海鲈鱼在路上就变质了，鮟鱇鱼还可以抢救一下——但只有尾巴还能用，大哥把它片成薄片端上了桌。

厨师学会了用去骨来检查苏格兰三文鱼新鲜程度的办法，如果骨头难以拔出，说明鱼还挺新鲜。腊肠、新鲜比目鱼和冷冻鱿鱼在这场险些与公交车相撞的事故中幸存了下来，但虾、扇贝和螃蟹未能幸免。大哥最喜欢的马斯卡彭奶酪和帕尔玛干酪安然无恙，但其他奶酪只能丢掉。寿司卷帘和海苔吸饱了香油和青岛啤酒。一连几个月，小弟天天都拿水管冲洗卡车，但密西西比河上那场侥幸避免的事故留下的气味始终无法消除。

他真的喜欢自己在艾奥瓦城度过的那段时光——跟郑家小弟一起出门采购的经历也包括在内，托尼·安吉尔想。阿韦利诺每天的晚餐菜单上，都会有一两道厨师从郑家大哥那里学来的菜式。在阿韦利诺，厨师会在菜单上简单地手写标明菜品的分类——"亚洲的"和"法国的"，这一手也是跟郑家大哥学的。在毛家餐厅，假如遇到紧急情况，比如所有的鱼（还有牡蛎和贻贝）在星期六晚上之前就变质了，大哥会让厨师做意面特餐或者比萨。

对于这些菜肴，毛家餐厅的菜单上会相应地标注"意大利的"几个字。

把车停在州际公路旁边过来就餐的长途卡车司机难免会抱怨："'意大利的'是他妈的什么意思？你们这儿不是中餐馆吗？"

"我们几乎什么都有。"小弟告诉他们——他通常是周末的领班，厨师和大哥在厨房忙碌。

毛家餐厅的其他员工是一群相当聪明、来自不同文化背景的亚裔大学生——其中的许多人并非来自亚洲，而是从西雅图、旧金山、波士顿和纽约来的。大哥后来找的新女友叫子敏，是法学院的华裔学生，几年前在艾奥瓦大学读本科，为了毛家餐厅、郑家大哥和法学院，她决定留在艾奥瓦城（不回台湾了）。星期四晚上，小弟还在遭受巧克力浓缩咖啡球带来的亢奋折磨，那时就由子敏充当领班。

毛家餐厅没有收音机——一九八三年春末的某天晚上，阿韦利诺营业之前，托尼·安吉尔在检查店里的陈设时想起了这件事。郑家大哥在餐厅的厨房里放了一台电视——厨师觉得这是许多人不慎被菜刀或者切肉刀割伤手指的原因，但大哥喜欢体育节目和新闻，有时电视上会播放在艾奥瓦城举行的足球或篮球比赛，这样厨房里的人会提前知道赛后迎来的食客是高兴还是沮丧了。

那些年里，艾奥瓦的摔跤队很少会输——至少在主场是这样——那些对抗赛会把激动万分又饥肠辘辘的人群带到毛家餐厅。厨师想起，丹尼尔以前带着小乔看过大多数的主场比赛，也许正是艾奥瓦摔跤队的辉煌历史，让乔在去诺斯菲尔德黑门山学校读书时有了想要摔跤的意愿，这件事很可能跟凯奇姆这个著名的酒吧斗殴爱好者没什么关系。

在阿韦利诺的厨房，托尼·安吉尔有台"加兰德"八灶头煤气炉，带两个烤箱和一个烤架，他还有一只炖鸡汤的汽锅。在毛家餐厅最忙的时候，晚上的客人能达到八九十位，但阿韦利诺没有这么大的规模。托尼很少会在一晚上招待三四十位以上的顾客——五十个人是他的极限。

这天晚上，厨师在忙着做烩牛小排用的红酒汁，汽锅里还炖着清鸡汤和酱鸡汤。在菜单上的"亚洲的"那一类，他给客人准备的是郑家大哥传授的沙嗲牛肉配花生酱和用虾、豆角和芦笋做的天妇罗拼盘，此外还有平时都会供应的意面套餐和两种受欢迎的比萨——意大利辣香肠配番茄大蒜汁比萨和加了四种奶酪的野生蘑菇比萨。他用迷迭香烤了一只鸡，摆在铺着芝麻菜和烤茴香的盘子里，还做了一只大蒜烤羊腿、一份野生蘑菇烩饭。

年轻的二厨格雷格上过曼哈顿九十二街的厨艺学校，学东西很快。托尼让格雷格用褐色黄油和酸豆做格勒诺布尔酱，给鸡肉块调味——这是今晚供应的"法国的"菜品。托尼最喜欢的两个女招待在旁边等着上菜，其中之一是单身母亲，另一位是她读大学的女儿。母亲名叫塞莱斯特，一九七六年就开始当厨师工作，女儿洛蕾塔比他平时雇来做服务员、传菜工和洗碗工的那些布拉托布罗的高中生成熟多了。

洛蕾塔的年龄比多数大学生大，高三时她生了个孩子。洛蕾塔没结婚，在母亲家照顾孩子，直到这个小男孩长到足够大（四五岁），不会让塞莱斯特抓狂为止。然后洛蕾塔去附近的社区大学读书——平时还要上班，通勤起来并不轻松，好在她把课程都安排在了周二到周四，周四晚上到下周二早晨回布拉托布罗的家，仍然跟母亲和年幼的儿子住在一起。

因为厨师一直在跟塞莱斯特睡觉——从去年开始的，持续了十八个月——他觉得这个安排很不错。每星期有两天，他住在塞莱斯特家，陪伴塞莱斯特和她上一年级的孙子——其中有一天是星期三，这天餐厅不营业。每当洛蕾塔回到布拉托布罗，厨师就回自己家住。去年夏天，塞莱斯特搬到托尼在阿韦利诺楼上的小公寓住，一次最多住三四个晚上，情况变得有些尴尬。她有一头红发，胸前长着一片非常迷人的雀斑，也是个大块头，尽管远远无法与印第安·简或者卡梅拉相提并论。塞莱斯特的年龄（五十岁）刚好是厨师和他儿子丹尼年龄的中间数。

在阿韦利诺的厨房里，两人从来不会表现得多么亲昵——他们都坚持这么做——尽管每个员工都知道托尼·安吉尔和塞莱斯特是一对。厨师在"藏书窖"认识的那些女友从此另寻新欢，或者结了婚。托尼对店主说的那个老笑话已经不管用了，当厨师问她是不是认识哪个女人，可以给他介绍时，就只是在纯粹开玩笑而已。（有塞莱斯特在，店主要么没介绍，要么不愿意。布拉托布罗是个小镇，塞莱斯特是非常受大家欢迎的人。）

托尼·安吉尔想起，在艾奥瓦州认识女人更容易。当然，他现在年纪大了，而且与艾奥瓦相比，布拉托布罗是一个很小的城镇。在艾奥瓦城，每次作家班开派对，作家都邀请父亲参加，那些女作家知道怎么才能玩得尽兴。

丹尼经常邀请他在作家班的学生去毛家餐厅吃晚饭——尤其是在中国春节这样的节日，这天通常在每年的一月或二月，那时郑家大哥会一连三天晚上向客人们提供十道菜的固定套餐。厨师记得，一九七三年的中国牛年除夕，小弟的卡车在宾夕法尼亚抛锚了，托尼·安吉尔和小弟差点没能把货物及时送到艾奥瓦城。

厨师想起，一九七四年是中国的虎年，小弟说服斯派西搭他们的车，从皇后区一起去艾奥瓦城。幸好斯派西身材娇小，但卡车的驾驶室里还是很挤。车来到印第安纳或者伊利诺伊州的某个地方，斯派西发现小弟还在跟贝斯佩奇的一个女人约会——斯派西叫她"那个拿骚县的婊子"，厨师听他们吵了一路。

不知怎么，一想到艾奥瓦城和毛家餐厅，托尼·安吉尔就觉得阿韦利诺缺乏野心，但厨师喜欢他在布拉托布罗的餐厅，原因之一就是它相对容易经营。像郑家大哥、托尼·莫利纳里和保罗·波尔卡里那种真正的厨师，可能会觉得阿韦利诺缺乏野心，但（五十九岁的）厨师并不想跟他们竞争。

让托尼·安吉尔遗憾的是，他没法邀请老朋友或者老师到佛蒙特州作客，请他们在阿韦利诺用餐。厨师觉得，在那些教过他的高级厨师眼里，他在布拉托布罗的餐厅恐怕不值一提，但他们好歹也教了他这么多东西。在看到阿韦利诺的菜单和他们给他带来的良好影响之后，可能也会觉得感动和开心，认同厨师拥有了自己的餐馆的自豪感，更何况这家餐厅在当地非常成功——尽管仅限于布拉托布罗。莫利纳里和波尔卡里倒是已经退休，可以在方便的时候来佛蒙特州，但郑氏兄弟或许很难抽出时间。

郑家大哥和小弟听从子敏的忠告，搬回了东部。子敏这位年轻的华裔律师嫁给了大哥，再也没有回台湾，她给他提出了一些非常可靠的商业建议。康涅狄格州离小弟进货的下曼哈顿更近，郑氏兄弟没必要像在艾奥瓦那样为了保证食材的新鲜和地道而绞尽脑汁。他们的新餐厅最初名叫"包子"，中文意思是"包起来的东西"。（厨师记得，郑家大哥每年春节都会做金色的猪肉馅春卷和卤肉馅的包子——这些蒸好的圆形面团表面有裂口，像三明治一样，夹着切碎的卤猪肩肉，肉馅里还有中国的五香粉）但子敏才是郑家的生意人：她把餐厅的名字改成了"香茅"，在康涅狄格州，这个名字更有市场，也更容易理解。

有一天，托尼·安吉尔想到，也许丹尼尔可以和我开车去康涅狄格州，到香茅餐厅吃饭，我们可以在附近的某个地方过夜。厨师想念郑家大哥和小弟，希望他们过得好。

"怎么了，托尼？"塞莱斯特问他。（厨师哭了，但他自己没意识到。）

"没事，塞莱斯特，其实我很开心。"托尼说。他朝她笑了笑，弯腰闻了闻熬好的红酒，给一小撮新鲜的迷迭香焯了水，把里面的油煮出来，将迷迭香放进红酒里。

"是吗，呃，你在哭呢。"塞莱斯特对他说。

"我猜是因为想起了以前的事吧。"厨师说。二厨格雷格也看着他。洛蕾塔从前厅走进厨房。

"今天晚上我们还开门吗，还是打算让客人想办法闯进来？"她问厨师。

"哦,时间到了吗?"托尼·安吉尔问。他一定是把手表落在楼上的卧室了,他在那儿读《班戈尔以东》的校样来着,还没读完。

"他哭什么?"洛蕾塔问母亲。

"我刚才问过他,"塞莱斯特回答,"说是想起了以前的事。"

"是好事,对吧?"洛蕾塔问厨师,她从架子上拿了块干净的洗碗巾,拍了拍他的脸颊,就连洗碗工和传菜工——两个布拉托布罗的高中生——都关心地望着托尼·安吉尔。

厨师和二厨分工并不严格,但通常格雷格负责烧烤,托尼配制酱料。

"你今晚想让我配酱料吗,老大?"格雷格问厨师。

"我没事,"托尼摇了摇头,对大家说,"难道你们从来不回想以前的事吗?"

"丹尼来过电话——我忘了告诉你了,"洛蕾塔对厨师说,"他今晚过来。"

"是的,听起来,作为作家,丹尼今天过得不错,"塞莱斯特告诉托尼,"有两只狗想咬他,'公鸡'咬死了其中一只。他订了一张桌子,老时间。不过只有他一个人。他说,巴雷特不会喜欢狗的故事。他还说,'告诉我老爹,一会儿见'。"

"老爹"是艾奥瓦城的叫法——厨师喜欢这个称呼。

巴雷特原来是英国人,但她在美国住了很多年,她的英国口音让托尼·安吉尔觉得,自己每次听她讲话,都会感受到越来越浓的英国味儿。美国人对英国口音真是反应过度,厨师想,也许是因为英国口音让很多美国人觉得自己没受过教育。

托尼知道儿子说巴雷特不喜欢听狗的故事是什么意思。尽管丹尼在跑步时被狗追着咬,但巴雷特喜欢动物,她总是站在狗那一边。

(她觉得世上没有坏狗，只有坏的狗主人；佛蒙特州的那个州警永远不该朝任何一条狗开枪；要是丹尼跑步时不带着壁球拍的拍柄，也许狗就不会尝试咬他了，以此类推。）但厨师明白，儿子跑步时带着球拍柄，是因为不带的时候被狗咬过——他缝过两次针，但只打过一次狂犬疫苗。

儿子没带巴雷特过来一起吃饭，托尼·安吉尔很高兴。丹尼尔曾经睡过一个几乎跟他父亲同龄的女人！这件事让厨师心烦，巴雷特的英国味儿和她那"世界上没有坏狗"的论调更让厨师讨厌。一个养马的人，又不了解狗，这样爱狗是不是先入为主？厨师自问。

托尼·安吉尔用一台爱尔兰产的斯坦利牌老木柴炉子烤比萨。他知道怎么让烤箱温度保持在六百以上，又不会让厨房里的其他人觉得太热，但他花了两年时间才弄清楚门道。他正在给斯坦利柴炉添柴，听到洛蕾塔打开前门，迎接第一批食客进入餐厅。

"又来电话了。"格雷格告诉厨师。

托尼希望丹尼尔没有改变来吃饭的主意，更不希望他带巴雷特来，但电话是凯奇姆打来的。

老伐木工正在跟格雷格喋喋不休地讲述传真机这个不可思议的发明。上帝知道传真机都已经发明多久了，厨师想，但他不是第一次听凯奇姆说自己也想要一台。丹尼去纽约时，曾经看到出版社的发行部有一台老式的传真机还在运转；据丹尼尔估计，他父亲回忆，那台笨重的机器打印出来的纸张上全是油墨，字迹难以识别，但这并没有吓住凯奇姆。曾经一个大字不识的伐木工想让丹尼和他父亲买两台传真机，然后给他自己也弄一台，这样他们就能随时互相联络了。

亲爱的上帝，厨师想，一旦让凯奇姆发起传真，肯定没完没了，到时候我得买一大堆纸，哪天早晨都别想消停，托尼·安吉尔想；他喜欢早晨喝咖啡时欣赏康涅狄格河的景色。（像厨师一样，凯奇姆也习惯早起。)

托尼·安吉尔从未见过凯奇姆在埃罗尔的住处,但在他的想象中,那儿大概像个移动窝棚——也许是一辆拖车,或者好几辆拖车。它们曾经是可以移动的房车,但现在无法移动了,要么就是没有轮子的大众牌巴士,里面带个烧柴的炉子。刚学会认字的凯奇姆(六十六岁)竟然想要传真机,真让人难以想象。不久之前,他连个电话还没有呢!

厨师知道自己为什么流泪了,这与他的"回忆"无关。托尼·安吉尔一想到跟儿子一起去康涅狄格州的餐厅拜访郑氏兄弟,就意识到丹尼尔永远不会去。作家是个工作狂,厨师想,儿子写起东西来就像个话痨。丹尼尔一个人来阿韦利诺吃晚餐,厨师觉得无所谓,但想到儿子还是单身(也许以后都是这样),他哭了起来。如果说他为孙子乔担心——因为那些显而易见、任何十八岁的孩子都要侥幸才能逃脱的危险——厨师也为儿子丹尼尔担心,他觉得儿子是个极度孤独、忧郁的人。他比我还要孤独、忧郁!托尼·安吉尔想。

"一桌四个人,"洛蕾塔对二厨格雷格说,"一份野生蘑菇比萨、一份辣香肠比萨。"她告诉厨师。

塞莱斯特从前厅走进厨房。"丹尼来了,一个人。"她告诉托尼。

"一份鱿鱼通心粉。"洛蕾塔继续背诵点单的内容。忙起来的时候,她会把客人要的东西写下来,留给两个厨师,但阿韦利诺的客人不多的时候,她似乎挺享受大声报菜名的乐趣。

"四个人那桌一道前菜也不点吗?"格雷格问她。

"他们都点了芝麻菜沙拉和帕尔玛干酪薄片,"洛蕾塔说,"你会喜欢这个的,"她顿了顿,营造出夸张的效果,"一份鸡块,不加酸豆。"

"上帝啊,"格雷格说,"酸豆是格勒诺布尔酱的灵魂。"

"给那个笨蛋用加了迷迭香的红酒汁吧——它用在鸡肉上跟炖牛肉一样好。"托尼·安吉尔说。

"会让鸡肉变紫的,托尼。"二厨抱怨道。

"你真是个完美主义者,格雷格,"厨师说,"那就给那个笨蛋的鸡块加点橄榄油和柠檬吧。"

"丹尼说要给他一点惊喜。"塞莱斯特告诉托尼。她密切地留意着厨师,她还听到他在睡梦里哭过。

"嗯,有意思。"厨师说。(他终于会笑了——虽然只是稍微咧了咧嘴,塞莱斯特想。)

梅是个健谈的乘客。朵特开车时——她不停地摇头晃脑,但往往跟广播里那些垃圾歌曲并不合拍——梅会把大部分路牌大声念出来,就像刚学会识字的小孩。

"风箱瀑布,"她们越过九十一号州际公路的某个出口时——也许这是十五分钟之前的事了,梅宣布,"谁会愿意住在风箱瀑布?"

"你去过那里吗?"朵特问她的老朋友。

"没有。听名字可不怎么样。"梅说。

"现在好像已经到了吃晚饭的时候了,对吧?"朵特问。

"我可以吃一点儿。"梅承认。

"吃点什么?"朵特问。

"哦,大概半头熊或者整头牛吧。"梅咯咯地笑着说。朵特跟她一块儿笑起来。

"哪怕半头牛也行啊。"朵特认真地提议道。

"帕特尼。"她们驶过这个出口路牌时,梅大声念道。

"你觉得这个名字怎么样?听起来不像是印第安名字。"朵特说。

"不是，不是印第安的。"梅表示同意。快到布拉托布罗的三个出口了。

"吃比萨怎么样？"朵特说。

"布拉–托–布罗。"梅的发音近乎完美。

"肯定不是印第安名字！"朵特说，两个老太太又咯咯地笑起来。

"布拉托布罗肯定有吃比萨的地方，你不觉得吗？"梅问朋友。

"咱们去看看。"朵特说，她驶出布拉托布罗的第二个出口，从那里来到了主街。

"藏书窖。"她们慢慢驶过右侧的书店，梅大声念道。

当她们来到下一个交通灯和山坡的那段陡路时，看到了拉齐斯电影院的招牌。这里正在上映去年的几部电影——西尔维斯特·史泰龙的两场连映：《洛基III》和《第一滴血》。

"我看过这两部片子。"朵特自豪地说。

"你跟我一起看的。"梅提醒她。

拉齐斯电影院的招牌很容易让两位女士分心，朵特没法在开车时左顾右盼，把街道两侧都看清楚。假如不是梅这位饥肠辘辘的乘客兼强迫症一般的标牌阅读器，她们准会与阿韦利诺擦肩而过。"阿韦利诺"几个字梅不太会念，她磕磕绊绊地读了一遍，又补充道："意大利家常菜。"

"哪儿？"朵特问，她们已经开过了。

"倒回去，找地方停下吧。"梅告诉她的朋友，"那上面写着'意大利'——我就知道。"

她们最后把车停在超市的停车场，朵特这才找回了因为开车而丢失的智商，她对梅说："这下我们只能走过去了。"

朵特不愿意走着去，她正饱受拇囊炎的折磨，疼得走路一瘸一拐，这让梅想起了大厨的跛脚，所以这两个坏老太婆最近经常想起大厨。(另外,她们在车上那段关于印第安名字的对话也让两人想起了绞河镇的往事。)

"为了吃上比萨,我能走一英里。"梅告诉老朋友。

"要是能吃到大厨的比萨就好了。"朵特说,这话正中二人下怀。

"噢,他做的比萨太好吃了!"梅嚷道,两人摇摇摆摆地往拉齐斯的方向走,在横穿主街时差点被车撞到(也许比起布拉托布罗,米兰对行人更宽容),朵特和梅纷纷向司机竖起中指。

"大厨想往比萨面团里加什么来着?"朵特问梅。

"蜂蜜!"梅说,两人咯咯地笑个不停。"可他又改了主意。"梅回忆道。

"我想知道他的秘方是什么。"朵特说。

"也许他根本就没有秘方。"梅耸耸肩说。她们在阿韦利诺的大窗户外面停住脚步,梅吃力地念出餐厅的名字。

"听起来确实像意大利名字,"朵特说。两个女人浏览着贴在窗外的菜单。"有两种比萨。"朵特说。

"我喜欢意大利辣香肠,"梅告诉朋友,"野生蘑菇可能有毒。"

"大厨做的比萨壳真的很薄,你能吃上很多都不觉得撑得慌。"朵特回忆道。

店里有一家四口正在吃饭——朵特和梅看到,这家的两个孩子点了比萨。前厅里还有个好看的男人,四十来岁,独自坐在靠近厨房旋转门的桌子旁,往笔记本上写着什么——就是学生用的那种格线本。两个老太太没认出丹尼,她俩上次看到他时,丹尼才十二岁,而现在与朵特和梅最后一次见到厨师时相比,丹尼要比那时的父亲大了整整十岁。

两个老太太进来时,丹尼抬眼看了看,但很快又低头继续写东西。他也许已经不记得朵特和梅一九五四年的样子了,已经过去了二十九年，他一点都没意识到这两个坏老太婆是谁。

"就你们两位吗，女士们？"塞莱斯特问她们。(听到别人叫她们"女士"，朵特和梅总觉得好笑。)

她们坐在窗户附近的一张桌子旁，就在那张旧黑白照片下面，照片上是布拉托布罗很久之前发生的一次原木阻塞。"以前有人在康涅狄格河运木头来着。"朵特告诉梅。

"那儿肯定是个挨着工厂建的镇子，"梅说，"锯木厂、造纸厂，也许还有纺织厂，我觉得。"

"我听说，这里有家疯人院。"朵特告诉朋友。女招待过来给她们倒水，朵特跟塞莱斯特打听这件事："这儿还有疯人院吗？"

"它叫疗养院。"塞莱斯特解释道。

"这名字真他妈的鸡贼！"梅说。她和朵特又咯咯地笑起来，塞莱斯特给她们拿菜单去了。(给她们倒水时，她忘了给两个老太太拿菜单，厨师的哭泣依然让塞莱斯特心神不宁。)

一对年轻夫妇走进店里，朵特和梅看到一位年轻的女招待——塞莱斯特的女儿洛蕾塔——领他们去餐桌旁坐下。塞莱斯特拿着菜单回来时，朵特说："我们俩都要辣香肠比萨。"(她和梅已经看过窗外的菜单了。)

"每人一个，还是合吃一个？"塞莱斯特问她们。(不过，只要看看她俩的身材，塞莱斯特就知道答案是什么了。)

"每人一个。"梅对她说。

"你们要沙拉或者前菜吗？"塞莱斯特问两个老太太。

"不要。我得给苹果派留地方。"梅回答。

"我到时候想来个蓝莓馅饼。"朵特说。

她们都点了可乐——"真正的可乐。"梅嘱咐塞莱斯特。因为要继续赶路，更不用说还得应付成群的小辈，朵特和梅想尽量多摄入一些咖啡因和糖。

"我发誓,"梅对朵特说,"要是我的孩子还有孙子孙女再生更多的孩子,你就要去那家'疗养院'看我了。"

"我会去看你的,"朵特告诉朋友,"要是这儿的比萨还不错的话。"她又补了一句。

阿韦利诺的厨房里,厨师也许听到了两个老太太咯咯的笑声。"两份辣香肠比萨,"塞莱斯特对他说,"这两位可能还会点派和水果馅饼。"

"她们是什么人?"厨师问她,他通常不会这么好奇,"两个当地人吗?"

"两个坏老太婆,要是你问我的话——不管是不是当地的。"塞莱斯特说。

快到广播红袜队比赛的时候了,波士顿队在主场参赛,赛场设在芬威球场,但格雷格正在听另一个电台的"金曲怀旧"节目,厨师一直没怎么注意这个矫情又烂俗的节目,但这天的精选唱片是一九六七年的《超现实主义枕头》——"杰斐逊飞机"乐队的老专辑。

当托尼·安吉尔听出格蕾丝·斯利克在唱《爱上某个人》时,他反常地用严厉的语气对二厨说:"该听比赛了,格雷格。"

"再让我听——"二厨刚一开口,托尼突然换了台。(每个人都听出他声音里的不耐烦,看出他调台时的愤怒。)

厨师只能这样自我辩解:"我不喜欢那首歌。"

塞莱斯特耸耸肩,对大家说:"他可能是想起了以前的事,我猜。"

在薄薄的墙壁和两扇转门外面,就有两段更久远的记忆。不幸的是,厨师没法像掐断广播里的那首歌那样,轻而易举地摆脱朵特和梅。

09 世事无常

从位于珊瑚村街的毛家餐厅望出去，可以看到一家名叫"希腊人"的比萨店，那里最受食客欢迎的比萨浇头是卡拉玛塔橄榄和羊乳酪。（正如丹尼的父亲当时所说："味道不错，但那不是比萨。"）艾奥瓦城的市中心有家冒牌爱尔兰酒吧，名叫"奥罗克"，店里有台球桌，每个圣帕特里克节都供应绿啤酒，还有多味腊肠和肉丸三明治。在丹尼看来，奥罗克严格来说是学生的聚会场所——就像是波士顿干草市场以南、汉诺威街附近那些酒吧的蹩脚翻版。这些酒吧里面，最老的一家当数"联邦生蚝"，这是个意式海鲜小酒馆，后来它的对面建了一座大屠杀纪念馆。在联邦街和马歇尔街的交叉口，还有一家名叫"手摇铃"的酒馆——未成年的丹尼尔·巴恰加卢波曾经去那里跟塞埃塔和卡罗杰洛家的表姐们买醉。

这些小酒馆离北区不远，无法摆脱厨师的注意。有一天，他尾随丹尼尔和他的两个表姐，来到了"手摇铃"。当厨师看到年幼的儿子喝起啤酒时，就把他拽了出来。

作家丹尼·安吉尔坐在阿韦利诺写东西——他在等厨师父亲给他一个惊喜——他曾指望在"手摇铃"当着表姐们的面受辱的那次经历能让自己戒酒，可做到这点并不像他想的那么容易，丹尼需要经历比那一次更大的恐惧和屈辱——在他做了父亲之后——才能彻底戒酒。("如果做了父亲还不能让你承担责任,"厨师曾经告诉儿子,"那无论什么事都不能改变你了。")

在开车来布拉托布罗的阿韦利诺享用惊喜晚餐之前,丹尼给那个嬉皮木匠打了一页纸的留言。他开车来到那条通往威斯敏斯特西的土路,把留言放进王八蛋狗主人的信箱——那时他有没有从一个父亲的角度出发考虑问题呢?作家是否希望小乔遇到类似的敌对处境时也这么做呢?

"你的狗死了,我真的很抱歉,"丹尼写道,"我当时气坏了。你对自己的狗一点儿都不负责,不承认公路并非你家狗的地盘。但我也应该控制自己的脾气。我会去别的地方跑步。你失去了一条狗,我放弃我最喜欢的跑步路线,咱们适可而止,好吗?"

这只是一张普通的打了字的纸,作家没署名。如果阿曼多说得对——那浑蛋是个作家木匠,还是丹尼在温德姆教过的学生——那这个惹人厌的狗主人肯定早就知道,带着壁球球拍柄跑步的这个人就是作家丹尼·安吉尔。但丹尼觉得没必要挑明这一点,他也没把这张纸装进信封,只是叠了两道就投进狗主人的信箱,信箱安在排列着僵尸车的车道和土路的拐角处。

坐在阿韦利诺写作的丹尼意识到,假如阿曼多知道了这件事会怎么说:"别想着跟王八蛋讲和。"但阿曼多没有孩子,是否正因如此,他才无所畏惧?丹尼之所以担心冲突升级,超出控制范围,不正是出于保护孩子免受伤害的考虑吗?(在丹尼随手写下的笔记里,有几个没完成的句子,里面都包含"无名的恐惧"这个词,不知怎么,它显得特别尴尬和扎眼。)

在童年和青年时代,丹尼总觉得父亲和凯奇姆这两个人与众不同。主要因为父亲是厨师,而凯奇姆是河工兼伐木工,他比安全靴还强硬,这位放纵不羁的伐木工打起架来从不退缩。

然而凯奇姆跟自己的孩子相当疏远，可以说已经失去了他们，所以，他未必真的比厨师更勇敢、更有胆量。凯奇姆不是一位父亲，不再是了，他没有多少可以失去的东西。丹尼现在才明白，父亲始终在竭尽全力地守护自己的儿子。离开绞河镇，这是一位父亲做出的决定。厨师和儿子后来又都尽力保护小乔，他们对这孩子怀有同样的担忧，这一点拉近了丹尼和父亲的距离。

作家记得，在艾奥瓦城时，他也觉得自己跟父亲很亲近（丹尼认为，父子俩在艾奥瓦生活的第二段经历是"亚洲插曲"）。在艾奥瓦城的那些年，他父亲最稳定的女朋友是仁慈医院的急诊室护士怡颖。她是华裔，跟丹尼同龄——三十出头，几乎比厨师小二十岁——她有个女儿还在香港，跟乔差不多大。女儿一出生，丈夫就离开了她——他想要个儿子——怡颖把孩子托付给父母照看，一个人到美国中西部开启新生活。护理是个不错的职业选择，艾奥瓦城也是个不错的地方。仁慈医院的医生们宣称怡颖不可或缺，她已经拿到了绿卡，有望成为美国公民。

当然，怡颖偶尔也会听到有人在她背后嘀咕"东亚佬"这个词——这类最常见的侮辱来自急诊室的那些心怀偏见的病号、驶过的汽车里那些面目模糊的司机或乘客，但被人错当成越战老兵的战时新娘并没有让她感到困扰，她毕竟还面临着更加艰巨的任务——把女儿和父母接到美国——好在她正逐步履行着各种烦琐的手续，进展还算顺利。为了实现目标，怡颖必须保持专注，全力以赴。（她坚信，等越战结束后再把家人接到美国会比较容易，有位可靠的权威人士告诉她，这"只是时间问题"。）

怡颖告诉托尼·安吉尔，现在并非她"投入感情"的好时机，也许这正合父亲的意，丹尼那时认为。考虑到怡颖的雄心壮志，对她来说，厨师是个令人宽慰又要求不高的伴侣，而托尼·安吉尔的大部分人生早已迷失在过去,他也不打算追求所谓的感情投入。另外,厨师的孙子和怡颖的女儿同岁,她像母亲那样呵护着小乔。

丹尼和父亲把新的女人带进自己的生活时,总要考虑乔的感受。丹尼喜欢怡颖——有很大一部分原因是,她对乔的关切是真心实意的——尽管两人同龄这件事有些尴尬,而且作家也受到了她的吸引。

那三年里,丹尼和父亲在艾奥瓦城的法院街前后租住过三套房子——房东都是拥有终身教职、享受学术休假的大学教授。法院街是一条林荫道,两侧是宽敞的三层住宅,几乎算得上大学教员的聚居区。从这条街可以方便地步行前往朗费罗小学,一路上相当安全,乔在那所小学读了二、三、四年级。法院街离艾奥瓦城的市中心有些远,丹尼再也不用在艾奥瓦大道上开车了——他曾经和凯蒂住在那边——无论如何,他前往位于艾奥瓦河河畔的那座英文–哲学系大楼(当地人叫那儿"英哲楼",丹尼的作家班办公室就在里面)时,再也不用经过那里了。

尽管法院街上租来的房子足够宽敞,可丹尼不在家中写作——主要是因为怡颖在仁慈医院急诊室的工作时间不规律。她经常在厨师的卧室里睡到中午,然后穿着丝绸睡衣到楼下的厨房给自己弄吃的。不去医院上班时,她整天都会在家穿着那件非常紧身的香港睡衣。

丹尼喜欢送乔上学,然后到英哲楼写作。只要关上办公室的门,学生和其他老师就知道不能打扰他。(怡颖个子不高,但惊人地结实,有着漂亮的脸蛋和煤黑色的长发。她有许多套丝绸睡衣,颜色各异;丹尼记得,就连她那套黑睡衣都是那么勾人魂魄。)括号里的这段与前文无关的描述,在丹尼上午开始写作很久之后——怡颖穿着性感睡衣在他父亲床上睡觉的诱人画面——都会让作家浮想联翩,无法集中注意力。对怡颖和她的睡衣这些诱人存在的遐想,时常一路伴随丹尼来到英哲楼。

"我不知道,在这么个没意思的地方,你是怎么写下去的。"作家雷蒙德·卡佛曾经这样评价英哲楼。那几年,雷是丹尼·安吉尔在作家班的同事。

"那儿不像……你说的那么没意思。"丹尼对雷说。

另一位作家同事约翰·契弗则把英哲楼比作"一个专门给开会的人提供食宿的旅馆"——可丹尼喜欢他在四楼的办公室。作家班的办公室和教室上午一般没什么人,只有作家班的行政助理在值班,她很擅长记录留言,但从不转接电话——除非电话是小乔或者丹尼的父亲打来的。

尽管这个工作场所完全没有美观可言,但作家们喜欢这个能保证工作效率的地方。因为白天乔在学校安全无虞,丹尼也慢慢喜欢上了英哲楼。四楼静悄悄的,像个庇护所——假如他在下午三点之前离开的话。

作家们通常不会把写作范围局限在美好的事物,对吧?丹尼·安吉尔在阿韦利诺边写边想,他想得最多的还是艾奥瓦城。"路中央的那个孩子",他写道——这可以做某个章节的标题,但未免限度太大,不如画掉冠词,改成"路中央的一个孩子",但他对这两个标题都不满意——很快把"一个"也画掉了。从这行字上方——笔记本的同一页——的那些记录来看,作家显然不喜欢用冠词,"那辆蓝色野马"被改成了"蓝色野马"。(也许"路中央的孩子"更好?)

无论谁看到四十一岁的作家的表情,都会觉得他所做的这项练习比单纯地拟定标题更加意味深长和令人痛苦。朵特和梅觉得,这位愁眉苦脸的年轻作者看起来异乎寻常地魅力十足和面熟,等待食物上桌时,她俩都专心地看着他。因为没有招牌可以大声朗读,梅一时有些不知所措,但朵特小声跟朋友说:"不管他在写什么,都压根儿不觉得开心。"

"我可以让他开心！"梅小声说，两个女人又开始用她们那独一无二的方式咯咯地笑了起来。

这个时候，丹尼再也没法聚精会神地写作了，蓝色野马和路中央的孩子几乎攫取了作家的全部注意力，哪一个做标题更好倒变得没那么重要了，这两个词组激发了他的想象力，对他来说意义远不止标题。但两个老太太的独特笑声引得丹尼从笔记本上抬起头来，朵特和梅连忙移开视线。她们一直在盯着他看——丹尼很清楚这一点，他可以发誓，自己曾经听过这两个胖女人令人难忘、嘲弄意味十足的笑。但他是什么时候、在什么地方听到的呢？

那一定是很久之前的事了，丹尼根本想不起来，他关注的是那些更新鲜、更令人难忘的细节，比如飞驰的蓝色野马和无助的路上的孩子。丹尼与伙房后厨那个十二岁的男孩早已相去甚远，曾几何时，朵特和梅的咯咯笑声犹如标点符号那样恒定。作家把注意力重新转回笔记本上，他正在回想艾奥瓦城的生活，可他并不知道，自己与那段在绞河镇度过的时光更加接近。

在法院街住了一年后，厨师父子和乔逐渐习惯了跟怡颖和她的那些性感睡衣共处同一屋檐下。她调整了自己在医院上班的时间表，这样等乔放学回家时，她一般都会在家。那时乔还没真正开始骑自行车，丹尼的女朋友也是很快就换，而且这些短期女友很少在法院街的房子里过夜。每天下午三点多，厨师会去毛家餐厅上班——跟郑家小弟去下曼哈顿时除外。

托尼·安吉尔离家采购的那两天晚上，怡颖不会在法院路的房子过夜。她在仁慈医院的旁边有套自己的公寓。她也许一直知道丹尼迷恋她——怡颖没做任何鼓励他的事情，获得她全部关爱的是厨师和小乔，但当乔开始骑自行车上学时，是她最先告诉丹尼这件事的。那时他们已经搬到了法院街的第二套房子,那里更靠近马斯卡汀大街上通勤的车流,但与法院街和朗费罗小学之间只隔着几条小巷,尽管如此,怡颖还是告诉丹尼,他应该让乔在人行道上骑车。"孩子过马路时,应该下来推着车子走。"她说。

"在这座城市,总有骑自行车的孩子被汽车撞到。"怡颖告诉丹尼。他努力不去看她身上的睡衣,他知道自己应该把心思放在她作为急诊室护士的经验之谈上。"我总是看到这样的孩子——昨天晚上急诊室里就有一个。"她说。

"晚上也有孩子骑自行车?"丹尼问她。

"他是天还没黑时在道奇街被撞的,但在急诊室待了一整夜。"怡颖回答道。

"他会好起来吗?"丹尼问。

怡颖摇了摇头。在法院街的第二套房子的厨房,她正给自己泡茶,把一片薄薄的烤面包像香烟一样叼在嘴边。乔从学校回来了,他觉得不舒服,丹尼正在厨房的桌子上写作。"一定要让乔在人行道上骑自行车,"怡颖说,"要是他想去市中心——或者游泳池、动物园、城市公园……看在上帝的份上,让他走着去,或者坐公交。"

"好吧。"丹尼告诉她。她端着茶吃剩下的烤面包,在他旁边坐下来。

"你还在家里干什么?"怡颖问他,"有我在,不是吗?我已经睡醒了,你应该去办公室写作。我是个护士,丹尼——我可以照顾乔。"

"好吧。"丹尼再次说道。作家想,乔有急诊室护士和两个日裔保姆照顾,应该非常安全了吧?

大多数夜晚,厨师和急诊室护士都得上班——要么是丹尼在家里陪着乔,要么是那对日裔双胞胎的其中一位照顾男孩。Sao 和香织的父母来自横滨,但这对双胞胎出生在旧金山,在那里长大。厨师有天晚上把她们从毛家餐厅带回家,他叫醒丹尼,把他介绍给双胞胎,然后领着 Sao 和香织来到乔的房间,让她俩看看睡着的孩子。"看到了吗?"托尼低声问双胞胎,丹尼正迷迷糊糊地躺在床上,"这孩子是个天使——非常容易照看。"

厨师不同意丹尼让作家班的学员给乔当保姆。托尼·安吉尔觉得,丹尼的学生都是作家,很容易分心或者走神。年轻的作家们活在自己的想象里,不是吗?厨师问儿子。(丹尼知道,父亲一向不信任想象力。)此外,这些年轻作家都是研究生,其中的许多人比一般的研究生还要年长。"他们年龄太大了,当不好保姆!"厨师说。父亲的看法让丹尼觉得新鲜,但他喜欢 Sao 和香织,她们是同卵双胞胎,长得一模一样,他始终分不清她俩谁是谁。(过了一段时间,乔能分辨她们了,但这也没什么大不了的。)

"横滨姐妹。"丹尼总是在心里这么称呼她们——仿佛"横滨"是她俩的姓——她们还在读本科,在毛家餐厅兼职做女招待。因此,艾奥瓦城除了对厨师来说充满亚洲风情之外,对丹尼和小乔而言也是如此。双胞胎彼此说日语,乔喜欢她们这样,可丹尼觉得心烦。多数夜晚,当 Sao 在毛家餐厅工作时,香织就在家照顾乔——反之亦然。(在这样的情况下,两人都不会说日语。)

横滨姐妹起初对怡颖保有一份冷淡的敬意,怡颖在急诊室的排班经常让她没机会跟 Sao 或者香织在家中相遇。她们在毛家餐厅碰面的机会更多,怡颖偶尔会在深夜(一个人)去吃饭——但她更喜欢在急诊室通宵值班,一直工作到白天。

有天晚上小弟当领班,他误以为怡颖是毛家餐厅的女招待。"你迟到了!"他告诉她。

"我是顾客——我订了位子。"怡颖告诉小弟。

"哦,妈的——你是托尼的护士!"小弟说。

"托尼还很年轻,不需要护士。"怡颖说。

后来,厨师想帮小弟说点好话("他是个好司机——就是当领班很差劲"),但怡颖不买账。

"美国佬以为我是越南人,皇后区的上海小瘪三以为我是服务员!"她告诉托尼。

不幸的是,日裔双胞胎之一就是服务员——这时她还在给乔当保姆——她无意中听到了怡颖的话。"当服务员不好吗?"Sao或香织问护士。

在艾奥瓦城,日本双胞胎也曾被误认为是越南来的战争新娘。Sao或香织跟丹尼解释说,在她们土生土长的旧金山,人们能区分日本人和越南人,美国中西部的人显然做不到。老实说,对于如此可耻的混淆,丹尼始终无言以对。毕竟连他自己都分不清Sao和香织!(而且,怡颖用贬损的语气说出"服务员"这个词之后,横滨姐妹对这位香港来的护士原来就有些冷淡的敬意,变得更冷淡了。)

"我们是幸福的一家人。"丹尼后来试图向一位年纪比较大的作家班学员解释。尹是一位来自首尔的作家,回艾奥瓦城的第二年,她来到首尔的作家班。那些年,作家班的学员还包括几个越南老兵——他们的年纪也不小了。有几位女作家因为结婚生子和离婚而中断过写作生涯。这些大龄研究生比大学刚毕业的年轻作家有优势,大龄作者有更多东西可写。

尹就是如此。在首尔时,她曾是包办婚姻的受害者——她正在写的小说里提到了这场婚姻,称其为"事实上的包办婚姻"。

丹尼批评了"事实上的"这个词:"要么是包办婚姻,要么不是,对吗?"他问尹。

她的皮肤像牛奶一样白,黑发剪得短短的,刘海下面那双深棕色的大眼睛让她看起来弱不禁风，其实尹已经三十多岁了——跟丹尼同龄——为了让真实生活中的丈夫主动与自己离婚、避免卷入"韩国式的繁文缛节"，她所做出的种种努力为进展中的小说带来了迷宫般的情节。

前提是你得相信她的真实经历或者她的小说，作家丹尼·安吉尔想。初次见到她时，他读了她小说的前几章，丹尼不知道自己是否可以相信她——无论她作为女人还是作家。但他一开始就喜欢她，而且越来越喜欢，至少这缓解了他对父亲那位拥有无数睡衣的年轻女友的不恰当的幻想。

"好吧，"丹尼把尹介绍给厨师时，厨师对儿子说，"既然家里已经有一个华裔护士、两个日裔保姆了，为什么不能来个韩裔作家呢？"

但他们都在隐瞒着什么，不是吗？当然，厨师父子在躲避追捕——他们是逃犯。父亲的华裔护士给丹尼的感觉是，有些事她没有说。至于丹尼的韩裔作家，他知道她故意表现得含含糊糊——这种表达风格可不仅限于她的散文。

唯有两位日裔保姆无可挑剔，她们真心喜欢小乔。她们对厨师的好感，也是从三个人在毛家餐厅长期共事——实现融合亚洲菜和法国菜的雄心壮志——的情谊中滋长出来的。

并不是说怡颖对乔的关心缺乏诚意，这位急诊室护士确实是个好人。她和厨师之间的关系存在妥协让步，也许对他俩而言都是如此。但托尼·安吉尔长期以来一直对女人保持警惕，习惯脚踩好几条船。怡颖本来不应该容忍托尼跟他在作家班派对上结识的女人逢场作戏，但护士竟然接受了厨师的做法。怡颖喜欢跟与她不在身边的女儿同龄的男孩住在一起，愿意充当别人的母亲。在厨师这个完全由男性组成的家庭里成为其中一员，也许让怡颖感到像是一种新奇的波西米亚式冒险——而一旦她的女儿和父母最终来到美国,她就没那么容易体验到这样的冒险了。

对于仁慈医院那些大胆询问她的情况的年轻医生——他们想知道她是否结婚,有没有男朋友——怡颖总是语出惊人:"我和作家丹尼·安吉尔住在一起。"她肯定是喜欢这样说的,但并非是为了彻底阻止对方的追问,因为面对好友和熟人时,怡颖还会补充一句:"好吧,其实我是在跟丹尼的父亲约会,他是毛家餐厅的厨师——不是华裔的那个厨师。"不过,厨师理解怡颖的感受:对于一个三十多岁的女人来说,在异国他乡过着不稳定的生活,只能从照片上看到自己的女儿,滋味一定很复杂。

有一次,在一个派对上,有个在仁慈医院工作的人告诉丹尼:"哦,我认识你的女朋友。"

"什么女朋友?"丹尼问。那时尹还没进入他的作家班,他也还(暂时)没搬进法院街的第二套房子。

"怡颖——那个华裔护士——"

"她是我爸的女朋友。"作家连忙说。

"哦——"

"怡颖是怎么回事?"丹尼后来问父亲,"有人以为她跟我住在一起。"

"我不管怡颖的事,丹尼尔。她也不来管我。"厨师指出,"她对乔不是很好吗?"父亲问他。他俩都明白,在佛蒙特州的时候,丹尼跟那个前温德姆学院的学生弗兰基同居时,就拿同样的话应付父亲——可如今的事还是有点奇怪,丹尼想(至少在尹搬进法院街的第二套房子之前)。年近五十的厨师是不是比他的作家儿子还有波西米亚精神?

那座房子又有什么问题呢?地方够大,足以容纳所有人——这并非问题所在。卧室数量够多,每个人都能分开睡;尹把其中一间客房当成写作和存放她所有物品的房间。作为一个三十多岁、没有孩子、正在忍受一场匪夷所思的韩国式离婚的女人来说——至少在她正在创作的小说里,这场离婚是"匪夷所思"的,或者说丹尼认为它匪夷所思——尹的个人物品很少,她是否把所有东西都留在了首尔——不仅是她可怕的前夫?

"我是个学生,"她对丹尼说,"重新做学生就是这么自由——因为我什么都没有。"这是个聪明的回答,作家想,但丹尼不知道是否该相信她。

一九七三年秋天,乔开始读三年级,厨师把一箱苹果放在艾奥瓦城房子的后门廊上。门廊俯瞰一条狭窄的砖铺小巷,小巷跟法院街的一长排房子一样长。除了存放垃圾桶,这条巷子似乎没有别的用处,只是偶尔会有一辆汽车慢速驶过——更常见的是骑自行车的孩子,很少使用的人行道上散落着一些沙子和砾石,这意味着孩子们可以在上面练习骑车打滑的技巧。乔曾经在这条后巷从自行车上摔下来过,擦伤了膝盖,怡颖给他处理了伤口。

后门廊与厨房相连,正对着后巷,时常有动物跑来吃厨师留在门廊里的苹果——起初丹尼以为那是浣熊,实际上是一只负鼠。有天傍晚,小乔来到门廊拿苹果吃,把手伸进板条箱,被负鼠吓了一跳。它朝他低声咆哮嘶叫,男孩很害怕,甚至说不清这只野性十足的动物是不是咬到了他。

丹尼一直问:"它咬你了吗?"(他反复检查乔的胳膊和手,寻找咬痕。)

"我不知道!"男孩叫道,"它又白又粉——真难看!这是什么东西?"

"负鼠。"丹尼不停地念叨,他看见它溜走了,负鼠真是一种丑陋的生物。

那天晚上,乔睡着后,丹尼来到男孩的卧室,把他全身检查了一遍。他希望怡颖在家,但她去急诊室值班了。她知道负鼠会不会携带狂犬病毒——在佛蒙特,浣熊常常携带这种病毒——如果乔被咬了,这位好护士肯定知道该怎么办,但丹尼发现儿子的身体完好无损,没有任何咬痕。

尹站在男孩卧室敞开的门口,望着丹尼在孩子身上寻找动物咬伤的迹象。"乔怎么会不知道自己是不是被咬了?"她问。

"他吓糊涂了。"丹尼回答。尹凝视着熟睡的男孩,仿佛他是一头野兽或者陌生的动物,丹尼意识到,她常常用这种仿佛来自另一个世界、既困惑又迷恋的眼神盯着乔看。如果说怡颖宠爱乔,是因为她渴望跟与乔同龄的女儿团聚,那么尹端详乔的时候,神情里却明显透着不解,好像以前从来没接触过任何年龄的孩子似的。

所以现在又回到了老问题:尹的经历(或者她的小说)是否可信。她成功地与丈夫离婚——更重要的是,她成功地让他启动了所谓的烦琐程序——原因是没能怀孕生子。这是她小说中曲折情节的主线:她丈夫以为她在努力尝试怀孕,其实她却一直在吃避孕药,还用了子宫帽——她想尽一切办法避孕,根本不想要孩子。

尹用英文而不是韩文写小说,丹尼认为她的英文相当出色,文笔也好,但其中的某些韩国元素神秘晦涩。(韩国的离婚法究竟是什么样的?有必要假装尝试怀孕吗?还有,据尹自己说,她讨厌服用避孕药。)

丹尼最后猜测,尹小说里的那位前夫是个涉及黑道的生意人。也许他是个高薪杀手,或者雇用不如自己的杀手干那些脏活;丹尼在读尹那本正在创作的小说时,并没有看明白这到底是怎么一回事,不过那位丈夫显然是个危险人物——在尹的真实生活和小说里都是如此。丹尼只能琢磨一下性方面的细节。尽管尹努力妖魔化他，那位丈夫还是有令人同情的地方。心怀诡计的妻子无法怀孕，这个可怜的男人还以为是他的错。

晚上躺在床上，尹会把她那悲惨婚姻中最糟糕的细节讲给丹尼听——包括她丈夫不知疲倦的性需求——可这样也无助于解答丹尼的疑惑。（可他是想让你怀孕，不是吗？丹尼想问她，尽管最后没有问。也许尹和她不幸的丈夫都以为，性是一种责任。她在黑暗中告诉丹尼的那些事逐渐与她小说中的细节混淆起来——还是说，它们本来就是一回事？）

尹小说中的那位虚构的丈夫——冷血杀手组织的头目——竟然跟她现实生活中的丈夫同名，难道不应该避免这样的情况吗？丹尼问尹。万一前夫读到她的小说怎么办？（假如这本书能出版的话）那样他不就知道她在结婚后是怎么努力避孕欺骗他的了吗？

"我以前的人生已经结束了。"尹阴郁地回答。她现在已经不把性和责任联系到一起了，尽管丹尼对这一点也心怀疑惑。

尹的物品寥寥无几，收拾得也格外整齐，她甚至把放在小浴室里的盥洗用品也拿到了用来写作的那间客房。她的衣服放在那间卧室的壁橱里，有的搁在屋里那只孤零零的抽屉柜里。有一次，尹不在家，丹尼看了看她那个卫生间的药柜，看到了她的避孕药——处方是在艾奥瓦城开的。

丹尼一直用避孕套。这是个老习惯——鉴于他曾经有过不止一个性伙伴，这个习惯还不错。但尹曾经用几乎算得上随便的语气对他说："谢谢你能用避孕套，我吃了一辈子避孕药，再也不想吃了。"

可她还是在吃，不是吗？既然丹尼的父亲都不管怡颖的事，丹尼又为什么非得从尹那里探听一切的答案呢？她的生活难道还不够复杂吗?

一辆蓝色的野马车闯进了这个粗心大意的世界,那里到处都是不曾提出和没有回答的问题——这些问题不只跟亚洲人有关,还关系到厨师和他的作家儿子之间长期存在的一些秘密——让他们充分体会到什么叫作(尽管只是暂时的)世事无常。

秋天,艾奥瓦队的主场橄榄球赛在星期六上午举行,丹尼能听到艾奥瓦大学的乐队在演奏,却不知道音乐声是从哪里传过来的。假如乐队是在艾奥瓦河对岸山上的金尼克体育场演奏,那他能在城东的法院街这样遥远的地方听到音乐声吗?

那是个阳光灿烂的星期六,丹尼弄到了票,准备带乔一起去看比赛。他起了个大早,给男孩做了薄烤饼。厨师星期五在毛家餐厅忙到深夜,橄榄球主场比赛结束后的星期六当晚,他会忙到更晚。这天早上,丹尼的父亲还没起床,怡颖也是,像平时一样,她刚刚从仁慈医院下了夜班回来,丹尼也没打算会在中午之前看到睡衣女士。邻居家的孩子麦克斯是乔的朋友,他是艾奥瓦大学教职工的孩子,也是乔在朗费罗小学三年级的同班同学,是他先称呼怡颖"睡衣女士"的。(这个八岁的孩子记不住怡颖的名字。)

丹尼在洗他和乔的早餐碗碟,乔和麦克斯在外面玩。两个孩子在后巷骑自行车,出门之前还从门廊的板条箱里拿了一些苹果,但没有吃掉它们,丹尼后来意识到,孩子们是拿苹果当障碍滑雪场的门。他喜欢麦克斯,但这孩子骑着自行车满城跑,这件事是丹尼和乔产生摩擦的根源,因为丹尼不允许乔这么做。

麦克斯是品牌啤酒的宣传海报、贴纸和缝到衣服上的徽章的狂热收藏者,还送给乔好几十样这种东西,乔让怡颖把其中的徽章缝在他的牛仔外套上,贴纸贴在冰箱上,海报挂在乔的房间里。有意思,丹尼想,不过完全没关系,毕竟八岁的孩子又不喝啤酒。

对于那辆车,丹尼首先想起的就是突如其来的车胎摩擦声,他只看到一片模糊的蓝色影子掠过厨房窗外。作家冲进后门廊,他以前觉得这里对儿子的唯一威胁就是那只负鼠。"乔!"丹尼叫道,没人回答——只有那辆蓝色汽车撞倒巷子尽头的垃圾桶的声音。

"安吉尔先生!"丹尼听见麦克斯喊道,这孩子似乎从来没从自行车上下来过,可丹尼看到他在跑。

巷子里的那几个摆在地上当障碍滑雪门的苹果已经被压扁了。丹尼看到两个孩子的自行车都倒在人行道以外,乔像个胎儿一样蜷缩着躺在地上,紧挨着自行车。

丹尼看出乔意识清醒,不像受了伤,更像是受了惊吓。"撞到你了吗?那辆车撞到你没有?"他问儿子。男孩连忙摇摇头,但身体的其他地方没有动,蜷得像一个球。

"我们的自行车翻了,为了躲那辆车——那辆野马直接朝我们冲过来了。"麦克斯说,"是那辆蓝色野马——总是开得很快那辆。"麦克斯告诉丹尼,"它的颜色肯定是定制的——那种蓝色挺怪的。"

"你以前见过那辆车?"丹尼问。(麦克斯显然对汽车也挺了解。)

"是,但不在这里——在巷子里没见过。"

"去找睡衣女士,麦克斯,"丹尼对孩子说,"她在楼上,跟我老爹在一起。"丹尼此前从来没叫父亲"老爹",现在突然这样说,大概是因为吓到了。他跪在乔旁边,几乎不敢碰他,男孩抖个不停,像个打算回到子宫的婴儿,作家想。"乔?"父亲问,"你什么地方疼吗?受伤了没有?你能动吗?"

"我看不见有司机,只是一辆车。"男孩说。除了发抖,他的身体还是没动。也许是挡风玻璃反光,丹尼想。

"没有司机。"乔坚持说。后来麦克斯也说他没看到司机,尽管他以前见过这辆蓝色野马在附近超速行驶来着。

"睡衣女士!"丹尼听到麦克斯喊道,"老爹!"

厨师从床上坐了起来,旁边是昏昏欲睡的怡颖。"老爹是谁?"他问她。

"我觉得睡衣女士是我,"怡颖困倦地说,"老爹肯定是你。"

得知乔从自行车上摔了下来,还跟一辆车有关,怡颖和厨师慌张得手忙脚乱。麦克斯也许到死都会记得,睡衣女士光着脚冲到事故现场,这时乔已经坐了起来,父亲把他搂在怀里,轻轻地来回摇晃。跛脚的厨师过来得慢一些。尹也放下了正在创作的小说,出来看看发生了什么事。

巷子尽头走来一位衣着优雅、面有惧色的女士,那辆消失不见的蓝色野马撞翻的就是她家的垃圾桶。她虽然年纪大,而且身体虚弱,但也想看看骑自行车的孩子们是否没事。像麦克斯一样,这位庄重威严的老太太以前也在附近见到过那辆蓝色野马——但从来没看见司机。

"是哪种蓝色?"丹尼问她。

"不是普通的蓝色,它太蓝了。"老太太说。

"颜色是定制的,安吉尔先生,我告诉过你。"麦克斯说。

"你没事,你没事。"怡颖反复对乔说着,她把孩子从头到脚摸了一遍。"你没摔着脑袋吧?"她问他。他摇了摇头。于是她开始挠他的痒痒,也许是为了让两个人都放松下来。这天早晨她穿的是一套泛着彩光的鱼鳞绿色香港睡衣。

"一切都还好,是吧?"尹问丹尼。这位韩裔离异女性也许想回去写作了。

不,一切都不怎么"好",作家丹尼·安吉尔想——只要那辆无人驾驶的蓝色野马还在到处乱窜,就好不了——但他对尹(她也光着脚,穿着T恤和牛仔裤)和看起来很担心的父亲笑了笑。厨师肯定是一瘸一拐地来到楼上的走廊时才意识到自己没穿衣服的,因为他只穿了一条丹尼的跑步短裤。丹尼把它挂在楼梯顶端的栏杆上。

"你要去跑步吗,老爹?"丹尼问父亲,这个新词对他俩来说出奇地顺耳——仿佛标志着躲过危难后的转折点,意味着他俩和小乔生活的新开端。也许的确是这样的。

那个警察姓科尔比。"科尔比警官",在法院街住所的厨房里,厨师一直这么叫他——对于很久以前出现在他生活中的另一位警察,厨师一向是假装尊敬他,或许眼下也在装模作样。除了糟糕的发型,这个艾奥瓦城的年轻警察跟卡尔毫无相似之处。科尔比皮肤白皙,有着斯堪的纳维亚人的蓝眼睛和修剪整齐的金色胡须,他为没能早些回应丹尼此前拨打的报警电话(报告有人危险驾驶)致歉,因为近几个周末艾奥瓦橄榄球队在主场打比赛,当地警方一直很忙。警察友善而诚恳的态度让丹尼立刻喜欢上了他。(作家很快注意到,科尔比警官观察力敏锐,能够注意到各种小细节,比如冰箱上的那些啤酒贴纸。)科尔比警官告诉丹尼和他父亲,他此前也曾接到过关于一辆蓝色野马车的报警,正如麦克斯所说,它的颜色很可能是特别定制的,是一辆改装车,但不同目击者的描述存在着不一致的地方。

引擎盖上的车标要么是原版的野马标志,要么——根据仙童街和道奇街附近某个超市停车场里的一位歇斯底里的家庭主妇的说法——换成了一匹下流的半人马小雕像。也有目击者看到了车牌,它没什么特别,但显然是别的州的车牌,可有个在迪比克街骑摩托的大学生说,这辆蓝色野马的车牌绝对是艾奥瓦州的。科尔比警官告诉厨师和他的作家儿子,没有人能描述出司机的样子。

"孩子们随时可能放学回家。"丹尼对警察说,科尔比警官礼貌地瞥了一眼手表,"你可以跟他们谈谈,我只看到一个奇怪的蓝色影子从窗外闪了过去。"

"我可以看看你儿子的房间吗?"警官问。

丹尼觉得这个要求有点奇怪,但他没有理由反对。警官只在男孩房间待了一分钟,也没对啤酒海报发表任何评论。三个男人回到厨房,等孩子们回来。至于蓝色野马差点撞上骑车男孩的那条后巷,科尔比警官断言,"正常情况下",孩子们在那里骑车是安全的。但警官似乎对艾奥瓦城骑自行车的孩子们抱有与怡颖类似的看法,认为他们还是步行或者坐公交车更好——当然绝对不能在市中心骑车。开车的学生越来越多,其中的不少人是刚到大学城的外来者——更何况每逢举行重大体育赛事的周末,会有更多外地人来到这里。

"乔不会去市中心骑自行车——他只在附近骑一骑,而且过马路的时候总会推着自行车走过去。"丹尼告诉警察,警官似乎不太相信。"不,这是真的。"作家说,"至于麦克斯,我倒说不准,他是我们邻居家的孩子,今年八岁。我觉得他的父母对孩子的要求更宽松,我的意思是,麦克斯可以骑着自行车到处去。"

"他们回来了。"厨师说。他一直望着后巷,等待乔和麦克斯骑着自行车出现。

在厨房里见到科尔比警官,两个八岁的孩子似乎吃了一惊。这两个三年级小学生就像在课堂上传递秘密消息那样,飞快地对视一眼,然后同时盯着厨房的地面。

"撵啤酒车的小朋友,"科尔比说,"也许你们应该记住,城里到处都有人见过那辆蓝色野马。"警官又转头看着丹尼和他父亲。"他们是好孩子,可他们喜欢跟啤酒车的司机要啤酒贴纸、海报,还有缝在衣服上的徽章。我在市中心的酒吧见过这些孩子。我只能提醒他们不可以进酒吧,有时候还得告诉他们,不能骑着自行车,跟着啤酒车一个酒吧一个酒吧地跑。在克林顿街和伯灵顿街骑自行车尤其危险。"

乔不敢看父亲和祖父。"撵啤酒车的小朋友。"厨师重复道。

"我得回家了。"麦克斯说,说完他就溜了。

"在城市公园看到这些孩子的时候,"科尔比继续说道,"我会告诉他们,我希望他们不要在迪比克街上骑自行车,走学生活动中心后面的行人天桥,然后沿着汉彻礼堂的那一侧骑自行车更安全。可我想那样去公园或者动物园花的时间更长——对不对?"科尔比警官问乔。男孩只是点了点头,他知道自己被逮到过。

第二天一早,尹还在睡觉,怡颖还没下夜班回家,丹尼走进乔的卧室,看着在五花八门的品牌啤酒圣殿里熟睡的八岁儿子。"醒醒。"他对儿子说,轻轻地摇晃着他。

"现在上学有点太早了,是吧?"乔问。

"也许今天早上你不用上学了,"他父亲说,"我们可以告诉学校你病了。"

"可我感觉很好啊。"男孩说。

"起来吧,穿好衣服,乔,你不好,"父亲告诉他,"你死了,你已经死了。"

他们没吃早饭就离开了家,走到马斯卡汀大街。这条街大清早总是车流不断,再拐个弯就到了艾奥瓦大道,这是一条双向车道,中间的绿化带铺着草皮,把两侧的车道分隔开来。

乔还是婴幼儿时,丹尼和凯蒂住在艾奥瓦大道的一座复式公寓里,这对年轻夫妇经常抱怨街上的交通噪声。对研究生或者富裕的本科生而言,那里的房子(尤其是那套靠近校园和市中心的大排屋,属于大学女生联谊会,相当吵闹)在当时就属于比较贵的校外住所。

但是在一九七三年秋天,丹尼和三年级的儿子走上艾奥瓦大道时,这条一分为二、绿树成荫的街道两侧的房子价格更贵了,一些初级教师,也许还有些终身教员住在这里。"这不是我们和妈妈住过的那条街吗?"他们往校园和市中心走,乔问父亲。

"这就是我们和妈妈住过的那条街,没错,没错。"丹尼说。在约翰逊街和吉尔伯特街的交叉路口之间的某个地方,作家认出了那套有着灰色护墙板的二层小楼,一楼就是当年他们一家三口的公寓。这座小楼后来经过了重新粉刷——六十年代末,护墙板是淡黄色的——现在它可能已经变成了某户人家的单独住宅。

"是灰色的这座吗?"乔问,因为父亲已经在人行道上停住脚步,站在这座房子那一侧的人行道上。房子一侧马路上的车流都是往市中心去的,从马斯卡汀大街拐过来驶入艾奥瓦大道的车辆显而易见地越来越多。

"对,是灰色的这座。"丹尼说。他转身背对房子,面朝马路。他注意到,在他搬离艾奥瓦大道的六年里,中央分隔带上的植物得到了美化。

"爷爷说你不喜欢艾奥瓦大道——说你甚至不愿意开车从这儿走。"乔对父亲说。

"是的,乔。"丹尼说。他们紧挨着站在一起,望着车来车往。

"怎么了,我被禁足了吗?"男孩问父亲。

"不,你没被禁足——你已经死了。"父亲告诉他。丹尼指着街道。"你就死在那里,路中间,那是一九六七年春天的事,那时你还包着尿布,只有两岁。"

"我被车撞了吗?"乔问父亲。

"你本来应该被车撞到,"他父亲回答,"但要是你真的被车撞了,我也会死的。"

对侧车道上，有个开车的人看见他们站在艾奥瓦大道另一边——那是恰颖，她正从仁慈医院返回法院街。同侧车道上，丹尼在作家班的一位同事、诗人马文·贝尔从他们身旁驶过，他按了按喇叭，但父子俩都没认出他来。

也许丹尼和乔并不是真的站在人行道上面对着车流：也许他们回到了一九六七年的春天。至少作家丹尼尔·巴恰加卢波——那时他还没有选好笔名——回到了那个时间段。丹尼经常觉得，自己从未真正离开过那一刻。

在阿韦利诺，洛蕾塔给作家端来了令人惊喜的前菜——厨师给儿子做的是"亚洲的"沙嗲牛肉配花生酱，来自郑家大哥的真传：牛肉是穿在木棍上烤的。还有用虾、豆角和芦笋做的天妇罗拼盘。洛蕾塔还给丹尼拿来了筷子，但她犹豫了一下才递给他。"你会用这个吗？我不记得了。"她说。（作家知道她在说谎。）

"我当然会用。"他告诉她。

洛蕾塔依然紧握着筷子。"知道吗？你太孤单了。"她告诉他。

"我是太孤单了。"丹尼说。他们互相调情，但仅此而已。一想到他们可能会上床，而洛蕾塔的妈妈和丹尼的爸爸也睡在一起，两人就觉得接受不了。

丹尼每次想到这里，总会想象洛蕾塔说："这还叫什么兄妹啊！"

"你在写什么？"洛蕾塔问他。只要不给他筷子，他就会一直望着她，她想。

"就是些对话。"丹尼告诉她。

"就像咱们现在说的话？"她问。

"不，这……不一样。"他说。洛蕾塔能看出他什么时候没再注意她。她把筷子给了他。丹尼的笔记本平摊在桌上，洛蕾塔可以读到他写的对话,但他对此似乎有些紧张不安,她决定还是不看了。

"好了,希望你喜欢这个惊喜。"她告诉他。

厨师知道,丹尼在毛家餐厅点过这道菜——可能不下一百次。"告诉我爸,这是个完美选择。"洛蕾塔离开时,丹尼说。

他瞥了一眼笔记本上写的对话。丹尼想让对话直截了当——完全再现八岁的孩子小心翼翼向父亲提问时的样子。("如果我被车撞了,为什么你也会死?"作家写道。)

仍在等待比萨的朵特和梅把丹尼和洛蕾塔的互动全都看在眼里,只是没法听到他们说了什么,两人差点急死。"那个女招待想上他,可是有个问题。"朵特说。

"没错,他对自己写的东西更感兴趣!"梅说。

"他在吃什么?"朵特问她的老朋友。

"串在棍子上的什么东西,"梅说,"看起来不太开胃。"

"我感觉,咱们的比萨可能也不怎么样。"朵特说。

"没错,我也料到了。"梅说。

"快看他!"朵特小声说,"吃的都上来了,他还在写呢!"

然而菜确实很好,毛家餐厅给丹尼留下的回忆多半是开心的,他喜欢那里的所有饭菜。他正在写的对话也很不错——能够达到效果,丹尼判断。只是时间不对,他想提醒自己该在什么时候用上这些话。在把注意力转到沙嗲牛肉上面之前,作家圈出了这段对话,在笔记本的白边上给自己写了个备注。

"不是现在,"丹尼写道,"先讲一讲烤猪。"

10 天空女士

　　春天的到来在艾奥瓦是一件大事，连野外都变得格外绿。在这个时节，艺术系和作家班的学生流行结伴出门烤猪。丹尼上学时，作家班举行的大多数派对他都没去过，但凯蒂会拉着他参加艺术系的派对。丹尼觉得，作家班的学员已经够能给自己找麻烦的了，艺术系的人竟然更过分。因为凯蒂在写生课上做模特，艾奥瓦大学艺术系的每个人她都认识。丹尼也在新罕布什尔大学的写生课上做过模特，但他当时还没结婚。意识到艾奥瓦大学艺术系的很多研究生——更不用说那些老师了——见过自己妻子的裸体，丹尼觉得很不自在，他们中的大多数人他都叫不上名字来。

　　这次的烤猪地点很难找。从六号公路前往蒂芬时，小乔哭了一路，但开车的丹尼不让凯蒂把两岁的孩子从儿童座椅上抱起来。他们驶离了蒂芬的公路，在靠近北自由市的地方迷了路——水牛溪路要么不存在，要么没有路牌。等到他们终于发现那座残破的农舍时，丹尼已经说了许多讽刺挖苦艺术系学生的话。(他觉得他们要么语言表达能力差，要么思维过于抽象，连指路这种事都做不好。)

　　"就算我们找不到那个白痴农场，你也没什么好在意的，"凯蒂说，"反正你从来不会去别人邀请我参加的派对。"

　　"别人请我参加的派对，我也从来不去。"丹尼说。

"派对会让你开心的,傻子。"凯蒂说。

农场主大清早就过来照看猪,傍晚之前还要再来一趟。他住在艾奥瓦市罗切斯特大街上的一座看起来像汽车旅馆、但造价不菲的农场住宅里。他把这座快要塌掉的破农舍租给了四个脏兮兮的艺术系研究生。凯蒂叫他们艺术家——就好像他们已经取得了什么成就似的。

作家的思绪变得愈发刻薄。在他眼里,养猪场的这四个艺术系的男研究生,有三个是半吊子的画家,还有一个是自命不凡的摄影师。丹尼虽然知道三个半吊子画家都在写生课上画过凯蒂的裸体,但他并不知道那个自命不凡的摄影师还拍过她的裸照——他们刚才迷路的时候,这个讨厌的信息突然从车里冒了出来——丹尼猝不及防地发现,研究生们乱糟糟的农舍里竟然有他妻子的裸体画像和裸照。

两岁的乔似乎没能从头几幅素描中认出母亲。在农舍的厨房和饭厅里,墙上贴了几张脏乎乎的木炭画,上面也是凯蒂。"装修得不错啊。"丹尼对妻子说。凯蒂耸了耸肩。丹尼看到有人已经给她倒了一杯酒。他希望这里也有啤酒,平时都是他开车,喝点儿啤酒,他会开得更顺手。

在车上,他曾对妻子说:"我不知道写生课也对摄影师开放。"

"不会的,"凯蒂告诉他,"这是在课外安排的。"

"安排的。"他重复道。

"上帝,你怎么什么都重复。"她说,"跟你那个该死的爹一样。"

丹尼徒劳地在冰箱里寻觅啤酒时,乔说要去卫生间。丹尼知道乔还没训练过上厕所,当这孩子说他需要去卫生间时,意思是该给他换尿布了。

凯蒂通常讨厌把尿布装在自己包里,但她很想参加烤猪派对,所以始终没抱怨——直到现在。"小东西都两岁了,该教他自己上厕所了,对吧?"她对丹尼说,递给他一块干净尿布。凯蒂叫乔"两岁的小东西",仿佛两岁的小孩只是个不值一提的物件。

农舍楼下的浴室没有窗帘,地上湿漉漉的,父子俩在肮脏的水槽里洗了洗手,但这儿的毛巾像啤酒一样难找。"我们可以挥手,把手弄干。"丹尼对男孩说,孩子像父亲那样挥起手来,就像在道别一样——还是那种非常标准的单手挥别。

"两只手一起挥,乔。"

"看——妈咪!"男孩说。他指着父亲身后墙上的那些照片,那儿有张黑白的接触印相照片和六张放大照,用图钉固定在空荡荡的毛巾架上方。所有照片里的凯蒂都一丝不挂,双手捂着小小的乳房,但下身完全暴露,仿佛她的羞怯是装出来的,或者放错了地方。这显然是刻意的设计——想要以此表达某种态度,可究竟要表达什么呢?丹尼暗忖。这是凯蒂还是摄影师的主意?(摄影师叫罗尔夫——他是那群大胡子中的一个,丹尼这才想起来。)

"是的,这位女士看上去很像妈妈。"丹尼说,然而他的策略适得其反,乔皱起眉头,更加仔细地看着照片。

"就是妈妈。"男孩说。

"你这么觉得吗?"父亲问,他握住儿子的小手,领他走出肮脏的浴室。

"是的,真的是妈妈。"乔严肃地回答。

丹尼给自己倒了杯红酒。没有空酒杯了,所以他用了牛奶杯。这里也没有塑料杯。在厨房的一个柜子里,他发现了一个看起来挺结实的咖啡杯——但也许遭不住小孩的摔打——给乔倒了些姜汁汽水。就算冰箱里有牛奶,丹尼也不敢给儿子喝,姜汁汽水是这里唯一一种孩子可能喜欢的调制饮料。

派对在外面靠近猪圈的草地上举行。鉴于现在已是傍晚,丹尼猜测农场主已经喂饱了他的猪,现在或许离开了。至少那些猪看起来很满足,但它们仿佛也和人类一样好奇,正打量着这群凑在一起开派对的人,也许猪平时没有机会看到十几位艺术家聚会。

丹尼注意到,派对上没有别的孩子——也没有已婚夫妇。"有教工来吗?"他问凯蒂,凯蒂此时已经又给自己倒了一杯酒——或者还是别人给她倒的。丹尼知道,凯蒂一直希望罗杰能来。罗杰是教研究生写生课的老师,眼下凯蒂正跟这位写生课老师睡觉。后来凯蒂告诉丹尼自己要走时,依然在跟罗杰睡觉,不过这是几天之后的事。

凯蒂失望地说:"我以为罗杰会来,但他没来。"她站在留胡子的摄影师罗尔夫旁边,丹尼意识到,她其实是在跟罗尔夫说话,而不是和他说。罗杰也留着胡子,丹尼回忆起来。他知道凯蒂在和罗杰睡觉,但现在他才意识到,她可能也在和罗尔夫睡。也许她正处于"大胡子"阶段,作家想。丹尼看着罗尔夫,不禁想要知道那些照片是在什么地方、怎么"安排"出来的。

"照片很不错。"丹尼告诉他。

"哦,你看到了。"罗尔夫随意地说。

"到处都有你。"丹尼对凯蒂说,她只是耸了耸肩。

"你看到你妈妈了吗?"罗尔夫弯下腰问乔,好像觉得男孩听力有问题似的。

"他不怎么会说话。"凯蒂说,这完全是瞎扯,乔异常伶牙俐齿,简直不太像是两岁的孩子。(这也许是因为,他是个天生的作家,丹尼一直跟孩子这么说。)

"妈妈在这里。"男孩指着她说。

"不,我是说那些照片上有你妈妈,"罗尔夫解释道,"它们在浴室里。"

"妈妈在这里。"乔坚持道,再次指着他的母亲。

"明白我的意思了吗?"凯蒂问摄影师。

这时候丹尼还不知道,凯蒂打算再救一个傻小子脱离越战。他是几天后才知道凯蒂的这个打算的,但知道她的想法之后,他想起了这天罗尔夫在养猪场试图与小乔沟通的一幕。当然,罗尔夫看起来很蠢,显然需要拯救,可他的大胡子并不符合丹尼心目中"小子"的形象。丹尼永远不会知道,凯蒂把谁变成了下一个肯尼迪父亲,但不知怎么,作家总觉得那个人没有胡子。

三个研究生画家围着烤猪的火坑。丹尼和乔站在附近。

一位画家对丹尼说:"天还没亮,我们就点着了这个狗屁火堆。"

"猪还没烤好。"另一位画家说,他也留着胡子,所以丹尼也密切地注意起了他。

据留胡子的画家说,他们先用木柴生了火,"呼呼叫的那种大火"——木柴烧成木炭之后,他们把一张双人床垫的弹簧拆下来,放进火坑里。(床垫的弹簧是他们在谷仓里找到的,农场主跟他们保证过,谷仓里的东西都是破烂。)他们把猪放到炽热的弹簧上,但现在没法再往猪和弹簧下面添木头了。每当他们试着抬起弹簧,猪就似乎要散架,因为它已经被火烧得不成样子了。丹尼觉得还是不要让小乔注意到这一幕比较好,毕竟猪圈里还有一群活猪,对比过于凄惨。(其实冒着烟的弹簧上的那摊烂东西已经不再像是一头猪,乔根本看不出那是什么东西。)

"我们只能等猪烧熟了再说。"第三位画家睿智地告诉丹尼。

乔紧紧握住父亲的手。这孩子不敢靠近冒烟的火坑——地上有个坑,还往外冒烟,这已经够糟糕的了。

"想看看猪吗?"乔拉着父亲的手问。

"好吧。"丹尼说。

猪圈里的猪似乎不知道,正在被人烧烤的是它们的同类,它们只是透过篱笆的板条望着所有人。丹尼认识的每个艾奥瓦人都说过,在猪旁边要当心，猪很聪明，那些老猪还可能相当危险。

作家想知道该怎么分辨老猪和年轻的猪，也许看大小就可以，但猪圈里的猪看起来都不小。火坑里的那头肯定是乳猪，丹尼想，个头比较小，跟这些庞然大物不一样。

"你觉得它们怎么样？"丹尼问小乔。

"它们是大猪！"男孩回答。

"对，"他父亲说，"大猪。不要碰它们，因为它们会咬人。别把手伸进篱笆里，好吗？"

"它们咬人。"男孩庄严地重复道。

"别靠近它们，好吗？"父亲问。

"好的。"乔说。

丹尼回头看看站在冒烟的火坑旁的三位画家，他们根本没去看那头烤猪，而是在仰望天空。丹尼也瞥了一眼天空，一架小飞机出现在养猪场北边的地平线上，正在爬升——也许再过一会儿才能听到它的轰鸣声。这座养猪场应该在锡达拉皮兹正南方，那里有个机场，也许飞机就是从那儿起飞的。

"是飞机。不是鸟。"丹尼听见乔说。男孩也在看着天空。

"对，是飞机。不是鸟。"他的父亲重复道。

罗尔夫走过来，给丹尼的牛奶杯倒上红酒。"有啤酒的，你知道吗——我在什么地方的冰桶里看见啤酒来着。"摄影师说，"你喝啤酒，不是吗？"

罗尔夫是怎么知道的？丹尼想，凯蒂一定告诉过他。他看着摄影师把手里的那瓶红酒给了凯蒂。罗尔夫没抬头看飞机，而是用酒瓶指了指天上，凯蒂也开始眺望起了小飞机。现在已经能听到它的声音了，不过它飞得很高——不像是喷农药的飞机，丹尼猜测。

凯蒂看着飞机时，罗尔夫在她的耳边低语。不知道发生了什么事，作家想，他的意思是，罗尔夫和凯蒂之间发生了什么事——摄影师没去在意飞机。然后丹尼注意到，火坑旁边的三个画家在窃窃私语，眼睛都看着飞机。

乔想让父亲抱着——也许是猪的个头吓到了他。有两头猪是暗粉色的，但其余的都有黑花。"它们看起来就像粉红和黑花的母牛。"丹尼告诉乔。

"不，它们是猪。不是牛。"男孩对他说。

"好吧。"丹尼说。凯蒂向他们走来。

"看猪，妈咪。"乔说。

"恶心，"她说，"注意那架飞机。"凯蒂告诉丈夫，然后就走开了，可丹尼已经闻到了她头发上的大麻烟味，他没看到她吸大麻——没见她吸过一口——可当他给乔换尿布时，她肯定吸过一些。"让孩子盯着飞机。"凯蒂说边走远了。奇怪，凯蒂怎么叫乔"孩子"，好像在说别人的孩子——反正听起来就是这种感觉。

小飞机不再爬升，恢复了水平姿态，它现在来到了农场的正上方，依然高高在上。它似乎放慢了速度，像是悬停在他们头顶，几乎纹丝不动。"咱们应该看看这架飞机。"丹尼对幼小的儿子说，他亲吻着孩子的脖子，眼睛却看着妻子。她来到冒烟的火坑旁，加入了画家们的行列，罗尔夫也跟他们在一起。他们满怀期待地望着飞机，但由于丹尼在看着他们，作家错过了空中的一幕。

"不是鸟。"他听见小乔说，"没在飞，在往下掉！"

丹尼抬起头，无从判断——尤其是在那么高的地方——飞机上掉下来的是什么东西，但它下落的速度很快，朝着他们直坠下来。当一面降落伞打开时，画家们和罗尔夫欢呼起来。（为了娱乐，这些王八蛋艺术家雇了个跳伞的，丹尼想。）

"什么东西掉下来了？"乔问父亲。

"一个跳伞运动员。"丹尼告诉男孩。

"跳伞什么?"两岁的孩子问。

"一个有降落伞的人。"丹尼说,但小乔完全听不懂。

"一个什么?"

"降落伞能让人往下掉的速度变慢——那个人不会有事的。"丹尼解释道,但乔紧紧搂着父亲的脖子。丹尼又闻到了大麻味儿,这才意识到凯蒂站在他们旁边。

"等着吧——看好了。"她说,随后又飘走了。

"天上的那个人是谁?"乔说,"那是个什么伞?"

"那是个跳伞运动员。降落伞。"丹尼重复道,乔张着嘴巴,直勾勾地盯着,降落伞朝他们飘过来。那是个很大的降落伞,有着美国国旗的颜色。

跳伞运动员给大家带来的第一个礼物是她的大胸。"是个女士。"小乔说。

"没错,是的。"他的父亲说。

"她的衣服怎么了?"乔问。

现在大家都在看,连猪都不例外。丹尼没注意到猪是什么时候开始注意到跳伞者的,但它们显然已经意识到了她的存在。那个会飞的人眼看就要落到它们身上,巨大的降落伞投下的阴影笼罩着猪圈,它们对这一幕肯定不习惯。

"天空女士!"乔尖叫,指着一丝不挂的跳伞运动员。

第一头猪尖叫着跑到一边,其他猪也跟着呼哧呼哧地跑了起来。也许就在这时,天空女士才看清她即将降落的地点——猪圈,愤怒的跳伞运动员破口大骂。

这时,就连喝醉酒和嗑了药的人也能看出,她什么都没穿。该死的艺术生!丹尼想。他们当然不会只是单纯地请人来跳伞,还得脱光了跳。当凯蒂发现跳伞运动员没穿衣服时,也许会希望这个跳伞的人是她自己。艺术生的烤猪派对上竟然冒出另一位裸体模特,凯蒂很可能不会甘心。

"上帝啊,她要摔死在该死的猪圈里了!"罗尔夫说。他现在才注意到吗?刚才跟凯蒂吸毒的人里肯定有他。(罗尔夫绝对够傻,需要拯救——就算没有越战,也得把他从别的什么地方救出来。后来有一天,丹尼不由自主地这样想到。)

"抱着他。"丹尼对妻子说,把小乔交给凯蒂。

狂怒的裸女从他们的头顶掠过,丹尼跳了一下,试图抓住她的脚,可她刚好飘到了他无法企及的地方,边飘边骂。对于地上的所有生物而言——无论猪还是人——可以这样说:有个阴道正在他们的头顶盘旋降落。

"应该找个人告诉她,这个角度可不怎么漂亮,要是你是个光屁股的女人的话。"凯蒂说。也许她是在和罗尔夫说话,反正乔根本听不懂她的意思。(凯蒂向来对这孩子无话可说。)

猪圈里泥泞不堪,但丹尼以前在泥地里跑过步,他知道两只脚得不停地动。他没去留意猪在哪里,通过地面的震动,他感知到猪也在跑。丹尼只是跟着那个飘浮的女人,只见她的脚跟撞到地面,身体滑过恶心的烂泥,鼓胀的降落伞在她身后塌陷。她的半边屁股坐在地上,降落伞往侧面猛扯了她一下,丹尼这才抓住了她。看到他,她吃了一惊,程度与可怕的猪圈味儿跟近在咫尺的大个头肥猪给他俩带来的震撼相当。猪呼哧呼哧地喘着粗气,其中之一踩到了降落伞,但降落伞给猪蹄带来的新奇触感吓到了这只动物,它转身尖叫着从他们身边跑开了。

她是个大块头跳伞运动员,身材如同亚马孙女战士——是个真正的女巨人。丹尼没法把她抱出猪圈,但他看到她拼命想解开降落伞背带，挣脱束缚，却根本拖不动深陷泥泞的降落伞，丹尼倒是可以在这方面帮点忙。赤裸的跳伞者浑身都是猪屎和烂泥，丹尼用力拉扯她双乳之间的背带，一只手的手背不慎蹭到了她脏兮兮的乳头。这时他才意识到，自己也摔了好几跤，身上也粘满了猪屎和烂泥。

"没人告诉我这是个该死的养猪场！"跳伞者说。她留着短发，剃过阴毛，只留下竖着的一溜儿。但她金色的毛发有些偏红，从上到下都是这样。

"他们是一群浑蛋艺术家，我跟这件事没关系。"丹尼说。

从她身上的那道疤痕，他看出她做过剖腹产手术。她看起来比丹尼大十岁，也许有三十多了。她显然热衷于健身，肌肉发达，皮肤上的文身被粪便涂抹得模糊不清，但她绝对不是艺术系学生想象中的那种裸女，也许她完全超出了他们的预期，至少作家希望如此。

"我叫丹尼。"他告诉她。

"艾米，"她说，"谢了。"

她终于摆脱了降落伞，丹尼按着她的后背，把她推到自己身前，说："往篱笆那边跑，一直跑！"他一路上都按着她湿漉漉的皮肤，有头猪跌跌撞撞地从他们身边跑过，似乎在和两人赛跑，而不是追逐他们，也许它想从他们旁边逃开。他们又差点撞到另一头猪，它是迎面跑来的。惊扰了猪群的也许是降落伞，而不是裸女。

"天空女士！"丹尼听见乔大喊。

有人跟着喊："天空女士！"

"你一定得把那些浑蛋艺术家指给我看。"两人来到猪圈边上时，艾米说。她不用人帮就轻松地翻过了篱笆。丹尼四处找乔，但这孩子没在凯蒂身边，他看到妻子跟罗尔夫和三个画家站在一起。

"那就是你想找的人，"丹尼对艾米说，"跟那个小个子女人在一起的那四个家伙，但那个女人跟他们不是一伙的，跟她没关系。就是那两个留胡子的家伙,还有那两个没留的。"

"这头猪不咬人。"丹尼觉得自己听到儿子若有所思地小声说。

"乔!"作家叫道。

"我在这里,爸爸。"

丹尼这才意识到,乔跟他一样,也在猪圈里。男孩站在同一头粉黑相间的花猪旁边,它气喘吁吁,肯定刚刚跑过步。除了把脑袋朝握住它耳朵的男孩那边歪了歪,只有粗重的喘息能让这头大猪动上一动——耳朵被孩子抓着,时而摩挲,时而轻轻拉扯,它似乎觉得很舒服。无论如何,两岁的孩子越是摸它的耳朵,那头猪就越把头往这边歪,长长的耳朵也垂到乔这边来。

"猪的耳朵真好玩。"男孩说。

"乔,快出去。"他的父亲说。他准是无意中提高了嗓门,猪把脑袋朝丹尼那边一甩,好像对他打断了它的耳部按摩极为不满。他们之间只有一道低矮的食槽,猪拱起大脑袋两侧的肩膀,斜视着他。丹尼站在原地没有动,直到看见乔安全地从板条之间的缝隙钻到篱笆外面。

跳伞者和乔引发的戏剧性事件让丹尼没去注意小飞机在多么低的空中盘旋。飞行员和副驾驶可能是想确保艾米安全降落,但艾米朝飞机比了个中指——其实是两根中指——飞机冲着她压了压一侧的机翼,仿佛在向她致敬,然后就朝锡达拉皮兹的方向飞去。

"欢迎来到水牛溪农场。"罗尔夫对跳伞者说。遗憾的是,这一段丹尼也没看到——艾米揪住摄影师的双肩,往自己这边猛地一拽,同时一记头锤撞在他的前额和鼻梁上。罗尔夫踉跄后退,摔倒在几英尺开外的地方。

艾米先出一记左刺拳,紧接着又来了个右勾拳,撂倒了那个大胡子画家。"我可不是来跳猪圈的!"她朝剩下那两个还站在那儿的画家吼道。

接下来的这一段，丹尼和乔都看到了。"你们两位艺术家，谁去把我的降落伞拿回来？"她指着猪圈问他们。现在猪群已经平静下来，它们回到栅栏边，又开始观察起了这群艺术家，鼻子从板条缝里伸了出来。那头享受过耳部按摩的猪已经混入猪群，无法分辨了。远处的烂泥地里，被猪踩过的红白蓝三色降落伞摊在地上，就像一面在战斗中倒下的旗帜。

"农场主不让我们进猪圈。"一位研究生画家说。

丹尼抱着乔来到凯蒂旁边。"你刚才应该抱好他的。"他对她说。

"你进猪圈时，他尿了我一身。"凯蒂说。

"他围着尿布。"丹尼告诉她。

"我还是能感觉出他有多湿。"她说。

"你根本就没照看好他。"丹尼说。

刚才说话的那个画家，脑袋已经被艾米夹在了胳肢窝里。"我去给你拿该死的降落伞。"凯蒂突然告诉她。

"你不能进去。"丹尼说。

"用不着你来指挥我，大英雄。"她说。

凯蒂总是这样争强好胜。首先，裸体的跳伞者把艺术生们的注意力从她身上吸引走了，然后，丈夫的逞能抢了她的风头——这些她都不能忍，不过她最想干的事就是脱掉自己的衣服。"如果你不反对，我不想让衣服沾上猪屎。"她对丹尼说。有个画家还没被浑身猪屎的跳伞者碰过，凯蒂开始把衣服递给那个画家。"我倒是想给你，"她告诉丹尼，"但是你浑身都是屎——你自己看看。"

"要是你当着乔的面出了什么事，那可不怎么好。"丹尼告诉她。

"为什么？"她问他，"两岁的小东西又记不住。只有你能记住——笨蛋作家。"

看着她那一丝不挂、目中无人的样子，丹尼意识到，凯蒂曾经吸引过他的那些东西，现在让他感到厌恶。他把她的粗俗鄙陋错当成性爱方面的勇气，凯蒂看起来既性感又激进，可她只是庸俗又缺乏安全感而已。丹尼原先渴望从妻子那里得到的，现在只会令他反感——这个转变只用了两年的时间。（对她的爱持续的时间会更长一点，无论是丹尼，还是其他作家，都没法解释这是为什么。）

他把乔抱回楼下的浴室，尽可能清理干净身体。（丹尼可不想让乔看到他母亲的裸体被猪吞掉的样子，两岁的孩子当然能记住这种事，哪怕记得的时间并不长。）

"妈咪要把衣服给天空女士吗？"乔问。

"妈咪的衣服不适合天空女士，亲爱的。"丹尼回答儿子。

艾米不想穿衣服，她告诉那些浑蛋艺术家，她只想洗个澡。飞行员和副驾驶会把衣服给她送来。"他们最好这样做。"跳伞者说。

"希望你的浴室比我们用的这间干净。"艾米跟着那个还没被揍的画家走上农舍的楼梯时，丹尼对她说。

"我可不指望，"艾米告诉他，"那是你老婆吧——去拿我降落伞的那个小东西？"跳伞者从楼上朝丹尼喊道。

"是。"他回答她。

"她挺有胆子的，不是吗？"艾米问他。

"是——凯蒂就那样。"丹尼说。

他忘了楼下的浴室里没有毛巾，不过把他和小乔身上的猪屎洗干净才是重点。谁在乎他俩身上湿不湿？再说，男孩的衣服似乎还挺干净，就是裤子有点湿，那是因为他确实往尿布上撒了一大泡尿。

"我猜，你挺喜欢姜汁汽水的，对吧？"丹尼问男孩。他也忘了跟凯蒂要干尿布了，但这没什么大不了，还是把小乔手上的猪屎洗掉要紧。丹尼的身上和衣服上到处都是屎,跑鞋也完蛋了。既然他老婆能脱个干净,丹尼觉得,假如他在艺术家派对接下来的时间里只穿一条平角内裤,也不会有人介意。那是个阳光明媚的春日,四月的艾奥瓦足够温暖,只穿平角内裤也不会冷。

"这也叫干净毛巾?"楼上传来跳伞者的咆哮。

丹尼脱下自己和小乔的衣服,两人一起站到淋浴下面。没有肥皂,但他们用很多洗发水代替。凯蒂拿着她的衣服和一条毛巾来到楼下的浴室时,他们还在冲澡。她并没有像丹尼期望的那样浑身是屎。

"在泥地里只要不跑,就不会摔倒,笨蛋。"

"所以你就是走到降落伞那儿,然后又走回来?"丹尼问她,"那些猪没过来惹你?"

"猪被降落伞吓坏了,"凯蒂说,"你们俩往里挪挪。"她进来跟他们一起冲澡,丹尼往她的头发上抹洗发水。

"妈咪身上也有猪屎?"乔问。

"每个人身上都有一点猪屎。"凯蒂说。

他们轮流用那条毛巾擦身体,丹尼给乔垫上干尿布,先给男孩穿好衣服,然后才穿上自己的平角内裤。"你就这么穿?"凯蒂问他。

"我要把别的衣服捐给农场。"丹尼对她说,"我真的不想碰它们了——就扔在那儿吧。"他指着堆在湿地板上的衣服。凯蒂把自己的胸罩和内裤也扔了过去。她套上牛仔裤,透过她身上那件白色上衣,可以看到她的乳房——尤其是乳头。

"你就这么穿?"丹尼问她。

凯蒂耸了耸肩。"只要我愿意,我也可以把内衣捐给农场。"她说。

"你无论干什么都得跟别人比吗,凯蒂?"

但她没有回答他,只是打开浴室的门,把那堆衣服和丹尼扔掉的跑鞋留给了他们。"我找不着凉鞋了。"她告诉他们。

跳伞者只在腰间围了条毛巾，正在外面喝啤酒。"你从哪儿找到的啤酒？"丹尼问她。他已经空腹喝了太多红酒。

艾米把冰桶指给他看。罗尔夫坐在冰桶旁边的地上，反复在冰水里泡自己的脸，他的鼻血流得到处都是，眉毛那里也裂了个大口子——全都是头锤给撞的。丹尼拿出两瓶啤酒，在平角裤上蹭了蹭瓶颈。"这主意真了不起，罗尔夫，"丹尼对摄影师说，"可惜她没降落在火坑里。"

"完啦！"罗尔夫站起来说，他的腿有些打晃，"没人照看火坑里的猪——英雄们分散了我们的注意力。"

"有开瓶器吗？"丹尼问他。

"厨房里有。"罗尔夫回答。那个挨了艾米的左刺拳和右勾拳的大胡子画家正用一件湿T恤敷脸。他不断地把T恤往冰水里浸，然后又按在脸上。

"烤猪怎么样了？"丹尼问他。

"哦，上帝！"画家说。他紧跟在罗尔夫后面，朝着还在冒烟的火坑跑去。

餐桌上有土豆沙拉、青菜沙拉和一些凉掉的意面，还有红酒和其他一些酒。

"这些吃的里面，你有什么喜欢的吗？"丹尼问乔。作家没能在农舍的厨房里找到开瓶器，但他用厨房的抽屉把手打开了两瓶啤酒，飞快地喝光了第一瓶，又一口气喝下第二瓶的一半。

"肉在哪儿？"乔问。

"还在烤着呢，"他父亲说，"我们去看看。"

有人打开了车载收音机，这样就可以在户外听音乐了。正在播的是多诺万的《柔和的黄色》，罗尔夫和大胡子画家设法把弹簧拖出了火坑，画家烫伤了手，罗尔夫机智地脱下牛仔裤包在手上隔热，他把牛仔裤套回去时，鼻子和眉毛上的伤口还在流血。有些烤猪肉从弹簧上掉进了火里，但剩下的已经够吃的了，看起来火候很足——熟得透透的了。

"这是什么？"乔问父亲。

"烤猪肉，你喜欢猪肉。"丹尼告诉男孩。

"从前它是一头猪。"罗尔夫给两岁的孩子解释。

"一只很小的猪，乔。"丹尼告诉儿子，"不是你的那些大猪朋友。"

"谁杀了它？"乔问。没有人回答他，但乔并不在意——他在想别的事。天空女士俯视着弹簧上的那头烤猪，小乔显然对她心怀敬畏，好像希望她还能再次起飞似的。

"天空女士！"男孩说。艾米对他微笑。"你是天使吗？"乔问她。（在丹尼看来，她开始像个天使了。）

"嗯，有时候是。"天空女士说，她也走神了。一辆汽车拐进了养猪场门口的长车道——可能是那架小飞机的飞行员和副驾驶来了，丹尼想。艾米又看了一眼弹簧上的烤猪。"但有时候我只是个素食主义者。"她告诉乔，"今天就是。"

梅尔·哈格德在汽车收音机里唱《我是孤独的逃亡者》，也许有人换了台。草坪上，凯蒂在独自跳舞——那杯酒可能是她的舞伴——但她现在已经停了下来。人人都对飞行员和副驾驶感到好奇，哪怕只想看看他们来了之后会发生什么事。两人还没下车，艾米就走上前去。

"去你妈的，乔治——去你妈的，皮特。"跳伞者向他们打招呼。

"我们飞得太高了，看不见猪，艾米——你跳伞的时候我们也没看见。"其中一个男的告诉他，他递给她一些衣服。

"去你妈的，皮特。"艾米又对他说。她拽下毛巾扔给他。

"冷静点，艾米，"另一个男人说，"农场的人应该提前告诉我们这儿有猪。"

"没错，嗯——我已经提醒他们了，乔治。"跳伞者告诉他。

乔治和皮特扫视着烤猪周围的艺术家们。他们肯定注意到了罗尔夫在流血，大胡子画家还在拿湿T恤敷脸。飞行员和副驾驶明白这是艾米的杰作。

"谁到猪圈里救的你？"皮特问她。

"看到那个穿平角内裤的小家伙了吗？那个小孩的爸爸——就是他。"艾米说，"我的救星。"

"谢谢。"皮特对丹尼说。

"我们很感谢。"乔治告诉作家。

天空女士穿上衣服后，只是显得稍微不那么令人畏惧了一点，部分原因是她穿得像个男人——那条黑色的小内裤除外。艾米穿着一件蓝色的工装牛仔衬衫，下摆塞在牛仔裤里，腰带上有个大皮带扣，她的牛仔靴上有响尾蛇图案。她走到抱着小乔的丹尼身边。"要是你们以后遇到麻烦，我会回来的。"天空女士告诉男孩，她弯下身子，亲吻他的额头。

"不过你得先照顾好爸爸。"她对乔说。

凯蒂又独自跳起舞来，但她已经看到了跳伞者是怎么夸张地关心她的丈夫和儿子的。凯蒂的目光从来没从这个大块头女人身上移开过。收音机正在播放滚石乐队的专辑《按钮之间》中的一首歌，但是丹尼想不起歌名了。他已经喝完了三瓶啤酒，开始喝第四瓶，此前他肚子里只有红酒，什么东西都没吃。作家注意到，又有人给车载收音机换了台。他看着天空女士亲吻他的儿子，意识到这个吻是给他的；艾米一定知道，善待孩子是取悦孩子父母的最佳方式。可她是什么人呢？丹尼想。剖腹产疤痕说明她是个母亲，丹尼想知道，这两个男人里是否有她的丈夫或者男朋友。

"我们可以在这里吃点东西吗?"乔治问。

"相信我,乔治,咱们不会愿意在这里吃东西的,"艾米告诉他,"就连皮特也不会。"她补充道,看也没看皮特一眼——就好像皮特没法自己决定吃不吃什么东西似的。丹尼不认为她和他俩中的任何人睡过。

飞行员和副驾驶员尽可能小心翼翼地把降落伞和跳伞背带塞进汽车后备厢,但身上还是粘到了猪屎。艾米坐到了驾驶座。

"你开车,艾米?"乔治问她。

"应该是吧。"她告诉他。

"我坐后排。"皮特说。

"你们都坐后排,"艾米告诉他们,"我今天已经闻够猪屎味了。"但在两个男人上车之前,跳伞者说:"看见那个跳舞的小美人了吗?就是透过衣服能看见奶子的那个。"

丹尼知道,乔治和皮特已经注意到了凯蒂,大多数男人都会注意到她。

"嗯,看到了。"乔治说。

"她怎么了,艾米?"皮特问。

"要是我完蛋了——万一降落伞打不开了什么的——你们可以找她,让她干什么都行,我敢打赌,她会做的。"跳伞者说。

飞行员和副驾驶不安地面面相觑。"你这是什么意思,艾米?"皮特问。

"你是说,她也会脱光了跳伞——就是这种事吗?"乔治问跳伞者。

"我的意思是,让她不带降落伞跳下飞机都行。"艾米告诉他们。

"你会吗,亲爱的?"她问凯蒂。

丹尼记住了这一点:无论出于什么原因,只要能成为众人注目的焦点,凯蒂都会很开心。他看到妻子已经找到了凉鞋,但没有穿上,她一手拿着凉鞋,另一只手端着酒杯,脚动个不停——仍然在跳舞。

"嗯,那要看情况,"凯蒂说,跟着音乐摇头晃脑,"但我不会排除这件事的可能性。"

"明白我的意思了吧?"乔治和皮特坐进后排,艾米问两个男人。跳伞者把车开出农场,手伸向窗外,朝艺术家们比了个中指。帕茜·克莱恩在收音机里唱起歌来,凯蒂停住了舞步,一定有人又换了台。

"我不想吃猪肉。"乔对父亲说。

"好吧,"丹尼说,"我们找点别的东西吃。"

他抱着孩子来到不再跳舞的母亲旁边,凯蒂还在原地左右摇摆,仿佛在等人换音乐。丹尼看出她喝醉了,但她身上已经没有大麻烟味了——他已经用洗发水洗掉了她头发里的每一丝大麻味儿。"在什么情况下,你会不带降落伞跳下飞机?"作家问妻子。

"也许在为了摆脱无聊的婚姻的时候。"凯蒂回答。

"因为是我开车,我想在天黑以前走。"他告诉她。

"天空女士是天使,妈妈。"乔说。

"我不相信。"凯蒂对男孩说。

"她告诉我们,她有时候是天使。"丹尼说。

"那个女人从来都不是天使。"凯蒂告诉他们。

回艾奥瓦城的路上,乔觉得恶心。有辆约翰逊县的警长的车一直在六号公路跟着他们,丹尼担心这是因为自己的车哪个尾灯不亮,或者开得不稳。他盘算着,假如被警车给截停了,他要说自己喝了多少酒。就在这时,警长的车向北拐上了珊瑚村街,丹尼一直开到艾奥瓦城市中心。他不记得自己到底喝了多少,但他只穿了条平角内裤,无论说什么警长都不会信的。

丹尼刚觉得松了口气，乔又呕吐起来。"可能是土豆沙拉不干净，"他对男孩说，"别担心，咱们过几分钟就到家了。"

"快他妈的让我下车。"凯蒂说。

"在这儿下？"丹尼问她，"你想从这里走回家吗？"他看到她已经穿上了凉鞋，他们还在市中心。

"谁说我要回家了？"她问他。

"哦。"丹尼说。

就在天黑之前，他看到她在农舍厨房里跟某个人打电话——可能是罗杰，丹尼认定。他停在下一个红灯路口，凯蒂下了车。

"天空女士真的是天使，妈妈。"乔对她说。

"你说什么就是什么吧。"凯蒂说完，关上了车门。

丹尼知道她没穿内衣内裤，但既然她要见的是罗杰，穿没穿又有什么关系呢？

六年后，艾奥瓦大道上，清晨的车流渐趋和缓，怡颖早已从医院回到法院街的家里。（也许她已经告诉厨师，她在大清早看到丹尼和小乔站在艾奥瓦大道上。）

"如果我真的被车撞了，你为什么也会死？"八岁的孩子问父亲。

"因为你应该比我活得长，如果你在我死之前就死了，那会要了我的命，乔。"丹尼告诉儿子。

"为什么我不记得她了？"男孩问父亲。

"你是说你妈妈？"丹尼问。

"我妈妈、那些猪，还有接下来发生的事，我什么都不记得了。"乔回答。

"那位天空女士呢？"父亲问。

"我记得有个人像天使一样从天上掉下来。"男孩告诉他。

"真的?"丹尼问。

"我觉得是这样。你以前没跟我说起过她,对吧?"乔问。

"对,我没有。"丹尼说。

"那后来发生了什么?"乔问父亲,"我是说,妈妈在市中心下车之后。"

作家自然给小乔讲了那个烤猪派对的事,不过改动了很多地方,但他开车送两岁的孩子从农场回家后的这一段没必要改。(毫无疑问,这是因为凯蒂没跟他们一起回家。)

那天傍晚——天刚黑下来——偶尔经过的路人(他们都不是丹尼的邻居)看到作家穿着平角内裤,抱着两岁的孩子,走进艾奥瓦大道旁边这座复式公寓的底层。

"你还能闻到猪的味儿吗?"他们进屋时,小乔问父亲。

"在心里还能闻到。"作家回答。

"我还能闻见,但我不知道它是从哪儿来的。"男孩说。

"也许你闻到的是你吐出来的东西,亲爱的。"丹尼说。他给男孩洗了个澡,又给他洗了一次头。

尽管窗户开着,公寓里还是很暖和。丹尼把小乔抱上床,只给他穿了块尿布。要是夜里变凉,他会再给孩子穿上睡衣。但是乔睡着后,丹尼也觉得自己还能闻见猪或者呕吐物的味道。他穿上一条牛仔裤,走出家门,来到车里,把儿童座椅卸下来,搬进厨房,洗掉了上面的呕吐物。(要是小乔吃的是烤猪肉,而不是土豆沙拉的话,可能更安全,他父亲想。)

然后丹尼洗了个澡,又洗了一次头。除了红酒,他可能还喝了五瓶啤酒。丹尼不想再喝啤酒了,但也不想睡觉。他喝得太多,甚至无法思考写作的事。他确定凯蒂今晚不会回来了。

325

还有一些伏特加——凯蒂靠喝这个来掩盖呼吸里的酒气——和巴巴多斯的朗姆酒。丹尼在冰箱里找到一只酸橙,切了一块放进高脚杯,加上冰块,倒了一杯朗姆酒。他穿着一条干净的平角内裤,在昏暗的客厅里坐了一会儿,望着敞开的窗外艾奥瓦大道上逐渐稀疏的车流。现在正是春天青蛙和蟾蜍叫得最欢的时候——也许这是因为我们整个冬天都见不到它们吧,作家想。

他想知道,要是自己遇到的是天空女士这样的女人,而不是凯蒂,他的生活会是什么样。也许那个跳伞者跟他的年龄差距并没有他最初想的那么大,也许她遇到过一些坏事——所以有些显老,作家想。(丹尼指的不是她做过剖腹产手术,而是更糟糕的事。)

丹尼在马桶上醒了过来,刚才他坐在那儿睡着了,腿上摆着本杂志;浴室的地板上搁着只剩那块酸橙的空酒杯,玻璃反射的幽光仿佛在凝视着他。气温下降了。丹尼去厨房关灯,看到自己喝了不止一杯朗姆酒——瓶子快要空了——尽管他不记得自己倒了第二杯(或者第三杯),也不记得酒瓶是怎么变空的。

他觉得最好还是先看看乔,然后再上床睡觉,说不定还得给孩子穿上睡衣——当然,给熟睡的孩子穿衣服,手脚一定要麻利。可丹尼觉得自己做不到,于是他退而求其次,只是关上了孩子房间的窗户,检查了儿童床的围栏,确保它是牢靠的。

围栏放下来的时候,乔不可能从小床上掉下来,但无论围栏是提上去的还是放下来的,两岁的孩子都能从床上爬出来。假如围栏没有固定好,就有可能松动,夹住孩子的手指。丹尼检查了锁扣,确保围栏牢牢地固定在提起来的位置。乔仰面躺着,睡得很熟,丹尼俯身吻他,因为小床的围栏是提上去的,这样做有点困难,丹尼又喝了不少,没法在亲吻孩子的时候保持平衡。

他没关乔的卧室门,以确保能听到孩子醒来时的哭闹声。丹尼把主卧室的门也开着。这时已经凌晨三点多了,他上床时看了一眼床头柜上的闹钟,凯蒂还没从罗杰家回来,如果她见的就是罗杰的话。

每当丹尼闭上眼睛,卧室就会开始旋转,他是睁着眼睛睡着的——或者说他自以为是这样的,因为早晨被一个男人的声音吵醒时,他的眼睛是睁着的,眼球又干又涩。

"路上有个孩子!"那个白痴在外面大喊。

丹尼闻到了大麻烟的味道,他肯定处于半梦半醒之间,因为他还以为那个大喊大叫的家伙嗑了药,但这股大麻烟味就在他旁边,来自离他最近的那个枕头——凯蒂正在那儿裸睡,她的被子丢到了一边,头发散发着大麻烟味。(丹尼觉得罗杰一直在吸毒。)

"这是谁的孩子?"那个男的大喊,"没人出来找吗?"

大学女生联谊会所在艾奥瓦大道西头,有时会从那边或者市中心的方向传来疯狂的喊叫声,可现在是早高峰时段,这时候从来不会有这样的声音。

"路上有个孩子!"那个疯子不停地叫着。丹尼这才意识到卧室里挺冷的,他没关窗就昏睡了过去,也不知道凯蒂是什么时候回来的,而她向来懒得关窗。

"这他妈的不可能是我们的孩子。"凯蒂说,她的声音含糊不清,也许是把嘴按在枕头上说的。"我们的孩子和我们一起在床上呢,笨蛋!"

"是吗?"丹尼问,他坐起来,脑袋嗡嗡直响,小乔不在他们乱糟糟的大床上。

"哦,他刚才还在呢。"凯蒂说。她也坐了起来。她的脸颊有些粗糙或者发红——作家想,跟留着胡子的男人接吻,脸不被扎成这样才怪。"那孩子一直在吵吵,我就把他抱到床上,跟咱们一起睡。"凯蒂说。

丹尼已经走进客厅，他看到乔的床空了，围栏也放了下来。凯蒂太矮了，不先放下围栏，她没法把孩子从床里面抱出来。

艾奥瓦大道上正在堵车，一直堵到最东头的马斯卡汀大街，看起来就像是丹尼的公寓门口发生了车祸一样。丹尼穿着平角内裤，从复式公寓的前门冲了出去，看到没穿多少衣服的作家，那位用自己肮脏的白色货车把前往市中心的车流截住的司机吓了一跳，随即意识到这也许就是那位粗心大意的家长。

"这是你的孩子吗？"货车司机朝丹尼大叫，他浓密的八字胡和络腮胡——还有接连不断的喊叫——可能吓坏了小乔，货车司机没有过去抱他，甚至连碰他都没碰，就把这孩子吓得跑进了艾奥瓦大道中间的隔离带上，包着尿布的乔犹犹豫豫地站在草地上——刚才他从家里溜达出来，穿过人行道，来到了车流中，肮脏的白货车是第一辆差点撞到他的车。

这时，停在白货车后面的那辆轿车里下来个女人，她跑到隔离带，把孩子抱在怀里。"这是你爸爸吗？"她指着穿平角内裤的丹尼问乔，乔哭了起来。

"他是我的孩子——我睡着了。"丹尼告诉他们。他穿过马路，来到隔离带，但那个戴着眼镜和珍珠项链的中年女人（丹尼想不起她还有哪些明显的特征了）似乎不愿意把孩子交给他。

"你的孩子就在路中央，伙计——我差点撞了他，"货车司机对丹尼说，"幸亏我看到了那块白尿布，还挺显眼的。"

"你好像没在找孩子，连他走丢了都不知道。"那个女人对丹尼说。

"爸爸。"乔伸出双臂说。

"这孩子有妈妈吗？"女人问。

"她睡着了，我们俩都睡着了。"丹尼告诉她。他把小乔从女人试探着伸出来的手臂上接过来。"谢谢。"丹尼对货车司机说。

"你还没醒酒,伙计,"司机告诉他,"你老婆也喝醉了吗?"

"谢谢。"丹尼又对他说。

"真应该告发你们这样的家长。"那个女人对他说。

"是的,应该,"丹尼告诉她,"但是请不要那么做。"

路上的车纷纷按响了喇叭,乔又哭了起来。"从家里看不到天。"男孩抽抽噎噎地说。

"你看不到天吗?"他父亲问。他们穿过马路,走向人行道,在此起彼伏的喇叭声里走进房子。

"我看不见天空女士是不是要落下来。"乔说。

"你在找天空女士?"父亲问。

"我看不到她。也许她在找我。"男孩说。

这条分成两半的路很宽,丹尼意识到,两岁的儿子从马路中间或者在那条分隔带上可以看到天,孩子希望天空女士会再次从天而降——这就是他跑到外面去的原因。

"妈咪回家了。"当他们走进公寓时,乔对父亲说。从开始说话那一刻起,两岁的孩子一直叫公寓为"空寓"。

"是的,我知道妈咪回家了。"丹尼说,他看见凯蒂又睡着了。作家还注意到,厨房桌子上的朗姆酒瓶已经空了,是他在上床之前喝光的,还是凯蒂回家时喝的?(也许是我喝的,丹尼想;他知道凯蒂不喜欢朗姆酒。)

他把乔抱回儿童房,给他换了尿布。他不敢看儿子的眼睛——他一直想象着两岁的儿子包着亮白色的尿布,茫然地睁着眼死在路中央的样子。

"然后你就戒酒了,对吧?"小乔问父亲。讲述这段漫长往事的时候,他们始终背对着当年跟凯蒂一起住过的这座房子。

"那瓶朗姆酒就是我最后喝的酒。"丹尼对八岁的儿子说。

"但妈妈没戒酒,对吧?"乔问父亲。

"你妈戒不掉,亲爱的——也许她现在都没戒掉。"丹尼告诉他。

"我被禁足了,对吧?"小乔问。

"不,你没被禁足——你想去哪儿都可以,走着去或者坐公交车去都行。是你的自行车被禁足了。"丹尼对男孩说,"也许我们可以把你的自行车送给麦克斯,我敢打赌,他可以拿它当备用车,或者从上面拆零件用。"

乔抬头望着秋季湛蓝的天空。没有天使从天而降,救他脱离困境。"你从不觉得天空女士是天使,对吧?"男孩问父亲。

"她说她有的时候是天使,我相信这句话。"丹尼说。

作家会开着车在艾奥瓦城到处寻找那辆蓝色野马,但他找不到它。警察也永远不会发现那辆流氓汽车。但在艾奥瓦大道旁,丹尼搂着八岁儿子的肩膀说:"你可以这样想,那辆蓝色野马还在找你。六年前,当你站在这条街上时——身上只有一块尿布——也许那辆蓝色野马就困在车流里了,也许它跟那辆白色货车之间就隔着几辆车;那辆蓝色野马也许在那个时候就想着撞你了。"

"它不是真的在找我,对吧?"乔问。

"你最好相信这是真的,"父亲告诉他,"蓝色野马想害你——所以你必须小心。"

"好吧。"八岁的孩子告诉父亲。

"你认识两岁的孩子吗?"丹尼问儿子。

"不,"男孩回答,"我想不出认识谁。"

"嗯,要是你认识个两岁的孩子,那对你有好处。"他父亲说,"这样你就明白自己当时在马路上是什么样了。"

就在这时,厨师开车来到艾奥瓦大道。他的车沿着同侧车道开过来,停在父子俩站立的地方。"上车,你们两个。"托尼·安吉尔告诉他们。"我送乔去上学,然后带你回家。"厨师说。

"乔还没吃早餐。"丹尼告诉父亲。

"我给他准备了很多午餐——他可以在上学的路上吃一半,丹尼尔,上车吧!"他重复道,"咱们……有情况。"

"怎么了,老爹?"作家问。

"尹似乎还没离婚,"丹尼和乔上了车,厨师回答,"她好像有个两岁的女儿,她的丈夫和女儿来找她了——来看她写得怎么样。"

"他们在我们家?"丹尼问。

"幸好他们来的时候,尹已经起床了,她已经去她那个房间写作了。"厨师说。

丹尼能想象出她是如何小心翼翼地离开卧室的——绝对不会在里面留下她睡过的痕迹,只会把她那件珍珠灰色或是米色的睡衣藏在枕头下面。"尹有个两岁的女儿?"丹尼问父亲,"我想让乔见见她女儿。"

"你疯了吗?"厨师对儿子说,"乔应该去上学。"

"尹没离婚?"乔问,"她有个孩子?"

"看起来是这样。"丹尼说。他在想尹正在写的那本小说——结构精巧,但并非每件事都说得通。尽管行文清晰,但书里总有一些让人难以理解的地方。

"我想你该去上学了,亲爱的,"丹尼说,"你可以找别的机会认识两岁小孩。"

"但是你想让我认识一个,对吗?"乔问。

"这是怎么回事?"厨师问,他打算开车送乔上学,不想掉头回家。

"说来话长,"丹尼告诉他,"她丈夫是个什么样的人,是黑帮吗?"

"他告诉我,他是韩国的外科医生,"托尼·安吉尔回答,"他来参加芝加哥举行的外科医生会议,把女儿也带来了,他们想给妈咪一个惊喜——庆打算在自己开会时让尹照顾两岁的孩子几天。想不到吧?"厨师问。

"他叫庆?"丹尼问。在尹所写的书中,那个黑帮丈夫名叫振宇,丹尼猜测,这并不是她在故事中虚构的唯一内容,可他却以为她的小说自传性质太强了!

"她丈夫看起来像个好人。"托尼·安吉尔说。

"所以我要见到尹的两岁女儿了?"乔下车时问。

"吃点东西吧,"厨师告诉孙子,"我已经给学校打电话了,告诉他们你会晚点到。"

"听起来,你可能会见到那个小姑娘的,"丹尼告诉儿子,"可你还记得要小心什么吗?"男孩打开午餐盒往里看时,丹尼问他。

"蓝色野马。"乔毫不犹豫地回答。

"聪明。"他父亲说。

他们快回到法院街的住处时,厨师告诉儿子:"我和怡颖决定,你们俩暂时假装一对儿。"

"为什么我要和怡颖假装一对儿?"丹尼问。

"因为你们同龄。那个韩国丈夫在的时候,你们应该假装一对儿,而且就算他是韩国的外科医生,也不会怀疑我在和他的老婆睡觉。"厨师说,"我岁数太大了。"

"我们怎么假装?"丹尼问父亲。

"交给怡颖吧。"他父亲说。

后来回想起来,作家觉得在这场即兴的骗局中,最难的地方并非假装情侣——尹的丈夫在法院街逗留期间,怡颖成功地扮演了丹尼的女友。丹尼惊讶地发现,来自首尔的外科医生是个好男人——他为自己感到骄傲,也为给自己的作家妻子带来这样的"惊喜"而尴尬,至于尹,见到女儿秀,她的喜悦之情是难以掩饰的。韩裔作家曾经用眼神向丹尼寻求安慰,丹尼希望自己准确地传达了这样的意思。实际上,觉得宽慰的是他自己,因为此前他一想到两人迟早要分手,心里总会内疚。

没错,他这个学年肯定会留在艾奥瓦城——他已经向作家班申请再教一年书,但丹尼知道,自己或许不会在此久留,大概不会等到尹完成她的小说。(丹尼回佛蒙特州时,一直觉得尹会回首尔。)

那位外科医生会去芝加哥,在那里待上几天,他吻别了妻子和女儿。所有的介绍和告别都是在法院街的厨房里进行的,厨师假装是这里的房东,而怡颖有两三次溜到丹尼身后,突然搂住他,把他往自己这边拉,有一次还亲了他的后脖颈一下。那是个温暖的秋日,作家只穿着T恤和牛仔裤,他能感觉到怡颖的丝绸睡衣摩擦着他的后背。作家觉得这样的拥抱让他们两个都感到舒服,可尹会如何看待这些亲密的接触呢?怡颖和厨师是否已经把他们的计划——丹尼和香港护士假装一对儿——告诉了这位出轨的韩裔妻子了呢?

尹的女儿秀是个可爱的小宝贝。"她不穿尿布吗?"丹尼问外科医生,他想起了乔这么大的时候。

"女孩学上厕所比男孩早,亲爱的。"怡颖告诉他,她有点过分强调"亲爱的"这个词了,作家吓了一跳——但厨师笑了,尹也笑了。后来丹尼怀疑,也许跟写作课老师的关系如此顺利地结束也让尹松了一口气。(还有什么需要进一步解释的呢)

韩国医生在芝加哥期间的日子很轻松,乔亲眼看到了两岁的孩子是多么天真——她显然对路上的危险一无所知,也会轻易相信天使能够从天而降。八岁的男孩意识到,小秀什么事都愿意相信。

尹那天藏在枕头下面那件香喷喷的睡衣是米色的,丹尼慎重地找机会还给了她。这下他的卧室里再也没有她生活过的证据了。尹跟小女儿在她写作的那个房间睡,她俩的体格都很瘦小,躺在那间备用客房的床上也不嫌挤,不过丹尼建议尹让秀到备用客房睡。(他注意到,尹的丈夫也独自睡过那个房间。)

"两岁的孩子夜里需要有人照顾,不能一个人睡。"尹告诉丹尼。丹尼这才意识到,他误解了过去尹端详乔时那好奇的眼神——她只是好奇女儿从两岁长到八岁会有什么变化而已。(至于她写下的东西究竟意味着什么,又为什么会写,丹尼觉得他永远不会得到令人满意的解释。)

庆从芝加哥回来后,很快又带着他的小女儿离开了——他们一起回了首尔——尹立刻找到了新住处,并且在下一学期转到了别人任教的写作班。至于她最终是否完成了那部进展中的作品,这对作家丹尼·安吉尔而言并不重要。尹是否有朝一日会成为有书出版的小说家,与丹尼也没什么关系。尹在艾奥瓦城的时候,丹尼就知道她的小说肯定会成功。

怡颖在假扮丹尼女友这件事上的成功却还会再延续一段时间。这位急诊室护士并不轻浮,但在她和丹尼无须再假扮情侣的那几个月里,怡颖偶尔会紧贴着作家擦身而过,还会用手指或者手背抚触丹尼的脸颊。她似乎忘记了自己的本性,因为原来的那个怡颖总会克制住这样做的冲动。丹尼怀疑厨师是否看见过她这样,如果乔看到了,八岁的孩子是不会在意的。

"如果我在家穿得正常一点儿,你觉得怎么样?"有一天,怡颖问作家,"我是说,我已经穿够了睡衣了。"

"可你是睡衣女士,这就是你。"丹尼含糊地说。

"你明白我的意思。"怡颖对他说。

她不再穿睡衣了——或者只在睡觉时穿。她的正常衣服在他俩之间竖起了一道安全屏障，原来那些偶尔的接触——她的身体擦过他的后背，小手的指尖或者指节对他的触碰——也很快停止了。

"我很想念怡颖的睡衣。"一天早晨，丹尼送乔步行上学时，孩子告诉父亲。

"我也是。"丹尼告诉他，但这时候作家已经在和别的女人约会了。

尹退出他们的生活后——尤其是后来，他们在艾奥瓦城度过最后一年时，当时他们住在法院街的第三套房子里——他们依然保持着原来的生活习惯，仿佛没有被打断过。第三套房子位于法院街的另一侧，靠近萨米特街，丹尼白天在那里鬼鬼祟祟地跟一个不开心的教员妻子幽会，她丈夫也背着她跟别的女人偷情。那条后巷——乔在巷子里望着麦克斯用他那辆"备用"自行车练习打滑时，不禁同情起了自己——连同那只负鼠，也从他们的生活中消失了。横滨姐妹 Sao 和香织依然轮流做乔的保姆，他们——所有人——似乎都觉得，越来越有必要在毛家餐厅聚一聚了。

厨师早就知道，自己会非常想念郑氏兄弟——几乎与对怡颖的想念不相上下。丹尼也会想念怡颖，他始终不知道要是跟香港护士在一起会是什么感觉，但在回到佛蒙特州之前，他还会经历另外一段结束。

他们在艾奥瓦州的冒险接近尾声之时，越战也行将落幕。毛家餐厅里并非只有皆大欢喜的情绪。美军用直升机从西贡撤兵的举动，被称为"常风行动"——凯奇姆称之为"扯淡行动"——这件事在毛家餐厅引起了轰动，严重影响了晚餐的准备。珊瑚村街附近的这家餐厅小厨房里的电视机,像磁铁一样招来了各种抱怨。

一九七五年四月,毛家餐厅的生意相当惨淡,店面一共被人开车扔了四次石头。其中一次,打破餐厅窗户的是一块空心砖大小的水泥,还有一次是块石头。小弟叫那些破坏者为"该死的爱国乡下人",他和厨师取消了一次唐人街的购物之旅,因为小弟深信,毛家餐厅成了众矢之的——或者说,随着西贡的沦陷,餐厅即将卷入四面楚歌的攻城战。大哥最喜欢的食材已经消耗完了。(在托尼·安吉尔的帮助下,菜单上比平时多出了好几道意大利菜。)

那一整年,不断有南越士兵成群结队地开小差,逃兵们召集家人,在西贡聚集,他们相信美国人会帮助他们逃离越南。在四月的最后两周,美国空运了六万外国人和南越人;很快,被抛下不管的数十万人即将自谋出路。"马上就要乱套。"凯奇姆预言道。("咱们还能指望发生什么事呢?"伐木工后来这样说。)

我们真的在乎会发生什么吗?丹尼想。他和乔在毛家餐厅有固定的座位,这天怡颖跟他们一起吃晚餐。因为得了感冒,她没去急诊室值班。怡颖告诉丹尼和乔,她可不想把感冒传染给医院的伤患,加重他们的痛苦。"我已经要把你们两个给传染了——你们,还有老爹。"她笑着对他们说。

"那我得谢谢你。"丹尼告诉她。乔笑了起来,他崇拜怡颖。回到佛蒙特之后,男孩会想念专门有护士照顾自己的日子。(我会怀念专门有护士照顾他的日子的,作家想。)

一张桌子旁边坐了两对夫妇,另一张桌旁坐着三个商人模样的食客。对毛家餐厅来说,这是个安静的夜晚,不过时候还早。遮挡窗户的木板可算不上店面的装饰,丹尼想。这时横滨姐妹之一走出厨房,她的脸色像围裙一样白,下嘴唇在颤抖。"你爸说,你应该看看电视上的节目,"日裔女孩对作家说,"厨房里的电视。"

丹尼从桌旁站起来，乔想跟他一起过去，但怡颖说："也许你该和我一起待在这里，乔。"

"没错，你留下！"Sao 或者香织告诉男孩，"你不该看！"

"但我想看看是什么事。"乔说。

"听 Sao 的，乔——我很快回来。"父亲告诉他。

"我是香织。"日裔双胞胎之一对丹尼说，"为什么你们美国人会觉得所有的'东亚佬'都是一个模样的？"她哭着说。

"电视上演什么了？"怡颖问她。

那两对夫妇因为什么事笑了起来，他们没听到香织的哭声。但那些商人模样的人安静下来，听到"东亚佬"这个词，他们对着啤酒，沉默地坐在那里。

这天晚上，领班是郑家大哥和他那位精明的女友子敏。小弟被那帮砸窗户的爱国乡下人弄得过于激动，他们不放心让他到厨房外面去。

"回厨房吧，香织，"子敏告诉哭泣的女孩，"别在这里哭。"

"电视上有什么？"怡颖问领班。

"乔不能看。"子敏告诉她。丹尼已经进了厨房。

厨房里一片混乱。小弟正冲着电视大喊大叫。另一位日裔女孩 Sao 正趴在大水槽上呕吐——就是洗碗工擦洗锅碗瓢盆的那个水槽。

洗碗工埃德站在旁边。他是个正在戒酒的酒鬼。埃德是"二战"老兵，身上有几处褪了色的文身。郑氏兄弟聘用埃德的时候，别家都不肯要他，所以埃德对他们忠心耿耿，尽管小小的厨房有时会让他感到像是得了幽闭恐惧症。毛家餐厅里的政治讨论对他而言就像听不懂的外国话，他不喜欢外国，认为美军撤出越南是件好事。他当过海军，曾经在太平洋战区服役。现在日裔双胞胎中的一个在他的水槽上呕吐，另一个在抹眼泪。（埃德或许以为自己杀死过她们的亲人，但假如真是这样，他对此并不后悔。）

"情况怎么样，埃德？"丹尼对洗碗工说。

"不怎么样。"埃德告诉他。

"基辛格是个战犯！"小弟尖叫。（亨利·基辛格在电视上露了一脸，时间很短暂。）大哥正在切葱，听到电视上提到可恶的基辛格，他挥舞起了菜刀，但这时电视上又出现了敌军坦克驶入西贡街道的画面，坦克正在逼近美国大使馆，无名的画外音解说道。这时已经快到四月底了——空运行动也进行到了最后一批。西贡投降的前一天，大约七十架美国直升机在推倒了围墙的使馆和离岸的美国军舰之间穿梭往返；美军当天救出了六千二百人，最后两架飞离西贡的直升机接走了美国大使和大使馆的海军卫队。几个小时后，南越投降了。

但这并非毛家餐厅厨房的小电视上播出的最凄惨的内容——还有更多的人想要离开西贡，可直升机的数量不够。大使馆的院子里留下了好几百人，数十个越南人紧抓着最后离开的两架直升机的滑橇，想要跟着走，直升机升空后，他们掉下去摔死了。电视就这么播放着。"这些可怜人。"厨师说，几秒钟后，Sao 吐在了埃德的水槽里。

"对于大多数美国人来说，他们不是人，而是东亚佬！"小弟大喊。

大哥只顾着看电视，没有看葱，结果把左手食指的第一个指节切了下来，依然在哭的香织见状，昏了过去；厨师把她从火炉前面拖到一边。丹尼拿起一条刷碗巾，紧紧地绑住大哥的上臂。大哥的指节和切碎的葱一起躺在血泊中。

"去找怡颖。"厨师对 Sao 说。埃德拿了条湿毛巾给女孩擦脸。Sao 看起来像她的双胞胎姐妹一样虚弱，但她忍住呕吐，像个鬼魂那样飘进了前厅。

通往前厅的旋转门打开时，丹尼听到其中一个商人说："这到底是个什么神经错乱、一塌糊涂的地方？"

"大哥切断了手指。"他听到 Sao 对怡颖说。

然后转门关上了，丹尼听不到 Sao、子敏或者怡颖是怎么答复那个商人的，也可能那几个女人并不打算答复他。（西贡陷落那天，毛家餐厅确实是个神经错乱、一塌糊涂的地方。）

前厅的门又打开了，他们全都走进厨房——怡颖和小乔、子敏和 Sao。那三个商人模样的家伙和两对夫妇竟然没跟进来，丹尼有点惊讶，但乱成一团的厨房也容不下他们了。

"谢天谢地，他们点的都是珍珠鸡。"厨师说。

香织从地上坐了起来。"那两对夫妇点的是珍珠鸡，"她说，"商人点了意大利小方饺。"

"我说的就是那两对夫妇，"托尼·安吉尔说，"我先喂饱他们。"

"那几个商人准备走了——我得提醒你们。"子敏告诉他们。

怡颖从葱段里找出了大哥的指节，厨师往大哥左手食指的断面倒伏特加时，小弟紧紧地箍住哥哥。怡颖举起指节，托尼·安吉尔又往上面倒了点伏特加，这时大哥还在尖叫。怡颖把指节接回他的食指上。"按住了，"她告诉大哥，"别叫了。"

丹尼遗憾地发觉，乔在看电视，十岁的孩子震惊地看着人们爬上直升机滑橇，然后纷纷坠地。"他们怎么了？"男孩问父亲。

"他们死了，"丹尼说，"直升机上没有他们的地方了。"

埃德咳嗽起来，他推开厨房门走了出去。厨房后面有条小巷——是用来送货和收垃圾的——他们都以为埃德只是出去抽根烟，但这位洗碗工再也没有回来。

怡颖扶着大哥走出旋转门，穿过前厅，大哥把割断的指节按在原位，可眼下丹尼没在一旁勒紧他上臂的毛巾，大哥血流如注。子敏跟他们一起去了医院。"看来我要把感冒传染给急诊室的每一个人了。"怡颖说。

"这他妈的是怎么回事？"一位商人大喊，"这里到底有没有人干活了？"

"种族主义者！战犯！法西斯猪！"仍在流血的大哥对他们大喊。

厨师在厨房里对他的儿子和孙子说："现在你们就是我的二厨了——咱们最好马上就开始干活。"

"只有两桌客人，老爹——我觉得咱们能应付。"丹尼告诉他。

"要是咱们不搭理这些商人，我想他们会走的。"香织说。

"谁都别想走！"小弟大喊，"我来让他们见识一下，这到底是个什么样的神经错乱、一塌糊涂的地方——他们最好能喜欢！"

他穿过旋转门走进前厅——他的马尾辫上那根滑稽的粉红丝带可能是斯派西给的——甚至在转门关闭之后，厨房里依然能听到小弟的声音。"你们是想吃到这辈子最美味的食物，还是想死？"小弟吼道，"亚洲人都快死了，可你们还能吃到好东西！"他朝商人们叫道。

"珍珠鸡要和芦笋、加了洋苏草汁的牡蛎蘑菇烩饭一起上，"厨师向丹尼和小乔解释，"求你们别把烩饭撒在盘子上。"

"珍珠鸡是从哪里来的，老爹？"丹尼问。

"当然是从艾奥瓦买的——我们从外地买的食材差不多全都用完了。"厨师告诉他。

"想看看你们的蘑菇和马斯卡彭奶酪小方饺是怎么做的吗？"小弟问那些商人模样的食客，"是用帕尔玛干酪和白松露油做的！你们这辈子都别他妈的想吃到比它还好的小方饺！你们以为白松露油是在艾奥瓦买的吗？"他问他们，"你们想来厨房看看一大群亚洲人是怎么死的吗？他们正在电视上垂死挣扎呢！想看就进去看看！"

托尼・安吉尔转身对日裔双胞胎说："咱们去把那些商人从小弟手里救出来吧，你们俩一起来。"

厨师陪着横滨姐妹来到前厅，给那两对夫妇送去珍珠鸡。"你们点的意面很快就好。"托尼告诉商人们。他刚才还纳闷儿,这群商人怎么会如此安静地听小弟长篇大论,现在他看到,小弟来前厅时,手里还拎着那把血淋淋的菜刀。

"厨房里需要你——我们离不开你!大伙都想死你了!"日裔双胞胎告诉小弟,她们贴在他身上,同时还得避开那把菜刀。商人们一直坐在那里等着,甚至在厨师(还有小弟、香织和Sao)回到厨房后,也没有动。

"法西斯猪点了什么喝的?"小弟问横滨姐妹。

"青啤。"香织或者Sao回答。

"多给他们送啤酒——不停地上!"小弟告诉他们。

"小方饺配什么,老爹?"丹尼问父亲。

"豌豆,"厨师告诉他,"用漏勺捞,否则豌豆会沾上太多油。"

乔对成为二厨毫无兴趣,只顾得盯着电视上不断出现的直升机,因此电话铃声响起时,他是唯一的闲人。小乔接起了电话。大家知道领班不在前厅,都以为电话是怡颖或者子敏从仁慈医院打来的——告诉他们大哥的手指头是否有救。

"是凯奇姆打来的对方付费电话。"乔告诉他们。

"就说你要接。"祖父告诉他。

"我要接。"男孩说。

"你和他说话吧,丹尼尔——我很忙。"厨师说。

但是电话刚一接通,他们就都听明白了凯奇姆大老远从新罕布什尔打来这个电话是为了什么:"这个浑蛋国家——"

"嘿,是我——丹尼。"作家告诉老伐木工。

"你还后悔自己没去越南吗,伙计?"凯奇姆咆哮道。

"不,我不后悔。"丹尼告诉他,但是他好半天才说出这句话。凯奇姆已经把电话挂断了。

厨房到处都是血。电视上,那些绝望的越南人挂在直升机的滑橇上晃来晃去,然后掉了下来。这些溃败的画面会在全世界的电视上一连播放很多天,作家想。他望着十岁的儿子,男孩正在观看这场他父亲未曾参与的战争的结局。

日裔双胞胎正在用更多的啤酒安抚那些商人,小弟走进敞开的步入式冰箱里。"青啤快没了,托尼。"小弟说。他走出冰箱,关上门;然后他注意到通往巷子的门还开着。"埃德怎么了?"小弟问。他谨慎地走进小巷。"也许哪个该死的爱国乡下人把他当成了我们这些东亚佬,杀了埃德!"

"我觉得可怜的埃德只是回家了。"厨师说。

"我吐在了他的洗碗槽里——可能就是因为这个。"Sao 说。她和香织回厨房拿商人点的意面。

"我能关上电视吗?"丹尼问所有人。

"好的!请关掉它!"横滨姐妹之一对他说。

"埃德不见了!"小弟在巷子里大喊,"爱国的浑蛋绑架了他!"

"我可以带乔回家,让他上床睡觉。"双胞胎中的一个告诉丹尼。

"这孩子得先吃饭,"厨师说,"你当一会儿领班,行吗,丹尼尔?"

"当然可以。"作家告诉他。他洗了手和脸,穿上干净的围裙。当他走进前厅时,那些商人看到他不是亚裔——而且也不是特别生气——似乎有点惊讶。

"厨房里怎么回事?"其中一个人试探性地问他,显然不想让小弟听到他的声音。

"越战结束了,电视上正在播。"丹尼对他们说。

"不管怎么说,意面棒极了,"另一位商人说,"替我谢谢厨师。"

"我会告诉他的。"丹尼说。

后来，店里来了些教师模样的客人，还有几位带着读大学的宝贝子女来就餐的自豪家长，但只要不是跟愤怒的亚洲人一起待在毛家餐厅的厨房里的话，或许不可能知道越战已经结束了——以及它是怎么结束的。（电视上的那一段并没有到处播，播出的时间也不长——至少在美国大部分地区是这样。）

大哥保住了自己的指节。那天晚上，香织或 Sao 把小乔带回了家，安顿他睡下了。丹尼和怡颖开车回家。厨师在毛家餐厅打烊后才开车回去。

尴尬的时刻出现了——日裔保姆离开后，厨师回家之前，乔已经在楼上睡着了——法院街第三套房子的厨房里，丹尼和香港来的护士单独待在一起。像丹尼和他父亲一样，怡颖也不喝酒，她正在给自己泡茶——据说对她的感冒有好处。

"终于能安静一会儿了，"怡颖对他说，"不管怎么说，我们差不多算是独处了，"她补充道，"现在只有你和我，还有我那该死的感冒。"

壶里的水还没烧开，怡颖双臂交叉抱在胸前，直视着他。

"怎么了？"丹尼问她。

"你知道怎么了。"她对他说。他是首先垂下眼睛的那一个。

"给你女儿和父母办移民这件棘手的事，处理得怎么样了？"他问她。她终于扭过脸去。

"对于这件事，我正在慢慢地改变主意。"怡颖告诉他。

很久以后，厨师听说她已经回香港了；她在那儿当护士。（他们都再也没听到横滨姐妹——香织和 Sao——的音信。）

战争结束的那天晚上，怡颖端着茶上了楼，丹尼独自留在厨房里。他很想打开电视，但最后还是来到法院街的人行道上溜达。时间还不算很晚——没到午夜——但街上的大多数房子都熄了灯，只有几户人家的二楼还亮着灯。丹尼想象着人们正在床上读书，或者看电视。透过附近几户的窗户，他辨认出了电视机发出的微弱光亮——不自然的蓝绿色、蓝灰色闪光，那是种不对劲的颜色。

四月底的艾奥瓦足够温暖，许多人家开着窗户。尽管丹尼听不清电视上说了什么，但他觉得那是新闻播音员的空洞腔调——当然，这也可能只是作家的想象。（谁知道人家看的是不是爱情片或者别的类型的电影呢？）

丹尼看不出天上有没有星星。他在法院街住了三年，除了那辆无人驾驶的蓝色野马，这里没出现过任何不祥之兆。现在作家要和家人回佛蒙特州了。"这个浑蛋国家——"凯奇姆只说了这么一句，因为太愤怒，或者喝得太醉，或者兼而有之——他甚至没能完整表达自己的想法。这样的评语是不是太苛刻了？丹尼希望如此。

"请照顾好我的父亲和儿子吧。"作家大声说，但他在和谁说话？艾奥瓦城没有星星的夜空吗？法院街上的某个警觉戒备、焦躁不安、可能听到他说话的路人吗？（也许是怡颖，假如她还醒着的话）

丹尼走下人行道，来到空荡荡的路面上，仿佛故意让那辆蓝色野马注意到他。"请别伤害我父亲和我儿子。"丹尼说，"如果你要害人，那就害我吧。"

然而，在看不见的天空下面，那个不知道是要照顾还是伤害他们的人究竟是谁？"天空女士，你在不在？"作家大声问，但艾米从来没说她是全职天使，他也已经有八年没见到她了。无人应答。

11 蜂蜜

我的记忆去了哪里？厨师想；他已经快六十岁了，脚跛得越来越厉害。托尼·安吉尔试图回忆小弟带他去过的那些唐人街市场。金利市场在莫特街，金门市场在鲍厄里——还是倒过来？无所谓了，厨师想，反正他还记得重要的事情。

与郑氏兄弟分别时，小弟拥抱着他——大哥弯着重新接上去的左手食指尖，哭了起来。"舍不得！"小弟喊道。（郑氏兄弟的发音是"色不呆"。）

"舍不得！"大哥弯起那段留下了伤疤、还有点歪的指节，哭着说。

在某一次往返唐人街的十六小时马拉松旅途中，车子开到八十号州际公路的某个地方时，小弟曾经向厨师解释，华裔移民在分别时会说"舍不得"。离开中国故土，前往纽约、旧金山或者更远的地方，可能再也见不到家人和朋友时，大家都会说"舍不得"。（小弟告诉托尼·安吉尔，"舍不得"的大概意思是"我不忍心让你走"。当你不想放弃什么东西时，就可以说这句话。）

"舍不得。"厨师在他心爱的阿韦利诺的厨房里喃喃自语。

"你说什么，老大？"二厨格雷格问他。

"我在和鱿鱼说话。"托尼告诉他，"做鱿鱼的时候，格雷格，要么只煮一小会儿,要么一直煮下去——否则它会变成嚼不烂的胶皮。"

格雷格以前肯定听过厨师这样念叨鱿鱼的处理方法。"啊哈。"二厨说。

厨师正在给儿子丹尼尔准备的这道鱿鱼就需要"一直煮下去"。托尼·安吉尔往锅里加了番茄罐头、番茄酱、大蒜、罗勒、红辣椒片和黑橄榄,小火慢炖,出锅前又放了松子和欧芹段,再把鱿鱼浇到通心粉上,在边上撒上更多欧芹段。(鱿鱼绝对不能搭配帕尔玛干酪)意面做好后,他还得给丹尼尔准备一小份芝麻菜沙拉,也许加点山羊奶酪,他有一块很不错的佛蒙特州本地产的奶酪。

但是现在意大利辣香肠比萨已经好了,厨师把它们从斯坦利柴炉的烤箱里拖了出来。("舍不得",他对着这台老爱尔兰炉子低声说,格雷格又往这边瞥了一眼。)

"你又哭了——你知道的,对吧?"塞莱斯特对托尼说,"你想谈谈吗?"

"一定是洋葱弄的。"厨师告诉她。

"放屁,托尼,"她说,"这两个辣香肠比萨是给外面那两个老太婆的吧?"没等厨师回答,塞莱斯特又说:"这两个比萨最好是给我的。那两个老丫头饿得眼珠冒绿光,马上就要把丹尼当前菜给吃了。"

"都是给你的。"托尼·安吉尔告诉塞莱斯特。他已经把通心粉放进了一锅沸水里。塞莱斯特端着比萨走出厨房,每迈一步都像是在演戏,厨师边看她边用漏勺捞起一段通心粉尝了尝,洛蕾塔像破译密码那样望着他。"怎么了?"厨师问她。

"你怎么神神道道的,"洛雷塔说,"丹尼也神神道道的,对吧?"

"你和你妈一样大惊小怪。"厨师笑着对她说。

"鱿鱼好了吗?你还打算给它讲讲你的人生经历吗?"洛蕾塔问他。

厨房外面的前厅里，朵特叫道："天啊！比萨皮真薄！"

"很薄，不错。"梅满意地说。

"我们的厨师做的比萨很棒，"塞莱斯特告诉他们，"比萨皮总是很薄。"

"他在面团里放了什么？"朵特问女招待。

"是啊，他的秘方是什么？"梅问塞莱斯特。

"我不知道他有没有秘方。"塞莱斯特说，"我问问他。"两个老太婆却已经埋头吃了起来，不再理她。"祝你们两位胃口好。"转身回厨房之前，塞莱斯特又补充了一句。朵特和梅专注地吃着，现在可不是说话的时候。

丹尼望着那两个女人吃东西，越来越觉得诧异。他在哪儿见过别人这样吃东西来着？肯定不是在埃克塞特。那里不重视餐桌礼仪，食物也很糟糕。在埃克塞特，大家无论拿起什么食物，总会先怀疑它好不好吃，但又不能不吃，所以只能不停地和别人聊天，好让自己分心，不去在意究竟吃了什么。

两个老太太刚才一直在窃窃私语（还有咯咯地笑，就像一对乌鸦）；现在她们一言不发，连目光接触都没有了，前臂按着桌子，伏在盘子上猛吃。两人的后背全都拱了起来，耸着肩膀，仿佛在抵挡来自后方的突袭。丹尼觉得，要是自己离她们再近一些，也许能听到她们下意识发出的呻吟和咆哮声——这种声音与进食密切相关，这两个女人要么根本意识不到它们的存在，要么早就不去在意了。

北区也没人这样吃东西，作家回想着。"那不勒斯附近"的饭菜美味得让人健谈，食客们往往会聊得热火朝天。毛家餐厅也是一样，客人甚至还会激动得大呼小叫，而且大家都会热情地分享食物——这两个老女人却像是在护食，生怕对方吃到自己的比萨。她们狼吞虎咽地吃着，丹尼知道，她们一点比萨渣都不会剩下。

"红袜队真是靠不住。"格雷格说。但厨师在专心地给儿子做那道"惊喜"鱿鱼,没听到广播里的赛况。

"丹尼尔喜欢多放点欧芹。"他对洛蕾塔说,这时塞莱斯特回到了厨房。

"那两个老太婆想知道,你的比萨面团是不是有什么秘密配料,托尼。"塞莱斯特对厨师说。

"让你说对了——真的有,是蜂蜜。"托尼·安吉尔告诉她。

"我永远都猜不着。"塞莱斯特说,"原来这就是秘方啊,好吧。"

前厅里,作家丹尼·安吉尔突然想起,他以前在哪里见过像这两个老女人吃比萨一样狼吞虎咽的家伙——伐木工和锯木工就是这样吃东西的,不只是在绞河镇的伙房,在那些简易的窝棚里也这样吃,他和父亲曾经在原木漂流期间给伐木工们做过饭。那些人吃饭时不说话,有时连凯奇姆都一言不发。但这两个粗野的老太婆不可能是伐木工,丹尼想,这时洛蕾塔打断了他的思绪。

"惊喜!"女招待说,把鱿鱼放在他面前。

"我就猜会是鱿鱼。"丹尼对她说。

"哈!"洛蕾塔说完,"我要告诉你爸。"

梅先吃完了她那份意大利辣香肠比萨,无论是谁看到她盯着朵特盘里最后那块比萨的眼神,都有充分的理由警告朵特,永远不要完全相信她这位老朋友。"我猜,比起你喜欢你的那份,我更喜欢我的这份。"梅说。

"我的这份已经够好的了。"朵特嚼着满嘴的比萨说,她用拇指和食指飞快地捏住了最后一块比萨的硬皮。

梅移开了目光。"那个作家终于吃东西了,看起来很好吃。"她说。朵特只是咕哝了一声,吃完了她的比萨。

"你觉不觉得,这里的比萨和大厨做的差不多好吃?"梅问。

"没觉得,"朵特擦着嘴说,"谁的比萨也比不上大厨的。"

"我说的是差不多,朵特。"

"也许吧,挺接近的。"朵特告诉她。

"希望你们两位还能吃得下甜点,"塞莱斯特说,"看起来,比萨挺合你们的口味。"

"秘方是什么?"梅问女招待。

"你们永远都猜不到。"塞莱斯特说。

"我敢打赌,是蜂蜜。"朵特说。她和梅都咯咯笑了起来,不过,看到女招待瞪大眼睛盯着她们时,两人立刻不笑了。(塞莱斯特无话可说的时候可不多。)

"等等,"梅说,"真是蜂蜜,对吗?"

"厨师是这么说的——他往面团里加蜂蜜。"塞莱斯特对她们说。

"没错,接下来你该告诉我们厨师是个瘸子了。"朵特说。话音刚落,两个老太太立刻再也抑制不住地大笑起来,怎么都停不下来,不过她们还是把塞莱斯特惊讶的表情看在了眼里。(女招待差点告诉她们,没错,厨师就是瘸子,瘸得还挺厉害!)

然而丹尼在两位女士失控地咯咯大笑之前,敏锐地捕捉到了她们的一小段对话。他听见塞莱斯特说他父亲往面团里加蜂蜜,其中一个老女人嘲笑厨师的跛脚——对于这一点,丹尼总是格外敏感,这方面的笑话他已经听得够多了,多数是在巴黎制造公司的那个破学校里听西达默尔的笨蛋们讲的,可为什么塞莱斯特这么吃惊?作家暗忖。

"女士们,你们有兴趣来点派和水果馅饼吗?"女招待问她们。

"等等,"梅再次说道,"你的意思是,你们的厨师真的腿瘸?"

"他就是稍微有点瘸。"塞莱斯特犹豫着说,可实际上这已经等于承认了。

"你是在耍我们吗？"朵特问女招待。

塞莱斯特似乎受到了冒犯，但她看上去也挺害怕——她知道有什么地方不对劲，但说不清哪里不对劲，更不知道原因。丹尼当然不知道她在想什么，可无论在谁看来，作家也很害怕。

"听着，我们的厨师是有点瘸，他也会往比萨面团里加蜂蜜——这没什么大不了的。"塞莱斯特对他们说。

"对我们来说，这也许是件大事。"梅告诉女招待。

"他是个小矮子吧？"朵特问。

"对……他叫什么名字？"梅问。

"我觉得我们的厨师……是有点矮。"塞莱斯特小心翼翼地回答。"他叫托尼。"

"哦。"朵特失望地说。

"托尼。"梅摇着头重复道。

"你给我们来一个苹果派和一个蓝莓馅饼吧！"朵特告诉女招待。

"我们分着吃。"梅说。

如果丹尼没有开口，事情可能就到此为止了；他的声音让朵特和梅更加仔细地端详他。她们刚见到他时，并没有看出作家跟他父亲的相像之处，是丹尼得体的谈吐让朵特和梅都想起了厨师。在绞河镇那样的小地方，厨师的口音还有他完美的措辞让他显得格外突出。

"冒昧地问一句，两位女士是从哪里来的？"丹尼问两个坏老太婆。

"亲爱的上帝啊，梅，"朵特对她的朋友说，"这个嗓子没让你回想起以前吗？"

"很久很久以前了。"梅说，她仔细端详着丹尼，"他长得很像大厨，对吧？"

听到"大厨"两个字，丹尼恍然大悟，明白了这两个老女人是从哪里来、为什么问塞莱斯特比萨面团里是不是有蜂蜜、打听这儿的瘸腿小矮子厨师。

"你是丹尼,"朵特对他说,"你也改了名字吗?"

"没有。"作家脱口而出。

"我得见见这儿的厨师。"梅说。

"为什么不让你爸出来跟我们打个招呼呢,嗯?"朵特问丹尼,"咱们好久不见了,得好好叙叙旧。"

塞莱斯特端来了女士们的甜点。丹尼知道,这只会让她们分神一小会儿。

"塞莱斯特,"丹尼说,"麻烦你告诉老爹,这儿有两位老朋友想见见他,好吗?告诉他,她们是从绞河镇来的。"丹尼告诉她。

"我们的厨师叫托尼。"塞莱斯特有些绝望地对这两个坏老太婆说。她听够了绞河镇的事,再也不想听到任何跟那儿有关的事。(厨师告诉过她,一旦绞河镇的人找到他,一切就都完了。)

"你们的厨师叫大厨。"朵特对女招待说。

"你只要告诉他,我们噎着了,"梅告诉塞莱斯特,"他就会跑过来。"

"是一瘸一拐地过来。"朵特纠正她,可现在她们忍住了笑——作家不禁猜测,这两个女人似乎要找父亲算账。

"你和你爸一样,说起话来拿腔拿调,好像高人一等似的。"梅对丹尼说。

"印第安人在吗?"朵特问他。

"不,简……早就不在了。"丹尼告诉她们。

回到厨房的塞莱斯特从女儿身边走过时,依然很镇静。"刚才我招呼那一桌八个人的时候,挺需要帮忙的,妈,"洛蕾塔告诉她,"然后那三对儿又进来了,可你一直跟那两个老太婆说个没完。"

"那两个老婆子是绞河镇来的,"塞莱斯特对厨师说,"她们让我告诉你,她们噎着了……大厨。"塞莱斯特从来没见过托尼·安吉尔现在的表情——他们都没见过——当然,她以前也没叫过他"大厨"。

"有问题吗,老大?"二厨问。

"是比萨里的蜂蜜,对吗?"塞莱斯特说,"是蜂蜜捅了娄子,我猜。"

"朵特和梅,完蛋了,亲爱的。"托尼·安吉尔告诉塞莱斯特。她哭了起来。

"妈?"洛蕾塔说。

"你们不认识我,"厨师告诉所有人,"你们永远不知道,我离开这里以后去了哪里。"他脱下围裙,丢在地上。"交给你负责了,格雷格。"他对二厨说。

"她们不知道你现在姓什么,除非丹尼告诉她们。"塞莱斯特好不容易说了出来,洛蕾塔把抽泣的母亲搂在怀里。

厨师走进前厅,丹尼站在他和两个坏老太婆中间。"她们不知道安吉尔这个姓,老爹。"儿子低声告诉他。

"嗯,幸好是这样。"他父亲说。

"要我说,这可不算是稍微有点儿瘸——你觉得呢,梅?"朵特问老朋友。

"你们好,女士们。"厨师对她们说,但他没有靠近。

"瘸得更厉害了,你要是问我的话。"梅告诉朵特。

"你们只是路过吗?"厨师问她们。

"你怎么改变名字了,大厨?"朵特问他。

"托尼比多米尼克更好念,"他回答,"而且听起来也是个意大利名字。"

"你看起来糟透了,大厨——你的脸和面粉一样白!"梅告诉他。

"我在厨房干活,不怎么见太阳。"厨师说。

"你看起来就像是一直躲在大石头底下似的。"朵特对他说。

"你和丹尼怎么这么害怕见到我们?"梅问他。

"他们一直比咱们高贵,"朵特提醒她的朋友,"你从小就是个鼻孔朝天的讨厌鬼。"她对丹尼说。

"你们现在住在哪儿?"厨师问她们。他希望她们住在附近——佛蒙特州或纽约州的某个地方——但听听她们的口音,看看她们的样子,他就知道她俩还住在库斯县。

"米兰,"梅回答,"我们经常见到你的好朋友凯奇姆。"

"凯奇姆看见我们连招呼都不打,"朵特说,"你们都是鼻孔朝天——你们仨,还有那个印第安人!"

"嗯……"厨师开口道,他的声音变小了,"我在厨房里还有很多活儿。"

"你起先打算往面团里加蜂蜜,紧接着又不加了,后来你又改了主意,我猜得对不对?"梅对他说。

"对。"厨师说。

"我想去厨房看看,"朵特突然说,"这两个家伙告诉我们的事,我他妈一个字都不相信,我要亲眼看看,简是不是还跟他们在一起!"丹尼和他父亲都没阻拦她,朵特进了厨房,梅和他们在外面等着。

"有两个女招待在里面哭,有个年轻厨师,有个像是传菜工的家伙,还有个刷盘子的小孩——没有印第安人。"朵特回来时宣布。

"嘿,看起来你好像没把那根东西放对地方啊,大厨!"梅告诉他。"还有你,"她对丹尼说,"你有老婆孩子什么的吗?"

"没有老婆孩子。"丹尼告诉她们——依然是脱口而出。

"放屁!"朵特说,"我他妈的一个字也不信!"

"我猜,你现在没有相好的,对吧?"梅问厨师。他没回答,只是一直看着他的儿子丹尼尔。现在父子俩的心思早就不在阿韦利诺了,他们多久才能离开?这次要去哪里?这些坏老太婆再过多久会遇到卡尔?遇到牛仔时,她们会跟他说什么?(卡尔住在柏林,凯奇姆住在埃罗尔,米兰在这两个地方中间。)

"要是你问我,我觉得大厨的相好是咱们的女招待——岁数大的那个,"朵特告诉梅,"她最能哭。"

厨师刚转身往厨房走去。"告诉她们,晚餐记在我账上,丹尼尔——比萨免费,甜点免费。"他边走边说。

"不用你告诉我们,我们听见他的话了。"梅对丹尼说。

"你本来可以对我们好一点儿——看到我们高兴点儿什么的!"朵特在厨师身后叫道,但他已经走了。"我们的晚餐不用你请,大厨!"朵特对着厨房吼道,但她没去追他。

梅正往丹尼的桌子上放钱——数目已经远远超过了她们的晚餐钱,但丹尼不会阻止她。"我们连派和水果馅饼都没吃!"她告诉作家。"你是干什么的?该死的记账的吗?你在记账,嗯?"梅指着桌上的笔记本问他。

"没错。"他告诉她。

"你和你爸见鬼去吧!"朵特告诉他。

"大厨一直是个假正经,你也从小就是个假正经!"

"抱歉。"丹尼说。他只想让她们快点走,好集中精力考虑他跟父亲下一步该怎么办、他们还剩多少时间——首先得把这事告诉凯奇姆。

与此同时,前厅里还有两桌神情惊讶的食客没人招呼——其中一桌有八个人,另外那桌是三对男女——但他们都密切关注着这场冲突。现在冲突结束了,朵特和梅要走了。出门之前,两个女人同时朝丹尼伸出中指。在这令人困惑的时刻——仿佛这两个锯木工的老婆其实并不存在,或者根本没来过阿韦利诺——两个老女人来到主街,似乎不知道该往哪边拐,然后她们准是想起来,自己把车停在了山下那个比拉齐斯电影院还要远的地方。

两个坏老太婆走掉以后,丹尼对餐馆里惊魂未定、无人招呼的顾客说:"马上有人来给大家服务。"他不知道这是不是真话,他只知道,假如洛蕾塔和塞莱斯特还在流泪,那这就不是真话。

厨房里的情况比丹尼想象的还要糟——就连刷盘子的小孩和传菜工都在哭。塞莱斯特倒在地上,洛蕾塔跪在她旁边。"别吆喝我!"厨师对着电话大喊大叫,"我真不该给你打电话——这样就不用听你嚷嚷了!"(父亲肯定在和凯奇姆通电话,丹尼意识到。)

"告诉我该怎么说,格雷格,我去说。"丹尼对二厨说,"外面有一个八人桌,一个六人桌,我该跟他们说什么?"

格雷格正对着迷迭香和红酒酱汁流眼泪。"你爸说阿韦利诺完蛋了。"格雷格告诉他,"他说这是他的最后一夜,他要把这个地方卖了。不过我们可以把餐厅经营下去,直到卖出去为止——要是能撑下去的话。"

"格雷格,我们该怎么办?"塞莱斯特哭道。

"我没说我们能撑下去啊。"格雷格也带着哭腔说。

"就从摆脱红袜队开始吧,"丹尼给收音机换了台,说,"要是你们打算歇斯底里发泄出来,应该放点音乐,餐厅里的每个客人都能听见你们说的话。"

"对,我知道你一直觉得佛蒙特离新罕布什尔太他妈的近了,凯奇姆!"厨师大声对着电话喊道,"你还能说点别的有用的吗?"

"告诉我,该怎么跟客人说,格雷格。"丹尼对哭泣的二厨说。

"告诉他们,最好点些简单好做的东西。"格雷格说。

"告诉他们回家去——看在上帝的份上!"洛蕾塔说。

"不,该死——让他们留下!"二厨气愤地说,"咱们能撑下去。"

"别犯浑,格雷格。"塞莱斯特对他说,她还在抽泣。

丹尼回到前厅,那八个人已经吵了起来——争论的焦点无疑是走不走。六人桌上的三对男女似乎更听天由命,至少更愿意等等看。"听我说,"丹尼告诉所有人,"厨房里发生了紧急事件——我没在开玩笑,建议大家要么马上离开,要么点一些简单好做的东西,比方说比萨,或者意面。顺便说一句,沙嗲牛肉很棒。鱿鱼也是。"

他从酒架上挑出两瓶上等红酒。丹尼·安吉尔虽说十六年前就戒了酒——那时他还叫丹尼尔·巴恰加卢波,但作家知道哪些是好酒。"酒水我来请。"他告诉他们,还给他们拿来了酒杯。他得回厨房找洛蕾塔或者塞莱斯特要开瓶器,八个人的其中一个怯生生地问他要啤酒。"当然,"丹尼说,"啤酒没问题,你该尝尝莫雷蒂。"

至少塞莱斯特站起来了,但洛蕾塔看上去状态更好。"八人桌要一瓶莫雷蒂。我请其余的人喝红酒。"丹尼对洛蕾塔说,"你能帮忙开瓶吗?"

"嗯,我想我没事。"洛蕾塔告诉他。

"我能干活。"塞莱斯特毫不令人信服地说道。

"你最好在你爸犯心脏病之前让他把电话挂掉。"格雷格对丹尼说。

"我不会再改名了!"厨师对着电话尖叫,"我也不出国,凯奇姆!我为什么要出国?"

"我跟他说,老爹。"丹尼说,他吻了父亲的额头一下,接过听筒。"是我,凯奇姆。"作家说。

"朵特和梅!"凯奇姆大叫,"看在上帝的份上,丹尼——那两个女的对着一堆浣熊屎都能说个没完!那两个婊子只要一碰到卡尔,牛仔就知道该去哪儿逮你们了!"

"我们有多少时间，凯奇姆？"丹尼问，"你估计一下就行。"

"你们昨天就该走了，"凯奇姆告诉他，"你们必须尽快出国！"

"出国？"丹尼问。

"你是著名作家！为什么还得待在这个浑蛋国家？"凯奇姆问，"你在哪儿都能写作，不是吗？大厨还有多长时间就退休了？而且他无论在哪儿都能做饭！不是吗？只要别去意大利人扎堆的地方就行！牛仔会注意那些地方的。还有，大厨还得改名。"

"朵特和梅从来没听说过安吉尔这个姓。"丹尼对老伐木工说。

"卡尔会听说的——等他来找你们的时候，丹尼。不管你们走了多久，总会有人把安吉尔这个姓告诉牛仔。"

"所以我也得改名？看在上帝的份上，凯奇姆——我是个作家！"

"那你就别改了，"凯奇姆郁闷地说，"牛仔不看书，这个我敢保证。但大厨不能继续叫托尼·安吉尔了——他最好也别再叫多米尼克·巴恰加卢波了！丹尼，你可别让他在有意大利名字的餐厅当厨师——出了国也不行！"

"我还有个儿子，凯奇姆——他是美国人，你还记得吗？"丹尼对老伐木工说。

"乔要去科罗拉多上大学。"凯奇姆提醒他。这话戳到了丹尼的痛处，乔要去博尔德的科罗拉多大学，他父亲感到有些失望。丹尼觉得，儿子应该上更好的学校。丹尼相信，乔就算要去科罗拉多，也是为了滑雪，而不是上学。作家不知在哪里读到，博尔德是个到处在开派对的小城。"卡尔都不知道你还有孩子，"凯奇姆提醒丹尼，"你们出了国，我会照顾乔的。"

"去科罗拉多照顾？"丹尼问。

"先说重要的，丹尼，"凯奇姆说。"你和你爸先滚出佛蒙特吧！我可以抽空照顾一下你儿子——在他去科罗拉多之前。"

"也许我和老爹也可以去科罗拉多,"丹尼提议,"我觉得那儿有点像佛蒙特——有山,就是山更大。博尔德是个大学城,我们都喜欢艾奥瓦城。作家能适应大学城的环境,厨师也能融入——不是吗?不一定非得去意大利餐厅——"

凯奇姆打断了他。"你真是头脑简单,就像一坨浣熊屎,丹尼!谁叫你们一开始就跑了的?现在你们还得继续跑!你觉得卡尔在乎你们是一家人吗?牛仔可没有家人——他就是个该死的杀手,丹尼,他在执行任务!"

"我会让你知道我们的计划,凯奇姆。"作家告诉他父亲的老朋友。

"卡尔对国外屁都不懂,"凯奇姆说,"妈的,波士顿对他来说可不算是什么外国,你以为科罗拉多对牛仔来说就够远了?他就找不到你们了?科罗拉多很像新罕布什尔,丹尼——那儿的人都有枪,不是吗?在科罗拉多带着枪,没人会多看你一眼——不是吗?"

"我想是的,"丹尼说,"我知道你爱我们,凯奇姆。"

"我答应过你妈要照顾你们!"凯奇姆大喊,他破音了。

"嗯,我知道你在履行承诺。"丹尼告诉他,凯奇姆却挂断了电话。作家会记住收音机里正在播放的那首歌——尼尔·杨的《淘金热之后》,七十年代的老歌。(刚才广播里是红袜队的比赛,丹尼换了台,无意间找到了格雷格爱听的"金曲怀旧"节目。)

我在想一个朋友说的话
但愿他是在说谎

丹尼看到父亲又搅拌起了酱汁,然后厨师开始和面,那个面团看起来能做三四个比萨。格雷格正在烤东西,这位二厨突然停下来,从烤箱里拿出一道菜。两个女招待都不在厨房，传菜工正忙着往几个篮子里装面包。

　　洗碗工在等着更多的脏盘子送过来，这是个表情认真的男孩，在读一本平装书。也许是学校布置的作业，丹尼想，现在的孩子们不怎么主动看书了。丹尼问男孩读的是什么书，小洗碗工害羞地笑了，把书拿给作家看——是丹尼·安吉尔某本小说的大众版，书边都翻得卷了起来，然而这天晚上如此艰难，朵特和梅把阿韦利诺搅得一团糟，作家怎么也想不起那孩子读的是哪本书了。

　　糟糕的夜晚还没有结束，对丹尼来说，这才刚刚开始。

　　"你会找到某个人的。"库尔特·冯内古特曾经这样告诉丹尼，那时年轻的作家第一次离开艾奥瓦，凯蒂刚离开他不久。但这话没有应验，至少目前还没有。丹尼觉得还有时间给自己找个伴，他才四十一岁，他永远不会说自己没有认真尝试过。难道就因为怎么也忘不了天空女士，他就以为她会再次从天而降，掉进他的生活吗？

　　冯内古特还对当时尚未发表作品的作家说，"也许资本主义会善待你的"，丹尼（在开车从布拉托布罗返回帕特尼的路上）想，库尔特是怎么知道的？

　　朵特和梅造访阿韦利诺的这天晚上，丹尼和父亲又要跑路了。这位著名作家在帕特尼的宅院灯火通明，所有驱车经过山核桃岭路的人都能看见，每座房子的每个房间都亮着灯——似乎在肆无忌惮地展示资本主义是如何善待畅销书作家丹尼·安吉尔的。

　　作家大院是在彻夜狂欢吗？老农舍（现在是客房）——当然还有丹尼给自己和乔建的新房——的每个房间都有人吗？作家的写作窝棚也亮着灯，开派对的人连那边也去了吗？

　　但丹尼白天出门时只开着新房子里的厨房灯，并没有打开其他房间（和其他房子）的灯，而且现在新房和客房传出的音乐声震耳欲聋，这说明每扇窗户肯定都是开着的，这样的噪音竟然无人报警，真是个奇迹。不过作家大院没有近邻，只是每个开车经过的人都能听到嘈杂混乱的音乐声，丹尼还没拐进自己家的车道，就听到了这些动静，发现所有的灯都亮着。他把车停在门口，熄火关掉大灯。除了乔的车，周围没有别的车（它停在开放式车库里，乔上次从学校回家时把车留下了）。站在车道尽头，丹尼看见就连车库里的灯也亮着。假如艾米从大门进来拜访，而不是背着降落伞从天上来的话，作家想，也许她就会用这种方式宣告自己的到来。

这是不是恶作剧？但搞恶作剧并非阿曼多·德西蒙的风格。除了阿曼多，丹尼在帕特尼地区没有别的好朋友——显然不会有人不请自来，还自我感觉良好。难道朵特和梅已经给卡尔打了电话？可那些坏老太婆并不知道丹尼住在哪里，就算牛仔以某种方式找到了丹尼·安吉尔，这位退了休的副警长难道不明白摸黑潜入的胜算更大吗？这位前警官和前副警长不会把所有的灯和音乐都打开，除非卡尔想让所有人知道他来了。

此外，现在也没有什么举行惊喜派对的理由——反正作家想不出来。也许真是阿曼多，丹尼又想，可播放的音乐并不符合阿曼多或玛丽的品位。德西蒙夫妇喜欢跳舞，是披头士的粉丝，现在放的音乐听着却像是八十年代的——是乔在家放过的东西。（丹尼说不上来那是什么音乐，但似乎存在两种完全不同的风格——都很难听，而且互相冲突。）

有人用手电筒在驾驶座那一侧的车窗上"嗒嗒"地敲了两下，吓了丹尼一跳。他认出对方是自己的朋友——州警吉米。吉米开进私家车道，把车停在丹尼的车旁时，肯定也关掉了巡逻车的大灯，熄了火，否则尽管音乐声很吵闹，丹尼也能听到州警过来。

"这个音乐是怎么回事,丹尼?"吉米问他,"挺吵的,不是吗?我觉得你该小点声。"

"我没开音乐,吉米,"作家说,"灯和音乐都不是我开的。"

"谁在你家?"州警问。

"我不知道,"丹尼说,"我没邀请任何人。"

"也许他们来了又走了——我进去看看?"吉米问他。

"我和你一起。"丹尼告诉州警。

"最近你收到过疯狂粉丝的来信吗?"吉米问作家,"或者是仇恨邮件?"

"有一阵子没收到了。"丹尼告诉他,如今只有那些神棍和抱怨作家的语言"不得体"或者性描写"过于露骨"的浑蛋写来的信。

"现在人人都他妈的成了审查员。"凯奇姆说。

丹尼知道,《班戈尔以东》——他那本所谓的堕胎小说——出版之后,仇恨邮件一度奔涌而来,但最近没有什么威胁性的来信了。

"没人会来找你麻烦——你想不出来有谁,对吧?"吉米问。

"有个人觉得他跟我父亲有笔账要算——那家伙很危险。"作家说,"但这不可能是他干的。"

丹尼先跟着州警来到新房的厨房,一些小东西给弄得乱七八糟:烤箱的门开着;一瓶橄榄油躺倒在柜台上,但瓶盖拧得很紧,没有漏油。丹尼走进起居室,关掉吵得人头疼的音乐,他看到一盏台灯放在了沙发上,但看起来没有什么东西遭到损坏。那些故意为之的小混乱只是恶作剧,不像蓄意破坏,电视机被打开了,但没有声音。

丹尼去起居室时经过了餐厅——这儿是一半音乐的来源,他只看到餐桌旁的一把椅子倒过来放着,丹尼关掉音乐回来时,看到吉米还站在餐桌边,州警问他:"你知道这是谁的狗吗,丹尼?我相信这是一对狗里面的一只,我在去威斯敏斯特西的土路上见过它们,这对狗是罗兰·德雷克的,你可能认识他——他在温德姆学院上过学。"

丹尼上次见到这条死狗时,它还没变得像现在这么僵硬——就是那条哈士奇和牧羊犬的杂交种,"公鸡"咬死的那一只。这只狗直挺挺地躺在餐桌上,张着嘴巴,仿佛想要咆哮,一只爪子因为尸僵而变得扭曲,爪子下面按着丹尼给那个嬉皮木匠打的便条,在丹尼打着"咱们适可而止,好吗?"的地方,那个嬉皮士手写了一条回复。

"别告诉我——让我猜猜,"作家对州警说,"我敢打赌,那个王八蛋写的是'去你妈的!'或者类似的话。"

"他就是这么写的,丹尼。"吉米说,"我想你认识他。"

罗兰·德雷克——原来是那个浑蛋!丹尼心想。阿曼多·德西蒙说得对。罗兰·德雷克是丹尼在温德姆学院教过的写作课上的学生,尽管时间不长——德雷克只上了一次课就放弃了,当时丹尼告诉这个嚣张自大的小浑蛋,好作品是改出来的。罗兰·德雷克的初稿尽是些胡言乱语,虽然还算有点想象力,但态度马虎,不重视细节和语言。

"我感兴趣的是写作,不是重写,"德雷克告诉丹尼,"我只喜欢有创造性的部分。"

"可重写就是写作。"丹尼对那个年轻人说,"有时候,重写是最有创造性的部分。"

罗兰·德雷克嗤之以鼻,面带嘲讽地走出丹尼的办公室。那是他们唯一的一次谈话。当时那孩子不像现在这样留着长发,也许德雷克年轻时还没被嬉皮士的那套理念吸引。丹尼以前认识他,现在却认不出他来了,这就是出名所带来的问题:你总以为你跟别人是初次会面,但他们还记得以前曾经见过你。丹尼忘了这个德雷克——只让他管好自己的狗——这对德雷克来说,或许是额外的侮辱。

"是的,我认识罗兰·德雷克。"丹尼对吉米说。他把事情的经过讲给州警听——包括"公鸡"咬死一条狗的那部分,就是在餐桌上挺着的这一只。从丹尼打的便条上,吉米能看出,作家已经尽可能地尝试跟那个浑蛋嬉皮士和解。那个作家木匠,正如阿曼多称呼他的那样,并不懂得适可而止,正如罗兰·德雷克不知道重写也是写作,还可能是写作中最有创造性的部分那样。

丹尼和吉米来到主屋的其他房间,把灯关掉,把东西放回原位。在乔的卫生间里,浴缸里放满了水,水是凉的,但卫生间并不乱,水也没有溢出来。在乔的卧室里,男孩在摔跤队的一张照片被从墙上的挂钩上摘了下来,(用枕头)支在床头板上。在丹尼的卫生间里,他的一件(挂在衣架上的)西装外套给挂到了浴帘杆上。他的电动剃须刀和一双礼服鞋放在空荡荡的浴缸里,所有的浴巾都堆在主卧室的床脚。

"德雷克就是个捣乱的,丹尼,"州警告诉他,"他是个啃老族——他们永远不敢造成真正的破坏,因为他们知道,那样的话父母就得赔偿损失了。"

整座房子里到处都是各种小麻烦。他们去关车库的灯,丹尼在乔车上的驾驶座上发现了一管牙膏,驾驶座一侧的遮阳板后面塞了根牙刷。

客房——原来的农舍——里同样遍布孩子气的恶作剧:音乐的音量开到最大,电视开着却没有声音,台灯歪在一边,一只金字塔造型的灯罩扣在厨房餐桌上充当装饰,许多照片都被倒着挂在墙上,床被弄乱了——看起来就像有人在上面睡过。

"虽然这很让人恼火,但主要是孩子气的恶作剧。"丹尼对州警说。

"我同意。"吉米说。

"反正我要把这个地方卖了。"丹尼告诉他。

"我希望不是因为这件事。"州警说。

"不是因为这件事,但这样一闹,我觉得更有理由卖掉这里了。"作家说。因为丹尼知道自己必须搬走,帕特尼的这处房产只能卖掉,也许罗兰·德雷克闯入作家住处并非真正意义上的入侵——但当丹尼和吉米来到著名作家的写作窝棚时,这种感觉发生了变化。没错,这儿的灯也全都亮着,有些纸放错了地方,但德雷克做得过分了:他造成了实质性的伤害。

丹尼此前一直在校对《班戈尔以东》的校样。作为小说家需要不断地重写、修改作品的例证,丹尼在校样的纸页边缘写下了不少注释和疑问,这样的亲自示范——丹尼·安吉尔既写作、又重写——肯定让罗兰·德雷克这样的失败作家(作家木匠)难以接受。丹尼在即将出版的下一本小说校样上重写的内容让德雷克做出了过分的举动。

罗兰·德雷克用一支深黑色的三福记号笔,在没订正完的《班戈尔以东》校样封面乱涂一气,在校样里的每一页上,德雷克都用一支三福红针管笔写下了自己的评语。这位作家木匠的评语毫无见识,偏狭粗鄙,但他显然花了不少时间,涂脏了每一页纸——《班戈尔以东》的校样足有四百多页。丹尼已经校对了小说的四分之三,尽管他爱好重写,但也只在其中的十五或二十页上留下了注解或疑问——罗兰·德雷克划掉了丹尼写的这些东西,把作者修订的内容涂抹得无法辨认。德雷克故意把校样弄得一团糟,不过丹尼只需要多花两星期就能挽回损失——正常情况下甚至用不了这么长时间,尽管德雷克对作家校样的破坏似乎不仅是象征性的攻击。

然而,眼下正是厨师父子亟待再次逃亡的混乱时期,罗兰·德雷克对丹尼的第六部小说的攻击,或许会使《班戈尔以东》的出版时间推迟数月——也许需要半年。这部小说原定于一九八三年秋天出版。(实际上,这本书直到一九八四年冬天才出版。因为丹尼生活中刚刚发生了那么多事,作家需要花上一段时间才能想起自己在校样上做过哪些修改——然后还要找时间校对小说的最后四分之一。)

"改掉这句屁话标题吧!"德雷克在《班戈尔以东》的封面上,用深黑色记号笔潦草地写道,"改掉作者的假名吧!"

在整部小说中,作家木匠用红笔写下的评论既片面又欠缺深度。在整整四百多页纸上,德雷克要么画出一句话,要么圈出一个词,然后加一句含糊其词的评语,不过这种评语每一页只有一条。重复次数最多的是"这里太烂了"和"重写",还有"删掉"和"杀狗凶手"不太常见的是"胡说"和"站不住脚"。"啰唆"这个词不止一次地占满了整页纸。德雷克只写过两次、但令人难忘的评语是"我也干过弗兰基!"(也许德雷克和弗兰基睡过,丹尼这才意识到,这位曾经学过写作的学生对畅销书作家的敌意或许跟这件事有很大的关系。)

"瞧瞧吧,吉米。"丹尼对州警说,把那本惨遭亵渎的校样递给他。

"天哪……我想,这会增加你的工作量吧,"吉米翻看着说,"《狗年》都不会登这种狗屎玩意儿!""州警表情费解地大声读道。对于自己不理解的事情,吉米总会露出痛苦的表情——看起来既伤心又困惑。作为一个曾经开枪打死狗的警察,吉米的眼神犹如拉布拉多犬那样悲伤颓丧,身材高瘦,长着一张长脸,州警探询地望向丹尼,期待他对罗兰·德雷克的胡言乱语作些解释。

"《狗年》是一本小型文学杂志,"丹尼解释道,"要么是温德姆学院发行的,要么是温德姆学院的一些学生独立发行的——我记不清了。"

"弗兰基是个女孩?"吉米边问边往下读。

"是的。"作家回答。

"就是在这里住过一段时间的那个年轻女人,对吧?"州警问。

"就是她,吉米。"

"'你写得完全是胡扯！'"吉米大声读道,"天啊……"

"德雷克应该把他的狗埋了——你不觉得吗,吉米?"丹尼问州警。

"我会把罗兰的狗交给他,然后和他谈谈。"吉米说,"你可以拿到限制令——"

"我不需要,吉米——我要走了,还记得吗?"丹尼说。

"我知道该怎么跟罗兰说。"州警说。

"你得小心另一条狗,吉米——它会从后面扑上来。"丹尼提醒他。

"除非有必要,否则我不会朝它开枪的,丹尼——我只在迫不得已的情况下才开枪。"州警说。

"我知道。"丹尼告诉他。

"很难想象有人会跟你爸爸过不去,"吉米试性探地问道,"我想不出有谁会找厨师算账,你愿意跟我谈谈这件事吗,丹尼?"州警问。

这是新的转机,作家想。它们就像既定的旅途中突然出现的左急转或者右急转的路口,呈现出诱人的可能性——比如,丹尼和父亲曾经有机会留在绞河镇,假装印第安·简没有出事;偏偏是胆小怕事的保罗·波尔卡里拿着凯奇姆的单发二十口径霰弹枪,躲进了"那不勒斯附近"的厨房——而不是某个真的能扣动扳机的人!

这不正是又一次逃脱困境的机会吗?只要把一切都告诉吉米就行了!关于印第安·简、卡尔和六罐装帕姆——关于那个退了休、随身携带点四五柯尔特的副警长,那个该死的牛仔!除了让凯奇姆杀死那个浑蛋,还有什么别的出路?丹尼知道,如果他或他的父亲直截了当地向凯奇姆提出来,伐木工会把牛仔杀掉。但老伐木工并没有拿冲压锤把勒基·佩内蒂杀死在床上,勒基当时可能在睡觉,但凶手绝对不是凯奇姆,否则凯奇姆早把卡尔给宰了。

然而丹尼只对他的州警朋友说:"事情跟一个女人有关系。很久以前，我爸睡过一个伐木营警员的女朋友，后来，这个警员当上了县里的副警长——这时他发现了女朋友以前做过的事，就开始到处找我爸爸。现在这位副警长已经退休了，但我们有理由相信，他还在到处找我爸——他很疯狂。"

"一个疯狂的退休警察……这可不妙啊。"吉米说。

"这位前副警长年纪越来越大了——这是好的一面，他不会一直找下去的。"丹尼告诉州警，吉米若有所思，似乎不太相信。

当然，事情并不是这么简单。州警也许看得出来，这是作家不太常用的一种含糊其词的叙述方式。（丹尼十二岁时误以为一个女人是熊，把她杀了，现在他会因此卷入什么样的麻烦。）可丹尼没有多说，吉米明白，这位朋友宁愿把这件事留给自己和父亲解决。况且他现在还有一条死狗需要处理，这件事得找罗兰·德雷克好好谈谈，州警认为这是当务之急。

"你有没有那种绿色的大垃圾袋？"吉米问，"我给你办好狗的事。你为什么不睡一会儿，丹尼？等你乐意的时候，我们再谈谈那个疯狂的退休老警察。"

"谢谢，吉米。"丹尼告诉他的朋友。

就这样吧，作家想，他已经错过了刚刚出现的路口。这算不上什么抉择，但现在厨师父子只能继续前行。无论如何，那个牛仔有多老了？卡尔跟凯奇姆同岁，凯奇姆跟六罐装帕姆同岁，退了休的副警长六十六岁了，还没有老得扣不动扳机。

丹尼在车道上看着州警巡逻车的尾灯，吉米开车拐上了山核桃岭路。用不了多久，州警就会抵达罗兰·德雷克家那条停满僵尸车的车道，遇到剩下那条哈士奇-牧羊犬杂种狗。突然，丹尼觉得自己必须知道吉米把死狗带给浑蛋嬉皮士之后的结果，这对他来说意义重大。事情真的能就此了结吗？确实会适可而止吗？还是说，暴力一旦被挑了起来,就会循环往复下去?

丹尼必须弄清楚。他上了车,驶向山核桃岭路,直到看见州警巡逻车的尾灯在前方闪烁,这才放慢车速。他没有让州警的尾灯始终处于自己的视野之内,只是远远地跟着,始终保持距离。也许吉米看到了丹尼的车头灯,尽管车头灯亮的时间不长,州警当然知道有人跟在后面,也会猜到跟在后面的是丹尼。不过丹尼知道,他不需要目睹州警把车开进罗兰·德雷克的车道上之后的事情,作家明白,他只要离得够近——能听到枪声就行了,如果真有枪声响起的话。

事实证明,丹尼和他父亲拥有的时间比他们想象的多,但他们并不指望这个,这是明智的想法。他们这次听了凯奇姆的话,因为凯奇姆上次说得就很对。老伐木工告诉过他们,佛蒙特离新罕布什尔不够远。朵特和梅会溜达到艾奥瓦的毛家餐厅吗?不太可能。说起这个,丹尼想知道,库斯县会不会有人在科罗拉多的博尔德发现厨师父子?乔很快就会去那里上大学。也不太可能。但凯奇姆说服了作家不去冒这个险,尽管出国并不容易——至少不像凯奇姆说的那么轻松,因为老伐木工脑子里有些根深蒂固的看法。(至于到哪里去,凯奇姆也早已有了想法。)

朵特和梅灾难性地造访阿韦利诺的次日清晨,凯奇姆给厨师父子打来电话,伐木工宿醉未消,清醒程度有限。当然,凯奇姆是分别给他们两个人打的电话,但让人恼火的是,伐木工说话时的腔调就好像丹尼和他父亲都在场似的。

"十三年来,牛仔相信你们俩就在多伦多——因为卡尔觉得那里就是安吉尔的老家,对吧?我说得绝对没错!"凯奇姆吼道。

亲爱的上帝,厨师在阿韦利诺他心爱的厨房里想,他给自己倒了杯非常浓的意式浓缩咖啡,很想知道凯奇姆为什么觉得只要大声吆喝就能让别人听他的。据凯奇姆说,朵特和梅的想象力连一坨浣熊粪都比不上,但"这对吃八卦长大的贱人"肯定会把自己知道的事全告诉牛仔,顶多在怎么告诉和什么时候告诉上意见不一致:朵特宁愿等到这位退休的副警长做了特别令人讨厌的事情或者表现得不可一世的时候再告诉他,而梅倾向于暗示自己了解一些情况,直到卡尔发了疯似的想知道时再告诉他。总之,这两个坏老太婆气量狭小、爱摆布人的习惯或许会给丹尼和他父亲争取到一点时间。

凯奇姆在打给丹尼的电话里说得更明白:"你们两个听好了,这是重点:既然卡尔知道你们去的是波士顿,而不是多伦多——他很快又会知道,你们之后去了佛蒙特——这样一来,牛仔永远不会相信你们去了多伦多。他永远不会去那里找你们——你们就应该到那里去!多伦多的人说英语,那儿还有你的一个出版商,不是吗,丹尼?我猜那儿有很多给厨师干的活——别跟意大利沾边,大厨,不然我发誓,我会亲自过去毙了你!"

我又不是大厨,丹尼差点说,但他只是拿着听筒没吭声。

多伦多这个主意不错,等待凯奇姆的歇斯底里大发作彻底结束的过程中,作家丹尼·安吉尔想。他去那边做过一两次图书宣传,觉得那里是个很好的城市——当然也仅就那两次的体验而言。(厨师比儿子更喜欢城市。)加拿大是外国,符合凯奇姆的标准,多伦多还离美国足够近,方便与乔保持联系;从多伦多去科罗拉多很容易。当然,还要知道丹尼乔对这个主意有什么看法——还有厨师对凯奇姆的建议是怎么想的。

凯奇姆结束与丹尼的通话后,作家的电话几乎立刻响了起来,自然,打来电话的是丹尼的父亲。

"只要那个疯子有自己的电话,就别想清静,丹尼尔,"厨师对儿子说,"要是他还弄到了传真机,咱们下半辈子就注定要整天看他发过来的大写字母和感叹号了。"

"可你觉得凯奇姆的主意怎么样,爸爸?去多伦多怎么样?"丹尼问。

"我不在乎去哪儿——我只是抱歉把你卷了进来,当初我只想确保你的安全!"他父亲说。然后厨师哭了起来。"我哪儿都不想去,"托尼·安吉尔说,"我喜欢这里!"

"我知道——对不起,老爹。但我们在多伦多也会过得不错——我知道我们会的。"作家告诉父亲。

"我没法开口让凯奇姆杀了卡尔,丹尼尔——我做不到。"厨师告诉儿子。

"我知道,我开不了口。"丹尼说。

"你真有个出版商在加拿大,是吗,丹尼尔?"他父亲问。丹尼第一次从父亲的声音里听出他是上了年纪——那是一种近乎苍老的意味,厨师快六十岁了,可丹尼从父亲声音里听到的东西似乎比那还要老;他听到的不只是焦虑,还有一些几乎可以称作脆弱的东西。"要是你在多伦多有出版商,"他父亲说,"我相信他一定会帮咱们在那儿安顿下来的,不是吗?"

"她——我的加拿大出版商是女的,"丹尼告诉父亲,"我知道她会帮我们的,老爹——我们在那边会顺利的。我们可以在科罗拉多买套房子,可以去看乔——乔也可以来看我们。我们用不着把这次搬家当成永久定居——反正暂时不用。先看看我们喜不喜欢待在加拿大,好吗?"

"好的。"厨师说,但他还在哭。

我今天就可以离开佛蒙特州,作家想。丹尼对帕特尼的这处房产并没有多少留恋之情,远远比不上父亲对布拉托布罗的阿韦利诺以及那儿的生活感情深厚。朵特和梅在餐厅露面——更不用说罗兰·德雷克过来把死狗放在他家的餐桌上了——之后,丹尼觉得自己可以永远离开佛蒙特，再也不回头。

卡尔最终遇到了朵特和梅这两个坏老太婆，等牛仔赶到佛蒙特时，已经太晚了。在阿曼多和玛丽·德西蒙的帮助下，丹尼那时已经卖掉了帕特尼的房子，山核桃岭路上已经没有作家大院了。作家丹尼·安吉尔曾经任教的温德姆学院，已经成了一所名称（和办学宗旨）与先前截然不同的学校——兰玛克学院，是一家招收学习障碍学生的先进机构。等到牛仔出现在布拉托布罗时，阿韦利诺早已消失。不管二厨格雷格去了哪里，反正卡尔找不到他。在厨师的敦促下，塞莱斯特和她的女儿洛蕾塔（还有洛蕾塔的孩子）离开了这座城镇，牛仔依然两手空空，毫无所获，但是毫无疑问，朵特和梅已经把她们知道的一切都告诉了他。

卡尔是不是真的像凯奇姆经常所说的那样愚蠢呢？除了被凯奇姆斥之为如同浣熊粪一般的本事，牛仔就没有更行之有效的调查技巧了吗？还是说，无论副警长如何在佛蒙特州打探，都没听说过"安吉尔"这个姓？显然，在布拉托布罗，牛仔没去"藏书窖"打听过厨师父子！

"你知道大厨在佛蒙特——你一直都知道，不是吗，凯奇姆？"有一天，卡尔问老伐木工。

"大厨？他还活着吗？"凯奇姆对牛仔说，"没想到那个小瘸子命还挺硬——对吧，卡尔？"

"你就装吧，凯奇姆——继续装！"卡尔说。

"哦，我会的，我继续装。"凯奇姆对牛仔说。

但是丹尼等不及要离开佛蒙特州了。他和吉米在餐桌上发现死狗的那天晚上，丹尼·安吉尔就想走了。

那天晚上，他在那条通往威斯敏斯特西的土路上，把车开到巴雷特那条长长的上坡车道底部时就停了下来，倒进这位动物爱好者的地盘。丹尼知道巴雷特睡得早,不会知道有辆车停在她的车道上——这里离她的马场那么远,就连马都不会因为这辆车而感到不安,而且丹尼还关闭了引擎和大灯,只是坐在车里,车头朝向威斯敏斯特西,车窗全都开着。

这是个温暖无风的夜晚,丹尼知道,在这样的晚上,他能听到几英里外的枪声。但起初有些事他不知道:他真的想听到枪声吗?是否听到枪响,究竟有什么重要性可言?作家想要确认的,远不只是罗兰·德雷克的那条从身后咬人的哈士奇-牧羊犬杂交狗的死活那么简单。

四十一岁的丹尼觉得自己仿佛回到了十二岁,这时偏偏又下起了雨。他想起他和父亲开着庞蒂亚克"酋长"离开绞河镇的那个雨雾蒙蒙的夜晚——他坐在旅行车里等着,车子停在六罐装帕姆家附近。丹尼一直在等待卡尔的那把点四五开火,枪声响起就意味着他父亲死了,他就得跑上楼到六罐装家去,求她让自己进屋,然后凯奇姆会照顾他。计划就是这样,丹尼完成了他自己的那部分。他坐在车里,在雨幕中,等待着枪声响起,而它始终不曾到来,但有时丹尼觉得,他还在等待着听到它。

在通往威斯敏斯特西的小路上——在他前情人的车道底端——作家丹尼·安吉尔尽可能地保持警觉,他希望自己永远也不会听到那声枪响——牛仔那把震耳欲聋的点四五柯尔特的击发声——但因为心里想着那声枪响,作家开始放纵起他那危险的、执迷于"会不会怎么样"的想象力。州警会不会用不着朝罗兰·德雷克的狗开枪?万一他能说服作家木匠和他那条哈士奇-牧羊犬杂交狗适可而止呢?这代表着暴力的终结,还是威胁动用暴力的终结?

这时作家才意识到他在听什么:他什么都不想听到。他宁愿自己不会听到任何声音,没有枪声就意味着父亲平安无事——牛仔也许会像保罗·波尔卡里一样,永远不会扣动扳机。

丹尼试图不去想吉米对他说的话——那些话跟乔车里的牙膏和牙刷有关。也许它们不是罗兰·德雷克放在那里的,也许牙膏和牙刷并非德雷克恶作剧的一部分。

"我不愿意告诉你这样的事,丹尼,但我逮到过很多在车里喝酒的孩子,"州警说,"这些孩子常常在身边准备着牙膏和牙刷——这样他们回家时,父母就闻不到他们呼吸里的酒气。"可丹尼宁愿认为牙膏和牙刷也是德雷克的幼稚之举,作家不愿去想象儿子一边喝酒一边开车的样子。

丹尼迷信吗?(大多数相信情节的作家都迷信)丹尼也不愿意回想天空女士对乔说的话。"要是你们以后遇到麻烦,我会回来的。"她对两岁的孩子说,然后亲吻他的额头。行了,作家暗忖,还是别想这些了。在这样一个漆黑的夜晚,没有哪个跳伞者——哪怕她是天空女士——能看清着陆地点。

现在,雨水遮盖了仅有的一点点儿月光,从敞开的车窗飘进丹尼的车里,雨珠在挡风玻璃上串串流淌,使黑暗变得更加难以穿透。

当然,州警已经来到了德雷克垃圾场一般的车道上。吉米会怎么做?丹尼想,就这么坐在巡逻车里,等德雷克注意到他的车,主动出来和他聊天吗?(罗兰会独自出来,还是会带上那条从后面咬人的狗?)还有,这时正在下雨,时间也不早了,为了嬉皮木匠着想,州警也许会下车,去敲德雷克的房门。

刚想到这里,丹尼汽车的副驾驶一侧突然传来了敲门声,一束手电筒的灯光照在作家的脸上。"噢,吓死我了——原来是你。"他听到巴雷特说。他的前情人拿着一支步枪,打开车门,钻进来坐在他旁边。她穿着及膝高的橡胶马靴和油布雨披,钻进车里时顺手把兜帽掀到了背后,一头长长的白发没有扎起来——仿佛几个小时前就已经上床睡觉,现在突然被吵醒了。巴雷特裸露着大腿,雨披底下什么都没穿。(丹尼当然知道,巴雷特习惯裸睡。)"你想我了吗,丹尼?"她问他。

"你熬夜了,对吗?"丹尼问她。

"大约一个小时前,我只能给一匹马安乐死——来不及给该死的兽医打电话了。"巴雷特告诉他,她像男人一样坐着,两膝分开,卡宾枪管指向地面,靠在她那漂亮的、舞者的双腿之间。这是一支老式的雷明顿栓动步枪,使用斯普林菲尔德0.30-06子弹,几年前,她给他讲解过这种武器,当时她在猎鹿,出现在他在帕特尼的住处附近。现在巴雷特还在那边猎鹿,那里有一座无人管理的苹果园,巴雷特在那个果园打死过不止一头鹿。(厨师叫她什么来着?"有选择性的"动物爱好者,不是吗?丹尼认识不少像她这样的人。)

"对于你的马,我很抱歉。"他告诉她。

"我为这支枪感到抱歉——我知道你不喜欢枪,"她说,"但我没认出你的车——我猜你是新买的——陌生人停在自家车道上,应该做些防备。"

"没错,我想你了,"丹尼撒谎道,"我要离开佛蒙特了,也许我只是想在离开前记住这些事。"后半句也许是真话。另外,小说家也无法把死狗的事告诉这位"有选择性的"动物爱好者——更别说他还在等候知晓第二条狗的命运了——反正在这样一个被朵特和梅糟蹋掉的阴郁夜晚,不能告诉她这样的事。

"你要走了?"巴雷特问他,"为什么?我以为你喜欢住这里呢——你爸很喜欢他在布拉托布罗的住处,不是吗?"

"我们两个都要走。我想,我们……是觉得寂寞吧!"丹尼告诉她。

"跟我说说。"巴雷特说。她让枪托倚着大腿,握着丹尼的一只手,拉到雨披底下,放在她的乳房上。她的身材如此娇小——就像凯蒂一样,作家意识到——在模糊黯淡的银色月光中,在几乎漆黑一团的车厢里,巴雷特的白发闪闪发光,犹如凯蒂的魂灵。

"我肯定是想来告别。"丹尼对她说。他是认真的——不是说假话。躺在这位年长女性柔软温暖的怀抱中,什么都不想,难道不是一种安慰吗?

"你真可爱,"巴雷特对他说,"你太忧伤了,不是我喜欢的那种类型。但你非常可爱。"

丹尼吻了她的嘴,她那白得出奇的头发给她细窄的脸庞笼上一层幽灵般的光晕,她闭上那双冰冷的淡灰色眼睛,朝他靠了过来,这让丹尼可以趁机看向她的身后,顺着敞开的车窗望出去。如果吉米的巡逻车从路上驶过,他想确保自己能看到。

吉米把一条死狗交给它的主人、教育那个浑蛋嬉皮一番,到底需要多长时间?丹尼想知道。几乎可以肯定的是,假如州警不得不向德雷克的另一条狗开枪,丹尼早就应该听到那声枪响了。他留心听了几次,甚至在和巴雷特交谈时都在倾听。(吻她要比跟她说话更好,亲吻安静无声,如果枪声真的响起,绝对不会错过。)

"咱们去我家吧,"巴雷特移开嘴唇,喃喃地对他说,"我刚打死了我的马——我想洗个澡。"

"当然。"丹尼说,但他没有伸手拿钥匙点火。巡逻车尚未驶过巴雷特的车道,枪声也没有响起。

作家试图想象他们——吉米和作家木匠。也许州警和罗兰·德雷克那个啃老族王八蛋正坐在嬉皮士的厨房餐桌旁。丹尼试图想象吉米拍打着那只哈士奇-牧羊犬杂种狗,或者抓挠着柔软的狗耳朵——大多数狗都喜欢这样。可丹尼很难想象这样的场景,所以在发动汽车之前,他犹豫了一下。

"怎么了？"巴雷特问他。

枪声比他预料的要响。尽管德雷克的车道还在两三英里之外，丹尼还是低估了吉米那把枪的枪声。（他一直以为州警拿的是点三八的手枪，但因为对枪——尤其是手枪——并不了解，丹尼并不知道，吉米喜欢用的是一把点四七五的威尔第玛格南左轮，也叫威尔第"幸存者"。）那是一声闷响——比牛仔的点四五柯尔特还要响，直到感觉巴雷特在他怀里动了一下，看到她的手指挪到了雷明顿的扳机旁，丹尼才意识到那是枪响。

"该死的偷猎的，我早上得给吉米打个电话。"巴雷特说，她再次在他怀里放松下来。

"为什么给吉米打电话？"丹尼问她，"为什么不找狩猎监督官？"

"找狩猎监督官没用——那个该死的傻瓜害怕偷猎的。"巴雷特说，"再说了，吉米认识所有偷猎的，他们都怕他。"

"哦。"丹尼只能这么说，他对偷猎者一无所知。

丹尼发动汽车，打开大灯和挡风玻璃的雨刷，和巴雷特把车窗摇了上去。作家在路上掉转车头，沿着长长的车道前往马场——他不知道这幅拼图的哪一块不见了，不确定故事的哪一部分还在继续。

只有一件事非常清楚：巴雷特坐在他的身旁，卡宾枪横在她的膝头，这支轻型步枪的短枪管指着副驾驶座的车门——暴力永远不会适可而止，循环往复是它唯一的宿命。

IV

二〇〇〇年
多伦多

12 蓝色野马

罗斯戴尔社区,厨师和他的作家儿子住在一座三层高、有四间卧室的房子里,它离央街上的餐厅不远。然而到了厨师这个岁数——他已经七十六岁了——再加上他那只在城里走了十七年人行道、越来越瘸的跛脚,如今改回原名的多米尼克·巴恰加卢波走起路来慢吞吞的。

厨师正沿着湿滑的人行道一瘸一拐地走着,冬天对他向来不友好。这一天,多米尼克在为那两栋建造中的新公寓楼担心,它们简直就建在他们家的后院里。如果其中一栋挡住了丹尼尔的视线,让他无法从书房看到萨默希尔酒水店的钟楼,那该怎么办?

"等我从书桌那儿再也看不见钟楼时,咱们就该搬家了。"丹尼告诉父亲。

不管儿子是不是认真的,厨师都不喜欢搬家,他已经搬够了。多米尼克并不在乎他们在克鲁尼街的住处视野如何,他已经戒酒五十六年多了。就算两栋公寓楼挡住了萨默希尔酒水店,让他再也看不见那个地方,厨师也不会介意。

是不是因为丹尼尔又开始喝酒了,所以他才不甘心看不到酒水店?多米尼克心想。再过多久,正在建造的公寓楼会完全挡住他们的视线?厨师担心地想。(到了现在的年纪,无论任何乱七八糟的东西都会让多米尼克心烦。)但他喜欢住在罗斯戴尔,也喜欢他工作的那家餐厅。

多米尼克·巴恰加卢波也喜欢听人们打网球的声音,天气温暖的时节,克鲁尼街住处的窗户敞开时,他就能听到这种声音——他们的房子离多伦多草地网球俱乐部不远,那里的声音和光景全部处于父子俩耳闻目睹的范围之内。夏天,他们还可以听到孩子们在游泳池里的声音,甚至在所有窗户都关着的冬天,他们也会在缓慢移动、蜿蜒穿过多伦多市中心、经由高架桥越过央街的列车声中睡着。厨师现在看到的高架桥上装饰着圣诞彩灯,它们为午后那沉闷、阴郁的气氛增添了活力。

在这个十二月的城市里,到处都是圣诞彩灯、装饰品和购物者。多米尼克在央街的十字路口等待交通灯变色时,突然想起凯奇姆要来多伦多过圣诞节,不由得微微有些吃惊,虽然这并不是最近才有的事,但厨师还是无法习惯老伐木工出现在城市里这样反常的一幕。作家丹尼·安吉尔和父亲去科罗拉多跟乔过圣诞节,已经是十四年前的事了。(那几次凯奇姆没有去,从新罕布什尔开车去科罗拉多太远,他又坚决不坐飞机。)

乔在博尔德读大学的那几年冬天,丹尼尔在温特帕克租了一间滑雪屋。大湖外面那条穿过洛基山国家公园的道路会在冬季关闭,因此从博尔德开车过去需要大约两个小时——只有七十号州际公路和通向伯绍德山道的四十号公路可走——但乔喜欢在温特帕克滑雪,他父亲也由着他来。(或者说,厨师在央街等待交通灯慢条斯理地改变颜色时,心里是这么想的。)

那几年的圣诞期间,科罗拉多的景色很美,但温特帕克的滑雪屋对乔的诱惑太大——尤其是滑雪季节接近尾声时,这个年轻大学生的父亲和祖父都回多伦多去了。为了滑雪,这孩子自然会逃掉一些课——即便不是每次滑雪区覆盖上新雪的时候都会这样。在附近单独滑雪这项活动对博尔德的每个大学生来说都充满了吸引力,更不用说在温特帕克拥有一座完全属于自己的滑雪屋了——而且可以从那里直接走到滑雪缆车那边。(噢,丹尼尔,你到底是怎么想的?多米尼克·巴恰加卢波想。)

交通灯终于变了颜色,厨师一瘸一拐地穿过央街,谨慎地留意着那些莽撞的城市司机,他们像没头的苍蝇一样在萨默希尔酒水店或者啤酒屋附近寻找停车位。他的作家儿子是怎么形容这片社区的来着?厨师回忆着,哦,对了,多米尼克想起来了,丹尼尔说的是"享乐主义者的购物中心"。

这里有些高档市场,卖的是真正出色的好货:鲜鱼、美味的香肠和肉类,但厨师觉得价格高得离谱——而且现在正值假期,多米尼克觉得,城里的每个蹩脚司机都在买酒!(他并不责怪心爱的丹尼尔重新喝酒,厨师体谅儿子这样做的原因。)

冰冷的风从安大略湖刮到了央街,多米尼克摸索出手套和钥匙,打开餐厅上了锁的门。餐厅服务员和大多数厨房员工都会从餐厅背后那条平行于央街的皇冠巷进入厨房,不过厨师自己有钥匙。他转身背对着风,费力地走进前门。

在库斯县和佛蒙特州的温德姆县,冬天更加寒冷,但来自大湖的潮湿而刺骨的寒风让多米尼克·巴恰加卢波想起了波士顿的北区有多冷,可那时候还有卡梅拉给他温暖,厨师回忆着,他想念她——奇怪的是,多米尼克只是想念卡梅拉,但并不怀念有女人陪伴的生活,尤其是到了现在这个年纪。

他为什么不想念罗茜呢?厨师意识到自己在想。"现在,大厨,"凯奇姆曾对他说,"我有时候会发现自己已经不再去想着她了,你能想到吗?"是的,他能,多米尼克不得不承认。也许凯奇姆和厨师不再怀念的是他们三个人之间的紧张关系——还有简不留情面的评判和当年他们瞒着丹尼尔的做法?

餐厅里,首先跟厨师打招呼的是好几种酱料味儿——年轻的厨师西尔维斯特罗叫它们"母酱"。小牛肉酱——所有的母酱之母——是从昨天晚上供餐时开始调配的,最后收汁之前,要先把它煮沸两次,西尔维斯特罗的母酱还包括番茄酱和贝夏梅尔调味汁。厨师挂好外套和围巾,心不在焉地整理着被乔最喜欢的滑雪帽压平的头发——不知怎么,他竟然能同时闻出所有的母酱味儿。

尽管多米尼克心满意足地给烹调大师西尔维斯特罗当二厨,但厨房里的人都叫他"老行家"。西尔维斯特罗负责调制酱汁,烹饪所有的肉菜。克里斯汀和乔伊斯做汤和鱼——这是多米尼克第一次跟女厨师共事——斯科特是面点师。多米尼克已经半退休了,只在厨房里干点零活,比如替每个厨师备菜和收尾,包括替西尔维斯特罗调配酱汁和做肉菜。在厨房里,他们还叫厨师"万事通"。他不仅比厨艺高超的年轻厨师西尔维斯特罗年纪大,而且是众人里最年长的。厨师觉得西尔维斯特罗就像他第二个儿子,但他不会把这个告诉心爱的丹尼尔。

多米尼克也不会告诉凯奇姆他把年轻的西尔维斯特罗当儿子——部分原因是,老伐木工现在是个熟练而蛮横的传真操作员,老是没完没了、肆无忌惮地给厨师父子发传真。(有时候收到传真的人读了一页多都弄不清楚这是发给谁的!)凯奇姆的传真不分昼夜接踵而至,为了睡个好觉,丹尼和父亲只能把传真机搬到厨房里。

更重要的是,凯奇姆对西尔维斯特罗有偏见,老伐木工认为年轻厨师的名字意大利味道太浓,如果再让他知道老朋友多米尼克还把西尔维斯特罗当成"第二个儿子",那就更不妙了——不,多米尼克可不想再收到来自凯奇姆的海量抱怨传真,老伐木工平时发的牢骚就已经够多的了。

我还以为那是家法国餐厅——就是你半退休打零工的那家，大厨。你没想着给餐厅改名吧，对不对？我猜不会改成意大利名字吧？那个新来的，就是你说的那个年轻厨师——西尔维斯特罗，他是叫这个名字吧？好吧，我觉得他的名字可没什么法国味儿！餐厅还是叫"帕特里斯"，对吧？

说对也不对，厨师想；他不回复凯奇姆的这封最新传真是有理由的。

这家餐厅的老板兼领班叫帕特里斯·阿尔诺，与丹尼尔同龄——五十八岁。阿尔诺出生在里昂，但在马赛长大，十六岁时去了尼斯读酒店管理。帕特里斯餐厅的厨房里，挂着一张泛黄的老照片，上面是穿着白色厨师服的阿尔诺，那时他才十多岁，但阿尔诺最擅长的还是管理。他在百慕大的一家海滩俱乐部的餐厅工作时，给那里的客人留下了深刻的印象，还在那儿遇到了多伦多老牌旅馆温布利酒店的创始人。

一九八三年厨师初到多伦多时，帕特里斯·阿尔诺正在经营马克西姆餐厅，它是贝街与布洛尔街地区最受欢迎的聚会咖啡厅，是老温布利酒店旗下的一家咖啡餐厅第三次转型的产物。在多米尼克·巴恰加卢波看来，凯奇姆的可怕告诫——绝对不能跟意大利餐馆沾边——依然发人深省，因此帕特里斯·阿尔诺的帕特里斯餐厅显然是个不错的选择：无论店主还是餐厅都跟意大利没关系。实际上，帕特里斯曾经怂恿他的兄弟马塞尔离开马赛，到马克西姆做厨师，所以那家餐厅非常有法国味儿。

"啊，可这艘船正在下沉，多米尼克。"帕特里斯警告厨师，他的意思是，多伦多正处于迅速的变化之中，未来的食客也许会愿意冒点险，到古板保守的酒店餐厅之外的场所就餐。（阿尔诺和他兄弟离开马克西姆之后，温布利酒店变成了停车场。）

接下来的十年中，阿尔诺兄弟在皇后西街开了一家餐厅，厨师跟他们一起工作。这条街正处于转型期，平时看着破破烂烂，但被帕特里斯命名为"大众舞会"的这家餐厅生意却很红火，能在中午和晚间同时招待五十桌客人，由马塞尔担任主厨，多米尼克喜欢向他学习。店里的菜品有鹅肝，还有新鲜的法国芬迪克莱尔牡蛎。（但厨师还是没学会做甜点，他始终没掌握马塞尔的那道用苹果白兰地和萨巴甜酱作配料的焦糖苹果挞。）

在巴黎，"大众舞会"指的是受欢迎的歌舞厅兼酒吧，供应食物和红酒——这样的场所甚至熬过了一九九〇年的经济衰退。他们在亚麻桌布上铺上蜡纸，把餐厅变成了小酒馆，供应牛排薯条、白葡萄酒和蒸贻贝。但一九九五年店面的租约到期了，十年之间，皇后西街已经从肮脏变得时髦，再从时髦变成了沉闷乏味的主流。（"大众舞会"变成了一家鞋店，马塞尔回到了法国。）

厨师和帕特里斯·阿尔诺一时不知何去何从，两人去"阿瓦隆"工作了一年，但阿尔诺告诉多米尼克，他们"只是在等待时机"。帕特里斯想再开一家自己的餐厅。一九九七年，他买下央街萨默希尔附近的一家倒闭的餐厅。至于西尔维斯特罗，他原来是意大利人，先后在伦敦和米兰工作过，很喜欢旅行。（"旅行意味着你能学到新东西。"帕特里斯决定让年轻的西尔维斯特罗担任新主厨时，这样告诉多米尼克。）

至于新餐厅的名字"帕特里斯"——嗯，阿尔诺还有什么别的选择呢？"这个名字你有资格用，"多米尼克告诉帕特里斯，"别为用了自己的名字感到不好意思。"

最初的几年里，帕特里斯这个店名和这家餐厅打出了小小的名气，但无法与现在相比。阿尔诺和厨师把马塞尔的一些看家好菜教给了西尔维斯特罗：龙虾配芥末萨巴甜酱、布列塔尼鱼汤、波特酒果冻鹅肝酱、纸包比目鱼、双人份牛肋排、烤小牛肝配肥咸肉片和珍珠洋葱加香醋汁。当然，西尔维斯特罗也把自己的拿手菜添到了菜单上：蜗牛蒜蓉黄油意式方饺、柠檬酱小牛肉片、手工意面配油封鸭和牛肝菌、兔肉玉米糕。（多米尼克也把几样熟悉的菜品加到了菜单上。）这家新餐厅开在央街一一五八号，但不完全是法式餐厅，也不像阿尔诺曾经期望的那样在附近大受欢迎。

"不只是店名的问题，当然，店名已经很糟糕了，"帕特里斯告诉多米尼克和西尔维斯特罗，"我完全看错了罗斯戴尔——这个社区不需要昂贵的法国餐厅，咱们应该走随和风格，价钱要便宜！让顾客每周来两到三次，而不是每两个月才来一次。"

圣诞放假期间，帕特里斯通常不营业，这一年的假期是十二月二十四日到一月二日，他们有足够的时间按照阿尔诺的计划翻新店面。长软座要换上亮色的新椅套，柠檬黄的墙壁要重新粉刷，挂上老法国航线的招贴画。"勒阿弗尔、南安普顿、纽约－跨大西洋轮船公司！"帕特里斯宣布，他还找来几张图卢兹·罗特列克给红磨坊舞女拉古丽和歌手珍·阿芙丽画的海报。菜单要加上炸鱼薯条，还要有鞑靼牛肉配薯条，菜和酒水的价格都要降低百分之二十五，重新回归小酒馆的水平，就像"大众舞会"在经济萧条之中反倒生意兴隆的那段日子那样，但帕特里斯不想再用"小酒馆"之类的词当店名了。（"'小酒馆'这样的词已经泛滥了，早就变得没有意义了！"阿尔诺说。）

推陈出新是经营餐厅必不可少的手段，阿尔诺明白。

"可店名呢？"西尔维斯特罗问老板，多米尼克知道，这个意大利人有自己的想法。

"我觉得'帕特里斯'太法国了,"帕特里斯回答,"非常老派,必须改掉。"阿尔诺精明文雅,待人随和殷勤,多米尼克对他既喜欢又佩服,但厨师对餐厅的这次改头换面始终有些担心——他们所做的一切全都是为了迎合那些装腔作势的罗斯戴尔势利鬼。

"你们都知道我的想法。"西尔维斯特罗故作心不在焉地耸了耸肩,他帅气又自信,让人很想有个这样的儿子。

年轻的厨师被餐厅落地窗下半部分的磨砂玻璃吸引住了。巨大的前窗正对央街,街上的路人看不透玻璃这一边,但上半部分的玻璃完全透明。桌前的顾客看得到央街对面萨默希尔酒水店上方的枫叶旗,(最后)还会看到所谓的"公证人广场"上的那两座正在建造的高层公寓,窗户下半部分的磨砂玻璃就像窗帘——这是西尔维斯特罗给餐厅取名的灵感来源。

"就叫'拉腾达'吧,"西尔维斯特罗感慨地说,"窗帘的意思。"

"我觉得这个名字不吉利,"多米尼克告诉年轻厨师,"我是不会想在叫这个名字的餐厅吃饭的。"

"依我看,西尔维斯特罗,你应该留着这个名字,等你有了自己的餐厅时,可以用它当店名,一定会有这么一天的!"阿尔诺说。

"拉腾达。"西尔维斯特罗深情地重复着,热情的棕色眼睛里满是泪花。

"太意大利了,"多米尼克·巴恰加卢波告诉情绪激动的年轻人,"这家店也许不算是严格意义上的法国餐厅,可也不是意大利餐厅。"如果以前的帕特里斯餐厅换了个意大利名字,凯奇姆会怎么说?厨师想,他也看出自己的论点的荒谬之处——圣诞节假期过后,要把西西里肉馅糕和烟花女意面列入更低调的菜单的那个人,正是他自己。

困惑的帕特里斯和震惊的西尔维斯特罗难以置信地望向厨师，不明白他为什么这么说。多米尼克想：我应该让丹尼尔给餐厅取名字——他是作家！这时西尔维斯特罗打破了沉默。"用你的名字怎么样，多米尼克？"年轻的厨师说。

"千万别叫巴恰加卢波！"厨师惊慌失措地叫道。（就算牛仔不来杀他，多米尼克知道，凯奇姆也会来宰了他的！）

"太意大利了呢！"阿尔诺亲切地说。

"我是说用你名字的含义当店名，多米尼克。"西尔维斯特罗说。尽管"巴恰加卢波"这个词跟法语相似，帕特里斯·阿尔诺还是没猜出它的含义。"狼之吻。"西尔维斯特罗慢条斯理地说，重音放在"狼"和"吻"上。

阿尔诺吃了一惊。他身材矮胖结实，灰色短发修剪得体，笑容精明世故，深色长裤熨烫得一丝不苟，上身是一件优雅的开领衬衫。这个男人彬彬有礼却不显造作，而且冷静睿智，是一位既了解老式做派的价值又鼓励创新的餐馆老板。

"啊，不错——'狼之吻'！——你为什么不早告诉我，多米尼克？"阿尔诺调侃他的忠诚朋友，"这下我们有了个既吸引人又时髦的店名了，而且还很前卫！"

噢，"狼之吻"前卫，好吧，厨师想——尽管凯奇姆对这个店名的反应也许不会这么温和。多米尼克不愿想象老伐木工听到这个店名后会怎么说。"堆成山的驼鹿粪啊！"凯奇姆也许会这样感叹，可能还会说得更难听。

厨师恢复原名的做法是不是非常冒险呢？在这个有了互联网的世界上，多米尼克·巴恰加卢波重现于世，会不会招来危险？（至少凯奇姆会多少感到宽慰——对发音敏感的努齐竟然拼错了"巴恰加卢波"这个词！）

不过，从现实的角度来看，新罕布什尔州库斯县的退休副警长怎么可能发现，远在加拿大安大略省多伦多市的一家名为"狼之吻"的餐厅，店名正是"巴恰加卢波"这个拼错了的意大利词组的英文意思呢？而且，别忘了，厨师安慰自己，牛仔和凯奇姆一样大，已经八十三岁了！

如果说我现在还不安全的话，那就永远别想着安全了。多米尼克边想边走进帕特里斯（它很快就会改叫"狼之吻"了）狭窄而热闹的厨房。嗯，这是个意外频发的世界，不是吗？在这样的世界里，不断变化的除了名字，还有许多别的东西。

丹尼·安吉尔倒是衷心希望自己从未放弃过丹尼尔·巴恰加卢波这个名字，但并非因为他想做回原来那个更纯真的男孩，甚至也不是因为丹尼尔·巴恰加卢波是他的真名，是父母给的唯一名字，而是由于这位五十八岁的小说家相信，这对作家来说是个好名字。这位小说家越接近六十岁，就越觉得自己既不像丹尼也不像安吉尔，他父亲还是一直叫他丹尼，做儿子的也觉得"丹尼尔"这个名字更适合自己。（他这个年近六十、在家工作的作家跟七十六岁的父亲住在一起，日子当然不会总是称心如意，别人也可能把他们当成一对喜欢吵架的伴侣。）

鉴于美国总统选举出现了争议——凯奇姆把乔治·W.布什从阿尔·戈尔手中"窃取"总统职位、最高法院针对两党纷争的最终投票结果是五比四这一系列事件称为"佛罗里达一败涂地"——凯奇姆经常发这样的牢骚传真。戈尔赢得了全民投票，丹尼和他父亲都相信，共和党窃取了选举结果，但厨师父子并不赞同凯奇姆的极端看法——老伐木工说他们不过是"看热闹的加拿大人"，还说美国这个"浑蛋国家"咎由自取。

当你真需要杀手的时候，连个影子都找不见。

凯奇姆在传真里这样说。他指的并非刺杀乔治·W. 布什，而是说有人应该干掉拉尔夫·纳德。（如果不是纳德搞破坏，戈尔会在佛罗里达州胜过布什。）凯奇姆相信，应该把拉尔夫·纳德捆起来，堵住嘴——"最好把他塞进有缺陷的儿童座椅里面"——沉进安德罗斯科金河。

在布什和戈尔进行第二次总统辩论时，布什批评克林顿总统往索马里和巴尔干派兵的做法。"我认为我们的军队不应该用在所谓的国家重建上。"这位未来的总统说。

你们想等着看那个撒谎的小浑蛋是怎么想办法动用我们的军队的吗？想不想打个赌，看看他会不会搞什么"国家重建"呢？

凯奇姆在传真里说。

然而丹尼不愿看到美国受辱的未来一幕——尤其是，他从来没站在加拿大人的角度上幸灾乐祸过。他和父亲从来没真的想要离开自己的国家，因此在改变国籍这件事上，丹尼·安吉尔这位国际畅销书作家只希望保持低调，尽量淡化其中的政治色彩，可是在一九八四年《班戈尔以东》出版之后，要做到这一点难上加难——他的堕胎小说毫无疑问具有政治性。

丹尼和他父亲被接纳为加拿大新公民的过程相当缓慢，他是以"自雇人士"的身份提出申请的，为他代理移民的律师将作家归入"世界级别的文化活动参与者"这一类。丹尼赚的钱足够养活自己和父亲，他们都通过了体检。父子俩持游客签证在多伦多居住，每六个月必须出入境一次查验签证，而且还要到加拿大的驻美领馆申请加拿大公民身份。（布法罗是距离多伦多最近的美国城市。）

移民与公民事务部门的一位助理不赞成他们通过所谓的"快速通道"申请移民。像他们这样的情况，没什么好着急的，这位著名作家并不需要尽快改变国籍，对吧？（移民律师早已警告过丹尼，加拿大人总是对成功人士有所怀疑，倾向于惩罚他们而非奖励。）实际上，为了避免引起不必要的注意，厨师父子在申请加拿大国籍时已经采取了最慢的速度。时间过去了四年，马上就要到第五年了，可现在由于佛罗里达"一败涂地"，加拿大媒体认为作家丹尼·安吉尔是"叛逃"，他在十多年前就"放弃了美国"，看起来这是作家的"先见之明"——《多伦多环球时报》如是说。

就在不久之前的一九九九年，改编自《班戈尔以东》的电影上映，二〇〇〇年，这部片子获得了好几项奥斯卡奖，然而这些对丹尼并没有什么帮助。二〇〇一年初，美国国会召开联席会议验证选举结果，因为美国新总统反对堕胎，新闻媒体再次抓住作家支持堕胎的政治立场大做文章，这在丹尼和他父亲看来不足为奇。在加拿大，作家在新闻中出现的概率高于美国，记者不仅报道他们写了什么书，还会报道他们说了什么和做了什么。

对于在美国媒体上读到的所有关于自己的东西，丹尼依然非常敏感，他经常因为作品内容和移居多伦多的举动而被贴上"反美"的标签。在世界上的其他地方——毫无疑问是指欧洲和加拿大——作家的反美主义会被当成好事。根据报道，这位侨民作家"诋毁"美国人的生活，而他之所以搬到多伦多，是为了"申明立场"。（尽管丹尼·安吉尔取得了商业上的成功，但他也接受了自己在加拿大交的税比在美国多的事实。）但是，作为小说家却要为了所谓的反美立场而承受外界的随意褒贬，丹尼越来越觉得不舒服。当然，他不能透露——尤其不能告诉媒体——移居加拿大的真实原因。

丹尼对外宣称,他出版的七本小说里,只有两本算得上包含政治色彩。他明白这话听起来像是自我辩解,但他说的都是事实。丹尼的第四本书《肯尼迪父亲》是一部关于越战的小说,读者视其为反战檄文。第六本书《班戈尔以东》是一部说教作品——某些评论家认为它为堕胎权进行了辩护。可另外五本书有什么政治意义呢?不正常的家庭、有害的性经历、令人懊悔的各种失落的纯真——故事的视角极其微小,完全不涉及对社会或者政府的谴责,在丹尼·安吉尔的小说中,反派——如果存在反派的话——往往是人性,而不是美国,丹尼从来不是任何类型的激进主义者。

"所有作家都是局外人,"丹尼·安吉尔曾经说过,"我搬到多伦多,是因为我喜欢成为局外人。"但是没人相信他,况且,"这位举世闻名的作家厌弃了美国"之类的说法岂不是更好的故事?

丹尼认为,对于自己移居加拿大这件事,媒体处理得过于耸人听闻,把他纯粹出于私人动机的决定牵强附会地归因于政治,但更让小说家烦恼的是,他的小说也被庸俗化了。有人翻遍了丹尼·安吉尔的作品,只为寻找他们想象中的带有自传色彩的碎片,对它们进行过度的条分缕析,搜索隐藏其中的真实回忆。然而除此之外,丹尼还能期望什么呢?

在媒体眼中,现实生活比小说更重要,比起"纯属虚构"的内容,公众显然对小说里那些至少是基于个人经验而创作出来的部分更感兴趣。在任何虚构作品里面,那些曾经发生在作家身上——或者发生在与作家亲近的人身上——的事情往往要比纯粹想象出来的情节真实可信得多。(至少人们都是普遍这样认为的,尽管丹尼想要推翻大家的成见,一有机会就为小说的虚构性辩护——因为现实生活中的故事从来都不是完整的,不会像小说那样有始有终。)

然而，在为小说中的虚构部分辩护时，谁又是丹尼·安吉尔或者其他任何一位小说家的听众呢？创意写作班的学员？读书俱乐部里上了年纪的女性？读书俱乐部的多数成员不都是这样的女性吗？除了他们，还有谁对虚构比所谓的真实生活更感兴趣？采访丹尼·安吉尔的记者显然不在此列，他们提出的第一个问题往往是，这本或者那本小说里，"真实"的部分有哪些？主要人物有真实的原型吗？小说最令人难忘的（就是最悲惨、最灾难性的）结局发生在作家认识的某个人身上吗？

所以，丹尼还能期望什么呢？这种问题不是他咎由自取吗？只要看看他最近的那本书《路中央的孩子》就知道了。丹尼觉得媒体会怎么拿它做文章呢？这本书在他离开佛蒙特之前就已经开始动笔了，是他的第七部小说。一九八七年三月，丹尼差不多完成了初稿。乔是在那年的三月下旬死去的，在科罗拉多，泥泞时节尚未到来。（"妈的，几乎快要到泥泞时节了。"凯奇姆会这样说。）

当时乔正在博尔德读大四，刚满二十二岁。讽刺的是，《路中央的孩子》讲的就是心爱的独生子死去的故事。但在丹尼几乎已经完成的那本小说里，孩子死去时还包着尿布——只有两岁，被马路上的汽车撞死了，是那天小乔在艾奥瓦大街上可能遭遇的结局。这本尚未完成的小说是关于孩子的死是如何毁了他的父母的——厨师和凯奇姆都毫不怀疑地认定，书中人物的原型就是丹尼和凯蒂——他们最终分道扬镳，却殊途同归，注定走向毁灭。

这本书自然会有所改动。儿子死后，丹尼·安吉尔一年多没有写作，困难之处并非写作，正如丹尼对朋友阿曼多·德西蒙所说的那样——难点在于想象。无论试着想象什么，丹尼只能看到乔是怎么死去的，同时还会没完没了地想象那些可能改变结果、让儿子活下来的微小细节。（假如乔当时这么做，而不是那么做……假如厨师父子没去多伦多……假如丹尼在博尔德而不是在温特帕克买房或者租房……假如乔还没学会滑雪……假如他们听了凯奇姆的建议,不去佛蒙特……假如雪崩封住了山路……假如乔喝醉了无法开车,而不是完全清醒……假如车上的乘客是个男孩,而不是那个女孩……假如乔没在谈恋爱……)还有什么是一个作家想象不到的呢?

还有什么是丹尼不能想的呢——哪怕只是为了折磨自己?丹尼无法使乔复活,无法像小说家修改小说那样改写儿子的经历。

那年过去后,丹尼·安吉尔终于能够重读他在《路中央的孩子》中所写的内容了——开头就是包着尿布的两岁孩子意外丧命的悲惨情节,与之相比,孩子的父母后来遭受的痛苦似乎变得微不足道起来,而现实生活里的那个孩子虽然躲过了两岁时的劫难,却在长大后最风华正茂的年纪死于非命,难道不更糟糕吗?如果根据现实改写这本小说,让它变得更加令人心碎——岂不是把故事变得更好了吗?丹尼毫无疑问是这样相信的,于是他从头到尾重写了《路中央的孩子》,又花了五年多——几乎用了六年。

小说的主题当然没有改变,也绝无可能变化——丹尼心中的丧子之痛永远不会改变,细节的变化则是无关紧要的。

一九九五年,《路中央的孩子》首次出版,距离《班戈尔以东》出版已经十一年了,乔也死了八年。在修改后的版本中,原来的两岁孩子长成了爱冒险的年轻人,在乔的那个年龄——二十二岁——时死去,也还是个大学生。死亡原因是意外事故,但也可能是自杀。与乔的不同之处在于,丹尼的第七部小说的这位主角死前喝醉了酒,吞下大量安眠药,还吃了个火腿三明治,被自己的呕吐物噎死了。

其实,读大四的时候,乔已经变得不那么鲁莽了,而且学会了控制自己,很少喝酒。他滑雪的速度很快,但从来没受过伤,车技似乎也很好，在科罗拉多开了四年车，从未吃过超速罚单。他跟女孩的交往速度甚至也慢了下来——或者说在他祖父和父亲看来是这样的。当然，厨师父子从未停止过为他担心，但整个大学期间，乔表现得都不错，没什么可以让他们担心的地方，连他的成绩都比在诺斯菲尔德黑门山学校读书时要好。(就像许多在独立寄宿学校读过书的孩子那样，乔总是说大学读起来更轻松。)

作为小说家，丹尼·安吉尔只能忍痛让《路中央的孩子》里那个可能具有自杀倾向的人物尽可能与乔有所区别，书中的年轻人像个敏感的艺术家，健康欠佳——从小体弱多病，似乎注定早死——也不擅长运动。小说的背景在佛蒙特，而不在科罗拉多。经过修改，男孩的母亲虽然任性，但达不到凯蒂的程度，尽管像她那个劫数难逃的儿子一样，她也是个酒鬼。修改版中，以丹尼为原型的男孩的父亲虽然伤心欲绝，也没有戒酒，但他并非酒鬼。(他从来没有被酒精所控制，只是压抑消沉而已。)

乔去世后的头几年，厨师偶尔会试着劝儿子别喝了。"如果你不喝酒，会感觉好一点儿，丹尼尔。从长远来看，你将来会后悔现在喝酒的。"

"这是为了作研究，老爹。"丹尼对父亲说，但是这样回答已经不再有效，他在五年多以前就已经改写完了《路中央的孩子》，在丹尼的新小说里，主要人物都不喝酒，他喝酒也并非为了"作研究"——从来都不是。

但厨师看得出丹尼并没有过量饮酒，作家会在晚餐前喝几杯啤酒——他一直喜欢啤酒的味道——再喝一两杯红酒下饭，绝对不会多喝（他不喝红酒睡不着）。显然，多米尼克的宝贝儿子丹尼尔并没有变回原来那个贪杯之人。

多米尼克也能看出儿子依然陷在悲伤之中，乔去世后，凯奇姆观察到，丹尼的悲伤似乎永远不会消失。就连那些采访过他的记者或者第一次见到作家的人，都会注意到这一点。在丹尼为《路中央的孩子》的出版而参与的许多访谈中，有关这本小说的主题——孩子的死亡——的问题都绕不开他的个人经历，对小说家而言，每本小说中都会或多或少地包含他们不愿触及的情感经历，避而不谈也是在所难免的。

丹尼竭尽全力使自己置身事外，难道他做得还不够吗？他运用扩大与夸张的手法，在可信的限度之内对故事进行了充分的延伸——把他能想象到的、最完整而悲惨的际遇安排到了人物身上。（"所谓的真实人物永远不会像完全虚构的人物这样完整。"小说家一再强调）然而，丹尼·安吉尔的采访者几乎没怎么提起过《路中央的孩子》里的情节和人物，反而问他是如何"应对"儿子的去世的。作家经历的"现实悲剧"是否让他对虚构的重要性——即"纯粹虚构"的分量、严肃性和相对价值——重新进行了思考？

这种问题让丹尼·安吉尔抓狂，但他实在是高估了记者们，他们中的大部分缺乏想象力，难以相信小说中那些看似可信的内容"完全是想象出来的"。那些以前做过记者、后来才写小说的人又都认同海明威的那句讨人厌的格言：写你知道的东西。这是什么屁话？小说只能写你认识的人吗？有多少无聊到死的现实主义小说就是根据这条完全缺少创造力的馊主意写出来的啊？

可也不能因此断言丹尼不应该预见到采访者就《路中央的孩子》向他提出私人问题，毕竟连不看书的人都听说过这位著名作家的儿子意外身亡的事。（让凯奇姆松了一口气的是，牛仔似乎没注意到这件事。）名人子女的不幸遭遇经常出现在新闻中，但与他们中的许多人相提并论对于乔来说是不公平的，因为事故发生时他既没有喝酒，也没犯什么错。可丹尼应该预料到，在证实酒精并非导致意外发生的原因之前，媒体会自以为是地猜测酒精就是罪魁祸首。

事故发生后——以及《路中央的孩子》出版后，起初多米尼克竭力保护儿子免受书迷来信的骚扰，丹尼会让父亲先读信，筛选出他该读和不该读的，因为他相信厨师的判断——而天空女士的来信就是这么被筛选掉了的。

"你的有些读者真是奇怪，"厨师有一天抱怨说，"那么多书迷会直接称呼你的名字，就像他们是你的朋友一样！这让我觉得紧张——那么多你不认识的人自以为了解你。"

"举个例子吧，老爹。"丹尼说。

"哦，我也不是很清楚，"多米尼克说，"你知道，我扔掉的信比拿给你看的还多，上星期有封信——我觉得写信的可能是个脱衣舞娘，她有脱衣舞娘的花名。"

"什么花名？"丹尼问父亲。

"天空女士，"厨师说，"我觉得听着像脱衣舞娘。"

"我知道她的真名叫艾米。"丹尼说，他努力保持冷静。

"你认识她？"

"我只认识一位天空女士。"

"对不起，丹尼尔——我以为她是个疯子。"

"她说了什么？老爹，你还记得吗？"

厨师自然不记得所有细节，只记得那个女人似乎放肆又疯狂，写了些乱七八糟的话，比如保护乔不受猪的伤害什么的，还说她再也不飞了，就好像以前曾经会飞似的。

"她要我给她回信了吗？"丹尼问父亲，"你还记得她的信是从哪儿寄来的吗？"

"嗯，我记得她写了回信地址来着——他们不都想着让你回信嘛！"厨师叫道。

"没关系,老爹,我没有怪你。"丹尼说,"也许她还会写信来的。"(其实他言不由衷,他的心很痛。)

"我不知道你想收到一个叫天空女士的人的消息,丹尼尔。"厨师说。

艾米肯定遇到了什么事,丹尼想知道那是什么事。作家认为,她不会无缘无故地停止裸体跳伞。

"我一开始真以为她是个疯子,丹尼尔。"厨师顿了顿,又说,"她说她也失去了一个孩子,我觉得还是别给你看这种信了,这样的信有很多。"

"爸爸,也许你应该给我看看那些信的。"丹尼说。

发现天空女士给他写过信之后,丹尼收到了更多曾经失去子女的书迷的来信,但他始终无法回复其中的任何一封——他没有话要对他们说,丹尼知道,这是因为他也是其中之一。他想知道艾米当时是怎么熬过来的,在没有了乔的新生活里,丹尼想,一丝不挂地跳出飞机也不是什么难事。

丹尼·安吉尔的写作室位于克鲁尼街住宅的三楼,除了那扇能看到萨默希尔酒水店的窗户,屋里还有个天窗。这儿曾经是乔的卧室,占据了整个三楼,有独立的卫生间和淋浴,但没有浴缸。对于乔这样的大学生来说,淋浴已经足够了,但厨师曾经质疑过超大卧室和一流的景观对于一个在美国上大学、不常回家的年轻人来说有些浪费。(乔从来不会在多伦多久待。)

丹尼却坚持说他希望乔拥有最好的卧室,因为这样也许儿子会更愿意回加拿大。这间卧室单独位于三楼,这使它成为整座房子里最私密的房间,安全起见,三楼的卧室不能没有逃生梯,所以丹尼造了一架,这样屋里就有了一个秘密出入口。乔死后,丹尼把儿子的卧室变成了写作室，小说家留下了儿子的所有物品，让它们保持原样，只移走了床。

乔的衣服留在壁橱和五斗柜里，甚至连他的鞋都没动过。所有的鞋带都开着，乔脱鞋时从来不解鞋带，只会把鞋蹬掉，他的鞋带总是系得很紧，绑了两道扣，似乎还是那个鞋带经常松开的小男孩。丹尼长期以来早就养成了习惯——找出儿子系了两道扣的鞋子，替他解开鞋带。乔去世后的几个月——或者过了更久——丹尼把乔的鞋带全解开了。

乔摔跤和滑雪时的照片也挂在这间所谓的写作室的墙上，把这儿几乎变成了凭吊死去的男孩的神龛。厨师觉得，儿子选择在这里写作，简直是个受虐狂。但多米尼克瘸得太厉害，很少到三楼的写作室去，即使丹尼尔不在家，他也很少冒险进入那个房间。床撤走之后，没人能睡在那里——这正合丹尼的心意。

乔回多伦多陪他们时，厨师父子都能听到男孩踢掉的鞋子落到他们头顶的地板上的声音（就像两块石头砸下来），还有更细微的嘎吱声，那是乔到处走动的声音（哪怕他赤着脚或者只穿袜子走路时也会有动静）。在二楼的三间卧室里，还能听到三楼的淋浴声。二楼的每间卧室都带卫生间，厨师和他心爱的丹尼尔的卧室各踞长廊一端，父子俩可以保有一定程度的隐私，因为客房就在他们的两个卧室之间。

为了迎接凯奇姆的到来，这个带洗手间的客房最近被精心收拾过，老伐木工现在每年都会来过圣诞节。因为客房的门是开着的，丹尼和父亲总会注意到女清洁工在客房梳妆台上放的那瓶花，花束在梳妆台的镜子里留下倒影，从二楼的大厅里看过去，仿佛摆了两瓶花。（不过作家觉得，就算在凯奇姆的房间里摆上十几瓶花，老伐木工也不会在意，甚至还会视而不见。）

丹尼猜想，这位女清洁工或许对凯奇姆有好感，厨师却说，卢皮塔肯定是可怜伐木工才摆了花，因为他太老了。多米尼克甚至荒唐地表示，这些花预示着凯奇姆快要死了，"就像人们会在墓地摆花一样"。

"其实你根本不信这些话。"丹尼告诉父亲。

但是鲜花和卢皮塔是怎么想的始终是个谜。别人来罗斯戴尔作客时，这位墨西哥女清洁工从来不会在客房里摆花，克鲁尼街的这间客房里经常有人来住——不限于圣诞节期间。背负死亡威胁的作家萨尔曼·拉什迪来多伦多时，有时会住在这里。丹尼·安吉尔的其他作家朋友——来自欧洲或者美国——也常来拜访，阿曼多和玛丽·德西蒙每年至少来多伦多两次，总会跟丹尼和他父亲一起住上一段时间。

丹尼的许多外国出版商都在客房留宿过，反映了作家的国际知名度。这个房间里摆的书多半是丹尼·安吉尔作品的译本，还挂着一幅法语版《路中央的孩子》——Road-Bébédans la rue——的裱框海报。（在与之相连的浴室里，有一幅这部小说的德译本——Baby auf der Strasse——的超大号海报。）但在墨西哥女清洁工的心目中，只有凯奇姆配得上鲜花。

卢皮塔是个受过苦的人，当然也能看出别人受的苦。她每次打扫丹尼三楼的写作室时都会哭，尽管她从来没见过乔。乔从科罗拉多往返加拿大的那几年，总是待不了多久就走了，而那时丹尼和父亲还没遇到过被厨师称为"墨西哥奇迹"的卢皮塔。那些年里，他们找过很多女清洁工，没有一个令人满意的。

卢皮塔是他们不久之前才找来的，但这两位分别失去儿子和孙子的悲伤的绅士显然打动了她。卢皮塔曾经告诉厨师，她为丹尼的情况感到担心，但她只对丹尼说："你的孩子去了天堂，安吉尔先生，那里比三楼高多了。"

"我相信你说的,卢皮塔。"丹尼说。

"你病了吗?"卢皮塔经常用西班牙语这样问——不是问七十六岁的厨师,而是他情绪低落的五十八岁儿子。

"不,我没生病,卢皮塔,"丹尼总是这样回答,"Yo sólo soy un escritor."("我只是个作家"——丹尼会这样用西班牙语回答,好像这样就能解释他在她眼里为什么如此痛苦。)

卢皮塔也失去过一个孩子,她没法告诉丹尼,但跟厨师说过。她没提到细节,也不怎么说起孩子的父亲——某个加拿大人,如果卢皮塔有过丈夫的话,他也早就不在人世了。丹尼不认为多伦多有很多墨西哥人,但不久之后可能会多起来。

卢皮塔一点都不显老,有着光滑的棕色皮肤和长长的黑发,尽管丹尼和父亲猜测,她的年龄在父子两人之间,六十来岁。虽然她块头不大,但身体有些沉重——即使不算多么胖,也应该有些超重。

因为卢皮塔的脸很漂亮,还习惯把鞋留在房子的一楼(她会光着脚或者只穿袜子轻轻地上楼),丹尼曾经告诉父亲,卢皮塔让他想起印第安·简。厨师不觉得她俩有相似之处,甚至严肃地摇头否认儿子的说法——要么是丹尼的父亲对卢皮塔和简的明显的相似之处视而不见,要么是丹尼对印第安洗碗工的回忆误导了他——小说家经常被他们的记忆所误导。

每天临近傍晚的时候,厨师在帕特里斯忙着准备晚餐时,丹尼常会离开三楼的写作室,这时最后的一缕残照(假如有的话)会顺着天窗隐隐约约地投射进来。由于灰暗的十二月下午无法直接见到阳光,小说家会毫不犹豫地离开书桌,这时候西方的余晖将能够照亮二楼的大厅。只穿着袜子的丹尼径直走向父亲的卧室,厨师不在家时,他儿子经常走进这个房间,看看多米尼克卧室墙上那五块公告板上的照片。

他父亲的卧室里有一张带抽屉的老式书桌，丹尼知道那些抽屉里还有几百张照片。在卢皮塔的帮助下，多米尼克经常重新摆放公告板上的快照。厨师从不扔掉照片，而是会把从公告板上取下的照片放回抽屉。这样，挂过两次（或者三次）的照片就会变成新的——每当再次挂上公告板，唯一能表明这张照片曾经被挂起来过的蛛丝马迹就只有上面的无数细小针孔了。

公告板上的快照错综复杂地互相重叠，排列方式令人困惑，但也许反映着某种主题——这样的设计要么出自多米尼克之手，要么来自卢皮塔，因为丹尼知道，没有墨西哥女清洁工的帮助，父亲不可能有重复挂起取下照片的热情。这也是一项艰苦的工作，因为公告板固定在墙上，必须站在沙发扶手或者椅子上才能够到最上面的部分——对跛脚的厨师而言绝非易事。（鉴于卢皮塔的体重和大概年龄，丹尼担心她在这样做的时候会不会在沙发或者椅子上保持平衡。）

尽管想象力丰富，丹尼·安吉尔还是无法理解父亲排列照片的逻辑何在：彼此重叠的快照并不遵循时间顺序，也谈不上营造视觉效果。在一张黑白老照片里，看起来相当年轻的凯奇姆似乎在和印第安·简跳舞，丹尼清楚地记得，那里是绞河镇伙房的后厨。跟这张老照片并列的是一张彩照，上面是艾奥瓦的丹尼和（刚学会走路的）乔，丹尼起先觉得这张照片有些别扭，后来才想起凯蒂也在里面，厨师巧妙地用另一张照片把她挡住了。另外这张照片则是卡梅拉和保罗·波尔卡里站在"那不勒斯附近"的比萨烤箱前的合影，拍照人不是托尼·莫利纳里就是老朱塞·波尔卡里。

就这样，佛蒙特的照片盖在波士顿的照片上，当然也会反过来——阿韦利诺和毛家餐厅的照片也可以互换——厨师在艾奥瓦遇到的那些亚洲面孔旁边会出现近些年的多伦多面孔，在马克西姆的早期留影会被皇后西街的大众舞会餐厅取代，旁边再贴上一张凯奇姆在皮卡车上的窝棚里或者乔在科罗拉多读大学时拍的照片——经常是在滑雪，或者参加山地自行车赛——甚至还有一张乔在艾奥瓦城的朋友麦克斯的照片，他（和乔）差点在法院街住处后面的巷子里被那辆超速行驶的蓝色野马车撞死。这两个八岁孩子的照片莫名其妙地钉在年轻的烹饪大师西尔维斯特罗的照片旁边，两位女性二厨乔伊斯和克里斯汀正在亲吻他的脸颊。

丹尼想，卢皮塔会不会不光用她胖胖的双手钉好了公告板上的大部分照片，而且还亲自安排了如此凌乱的照片布局？这样就解释了照片的排列为什么如此随机——快照的拼贴完全取决于卢皮塔，厨师没有参与总体设计。（这就说得通了，作家想，为什么自从卢皮塔来为丹尼和他父亲工作后，凯奇姆的照片从来不会留在书桌抽屉里。）

八十三岁的伐木工怎么会给六十多岁的墨西哥女清洁工留下如此浪漫的印象？丹尼想。这个想法似乎让厨师觉得恶心，他认为卢皮塔最多跟凯奇姆见过两三面。"这一定是因为卢皮塔是个热情的天主教徒！"多米尼克大声说。

丹尼知道，在父亲看来，任何脑子正常的女人被凯奇姆吸引，只能是出于匪夷所思或是荒诞滑稽的原因。

丹尼回到自己的卧室，换上了运动服。他的卧室里没有乔的照片，就算没有死去的儿子的照片，丹尼·安吉尔晚上也睡不着觉。除了外出用餐或看电影，丹尼很少离开克鲁尼街的房子，大多数晚上，他父亲都在餐厅干活。多米尼克所谓的"半退休"，是指他每天提前离开餐厅回家，晚上十点半或十一点之前睡觉，哪怕这时候"帕特里斯"依然坐满了顾客。对他来说，这已经算是退休了。

当丹尼参加图书的巡回宣传活动或者出城时，厨师会到儿子的卧室去——只是为了想象假如乔没有死会怎么样。让多米尼克·巴恰加卢波伤心的是，宝贝儿子丹尼尔的卧室里只有编剧夏洛特·特纳的照片，而她比他儿子小十五岁——唉，她看起来完全不像。夏洛特和丹尼尔是在一九八四年认识的，那时她才二十七岁，他四十二岁。（厨师父子当时刚来加拿大不久，《班戈尔以东》刚刚出版，乔在科罗拉多刚读完大一）夏洛特只比乔大八岁，二十七岁的她显得很年轻。

如今四十三岁的她依然显得很年轻，厨师想。看到夏洛特的照片，想到自己有多么喜欢这个年轻的女人，多米尼克觉得难过，因为他相信夏洛特是给他孤独的儿子做妻子的理想人选。

然而凡事都要按照商量好的来办。夏洛特想要孩子——"一个孩子就够了，如果你只能应付一个孩子的话。"她告诉丹尼，丹尼则向她保证，他会让她怀孕生孩子。只有这么一个条件（也许"条件"这个词不恰当，更确切地说是"要求"）。夏洛特能否等到乔大学毕业后再怀孕？那时候，乔还要在科罗拉多大学读三年书，但夏洛特同意再等等。乔拿到本科学位时，她只有三十岁。而且，正如厨师回忆中的那样，她和丹尼尔曾经深爱彼此，两人在一起时非常开心，三年的时间也显得不那么长了。

二十七岁时，夏洛特·特纳很喜欢戏谑地说，她在多伦多"住了一辈子"，更重要的是，她从来没和别人一起住过，也没有过保持关系超过半年的男朋友。认识丹尼的时候，她住在已故祖母位于森林山的房子里，她父母想卖掉房子，但她说服了他们，自己把它租了下来。她祖母住在那里时，房子里乱七八糟的，但夏洛特卖掉了旧家具，把楼下改造成她的办公室和一个小放映室。楼上只有一个卫生间，她把三个几乎没什么用的小房间合并成一个大卧室。夏洛特不做饭,这座房子也不适合招待客人,祖母那间过时的厨房她没有动,因为对她来说,厨房已经够用了。夏洛特的各位短期男朋友都没在那座房子里留宿过,丹尼是在那里过夜的第一位——夏洛特从来没正式搬到克鲁尼街的房子与丹尼同住。

厨师主动提出自己要搬出去,他觉得自己可能会影响儿子的隐私,而且多米尼克迫切希望丹尼尔和夏洛特好好保持关系。但夏洛特不愿意在举行婚礼之前就把丹尼的父亲"赶出去",这是她的原话——婚礼计划在一九八七年六月举行(两年多之后),那时乔已经大学毕业,可以给丹尼当伴郎。

当时,等待举行婚礼之后再住进克鲁尼街的房子怀孕生孩子,似乎是个明智的选择。丹尼打算"照看着"乔读完大学——这是作家的原话。但多伦多有些人知道夏洛特的情史,他们可能敢于打赌,认为两年之后的婚礼不会举行,这位年轻编剧也有可能在多次前往洛杉矶的某一次旅途中决定再也不回多伦多。他们一起度过的短短三年里,夏洛特很少把衣服放进丹尼的卧室衣橱,尽管她在克鲁尼街的过夜次数多于丹尼在森林山过夜的次数,她也确实把自己的洗漱用品和大量化妆品放在了丹尼的卫生间里。

夏洛特和丹尼都是早起的人,当她打理头发和皮肤时——厨师突然想起,她的皮肤是最美的——丹尼会给他们做早餐。然后夏洛特去央街搭地铁去圣克莱尔,再从那里走回她在森林山的住处,白天她会在那里工作很长时间。

夏洛特总是说,即使他们结了婚,她也打算在克鲁尼街以外的地方安排一处办公室。("再说了,这里没地方放我的那些衣服。"她告诉丹尼,"就算你爸搬出去,我至少也需要一间办公室——假如不是整座房子的话——放我的衣服。")

那些衣服可能让人对夏洛特产生错误的印象,多米尼克时常想起这一点——尤其是他看到她的照片的时候。不过，就像丹尼写他的小说那样，夏洛特写剧本时也是个工作狂——当年她建议把《班戈尔以东》改编成剧本，因此与丹尼结识。

夏洛特知道，丹尼·安吉尔对于小说电影版权的出售有一套无法通融的规矩。她看过他的采访，丹尼在采访中说，必须有人先写出"还算不错"的改编剧本，他才会出售小说的电影版权。

这个二十七岁的女人是个高个子，厨师记得她比丹尼尔高一个头，这使得夏洛特在身高和年龄上更接近乔，而不是丹尼尔和他父亲。她愿意"冒个险"，尝试写出《班戈尔以东》的剧本初稿，不领稿酬，也不涉及电影版权的转让。如果丹尼不喜欢她的剧本，只能怪夏洛特运气不好。

"你肯定找到了把这本小说改编成电影的办法。"他们第一次见面时，丹尼说。（他告诉她，他午餐时不会跟人见面，所以两人约在"大众舞会"共进晚餐，那时候丹尼每星期有三四顿晚餐是在那边解决的。）

"不，我就是想写这本书的剧本——我还没想好怎么写。"夏洛特说。她戴着深色镜框的眼镜，看上去很勤奋，但她的身材完全不像书呆子，不仅很高大，还非常性感。（厨师记得，她肯定比丹尼重了几磅。）丹尼想起他们第一次见面那晚，她穿着粉色的连衣裙，像个年轻的小姑娘，涂着与裙子相配的粉色口红。但夏洛特经常在洛杉矶办事，即便在一九八四年时，她看起来也更像洛杉矶的，而不是多伦多人。

丹尼真的很喜欢她写的《班戈尔以东》剧本的初稿——以至于情愿只用一加拿大元——当时一加元只能兑换七十五美分——的价格把电影版权卖给夏洛特·特纳。他们合作对剧本进行后续的改编，丹尼得以见识夏洛特工作起来是多么努力。那时丹尼的写作室在克鲁尼街房子的底楼，现在那里成了他的健身室。他和夏洛特在那儿工作，也在她祖母位于森林山的房子工作。十五年后，这部电影才会制作完成，但《班戈尔以东》的剧本四个月就写好了，那时候夏洛特·特纳和丹尼·安吉尔也已经成了情侣。

丹尼的卧室已然成了夏洛特的纪念馆，正如三楼的写作室是怀念乔的神龛那样。卢皮塔把成功的编剧的照片擦得一尘不染，闪闪发亮，时常引起厨师的惊叹，大多数照片是丹尼尔和夏洛特在一起的那三年里拍的——确切地说，是他们夏天在休伦湖短暂度假的那几个月。像多伦多的许多家庭一样，夏洛特的父母在乔治亚湾有个小岛。据说那是夏洛特的祖父在打扑克时赢来的，但也有人说那是他用一辆车换来的。因为夏洛特的父亲身患绝症，她的（医生）母亲即将退休，夏洛特继承了这个岛。它位于波因特奥巴里站附近，厨师记得丹尼尔很喜欢那个岛。（多米尼克只去过一次乔治亚湾，他讨厌那儿。）

厨师在自己卧室的公告板上不断轮换的唯一一批夏洛特的快照就是她跟乔的合影，因为假如把死去的男孩的照片放在丹尼尔的卧室，丹尼尔会失眠。夏洛特真诚无私地喜欢乔，这让厨师感到欣慰，乔从一开始就喜欢夏洛特，也能看出父亲跟她在一起是多么开心。

夏洛特不滑雪，但她同意了去温特帕克度周末和过圣诞。厨师每次都会在山脚下的滑雪屋里准备丰盛的大餐。温特帕克的餐厅也很不错，或者说，对于乔和他大学里的朋友们而言足够好，但它们达不到厨师的标准。多米尼克·巴恰加卢波喜欢趁机为孙子做饭，这孩子去加拿大的次数太少了——至少多米尼克是这么想的。（作家丹尼·安吉尔也是这么想的。）

十二月下旬的暗淡天光已经完全消逝，被夜幕下的城市灯火取而代之，丹尼在健身室的垫子上舒展身体，这里曾经是他的写作室——上了年纪的丹尼只在有自然光的白天写作——所以窗户上没有窗帘。冬天的那几个月,他过来健身的时候天已经黑了,可丹尼并不在乎附近的邻居看到他使用杠铃之类的健身器材。无论这个房间是写作室还是健身室的时候,他都在此处拍过照,也接受过采访,因为他从不让任何记者到三楼的写作室去。

夏洛特说,他们一结婚,她就要在健身室装窗帘或者百叶窗,但因为婚礼——连同随之而来的一切——取消了,这个房间的窗户还保留着原样。这是个奇怪的健身室,因为它依然被书架包围,甚至在丹尼把工作地点转移到乔以前在三楼的卧室之后,这个底楼的房间里还放着许多他的书。

丹尼和他父亲在克鲁尼街的房子里宴请客人时,每个人都会把外套搁进健身室,挂到跑步机的扶手、班霸楼梯机或者动感单车上,或者堆放在举重长凳上。另外,这个房间里总是准备着几个写字板、一摞空白打印纸和很多笔。丹尼傍晚踩单车或者在跑步机上快走的时候会做点笔记,膝盖疼痛让他无法跑步,但可以在跑步机上快走,踩单车或者使用楼梯机对他的膝盖也没有影响。

对于一个五十八岁的男人而言,丹尼的身体状态还不错。尽管从他适度喝点啤酒和红酒之后又长了几磅肉,他还是很瘦,假如印第安·简还活着,她会告诉丹尼,像他这样的小身板,就算只喝几杯啤酒和一两杯红酒,也还是太多了。("好吧,印第安人在喝酒这方面就是很苛刻。"凯奇姆总是这么说,尽管已经八十三了,他喝起酒来还是没节制。)

丹尼在班霸楼梯机上调好合适的步速,他不知道凯奇姆会什么时候来过圣诞节,老伐木工总是突如其来地出现。对于一个每星期都会给丹尼或者他父亲狂热地发送十多份传真、仍然一时兴起就会不分昼夜地打来电话的人而言,凯奇姆出门旅行时却显得偷偷摸摸的——不仅是到多伦多来过圣诞节时这样,去加拿大的别处打猎时也这样。(那些狩猎之旅的目的地并非魁北克,而是安大略的北部,有时凯奇姆也会顺路来多伦多看看。)

凯奇姆每年九月开始打猎,那时库斯县的猎熊季节刚刚开始。老伐木工宣称,新罕布什尔州的黑熊至少有五千多头,每年的猎熊活动"只能消灭五六百头",大部分熊是在新罕布什尔的北部和中部以及怀特山脉遭到猎杀的。凯奇姆的猎熊犬——就是前面提到的那只"不错的畜生"——现在应该是最早那条狗的孙子辈(或者曾孙子辈)了,从九月下旬到十月底,它会跟老伐木工一起打猎。

这条狗是杂交品种,凯奇姆说它是蓝斑沃尔克犬,体态高瘦细长,像沃尔克猎狐犬,但白色的皮毛上点缀着蓝灰色的斑纹,有着蓝斑犬无与伦比的迅捷。凯奇姆是从田纳西州的一个狗舍里弄来蓝斑沃尔克犬的,他总会挑一只公狗,叫它"英雄"。那条狗从来不叫,但睡着时会咆哮——凯奇姆说它不睡觉——在追熊的时候也会发出一种咆哮般的悲鸣。

在新罕布什尔州,猎熊季节的末期与用前膛枪猎鹿的季节互相重叠——这一段猎鹿季历时不长,从十月底到十一月的第一个星期就结束了,而使用常规枪支的猎鹿季节从十一月剩余的时间一直持续到十二月初,但凯奇姆一旦在库斯县打死一头鹿(他总是只用前膛枪打死一头鹿),就会北上前往加拿大,那里使用常规枪支的猎鹿季节结束得更快。

老伐木工从来没能让厨师对猎鹿产生兴趣。多米尼克不喜欢枪支和鹿肉的气味,他的跛脚也不适合在森林中行走。但是和父亲搬到加拿大之后,丹尼遇到了夏洛特·特纳,凯奇姆应邀到夏洛特的休伦湖小岛上作客。那是她和丹尼成为情侣的第一年夏天,厨师也应邀来到乔治亚湾,就是在那里——一九八四年八月的特纳岛——凯奇姆说服丹尼尝试猎鹿。

在小岛上过夏天时，多米尼克·巴恰加卢波无法忍受乔治亚湾群岛原始落后的乡下生活——一九八四年了，夏洛特一家还在使用户外厕所。虽然他们有丙烷灯和丙烷冰箱，但还需要（用水桶）从湖里打水回来用。

此外，夏洛特一家在主屋和两个相邻的小卧室里配备的家什完全不像样，沙发破旧得可以扔掉，碗盘上净是缺口，床睡起来很不舒服，这些东西全都是他们很早以前从多伦多的家里淘汰下来的。更糟糕的是，厨师推测，小气抠门是乔治亚湾的这些小岛主人们的传统作风，不知怎么，他们对任何新事物——比如电力、热水或者抽水马桶——都嗤之以鼻。

然而，最令厨师痛心的还是他们吃的东西。波因特奥巴里站的陆地食品储备——尤其是那些跟"新鲜"完全不沾边的农产品——惨不忍睹，因此人人都会在肉上涂抹一层厚厚的调料，再拿到户外烤炉上熏个面目全非。

多米尼克第一次——也是唯一一次——造访特纳岛时，极力保持礼貌，还非常客气地跑进厨房帮忙。但在度过一个漫长的周末、返回多伦多之后，意识到自己再也不会跑到海里的那块破石头上锻炼自己的跛脚了，厨师由衷地松了一口气。

"这里太像绞河镇了，大厨待不惯这样的地方。"多米尼克回城里之后，凯奇姆向夏洛特和丹尼解释。尽管伐木工给老朋友说了不少好话，可丹尼刚上岛时的感受也跟父亲差不多。不同之处在于，丹尼和夏洛特讨论过以后如何对这座岛进行改造——当然要等她父亲过世之后（如果不方便现在就改造的话），她母亲不能再安全地上下船或者从码头爬上那些锯齿一般的岩石前往主屋时再开始。

丹尼仍然用老式打字机写东西。他有六七台IBM电动打字机，经常需要维修，也必须用电，而夏洛特想要热水——她早就梦想着过上这样奢侈的小岛生活——户外淋浴、超大浴缸和抽水马桶——再配上几台电暖气，丹尼和夏洛特对此一致赞同，因为他们毕竟是在偏远的北方，即使是夏天的晚上也会变冷，而且两人很快就有宝宝了。

丹尼还想建一座"写作窝棚"——他无疑是想起了当年佛蒙特那座农舍里的写作窝棚——夏洛特则想建一条巨大的遮蔽式游廊，大小足够把主屋和两个小卧室连接起来，这样就不用冒雨跑到外面了。（也不用再挨蚊子咬，这里入夜后总有蚊子。）

总之，丹尼和夏洛特对这里作出了详尽的规划，情侣们就喜欢这样。夏洛特从小就珍惜她在岛上度过的夏天，而丹尼重视的也许是这里的各种可能性——他想象中的与夏洛特共度的生活。

噢，计划，计划，计划——我们总是热衷于制订各种计划，就好像未来会确定无疑地在前面等着一样！其实这对热恋中的情侣不会等到夏洛特的父亲过世，或者她母亲年迈体衰到无法上岛的地步：接下来的两年里，丹尼和夏洛特会接好电、安上抽水马桶、通上热水——甚至还会安好夏洛特的户外淋浴和超大浴缸，在巨大的游廊上装好纱网。他们还采纳凯奇姆的建议，进行了其他几项"改进"——老伐木工在首次拜访乔治亚湾和特纳岛时，原话用的就是"改进"这个词。一九八四年夏天，凯奇姆六十七岁，依然精力充沛，有着许多野心勃勃的打算。

那年夏天，凯奇姆把狗也带来了。自从把爪子放上小岛的主码头，那条不错的畜生就变得像松鼠一样警惕，"这儿肯定有熊，英雄熟悉熊。"凯奇姆说。这条猎犬绷紧了脖颈，背上的硬毛竖起来一道（那里的皮肉原先是松弛的）。它如影随形地紧跟在凯奇姆身后——

英雄可不是那种让人只想抚摸的宠物狗。

凯奇姆不怎么喜欢夏天,他不钓鱼,也不玩船——这位老河工甚至不喜欢游泳,他心目中的乔治亚湾和特纳岛一准是秋冬季节和春天冰雪融化时的样子。"我敢打赌,这里有很多鹿。"老伐木工说。踏上小岛之后,他在码头上站了半天没动,过了一会儿才拿起行李,鼻翼不停翕动,就像他的狗嗅探熊的味道那样。

"印第安人的土地,"凯奇姆赞赏地说,"嗯,至少以前是——在那些该死的传教士让该死的树林子也皈依之前。"他小时候见过软木浮栏漂在马尼图林岛戈尔湾上的黑白老照片。乔治亚湾周围的伐木业早在一九○○年左右就达到了顶峰,但凯奇姆听说过这段历史,记得每一年的伐木周期。(秋天砍树筑路,为春季的原木漂流蓄积河水——这些必须赶在第一场雪降下之前完成。冬季继续砍树,把原木拖到——或者用雪橇运到——水边,开春时利用溪流与河道将木材送进河湾。)

"但是,到了九十年代,你们所有的林木都被扎成木排漂到了美国,对吧?"凯奇姆问夏洛特,她对这个问题感到惊讶,也不知道如何回答,但凯奇姆知道。

毕竟,这里的伐木行业跟别处是一样的,大片的森林被砍伐,工厂被烧毁或者拆除。"因为没人看着,那些厂房都完了。"凯奇姆喜欢这样说。

"也许那头熊在附近的小岛上,"凯奇姆环顾四周,"英雄还不够激动,说明熊不在这个岛上。"(丹尼和夏洛特只觉得那条瘦瘦的猎犬看起来相当烦躁,好像熊就在码头上似的。)

后来他们听说,那年夏天,巴克莱岛上有只熊。两个岛只有短短的一水之隔,熊很容易就能游过来——丹尼和凯奇姆都觉得自己能蹚水走过去,但那头熊从来没在特纳岛出现过,也许是因为闻到了凯奇姆的狗的味道。

"烤架用完之后,要把上面的油脂烧干净,"凯奇姆向他们建议,"别把垃圾扔在外面,水果要放进冰箱。我倒是愿意让英雄留在你们身边,可我需要它照看我。"

特纳岛上有个无人居住的小木屋,是这儿的第一座建筑。夏洛特带凯奇姆过去看了看——那儿的纱窗有点破,两张双层床先是被拆成两半,又被并排钉在一起,一张特大号床垫盖在床架上,床上的毯子被蛾子啃得全是洞,床垫发了霉。自从夏洛特的祖父不再上岛,这里就再也没人住过。

夏洛特说,这座小屋是她祖父的住处,老人去世后,特纳家的人再也没靠近过这座破旧的建筑,她还说这里闹鬼(或者说她小时候相信这儿闹鬼)。

她把肮脏的破地毯拖到一边,让凯奇姆看到地上的活板门,木屋建在高度不超过空心砖的水泥桩上,没有地基,活板门下面三英尺的地方就是裸露的地面,底下什么都没有。木屋周围全是松树,风把松针吹到了屋子下方,给人一种地面柔软舒适的错觉。

"我们不知道爷爷为什么要开这个活板门,"夏洛特解释说,"不过他喜欢赌钱,我们怀疑他在这里藏钱。"

英雄嗅着地板上的洞,凯奇姆问:"你爷爷打猎吗,夏洛特?"

"哦,没错!"夏洛特叫道,"他死后,我们终于能扔掉他的枪了。"(凯奇姆吓得身体一缩。)

"嗯,这是冷冻肉的地方。"凯奇姆告诉她,"我敢打赌,你爷爷肯定是冬天过来打猎。"

"没错,就是的!"夏洛特佩服地说。

"可能是在猎鹿季节过后,那时水湾也结冰了,"凯奇姆推断,"我猜,他开枪打鹿的时候,骑警能听到枪声,因为这里的冬天全是雪，特别安静——等骑警过来问他为什么开枪时，你爷爷大概会编点故事，比如吓唬红松鼠什么的，红松鼠叽叽喳喳的怪烦人的，或者说有一群鹿在啃他最喜欢的雪松，所以他对着它们的头顶放空枪，让它们去别人岛上啃雪松——其实那个时候他早就在活板门上面把打到的鹿剥皮开膛了，把肉藏在活板门底下，所以雪地上不会有血迹……嗯，夏洛特，你明白我的意思了吗？"凯奇姆问她，"这是偷猎者冻肉的地方！告诉你吧，这里肯定有很多鹿，我敢打赌！"

凯奇姆和英雄在破旧的小木屋里住了下来——无论那儿是否闹鬼。（"妈的，我住过的大多数地方都闹鬼。"凯奇姆说。）老伐木工不喜欢新卧室，而对于特纳爷爷的小木屋纱窗破损这件事，凯奇姆说："不被蚊子咬就不算住在树林子里。"因为船少，屋后的那片水湾里潜鸟也更多——凯奇姆第一天就发现了，他喜欢潜鸟的叫声。"而且英雄放的屁很难闻，你不会愿意让它把你的卧室弄臭的，夏洛特！"

那天晚上，夏洛特并没有对爷爷是偷猎者的猜测感到惊讶，他死于贫困和酗酒，赌债和威士忌要了他的命，现在至少地上的活板门有了存在的缘由，而且促使凯奇姆很快提出了改进的建议。老河工压根儿不曾意识到，夏洛特并不喜欢在寒冷的冬季来心爱的小岛上生活。那时候的大风吹得树木始终直不起腰，结冰的水湾盖着厚厚的积雪，四下里连个人影都没有，除了那些偶尔在冰上钓鱼的和跑到湖面上骑雪地摩托的疯子。

"给主屋做防冻其实不麻烦，"凯奇姆说，"在安抽水马桶的时候，只要别忘了安装两个化粪池——一个是主化粪池，另外一个小一些就行了，不用让别人知道。冬天就别在卧室睡觉了，供暖太费钱，只需要给主屋加热，一点电热就足够让马桶、水槽和你想要的大浴缸不上冻了，夏洛特。别忘了把小化粪池的管子包起来，给它加热，这样就能冲马桶和放掉水槽里的洗碗水了，浴缸的洗澡水也能排空。但没法用水泵抽湖里的水,也不能用丙烷热水器给水加热,必须在冰上凿个洞,用桶提水,在煤气炉上加热,用来洗澡和刷碗。当然,你们得睡在主屋里,取暖主要靠烧木柴,你的写作窝棚里也得弄个柴炉,丹尼——不过你们需要的只有这些。离陆地最近的水湾会最先冻住,你们可以把生活用品放在雪橇上,用雪地车拖进来,也可以这样把垃圾运到镇上。妈的,你们可以坐雪橇或者穿雪鞋过来,"凯奇姆说,"不过最好离波因特奥巴里站的主航道远点儿,我觉得那里的冰面可能不会冻得那么结实。"

"可我们为什么要冬天来这里呢?"丹尼问老伐木工,夏洛特也一脸茫然地盯着凯奇姆。

"啊,我们今年冬天就来这里试试吧?"凯奇姆问作家,"我会告诉你这里的冬天为什么讨人喜欢。"

其实凯奇姆的意思并不完全是"冬天",他指的是猎鹿季节,也就是十一月。丹尼在波因特奥巴里站与凯奇姆会合,一起度过第一个猎鹿季节时,冰还不够厚,没法从陆地直接穿越水湾登上特纳岛。就连穿雪鞋步行和越野滑雪也不安全,凯奇姆的雪地摩托也肯定会沉下去。除了雪地摩托和各式各样应对恶劣天气的装备,凯奇姆还带了枪,但他把英雄留在了家里——其实是把那只不错的畜生留在了六罐装帕姆家。凯奇姆说,六罐装也养狗,但英雄能"容忍"她的狗。(凯奇姆还说,猎鹿对狗而言"不合适"。)

尽管如此,第一年他们没能登上夏洛特的岛,但这并不要紧,反正到来年夏天岛上的改建工程才会结束,凯奇姆精心设计的防冻计划直到那时才能实施。他亲切地称呼包工头安迪·格兰特为"本地的伙计",其实夏洛特跟安迪是一起长大的,从小就是朋友。安迪几年前还给夏洛特的父母装修过主屋,最近又按照夏洛特的要求修复了两个卧室。

安迪·格兰特把鹿在贝菲尔德地区的出没地点告诉了凯奇姆和丹尼。凯奇姆还认识一个叫拉贝朗的家伙，拉贝朗自称狩猎向导，带凯奇姆和丹尼到波因特奥巴里北边转悠过，就在拜恩湾和斯蒂尔河附近。但对凯奇姆来说，在哪里打猎都无所谓，鹿到处都是。

起初，看到凯奇姆给他选的武器，丹尼觉得有点受了侮辱——那是一支温彻斯特"游骑兵"，是八十年代中期在康涅狄格州纽黑文市制造的，已经停产了。它是二零口径连发霰弹枪，配备滑动式枪机——凯奇姆叫它"枪泵"。丹尼觉得受到侮辱的地方是，这支枪是入门版的。

"别发火，"凯奇姆对作家说，"这支枪很适合新手，刚开始打猎，什么都要用最简单的，我见过一些小子把自己的脚趾头都炸没了。"

看来这是为了我的脚趾头着想，丹尼暗忖。凯奇姆指导这位新手，让他在温彻斯特里始终保留三发子弹：一发在枪膛里，两发在筒式弹夹里，"别忘了你的枪里还有几发子弹。"凯奇姆说。

丹尼知道，前两发是大号铅弹，第三发是猎鹿弹，也是凯奇姆所谓的"必杀弹"，无论霰弹枪容量多大，都没必要装填三发以上的子弹。"如果你还需要打第四枪甚至第五枪，说明你根本没打中，"凯奇姆告诉丹尼，"鹿早就跑了。"

晚上，丹尼很难劝凯奇姆别到拉里客栈的酒吧去。这家客栈是个汽车旅馆，在波因特奥巴里南面的六十九号公路旁边，墙壁很薄，能听到隔壁做爱的声音。"又是王八蛋卡车司机和妓女。"第一天晚上，凯奇姆宣称。

"我觉得波因特奥巴里没有妓女。"丹尼说。

"那就是一夜情，"凯奇姆说，"反正听起来不像是结了婚的。"

另一天夜里，有个女人拉着长腔像猫叫春那样叽叽歪歪。"这回的动静跟昨天和前天晚上不一样。"凯奇姆说。

"不管那个女人是谁，反正她叫起来就没停过。"要到了！要到了！"她不断地重复道。

"你不掐个表吗，丹尼？说不定她创纪录了呢！"凯奇姆说，但他还是忍不住光着屁股钻进走廊，敲响了全世界最长高潮纪录保持者的房门。"听着，伙计，"老河工说，"她明显是装的呢！"

开门的是个杀气腾腾的年轻人，一看就想打架，但战斗——如果称得上战斗的话——转瞬间就结束了，没等小伙子挥出拳头，凯奇姆就卡住了他的脖子。"我可没装。"女人在黑暗的房间里喊道，可这时候连那个年轻人都不相信她的话了。

猎鹿期间的住宿条件并不像丹尼想象的那么艰苦，至于打猎成果——丹尼在贝菲尔德打到第一头雄鹿时，用光了枪里的三发子弹——包括那颗必杀弹。"好吧，作家应该知道，有时候死也挺难的，丹尼。"凯奇姆告诉他。

凯奇姆在拜恩湾附近打到了雄鹿，只用他那支十二口径的枪开了一次火。下一个猎鹿季节在安大略，他们又打到了两头雄鹿，都是在斯蒂尔河附近猎获的——这时候夏洛特岛上的所谓"改进"工程已经完成，防冻也搞好了。二月初，凯奇姆和丹尼回到波因特奥巴里站，当时离陆地最近的冰面足有两英尺厚，他们沿着佩恩路上的雪地摩托的车辙，走出波因特奥巴里，穿过冰面和积雪，来到后码头和特纳爷爷的小屋。

猎鹿季节结束了，但凯奇姆还扛着他那支十二口径的枪。"以防万一。"他告诉丹尼。

"什么万一？"丹尼问他，"我们又不是在偷猎，凯奇姆。"

"万一遇到别的动物。"凯奇姆回答。

后来，丹尼看到凯奇姆在炉子上烤鹿肉排，安迪已经把烤炉和丙烷管道接在一起了,管子安在夏洛特那条装了纱窗的游廊里,游廊的窗板到了冬天可以关起来挡雪,因为那儿放着夏天的户外家具和两条独木舟。丹尼不知道凯奇姆把他的弓箭也带来了。

他忘了凯奇姆还是个弓箭手,在新罕布什尔射箭猎鹿的季节长达三个月,凯奇姆有很多时间练习。

"这是偷猎。"丹尼告诉伐木工。

"骑警又听不见枪声,不是吗?"凯奇姆问。

"那也是偷猎,凯奇姆。"

"什么都听不见等于什么都没发生,丹尼。我知道大厨不喜欢鹿肉,可我觉得烤鹿肉味道很好。"

丹尼并不是很喜欢猎鹿——至少不喜欢猎杀的过程——但他喜欢跟凯奇姆一起打发时间。一九八六年二月,他们在特纳岛的主屋里住了几个晚上,丹尼发现,乔治亚湾的冬天很棒。

从全新的写作窝棚望出去,他能看到一棵松树,风几乎把它吹成了直角。新雪降临时,天地一片浑白,岸边的礁石和水湾冻成了一体,分不出边界——这棵小树在风雪飘摇之中的顽强生命力让丹尼·安吉尔叹服不已。

丹尼呆呆地坐在他的写作窝棚里,看着被风吹弯的松树,开始认真地考虑起在休伦湖的小岛上住一个冬天会是什么滋味。(他当然知道,夏洛特连在这儿住一个周末都忍不了。)

凯奇姆走进写作窝棚,刚才他从湖边打了水,用意面锅在煤气炉上烧了几锅水,过来问丹尼想先洗澡还是后洗。

"你看见那棵树了吗,凯奇姆?"丹尼指着那棵小松树问他。

"我猜你是说被风吹坏了的那棵。"凯奇姆说。

"对,就是它,"丹尼说,"它会让你想起什么?"

"你爸,"凯奇姆毫不犹豫地告诉他,"那棵树从上到下都像大厨，不过它会没事的，就像你爸一样，他会没事的。"

一九八六年十一月，凯奇姆和丹尼在波因特奥巴里附近猎鹿，这是他们一起度过的第三个猎鹿季节，也是最后一个。一九八七年一月底，他们又去特纳岛"野营"——这是他们自己的说法，在丹尼的坚持下，凯奇姆没在猎鹿季节后用弓箭打过猎，这让老伐木工大吃一惊。凯奇姆没带弓箭，而且是把英雄带了过来——还有那支以防万一、从没开过火的十二口径的枪。

丹尼相信，这条猎熊犬在放屁方面的能力明显被凯奇姆夸大了。那年一月凯奇姆再次以狗放屁为借口，要求住在特纳爷爷那个没有暖气的木屋里。有供暖的主屋对老伐木工来说太暖和（也太舒服）了，他表示喜欢看到自己在晚上哈出来的白气——趁他的眼神还好使。丹尼却无法想象晚上在特纳爷爷的小屋还能看到什么，因为那里没有电，也没有丙烷灯，伐木工只能拿着手电筒上床睡觉，好像扛着一根棍子，可丹尼从来没见他打开过手电筒。

凯奇姆夏天只去过夏洛特岛一次，就是厨师来了又很快走掉那一回。夏洛特从来不知道凯奇姆随身带着十二口径的枪，但丹尼知道。他听到过凯奇姆在后码头打死一条响尾蛇，那时夏洛特乘船去了波因特奥巴里站，没听见枪声。

"响尾蛇是受保护的濒危物种，我觉得。"丹尼告诉河工，凯奇姆已经剥掉了蛇皮，切下了嘎嘎响的蛇尾巴。

那年夏天，夏洛特把她的船送到德马斯顿维修了，船厂会把船放进干船坞过冬。丹尼看着凯奇姆剥蛇皮，忽然想起德马斯顿船厂的冰激凌机上贴着的那张海报——上面展示着安大略省的各种蛇类，其中就包括东方小响尾蛇，它们确实是受到保护的动物。丹尼试图让凯奇姆明白这一点，但伐木工打断了他的话。

"英雄够聪明,不会被一条该死的蛇咬到,丹尼——它用不着我保护,"凯奇姆说,"但我不确定你和夏洛特怎么样,你们在这座岛上到处走——我亲眼看见的!——只顾着说话,忘了看路。谈恋爱的人是注意不到响尾蛇的,也听不见响尾蛇的声音。你和夏洛特打算要孩子,对吧?需要保护的可不是响尾蛇,丹尼。"凯奇姆说着拿勃朗宁刀剁下了蛇头,把毒牙按在石头上排干毒液,然后把蛇头用力往后码头的方向扔过去,丢进了水湾。"鱼食,"他说,"有时候我是个合格的环保主义者。"他把蛇皮扔到特纳爷爷的木屋顶上,阳光会把它晒干,他说,又补充道:"如果海鸥和乌鸦没吃掉它的话。"

那些鸟当然会把蛇皮弄到手,而且次日一大早就争抢得不亦乐乎。凯奇姆很想拿出十二口径的枪,把海鸥和乌鸦从屋顶上赶走,但他忍住了,因为夏洛特会听见枪声,凯奇姆来到外面,向鸟扔石头。他看见一只海鸥叼着蛇皮的残渣飞掠而去。("什么都没浪费。"伐木工后来这样跟丹尼描述这一幕。)

那天,骑警们坐船来岛上询问前一天的枪声是怎么回事——有人听见了吗?巴克莱岛上的人说他们听到特纳岛上有枪声。凯奇姆说:"我听见了。"这引起了两个年轻骑警的注意。凯奇姆甚至准确地记得枪响的时间,但他说枪声绝对是从陆地上传来的。"我觉得,那是十二口径的枪开火的声音,"老伐木工说,"但枪声从水面传过来时会变大,还会改变方向。"两位骑警赞同地点了点头,美丽而毫无防备的夏洛特也点了点头。

后来乔死了,丹尼再也没有打猎的兴致。丹尼失去夏洛特之后,他和凯奇姆放弃了寒冬时节前往乔治亚湾特纳岛的习惯。

虽然没有再去波因特奥巴里,可丹尼记住了那个地方的样子。其实他跟夏洛特是和平分手,她甚至提出,他们分开后,他也可以到那个小岛上过夏天。她说,也许他可以七月去,而她八月去,毕竟他在改进小岛时也出了钱（但夏洛特的提议是真诚的，并非只出于金钱方面的考虑）。

然而，丹尼喜欢的并非夏季的乔治亚湾，他喜欢的是跟她在那里度过的夏天——只要跟夏洛特在一起，去哪里他都喜欢——但她离开以后，每当想起休伦湖，他回忆得最多的就是冬天里的那棵被风吹弯的松树。他想让夏洛特允许他冬天去写作窝棚，看看那棵小树——他现在只能凭空想象那棵饱经风霜的松树的样子，可是该如何开口呢？

失去乔之后，丹尼怎么可能再生一个孩子？乔死去那天，他就知道自己也会失去夏洛特。因为他几乎立刻意识到自己无法忍受再失去一个孩子的痛苦，他不能再次承受担忧那种可怕结局的焦虑不安。

夏洛特也知道这一点，甚至在他没有勇气告诉她之前就知道。"我不会逼你遵守承诺，"她告诉他，"哪怕这意味着我得一个人走掉。"

"你走吧，夏洛特，"他告诉她，"我做不到了。"

她不久之后就跟别人结婚了。那是个不错的人，丹尼见过他，也喜欢他。他是电影界的，是住在洛杉矶的法国导演，跟夏洛特的年龄更接近。她现在已经有了一个孩子，是个小女孩，第二个孩子也很快要出生了——比丹尼答应她的还多了一个。

夏洛特保留着她在乔治亚湾的那座岛，但她离开了多伦多，现在住在洛杉矶。每年九月多伦多电影节开幕时她会回来，但对丹尼来说，每年初秋是出城的好时节。他们依然会通电话，打来电话的那个总是夏洛特，丹尼从来没主动给她打电话，但也许不见面对他们来说更轻松一些。

二〇〇三年三月，夏洛特·特纳赢得了奥斯卡最佳改编剧本奖，出席颁奖仪式时，她已经怀孕很长时间了，即将迎来第一个孩子。丹尼和父亲看着夏洛特接过小金人（帕特里斯在周六晚上一般不营业），无论如何，在电视上看到她——他们在多伦多，而夏洛特在洛杉矶——并不算真正见到她，不是吗？厨师父子都希望她过得好。

只能说丹尼运气不好。"时机不对，是吧？"凯奇姆说。（如果乔死在三个月之后，丹尼很可能已经让夏洛特怀孕了，时机确实不对。）

乔和那个女孩在博尔德大学选修了一些相同的课程——她也是那里的大四学生——他们一起去温特帕克旅行也许是乔送给自己的迟来的生日礼物。据两人共同的朋友说，乔当时刚刚和那个女孩上床不久，这是她第一次独自跟乔去温特帕克的滑雪屋。但丹尼和他父亲都记得，上一年圣诞节时，她和乔的一大群大学里的朋友（有男有女）在滑雪屋住过几晚，但看不出他们之间是否存在恋爱关系（至少厨师父子无从分辨），这帮人还在温特帕克露过营。

毕竟那是一栋大房子——正如夏洛特所说的那样，因为与丹尼和多米尼克相比，她在年龄上更接近乔和他的朋友们——很难说清谁和谁睡在一起。这一大群孩子看起来就像是一辈子的好朋友。最后一次在科罗拉多过圣诞时，他们把客房里的所有床垫都搬了出来，堆在客厅里，男男女女挤在一起，睡在炉火前面。

然而尽管人数众多，在他们轮流洗澡时——丹尼和他父亲惊讶地发现，有些女孩一起洗淋浴——厨师父子还是注意到了那个姑娘的特别之处，但夏洛特没看到。虽然那只是短暂的一瞥，但在乔和这个女孩死后，作家和厨师始终无法忘怀。

她长得相当娇小，几乎像一只小精灵。乔自然告诉过父亲和祖父，他是在写生课上第一次见到梅格的，她在课上做模特。

"只看那个女孩一眼还不够——完全不够。"圣诞节过后不久，厨师告诉凯奇姆。

这不仅因为她是个暴露狂，尽管梅格显然就是这种人。丹尼第一次见到凯蒂时,也是这么想的,她们有一种让你非得盯着看的魔力,假如不看着她们,你会觉得难以忍受。(一旦看向她,你就很难移开视线了。)

"那个女孩真让人分心。"丹尼对父亲说。

"她是个麻烦。"厨师说。

两个年长的男人沿着滑雪屋的楼梯往上走。客房所在的侧翼是个奇怪的 L 形,从走廊中间延伸出去。从建筑角度看,这样的布局很古怪。在经过两个部分的交叉口时,你自然会朝侧翼的走廊看上一眼,因此丹尼和多米尼克注意到了那场轻微的骚动。听到女孩们刺耳的尖叫声,他们再一次扭头看向那个地方——在厨师父子的生活中,这种场面并不多见。

梅格和另一个女孩正从其中一间客房里钻出来,两人身上都裹着毛巾,头发湿漉漉的,肯定是直接从浴室出来的——她们尴尬地裹紧身上的毛巾,笨拙地朝另一间客房跑去。另外那个姑娘赶在梅格前面跑了进去,梅格独自留在侧翼的走廊上。这时候,乔从 L 形过道的转角处走了过来。一切发生得太突然,乔根本没来得及发现父亲和祖父,梅格也没看见他们。她只看到了乔,他显然也看见了她。在她溜进客房关上门、屋里爆发出更多的尖叫和笑声之前,梅格面向乔展开了身上的毛巾。

"她对他摇晃她的小奶子!"厨师后来这样跟凯奇姆描述当时的情景。

"确实让人分心。"丹尼当时只说了这么一句。

这就是夏洛特所说的"即兴台词"——指的是剧本里多余的对话——然而在害死了乔和梅格的车祸发生后,这句令人心神不宁的评语始终在空气里徘徊。

比如说,他们为什么不系安全带?女孩当时是在给他口交吗?很可能就是这样的，乔的裤链是敞开的，尸体被发现时，他的阴茎探到了裤子外面。他从车里飞了出去，当场死亡。梅格没有这么幸运，她被找到时还活着，但脑袋和脖子的角度并不自然，身体被卡在刹车和油门踏板之间，救护车到达医院之前，她死去了。

是什么促使乔和梅格连旷两天课，开车前往温特帕克的？乍一看似乎很明显——但一连下了两天的雪并非主要原因，而且这是典型的三月底的降雪，潮湿厚重，滑雪的速度会很慢，山上的能见度也不会很高。从温特帕克的滑雪屋来看——清洁女工过去收拾之前——乔和那个女孩大部分时间都待在室内，看来他们没怎么滑雪。这对小情侣睡遍了滑雪屋的每一张床，似乎在参与某种游戏，但这并没有什么重要的意义，大部分小青年也会做类似的实验。

当然，还有一些无法得到解答的问题。如果他们去温特帕克不是为了滑雪，那为什么要等到第二天晚上才开车回博尔德？乔知道，午夜之后和黎明之前，假如有可能发生雪崩，滑雪救生巡逻队会封闭通往伯绍德山道的四十号公路。如此潮湿厚重的降雪，加之正值雪崩多发时节，也许乔不愿在天亮之前冒险离开，因为夜里的伯绍德山道有发生雪崩的可能。这对情侣本来可以等到次日早晨，但也许乔和梅格觉得旷课两天已经足够了。

他们离开时，温特帕克下着大雪，但四十号公路通往七十号州际公路的方向并没有滑雪的客车，路况畅通。（那是个工作日的晚上，对于三月已经放过假的多数中学和大学生来说，假期已经结束了。）乔和梅格的车肯定从伯绍德山道顶端的扫雪机旁边开了过去。扫雪机驾驶员记得乔的车，尽管他只看到了司机，没看见乘客。也许这时口交已经开始了，但乔向驾驶员挥了挥手，对方也朝他挥了挥手。

几秒钟后，驾驶员看到了另一辆车——它从相反方向的七十号州际公路驶来，驾驶员猜想这辆车上有个"该死的丹佛司机"，因为在几乎是暴风雪的恶劣天气中,对方的车速未免太快。据扫雪车驾驶员估计,乔的车开得比较稳——考虑到暴风雪和湿滑的路面,至少他的车速够慢,而那辆丹佛的车——假如司机真是丹佛来的——却在山道上摇头摆尾,有些失控。驾驶员闪烁车灯,但对方没有减速。

"那就是一团蓝色的影子,"扫雪车驾驶员告诉警方(什么样的蓝色?警察问),"雪太大了,我看不清。"驾驶员承认,但丹尼始终觉得另外那辆车应该有着特殊的蓝色——就像麦克斯说的那样,是经过特别定制的车。

无论如何,那辆神秘的汽车消失了,扫雪车驾驶员始终没见过车上的司机。

然后扫雪车往山下开,穿过山道,驶向七十号州际公路。这时驾驶员看到了四十号公路上的车祸——乔的车翻了。山道上没有其他车,至少扫雪车驾驶员没看到,所以他对雪地上那些轮胎滑痕的解释可能是正确的。另一辆车——轮胎旋转着,车尾左右摇摆——从上坡车道滑到了下坡车道。驾驶员从雪地里留下的车辙看出,为了避免两车正面相撞,乔被迫变道,但两辆车没有撞到一起,它们交换了车道,但不曾接触过。

驾驶员明白,在潮湿积雪的道路上,上坡的车可以摆脱打滑状态——只要抬脚松开油门,汽车减速,就能停止打滑。乔当然是在下坡,他的车一直在向前冲,撞到了四十号公路陡坡那一侧堆住了护栏的雪堆上。前往伯绍德山道的司机开到这里的时候都不愿意往下看,因为这段路的下方是个悬崖,那个看上去挺软的雪堆其实冻得很硬,乔的车直接被它弹了回来,倒扣在四十号公路的上坡车道上。从打滑的痕迹中,驾驶员看出乔的车顶贴着地,从公路上最陡的那一段滑了下去,驾驶座和副驾驶一侧的车门都弹开了。

丹尼·安吉尔的一位采访者是怎么问他的来着?"安吉尔先生,

你觉得——因为你儿子当时的车速很慢，而且他的车并没有撞到另一辆车——假如他和那个女孩都系了安全带，他们是不是很有可能活下来？"

"很有可能。"丹尼重复道。

警察说，他们无法想象那辆神秘汽车的司机竟然没有意识到乔和梅格的困境。哪怕自己的车再怎么摇晃，那个所谓的丹佛司机也应该看到乔的车出了什么事，然而无论他（或者她）是谁，都没有停车。扫雪车驾驶员说，也许那辆车唯一的反应就是加速——仿佛要逃离事故现场一样。

丹尼和他父亲很少谈论事故本身，不过厨师当然知道作家儿子是怎么想的，对于任何有想象力的人而言，失去了孩子就像是遭到了特殊的诅咒。多米尼克明白，在宝贝儿子丹尼尔的心里，他正一次又一次地失去乔，也许每一次的方式都有所不同。丹尼还想知道另一辆车是否真的有司机，毫无疑问，它就是那辆蓝色野马，这些年来，那辆流氓车一直在找乔。（这场车祸发生在伯绍德山道时，离艾奥瓦市法院街后巷那场险些发生的事故已经过去了近十四年，那时麦克斯——他不止一次地见过那辆蓝色野马——跟八岁的乔发誓说，那辆车里没有司机。）

那是一辆无人驾驶的蓝色野马，它有一个使命，正如丹尼曾经在想象中看到过的那样——他包着尿布的两岁儿子死在艾奥瓦大道上——温特帕克的扫雪车驾驶员在现实中看到乔死在了路中央。

13 狼之吻

星期六晚上七点半，这天是十二月二十三日，餐厅将在圣诞节期间放假，这是放假前的最后一晚——"帕特里斯"挤满了人。阿尔诺兴高采烈地问候着每一桌的客人，仿佛他们是他的家人。店主的兴奋使大家深受感染，所有食客都听说了这家餐厅即将进行改造的消息——在新的一年，他们会享受到更轻松惬意的环境和全新的菜单。"价格也降低了！"跟客人握手、亲吻脸颊的阿尔诺告诉他们，餐厅重新营业时，还会启用新的名字。

"店名不再是'帕特里斯'，"阿尔诺宣布，他从一桌溜达到另一桌，"新的名字很好记，我觉得它很时髦！"

"新餐厅叫'时髦'？"凯奇姆怀疑地问法国人。老伐木工已经越来越聋，尤其是右耳，阿尔诺说话时就站在伐木工右边。（当晚的人也特别多，店里挤得水泄不通。）

可能是开枪太多的原因，丹尼·安吉尔想。凯奇姆说自己有一双"枪手的耳朵"，但作家知道凯奇姆是被电锯震聋的，也许无论帕特里斯对着他的哪只耳朵讲话，他都听不清。

"不，不，名字不叫'时髦'，叫'狼之吻'！"阿尔诺大声叫道，这下子凯奇姆终于听清了。

丹尼和伐木工坐在靠窗的二人桌，透过磨砂玻璃可以俯视央街。

餐厅老板溜达到下一桌时，凯奇姆瞪了丹尼一眼。"我听见法国人说什么了，"老河工说，"他妈的'狼之吻'！该死——听起来只有作家才能想出这样的名字！"

"跟我没关系，"丹尼告诉他，"这是西尔维斯特罗的主意，帕特里斯很喜欢。也不关我爸的事。"

"驼鹿的粪堆啊，"凯奇姆说，"听着就像你们两个活腻了似的！"

"我们不会因为店名被抓的，"丹尼告诉伐木工，"别傻了，凯奇姆，牛仔不会这样找到我们的。"

"卡尔还在找你们——我就是这个意思，丹尼。真不知道你们为什么要帮着他找。"

丹尼什么也没说。他不觉得卡尔能从"狼之吻"联想到巴恰加卢波这个姓。简直疯了，退休的副警长又不会说意大利语！

"我见过狼，也看过它们捕猎，"老伐木工对丹尼说，"告诉你什么是狼之吻吧，它会撕开你的喉咙，要是一群狼或者别的畜生追你，它们会把你围起来，逼得你面对它们，但其中总有一只准备撕开你的喉咙，那就是它们的目标——喉咙，'狼之吻'可不是那么好看的！"

"你想吃什么？"丹尼问，他只想换个话题。

"我也想不出来，真是太难了。"凯奇姆说。他竟然戴上了看书用的眼镜，可眼镜也没让他看起来有学问——八寸铸铁煎锅留下的伤疤太明显了，他的胡子也太密，格子衬衫和羊绒背心上的绞河镇的味道太重，没法让凯奇姆变得像个城里人——哪怕吃大餐也不行。"我在考虑法式烤羊排或者小牛肝育空薯条，育空薯条是什么？"他问丹尼。

"大土豆，"丹尼回答，"从育空黄金土豆上切下来的大号薯条。"

"还有这个牛肋排。"伐木工说。

"牛肋排是双人份的。"丹尼告诉他。

"所以我才注意到它。"凯奇姆说,他刚才一直在酒桶旁接"汽笛"喝,现在又喝起了瓶装的亚历山大－基思淡啤。"拉不出屎来的老天爷!"凯奇姆突然大叫,"一百六十八一瓶的红酒!"

丹尼看到那是皮埃蒙特马索利诺酒庄的巴罗洛。"就喝这个吧。"作家说。

"你付钱就行。"凯奇姆告诉他。

厨房里像往常一样忙得不可开交。厨师在帮斯科特做巧克力泡芙,配上焦糖冰激凌和苦甜巧克力酱。多米尼克还在给乔伊斯和克里斯汀的鱼汤准备面包丁和大蒜蛋黄酱。厨师早前的任务是为扇贝小牛肉做干意面,今晚的意面会和西尔维斯特罗的油封鸭一起上。但早在餐厅(和厨房)开始忙碌之前,多米尼克就做好了干意面,也熬上了迷迭香红酒酱汁。

厨房比平时的星期六晚上还要吵闹,因为新来的洗碗工多罗蒂亚右手腕和拇指上打了石膏,总是端不住锅。大家都在打赌,猜测凯奇姆会点什么菜。西尔维斯特罗认为是特色菜豆焖肉,但多米尼克说,如果还有别的选择,脑子清醒的伐木工不会吃豆子。厨师预测,凯奇姆会点双人份的牛肋排,乔伊斯和克里斯汀说老河工很可能会点羊排和牛肝。

"要不然他会跟丹尼尔一起吃牛肋排,再要羊排或者牛肝。"多米尼克推测。

熬红酒酱汁的煎锅的手柄那温暖的触感,分散了厨师的注意力,但他不清楚自己究竟为了什么分心。最近他注意到自己过去的记忆比后来的还要清晰——似乎更加历历在目。比如,他发现自己想起了罗茜对凯奇姆说过的话,就是他们一起走上冰层的时候说的,但厨师记不清凯奇姆是不是先说了一句"把你的手给我"了。

毫无疑问,罗茜说过一句:"不是那只手——那只手不对。"她很快就和凯奇姆拉开了一段距离,但这发生在那该死的互绕步之前还是期间?多米尼克想不起来了,因为他当时醉得比罗茜和凯奇姆都厉害。

无论如何,"手不对"到底是什么意思?厨师想知道,但他不想问凯奇姆。而且,多米尼克想,现在老伐木工已经八十三岁了,恐怕不会记得多少那天晚上的事,毕竟他这些年来一直在喝酒!

一位年轻的侍应生大胆猜测老河工不会点任何晚餐,他已经喝了三大杯"汽笛"和两瓶基思了,不可能还吃得下晚饭。可这位年轻的侍应生并不了解凯奇姆。

帕特里斯窜进厨房。"哎呀呀,多米尼克,"阿诺德说,"你儿子要庆祝什么?丹尼点了那瓶马索利诺酒庄的巴罗洛!"

"我不担心,"厨师说,"丹尼尔喝得起。你可以放心,凯奇姆至少能干掉大半瓶。"

这是长假开始前他们在厨房干活的最后一晚,每个人都努力工作,但大家的心情都很愉快。多米尼克却始终不明白自己为什么无法集中注意力,他不断触碰温热的煎锅那熟悉的手柄。这是怎么回事?他想,有什么不对的地方吗?

在克鲁尼街住宅的厨师卧室里,公告栏上的那些数不清的照片,让那口八寸铸铁煎锅黯然失色,几乎被人遗忘,但这口锅曾经跨越州界,后来还跨越了国界。它无疑属于厨师的卧室,尽管它那传奇般的护身能力可能(正如卡梅拉曾经推测的那样)已经从实用性变成了象征性的。

八寸铸铁煎锅就挂在多米尼克的卧室门口,似乎很不起眼。为什么厨师总是会想起它呢？至少从凯奇姆（像往常那样突然出现）来过圣诞节时开始，就一直这样。

多米尼克不知道丹尼最近也时常想起这口老煎锅，多年以来，它始终有种一成不变的特性。这口该死的锅就挂在他父亲的卧室里，它似乎在不断地提醒作家，但要提醒他注意什么呢？

好吧，他是用这口锅打死了印第安·简，这正是丹尼和多米尼克长期逃亡的原因。多米尼克用这口煎锅打了一头熊——或者那个故事是这么传说的。实际上丹尼的父亲是用八寸铸铁煎锅打了凯奇姆，而不是熊，但凯奇姆很强悍，没那么容易被杀。（"只有凯奇姆才能杀死凯奇姆。"厨师曾经说。）

年轻的侍应生已经回到了厨房。"大个子要了双人份的牛肋排！"他敬畏地宣布。多米尼克笑了笑。片刻之后，帕特里斯又一次窜进厨房，告诉厨师，他儿子又点了一瓶马索利诺酒庄的巴罗洛，厨师再次露出微笑。双人份的牛肋排，两瓶巴罗洛，哪怕这样都弄不死凯奇姆，厨师知道。只有凯奇姆本人能做到。

厨房里太热了，他们把通往小巷的后门打开一条缝，尽管这天夜里很冷，而且大风反复把门吹开。天冷的时候，餐厅后面的小巷——王冠巷是无家可归者聚会的地方。这家餐厅的排气扇往小巷里吹热风，营造出温暖的氛围，气味也非常不错，偶尔会有个别流浪汉出现在厨房门口讨要一顿热饭。

厨师永远记不住乔伊斯还是克里斯汀抽烟，但这两位年轻的女厨师中的一位在巷子里抽烟时，曾经被一个饥饿的流浪汉吓了一跳。从那以后，厨房里干活的人和所有的服务员都开始注意在厨房后门附近取暖和讨饭的流浪汉。（往"帕特里斯"送货也需要经过这道门，但晚上从来不送货。）

多米尼克又去关门,风再一次把门吹开,他看到独眼佩德罗站在门口。佩德罗是帕特里斯的店员们最喜欢的流浪汉,因为他无论讨到什么吃的,都会对厨师(或厨师们)大加赞美。他的真名是拉姆齐·法纳姆,法纳姆家族是个古老的多伦多望族,以艺术赞助闻名,他们跟拉姆齐断绝了关系。四五十岁的拉姆齐经常让法纳姆家族感到尴尬,最终导致他们翻脸的是,在一次原本并不起眼的文化活动中,拉姆齐宣布他要放弃继承遗产,把它捐给多伦多的一家艾滋病人临终关怀机构。他还宣称要写一部回忆录,解释他为什么要弄瞎自己的一只眼。他表示自己成年后一直迷恋自己的母亲,虽然从来没跟母亲发生过关系——也没谋杀父亲——但他确实想这么做,所以他弄瞎了自己的一只眼——左眼,还改名叫佩德罗——而不是俄狄浦斯。

没人知道佩德罗的眼罩下面是空洞的眼窝还是健康的左眼,还有他为什么给自己选了佩德罗这个名字。他比大多数流浪汉干净,虽然父母不管他,但法纳姆家族的其他成员也有同情他的,肯让他偶尔洗个澡和洗洗衣服。他当然是个疯子,但是受到过很好的教育,口才很好。(至于那本回忆录,要么正在写,要么一个字都没动。)

"晚上好,多米尼克。"多米尼克去关被风吹开的厨房门时,独眼佩德罗跟他打招呼。

"你好吗,佩德罗?"厨师问,"今晚可真冷,吃点儿热的或许对你有好处。"

"我也是这么想的,多米尼克,"佩德罗说,"虽然我知道排气扇里的味道并不可靠,但我相信,今天晚上的菜很特别——菜单上没有——除非我的鼻子欺骗了我。西尔维斯特罗又一次超常发挥,做了一锅豆焖肉。"

多米尼克从没见过佩德罗的鼻子欺骗他。厨师慷慨地给这位无家可归的绅士盛了一大份豆焖肉,还提醒他别让装豆子的烤盘烫着。作为回报，佩德罗自愿用一只脚顶住厨房门，只让它开着一条缝。

"能直接闻到帕特里斯厨房的香气，没被排气扇串味，真是荣幸。"佩德罗告诉多米尼克。

"没串味。"厨师默默地对自己说，又告诉佩德罗："你知道吗，我们要改名了——圣诞节后。"

"'圣诞节后'这个店名有点怪，多米尼克，"流浪汉若有所思地说，"并不是每个人都过圣诞节，你知道的。顺便说一句，鸭子很好吃——香肠我也喜欢！"佩德罗补充道。

"不，不，我们的新店名不是'圣诞节后'！"厨师叫道，"新店名叫'狼之吻'。"流浪汉不再咀嚼，凝视着厨师，"这名字不是我选的。"多米尼克急忙告诉他。

"你肯定在开玩笑，"佩德罗说，"那是个著名色情片的名字，是我看过的最糟糕的色情片，但它很有名，我确定它就叫这个名字。"

"你一定是弄错了，佩德罗，"多米尼克说，"也许这个名字用意大利语读更好听。"厨师毫无意义地补充道。

"那不是一部意大利色情片！"流浪汉叫道，他把没吃完的豆焖肉还给多米尼克，装豆子的烤盘从装鸭肉和酱汁的碟子上滑了过去。（烤盘烫了一下厨师的拇指。）

"'狼之吻'不可能是色情片名。"多米尼克说，但佩德罗撤回了巷子里，摇晃着他蓬乱的头发和灰白的胡须。

"我要吐了，"佩德罗说，"我永远不会忘记那部电影，太恶心了！它演的是跟狼性交，你知道吗，多米尼克——"

"我不想知道它演了什么！"厨师叫道，"我确定你记错了片名！"他冲着逐渐消失在黑暗小巷中的流浪汉叫道。

"有些事你永远也忘不掉，多米尼克！"佩德罗喊道，厨师已经看不见他了,"乱伦的梦,对你妈发情——差劲的口交!"疯子大吼,尽管他的话音被风声鞭挞,排气扇也发出低沉的嗡鸣,但厨师能隐隐约约地听见。

"佩德罗不喜欢豆焖肉?"厨师把几乎没怎么动过的菜和烤盘拿回厨房,西尔维斯特罗问他。

"有个名字困扰了他。"多米尼克只说了这么一句,但厨师觉得这对"狼之吻"来说是个不祥之兆,哪怕佩德罗确实记错了那部可怕的色情片的名字。

后来,厨师和作家儿子都没找到片名是"狼之吻"的色情片,就连凯奇姆都没看过这样一部电影,而老伐木工自称什么都看过——至少包括新罕布什尔州能看到的所有色情片。

"要是我真的看过的话,一定会记住那个名字的,大厨。"老伐木工说,"其实我肯定会把它寄给你,可这个片子到底有什么特别的,里面演了什么?"

"我不想知道它的内容——不想知道!"厨师叫道,"我只想知道是不是有这么个片子!"

"好吧,不用为了这个心烦。"凯奇姆说。

"很明显没有这样一部电影——至少目前还没有,"丹尼告诉父亲,"佩德罗是个疯子,老爹,你知道的,不是吗?"

"我当然知道他是疯子,丹尼尔!"厨师叫道,"可怜的佩德罗非说有那么一部电影——说得像真的一样。"

圣诞假期之前的那个周六晚上——"帕特里斯"依然叫"帕特里斯"的最后一夜——丹尼和凯奇姆点了三瓶马索利诺酒庄的巴罗洛,正如厨师告诉阿尔诺的那样,凯奇姆干掉了红酒的一多半,老伐木工还一直在计数。

"你可能会说,你今晚只喝了两瓶啤酒和一两杯红酒,丹尼,可其实你喝了四杯红酒。哪怕只喝了两瓶啤酒和三杯红酒，对小个子的人来说也有点多了。"凯奇姆并没有责备他的意思，只是实话实说，可丹尼有些生气。

"我不知道你在给我数着呢，凯奇姆。"

"别这样，丹尼，"伐木工说，"照看你们这些伙计是我的责任。"

凯奇姆埋怨丹尼吃完晚饭开车回克鲁尼街后总是不锁门，但大多数晚上厨师回家的时间比儿子晚，多米尼克不喜欢摸索着找钥匙。厨师宁愿在自己回家后再锁好大门，然后去睡觉。

"可是酒会让你迷迷糊糊地想睡觉，不是吗，丹尼？"伐木工问，"我估计，大多数晚上，你爸回家之前，你就在没锁门的房子里睡着了。"

"驼鹿的粪堆啊——凯奇姆，你怎么没说这一句？"丹尼问。

他们在多伦多就是这么过日子的，厨师父子对老河工解释说。丹尼和他父亲都曾把对方锁在门外过，这样挺讨厌的，所以他们现在出去时索性不再给大门上锁。等晚上两人都回家后，晚回家的那个再在睡觉前锁好该死的门。

"红酒让我有点担心，"凯奇姆告诉作家，"喝了红酒，你会睡得像石头一样——什么都听不见。"

"要是只喝啤酒，我一晚上都睡不着。"丹尼告诉伐木工。

"要是真这样的话，我反而还有点放心。"伐木工说。

然而问题并不在于红酒，没错，丹尼尔偶尔会多喝一两杯——喝酒确实会让他犯困，但红酒只是次要原因，餐厅的新名字也不是什么问题。问题在于，无论他们怎么躲避牛仔、排除掉所有可疑的名字，最后都没有用——凯奇姆被牛仔跟踪了。

牛仔早就跟踪过凯奇姆，但卡尔在这方面并不擅长。退休的副警长曾经两次跟踪伐木工到魁北克去。有一年冬天,卡尔甚至跟着凯奇姆去了波因特奥巴里站,结果只是草率地得出结论:跟老伐木工一起露营的那个年轻人是个安大略省的乡巴佬。牛仔不知道丹尼是谁、是干什么的,就胡乱猜想凯奇姆可能是同性恋,那个年轻人是老伐木工的情人!因为跟踪过这么多次都没发现小瘌子,卡尔就不再盯着伐木工了。

然而一个词改变了一切,除了这个词,还有下面这个事实:凯奇姆和牛仔都在米兰的同一家修理店补轮胎,尤其是冬季轮胎,在新罕布什尔州北部非常重要。凯奇姆和牛仔常去的那家修理店叫"特威切尔",透露了重要信息的是这家店的修理工——年轻的法裔加拿大人克罗托。

"那辆车看起来像是凯奇姆的。"卡尔对法裔加拿大人说——这是圣诞节前一周左右的事,牛仔发现凯奇姆的卡车在"特威切尔"的升降机上,克罗托正在更换四个轮胎。

"没错。"克罗托说。退休的副警长看到,法裔加拿大人正在卸掉凯奇姆的带防滑钉的轮胎,换上不带钉的雪地轮胎。

"凯奇姆是不是有什么内部消息,知道今年冬天的天气不冷?"卡尔问克罗托。

"不是,"克罗托说,"他只是不喜欢防滑钉在州际公路上的摩擦声,从这里到多伦多几乎都得走州际公路。"

"多伦多。"牛仔重复道,但改变一切的并非这个词。

"凯奇姆圣诞节后回家时,就会把带防滑钉的轮胎装回去,"克罗托告诉副警长,"走公路不需要防滑轮胎,在州际公路上,普通的雪地轮胎就够用了。"

"凯奇姆去多伦多过圣诞节?"卡尔问法裔加拿大人。

"我记得一直是这样。"克罗托说。牛仔估计,"这样"的时间不会太长，因为克罗托才二十几岁，他是高中毕业才来做修理工的。

"凯奇姆在多伦多有女朋友吗？"卡尔问，"或者有男朋友？"

"没有，"克罗托回答，"凯奇姆说他在那里有家人。"

正是"家人"这个词改变了一切。副警长知道凯奇姆没有家庭——反正在加拿大没有。老伐木工早就失去了原来的家人，人人都知道凯奇姆不和他的孩子们来往，卡尔也知道。凯奇姆的孩子们仍然住在新罕布什尔，已经长大成人，有了自己的孩子，但他们从来没搬到过库斯县以外的地方去，只是跟凯奇姆断绝了关系。

"凯奇姆在多伦多不可能有家人。"牛仔告诉愚蠢的法裔加拿大人。

"好吧，反正凯奇姆就是这么说的——他在多伦多有家人。"克罗托固执地说。

后来，丹尼会因为老伐木工把他和他父亲视为家人而觉得感动，但正是这一点把他们暴露给了卡尔。除了厨师，牛仔想不出谁还能被凯奇姆视为家人，这位前警察想要不被察觉地跟随凯奇姆的卡车也并不难。那辆卡车的油耗很大，让后面的车始终笼罩在一团黑色的尾气中，卡尔明智地租了一辆不起眼的带雪地轮胎的SUV。这年十二月，在美国东北部的州际公路上——他们会从布法罗穿越和平桥进入加拿大——牛仔的车并没有引起注意，卡尔毕竟当过警察，知道怎么跟踪。

牛仔也知道如何监视克鲁尼街的房子。没过多久，他就搞清楚了他们的习惯，包括凯奇姆的。当然，牛仔知道凯奇姆只是来作客的。虽然卡尔一定很想把他们三个全杀了，但副警长可能不愿意冒险直接找老伐木工的麻烦。卡尔知道凯奇姆带了枪，白天克鲁尼街的房子从来不上锁，天黑也不上锁，直到他们中的最后一个——通常是厨师——一瘸一拐地回家睡觉才会上锁。

牛仔很容易进入室内好好观察一番,这样卡尔就会知道谁在哪个房间睡觉,但还有更多他不知道的事。

房子里唯一的枪是客房里的那支,卡尔一目了然,凯奇姆就住在那儿。牛仔觉得那支枪有点怪,至少不像老手用的武器——那是一支入门版的温彻斯特二零口径霰弹枪,不符合凯奇姆的身份。(该死的小孩用的霰弹枪,卡尔想。)

副警长当然不会知道,这支温彻斯特"游骑兵"是凯奇姆送给丹尼的圣诞礼物。老伐木工没用什么包装纸,直接给这支二零口径、滑动式枪机的霰弹枪填好子弹,塞到了客房的床下——换作牛仔也会在那里藏枪。卡尔从没想到,无论老河工什么时候回库斯县,都不会把这支二零口径的枪返带回新罕布什尔,所以牛仔只是静静等待,看看凯奇姆什么时候走,然后再采取行动。

卡尔认为他有好几种选择。他打开了丹尼三楼写作室通往防火梯的那扇门。如果作家没发现这扇门被打开了,牛仔就能从那里进入房子;但假如丹尼发现门是打开的,给它重新上锁的话,卡尔可以从没上锁的前门进去——厨师父子晚上不在家的任何时候都行。牛仔观察到,丹尼吃过晚饭不会回三楼的写作室。(这是因为作家喝了啤酒和红酒之后就不愿意跟自己写的东西待在一起。)

无论卡尔是从三楼的防火通道还是从正门进去,他都能安全地躲在三楼的房间里,牛仔只需要在厨师父子睡着前避免四处走动就可以。卡尔注意到地板会嘎吱作响,通往二楼大厅的楼梯也是,但牛仔会脱下鞋,只穿袜子。他会先杀厨师,然后再杀他儿子。卡尔看到厨师的卧室里挂着那口八寸铸铁煎锅,牛仔当然知道那就是杀死印第安·简的凶器,因为六罐装已经告诉他了。到时候他会先把厨师那个小王八蛋打死,然后站在厨师的卧室里,等那个孩子拿着蚕到家的煎锅来救他爹就行了!想到这里,牛仔觉得好笑,嗯,这样做还挺不错的。对卡尔来说，重点在于把厨师父子全都干掉，然后赶在别人发现尸体之前驾车穿越美国边境。(幸运的话，那时候牛仔早就回库斯县了。)

老警长有点担心自己会遇到墨西哥女清洁工，她的出现时间不像厨师的行踪那样有规律，也不像他作家儿子的生活习惯那样简单。卢皮塔经常会突然过来洗一两件衣服，或者强行打扫厨房，与其相比，连凯奇姆的活动都显得有规律可循。伐木工每天到央街上的跆拳道馆锻炼几个小时，道馆名叫"冠军中心"，是凯奇姆几年前偶然发现的。凯奇姆说，总教习是前伊朗摔跤手，现在是拳击手和跆拳道选手。凯奇姆说，他正在研究"踢腿技巧"。

"亲爱的上帝，"厨师抱怨道，"为什么八十三岁的老头儿会有兴趣学习武术？"

"这是混合武术，大厨，"凯奇姆解释道，"融合了拳击和跆拳道——还有格斗术。我只想找到放倒对手的新方法，一旦把对方撂倒，我就知道该怎么处理他了。"

"这是何苦呢，凯奇姆？"厨师叫道，"你还打算打架吗？"

"现实就是这样，大厨——谁都没法预料到什么时候会打一架，必须时刻做好准备！"

"亲爱的上帝啊。"多米尼克又说。

在丹尼看来，凯奇姆一直在为打架做准备。凯奇姆送给作家的圣诞礼物——那支温彻斯特"游骑兵"，丹尼已经用它打了三头鹿——似乎也在强调这一点。

"我要霰弹枪干什么，凯奇姆？"丹尼问老伐木工。

"你不怎么喜欢猎鹿，丹尼——我能看出来——你以后也可能不会猎鹿了。"凯奇姆说，"但每家都应该有一支二零口径的枪。"

"每家。"丹尼重复道。

"好吧,也许你们家尤其需要有枪,"凯奇姆说,"你应该随身准备一支能快速操作和开火的枪——紧急情况下不能打偏。"

"紧急情况下。"厨师重复道,双手举到空中。

"我不知道,凯奇姆。"丹尼说。

"收下这支枪吧,丹尼。"伐木工告诉他,"一定要保证枪膛里随时有子弹,塞到床底下防身。"

丹尼知道,前两发子弹是大号铅弹,第三发是猎鹿弹。他感激地接过温彻斯特——不仅是为了让凯奇姆高兴,还因为收下枪会惹恼父亲。丹尼很擅长让父亲和凯奇姆生彼此的气。

"亲爱的上帝,"厨师又开口说,"知道家里有枪,我再也睡不着了!"

"我不在乎,大厨,"凯奇姆说,"说实在的,我觉得这样简直太棒了——假如你真的睡不着的话。"

这支温彻斯特"游骑兵"的前枪托和后枪托全是白桦木的,还有一块橡胶缓冲垫,作家把缓冲垫抵在肩膀上。丹尼必须承认,他喜欢听父亲和凯奇姆吵架。

"你真该死,凯奇姆,"厨师说,"哪天晚上我起来尿尿,我儿子会把我当成牛仔开枪打死的!"

丹尼笑出声来。"行了,你们两个——现在是圣诞节!咱们还是开心点儿吧。"作家说。

然而凯奇姆并不开心。"丹尼不会朝你开枪的,厨师,"伐木工说,"我只想让你们这些浑蛋做好准备!"

"因——乌克——舒克。"(in-uk-shuk)丹尼有时会在睡梦里说,夏洛特教过他怎么读这个印第安词,也许在加拿大,应该说这是个因纽特词?(丹尼也听到过"因纽特语"这种说法,他不知道这究竟是印第安语还是因纽特语。）丹尼听夏洛特说过很多次"inukshuk"[1]这个词。

圣诞节后的第二天早晨，丹尼醒来时想到是否应该把夏洛特的照片从床头板上方移走，或者换张别的照片。现在的照片里，夏洛特穿着泳衣站在那儿，身上还在滴水，她两臂搂着自己，面带微笑，但看起来有点冷漠。远处可以看到那座小岛上最大的码头——夏洛特刚刚在那边游过泳——在她那高挑的身形和码头之间矗立着一座神秘的因纽特石堆。这座石堆有点接近人形，但并不像真人，从水里看可能会误以为它是航标。有些因纽特石堆确实是航标，但这一座不是。

两块大石头相互叠合，构成了人腿。一块像是架子或者桌板的石头或许代表着这个人形的臀部或者腰部，四块小一点的石头组成大腹便便的上半身。如果建造者确实想把它堆成人形的话，那它的胳膊未免有些太短，跟长得出奇的双腿相比，手臂短得不成比例。脑袋——如果那个部分就是脑袋的话——犹如一蓬始终被风吹拂的乱发。这座石堆很矮，只到夏洛特的臀部，如同乔治亚湾群岛上那些饱受严冬折磨而发育迟缓的松树，而且挂在丹尼床头的这张照片的构图有问题——夏洛特处于画面的前景——让这座石堆看起来比实际还要矮，可它同时也显得坚不可摧。也许这就是丹尼醒来时还在念叨这个词的原因。

在那些小岛上，随处可见这样的石堆，数都数不清——在帕里桑德到波因特奥巴里之间的六十九号公路两侧还有更多。丹尼记得自己曾经在那边看见一块牌子，上面写着"原住民奥吉布瓦族领地"，就在月光湾的那些夏季别墅附近——有次天热的时候，丹尼和夏洛特去月光湾划过船——在沙瓦那加码头印第安保留地附近，也有许多引人注目的因纽特石堆。

---

1 因纽特人标记地点的石堆。

它们究竟是干什么用的？圣诞节过后的早晨，作家躺在床上想。就连夏洛特也不知道是谁在她的岛上建造了石堆。

装修岛上的两个小卧室那年，安迪·格兰特手下的工人里有个来自沙瓦那加保留地的木匠。丹尼记得还有一年夏天，有个家伙把丙烷带到了岛上，他有一艘叫作"原住民号"的船。他告诉丹尼，自己是个血统纯正的奥吉布瓦印第安人，但夏洛特说"不太可能"，丹尼没问她为什么怀疑这一点。

"也许因纽特石堆是爷爷建的。"丹尼对夏洛特说。他以为，这些年来岛上干活的印第安人也许会修缮这些石堆，把掉下来的石头重新堆上去。

"这些石头不会掉下来，"夏洛特说，"爷爷跟我们的因纽特石堆没关系，是原住民建的，它们永远不会塌。"

"可它们到底是什么意思？"丹尼问她。

"它们代表着源头、尊重和恒久。"夏洛特回答，但这样的回答太含糊，没法让丹尼·安吉尔身为作家的那一面感到满意，夏洛特竟然会满足于如此含混的说明，他觉得惊讶。

至于单独的因纽特石堆有什么含义——"哼，狗屎，"凯奇姆曾经这样说，"那得看看你问的是哪个印第安人。"（凯奇姆相信，有些石堆屁用没有，不过是毫无意义的石头堆。）

丹尼看了看床下的那支温彻斯特，按照凯奇姆的指示，他把这支子弹上膛的霰弹枪装在打开的枪盒里。根据凯奇姆的说法，枪盒的拉链不能拉上，"因为哪怕入侵者是个白痴，也能听到拉链拉开的声音。"

当然，凯奇姆说的那个白痴入侵者就是从该死的新罕布什尔跑来的、八十三岁的退休副警长！"那么保险栓呢？"丹尼问凯奇姆。

"保险栓也要打开吗？"按下扳机前面的保险栓按钮时会发出一声

轻响,但凯奇姆告诉丹尼不用开保险栓。

老伐木工的意思是:"如果牛仔能听到你开保险栓的声音,说明他已经离你很近了。"

丹尼先看了看夏洛特站在石堆前面的照片,又看了看床底下的二零口径霰弹枪。也许因纽特石堆和这支温彻斯特"游骑兵"都象征着"保护"的意思,只不过这支二零口径的霰弹枪带来的保护更加具体。拥有这支枪并没有让他觉得不开心,丹尼想,尽管他觉得每年圣诞节时大家总会陷入感伤,有时候是凯奇姆引起的(比如这支温彻斯特),有时是丹尼或者他父亲。这一年的圣诞节前夕,该受谴责的是厨师——他说的一句话让三个人的情绪都低落下来。

"想想看,"多米尼克对儿子和凯奇姆说,"如果乔还活着,应该三十多岁了,也许已经有好几个孩子了。"

"乔会比我当初遇到夏洛特时她的年龄还大。"丹尼赞同地说。

"其实,丹尼尔,"他父亲说,"乔只比那时候的你小十岁,我是说乔去世时的你。"

"嘿!别这样!"凯奇姆叫道,"要是印第安·简还活着,也该有他妈的八十八了!我怀疑她还会不会跟咱们说话,除非咱们能少说屁话!"

但是第二天,凯奇姆就把那支二零口径的霰弹枪送给了丹尼,如此偏激的举动可跟他"少说屁话"的倡议前后矛盾。这时候厨师突然又抱怨起了丹尼尔新书的题献,说它"过分伤感"。

毫无疑问,《路中央的孩子》的题献是这样的:"纪念我的儿子乔",这已经是丹尼第二次把书献给乔了。总的来说是他第三次在书中悼念逝者,多米尼克觉得这样做令人沮丧。

"我认识的人不停地死掉,老爹,我也没办法。"丹尼说。

凯奇姆则一直在展示那支温彻斯特的滑动式机枪,退下来的子弹掉了一地。有一发猎鹿弹找不到了,过了一段时间他们才从废弃的圣诞礼物包装纸里把它找出来,但凯奇姆不停地填弹退弹,好像在消灭一大群入侵者一样。

"如果我们活得足够长,就能成为讽刺漫画的主角了。"丹尼大声对自己说,好像要把这句话写下来似的。作家依然扭着身子躺在床上。当他不被床底下那支弹上膛的霰弹枪所散发的危险而刺激的光环吸引时,就歪着脑袋研究床头那张夏洛特与神秘石堆的照片。

这天是加拿大的节礼日。丹尼认识的一个作家总在这天开派对。每年圣诞节,厨师都会给凯奇姆买一些户外服装——牌子不是埃迪-鲍尔就是Roots,凯奇姆穿着新衣服参加节礼日的派对。多米尼克总是在那里的厨房帮忙,厨房——任何人的厨房——对厨师来说始终是第二个家。丹尼在派对上跟朋友们待在一起,他试图克制自己不被凯奇姆突然爆发的政治演说所困扰,不过丹尼从来不需要感到尴尬——在加拿大,老伐木工慷慨激昂的反美演说总是很受欢迎。

"加拿大广播公司的一个家伙想让我去参加一个广播节目。"参加完节礼日派对,厨师开车带他们回家时,凯奇姆告诉丹尼和他父亲。

"亲爱的上帝啊。"多米尼克又说。

"让你开车是因为你没喝酒,而不是你开车技术好,大厨。你最好还是闭上嘴,专心看好乱七八糟的路,让我和丹尼两个人说话就行了。"

那天晚上,牛仔本来可以把他们三个全干掉,但卡尔是个胆小鬼,不敢冒险。副警长不知道那支入门版二零口径霰弹枪现在藏在丹尼的床底下,而不是在凯奇姆床下。卡尔也猜不到老伐木工在派对上喝了多少酒——牛仔就算开着枪冲进屋里,凯奇姆也有可能听不见,丹尼也醒不过来。那天晚上正是如此——丹尼本打算只喝一两杯红酒，结果喝了四五杯，他夜里醒了一次，想看看床底下的那支枪还在不在，竟然从床上掉了下来，发出巨大的砰砰声，但他父亲和打呼噜的伐木工都没听到。

圣诞节过后，凯奇姆从来不会在多伦多逗留太久。可惜他没把英雄带来——然后出于某种原因把狗留在这里，自己一个人回国。如果英雄这只不错的畜生在厨师父子身边，卡尔就没法潜入克鲁尼街的房子，躲进三楼的写作室了，但这条狗在库斯县，跟六罐装帕姆在一起——把她的狗吓得不轻——第二天一大早，凯奇姆就回新罕布什尔了。

丹尼起床时（在他父亲之前），发现凯奇姆在厨房的桌上留了张便条。让丹尼惊讶的是，它是打出来的，凯奇姆去了三楼的写作室，用了那里的打字机，但丹尼没听到自己卧室上方的地板的响声，也没听到楼梯发出的响声。打字机响起来的时候，他和厨师也都在酣睡，这可不是好兆头，老伐木工本可以告诉他们的，但凯奇姆没在便条里提这件事。

这一阵子我已经看够了你们这些家伙了！我想我的狗了，我要回去看它。等我回家以后，我也会想你们的！少喝点红酒，丹尼。凯奇姆。

看到凯奇姆的卡车走了，卡尔很高兴。牛仔肯定等得不耐烦了，但他还得等墨西哥女清洁工走掉，发现卢皮塔来了又走了之后，副警长才觉得有了把握。客房空出来了——卢皮塔把它整理得像新的一样——卡尔确信凯奇姆不会再回来了，可他还要再等一晚上。

十二月二十七日，厨师父子在家吃晚餐，多米尼克在肉类市场买到了基尔巴萨香肠，把它用橄榄油煎成棕色，然后加上切碎的茴香、洋葱、花椰菜,放在有碎茴香籽的番茄酱里一起炖。厨师把炖菜、热乎乎的新鲜迷迭香橄榄面包和蔬菜沙拉一起端上了桌。

"凯奇姆会喜欢这样的饭的,老爹。"丹尼说。

"嗯,凯奇姆是个好人。"丹尼惊讶地听到多米尼克这样说。

作家不知道该如何回应,只能试着进一步称赞基尔巴萨香肠炖菜,他建议,也许"狼之吻"的小酒馆风味的低调菜单上可以加上这道菜。

"不,不,"厨师不屑一顾地说,"基尔巴萨太家常了,哪怕在'狼之吻'也不合适。"

"这是一道好菜,爸爸,我觉得你都可以做给皇室吃了。"丹尼说。

"我应该为凯奇姆做这道菜的,我从来都没给他做过。"多米尼克说。

生命中的最后一个夜晚,厨师跟宝贝儿子丹尼尔去小意大利区附近的一家葡萄牙餐馆吃了晚饭。这家餐厅叫"希亚多",是多米尼克最喜欢的多伦多的餐馆之一。他和阿尔诺在皇后西街工作时,阿尔诺把这家餐馆介绍给了他。十二月二十八日这个星期四的晚上,丹尼和父亲都吃了兔肉。

凯奇姆圣诞节来作客期间,雨和雪都下过,一切冻住又融化,然后再次冻住。厨师父子从希亚多打车回家时,又下起雪来。(多米尼克不喜欢开车去市中心。)牛仔白天在室外冻硬的防火梯上留下的脚印很难看出来,天黑之后,雪又彻底盖住了卡尔的脚印。前警察脱掉了皮大衣和靴子,在丹尼三楼写作室的沙发上伸了个懒腰,把点四五柯尔特紧握在胸前,按照老警长预想的计划,他根本不需要枪套。

厨师和作家儿子说话的声音从厨房传到卡尔耳朵里,尽管我们永远不会知道牛仔是否理解他们的谈话。

"你今年五十八了,应该已经结婚了,丹尼尔,你应该跟你妻子住一起,而不是你爸。"厨师说。

"那你呢,老爹?找个妻子对你来说也是好事吧?"丹尼问。

"我有过机会,丹尼尔,可我现在七十六了,再结婚只能让自己尴尬,我从早到晚都得跟她道歉!"多米尼克说。

"为什么道歉?"丹尼问父亲。

"可能有时候会失禁,当然还有放屁,更别提说梦话了。"厨师对儿子说。

"你应该找个耳朵不好使的——像凯奇姆那样的。"丹尼建议。他们俩都笑了。牛仔肯定听到了他们的笑声。

"我是认真的,丹尼尔——你起码应该有个长远的女朋友,能跟你作伴的那种。"他们一起上到二楼的大厅时,多米尼克说。即使在三楼,卡尔也能听出厨师跛脚上楼的特殊脚步声。

"我有成年女性朋友。"丹尼开口道。

"我说的不是粉丝。丹尼尔。"

"我没有粉丝,老爹,已经没了。"

"年轻的也没有吗?我可是读过你的粉丝来信的——"

"爸爸,我从来不回信。"

"那些小年轻——她们叫什么来着?——'编辑助理'?还有年轻的书商,丹尼尔,我见过你和一两个这样的姑娘在一起,出版业的那些年轻人!"

"年轻女性没结婚的可能性更大,"丹尼向父亲指出,"我这个年龄段的大多数女人都结婚了,要么是寡妇。"

"寡妇怎么了?"他父亲问。(两个人又笑起来,这次笑的时间短一些。)

"我不追求长远关系。"丹尼说。

"我能看出来,为什么呢?"多米尼克问。他们分别站在二楼走廊两头各自卧室的门口,两个人都提高了嗓门,牛仔肯定能听到每一个字。

"我也曾经有过机会,老爹。"丹尼告诉父亲。

"我只希望你在各方面都能得到最好的,丹尼尔。"厨师对他说。

"你一直是个好父亲——最好的父亲。"丹尼说。

"你也是个好父亲,丹尼尔——"

"我本来可以做得更好。"丹尼很快打断了他。

"我爱你!"多米尼克说。

"我也爱你,爸爸。晚安。"丹尼说,说着他走进卧室,轻轻地关上了门。

"晚安!"厨师在走廊里叫道。真是一句由衷的祝愿,几乎可以想象,牛仔也忍不住想要祝他们晚安,但卡尔静静地待在楼上,没有发出任何声音。

听到他们刷牙之后,副警长是不是又等了一个小时?也许没有。丹尼是否又梦见了乔治亚湾夏洛特岛上那棵被风吹歪的松树——就是他从写作窝棚里望见的那棵坚强的小树?也许是的,厨师是否在祷告祈求更多的时间?也许没有。在当前的情况下,多米尼克·巴恰加卢波不可能要求太多,假如他祈祷过的话,充其量只会表达一个愿望:希望孤独的儿子能"找个伴",仅此而已。

卡尔决定采取行动时,三楼的地板是否在胖牛仔的重压下嘎吱作响?反正厨师父子没有听到,就算是丹尼听到了什么动静,也许睡梦中的他会高兴地以为是乔从科罗拉多回家来了。

牛仔不知道晚上这座房子里可能有多黑。他曾经闭着眼从三楼的写作室下来过,也在二楼大厅数过走到厨师卧室门口要走多少步。卡尔知道电灯开关在哪里——就在门里面,八寸铸铁煎锅旁边。

其实丹尼每天晚上总是开着一盏灯——照亮了从厨房到二楼走廊的楼梯,所以走廊里光线充足。牛仔穿着袜子,悄无声息地沿着走廊来到厨师卧室门口,打开了门。"惊不惊喜?大厨!"卡尔说,"你该死啦!"

丹尼也许听到了这句话,也许没听到,但他父亲从床上坐了起来,在突然亮起的白光中眨着眼睛。他用很大的声音喊道:"你怎么这么长时间才来,白痴?你肯定比狗屎还笨,牛仔——简总是这么说。"(毫无疑问,丹尼听到了这句话。)

"你这个小王八蛋,大厨!"卡尔叫道,丹尼也听到了这句,他已经跪在地板上,把温彻斯特从床底下敞开的枪盒里扯了出来。

"比狗屎还笨,牛仔!"他父亲在喊。

"我没那么笨,大厨!你要完蛋了!"卡尔咆哮道。他完全没听到丹尼打开霰弹枪保险的声音,也没听到作家赤脚跑过走廊的声音。牛仔用点四五柯尔特瞄准厨师,一枪命中他的心脏。多米尼克·巴恰加卢波被轰到床头板上,倒在枕头上死了。副警长没时间思考厨师脸上那个奇怪的笑容是什么意思,那个笑拉长了他下嘴唇上的那条白色的伤疤,只有丹尼明白父亲在被枪杀前说的话。

"舍不得。"按照郑家大哥和小弟教给他的那样,多米尼克吃力地说出这三个字,他的意思是"我舍不得放手"。

当然,卡尔听不懂中文,这几个字对他来说毫无意义。当他扭过脸去,看到门口的那个裸男时,肯定多少意识到厨师为什么会笑着死去——多米尼克不仅知道自己的大喊大叫能救儿子的命,还知道他的朋友凯奇姆给了丹尼尔一件比八寸铸铁煎锅更好的武器。当牛仔看到丹尼端起凯奇姆的那支温彻斯特——牛仔根本没把这支入门版霰弹枪当回事——瞄准自己的最后时刻,或许露出过赞许的眼神。

当二零口径的霰弹枪射出的第一发大号铅弹撕下卡尔的半边喉

咙时，牛仔的点四五柯尔特长长的枪管还指着地面。他的身体被掀得向后飞去，落在床头柜上，台灯的灯泡在他的肩胛骨之间炸裂开来。丹尼的第二发大号铅弹撕掉了牛仔剩下的半边喉咙，其实这时已经没有必要再射出所谓的"必杀弹"——那颗猎鹿弹——了，但丹尼又朝卡尔血肉模糊的脖颈打出了第三发子弹——也是最后一发，完全的近距离平射，仿佛那个可怕的伤口本身有着吸引子弹的磁力。

如果可以相信凯奇姆说的话——假如他对狼群捕猎的描述是真的——二零口径的"游骑兵"打出的这三枪难道不正是"狼之吻"吗？连造成的伤口都很像被狼撕咬过的样子，惨不忍睹。

仍然赤身裸体的丹尼下了楼，用厨房里的电话报了警，告诉警察他会打开前门等着他们，他们可以在楼上找到他和他父亲。打开门后，他回到楼上自己的卧室，穿上一条旧运动裤和一件运动衫。丹尼想打电话给凯奇姆，但时间太晚了，也没有着急的必要。当他再次走进父亲的卧室时，不用低头就能看到"狼之吻"把牛仔撕碎到了什么程度。牛仔已经变得像是从水管里喷出来的东西，鲜血粘满了地毯、墙壁和床头板上方公告板上的照片——丹尼只是短暂地为自己给卢皮塔制造的垃圾感到遗憾。他毫不怀疑她能处理好这一切，因为卢皮塔经历过更糟糕的事情：她也失去过孩子。

对于红酒，凯奇姆说得没错。坐在父亲旁边的床上时，作家心想，如果自己只喝啤酒，可能早几秒钟听到牛仔的声音，也许就会赶在卡尔扣动扳机之前用霰弹枪先开火。"别埋怨自己了，丹尼，"后来凯奇姆告诉他，"牛仔跟踪的是我，我应该想到这一点的。"

"你也别埋怨自己了，凯奇姆。"丹尼告诉老伐木工，因为凯奇姆当然会埋怨自己。

警察过来时，附近的房子都亮起了灯，很多狗在叫。通常在晚上的这个时间，罗斯戴尔相当安静，枪击案现场周边的多数居民从来没听过如此响亮而可怕的枪声，有些狗甚至叫到了天亮。警察赶到时，发现丹尼把他父亲的脑袋搁在自己的腿上，安静地抱着他，两个人一起挤在沾满鲜血的枕头上。在报告里，年轻的刑警会这样写，畅销书作家在房子的楼上等着他们——跟他在电话里说的一样——作家似乎在为他被谋杀的父亲唱歌，或者朗诵一首诗。

"舍不得。"丹尼不停地对着父亲的耳朵重复。厨师父子始终不知道郑家大哥和小弟对那句普通话的翻译是否正确——"舍不得"的意思究竟是不是"我舍不得让你走"，但这又有什么关系呢？"我舍不得让你走"，这正是作家想对父亲说的话。父亲一直保护着心爱的儿子，躲避了牛仔将近四十七年——他们俩离开绞河镇已经有那么久了。

在警察抵达的这一刻，丹尼终于哭了出来。他只是刚刚开始放手而已。一辆救护车和两辆警车停在外面的克鲁尼街，闪着警告灯。第一批进入厨师卧室的警察从电话记录中了解到的案发经过是：武装入侵者闯入民宅，射杀了著名作家的父亲，然后丹尼开枪击毙了闯入者。但可以肯定的是，故事不止于此，年轻的刑警想。这位警探对安吉尔先生表现了极大的敬意，在这种情况下，他愿意给作家留出最多的时间和最大的空间自我恢复，但那支霰弹枪造成的伤害——在这么近的范围内反复击发——过于严重，警探感到这起入室谋杀案和著名作家的报复背后必有隐情。

"安吉尔先生？"年轻的警探问，"如果你准备好了，先生，我想知道，你能不能告诉我事情是怎么发生的。"

让丹尼的泪水与众不同的是，他哭得就像当年那个十二岁的孩子——仿佛昨晚就是他和父亲在绞河镇的最后一夜，他的父亲没能逃脱，被卡尔杀死了。丹尼说不出话来，但他指了指屋里的一样东西，它就在他父亲的卧室门口附近。

年轻的警探误解了他的意思。"没错，我知道，你是站在那里开的枪,"警察说,"至少开第一枪时是站在那里的,然后你走进屋里,来到更近的地方,对吗?"

丹尼猛烈地摇着头。另一位年轻的警察注意到,那口八寸铸铁煎锅正好挂在卧室门口——这里可不太像是应该挂煎锅的地方——他用食指敲了敲锅底。

"是!"丹尼抽泣着说。

"把煎锅拿过来。"警探说。

丹尼没有松开父亲——他依然把厨师的头搂在大腿上——伸出右手接过那口八寸铸铁煎锅。当他的手指拢住锅柄时,渐渐止住了哭泣。年轻的警探等待着,他看得出,作家会主动告诉他这是怎么回事,没有必要催他。

丹尼用右手举起煎锅,然后把这口沉重的锅放在床上。"我就从这口八寸铸铁煎锅开始讲吧。"作家终于开口说,好像打算讲一个很长的故事似的——对于这个故事,他实在是太了解了。

V
二〇〇一年
新罕布什尔州库斯县

14 凯奇姆的左手

凯奇姆一直在猎熊。他曾经把卡车开到缅因州的威尔逊米尔斯，又和英雄开着铃木全地形车返回新罕布什尔——在与死钻石河上的半英里瀑布大约平行的那段边界线附近，凯奇姆打到了一头雄性大黑熊。他选择的猎熊武器是短管的轻型步枪——丹尼的朋友巴雷特（几年前）用来猎鹿的首选——雷明顿 0.30-06 斯普林菲尔德卡宾枪。凯奇姆说它是"我可靠的栓动老伙计"。（这种枪一九四〇年就停产了。）

虽然凯奇姆开的是全地形车，但在载熊穿越边境的时候还是遇到了一些困扰。"这么说吧，英雄只好走了很长一段路。"凯奇姆告诉丹尼。凯奇姆说的"走路"，可能意味着狗必须全程跟着车跑。好在那时是猎熊季节的第一个星期，允许携带猎犬狩猎。那只不错的畜生很兴奋，不介意跟在凯奇姆的全地形车后面跑。无论如何，考虑到凯奇姆和死熊的块头，那辆铃木上面已经没有空间容纳英雄了。

"星期一，可能没等我和英雄回家，天就黑了。"凯奇姆提醒丹尼。在漫长的周末里，丹尼完全无法确定老伐木工的踪影，他甚至连试都不愿试。凯奇姆逐渐接受了电话和传真机，但八十四岁的前河工打算永远不要手机。（这并不是说二〇〇一年的大北方林区有很多人拥有手机。）

此外，丹尼从多伦多出发的航班也延误了，等他在波士顿降落并且租好车之后，只能把原本要和保罗·波尔卡里和托尼·莫利纳里悠闲喝咖啡的计划改成共享一顿快速午餐。丹尼和卡梅拉·德尔波波洛离开北区的时候中午刚过。与一九五四年相比，道路状况有所改善，那时候厨师和十二岁的儿子是从反方向开车过来的，但要从波士顿北区开到新罕布什尔州北部，（如凯奇姆所说）的确是"一段挺长的路"。当丹尼和卡梅拉经过庞图克水库，沿安德罗斯科金河上游经由十六号公路来到埃罗尔时，已经快到傍晚了。

他们开车经过水库时，丹尼认出了达默尔湖路——过去这里是运输木材的道路——但他只对卡梅拉说："明天我们跟凯奇姆一起回来。"

卡梅拉点点头，望着副驾驶座窗外的安德罗斯科金河。开出大约十英里后，她说："那条河看起来水势很猛。"丹尼感到高兴的是，她不会看到这条河在三四月份的样子，泥泞时节的安德罗斯科金河堪称浩浩荡荡的洪流。

凯奇姆告诉丹尼，他们最好九月份过来——尤其是卡梅拉。九月里晴天比较多，夜晚凉爽，没有虫子，距离下雪也还早。然而在北部的库斯县，树叶在八月下旬就开始变色，到了九月的第二个星期一，外面看起来已经是秋天了，黄昏时的风里面也带上了一股寒意。

凯奇姆一直担心卡梅拉在树林里腿脚不便。"大部分路我都可以开车，不过有一小段必须走路，才能去到河岸的那个地方。"凯奇姆说。

丹尼的脑海里马上浮现出凯奇姆说的那个地方——河湾上游俯瞰盆地的一处山坡，但他想象不出那段路有多难走——伙房已经没了，绞河镇被大火夷为平地，但多米尼克·巴恰加卢波不希望把他的骨灰撒在伙房的原址或者绞河镇附近。厨师要求把自己的骨灰沉入河中，落进他那位"不是真正的表姐"罗茜坠入冰缝的那个河湾里。几

453

乎在同样的位置,安杰鲁·德尔波波洛掉到了原木下面。当然,这就是卡梅拉来到这里的原因,多年以前(三十四年前,如果丹尼没记错的话),凯奇姆曾经邀请卡梅拉来绞河镇。

"如果有一天,你想看看你儿子出事的地方,我会很荣幸地带你去看。"凯奇姆是这么告诉她的。卡梅拉想看的是发生事故的那段河道,但她不想看到原木,她知道看到原木会让自己无法忍受,她只需要看到河岸——就是亲爱的甘巴和小丹尼站在那里,看到事故发生的那片河岸——也许还要看看她唯一的安杰鲁落水后再也没浮起来的那个位置。是的,也许有一天,她可能要去看看,卡梅拉曾经这样想。

"谢谢你,凯奇姆先生。"伐木工和厨师离开波士顿那天,她说,"如果你想见我——"卡梅拉对多米尼克说。

"我知道。"厨师对她说,但他没有直视她。

现在,丹尼要把父亲的骨灰带到绞河镇,凯奇姆坚持要求作家把卡梅拉也带上。丹尼第一次见到安吉尔的妈妈时,十二岁的男孩注意到了她的大胸脯、大屁股和大大的笑容——他意识到,只有卡梅拉的笑脸比印第安·简的笑容还要灿烂。如今作家知道,卡梅拉至少跟凯奇姆一样老了,或者还要更老。丹尼估计她有八十五六岁了,她的头发全都白了,连眉毛也是白的,跟她橄榄色的皮肤和明显非常硬朗的身体对比很鲜明。卡梅拉浑身上下都很大,但她比简更女性化,而且,无论她跟自己的新男人过得有多么快乐——保罗·波尔卡里和托尼·莫利纳里坚信这是事实——但她保留了德尔波波洛这个姓,也许是为了纪念溺水身亡的渔夫和挚爱的独生子。

然而,在北上的漫长路途中,她没有哀悼心爱的安杰鲁——对于厨师的去世,卡梅拉只说了一句话。"很多年前我就已经失去了亲爱的甘巴,'二号'——现在你也失去他了!"卡梅拉含着眼泪说,但她很快就从悲伤中恢复过来,在接下来的旅程中,丹尼看不出卡梅拉是不是还在考虑此行的目的地和原因。

卡梅拉提到多米尼克时，还会叫他的绰号"甘巴"，正如她还叫丹尼"二号"一样，仿佛丹尼（在她心中）依然是她儿子的替身。她似乎很久以前就原谅了他偷窥她洗澡这件事。他无法想象自己现在还会做这样的事，但他没有说出来，只是为多年前的做法向卡梅拉郑重道歉。

"别胡说了，'二号'，你是不是在奉承我啊。"卡梅拉在车上对他说，摆动着胖乎乎的双手，"我只是担心，我洗澡的样子会给你造成不好的影响，你可能会一直喜欢胖胖的老女人。"

丹尼觉得她这么说也许是想跟他确认，他其实并没有——也从来没被这样的女人吸引，尽管在身材异常娇小的凯蒂之后，出现在他生活中的很多女人都是大块头。按照当代女性时尚的严苛标准，丹尼觉得，甚至连夏洛特——他毫无疑问的人生挚爱——也许都算得上超重。

像他父亲一样，丹尼是小个子，尽管作家并没有回应卡梅拉的话，但他不由自主地也在怀疑，自己是不是真的更喜欢和比自己块头大的女人在一起。（这跟偷窥卡梅拉洗澡、用煎锅打死印第安·简完全没关系！）

"我想知道你现在有没有约会对象——某个特别的人。"汽车开出一英里左右之后，卡梅拉问。

"没有特别的人。"丹尼回答。

"要是我没忘记怎么数数的话，你快六十了。"卡梅拉对他说。（丹尼五十九岁）"你爸爸一直希望你找到适合自己的人。"

"有过这么一个人，但她走了。"丹尼告诉她。

卡梅拉叹了口气。她把忧郁带上了车，从波士顿开始，这股忧郁连同她对丹尼隐晦的不赞成态度就一直是他们的旅伴。丹尼察觉到了后者的存在，它如同卡梅拉身上的迷人香气那样强烈——它要么来自温和的普通香水，要么是一种像新鲜出炉的面包那样自然的诱人香气。

"再说了，"丹尼继续说道，"我爸过了我现在这个岁数以后，也没和哪个特别的人待在一起。"说完丹尼顿了顿，看到卡梅拉在等他说下去，他才补充道："老爹再也没遇到像你这么适合他的人。"

卡梅拉再次叹了口气，仿佛在（含糊地）表达自己的快乐和不快——让她不快的是她没能成功地引导话题，她显然急于指出丹尼的问题。现在丹尼只需要等待她主动开口，他知道她迟早都会提到那个更微妙的话题：他写作方面的问题。

从波士顿一路走来，他发现卡梅拉的谈吐沉闷乏味，她那种老年人的自以为是令人沮丧。她会把话说到一半就忘记刚才在说什么，然后把自己的糊涂归咎于丹尼，暗示他听得不够专心，或者是他故意让她犯糊涂。丹尼意识到，与卡梅拉相比，他父亲的脑子要清楚多了，而至于凯奇姆——尽管他越来越聋，吼叫起来也越来越吓人，年纪甚至与卡梅拉相仿，可丹尼会本能地原谅他，毕竟凯奇姆一直如此疯狂。老河工年轻的时候不也是这么脾气暴躁不讲理吗？丹尼想。

就在这时，在对比鲜明的傍晚的天光之下，他们驶过了一个写着"安德罗斯金动物标本制作"的小招牌。"我的天，'驼鹿角待售'。"卡梅拉叫道，浏览着招牌上的更多详细介绍。（往北开的每一分钟，她都会来一句"我的天"，丹尼恼火地想。）

"想停下来买个标本吗？"他问她。

"只要天还没黑就行！"卡梅拉笑着回答，亲昵地拍了拍他的膝盖，丹尼顿时为自己厌烦她的陪伴感到惭愧。他从小就爱她，也不怀疑她爱他——她显然深爱过他父亲，可丹尼现在觉得她有点烦人，不想跟她一起旅行。是凯奇姆要带她去看安杰鲁去世的地方，丹尼意识到自己其实只想独自见到凯奇姆。对丹尼而言，看着父亲的骨灰沉进绞河——这是厨师的心愿，比凯奇姆向卡梅拉兑现诺言、护送她到安杰鲁去世的河湾盆地更重要，丹尼觉得自己把卡梅拉视为累赘，觉得她烦人，实在是太刻薄了。他也终于相信保罗·波尔卡里和托尼·莫利纳里并没有开玩笑，卡梅拉和她的新伴侣的新生活肯定让她非常满意。（只有过得幸福才能解释她为什么变得如此无趣！）

但卡梅拉不是也失去了三个她爱的人吗？包括厨师和她唯一的孩子？自己也失去了独生子的丹尼怎么会看不出卡梅拉是个有同情心的人呢？他当然觉得她有同情心！他只是不想和她待在一起——至少目前不想，把父亲的骨灰沉进河里，还有跟凯奇姆相处——这两个任务已经够他应付的了。

"它在哪儿？"他们驶入埃罗尔时，卡梅拉问。

"什么在哪儿？"丹尼问。（他们刚才说的是动物标本！她是想问动物标本在哪儿吗？）

"甘巴的骨灰在哪里？"卡梅拉问。

"在一个摔不碎的罐子里，罐子是塑料的，不是玻璃的。"丹尼有些躲躲闪闪地说。

"在后备厢的行李里？"卡梅拉问他。

"是。"丹尼不想告诉她更多有关那个罐子本身的信息——比如它以前是装什么的，而且他们快要到镇上了——虽然这个镇子还是像过去一样——趁天还没黑，丹尼想问个路，看看周围的情况，这样一来，早晨就能更容易地找到凯奇姆。

"我会在星期二一大早跟你们见面。"老伐木工曾经说。

"一大早是什么时候？"丹尼问。

"最晚七点之前。"凯奇姆说。

"如果我们运气好的话,八点之前能到。"丹尼告诉他。丹尼知道卡梅拉早上起床后要经过一番精心准备才能出门,更不用说他们过夜的地方离城镇还有好几英里。凯奇姆曾经向丹尼保证,在埃罗尔没有适合他们住宿的地方,伐木工推荐了迪克斯维尔峡谷的一家度假酒店。

根据丹尼和卡梅拉对埃罗尔的印象,凯奇姆说得没错。他们沿着通往恩贝格的路,经过一家杂货店兼酒水店,来到镇子东头的那座安德罗斯科金河上的桥。桥西面是消防队,丹尼在那里掉头往回开,穿过镇子时路过埃罗尔小学——起初他们没有注意到它,那边还有家餐厅叫北方寒冬,但埃罗尔生意最好的似乎是一家运动用品商店,叫 LL 科特。

"我们进去看看吧。"丹尼向卡梅拉建议。

"只要天还没黑就行!"她又说了一遍。卡梅拉是最早让他产生情欲的人之一,现在怎么成了这么唠叨的老太婆?丹尼想。

看到运动用品店门口的牌子,他们都吓了一跳。

请勿携带上膛武器进店。

"我的天哪!"卡梅拉说。两人在门口犹豫了片刻。

LL 科特销售雪地摩托和全地形车,店里陈列着动物标本,都是本地物种,这儿的动物标本制作师显然很忙。(熊、鹿、山猫、狐狸、渔貂、驼鹿、豪猪、臭鼬——凯奇姆会说,这里的"畜生"真多,还有各种鸭子和猛禽。)这里的枪比任何店铺都多,面对堂而皇之展示的各种致命武器,卡梅拉显得畏畏缩缩。看到可供选购的大批勃朗宁刀,丹尼猜测凯奇姆的那把大号勃朗宁刀可能就是在这里买的。店里还有各种消除气味的衣服,丹尼试着向卡梅拉解释这些衣服的用途。

"这样猎人身上就不会有人的气味了。"丹尼对她说。

"我的天哪。"卡梅拉说。

"需要帮忙吗？"一个老人怀疑地问他们。

从外表看，他不太像个店员，皮带上别着勃朗宁刀，身材魁梧，大肚皮垂在皮带外面，红黑相间的法兰绒衬衫让人想起凯奇姆平时的打扮——不过这个店员还穿了件迷彩图案的摇粒绒背心。（凯奇姆死也不会穿迷彩服。"打猎又不是打仗，"伐木工曾经说，"那些畜生又不会朝你开枪。"）

"我想问个路，"丹尼对店员说，"我们明早要去'迷失族群'路。"

"那条路早就不叫这个名字了——已经很久了。"店员说，他的猜疑加深了。

"有人告诉我，它离阿克斯湖路不远。"丹尼说，但店员打断了他。

"没错，但它已经不叫'迷失族群'了，现在没人这么叫它了。"

"那这条路有新名字吗？"丹尼问。

店员阴沉地盯着卡梅拉。"它没有路名，只有一块路牌，上面好像写着'小型发动机维修'什么的，出了阿克斯湖路你们就能看到——不会漏掉的。"老人冷淡地说。

"好吧，我想我们会找到的。"丹尼告诉他，"谢谢。"

"你们要去找谁？"店员问，他依然盯着卡梅拉。

"凯奇姆先生。"卡梅拉回答。

"凯奇姆确实会叫那条路为'迷失族群'！"店员肯定地说，似乎终于明白丹尼为什么会提出那个错误的路名了。"凯奇姆知道你们要去吗？"老人问丹尼。

"是，他和我们约好明早在那里见面。"丹尼回答。

"如果他不知道我要去，我是不会突然拜访凯奇姆的。"店员说，"假如我是你的话。"

"谢谢你。"丹尼告诉老人，他挽起卡梅拉的胳膊，两人正要离开LL科特，店员却叫住了他们。

"只有印第安人才叫那条路为'迷失族群'，"他说，"这就证明了那个说法！"

"证明了什么？"丹尼问他，"凯奇姆不是印第安人。"

"哈！"店员嗤笑道，"混血儿也是印第安人！"

丹尼从卡梅拉压在他胳膊上的力道感觉到了她的愤怒，但他设法把她带到运动品商店的门口，这时店员在他们身后喊道："凯奇姆那个家伙，他自己就是个迷失族群！"然后他似乎考虑了一下，语气变得有点畏惧地补充道："别告诉他我这么说过。"

"凯奇姆经常来买东西，对吧？"丹尼问。他很喜欢看到胖老头儿害怕的样子。

"他的钱跟别人的钱一样好使，不是吗？"店员没好气地说。

"我会告诉他你说的这句话的。"丹尼说，然后他就扶着卡梅拉走出店外。

"凯奇姆先生是印第安人吗？"回到车上，卡梅拉问丹尼。

"我不知道，也许他有点印第安血统，"丹尼回答，"我从没问过他。"

"天哪，我可没见过留胡子的印第安人，"卡梅拉说，"反正没在电影里见过。"

他们出了镇子，沿二十六号公路向西行驶，经过一家名叫"埃罗尔冰激凌桶和快餐车"的饭馆，还有一片似乎维护得很好的露营地兼拖车公园，名叫"锯末巷"，然后是恩贝格雪地车协会。看来埃罗尔只有这么点东西了。丹尼并没有在阿克斯湖路拐弯,只是记住了它的大致方位。他确信早上很容易找到凯奇姆——无论那条路是不是叫"迷失族群"。

天很快黑了下来,他们驶过一块被高高的篱笆包围的田地,卡梅拉自然大声念出了篱笆上的牌子:请勿惊扰水牛。"我的天哪,谁会这么做?"她一如既往地愤怒起来,但他们没看到水牛,只看到了篱笆和牌子。

迪克斯维尔峡谷的度假酒店叫"凤仙花",丹尼猜想,这家旅店的顾客也许是那些在天气暖和的月份来这里徒步旅行和打高尔夫的人(当然还有冬天来滑雪的)。这里相当宽敞,而且周一晚上基本没人住店。餐厅里只有丹尼和卡梅拉两个人,点好晚餐之后,卡梅拉深深地叹了口气,喝了一杯红酒,丹尼喝了一瓶啤酒,父亲去世后他就戒掉了红酒,尽管凯奇姆不停地嘲笑他只喝啤酒的决定。"现在你没必要戒掉红酒了!"凯奇姆对他喊道。

"我已经不在乎能不能睡着了。"丹尼告诉老伐木工。

卡梅拉叹完气,似乎屏住了呼吸,打算说点什么。"我觉得,不用多说,你也知道我已经读了你所有的书——不止一遍。"她开腔道。

"真的吗?"丹尼问她,假装对这场谈话的走向一无所知。

"当然!"卡梅拉叫道。她既然如此幸福,为什么还要对我生气呢?丹尼想。这时卡梅拉说:"噢,'二号'——你爸爸非常为你骄傲,为你成了著名作家和所有的一切骄傲。"

现在轮到丹尼叹气了,他也屏住呼吸,过了一两秒钟,他问她:"你呢?"语气已经不像刚才那么单纯了。

"你写的故事,有时候甚至是那些人物——该怎么说呢?——让人讨厌。"卡梅拉开始说,但她肯定是看到了丹尼的脸色才停下来的。

"我明白了。"他说。丹尼可能把她看成了一个采访者,或者没有做功课的记者。无论卡梅拉如何看待他的作品,她突然觉得自己没必要跟他说这些——毕竟他是她亲爱的"二号",她儿子的替身——难道这个世界给他的伤害和给她的伤害不是一样多的吗?

"给我讲讲你现在在写什么吧,'二号'。"卡梅拉突然脱口而出,对他热情地微笑,"你很久没出新书了,对吧?告诉我你在写什么,我很想知道下一本是什么!"

没多久,卡梅拉回去睡觉了。有几个男人在吧台看周一晚间的橄榄球节目,但丹尼已经回到自己的房间。他没开电视,也没拉窗帘,因为他知道自己不会睡得很沉,会被晨曦叫醒。他只是有点担心卡梅拉早晨起不来,准备得又慢。丹尼知道,如果他们迟到了,凯奇姆会等他们的。丹尼躺在床上时,没关床头柜上的灯,床头柜上还放着装有他父亲骨灰的罐子,这是丹尼伴着厨师的骨灰过夜的最后一晚,他躺在那里看着它,仿佛它能突然开口说话,或者给他一些能够表明他父亲遗愿的迹象。

"好吧,老爹,我知道你说过想要这样,但我希望你没有改变主意。"丹尼在旅馆房间里说。至于放骨灰的罐子,原来是阿莫斯纽约牛排的作料罐——配料表上写着海盐、胡椒粉、药草和辣椒面——肯定是厨师从他最喜欢的那个高档肉类市场(就在多伦多他们的住处附近)买来的,因为标签上印着"奥利夫"。

盛放骨灰之前,丹尼把罐子里的大部分东西都倒掉了,但还留下一小部分,全部骨灰放进去之后,还有一点儿空间,可以把药草和辣椒面放回去,丹尼就这么做了。假如美国海关问他这个东西是干什么的——他们打开罐子闻一下,还会闻到牛排作料的气味。(也许辣椒面会把海关关员呛得打喷嚏!)

不过丹尼带着厨师的骨灰顺利通过了美国海关,谁也没盘问他。

他从床上坐起来，打开罐子，谨慎地嗅着里面的东西。因为知道里面装了什么，丹尼不会把它撒到牛排上，但闻起来还是有股胡椒、药草和辣椒的味道，甚至连看起来都像各种碾碎的药粉和香料，不是人类的骨灰。作为一名厨师，骨灰存放在阿莫斯纽约牛排的作料罐里，真是再合适不过了！

多米尼克·巴恰加卢波，他的作家儿子心想，也许会因此而高兴吧。

丹尼关掉床头柜上的灯，在黑暗里躺在床上。"最后的机会了，老爹，"他在安静的房间里小声说道，"如果你没有别的话说，我们就回绞河镇了。"但厨师的骨灰，还有那些药草和香料始终保持沉默。

丹尼·安吉尔曾经一连十一年没有出过新书——就是介于《班戈尔以东》和《路中央的孩子》之间的那段日子。现在亲人的去世再次延缓了他的写作，但卡梅拉说作家"很久没出新书"并不准确，距离他上一本小说出版才过去了六年。

如同乔去世时那样，厨师被谋杀后，写作突然对丹尼而言显得无关紧要，但这次他并没有修改手头的书稿——而是完全抛弃了它，然后立刻开始写另外一本截然不同的作品。在写书的那几个月，他舍弃了全部隐私，让作品本身犹如从雾气中解放出来的风景那样展现在大众面前。

"舆论太可怕了。"卡梅拉在晚餐时直言不讳地说，但这次丹尼对舆论有所期待。毕竟，著名作家的父亲惨遭谋杀，作家本人又亲自击毙了凶手——毫无疑问是正当防卫——而且丹尼·安吉尔和父亲将近四十七年一直逃亡在外。这位国际畅销书作家离开美国移居加拿大，并非出于政治原因——就像丹尼一贯声称的，但他从未透露实情，原来他们父子俩一直在躲避某个疯狂的前警察！

自然，美国媒体中有人会说，厨师父子本应该第一时间就向警方求助（可他们忘了卡尔就是警察吗）。当然，加拿大媒体对于"美国的暴力"跟随著名作家及其父亲越过边境这件事表示了极大的愤慨。现在回想起来，媒体所谓的"暴力"指的就是枪支——既包括牛仔那把可笑的点四五柯尔特，也有凯奇姆送给丹尼的圣诞礼物，那支把副警长的喉咙撕烂的温彻斯特二零口径霰弹枪。加拿大人很重视这样的事实：作家持有那支霰弹枪是非法的，不过最后丹尼没有被起诉，凯奇姆给他的那支二零口径的"游骑兵"被没收了，仅此而已。

"那支霰弹枪救了你的命！"凯奇姆向丹尼大吼大叫，"那也是一份礼物，看在上帝的份上！谁没收的它？我要轰掉他的蛋！"

"算了，凯奇姆，"丹尼说，"我不再需要霰弹枪了。"

"你有粉丝——还有些人是粉丝的反义词，我也不知道他们叫什么——不是吗？"老伐木工指出，"我敢打赌，这帮人里面肯定有些畜生。"

美国和加拿大媒体问丹尼最多的问题是："你会写写这件事吗？"

对于这种常见问题，他早学会了冷漠以对。"近期不会。"丹尼总是说。

"可你会写写这件事吗？"晚餐时，卡梅拉又问了他一次。

他没有直接回答，而是谈到了他正在写的书。这本书进行得很顺利，简直写得像风一样快，也有无穷无尽的话要说——显然又会是一本长篇小说，但丹尼认为写起来不会花很长时间。他不明白的是，为什么这本书写起来如此轻松——从第一句话开始，故事就自然地流淌出来。他把第一个句子告诉了卡梅拉。（后来，丹尼意识到自己是个傻瓜——竟然指望她会留下深刻的印象！）"打烊之后的餐厅里，已故厨师的儿子正在昏暗的厨房里干活，他是这位厨艺大师唯一幸存的家庭成员。"根据这个神秘的开头，丹尼一开始就定下了小说的名字——《打烊后的餐厅》。

作家认为，卡梅拉的反应跟她的谈话内容一样，没有出乎他的预料。"是关于甘巴的吗？"她问。

不是，他试着解释：故事是关于一个生活在名人父亲的阴影之下的男人的，他父亲是个杰出的厨师，刚刚去世，留下了他唯一的儿子——这个儿子已经六十多岁了，是个庸庸碌碌的家伙，在别人看来，他似乎有点弱智。他一辈子都跟父亲一起生活，在餐厅给父亲当二厨，餐厅的名气当然也来自受人尊敬的老厨师。现在只剩儿子孤身一人，他以前从来没有自己付过账单，也没自己买过衣服，虽然餐厅继续雇用他——也许是出于对死者的哀悼——但儿子没有了父亲的指点，连二厨也当不好，很快这家餐厅就会被迫解雇他，或者让他降级当洗碗工。

然而，儿子发现，当他晚上在餐厅的厨房里拼命做菜时，就能"联系上"死去的厨师的鬼魂，但只有在餐厅打烊之后才行。因此他每天趁着打烊之后的那几个小时学习父亲的菜谱——自学了不起的老厨师在世时他的二厨没能学到的一切。当这位从前的二厨令父亲满意地掌握了食谱上的内容之后，已故厨师的鬼魂又在更实际的生活问题方面给儿子建议——比如去哪里买衣服，先支付哪些账单，车应该多久保养一次，在哪里保养。（儿子很快意识到，父亲的鬼魂忘了一些事，比如他有些弱智的儿子从来没学会开车。）

"甘巴是个鬼？"卡梅拉叫道。

"我本来想叫这本小说《弱智二厨》，"丹尼讽刺地说，"但我觉得《打烊后的餐厅》更好。"

"'二号'，有人可能觉得这是一本烹饪书。"卡梅拉警告他。

好吧，他还能说什么？谁也想不到丹尼·安吉尔的新作竟是一本烹饪书！丹尼不再谈论故事的情节，为了安抚卡梅拉，他告诉她这本书的题献写了什么——"纪念我的父亲多米尼克·巴恰加卢波。"这是他第二次把书献给父亲,也是第四本"纪念"某个人的书。果然,卡梅拉一下子哭了。她的哭泣带来了某种特定的安全感和熟悉的安慰。哭一哭似乎能让她心情畅快,或者说,悲伤在某种程度上减轻了她对丹尼的不赞成。

丹尼醒着躺在床上,几乎不相信自己能睡着,他不明白自己为什么如此努力地想让卡梅拉理解他正在写的东西,何必费这个事呢?好吧,就算她问过他在写什么——甚至还说她很想知道接下来的作品是关于什么的——但他始终只是个讲故事的人,丹尼一直知道该如何转换话题。

丹尼迷迷糊糊地睡着时,想象着那个儿子(犹豫不定的二厨)在打烊后的厨房里,他父亲的鬼魂在指点他,就像凯奇姆学会识字之前那样。这个儿子把自己要努力记住的关键词列了出来,这天晚上他要记的是意面种类,"小耳朵面"的形状像是小小的圆盘,他写道。这位二厨正在一点点地成为主厨,假如还不算太晚,已故的父亲所在的餐厅愿意给他更多时间学习的话!"蝴蝶结面"的样子像蝴蝶,有点弱智的儿子写道,但爸爸也叫它们领结。

半睡半醒之中,丹尼的思绪来到了厨师的鬼魂跟儿子说心里话的那一章。"我很想让你结婚,生儿育女,你会是个很棒的父亲!但你喜欢的那种女人,她们——"

她们怎么了?丹尼想。这家闹鬼的餐厅里新来了一个女招待,她正是厨师的鬼魂试图提醒儿子的"那种女人",但最后作家睡着了,故事这才停下来。

多伦多双重枪击案已经结案,就连媒体中最没心没肺的白痴也知趣地撤退了。毕竟,这场血案已经过去了将近九个月——这段时间都够怀孕生个孩子了。只有丹尼收到的来信还会继续讨论这件事——其中包括慰问信，还有跟它相反的东西。

有关厨师被谋杀，凶手随后被击毙这件事的信件始终没断过，多半是表示慰问的，但并非所有来信都是好意。丹尼每句话都读了，但他还没收到自己期盼的那封信，当然他并不指望真能收到天空女士的消息。好在这并没有阻止丹尼梦到她——包括她剃得只剩一条的金红色的阴毛、剖腹产手术留下的亮白色疤痕和令人浮想联翩的文身。小乔给她取了个超级英雄一般的名字，但天空女士一直是真正的战士吗？还是说她曾经是个战士？丹尼只能想象艾米以前过着截然不同的生活，后来肯定是遇到了某些事，所以她才会光着身子从飞机上跳下来。跳下来之后，你又遇到了什么事情吗？丹尼想知道。

乔死后，艾米曾经给他写过一封信，说她也失去过一个孩子——这属于人生中无能为力的遗憾，不是吗？既然他没给她回信，她为什么还要写信给他？丹尼读了所有的来信，一封都没回，只想看看艾米是不是有可能再给他写信，他甚至不知道自己为什么想听到她的消息，却始终忘不了她。

"要是你们以后遇到麻烦，我会回来的。"天空女士告诉小乔，还亲吻了两岁孩子的额头。"不过你得先照顾好爸爸。"那位一丝不挂、凭空出现的天使就是如此承诺的。但公道地说，艾米曾经告诉他们，她只是"有时候"是天使。确实，在丹尼的那些梦里，天空女士并不总是像个天使——显然，在那个下雪的夜晚，当乔和那个狂野的口交女孩在伯绍德山道遭遇蓝色野马时，她并没有发挥天使的作用。

"我还想再见你，艾米。"作家丹尼·安吉尔在不安稳的睡眠中大声说，但黑暗中没有人听到他的话——只有他父亲沉默的骨灰。显然，在当晚这个旅馆房间里排演的剧目中，安眠在阿莫斯纽约牛排作料罐里的厨师的骨灰，分配到的是没有台词的角色。

丹尼猛然惊醒过来，天色亮得刺眼，他以为自己错过了与凯奇姆约好的见面时间，但其实没有。丹尼给卡梅拉的房间打了个电话，她早就醒了，似乎一直在等他的电话，这让他有些吃惊。"浴缸也太小了，'二号'，我只能凑合着用。"他下楼来到空荡荡的大餐厅里吃早饭时，卡梅拉对他说。

凯奇姆让他们九月份来是明智的，他们有幸遇上了美国东北部地区典型的晴好天气，甚至在丹尼和卡梅拉大清早驾车离开"凤仙花"时，阳光就已经相当明亮，天空是耀眼无云的蓝色，少量飘落的枫叶用红黄两色点缀着阿克斯湖路。丹尼和卡梅拉告诉过度假酒店，他们今晚还会回迪克斯维尔峡谷过夜。"也许今晚凯奇姆先生会和我们一起吃晚餐。"卡梅拉在车上对丹尼说。

"也许吧。"丹尼说。他怀疑"凤仙花"不像是凯奇姆喜欢的地方——过于庞大，可能更适合举行会议，凯奇姆可不是那种愿意出来开会的人。

他们很快发现了那块写着"小型发动机维修"的路牌，上面还有个箭头，指向一条不起眼的土路。"我就在路的尽头。"凯奇姆告诉丹尼，尽管没有迹象表明这条路是个死胡同。接下来他们又看到一个牌子，上面（用同样工整的字母）写着"小心狗"，可他们没发现狗，也没看见房子或是汽车。也许这块牌子只是让他们做好准备以防万一，也就是说，如果他们继续走下去，大概肯定会在路上碰到狗，但那时候提醒他们就太晚了。

"我想我知道那条狗，"丹尼说，主要是为了让卡梅拉安心，"它叫英雄，其实它是条好狗，虽然我没见过它。"

道路继续延伸，越来越窄，最后窄到无法掉头。当然也可能是走错路了，丹尼想。也许还有一条"迷失族群"路，运动用品商店的那个疯老头儿也许故意误导了他们，他显然对凯奇姆怀有敌意，但老伐木工总是能从看似很普通的人身上引起敌意。

"前面好像没路了。"卡梅拉说,她把胖乎乎的双手搭在仪表板上,好像汽车马上就要撞上什么东西,她得提前躲避,但道路尽头是一片平地。人们可能会误以为这里是垃圾场,或者是废弃卡车和拖车的墓地。很多卡车被人拆掉了零件,几座小屋零星地分布在这片地皮上,其中一座棚屋饱经风霜,看起来就像熏肉作坊,大量烟雾从木板的缝隙里钻出来,似乎马上就要起火。一小股更细、更集中的烟雾从一辆拖车顶部的小烟囱里冒出来,丹尼认出这辆拖车从前是个移动窝棚,里面很可能有只烧柴的炉子。

丹尼给车熄火,听了听狗的动静。(但他忘了英雄不叫)卡梅拉摇下窗户,嗅了嗅味道。"凯奇姆先生肯定在做饭。"两辆拖车之间拉着一根晾衣绳,上面挂着一张紧绷绷的熊皮,丹尼猜想熏肉作坊里大概正在烧烤这头被剥掉了皮的熊,并不完全是"做饭"。

"我认识一个伙计,要是我分他一些熊肉,他会帮我把熊切好。"凯奇姆告诉过丹尼,"可天暖和的时候,我总是先把熊肉熏一下。"从空气中的香味判断,凯奇姆绝对是在熏熊。他小心翼翼地打开驾驶室的门,提防着英雄,他觉得那条猎犬也许正在守护着熏肉现场,但屋外看不到狗,几堆废车后面也没有。

"凯奇姆!"丹尼叫道。

"谁?"他们听到凯奇姆大喊,带小烟囱的那个移动窝棚的门应声敞开,凯奇姆迅速放下了手里的步枪。

"嘿,你们来得没那么晚!"他友好地跟他们打招呼,"很高兴又见到你,卡梅拉。"他几乎像是打情骂俏地对她说。

"很高兴见到你,凯奇姆先生。"她说。

"进来喝杯咖啡,"凯奇姆告诉他们,"带着大厨的骨灰,丹尼,我想看看你用什么把它装来的。"

卡梅拉也好奇地想看看。他们走进窝棚时，经过了那张挂在晾衣绳上的熊皮。它的味道很大，卡梅拉别过脸，不去看割下来的熊头，它还连在皮上，但鼻子朝下，几乎碰到了地面，鼻尖上有一滴已经凝结的鲜红色血珠。熊的鼻孔外面挂着两道血痕，看起来像是粘在死去的畜生鼻子上的圣诞装饰品。

"阿莫斯的纽约牛排作料，"凯奇姆单手捧着罐子，得意地大声念道，"哈，选得不错，要是你不介意，丹尼，我想把骨灰倒进玻璃罐子里，到时候你就知道为什么了。"

"不，我不介意。"丹尼说。实际上他松了一口气。他一直想保留这个牛排作料罐。

凯奇姆像以前工人在移动窝棚里那样煮咖啡，把蛋壳、水和咖啡粉放在烤盘里，搁在柴炉上煮沸。据说，蛋壳会吸附咖啡渣，从锅的一角倒出咖啡，大部分咖啡渣会和蛋壳一起留在锅底，但厨师揭穿了这个谎言，可凯奇姆还是用这种办法煮咖啡。咖啡很浓，他加了糖，也不管别人是不是想要甜的——所以最后调出来的东西又浓又甜，还混着点咖啡渣。"像土耳其咖啡。"卡梅拉评论道。

她努力克制着不在窝棚里东张西望，但室内乱得惊人（其实是乱中有序），让人忍不住多看几眼。丹尼毕竟是作家，他宁肯想象传真机放在哪里，也不愿意真的看到它，但他也忍不住注意到，窝棚内部基本上是个大厨房，靠里的地方还有张床，凯奇姆（大概）就睡在这里，床周围挂着枪、弓箭和很多刀。丹尼觉得这里肯定还有一堆他没看到的武器，最起码得有一两把手枪，因为凯奇姆把窝棚装备成了武器库，他仿佛一直觉得有一天会有人来攻击他。

在步枪和霰弹枪之间的某个几乎不起眼的位置，摆着一张雪松和帆布材质的狗床，这里一定是那只蓝斑沃尔克猎熊犬觉得最舒服的地方。卡梅拉只是看到躺在上面的英雄就觉得喘不过气来，但这条猎熊犬伤得很严重。白色和蓝灰相间的侧腹部被熊的爪子耙开了,但血已经止住,屁股上的伤口也结了痂,但它前一天晚上一直在流血,看起来疼得身体发僵。

"我没发现英雄丢了半边耳朵,"凯奇姆告诉他们,"昨天到处都是血,我以为它的整只耳朵还在,等那只耳朵止了血,我才发现它少了半边!"

"我的天哪——"卡梅拉开腔道。

"你不带它去看兽医吗?"丹尼问。

"英雄对兽医不友好。"凯奇姆说,"我们去河边时顺路把英雄带到六罐装家,帕姆有些治抓伤的好药,我已经给它的耳朵用过抗生素了,就差愈合伤口的药了。"凯奇姆又对狗说:"我告诉过你,你离我太远了!""我还没进入射程,这只笨狗就冲上去抓熊了!"凯奇姆对卡梅拉解释道。

"可怜的家伙。"卡梅拉只能这么说。

"哦,它会好起来的——我只要喂它点熊肉就行了!"凯奇姆告诉她。"走吧。"他对丹尼说,从墙上的两个钉子上摘下那支雷明顿0.30-06斯普林菲尔德,把这支卡宾枪挂在前臂上,朝窝棚门口走去。"来吧,英雄。"他呼唤猎犬,英雄从狗床上僵硬地站起来,瘸着腿跟在后面。

"拿枪干什么?你已经打到熊了。"丹尼说。

"你会知道的。"凯奇姆告诉他。

"你不会开枪的,对吗,凯奇姆先生?"卡梅拉问他。

"除非有必要朝哪个畜生开枪。"凯奇姆回答她。然后,似乎为了转移话题,凯奇姆对丹尼说:"你大概没见过剥了皮、去掉头的熊,这样处理完之后,熊看起来就像人一样。""我觉得你不适合看。"伐木工急忙又对卡梅拉说。

"停！"凯奇姆忽然对英雄说，那只狗和卡梅拉一样待在原地不动了。

在熏肉作坊里，剥掉皮的熊像一只巨大的蝙蝠，挂在冒着浓烟的火坑上方，没有头的熊确实像个笨拙的人形——当然，这并不是说作家此前见过剥掉皮的人。"让你喘不动气，对吗？"凯奇姆问丹尼，作家无言以对。

他们走出熏肉作坊，看到卡梅拉和猎犬依然站在原处——似乎只有天气的剧烈变化才能说服这个女人和这条狗挪个窝。"来吧，英雄。"凯奇姆说。卡梅拉乖乖地跟在猎犬后面，朝卡车走去——仿佛老河工刚才是跟她说话。凯奇姆抱起英雄，把受伤的狗放在皮卡车的后斗里。

他们钻进车里，卡梅拉坐在中间，占据了不止一个人的位置。"你得迁就一下六罐装，丹尼。"凯奇姆说，"帕姆有话要对你们两个说。"

"六罐装不是坏人，我猜她就是想说对不起，当时我还不认字，记得吗？全是我的错。帕姆告诉卡尔，印第安·简到底出了什么事，但我从来没怪过她。这是六罐装唯一能拿捏住牛仔的地方，他一定是硬逼着她说出来的。"

"我也从来没怪过她。"丹尼告诉他。他研究着卡梅拉的表情，她似乎有点不高兴，但什么也没说。车厢里有股难闻的气味，也许是这个味道冒犯了卡梅拉。

"反正我们不会耽搁太久——六罐装还得照顾英雄。"凯奇姆对他们说，"英雄没受伤的时候，根本容不下帕姆的狗，今天早晨可能会很有意思。"他们驶出竖着"小型发动机维修"招牌的那条路，但丹尼怀疑这块牌子不是凯奇姆弄的，老伐木工从来没修过别人的小型发动机，也许只修过自己的发动机，可作家没开口问。那股味道让人难以忍受，肯定是那头熊的味儿，可它怎么会待在车厢呢？

"我们见过一个认识你的人——LL科特的店员。"丹尼告诉凯奇姆。

"是吗？"河工说，"你们见的那个是好人，还是在那儿干活的浑蛋？"

"我相信是后一位，凯奇姆先生。"卡梅拉说。那股恐怖的气味久久不散，那头熊肯定进过皮卡车。

"是那个胖子？总穿着迷彩服的那个浑蛋？"凯奇姆问。

"就是他，"丹尼说，熊的气味几乎让他呕出来，"他好像觉得你是印第安混血。"

"哦，我也不知道我是什么血统——起码搞不明白我另外那一半血统是怎么回事！"凯奇姆像打雷一样咆哮道，"就算我有一半或者四分之三的印第安血统，那也无所谓！印第安人本来就是迷失的族群，很适合我！"

"那个家伙似乎觉得，你门前那条路不叫'迷失族群'路了。"丹尼告诉老伐木工。

"我应该扒了他的皮，跟那头熊挂在一块熏！"凯奇姆大吼。"可是你知道吗？"他问卡梅拉，语气更加冷嘲热讽起来。

"什么，凯奇姆先生？"她恐惧地问。

"那家伙的味道还不如熊！"凯奇姆嘶哑地哈哈大笑。他们拐上阿克斯湖路，往公路驶去。丹尼把装父亲骨灰的玻璃罐子紧紧地抱在大腿上，原先那个作料罐已经空了，搁在驾驶室的地上，夹在他俩脚之间。这个玻璃罐更大，厨师的骨灰连同药草和香料只占了它的三分之二，丹尼在标签上看到，这个罐子曾经是装苹果汁的。

凯奇姆把车开到了二十六号公路旁边那片维护得很不错的拖车公园，它就在埃罗尔镇外面的那个叫"锯末巷"的露营地上，六罐装帕姆的拖车停在那里——她的这个住处已经没法移动了，车身用空心砖垫了起来，一半被一个菜园子（其实是拼在一起的两辆拖车）包围。一座狗屋把狗挡在菜园子外面，狗屋和拖车之间有个一般是给猫用的挺大的铰链门，帕姆的狗平时会走这扇门。"我告诉过六罐装，这扇该死的狗门就连大块头的男的都能挤进来。当然，我觉得这里没人敢这么干。"他把狗从皮卡车的后斗里抱出来，狗满脸都是敌意。"别爹毛。"凯奇姆告诉猎犬。

丹尼和卡梅拉没看见六罐装——她正跪在菜园子里干活。她跪着时也几乎跟卡梅拉一样高。然后帕姆站了起来——摇摇晃晃，拄着一根耙子。丹尼这才想起她有多么高大，虽然骨瘦如柴，但几乎和凯奇姆一样高。"你的胯骨怎么样？"凯奇姆问她，"跪着肯定不舒服吧。"

"我的胯骨能比你那条可怜的狗好点儿。"六罐装告诉他。"过来，英雄。"她对猎犬说，英雄来到她旁边。"你是自己把熊杀了，还是这个王八蛋猎人胡乱开枪打死的它？"她问。

"这个浑蛋猎熊犬跑得太远了，它都冲到熊前面了，我还没进入射程！"凯奇姆再次抱怨道。

"老凯奇姆跑得没有以前那么快了，对吧，英雄？"六罐装跟狗说。

"是我开枪打死的熊。"凯奇姆愤怒地对她说。

"当然得是你干的！"帕姆说，"如果你没打死那头熊，这条可怜的狗就完了！"

"我给英雄的耳朵用了抗生素，"伐木工告诉六罐装，"我想让你给它的伤口涂点你那种药糊糊。"

"那不是药糊糊，是磺胺药膏。"六罐装告诉他。

狗屋里的狗躁动不安，多半是杂种狗，但其中一只像是纯种德牧，英雄隔着篱笆死盯着它。

"对你来这里要办的事，我非常抱歉，丹尼。"六罐装帕姆说。"不管过去多长时间，我都要为我的错向你道歉。"她又直视着卡梅拉补充了一句。

"没关系，"丹尼对六罐装说，"我猜你也是迫不得已。"

"谁都会失去亲近的人。"卡梅拉对她说。

"我喜欢过大厨。"六罐装说，现在她又望向了丹尼，"但他不想跟我有什么，我猜，这件事多少让我有点不服气。"

"你对大厨有过那种想法？"凯奇姆问她，"我怎么没听你说过！"

"我没和你说话，我在跟他说！"六罐装指着丹尼说。"我也不是在跟你道歉。"帕姆告诉凯奇姆。

凯奇姆用靴子来回踢着地上的土。"好吧，妈的，今天上午我们晚点回来，也可能下午回来。"他告诉六罐装。

"什么时候回来都没关系，"帕姆告诉他，"英雄在我这里不会有事——我又不会带着它去猎熊！"

"我很快就给你送点熊肉来，"凯奇姆闷闷不乐地说，"要是你不喜欢，可以喂那些杂种狗。"说到"杂种狗"时，凯奇姆突然一指狗屋，六罐装的狗齐刷刷冲他叫起来。

"凯奇姆，也只有你能让邻居们对我有意见。"帕姆说，她随后转向卡梅拉和丹尼："你们相信吗，只有这个浑蛋能让我的狗发疯。"

"我相信。"丹尼微笑着说。

"你们全都给我闭嘴！"六罐装呵斥她的狗，它们立刻停止了吠叫，贴着篱笆溜走了，但那条德牧除外，它的鼻子依然抵在篱笆上，继续盯着英雄，英雄也盯着它。

"如果我是你，我就把这两个家伙分开。"凯奇姆指着他的猎熊犬和那条德牧对帕姆说。

"用得着你来告诉我吗！"六罐装说。

"妈的！"伐木工对她说。"我去车上等你们。"他又对丹尼说。

"在这儿等着！"他对英雄说，并没有朝猎犬那边看。凯奇姆的话又一次把卡梅拉变成了石头人。

衰老并没有放过六罐装，她毕竟跟凯奇姆同龄，但她还是那个神情畏缩、白得吓人的金发女郎，上嘴唇还有道疤——丹尼记得以前没有。很可能是牛仔打的，作家想。（她胯骨的毛病或许也跟副警长有关系。）

伐木工把自己关在卡车驾驶室，打开了收音机，这时候六罐装对丹尼和卡梅拉说："我还爱凯奇姆，你们知道吗，虽然他不怎么肯原谅我，他特别浑蛋的地方是，会揪着你迫不得已犯的错数落个没完没了。"丹尼只能点点头，而卡梅拉早就变成了石头。帕姆沉默了片刻，才接着说："跟他谈谈这件事，丹尼，告诉他别对自己犯傻——首先别跟自己的左手过不去。"

"凯奇姆的左手怎么了？"丹尼问她。

"问凯奇姆吧，"六罐装说，"我不想提这个，反正他从来不用左手碰我！"她突然哭了起来。

老伐木工把卡车驾驶座那边的玻璃摇下来。"闭嘴，六罐装，看在上帝的份上，让他们走吧！"他大喊，帕姆的狗又叫起来。"你已经道完歉了，对吧？"凯奇姆冲她喊道。

"来吧，英雄。"六罐装对猎熊犬说，转身走进拖车，英雄瘸着腿，僵硬地跟在后面。

这时还是七点钟多一点，丹尼和卡梅拉一钻进凯奇姆的车，那群狗就没了动静。皮卡车的后斗里有半考得木柴，盖着块结实耐用的防水油布，凯奇姆把步枪塞到油布底下。跟在皮卡后面的任何人都看不到这支藏在柴堆里的老式栓动雷明顿，但驾驶室里的熊味儿是藏不住的。

广播里放着克里斯·克里斯托弗森七十年代的一首歌,丹尼一直喜欢这首歌和这位创作型歌手,但就连最美丽的早晨和克里斯·克里斯托弗森的歌声都无法让作家忘掉凯奇姆卡车里的臭味。

也许这是我们共度的最后一个美好夜晚,
也许我们再也不会这样相聚。

凯奇姆驾驶卡车沿着十六号公路向南行驶,安德罗斯科金河在驾驶座的那一侧,跟他们的行驶路线平行。丹尼伸手越过卡梅拉的腿,关掉收音机。"我听说你的左手不对劲?"作家问老伐木工,"你不会还想着剁掉它吧?"

"妈的,丹尼,"凯奇姆说,"我没有一天不打算这么干。"

"天哪,凯奇姆先生——"卡梅拉开口道,但丹尼没让她说下去。

"为什么是左手,凯奇姆?"丹尼问伐木工,"你不是右利手吗?"

"妈的,丹尼——我跟你爸保证过,永远不告诉你的!"凯奇姆说,"不过我怀疑大厨可能已经忘了这件事了。"

丹尼双手捧着厨师的骨灰罐摇了摇。"你觉得呢,老爹?"丹尼问。"我没听到我爸反对,凯奇姆。"丹尼告诉伐木工。

"该死,我也答应过你妈!"凯奇姆大喊。

丹尼想起印第安·简告诉他的话。他母亲消失在冰层下的那天晚上,凯奇姆在伙房里拿了一把切肉刀,站在后厨,左手放在砧板上,右手握刀。"不要。"简告诉河工,但凯奇姆一直盯着砧板上的左手,也许是在想象它消失后是什么样。简把凯奇姆留在了那里,因为她需要照顾丹尼和他爸爸。后来,当简回到厨房时,凯奇姆不见了。简四处寻找伐木工的左手,她非常确定会在什么地方找到它。"我可不想让你或者你爸爸找到它。"她告诉小丹尼。

有时候，尤其是凯奇姆喝醉了之后，丹尼见过伐木工看着自己的左手时的表情——跟安吉尔掉到原木下面以后，河工打量自己右手腕的石膏套时的表情一模一样。

三个人沉默地沿着安德罗斯科金河前行，最后丹尼终于说："我不在乎你答应了我爸或者我妈什么事，凯奇姆。我只想知道，要是你真的觉得自责，你想砍掉的不应该是那只好用的手吗？"

"左手才是我的好手！"凯奇姆叫道。

卡梅拉清了清嗓子。也许是被可怕的熊味儿熏的，她没转过脸来看着他们中的任何一个，而是对着卡车的仪表板——或是沉默的收音机——说："请给我们讲讲这是怎么一回事，凯奇姆先生。"

15 驼鹿舞

凯奇姆并没有马上说起他的左手,可丹尼不觉得奇怪。卡车驶过庞图克水库,丹尼看到了田地里熟悉的排水系统,开到达默尔湖路时,丹尼意识到,凯奇姆显然有他自己的安排。无论这件事有着怎样的逻辑,能让老伐木工觉得左手才是他的"好手",都只能等他自己开口。丹尼也注意到凯奇姆开车经过了原来他们往绞河镇运木头的那条路。

"怎么,我们要去巴黎吗?"作家问。

"西达默尔,"凯奇姆纠正他,"或者说是西达默尔的废墟。"

"那里还叫西达默尔吗?"丹尼问。

"我愿意这么叫。"凯奇姆回答。

他们越过菲利普斯河上新建的桥,拐上当年印第安·简开车送小丹尼上学的那条路。很久以前,从绞河镇到巴黎的这段旅程仿佛无止无尽,现在时间和道路都在飞掠而过,徘徊不去的唯有熊的气味。

"别气得扭坏了你的蛋,丹尼。可是巴黎制造公司附属学校——那个校舍——还在那里。"凯奇姆警告他。"年轻的未来作家成年之前在这里待了好几年,大部分时间都在被人揍出屎。"伐木工对卡梅拉说,作家似乎还在琢磨"气得扭坏了蛋"这句糙话。

卡梅拉很可能只是在反胃,崎岖的土路和车厢里的恶臭肯定让她想吐。丹尼恶心得要死，尽量不去看落到脚边的熊毛。卡车颠簸着，风从驾驶室敞开的车窗吹进来，把熊毛吹得四处乱飘。

虽然还要给车换挡，但凯奇姆尽量只用右手开车，他把左胳膊肘伸到驾驶室的窗外，左手的手指只是偶尔扶一下方向盘，方向盘紧紧握在右手里。需要换挡的时候，他会用右手去摸索那个跟肚脐一样高、弯曲的长杆顶端的球形把手，左手暂时把住方向盘，但用一两秒的时间换完挡后，右手会马上取代左手的位置。

凯奇姆的驾驶过程相当流畅，看起来很自然，就像风吹着他的胡子那样轻巧。（假如车窗没打开，丹尼想，他和卡梅拉肯定会吐出来。）

"你为什么不把熊放在皮卡的后斗？"丹尼问凯奇姆。作家想知道，把死熊放进车厢是否属于狩猎方面的重要规矩。

"我去了缅因州，记得吗？"凯奇姆说，"我在新罕布什尔打到的这头熊，但我必须开进缅因，再开出来。这辆卡车的车牌是新罕布什尔的，要是把熊放在后斗，狩猎监督员或者缅因的警察可能会拦下我，我的狩猎许可证是新罕布什尔的。"

"英雄待在哪儿？"丹尼问。

"英雄在后斗，他浑身是血。"凯奇姆说，"活着的畜生比死的流血多，因为心脏还在跳。"老伐木工告诉卡梅拉，她似乎正在忍着不吐。"我让熊坐在你现在坐的地方，给它系了安全带，丹尼，往它头上扣了顶帽子，这畜生的脑袋看起来就像是缩在肩膀中间——熊没什么脖子，不过我觉得，我和熊就像是两个开车出来兜风的大胡子！"

丹尼意识到，凯奇姆坐在驾驶室里会显得比死熊更高，从远处看，伐木工的胡子和长头发跟熊毛一样黑，需要凑近了看才能发现凯奇姆的花白毛发。隔着凯奇姆卡车的挡风玻璃，尤其是对于迎面驶来的路人而言，也许凯奇姆和那头熊看起来真的像两个大胡子年轻人——反正显得比凯奇姆的实际年龄年轻。

"该死,我可是把车座上的熊血都擦干净了。"卡车驶入巴黎时,老河工说,"但我确实不知道这畜生的臭味能持续多久,熊味儿的确挺可怕,对吧?"

凯奇姆挂回一挡,粗糙的右手刷过卡梅拉的膝盖。"我不是故意摸你,卡梅拉,"伐木工告诉她,"我没想到变速杆会跑到你的腿中间!下次咱们让丹尼坐中间吧。"

丹尼四下寻找那家蒸汽动力锯木厂,但没有找到。过去,硬木锯材曾经沿着菲利普斯河漂到巴黎——作家记得缅因州巴黎市的巴黎制造公司是生产平底雪橇的,可老锯木厂呢?马棚和工具店去哪儿了?这里原来有个食堂和旅店的,丹尼记得那是一座能容纳七十五个人的简易宿舍,还有一座(那时候)看起来相当漂亮的房子,是锯木厂经理的住宅。这时凯奇姆停下了车,丹尼只看到校舍还在那里,伐木营地不见了。

"巴黎怎么了?"丹尼下了车,问。他能听到菲利普斯河的水声,这声音跟从前一样。

"西达默尔!"凯奇姆吼道。他大步走向一片瓦砾堆,那是食堂的旧址。"我也不知道他们为什么要等到一九九六年才把它拆掉——最后就拿推土机胡乱铲平了完事!弄得乱七八糟!"伐木工嚷嚷。他弯腰拾起一只生锈的水壶和一口锅,敲得叮当响。丹尼跟着他,把卡梅拉留在后面。

"他们把这儿铲平了?"作家问。他现在能看到锯木厂留下的碎金属片像被割断的骨头一样戳出地面。马棚倒塌了,堆在地上。七十五个铺位的简易宿舍一半埋在地里,双层床的残余如同幼儿的尸骸,散落在低矮的杜松丛中。一个旧脸盆架杵在那里,像从地里挖出来的骨架,放脸盆的地方成了圆形的大洞,甚至还有一台侧翻在

481

地、锈迹斑斑的"伦巴第"蒸汽车头,锅炉凹了进去,但没有被推土机完全破坏。这台"伦巴第"车头从一小片覆盆子丛中显露出来,如同恐龙之类的早已灭绝的物种的化石。

"要是想摆脱什么地方,就得一把火烧了它!"凯奇姆叫道。卡梅拉在他们身后闲荡,不时停下来摘掉时髦的休闲裤上粘的毛刺和草叶。"我想先让你看看这个屁股都没擦干净的地方,丹尼——他们连这儿都没处理好,太丢人了!那些西达默尔人总是比狗屎还笨!"老伐木工大叫。

"为什么校舍还在?"丹尼问。(鉴于那些西达默尔的蠢孩子欺负过他,丹尼宁愿一把火烧掉巴黎制造公司的附属学校。)

"我不知道,"凯奇姆告诉他,"我猜校舍在娱乐方面能派上些用场,经常有人在这里玩越野滑雪,当然还有雪地摩托。我听那些搞节能的王八蛋说,他们要在山坡上装该死的风车,满地都是!三百五十英尺高的涡轮机!一百五十英尺的叶片!还得修一条三十二英尺宽的砾石面通道!傻子都明白,他们得清出一条七十五英尺宽的路来才能修好通道!这些大电线杆子不光吵得要死,还会把冰甩得到处都是。雪、冰雹和雾凇太大的时候,只能把它们关掉,等天好了再把这些白痴风车打开,冻在叶片上的冰会甩得八百英尺高!砸下来的冰片好几英尺长、不到一英寸厚!能把整个人甚至整只驼鹿劈成两半!当然还得装上刺眼的红灯,免得飞机撞上去。最可笑的是,这些节能王八蛋跟那些脑子坏了的环保主义者都是一样的货色,搞环保的说原木漂流破坏了河流和森林,这样一看,节能王八蛋绝对是环保主义者下的崽!"

凯奇姆突然停止了咆哮,因为他看到卡梅拉在哭,她站在离卡车不远的地方,要么被覆盆子丛挡住了路,要么被伐木营的废墟困住了。凯奇姆的大喊大叫让卡梅拉听不见菲利普斯河的水声,当然也看不到河水。她不知道那台翻倒的"伦巴第"蒸汽车头是个什么东西,显然被这个陌生又可怕的玩意儿吓坏了。

"拜托,凯奇姆先生,"卡梅拉说,"我们能去看看我的安杰鲁消失的地方吗?"

"当然可以,卡梅拉——我就是带丹尼回忆一下历史,"老河工粗声粗气地说,"作家必须了解自己的过去,对吧,丹尼?"伐木工突然把手一挥,继续咆哮道:"食堂和工厂经理的家全给推平了!这儿原来还有一小片墓地,他们把墓地也给铲了!"

"他们没动苹果园。"丹尼指着那片许多年没打理过的乱糟糟的树林子说。

"不知道为什么,"凯奇姆说,"反正那些苹果只有鹿才会吃,我在这里打到不少鹿。"(毫无疑问,丹尼想,西达默尔的鹿也比狗屎还要笨,也许傻乎乎的鹿就站在树下吃苹果,等着人来打它。)

他们回到卡车里,凯奇姆给车掉头,这次丹尼坐在驾驶室中间,夹着变速杆。卡梅拉摇下副驾驶一侧的车窗,吞咽吹进来的空气。卡车停在太阳地里,一动不动,上午的气温逐渐升高,死熊的恶臭依然笼罩着他们,像一条压迫感极强的沉重毛毯。丹尼把父亲的骨灰抱在腿上。(作家本来想闻一下他父亲的骨灰,因为他知道它闻起来像牛排作料——也许能抵消熊味儿——不过丹尼还是忍住了。)

从巴黎去绞河镇的路上——绞河向东南方流进庞图克水库,注入安德罗斯科金河,菲利普斯河在西南方向与阿莫努萨克河交汇,然后进入康涅狄格州——在两河交汇处的高地上,凯奇姆又把他臭气熏天的卡车停下了。伐木工指着车窗外远处的一片看起来像是田野的长条形平地,也许每年春天那里都会变成沼泽,到了九月再重新干燥起来——现在那里的草已经长得很高,还有几棵新泽西松和正在平坦地面扎根的小枫树。

"他们在菲利普斯河筑坝的时候,"河工说,"这里是个池塘,但他们已经有很多年没修水坝了,池塘也没了——前不久的事——但这儿还叫'观鹿塘'。池塘还在的时候,驼鹿聚在这里,伐木工都来这边看驼鹿跳舞,现在驼鹿晚上出来,在池塘原来的位置跳舞,我们这些还没死的——当然没剩几个了——会过来看它们跳。"

"它们还会跳舞?"丹尼说。

"会。就是在跳舞,我见过。"老伐木工说,"跳舞的驼鹿都是年轻的,不可能记得这儿有过一个池塘!可不知怎么回事,它们就是知道。看起来它们好像想让池塘回来似的,"凯奇姆对他们说,"有些晚上我会过来看它们跳舞。有时候还能动六罐装陪我来看。"

现在还看不见驼鹿——它们不会在阳光明媚的九月早晨出现——但没有理由不相信凯奇姆的话,丹尼想。"你妈很会跳舞,丹尼——我知道你听说过,我猜是印第安·简告诉你的。"凯奇姆补充道。

老伐木工继续向前开,卡梅拉只说了一句:"我的天哪,驼鹿跳舞!"

"要是我这辈子没见过别的,只见过驼鹿跳舞,我会比现在更快活。"凯奇姆告诉他们。丹尼看着他,伐木工眼里的泪珠很快滑进大胡子里消失了,但丹尼看到了它们。

凯奇姆要讲左手的故事了,作家想。提到丹尼的母亲或是她跳的舞,触动了凯奇姆心里的一些东西。

从近处看,老河工的胡子比远看白一些,丹尼无法把视线从他身上移开。他以为凯奇姆伸出右手是要换挡,可那只手按在他左边的膝盖上,捏得他很疼。"你看什么?"凯奇姆大声问,"我不会违背我跟你妈和你爸许下的承诺,可在操蛋的人生里面,你的一些承诺可能跟另一些产生矛盾,这就是该死的事实。比方说,我答应过罗茜,我会永远爱你,如果有一天你爸不在了,我会照顾你。"凯奇姆叫道。他不情愿地用左手抓着方向盘,力道和时间远远超过了换挡的时候。

终于,那只大手松开了丹尼的膝盖——凯奇姆又用右手开起车来。伐木工的左胳膊肘架在车窗上,仿佛永久固定在那个位置,但他左手的手指放松了许多,只是在拐进通往绞河镇的那条运木头的路上时轻轻地扶了扶方向盘。

路面很快变差了,没什么车会往鬼城开,绞河镇又不在通往其他地方的路上,所以这条运木头的路没有得到维护。卡车压过第一个坑时,储物箱的盖子弹开了,枪油的舒缓味道扫过车厢,暂时让他们摆脱了不屈不挠的臭熊味儿。丹尼伸手去关储物箱的盖子时,发现里面有一瓶阿司匹林和一把插在腋下枪套里的小手枪。

"都是止疼的,"丹尼合上盖子时,凯奇姆随口说,"我不会不带阿司匹林和武器就心甘情愿咽气的。"

皮卡车的后斗里,油布底下的柴堆上,除了那支雷明顿 0.30-06 斯普林菲尔德,丹尼知道还有电锯和斧头,驾驶座那边的遮阳板后面有个刀鞘,里面是一英尺长的勃朗宁刀。

"为什么你总是这么警惕,凯奇姆先生?"卡梅拉问河工。

也许"警惕"这个词正中凯奇姆下怀,正因为缺乏警惕,很久以前的那个晚上,凯奇姆才会和厨师、厨师的罗茜表姐在冰面上跳互绕步;与此同时,在散发着熊臭味的卡车里,眼神狂野的伐木工肯定看到了罗茜,丹尼发现,凯奇姆凶巴巴的胡子又一次被泪水打湿了。

"我犯过……一些错,"河工开口道,他的声音抽抽噎噎的,"不只是判断失误,或者吹牛说大话,还有真正的罪过。"

"你不用全都说出来,凯奇姆。"丹尼告诉他,但现在什么也拦不住伐木工了。

"谈恋爱的人会互相说一些话——丹尼,你知道——只是为了让对方感觉良好,哪怕情况并不好,或者他们不应该感觉良好。"凯奇姆说,"他们还会给自己定规矩,好像这些规矩跟别人验证过的那些规矩一样可靠——不知道你明不明白我的意思。"

"不怎么明白。"丹尼说。作家看到,经过多年的河水泛滥,通向绞河镇的道路已经被水冲毁了,石头路面上长满了地衣和苔藓,只有那个岔路口——左转通往伙房的岔路——保留了下来,凯奇姆把车拐了进去。

"我当年是用左手碰你妈的,丹尼。我不会用右手碰她,右手是我以前和今后碰别的女人的手。"凯奇姆说。

"停下!"卡梅拉叫道。(起码她这次没说"天哪!"丹尼想,但他知道凯奇姆一旦开始说了,就不会再停下。)

"这是我们定的第一条规矩——我是她的左撇子相好。"伐木工解释,"我们俩都觉得我的左手是她的——这是罗茜的手,我最重要的好手。它的动作更文明,最不像我。"凯奇姆说。这只手开枪的次数也更少,丹尼想,凯奇姆的左手食指从没扣过扳机。

"我明白了。"丹尼告诉他。

"请你停下吧。"卡梅拉恳求。(她是想吐还是在哭?作家想。丹尼觉得卡梅拉并不是想让凯奇姆停嘴,而是想让他停车。)

"你说你犯了错,究竟是什么样的错误?"丹尼问老伐木工。

他们的车正往伙房所在的山顶开,就在这时——在颠簸不已、令人作呕的卡车里面——三个人望见了看似平静的河谷盆地的全景,盆地下方就是罗茜和安吉尔被水冲走的河湾。卡梅拉喘着粗气看着那片水。让丹尼震惊的则是他什么都没看到——伙房连一块木板都不剩了,过去从伙房所在的位置能看到绞河镇,如今镇子那边已经什么都看不着了。

"错误?"凯奇姆喊道,"那是罪过!我们跑到冰面上的时候,全都喝醉了,大呼小叫的,丹尼——你知道的,对吧?"

"对,简告诉过我。"丹尼说。

"我告诉罗茜,或者说我觉得我是这么跟她说的:'把你的手给我。'我发誓我就是这么告诉她的,"凯奇姆肯定地说,"可是——因为喝醉了,而且我是右利手,所以我本能地朝她伸出右手,当时我还背着你爸,可他想滑冰,所以我把他放了下来。"凯奇姆终于把卡车停下了。

卡梅拉打开副驾驶的门,吐在草丛里。丹尼端详伙房破烂的烟囱时,这个可怜的女人一直吐个不停。厨师原本放比萨烤炉的地方只剩下两三英尺高的砖头。

"但你妈知道我们的规矩,"凯奇姆继续说道,"罗茜说,'不是那只手——那只手不对。'她跳着舞挪到了远处,不愿意握着我的右手。这时你爸从我背上滑下来,我推着他在冰上走,把他当成人肉雪橇,但你妈一直跟我保持距离,我怎么也没法靠近她。我没抓住她的手,丹尼,因为我伸过去的是右手——那只不好的手。你明白了吗?"

"我明白了,"丹尼说,"可这似乎没什么大不了的。"然而作家仿佛清楚地看到了当时的情景:他母亲和凯奇姆之间拉开了一段无法立刻缩短的距离,就在这个时候,那些原木从达默尔湖向下游的河谷盆地漂过来,冲上了冰面,在冰上越滑越快。

卡梅拉跪在地上,好像在祈祷,她望着心爱的安杰鲁落水的地方,这里是绞河最美的地方,正因如此,厨师当年才把伙房建在这里。

"别剁掉你的左手,凯奇姆。"丹尼对他说。

"请不要,凯奇姆先生。"卡梅拉恳求老伐木工。

"等着瞧吧,"凯奇姆只对他们这样说,"等着瞧。"

凯奇姆放火烧掉绞河镇的那年晚秋，他带着一把锄头和一些草种回到了伙房的原址。他没把草种撒在绞河镇的废墟上，而是撒在伙房曾经所在的位置，还撒满了河谷盆地上方的山坡，山坡上到处是大火的灰烬——凯奇姆用锄头把灰烬和泥土混在一起，然后撒下草种。他选了一个他知道要下雨的日子。第二天早上，雨变成雨夹雪，整个冬天草籽都躺在雪下。第二年春天草长了出来，伙房的原址现在是一片草地，这里的草没人修剪，长得很高，犹如起伏的波浪。

凯奇姆挽着卡梅拉的胳膊，他们沿着山坡穿过高高的草丛，朝绞河镇的原址走去。丹尼捧着父亲的骨灰跟在后面——在凯奇姆的坚持下，他还背着雷明顿卡宾枪。绞河镇没留下任何建筑物，只剩下那个在原来的舞厅旁边孤零零站岗的"哨兵"——那台老式的蒸汽引擎"伦巴第"原木运输机车。那场火烧得很猛，"伦巴第"机车被永久性地熏黑了——虽说这样可以完全不受铁锈的影响，但鸟粪落在上面反而更加显眼，无法保持它通体漆黑的外观——结实的长滑橇完好无损，但推土机式的履带不见了，也许要么被大火烧融，要么被人当成纪念品给拿走了。驾驶员的座位——就在机车前部、滑橇上方——那里的方向盘虽然很久没人动过，看起来却像是随时可以使用的样子（假如还有知道如何驾驶这种机车的人健在的话）。正如厨师曾经预言的那样，这台古老的原木拖运机比绞河镇的寿命都要长。

凯奇姆领着卡梅拉来到更靠近河岸的地方，但即使在干燥而阳光明媚的九月早晨，他们也无法进入水边六英尺之内的范围，河岸湿滑得出奇，脚下像是踩着海绵。人们不会再在达默尔湖上拦水筑坝，但河湾上游的水流依然湍急，哪怕是在秋天，绞河水也经常漫到河岸上。靠近河岸之后，丹尼感到风擦着河湾直扑过来，仿佛是从达默尔湖吹到下游来的。

"跟我想的一样，"凯奇姆说，"要是我们把大厨的骨灰往河里撒,不能离河太近,风会把骨灰吹回我们脸上。"

"所以你带了步枪?"丹尼问。

伐木工点点头。"所以才用玻璃罐。"凯奇姆说。他拿起卡梅拉的手,握着她的食指,冲着一个方向点了点,"离河对岸大约一半的地方,几乎在河湾的正中央——那里就是我看到你儿子滑到木头下面的地方。"河工告诉她。"丹尼,我跟你发誓,你妈从冰面上掉进水里的地方离那里也就一条胳膊那么远。"

三个人望着水面,看见绞河镇那一侧的岸边,有一只土狼正在望着他们。"给我卡宾枪,丹尼。"凯奇姆说。土狼低着头喝了很长时间的水,眼睛却一直盯着他们,但并不是偷偷摸摸的。这条畜生有点不对劲。

"请别开枪打它,凯奇姆先生。"卡梅拉说。

"它肯定是病了,所以大白天就跑出来,也不躲着人。"伐木工告诉她。丹尼把雷明顿 0.30-06 斯普林菲尔德递给他。土狼在河对岸坐了下来,越来越满不在乎地看着他们,看起来像是在自言自语。

"今天我们什么也别杀,好吗?凯奇姆先生。"卡梅拉说。凯奇姆压低枪口,捡起一块石头,朝土狼的方向扔过去,石头掉进河里,但它没有躲,好像昏了头。

"这个畜生肯定病了。"凯奇姆说,土狼又开始不停地喝水,这一回连看都没看他们。"瞧瞧它有多渴,它病得快死了。"凯奇姆告诉他们。

"现在是打土狼的季节吗?"丹尼问老伐木工。

"土狼什么时候都能打。"凯奇姆说,"它们比土拨鼠还差劲——就是些祸害,什么好处都没有。土狼没有猎杀数量限制,从新年第一天到三月底,一天到晚都能杀。这个国家就是这么急着摆脱它们。"

但卡梅拉不买账。"我今天不想看到任何东西死掉。"她对凯奇姆说。他看到她对着河面飞吻,要么是祝福她的安杰鲁落水的地方,要么是在祝福那条土狼长寿。

"跟骨灰告别吧,丹尼,"伐木工说,"你知道该把罐子往河里的哪个地方扔,对吧?"

"我已经告过别了。"作家说,他吻别了盛着厨师骨灰的苹果汁罐子。"准备好了吗?"丹尼问拿着枪的伐木工。

"扔吧。"凯奇姆告诉他。卡梅拉双手捂住耳朵,丹尼把罐子扔到了几乎是河湾中心的地方,凯奇姆端起卡宾枪,等待罐子浮出水面,然后用雷明顿一枪打碎了苹果汁罐子,把多米尼克·巴恰加卢波的骨灰撒进了绞河。

听到枪声,对岸的土狼伏低了身子,但依然留在原地,好像已经精神错乱了。"可悲的浑蛋,"凯奇姆对畜生说,"要是你连逃跑都不会,那就死定了。对不住了。"老伐木工说,最后一句是对卡梅拉说的。这支步枪用起来很顺手,是凯奇姆"可靠的栓动老伙计",那只生病的畜生再次俯身喝水时,伐木工一枪打中土狼的脑袋。

"我本来也应该给卡尔来这么一下的,"凯奇姆对他们说,他没看卡梅拉,"我随时都能动手,当初真该毙了牛仔,就像干掉别的祸害那样。抱歉,我没那么做,丹尼。"

"没关系,凯奇姆,"丹尼说,"我一直都知道你为什么不能直接杀了他。"

"但是我应该那么干的!"凯奇姆怒吼,"除了狗屁的道德,没有什么能阻止我!"

"道德不是狗屁,凯奇姆先生。"卡梅拉正打算教育他,可她看了看那只死掉的土狼,又把嘴闭上了。土狼一动不动地躺在河岸上,鼻尖从奔流的河水中划过。

"再见,老爹。"丹尼对流淌的河水说。他转身背对着河水,抬头望向长满青草的山坡,看着伙房原来的位置——在那里,他把印第安·简错当成一头熊,而她是他父亲的情人。

"再见,大厨!"凯奇姆冲着水面喊道。

"Dormi pur[1]。"卡梅拉划着十字唱道,然后她突然转过身,背对着绞河,背对着安吉尔落到原木下面的地方。"我先走一步。"她告诉丹尼和凯奇姆,然后缓缓穿过草丛,朝山上走去——一次都没回头。

"她唱的是什么?"伐木工问作家。

丹尼记得那是卡鲁索的旧唱片里的一首歌,名字叫《四重奏小夜曲》,是一部歌剧里的摇篮曲。丹尼不记得是哪一部歌剧,但卡梅拉刚才给她的安杰鲁唱的这首摇篮曲,肯定是安杰鲁小时候她哄他睡觉时唱的。"Dormi pur,"丹尼给凯奇姆重复了一遍,"干干净净地睡吧。"

"干干净净?"凯奇姆问。

"我猜就是'睡个好觉'?"丹尼告诉他。

"妈的。"凯奇姆跺着脚说。"妈的。"伐木工又说了一遍。

两个人看着卡梅拉吃力地往山上走,她的身躯像熊一样肥大,波浪般起伏的草地足有她的腰那么高,风从河面吹着她的后背,把她的头发吹到她低垂的头颅两侧。卡梅拉登上山顶,来到伙房原先的位置,她低下头,双手搁在膝盖上。有那么一两秒钟——不超过卡梅拉平复呼吸的时间——丹尼仿佛从她弓着腰的身体里看到了印第安·简的幽灵,好像简又回到了她死去的地方,跟厨师的骨灰说再见。

凯奇姆仰头面对太阳,闭上双眼,但步子没停——他踩着小碎步,看不出明显的前进方向,仿佛是在浮木上行走。

"再说一次,丹尼。"老河工说。

---

[1] 罗马尼亚语,意为"睡个好觉"。

"睡个好觉。"丹尼说。

"不,用意大利语!"凯奇姆命令他。河工依然闭着眼,脚不停地动着。丹尼知道,老伐木工只是想让自己保持漂浮状态。

"Dormi pur。"丹尼说。

"妈的,安吉尔!"凯奇姆喊道,"我说过,'脚要动起来,安吉尔,千万不能停!'唉,妈的。"

对于喜欢早起到菜园干活——要是胯骨不怎么疼,干完活之后她才会喂狗,给自己煮咖啡——的六罐装帕姆来说,这是个令人困惑的早晨。凯奇姆以他独有的方式打乱了一切。她给英雄的伤口敷了磺胺粉,然后才给自己的狗喂吃的,煮上咖啡。凯奇姆的任性打扰,再加上还要照顾那条被熊抓伤的可怜狗,六罐装打开电视的时间比平时晚一些,不过她还是及时地看上了电视。

帕姆觉得自己可能也有一部分责任:毕竟是她提出要见丹尼和那个意大利女人的,六罐装觉得,厨师的情人卡梅拉是印第安·简的替身。帕姆想跟他们道歉,但她现在觉得挺矛盾,丹尼比他父亲当年——就是六罐装最后一次见到小个子厨师时——大了近三十岁,帕姆一时适应不过来,而且直到向丹尼和卡梅拉道了歉,她才意识到自己真正想要的是凯奇姆的原谅,这同样令人困惑。而且给英雄治伤的时候,她哭了起来,仿佛她拼命想要治愈的是凯奇姆的伤口。就在她不知所措的时刻——六罐装觉得这是她最沮丧的时候——她打开了电视。

她看到了第一架被劫持的客机制造的废墟,但六罐装此刻还不知道,从波士顿起飞的美国航空十一号班机撞进了世贸中心北塔,在那里撕开一个大洞,大楼变成火海。"这一定是架小飞机。"电视上的某个人说,但六罐装帕姆不这么觉得。

"那个洞看起来像是小飞机留下的吗,英雄?"六罐装问受伤的蓝斑猎熊犬。这条狗盯着六罐装的雄性德牧,两只狗都在餐桌底下。性格坚忍的猎熊犬没有回应帕姆的问题。(英雄跟凯奇姆住在一起,早就习惯了听人跟它说话,在凯奇姆面前,这条狗知道自己不用作出什么反应。)

帕姆一直在看有关飞机坠毁的新闻,从电视上看,纽约那边也是阳光灿烂,飞行员不会有能见度方面的问题,六罐装想。

六罐装后悔的是,自己竟然承认了"喜欢过大厨"——她不就是这么说的吗?凯奇姆耳朵不好使,她还要说得那么大声,让他听见,帕姆简直想踢自己。每次她觉得他俩的关系有所好转,哪怕没有完全恢复原状,六罐装好像都会说点错得离谱的话——要么就是凯奇姆会说这样的话。

她抛弃过很多男人,也被很多男人抛弃过,但跟凯奇姆分手时最痛苦——尽管当年六罐装离开卡尔时,牛仔差点杀了她。一天夜里,副警长在一个码头上——那是成功湖新船下水的地方——强奸了她。后来,目睹这件事的一对情侣把帕姆送到柏林的安德罗斯科金河谷医院,她在那里休养了几天。这件事让六罐装在那家医院找到了工作,她喜欢那份打扫卫生的工作,大多数晚上,家里的狗睡觉之后,她就去医院做清洁工,陪病人聊天让帕姆不再那么为自己感到难过。她的医院工作服上印着工整的小字"保洁"。六罐装怀疑,很多病人曾经误以为她是护士或者护士的助手,但她相信,无论如何,自己还是给病人们带来了安慰——正如他们中的一些人也带给她安慰那样。

六罐装帕姆知道,她必须去做髋关节置换手术,每次胯骨疼的时候,她都会想起牛仔在码头上强奸她的情景——他把她的脸按在系船缆的木桩上,她上嘴唇的疤痕就是这么来的。但最糟糕的是,她告诉凯奇姆，他确实应该杀了卡尔。这是最糟的，因为六罐装当时并不知道，凯奇姆坚信自己应该在很多年前就应该杀掉牛仔。（副警长开枪打死大厨之后，凯奇姆从未停止过自责。）

帕姆还觉得后悔的是，她告诉凯奇姆一一〇号公路上发生重大车祸后卡尔做了什么。那场车祸发生在死水河边、柏林和格罗夫顿之间的公路上，两个没系安全带的青少年开车撞上了一辆运火鸡的卡车，车上的火鸡是死的，按照火鸡养殖业的行话，它们"经过了处理"。卡车司机活了下来，但颈部受伤，暂时失去意识。当他醒来时，两个死去的青少年就在司机的面前，开车的男孩身体被方向盘转向柱穿透了，女孩卡在副驾驶座，脑袋没了。卡尔是第一个赶到现场的执法人员，运火鸡的卡车司机说，牛仔摸了无头女孩的尸体。

卡尔声称卡车司机是胡说八道，毕竟他刚刚扭了脖子昏了过去，醒来后显然产生了幻觉。但牛仔对帕姆承认了实情：玩玩无头女孩的奶子有什么了不起？她不都已经死了吗？

听说此事，凯奇姆说："我真该宰了牛仔。"这不是他第一次这么说，也不是最后一次。

六罐装对英雄和她的德牧说："你们俩别再互相瞪眼了。"这时是上午九点多一点——第一架客机撞击北塔十八分钟后——第二架被劫持的客机（美联航一七五号航班，也是从波士顿起飞的）撞进了世贸中心的南塔，引发爆炸。两座大楼都起了火，六罐装对那两只黏在一块的狗说："要是你们也说这是架小飞机撞的，我就该怀疑你们是就着酒吃狗粮的了。"

英雄试着舔了舔爪子上的磺胺粉，不过那股药味让它没敢再舔下去。"味道很特别吧？"帕姆问猎熊犬，"尽管舔吧，英雄，我这儿还有呢。"

经过一番似乎不合逻辑的权衡，英雄朝德牧扑了过去，两条狗在餐桌下面撕咬起来,六罐装用水枪把它俩分开了。她在水枪里装了洗洁精和柠檬汁,专门喷两只狗的眼睛——它俩讨厌它。但四肢着地钻到餐桌底下喷狗让帕姆的胯骨疼了起来,没心思听布什总统的电视讲话——九点半,总统在佛罗里达的萨拉索塔发表演说。

六罐装不像凯奇姆那么鄙视乔治·W. 布什,但她认为这位总统是个装腔作势的傻瓜,是个白痴老爹的蠢儿子。她同意凯奇姆的看法:小布什一无是处,连最小的危机都解决不了。凯奇姆还举了个例子,就算是两只小狗打了起来这种小事,小布什也会给消防局打电话,让他们带上水管过来,然后自己跑到安全的地方观战,等待消防员露面。帕姆最喜欢这个例子的地方是,凯奇姆说,消防员带着水管就位后,总统会马上摆出积极解决问题的样子——假如这两只狗在此期间还惹出了其他乱子的话。

布什总统的表现果然不出所料,他在电视上说,美国遭受了重创,这是一场"显而易见的恐怖袭击"。

"你这么觉得吗?"六罐装问电视上的总统。帕姆没搭理狗,跟电视里的人聊了起来,这是独居者的典型特征——仿佛电视里的人跟狗一样能听见她说话似的。

这时候联邦航空管理局已经关闭了纽约机场,纽约和新泽西港务局下令关闭了纽约地区的所有桥梁和隧道。"这些笨蛋还在等什么?"六罐装问狗,"他们应该把所有机场全都关掉!"十分钟后,联邦航空管理局取消了美国机场的所有航班,这是美国有史以来第一次全境停飞。"瞧见没有,"六罐装问两只狗,"肯定有谁听到了我说的话。"(这个"谁"就算不是指凯奇姆,也绝对不是这两条狗。)

六罐装把一块干净海绵泡在凉水里,冲掉了德牧眼睛里的洗洁精和柠檬水。"下一个才轮到你,英雄。"帕姆告诉猎熊犬,英雄漠然地看着她和德牧。

三分钟后,美国航空七十七号航班撞进五角大楼,腾起高高的烟柱。过了两分钟,白宫进行了疏散。"该死,"六罐装对狗说,"看起来这显然是恐怖袭击了,你们不觉得吗?"

她把英雄的脑袋抱在腿上,冲洗着受伤的猎熊犬眼睛里的洗洁精和柠檬汁,十点零五分,世贸中心南塔倒塌,塔楼歪倒在街道上,翻滚的烟尘和碎屑弥散而出,人们在厚重的尘埃中惊惶逃窜。

五分钟后,五角大楼的一部分也塌掉了——与此同时,也遭到劫持的美联航九十三号航班在宾夕法尼亚州萨默塞特县坠毁。"不知道这架飞机原来要去哪里,英雄。"六罐装对狗说。

德牧跑到帕姆身后,鬼鬼祟祟地绕着圈子,英雄看不到它,显得很急躁。猎熊犬的紧张情绪让六罐装注意到德牧在她背后的小动作,她猛然把手往后一伸,揪住了德牧的一小块皮,用力捏住,直到德牧发出嘶哑的哀叫,从她手中挣脱出来。

"别给我偷偷摸摸的!"六罐装说,德牧灰溜溜地钻过狗门,回到外面的狗窝。

接下来,电视上宣布,联合国大厦——还有国务院、司法部以及世界银行都进行了疏散。"所有的重要人物都躲起来了。"六罐装对英雄说,狗警惕地注视着她,仿佛在回想她的行为中前后不一致的地方:她先是把那些难闻的黄色糊糊放在我的伤口上,又把刺眼的东西喷进我的眼睛里,最后还假惺惺地想让我的感觉好一点儿……对了,那只偷袭我的狗德牧去哪儿了?

"别气得扭了蛋,英雄——我不会伤害你的。"帕姆告诉猎熊犬,但英雄怀疑地打量着她,这只狗也许觉得还是跟熊待在一起比较好。

十点二十四分,联邦航空局报告说,所有跨大西洋的入境飞机全部转飞加拿大。"哦,太好了!"六罐装跟电视说,"这样的主意我好几个月之前就能想出来！我还以为你们觉得前两架飞机的驾驶员是波士顿的呢！"但是电视没理她。

四分钟后，世贸中心的北塔倒了。有人说，这座楼似乎是从上到下解体的，就像有人用刀切开一棵高大的青菜那样。"要是这还不算世界末日，那也离世界末日不远了。"六罐装对狗说。（英雄还在四处寻找那条蠢德牧。）

十点五十四，以色列疏散了所有的驻美外交使馆。六罐装觉得自己应该把这件事写下来。凯奇姆总是说，以色列人是唯一了解事实的民族。他们关闭外交使馆，说明穆斯林极端分子——那些一心消灭犹太人、好战的伊斯兰主义者发动了摧毁美国的宗教战争——因为假如没有美国，以色列早就不复存在了。在胆小怯懦的所谓外交界，再也没有人有胆量支持以色列了——凯奇姆大概就是这么说的，六罐装的政治观点多半是从老伐木工这个自由主义者那边吸收来的。（凯奇姆钦佩以色列人，除此之外，几乎没见他佩服过什么人。）

六罐装常常想，凯奇姆是不是有一半印第安血统，一半犹太血统，因为老河工经常威胁说要移居以色列。帕姆不止一次听见凯奇姆宣称："其实我也不是很想杀那些可怜的鹿和熊，我更希望去杀哈马斯和真主党的那些浑蛋，这样也许还能做点好事！"

当天上午十一点刚过，纽约市市长鲁道夫·朱利安尼开始劝说纽约人待在家里，市长还下令疏散运河街以南的市区。这时，帕姆生起气来——凯奇姆和另外两个人撒厨师的骨灰竟然用了一上午，但出于对凯奇姆的了解，六罐装觉得伐木工会坚持带丹尼去看看巴黎——或者说西达默尔，凯奇姆顽固地这样称呼那个地方——遭到的"破坏"（这也是凯奇姆说的）。六罐装知道，要么在去巴黎的路上，要么在回来的时候，凯奇姆会停下车，对那些大惑不解、令人心碎，在观鹿塘摇晃着骨瘦如柴的屁股跳舞的驼鹿称赞一番。

帕姆忽然感到非常难过:凯奇姆每隔一段时间就会邀请她半夜去看驼鹿跳舞,但她常常不肯接受。(六罐装相信,那些驼鹿只是在漫无目的地"胡乱转圈"。)同样让她难过的是,凯奇姆提出到伙房原址的那片草坡上"露营旅行"时,她有许多次都没同意。六罐装也为此感到后悔,她知道那里是凯奇姆的圣地,他最喜欢的就是在那里过夜。凯奇姆在那儿搭帐篷,睡在睡袋里,但他的呼噜声吵得她半夜睡不着,而且帕姆睡硬地面会胯骨疼。另外,天气变冷的时候——尤其是下雪天,凯奇姆最喜欢到伙房原址露营,低温也会让六罐装的胯骨隐隐作痛。

"是你一直推迟做髋关节置换手术的时间。"凯奇姆常对她这样说,六罐装也感到后悔。当他邀请她去露营,可她却去不了的时候,她是多么希望老河工能像从前那样对待她啊。

假如她提议去柏林看电影取代露营,凯奇姆会朝她翻个白眼。六罐装知道凯奇姆对电影和柏林的看法,他喜欢说:"我宁愿待在家里看英雄放屁。"

六罐装突然意识到,她想让凯奇姆和她结婚,可是怎么才能做到呢?

这时候中午刚过,凯奇姆和另外两个人已经出去整整一上午了——帕姆对他们和全世界都充满了怒火。移民规划局宣布,美加和美墨边境处于最高戒备状态,但暂时不会关闭。

"那些疯子不是加拿大人!"六罐装毫无意义地对狗大喊,"恐怖分子不是墨西哥人!"她哀叫。她憋了一上午,实在忍不住了,英雄穿过狗门进了狗窝,毫无疑问,它觉得跟德牧在一起要比陪着帕姆更好。

并不意外的是,当凯奇姆终于和丹尼、卡梅拉一起回来时,伐木工看到备受委屈的英雄竟然和六罐装的狗一起待在室外的狗窝里——其中包括那条不可靠的德牧——他还以为这说明六罐装没有认真照顾受伤的猎熊犬。"帕姆肯定浪费时间来着,看白天的那些没用的电视节目。"一向喜欢挑刺的凯奇姆告诉丹尼和卡梅拉。

"啊——哦。"丹尼对卡梅拉说,"你应该对六罐装好一点,凯奇姆,"丹尼告诉老伐木工,"其实我觉得你应该跟她结婚——或者试着和她一起住。"

"拉不出屎来的老天爷!"凯奇姆大喊,用力关上卡车门。帕姆的狗立刻叫了起来,但不是朝一声不吭的英雄叫的。

六罐装从拖车上的厨房门出来。"美国遭到袭击了!"帕姆叫道,"布什坐着空军一号到处飞,这个胆小鬼肯定想找地方藏起来!以色列人全都回去保卫国家了!世界末日开始了!"六罐装冲着凯奇姆喊道,"可你这个吃了枪药的王八蛋只会惹我的狗生气!"

"跟她结婚?"凯奇姆对丹尼说,"我为什么要和她一起住?你能想象出每天回家对着这么个疯子是什么感觉吗?"

"这都是真的!"六罐装叫道,"进来自己看看吧,凯奇姆——电视上演着呢!"

"电视上!"凯奇姆重复了一遍,又对卡梅拉眨了眨眼,这无异于给六罐装火上浇油,"当然,如果电视上都演了,那肯定比大多数的事都可信了呢。"

但六罐装和凯奇姆都忘了自己在哪儿——这儿可是锯末巷,布置得井井有条的拖车公园里,有许多带小孩的家庭主妇、一些退休或是无业的老人(男女都有),还有几个无所事事的逃学少年,他们的家长上班去了,根本不知道他们跑到这里来了。

凯奇姆不清楚有多少人听到了他和帕姆的对话,拖车公园的居民们七嘴八舌地各抒己见。他们整个上午都粘在电视机前面,因为那些拖车的车厢薄得像纸一样,邻居们可以边看电视边互相交流,表达各种意见——有人认为他们目睹的是世界末日大决战的开端——而现在凯奇姆这个臭名昭著的好战分子(老河工以前在埃罗尔确实很出名)闯进了他们的小社区大吼大叫,似乎还不了解到底发生了什么。

"你没听说吗,凯奇姆?"一个老头儿问,他的背驼得很厉害,在温暖的九月就穿上了红黑两色的羊毛狩猎裤,裤子的背带松松垮垮地挂在皮包骨头的肩膀上,瘦削的胳膊露在白色的无袖汗衫外面。

"是你吗,亨利?"伐木工问老头儿。自从巴黎的锯木厂关门,凯奇姆就再没见过这个锯木工——那是锯木厂被推土机铲平之前好多年的事了。

亨利举起没了拇指和食指的左手。"当然是我,凯奇姆,"锯木工说。"是中东战争,穆斯林和犹太人的冲突——在这儿爆发了,凯奇姆。"亨利说。

"早就开始了。"凯奇姆告诉锯木工。"出什么事了?"伐木工问六罐装。

"我刚才不是告诉你了吗!"六罐装叫道。

"发生了恐怖袭击,所有机场都不安全了,他们把机场都关了。"有个怀抱婴儿的年轻女人对凯奇姆说。

两个一起逃学的十几岁男孩在正午的阳光下光着膀子,赤着脚。穿着牛仔裤。"死了好几百个人——也许有一千了!"其中一个说。

"他们是从摩天大楼上跳下来的!"另一个男孩说。

"总统失踪了!"一个带着两个小孩的女人说。

"好,这是个好消息!"凯奇姆宣布。

"布什没失踪——他只是在到处飞,为了保证自己的安全,我告诉过你。"六罐装对伐木工说。

"也许是犹太人干的——他们想让我们以为是阿拉伯人干的！"一个拄拐的年轻人说。

"如果你只是脑子不好的话，那就不用拄拐了，"老伐木工告诉他。"拉不出屎来的老天爷，我得去看看电视了。"凯奇姆对六罐装说。（这位从前的河工，现在的读书人，可能是埃罗尔唯一一位家里没电视的居民。）

他们拖拖拉拉地走进帕姆的厨房，不光是凯奇姆和搀扶着卡梅拉的丹尼，还有缺了拇指和食指的老锯木工亨利和另外两个带小孩的女人。

拄拐的年轻人瘸着腿离开了。那两个小男孩在狗窝外面说着话，逗着狗玩了一会儿之后，一个小孩说："看那条一只耳朵的硬汉，它肯定打过一架。"

"还打得很凶，"另一个小孩说，"对手肯定是只猫。"

"是只很凶的猫！"第一个小孩赞同地说。

帕姆厨房里的电视上，电视台不停播放一七五号航班撞进世贸中心南塔的镜头——当然还有南塔和北塔先后倒塌的镜头。"这两座楼里有多少人——塌掉的时候，有多少警察和消防员压在下面？"凯奇姆问，但没有人回答，现在得出这些统计数字还为时过早。

下午一点零四分，布什总统在路易斯安那州的巴克斯代尔空军基地发表演说，宣称已经采取了所有适当的安全措施——包括让美军进入全球高度戒备状态。"嗯，这样的狗屁措施就能让所有人觉得安全了。"凯奇姆说。

"不要误会，"布什在电视上说，"美国一定会追捕和惩罚应该对这些卑劣行为负责的人。"

"哦，老天，"凯奇姆说，"我觉得这才是咱们接下来应该害怕的事！"

"可他们袭击了我们,"怀抱婴儿的年轻女人说,"我们不是必须还击吗?"

"他们是些搞自杀式炸弹袭击的家伙,"凯奇姆说,"怎么还击?"

凌晨一点四十八分,布什总统离开巴克斯代尔,乘坐空军一号飞往内布拉斯加州的另一个基地。"又开始到处飞了。"六罐装评论道。

"你们猜猜,这个脑子有屎的家伙会发动多少战争?"凯奇姆问他们。

"得了吧,凯奇姆,他是总统。"锯木工说。

凯奇姆伸手抓起老锯木工的手,那只手少了拇指和食指。"你犯过错吧,亨利?"老河工问。

"有那么几次吧。"亨利回答,每个人都能看到那两截断指。

"好,你等着瞧,亨利,"凯奇姆说,"白宫的那个王八蛋根本不称职——你会瞧见这个狗屎玩意儿是怎么搞砸一切的,这坨老鼠屎在任期里面犯的错肯定他妈的不可计数!"

"他妈的什么?"六罐装问,她听起来很害怕。

"不可计数!"凯奇姆喊道。

"就是很多很多——多得数不清。"丹尼对六罐装解释。

六罐装看起来很萎靡,仿佛最后一点自信也被赶走了。"也许你今晚愿意去看驼鹿跳舞,"她对凯奇姆说,"也许你和我——还有丹尼和卡梅拉——可以去露营。在伙房那边过夜应该很不错。凯奇姆,咱俩只要多带几个睡袋就行,对吧?"

"该死,"凯奇姆说,"敌人已经不宣而战了,你还想着去看驼鹿跳舞!今天晚上不行,六罐装。"凯奇姆告诉她。"丹尼和我还有些重要的事得商量,我想,迪克斯维尔峡谷的凤仙花酒店有酒吧间和电视,对吧?"他问丹尼。

"我想回家,"卡梅拉说,"我想回波士顿。"

"今晚不行，"凯奇姆重复道，"恐怖分子不会炸波士顿的，卡梅拉。有两架飞机就是从波士顿飞出来的，要是想袭击波士顿，早就动手了。"

"我明早开车送你回波士顿。"丹尼对卡梅拉说。他不忍心直视六罐装，她看起来似乎很绝望。

"把狗留下，我来照顾英雄，"帕姆告诉凯奇姆，"凤仙花不让狗进店，你应该在那过夜，凯奇姆，因为你肯定会在那边喝酒。"

"只要你付钱就行。"凯奇姆对丹尼说。

"当然是我付钱。"丹尼说。

所有的狗都从狗门钻进厨房，凯奇姆喊完"不可计数"就再也没吆喝过，六罐装的小厨房里挤了这么多人，却没有人大喊大叫，这些狗觉得很担心。

"别气得扭了蛋，英雄——我明天回来，"凯奇姆告诉猎熊犬。

"你今天晚上不用去医院上班吗？"老河工问六罐装。

"我可以翘班，"她大义凛然地告诉他，"医院里的人喜欢我。"

"好吧，该死，我也喜欢你。"凯奇姆尴尬地对她说，但六罐装什么都没说，她知道自己的机会已经过去了。帕姆能做的只有把她疼痛的身体挡在（其中一个年轻女人的）两个小孩和靠不住的德牧之间，这条狗简直是个傻瓜。六罐装知道，自己挡住德牧不让它咬小孩，要比她说服凯奇姆重新和她一起过日子的成功率大。他甚至表示要为她出髋关节置换手术的费用——那家该死的高级医院在达特茅斯附近——但帕姆推测，凯奇姆的慷慨大方主要是因为伐木工为自己没杀牛仔感到后悔万分，而不是为了证明他还爱着她。

"都出去吧。我得把厨房收回来了——你们都走吧。"六罐装突然说，她不想当着一群陌生人的面崩溃。没等她对狗说"我说的不是你们"，帕姆的一条杂种狗（凯奇姆是这么叫它的）就溜回了外面的狗窝里,这些狗已经习惯了"都出去吧"这条命令,动作比那两个带小孩的女人、老伐木工和断了两根手指的老亨利快多了。

那条傻乎乎的牧羊犬和英雄站着没动,完全无视帕姆的命令,这两条狗在厨房的两个相对的角落里顽固地对峙着。"不许再惹麻烦,"帕姆对它们说,"要不然我打出你们的屎来。"可这时她已经哭了起来,声音失去了平时的火药味,两条狗已经不怕六罐装了,狗能察觉出其他生物落败的味道。

一行三人再次钻进被熊臭气污染的卡车——丹尼依然坐在中间,卡梅拉尽可能地靠近副驾驶座敞开的窗户——凯奇姆打开了臭烘烘的驾驶室里的收音机。这时候还不到下午三点,但市长朱利安尼在开新闻发布会。有人问市长死亡人数是多少,朱利安尼回答:"我们不想推测这个数字,它超出了所有人的承受能力。"

"听起来像个不错的猜测。"丹尼说。

"你想回美国,对吧?"凯奇姆突然问丹尼,"我记得听你说过,你已经没有理由继续留在加拿大了,你打算回到自己的国家,是不是?你最近不是还跟我抱怨,说你不觉得自己像加拿大人,其实你是个美国人,对吗?"

"我想是的。"丹尼回答。作家清楚,凯奇姆的问题要谨慎回答。"我出生在这里——我是美国人。成为加拿大公民并没有让我变成加拿大人。"丹尼更加确定地说。

"嗯,这也让你看到我有多迟钝——我不过是个读到什么就相信什么的人,"老河工狡猾地说,"你知道,丹尼,我或许用了很长时间才学会识字,但我现在的阅读水平很不错——读的东西也很多。"

"你想说什么,凯奇姆?"丹尼问他。

"我还以为你是个作家呢,"凯奇姆告诉他,"我在什么地方读到过,你说民族主义是'狭隘的',我相信,你还说,所有作家都是'局外人',你认为自己置身事外,观察着内部的情况。"

"我确实这么说过,"丹尼承认,"当然,那是一次采访——是有语境的。"

"去他妈的语境!"凯奇姆大喊,"谁在乎你愿不愿意当加拿大人?谁在乎你是不是美国人?如果你是作家,你应该当个局外人——你应该待在外面,观察内部的情况。"

"你是说背井离乡?"丹尼说。

"你的国家要乱套了——已经乱了一阵子了。"凯奇姆说,"要是你留在加拿大,可以看得更清楚,写得更明白——我知道你能做到。"

"我们受到了袭击,凯奇姆先生,"卡梅拉怯怯地说,她不打算争辩,"我们乱套是因为遭到了袭击吗?"

"关键是我们怎么理解这场袭击,"凯奇姆对她说,"布什会怎么反应?这才是重点,对吧?"老伐木工问丹尼,但作家不像凯奇姆这么悲观,他总是低估老河工的消极程度:用最坏的可能性评判事物。

"留在加拿大吧,"凯奇姆告诉他,"住在外国才能看懂美国的是非——我是说,看得更清楚。"

"我知道你的想法。"丹尼说。

"那些大楼里的可怜人——"卡梅拉欲言又止,她也不像凯奇姆那么悲观。

下午四点,他们三个在"凤仙花"的酒吧里看电视。CNN电视台说,有"充分的迹象"表明,一九九八年曾经组织过两起美国使馆爆炸案的嫌疑犯、沙特激进分子奥萨马·本·拉登与世贸中心和五角大楼的恐怖袭击有关——这是根据恐袭发生后"最新的特别情报"得出的结论。

过了一个半小时,凯奇姆喝掉了四瓶啤酒和三杯波旁威士忌,丹尼还在喝第三瓶啤酒。这时 CNN 电视台报道说,美国官员宣称,在宾夕法尼亚坠毁的那架飞机原来可能前往三个目标的其中之一:戴维营、白宫或者国会大厦。

"你真的觉得我应该跟六罐装结婚吗?"凯奇姆问丹尼。

"你跟她一起生活试试看。"丹尼建议。

"哦,我那样做过,"老河工提醒他,"我不敢相信,六罐装竟然想上大厨!"凯奇姆叫道,这时候他想到卡梅拉还在旁边,又说了句:"对不起。"

他们三个去饭厅吃了一顿大餐。丹尼不停地喝啤酒,凯奇姆嫌恶地看着他喝。但老伐木工和卡梅拉喝光了两瓶红酒,卡梅拉提前回房间了。"今天对我来说很难熬,"她告诉他们,"但我要感谢你,凯奇姆先生,谢谢你带我去看那条河——还有你做的其他事。"卡梅拉觉得第二天早晨不会见到凯奇姆了——确实如此,尽管凯奇姆一直在喝酒,但他现在起床越来越早。两个男人提出要送卡梅拉回房间,但她不同意,让他俩留在饭厅,凯奇姆立刻又点了一瓶红酒。

丹尼对他说:"我不会帮你喝的。"

"我不用你帮,丹尼。"凯奇姆说。

因为丹尼个子小,如果只喝啤酒,会遇到这样的问题:没等他喝醉,他就会觉得腹胀喝不下了,可丹尼决心抵御凯奇姆的引诱,不碰红酒。丹尼依然认为红酒是害他没能阻止牛仔杀掉他父亲的元凶。在他把厨师的骨灰撒进绞河的这一天,丹尼不愿用醉酒来抹除他对那个可怕夜晚的记忆:卡尔杀死了丹尼的父亲,丹尼把二零口径霰弹枪的三发子弹全都打在牛仔身上。

"你要放得开,丹尼。"凯奇姆说,"大胆一些。"

"我只能喝啤酒,凯奇姆,红酒不适合我。"丹尼告诉他。

"看在上帝的份上,我指的是写作方面!"凯奇姆说。

"写作方面？"丹尼问。

"你一直在回避阴暗的题材，"凯奇姆告诉他，"你就只会旁敲侧击，太含蓄了。"

"是吗？"丹尼问。

"没错，你似乎在躲避那些让人毛骨悚然的东西，"凯奇姆告诉他，"你必须深入研究那些最糟糕的事物，想象一切，丹尼。"

丹尼觉得凯奇姆的这些话不太像文学批评，更像是邀请他到老伐木工的卡车驾驶室里过夜——或者到熏肉作坊里跟那头被剥了皮、正在熏烤的熊过夜。

"那只熊怎么办？"丹尼突然问伐木工，"熏肉作坊里的火不会灭掉吧？"

"哦，现在应该已经熏得差不多了——我明天可以再生把火，"凯奇姆不耐烦地告诉他，"还有一件事——好吧，是两件事。首先，你似乎不喜欢城市——我反正觉得乡下更适合你——我是指身为作家的你。"凯奇姆放轻了声音说，"其次，我觉得这一点更重要，你再也不需要什么笔名了，据我所知，笔名给你带来的全都是负面影响，我认为现在是时候恢复你的本名了。你爸一直叫你丹尼尔，我听你说起过，丹尼。丹尼尔·巴恰加卢波是个不错的作家名字。当然，对我来说你还是丹尼，但身为作家，还是叫丹尼尔·巴恰加卢波比较好。"

"我知道我的出版商会怎么想，"丹尼告诉伐木工，"他们会提醒我，丹尼·安吉尔是著名的畅销书作家，而这个叫丹尼尔·巴恰加卢波的作家没有名气，他的书可不会卖得那么好。"

"我只是想告诉你，身为作家最好应该怎么做。"凯奇姆对他说。

"你的意思是不是——"作家有点急躁地说，"我应该改回本名丹尼尔·巴恰加卢波，到加拿大乡下生活，还应该放得开——就是说，身为作家，应该更大胆。"丹尼把凯奇姆的建议复述了一遍。

"我觉得你听明白了我的意思。"老伐木工告诉他。

"还有别的建议吗?"丹尼问他。

"从我记事开始,美国就一直在衰落,"凯奇姆直言不讳地说,他没在开玩笑,"这是个迷失的族群,丹尼。别再瞎胡闹了。"

两个男人彼此对望,中间隔着他们要喝的酒,丹尼强迫自己不停地喝,继续盯着凯奇姆。丹尼很爱这位老伐木工,但凯奇姆让他觉得受了伤害。凯奇姆很擅长伤害别人。"嗯,我盼着在圣诞节见到你,"丹尼说,"圣诞节快要到了。"

"也许今年不行。"凯奇姆告诉他。

作家知道,要是自己去抓凯奇姆力大无穷的右手,可能会被他打到一边,所以丹尼抓住了伐木工的左手,把它按在桌子上。"不——别那样。"丹尼告诉他,但凯奇姆轻松地抽走了自己的手。

"做好你该做的事,丹尼,"老河工告诉他,"你做好你的事,我做好我的。"

VI

二〇〇五年
安大略省波因特奥巴里站

16 迷失的族群

三年来，作家丹尼尔·巴恰加卢波——他恢复了厨师和罗茜表姐给他取的本名——在乔治亚湾的特纳岛上度过了一月、二月和三月的前两周。这个岛依然属于丹尼曾经的挚爱夏洛特，但在寒冬时节，夏洛特和她的家人在洛杉矶过得很快乐，没必要跑到冰封的湖面和积雪覆盖的礁石上挨冻。

丹尼对这个地方进行了改善——甚至超过了凯奇姆提出的标准。安迪·格兰特用胶带把供热电缆和冬天使用的污水管道缠在一起，还在污水管外面包了一层隔温铝箔和一层防水防冻膜。丹尼本来可以这样给连接水湾的引水管加温的，这样就能用上热水了，但安迪就要干更多的活，还得把热水器挪到主屋，确保管道不会上冻，与之相比，还是在湖里的冰面上凿洞，用水桶取水更容易，虽然这样就得经常凿洞，但正像凯奇姆说的，没什么大不了的。

他不只需要凿冰，还得砍很多木柴。（凯奇姆的电锯帮了大忙。）丹尼在那里待了十个星期，砍下了第二年冬天需要的全部木柴，还多出来不少，足够给夏洛特一家在凉爽的夏夜里生火用的。

除了主屋的那个烧木柴的炉子，卧室里还有个丙烷壁炉，卫生间里有电暖气——安迪·格兰特在地板托梁之间安装了玻璃纤维隔温材料，现在即便在冬天，人也能受得住主屋的温度了。丹尼的写作窝棚里还有个柴炉,但这个房间没做过保温处理——面积太小,没有必要。丹尼用积雪把窝棚外面围起来,防止风吹到窝棚下面,把地板的温度带走。

每天晚上,丹尼会把主屋的柴炉封住,早上醒来时只要添上柴火,把烟道完全打开就可以了。然后他会走进写作窝棚,生起那里的炉子。夜里唯一需要享受特殊照顾的,是他的 IBM 打字机,必须给它盖上一床电热毯——否则机油会冻住。写作窝棚逐渐暖和起来的时候,丹尼会去湖边凿冰,打两桶水送到主屋。一桶水留着冲厕所——能用一天,另一桶用来做饭洗碗。夏洛特的超大号浴缸能轻松装下四五桶水,其中两桶要在炉子上加热(到接近沸腾的程度),但丹尼总是在睡觉之前洗澡。

每天早上,他都到写作窝棚工作,看到那棵被风吹弯的松树,他会感到精神振奋,作家和凯奇姆都觉得这棵小树会让他们想起厨师。丹尼每天下午三点之前结束写作,他希望在白天剩下的几个小时里干点活儿。总是要砍更多的木柴,而且丹尼几乎每天都得去镇上。如果没有太多的垃圾要运到岛外,需要买的东西又不多的话,他会滑雪过去。他把滑雪板、滑雪杆和一只小运输雪橇放在后码头附近特纳爷爷的木屋里。(凯奇姆和英雄在岛上时,无论白天还是晚上,都愿意待在这座没有供热设施、可能闹鬼的小屋里。这个木屋的地上有活板门,夏洛特的祖父,这个狡猾的偷猎者或许曾经把非法猎获的鹿藏在下面。)

从小岛的后码头滑雪穿过沙瓦纳加湾,路程很短,然后丹尼会沿着南岸路前往波因特奥巴里站。他穿着护胸背心,肩胛之间的位置有个圆环,可以用登山扣把运输雪橇的拉绳固定在上面。当然,如果运到镇上的垃圾有很多,或者他得在波因特奥巴里站买很多东西,丹尼会开雪地摩托或者"极地"牌汽艇过去。

安迪·格兰特提醒作家，他需要拥有自己的雪地摩托和汽艇。冬季里适合开汽艇的日子很少，除非气温升到零度以上，否则雪会粘在船体的底部，让它很难在积雪覆盖的冰面上滑行，这时就必须用到雪地摩托了。但是在一月初，当丹尼来到夏洛特的岛上时，波因特奥巴里站外的主航道通常还没有上冻，布里格纳尔班克斯水道里波涛汹涌，经常漂动着大块的浮冰。一月初，"极地"牌汽艇是必备的交通工具，三月中旬也能偶尔用到。（有些年份——尽管并不多见，湾里的冰在这么早的时候就开始破裂了。）

汽艇可以轻松自如地在冰层、雪地和水面上航行，甚至可以越过大块碎裂的浮冰。它的速度可以达到每小时100英里，但丹尼从来没开到那么快。汽艇上安装了飞机引擎和后置式单螺旋桨推进器，还有加热的舱室，驾驶员需要佩戴护具，保护耳朵免受噪声伤害。丹尼在特纳岛度过的冬天最冷的那十个星期里，为了过上相对舒适的生活，他最大的投资就是这艘汽艇了，不过，这笔费用是安迪·格兰特与作家分担的。安迪把它当成工作用船，不仅在水湾刚开始上冻的十二月份使用，还要在三月中旬用它——直到浮冰完全融化，通常到四月底冰雪才能彻底消融。

丹尼喜欢在泥泞时节开始之前离开乔治亚湾。湾里的冰层破裂时，对他就不再有吸引力了。（乔治亚湾并没有真正的泥泞时节——那儿都是石头。但是对于丹尼尔·巴恰加卢波而言，泥泞时节更像是一种精神状态，犹如新英格兰北部公认的泥泞时节一样，每到这个时候，他的心境就会发生变化。）

由于夏洛特一家偶尔只会把主屋的卧室当客房用，因此丹尼常年把自己的一些冬装放在那儿的衣橱里——不过是他的靴子、最暖和的风雪大衣、滑雪裤和滑雪帽。自然，夏洛特一家的夏季用品随处可见——丹尼每年冬天都会看到墙上出现新照片——但夏洛特不会动丹尼的写作窝棚。她找来几张凯奇姆和厨师的照片,还有两三张乔的照片挂在窝棚里——也许是为了让丹尼有回家一般的感觉,其实,除此之外,她为了让他感到温馨舒适所做的努力已经够多的了。

夏洛特的法国丈夫显然是一家人的大厨,因为他会在厨房里给丹尼留字条,列出添置了哪些新厨具。丹尼也会给法国人留字条,他们每年都交换礼物——厨房里的各种小工具和小配件。

最近装修过的几个卧室是夏洛特和丈夫、孩子每年夏天过夜的地方,丹尼明白,自己在冬天不能到这些地方去。这几个房间都上了锁,停掉了电和丙烷,管道也排空了。但每年冬天,丹尼至少会顺着窗户往里看一眼——沙瓦纳加湾的私人岛屿上没必要装窗帘。作家只想看看墙上的新照片,还有孩子们添了什么玩具和新书,这并不算是侵犯夏洛特的隐私,对吧?如果只是从这种冷眼旁观而遥不可及的角度看过去,丹尼尔·巴恰加卢波觉得夏洛特一家人似乎很幸福。与法国人互留字条几乎完全取代了跟夏洛特通电话,现在夏洛特很少从西海岸打电话过来。九月的时候,丹尼依然会离开多伦多,他知道那时候夏洛特和她的导演丈夫会来出席电影节。

凯奇姆建议作家到乡下去住,老河工觉得丹尼不是个喜欢城市的人。

作家在乔治亚湾的特纳岛上待的那十个星期,其实不完全算是在乡下住。虽然他现在经常旅行,但在全年余下的时间里,他还是住在多伦多。不过——至少在一月初到三月中旬——沙瓦纳加湾的那个孤岛和波因特奥巴里站这个小镇还是与世隔绝的。(正如凯奇姆过去常说的:"下雪的时候,你更有可能注意到那些桦树。")冬季的波因特奥巴里站,留下的人不会超过两百个。

"肯尼迪"是个不错的杂货店,出售食品和家庭五金用品,冬天大部分时间都营业。六十九号公路旁边有个"避风港"餐厅,那里卖酒，还有台球桌。"避风港"对圣诞花环情有独钟，还喜欢展示圣诞老人玩偶——包括一条戴圣诞帽的鲈鱼。虽然开雪地摩托的人最喜欢的食物是鸡翅、洋葱圈和炸薯条，但丹尼到那里去的时候——他很少过去——会坚持吃培根生菜番茄三明治和卷心菜沙拉。

"拉里客栈"也在六十九号公路旁边——丹尼和凯奇姆在贝菲尔德和波因特奥巴里地区猎鹿时，在那里住过——但有传言说，客栈会被卖掉，给新公路让地方。六十九号公路一直在拓宽，但壳牌加油站还在营业。据说，壳牌加油站是波因特奥巴里唯一能买到色情杂志的地方。（但凯奇姆认为它们的质量不怎么样，如果你相信他的判断的话。）

一年中的这个时候，到处都是荒凉孤寂的景象，除了反复提及主航道再过一两周就会解冻的话题，人们没有别的谈资。整个冬天，流言蜚语和当地新闻里充斥的，全都是关于六十九号公路车祸的那些耸人听闻的细节，这条公路上经常发生事故。这年冬天，在回家湖路的交叉口——要么就是在小回家湾附近，丹尼始终分不清这两个地方——发生了五车连环追尾事故。（对于那些不知道丹尼尔·巴恰加卢波是著名作家的常住居民而言，他只是个置身事外的美国人而已。）

自然，酒水店——位于六十九号公路鱼饵店的对面——总是生意兴隆，同样繁忙的还有波因特奥巴里护理站。最近，丹尼开雪地摩托的时候，那里的一位救护车司机叫住了他，司机告诉丹尼，有个开雪地摩托的从沙瓦加纳湾的冰面上掉下去了。

"他淹死了吗？"丹尼问司机。

救护车司机回答："还没找到他。"

丹尼认为，也许要到四月中旬冰面裂开时才能找到那个开雪地摩托的人，据这位护理站的救护车司机说，哈尼港发生了一起"迎头正面相撞"，塞文港附近发生了"一流的追尾事故"，冬季的乡村生活严酷而艰辛,雪让一切变得模糊不清,酒精是暴力与放纵的燃料。

丹尼在波因特奥巴里站附近度过的那十个星期乡村味十足,虽然达不到凯奇姆的要求,但对作家来说已经足够。无论凯奇姆是否同意,这就是他所需要的乡村生活了。

丹尼·安吉尔的第八本——也是最后一部——小说《打烊后的餐厅》二〇〇二年出版,这时距离《路中央的孩子》出版已有七年。丹尼告诉凯奇姆的预测基本上是正确的——他的出版商们抱怨说,不出名的作家丹尼尔·巴恰加卢波的作品销量不可能与丹尼·安吉尔的新作相提并论。

但是丹尼让出版商们明白,《打烊后的餐厅》绝对是他以安吉尔为笔名出版的最后一本书。在每一次采访中,他都反复自称"丹尼尔·巴恰加卢波",一次又一次地讲述自己年轻时被迫以笔名写作的缘由。"丹尼·安吉尔"是个笔名,作家的真名是丹尼尔·巴恰加卢波,这从来都不是什么秘密——真正的秘密是他为什么要用笔名。

畅销书作家的儿子意外身亡——作家的父亲惨遭暴力杀害,凶手随即又被作家击毙——是个大新闻。丹尼本可以坚持让《打烊后的餐厅》作为丹尼尔·巴恰加卢波的处女作出版的,尽管出版商们还是会抱怨,但无论如何,他们总会同意,可只要让他的下一部小说(第九部)成为丹尼尔·巴恰加卢波的处女作,丹尼就已经满足了。

《打烊后的餐厅》反响热烈,得到的大部分是好评——人们常常称赞作家具备一种当代少见的"克制",尽管经常重复出现的"克制"二字是褒义,作家却为此感到困扰。丹尼永远都不会知道,凯奇姆对于《打烊后的餐厅》是怎么想的。不过,"克制"在伐木工的词汇表中,从来都不占据主要位置——至少在褒义词里面并非如此。丹尼·安吉尔最后一部小说是否符合老河工的要求——身为作家,丹尼应该放得开——就是说,应该更大胆一些呢?(丹尼显然并不这样认为。)

"你一直在回避阴暗题材。"凯奇姆曾经告诉他。以《打烊后的餐厅》为例,性情和善的二厨每晚努力自学父亲的高超厨艺,这是否像凯奇姆毫不客气地指出过的那样,是在"旁敲侧击"呢?(丹尼一定是这么认为的,否则他为什么不在这本新小说上自豪地署名"丹尼尔·巴恰加卢波"呢?)

"这是他最微妙精细的作品。"一位评论家在提到《打烊后的餐厅》时热情地写道。在凯奇姆那算不上微妙精细的词汇里,"微妙精细"也从来不是褒义词。

"这是他最具象征意义的作品。"另一位评论家表示。

丹尼清楚,谁也不知道,凯奇姆对于"最具象征意义"之类的评论会发表怎样的意见,但作家相信,这位无所畏惧的河工会这样想:象征意义,加上微妙精细,再加上克制,等同于"回避阴暗题材",而这正是凯奇姆批评丹尼的地方。

给《打烊后的餐厅》宣传时,丹尼一再被问到政治方面的问题,老伐木工是不是喜欢他的回答呢?(二〇〇五年,这位小说家依然在回答政治问题,还得为《打烊后的餐厅》的几个译本进行巡回宣传。)

"是的,没错,我会继续住在加拿大,以后都会住在那里,"丹尼说,"尽管我离开美国的动机已经排除了,就像我们家的一位老朋友说的那样。"(这位老朋友当然指的是凯奇姆,他在提到死去的牛仔时,不止一次地用过"排除"这个词。)

"不,我并不是像你说的那样,因为'政治上的反对'而离开美国,"丹尼这样说过许多次,"而且——我不会因为住在加拿大,还是加拿大公民,就不再描写美国人和美国人的行为,住在国外——尤其是美国的邻国加拿大——让我可以更清楚地看待美国,或者至少能让我以不那么美国化的眼光来进行观察。"（凯奇姆当然能看出作家为什么这样回答，尽管好斗的老伐木工并不欣赏丹尼在表达自己对美国的政治立场时的含蓄态度。）

"现在说还为时过早。"在回答九一一事件和布什总统的反击会如何影响美国、阿富汗和伊拉克的战争趋势、加拿大是否会受此牵连并陷入经济衰退或萧条之类问题的时候，作家总是这样说。（因为美国正在快速走向经济衰退和萧条，不是吗？加拿大记者们的言外之意通常是这样的。）

自从凯奇姆说美国"一直在衰落"开始，已经过了四年，现在老伐木工会怎么形容这个国家呢？在加拿大，丹尼被问到的问题越来越具有政治性。最近，《多伦多星报》的某个记者又向丹尼提出一连串熟悉的问题。

美国"在军事上令人绝望地过度扩张"，这难道不是事实吗？联邦政府不是"背负了巨额债务"吗？作家是否愿意评价一下美国"好战的天性"？畅销书作家的"故国"——加拿大记者这样称呼美国——不是正在"衰败"吗？

丹尼想知道，要到什么时候，他才能不再把这些暗示性十足的问题划到"现在说还为时过早"的范畴？作家知道他不能永远都用这句话作为回答。"我消化信息的速度很慢，我的意思是，作为一个作家，"丹尼喜欢在正式发言之前先来这么一段，"而且我是个小说家，这意味着我永远都不会写关于'九一一'事件的东西，不过等到事情过去一阵子之后，我可能会把这件事当素材，但只会让它成为我所构思的故事情节的背景。"（这样的声明既谨慎又含糊，凯奇姆听了也许会骂一句"驼鹿的粪堆"吧。）

毕竟，丹尼曾经公开表示，二〇〇〇年美国大选——布什从戈尔那里"偷走"了总统职位——确实是一次"盗窃"，作家对二〇〇四年的大选发表意见也是顺理成章。当时，布什用成问题的战术和最糟糕的理由战胜了约翰·克里。在丹尼看来，约翰·克里两次都是英雄——在越战和抗议越战中都表现得十分英勇。然而，美国的爱国主义暴力分子不喜欢克里，他们要么是蠢，要么是顽固，竟然还会为那场卑鄙的战争辩护。

丹尼告诉媒体，所谓的"故国"偶尔会让他无比赞同地想起塞缪尔·约翰逊的名言："爱国主义是流氓的最后避难所。"遗憾的是，除此之外，丹尼还说了些别的。某些情况下，作家会以凯奇姆的口吻表态，比如二〇〇四年的美国大选，流氓不只是乔治·布什，还包括每一个比狗屎还蠢，相信约翰·克里不够爱国、不配做美国总统的美国选民。

作家的这些言论被反复转述，尤其是"爱国主义暴力分子"和"比狗屎还蠢的美国选民"这样的形容。小说家丹尼尔·巴恰加卢波确实撰写并且用笔名"丹尼·安吉尔"出版了八本小说，丹尼和父亲确实逃离美国来到加拿大——以移民的方式躲避一个想要杀死他们的疯子，那个疯狂的前警察最后确实杀死了丹尼的父亲——但在大多数世人眼中，丹尼尔·巴恰加卢波选择留在加拿大，是出于政治原因。

至于丹尼，他已经厌倦了不停否认，而且用凯奇姆的语气表态比较容易。丹尼假装自己是凯奇姆，对最近的一次民意调查发表了看法：美国人宁肯极其夸张地表达对同性恋婚姻的厌恶，也不愿对伊拉克战争的结果表现出一丁点儿的担忧。（这样的评论进一步巩固了丹尼的政治声望，用凯奇姆的腔调发言，很容易被人引用。）

在多伦多住处厨房的冰箱上，贴着丹尼为凯奇姆总结的问题清单，但看起来不像清单，罗列出来的问题没有一定的顺序。作家把它们写在许多便条纸上，因为每张字条都注明了日期，冰箱门上的这些笔记看起来就像是一份伊拉克战争的日程表，很快纸片就会贴满整个冰箱门。

就连作家反美倾向最严重的加拿大朋友也觉得，丹尼在冰箱上记录政见既无聊又幼稚（还浪费透明胶带）。《打烊后的餐厅》出版的同一年——二〇〇二年，丹尼养成了收听美国的一个爱国乡村音乐广播电台的习惯。因为只能在深夜搜索到这个频道，他怀疑，当风向北吹过安大略湖时，信号是最清晰的。

丹尼这样做，是为了惹起自己对故国的愤怒吗？不，完全不是。他是希望听到凯奇姆对这个破烂乡村音乐电台的看法。作家想听到老伐木工说："我来告诉你愚蠢的爱国主义错在哪里——它是纯粹的痴心妄想！它什么都不管不顾，只要美国能赢就行！"这不正是凯奇姆会说的话吗？

现在伊拉克战争已经进行了将近两年，凯奇姆是不是也会指责大多数美国人缺少见识，不知道这场战争只是为了转移人们对所谓反恐战争的注意——反而忘记了推动美国早就宣誓发起的反恐战争？

丹尼并不反对找到和摧毁基地组织——"重点是趁热打铁，找到和摧毁该死的哈马斯和真主党！"凯奇姆咆哮，而萨达姆的伊拉克一直是世俗主义的专制政权，大多数美国人是否明白其中的区别？美军在伊拉克没发现基地组织，对吧？（政治问题很容易让丹尼糊涂，他不像凯奇姆那么自信，读的东西也不如凯奇姆多。）

二〇〇三年五月，美国宣布，伊拉克的"主要战斗行动"已经结束，距离正式开战还不到两个月，对此，库斯县那位愤怒的伐木工会怎么说？丹尼很想知道。

丹尼贴在冰箱上、准备向凯奇姆提出的问题也许提醒了作家这场战争是多么愚蠢，但他也觉得纳闷儿，自己为什么非得保留这么一份过于显眼的记录？除了让他感到压抑，它对丹尼没有任何帮助。

对于美国国务卿科林·鲍威尔和英国首相托尼·布莱尔各自作出、听起来却非常相似的公开否认——二〇〇三年五月，他们宣誓说,关于伊拉克的大规模杀伤性武器的情报,并没有为了给进攻伊拉克提供正当性而进行过扭曲和夸大。丹尼能想象出,凯奇姆会说:"把你们说的这些武器给我看看,伙计们!"

有时候丹尼还会背诵凯奇姆关于狗的回答。("就连狗,"凯奇姆也许会这样挖苦地说,"也能看出这场战争会变成什么样!")

这一年的泥泞时节到来时,丹尼尔·巴恰加卢波就六十三岁了。他是个失去了唯一的孩子的独居父亲,还是个作家。他当然会跟狗说话,为狗大声朗读。

至于英雄,他似乎并不对丹尼有些古怪的举止感到惊讶。这条从前的猎熊犬习惯了别人跟它说话,毕竟它连熊的蹂躏都能忍得下来。

这条狗的年龄无从确定,凯奇姆从未说过英雄有多大——以及第一条叫"英雄"的"不错的畜生"传到现在这只经历了多少代。现任"英雄"嘴巴上的白毛比丹尼记忆中的要多,但这条蓝斑沃尔克犬白色和蓝灰色混杂的皮毛让年迈而生的白毛更加难以辨别。英雄有点瘸,不仅是因为年纪大,熊的抓伤早就愈合了,但疤痕依然很明显,它的髋关节也受到了损伤。那只残缺不全、几乎完全不见了的耳朵也愈合了,但黑色的疤痕部位没再长出毛来。

第一次见到英雄的人,最感到不安的通常是这条老猎熊犬少了一侧的眼皮——残缺的狗耳朵在另一侧。这只眼皮是英雄跟六罐装的德牧最后一次决斗时失去的,但据帕姆说,英雄在两条狗的狗窝火并里占了上风。六罐装只好开枪打死德牧。她说,虽然如此,但她从来不怪英雄,毕竟这两条狗始终真心憎恨彼此,迟早是要拼个你死我活的。

对作家而言,这条伤痕累累的猎熊犬是库斯县生活的缩影,在那里,致命的仇恨得到了毫无限制的发展。(当然,别的地方也同样如此——每当丹尼看到冰箱门上那些要向凯奇姆提出的问题,总会这样想。)

二〇〇四年一月,在伊拉克丧生的美军人数自开战以来达到了五百人,"该死,五百算什么——这还只是个开始,"丹尼能想象出老伐木工会这样说,"再过几年,这个数字会变成五千,而某个浑蛋会告诉我们,'和平和稳定指日可待'。"

"你怎么看,英雄?"丹尼问那只狗,听到这个问题,狗竖起一只耳朵,"咱们的朋友难道不会对这场战争的话题感兴趣吗?"

丹尼能分辨出英雄什么时候在听,什么时候其实是在睡觉。英雄装睡的时候,没有眼皮的那只眼珠会跟着你转,当它真的睡着的时候,那只总是露在外面的眼睛的瞳孔和虹膜会转到一个看不见的地方,浑浊的白色眼球茫然地凝视着前方。

作家多伦多住处的厨房里,这条曾经的猎熊犬睡在一张带拉链、塞满雪松木屑的狗床上。丹尼改变了原先的看法——对于英雄放屁的问题,凯奇姆竟然完全没有夸大其词。狗床上放着英雄最喜欢咬的玩具——凯奇姆那把最大的勃朗宁刀的旧刀鞘——就是老河工以前藏在驾驶座遮阳板后面那把一英尺长的猎刀。这只刀鞘吸收了凯奇姆的磨刀石上的磨刀油,可能仍然会让英雄想起那头在卡车驾驶室里坐过的死熊,从它神经质般地迷恋这只有些被咬坏的刀鞘来看,丹尼觉得也许就是这样的。

事实证明,这把一英尺长的勃朗宁刀根本没什么用,丹尼曾经把它送到一家厨具店,那里的人试着重新把它磨快,但没有成功。为了去掉凯奇姆留在上面的磨刀油,丹尼试过很多次,甚至把它放进洗碗机,结果把刀刃给弄钝了。现在这把刀又钝又油,丹尼把它挂在厨房里的一个最显眼但最难够到的位置,像是一柄礼仪剑。

凯奇姆的枪也是个问题,丹尼不想要它们——至少不打算把它们放在多伦多,于是他把枪送给了安迪·格兰特,丹尼每年十一月都跟他去猎鹿。杀死卡尔之后，丹尼猎鹿时更得心应手，但他不愿再用霰弹枪。("再也不用了。"他曾经告诉安迪。)丹尼开始用凯奇姆的那支雷明顿0.30-06斯普林菲尔德。在林区，哪怕在很近的距离内，要用这支珍贵的古董枪打中鹿也绝非易事，但这支卡宾枪的后坐力——还有这支短管步枪开枪后的回声——与丹尼记忆中的那支二零口径的枪不一样。

安迪·格兰特对贝菲尔德地区了如指掌，他从小就在那里打猎。但是，大多数情况下，安迪还是会带丹尼到作家比较熟悉的地方猎鹿——佩恩路和沙瓦纳加湾之间、失落塔湖以西的区域。有时候，甚至在夏洛特岛的后码头也能看到，冬季雪地摩托车道附近有一条天然的小路——那是鹿跑动的地方。每年十一月，丹尼都能从那里隔着灰色的水面望见他冬季的目的地。陆地上的某些地方可以俯瞰沙瓦纳加湾——包括特纳岛的后码头，甚至特纳爷爷的小木屋，凯奇姆曾经把他打死的响尾蛇的皮扔在屋顶上。

十一月狩猎旅行期间，丹尼总是住在拉里客栈，他正是在那儿的酒吧间听到传言说，当新公路铺设到偏远的北边时，客栈就会被卖掉。与酒吧里的当地居民不同，丹尼没资格像他们那样宣称拉里客栈应该保留下来，更何况作家觉得，客栈和汽车旅馆都没有保留的价值，但他无法否认，这两类服务设施对当地人还是有长远用途的。(尽管也在很大程度上造成了这里的衰落。)

每年冬天，丹尼来到夏洛特岛时，安迪·格兰特就把凯奇姆的雷明顿借给他。("免得遇到什么畜生。"凯奇姆会这样说。)安迪还会给作家留下两个填满的弹夹。英雄一直认得那支卡宾枪，这条猎熊犬还会对着它摇尾巴——它平时几乎不摇尾巴——因为那支栓动雷明顿0.30-06斯普林菲尔德是凯奇姆亲手选的猎熊枪，英雄无疑是想起了追逐猎物的刺激，还有可能是想起了它以前的主人。

丹尼用了两年时间训练这条狗吠叫，而咆哮、放屁、睡觉时打呼噜是英雄与生俱来的天赋——当然，这些不入流的粗俗技能也有可能是它从凯奇姆那里学来的——但英雄以前从来不叫。丹尼最初鼓励英雄吠叫时，常常怀疑老伐木工过去可能不允许它叫。

丹尼在罗斯戴尔的住处附近，有个小公园兼游乐场，跟足球场差不多大，离公证人广场上的那两座新公寓楼也很近。幸运的是，这两座楼并没有挡住作家的视线，他依然能看到萨默希尔酒水店的钟楼。丹尼每天到公园里遛三四次狗，他常给英雄拴着皮带，以免在那儿遇见德牧之类的能让猎熊犬想起六罐装那条死去的牧羊犬的公狗。

在公园里，丹尼学狗叫让英雄听——尽管作家竭尽全力模仿地道的狗叫，但英雄始终无动于衷。这样过了一年之后，丹尼开始怀疑，英雄是不是莫名其妙地觉得吠叫是狗的弱点。

英雄瘦削狠戾的外表以及对小公园里的其他狗冷漠倨傲的态度让它们的主人十分不安——更不用说它可怕的伤疤、僵硬的步态和阴森恐怖的眼神了。"这是因为英雄少了一只眼皮，它对你的狗没有恶意。"丹尼只能这样努力安抚焦虑的狗主人们。

"它那只耳朵怎么了？"一个牵着条傻乎乎的西班牙猎犬的年轻女人问作家。

"哦，熊抓的。"丹尼承认。

"熊！"

"这个小可怜屁股上的伤疤是怎么回事？"一个牵雪纳瑞的男人紧张兮兮地问。

"还是那头熊弄的。"丹尼说。

他们第二年冬天去夏洛特岛时，英雄才开始吠叫。当时丹尼把"极地"汽艇停在前码头附近的冰面上，从船上卸食物和日用品，英雄在码头上等着他。丹尼又一次试着朝这条狗吠叫——作家几乎不抱什么希望了。让丹尼和狗都吃了一惊的是，丹尼的狗叫引起了回声——是从巴克莱岛的方向传来的，英雄听到回声之后，也跟着叫了起来，它的叫声也引来了回声，猎熊犬还以为是一只声音像极了它的狗在叫。

就这样，英雄在码头上朝自己叫了一个多小时。（如果凯奇姆也在这儿，丹尼想，这位老河工很可能会一枪毙了猎熊犬）我竟然制造出了这样的场面？作家想，但过了一会儿，英雄不叫了。

从此以后，这条狗就开始正常吠叫了。它冲着雪地摩托叫，冲着偶尔经过主航道、声音好似飞机的汽艇叫，冲着火车的鸣笛声叫——它在陆地上时就会听到这种声音，有时也会冲着六十九号公路上那些轮胎轰鸣的大卡车叫。至于入侵者——在冬季的那几个星期里，入侵者是没有的——经常前来拜访的只有安迪·格兰特。（英雄也朝安迪叫。）

尽管没人会说凯奇姆的猎熊犬正常——哪怕是接近正常——但叫声在很大程度上缓解了它只有一只耳朵、一片眼皮渲染出来的那种令人毛骨悚然的感觉。自然，跟丹尼一起在公证人广场附近的小公园遛狗的那些人明显没那么紧张了——既然这条狗已经开始叫了，它低声咆哮的次数就少了。遗憾的是，对于英雄放闷屁的爱好和打雷一样的鼾声，丹尼仍旧无能为力。

作家意识到，他原来并不知道养狗是什么感觉。丹尼对英雄说的话越多，就越不会去想凯奇姆会对伊拉克发表什么看法。养狗会让人不那么关心政治吗？（这并不是说丹尼曾经热衷政治，他从来没像凯蒂或者凯奇姆那样热衷。）

丹尼当然有自己的政治立场，也有政治见解，但他并非反美主义者——作家甚至也不觉得自己是个移居国外的人。对于作家而言，他在多伦多住处的冰箱上勾勒出的那个世界越来越不重要了，丹尼尔·巴恰加卢波渐渐不再想要考虑其中的内容——按照凯奇姆的说法，这些东西尤其不是一个作家愿意考虑的。

六十九号公路马蹄铁湖那一段发生过一次车祸，有个开悍马的浑蛋从后面撞上了一辆运牛的拖车，不仅害死了自己，还害死不少肉牛。这件事发生在丹尼第一次在夏洛特岛上过冬的时候，他从清洁女工那里听说了这起事故。她是原住民——年轻貌美，有着黑色的头发和眼睛、厚实强壮的双手。丹尼每星期都会驾驶汽艇去一次沙瓦纳加码头的印第安保留地，在那儿接上她，当晚再把她送回去。但几乎可以肯定的是，她不在那边住。沙瓦纳加码头在夏季的使用率最高，既是露营地又是进入水湾的门户。保留地的居民住在沙瓦纳加村，但也有少数原住民一年四季都住在斯凯里沃尔——至少安迪·格兰特是这么告诉丹尼的。（冬天，这两个地方都可以经由陆路抵达，起码开雪地摩托过去不成问题。）

这位年轻的清洁女工似乎喜欢乘坐"极地"汽艇。丹尼也总是给她准备一副耳罩。见到英雄之后，她问作家，为什么不带猎熊犬一起过来兜风。"对狗来说，汽艇的声音太大——反正它的那只好耳朵受不了。"丹尼告诉她，"我不知道英雄受伤的那只耳朵还有没有听力。"

不过清洁女工跟狗相处很有一套。她让丹尼开汽艇去沙瓦纳加码头接她和独自返回特纳岛时给英雄戴上她的耳罩。（令人惊讶的是，这条狗竟然不反对戴耳罩。）跟英雄一起坐汽艇时，清洁女工会把猎熊犬抱在腿上，用她结实有力的大手捂着它的耳朵——甚至包括残缺的那只。丹尼以前从没见过英雄坐在谁的腿上，这条沃尔克犬可是足有六七十磅重。

清洁女工干活时，这条狗一直忠诚地跟在她身后，就像丹尼独自待在岛上时，英雄跟着他到处去一样。丹尼用电锯时，猎熊犬会和他保持一定的距离。(作家确信,这一点是英雄从凯奇姆那里学到的。)

丹尼一直不确定清洁女工这个原住民住在哪里——他从没见过谁在沙瓦纳加码头等她,或者她驾驶什么交通工具往返码头。丹尼只问过她一次,但是年轻的清洁女工的回答让他觉得很含糊,或是开玩笑——也有可能两者都是——他也没追问。她的回答是"奥吉布瓦族领地"。

丹尼不清楚这个原住民的回答是什么意思——也许什么意思都没有。他本可以问安迪·格兰特她是哪里人的,安迪早就认识她,但丹尼没问。对他来说,"奥吉布瓦族领地"这个答案已经很好了。

作家就算是听到过这个年轻女人的名字,也很快忘记了。有一次,在她给他干活的第一年冬天,他钦佩地说:"你真是不知疲倦。"这是因为他看到了她是怎么凿开冰面提水的——她从湖里打了很多水运进主屋。女孩笑了笑,她很喜欢"不知疲倦"这个词。

"你可以这么叫我——请你这么叫吧。"她告诉他。

"不知疲倦?"

"这就是我的名字,"原住民女人告诉他,"这就是我,很好。"

丹尼本来也可以问问安迪·格兰特她的真名叫什么的,但这个女人喜欢丹尼叫她"不知疲倦",丹尼觉得这样也很不错。

有时候,他会在写作窝棚里看到"不知疲倦"向因纽特石堆致敬,并非郑重其事地鞠躬,而是恭恭敬敬地扫走上面的积雪,温和从容的举止饱含尊重。就连英雄——在这样庄重的场合,它一反常态地没站在"不知疲倦"旁边——似乎也知道这一刻是多么神圣。

"不知疲倦"每星期过来打扫一次,那天丹尼会像往常那样在写作窝棚工作,无论英雄是不是在他旁边,清洁女工也不会打扰他。当她清扫完主屋之后——丹尼平常在写作窝棚工作时,英雄会趴在一边睡觉(打呼噜、放屁)——作家停笔抬头时,会突然看到"不知疲倦"

站在那棵被风吹歪的小松树旁。她从来不碰那棵残缺的树,只是像个哨兵那样站在一旁,英雄则站在她身边,原住民清洁女工和猎熊犬都没往写作窝棚的窗户这边看。每次作家抬头时,总会看到年轻女人和狗站在饱经风霜的松树旁边,似乎在冻结的湾面上寻找着什么。

这时丹尼会轻轻敲打窗户,"不知疲倦"和英雄就会走进写作窝棚。"不知疲倦"在窝棚里干活时,丹尼会暂时离开窝棚(和他的作品),她通常很快就能打扫完——比丹尼在主屋给自己煮茶的速度都快。

除了安迪·格兰特——还有那些丹尼偶尔在拉里客栈的吧台、"避风港"餐厅和杂货店遇到的常住居民——这位原住民清洁女工就是丹尼在乔治亚湾小岛上过冬时跟他有所来往的唯一的人了。作家在岛上度过的十个星期里,丹尼和英雄每周只能看到一次"不知疲倦"。有一回,丹尼在镇上碰到安迪·格兰特,作家告诉安迪,那位原住民清洁女工活儿干得很好。

"我和英雄很喜欢她,"他说,"她非常好相处,很让人喜欢。"

"听起来你似乎想跟她结婚。"安迪告诉作家。安迪当然是在开玩笑,但丹尼——哪怕只有一两分钟——发现自己认真地考虑起了这个主意。

后来,回到汽艇上——在他给猎熊犬戴上耳罩、发动引擎之前——丹尼问狗:"你觉得我孤单吗,英雄?我肯定是有点孤单吧?"

丹尼的克鲁尼街住处的厨房里——尤其是随着二〇〇四年的过去——那台冰箱上的政治见解逐渐变得乏味无趣,可以想见,政治总是如此枯燥无聊,而作家只是刚刚意识到这一点。至少,向凯奇姆提出的这些问题与丹尼正在写作的第九部小说——情节更个人化、故事更详尽——相比,显得微不足道和幼稚多了。

与往常一样，他从故事的结尾开始写起。他不仅写出了自己觉得应该是最后一句话的那个句子，而且对新小说的发展轨迹也形成了确定的构思——这将是他以丹尼尔·巴恰加卢波的名义发表的第一部作品。丹尼在故事中慢慢地通过叙述向后倒退，退到他认为是这本书起点的位置。这是他一贯的工作方式：从后往前刻画故事，因此直到最后他才会构思第一章。等到丹尼想出这本书的第一句话时——就是他把这句话写出来的那一刻——往往距离动笔已经过去了好几年，甚至更长时间，不过这时候他已经知晓了整个故事。从写下第一句话开始，这本书不断向前推进——或者以丹尼的情况来说，故事会回到他最早构思出来的结尾。

同样，与往常一样，丹尼越是沉浸于小说的创作，他的政治见解就消失得越彻底，尽管这些政见不可谓不真诚，但丹尼会首先承认，他什么政治都不相信。他之所以成为小说家，部分原因不正是他会以最主观的方式看待这个世界吗？写小说既是丹尼尔·巴恰加卢波最擅长的事，也是他唯一能做的。他是工匠，不是理论家，他是讲故事的人，不是知识分子。

然而丹尼也会忍不住想起最后两架离开西贡的美国直升机——那些可怜人紧紧抓住直升机的滑橇，数百个绝望的南越人被抛弃在美国大使馆的院子里。作家毫不怀疑，这一幕（或者类似的场景）还会在伊拉克重演。丹尼认为这是越战给他这一代人带来的阴影，因为伊拉克并不完全是另一个越南。（丹尼尔·巴恰加卢波就是这么一个六十多岁的家伙——凯奇姆是这么说他的；他可能再也不会有什么长进了。）

丹尼几乎没什么把握地把这些话告诉了心不在焉地打哈欠的狗。"我跟你赌一盒狗饼干，英雄——不管什么事，首先得变得非常糟糕，然后才能变好一点点。"可猎熊犬对"狗饼干"这个词毫无反应，它跟丹尼一样，觉得政治无聊透顶。这个世界还是跟原来一样，不是吗？他们之中又有谁能改变世界的运作方式呢？作家当然做不到，英雄也和丹尼一样，没有改变世界的机会。（好在丹尼并没把这句话告诉英雄，他不想冒犯这条高尚的狗。）

二〇〇四年十二月的一天早晨，丹尼把最后一个给凯奇姆的问题（他已经忘了那是什么）贴在冰箱门上之后，卢皮塔——最忠诚、最吃苦耐劳的墨西哥清洁女工——发现作家正在厨房里写作。这让卢皮塔感到不安，她以极权主义的方式对各个房间进行了非此即彼的功能划分，严格规定了每个地方的用途。

虽然并不赞成，卢皮塔还是勉强习惯了健身房里摆着写字板和没有捆起来的打字纸，尽管那里并没有打字机。现在房子里到处都是便条纸，这进一步刺激了她，但她忍住了。至于贴在冰箱门上的那些要问凯奇姆先生的政治问题，卢皮塔越来越不想读——假如她曾经有过兴趣的话。这些不起眼的便条纸让卢皮塔烦恼的原因是，它们妨碍了她擦拭冰箱门，她本来很想去擦的。

丹尼在克鲁尼街的这套房子总让卢皮塔感到心碎，凯奇姆不再来多伦多过圣诞节了，仅仅是这件事就足以让这位墨西哥清洁女工落泪，尤其是每年的十二月下旬——更不用说她还得让已故厨师的房间在连环枪击案过后恢复原貌了，那差点要了她的命。自然，浸透鲜血的床单被换掉，墙纸也换了，卢皮塔一点一点地擦净了溅在多米尼克的公告板上的每一块血迹。她擦洗地板，直到快要把膝盖和手脚磨出血来，她还说服丹尼换了窗帘，否则火药味会在这间发生凶案的卧室里徘徊不去。

值得一提的是，在丹尼的这个人生阶段，他最常接触的两个女人都是清洁工。毫无疑问，卢皮塔对作家的影响要比"不知疲倦"更大。在卢皮塔的敦促下，丹尼丢掉了三楼写作室的沙发，因为清洁女工声称,她还能看到可恶的副警长的尸体在那张沙发上留下的压痕。"我还能看到他躺在那里,等着你和你爸睡着。"卢皮塔对丹尼说。

自然,丹尼扔掉了沙发——但不是因为丹尼尔·巴恰加卢波也看到了牛仔的胖身子留下的压痕,而是因为自从墨西哥清洁女工那样说过以后,作家很快发现自己在想象压痕的样子。

卢皮塔还不只是这样,丹尼记得,英雄来这里不久之后,她提议来点更大的改变。卢皮塔说,那些记录着过去的公告板——厨师在上面贴了几百张叠在一起的照片,还有他写字台抽屉里的另外几百张照片,你能理解墨西哥清洁女工是怎么想的——把那么多照片摆在没人住的房间里是没有意义的。"应该把它们放在你的卧室里,作家先生。"卢皮塔告诉丹尼。(她主动这么称呼他,或者用西班牙语叫他"作家先生"。丹尼不记得这是从什么时候开始的了。)

当然,夏洛特的照片必须从中移走。"继续留在里面不合适。"卢皮塔告诉丹尼。她的意思是,夏洛特·特纳已经结婚了,有自己的家庭,他不能再把她那些怀旧照片放在卧室里。(作家先生没有表示反对,卢皮塔就自己作主了。)

现在一切都变得"合情合理"了。已故厨师的卧室成了第二间客房,虽然很少使用,但如果一对夫妇带着孩子(或孩子们)来拜访作家,这里就能派上用场。多米尼克的双人床被换成两张一模一样的单人床。用这间位置偏远的客房向夏洛特致敬——它跟丹尼的卧室隔着一条走廊——似乎更符合丹尼跟夏洛特目前的关系。

同样合理的还包括,现在丹尼的卧室里有了厨师的直系亲属和家族远亲的照片——其中当然有作家死去的儿子乔的一些照片。丹尼想感谢卢皮塔的细心,公告板一直是她来维护的,她负责挑选丹尼卧室里的新旧照片。丹尼每周都会仔细察看几次公告板,看看卢皮塔找出哪些照片给他看。

夏洛特的身影偶尔也会出现在照片里，它们大部分是夏洛特和乔的合影。（不知怎么，连卢皮塔严格的筛选雷达都没能发现这些漏网之鱼。）当然，凯奇姆的照片有很多——甚至还有几张关于他的新照片：伐木工和丹尼年轻的母亲、更年轻的父亲。这些保存多年的罗茜表姐的照片是和英雄、凯奇姆的枪以及那台电锯一起成为丹尼的财产的，这些老照片不曾暴露在阳光下，一直夹在罗茜喜爱的小说里，那些书也成了丹尼的财产——因为老伐木工已经没法再读了。凯奇姆到底囤积了多少书啊！除了这些，他还读了多少？

二〇〇四年十二月的那天早晨，卢皮塔发现丹尼在厨房里写作，再完成几个想象中的场景，他就能回到故事的开头了——甚至很快就可以写下这本小说开头的几句话，可第一章的开头究竟要怎么写——比如第一句该怎么说——他还是没有头绪。他正在一本活页簿的白色横格纸上写着，卢皮塔知道作家在三楼的写作室放了一堆这样的笔记本，（她执拗地觉得）他应该去那里写作。

"你在厨房写东西。"清洁女工说。这是个简单明了的陈述句，可丹尼听出了其中的谴责，卢皮塔好像在说："你在车道上和人家通奸。"（还是在光天化日之下）墨西哥清洁女工的言外之意吓到了丹尼。

"其实我不算是在写东西，卢皮塔。"他戒备地说，"我正在做笔记，好知道接下来该写什么。"

"不管你在干什么，这里都是厨房。"卢皮塔坚持道。

"是的。"丹尼小心翼翼地说。

"我想我可以从楼上开始打扫，比如三楼的写作室，反正你现在又没在那里写东西。"清洁女工说。

"也好。"丹尼告诉她。

卢皮塔叹了口气，好像这个世界对她来说是无尽的痛苦之源——

丹尼知道，以前确实是这样的。他容忍了她可怕的固执，尽最大可能接受了她假定的权威。作家知道，人必须尽量承认曾经失去子女的人的权威，比如这位清洁女工，也应该对她更加宽容。但在卢皮塔离开厨房——去执行在她看来显然是顺序错乱的当天第一件任务——之前，丹尼告诉她："今天能拜托你清理一下冰箱吗，卢皮塔？把所有东西都扔掉就行。"

墨西哥清洁女工并不是个容易吃惊的人，但卢皮塔站在那里，仿佛休克一样。缓过来之后，她打开冰箱的门，几天前她刚刚清理过冰箱，里面几乎什么都没有。（除非丹尼要举行晚宴，否则平时冰箱里不会有东西。）

"不，我是说冰箱门，"丹尼告诉她，"请彻底清理干净。把那些便条都扔了吧。"

这时候，卢皮塔的不赞成变成了担忧。"你病了吗？"她突然用西班牙语问丹尼，抬起圆润的棕色手掌摸了摸作家的额头，根据她丰富的经验，丹尼不像是发烧。

"不，我没生病，卢皮塔。"丹尼告诉清洁女工，"这些东西一直在分散我的注意力，我只是觉得厌倦了。"

对作家来说，现在是一年中最不好过的时候，卢皮塔知道，他已经不再是年轻人了。对于失去亲人的人来说，圣诞节是最难熬的。清洁女工对此毫不怀疑。她立即按照丹尼的要求去做了。（其实她挺喜欢这样打断他的写作的，谁叫他在错误的地方写东西的呢）卢皮塔高兴地撕下冰箱门上的小纸片，她知道清理那些该死的胶需要挺长时间，她用指甲刮着残余的胶条，接着要用消毒水擦洗冰箱门，不过这可以留到后面再做。

清洁女工觉得意外的是，丹尼曾经非常想知道凯奇姆对布什在伊拉克犯下的错误作何感想，现在他却让她扔掉记录这些内容的便条纸,让她难以置信。也许丹尼——早在很久之前的某个时候——已经真切地意识到,自己至少放下了些许对故国的愤怒。

凯奇姆说美国是个迷失的族群,丹尼不知道这样说是否公平——或者会不会在将来成为现实,但身为作家的丹尼尔·巴恰加卢波觉得故国在他眼中正是如此。自从布什再次当选,丹尼就接受了这个事实:美国对他来说已经迷失了,从那一刻开始,他会是个至死都住在加拿大的局外人。

卢皮塔大惊小怪地清理冰箱门时,丹尼去健身室给"狼之吻"餐厅打电话。他在答录机上留言说,他想在"狼之吻"接下来的营业日里每晚预订一个座位——直到帕特里斯和西尔维斯特罗在圣诞假期关店为止。卢皮塔想得没错:对丹尼而言,圣诞节总是很难熬。他先是失去了乔,再也没法在科罗拉多过圣诞,后来他父亲又被杀了。而且,二〇〇一年那个同样难忘的圣诞节之后的每个圣诞节,作家都会想起他是怎么听到凯奇姆的死讯的,他也失去凯奇姆了。

丹尼不是凯奇姆。作家甚至跟凯奇姆一点都不"像",尽管他曾经试着模仿老伐木工,而且模仿得非常努力。然而根据凯奇姆对"该做的事"的定义,这并非丹尼该做的事。丹尼应该做的是当好作家,凯奇姆早就认识到了这一点,比作家本人早多了。

"你必须深入研究那些最糟糕的事物,想象一切,丹尼。"老河工曾经告诉他。丹尼尔·巴恰加卢波正在尝试,如果作家无法成为凯奇姆,至少可以把伐木工变成英雄。真的,作家想,让凯奇姆成为英雄能有多难?

"好吧,作家应该知道,有时候死也挺难的,丹尼。"丹尼三枪打死第一头鹿的时候,凯奇姆告诉他。

妈的,我当时就应该明白凯奇姆的意思了,卢皮塔围着他疯狂打扫的那天,作家突然想道。(没错,他应该明白的。)

17 凯奇姆除外

对于凯奇姆想干什么，丹尼确实有过一些隐隐约约的预感——那是二〇〇一年十一月美国感恩节前后的事。一天晚上，作家正在用餐——自然是在"狼之吻"——与丹尼一起吃饭的是他的医生。他们之间没有男女关系，是正儿八经的朋友。作为医学专家，医生给丹尼的好几部小说审过稿，她曾经给丹尼写过读者来信，由此与他建立了通信关系——这是他来加拿大之前很久的事，现在他们是亲密的朋友。

医生名叫艾琳·莱利，几乎与丹尼同龄——她的两个孩子也都有了自己的孩子——不久前，她丈夫跟她的接待员搞在一起，离开了她。"我应该预见到的，"艾琳镇定自若地告诉丹尼，"他俩一直反复问我——每天差不多要问一百次——我是不是还好。"

艾琳成了他在多伦多的朋友，就像阿曼多·德西蒙是丹尼在佛蒙特的朋友一样。丹尼依然与阿曼多保持联系，但阿曼多和玛丽不再来多伦多了，从佛蒙特开车过来时间太长，坐飞机对于他们这么大年纪的人来说又不方便。"机场安检的那群土匪把我所有的瑞士军刀都拿走了。"阿曼多向丹尼抱怨。

艾琳·莱利是个真正的读者。丹尼跟她请教医学方面的问题时——无论关乎他本人的健康还是为了塑造小说中的人物——医生总会给出极为详尽的回答，丹尼对此非常感激。艾琳也喜欢阅读冗长而详尽的小说。

那天晚上，在"狼之吻"，丹尼对医生说："我有个朋友，他总想剁掉自己的左手，那只手曾经让他失望过，要是他真的这么做了，会不会失血过多而死？"

艾琳身材瘦长，灰色的头发剪得很短，淡褐色的眼睛冷冰冰的，像一只苍鹭。她对工作和自己阅读的所有书籍都过于专注，甚至到了算得上缺陷的程度。丹尼知道，也许这样的缺陷正是他喜欢她的原因。她可以完全对周围的世界视而不见，让人叹为观止——在时移世易的麻痹作用下，厨师当年也是用类似的方式说服自己相信牛仔不会再来找他。艾琳开玩笑说，她应该"预见"到前夫跟她的接待员的私情，但他俩不断地问艾琳她是不是还好，所以这一点（在丹尼看来）不会是他亲爱的朋友艾琳应该注意到的。艾琳前夫的伟哥处方是她亲自开的，她应该弄清楚的是他吃了多少那玩意儿！不过丹尼喜欢的正是艾琳的单纯——这让他想起自己的父亲，他也很喜欢父亲的单纯。

"你的这位总想剁掉左手的……朋友，"莱利医生缓缓地说，"是你自己吗，丹尼？还是你要写的人物？"

"都不是。是个老朋友，"丹尼告诉她，"我愿意把这件事讲给你听，可说来话长，哪怕对你来说也是这样。"

丹尼记得那天晚上他和艾琳吃的东西。他们点了椰奶虾和绿咖喱肉汤，两人都吃了莫尔佩克湾生蚝，配上西尔维斯特罗调制的香槟青葱木樨草酱。

"全都告诉我吧，艾琳，"他告诉她，"什么细节也别漏掉。"（作家总是对她说这句话）艾琳微笑着抿了一小口酒。她习惯点一瓶昂贵的白葡萄酒，只喝一两杯，把剩下的大半瓶送给帕特里斯，他再按杯卖出去。帕特里斯每隔一段时间就会为艾琳付酒钱。帕特里斯·阿尔诺也是莱利医生的病人。

"好吧，丹尼，那我就说了，"二〇〇一年十一月的那天晚上，艾琳说，"你朋友很可能不会失血而死——如果他拿的是一把锋利的刀，干脆利落地斩断手腕的话，就不会死。"丹尼毫不怀疑，凯奇姆使用的工具会很锋利——可能是勃朗宁刀、斧头甚至老伐木工的电锯。"但是你朋友会流很多血——从桡动脉和尺动脉喷出来，这两根主要的血管会被他砍断。可你得问问这位不幸的朋友，他是不是想要寻死。"说到这里，艾琳停了下来，丹尼起初还不知道她为什么停住。"你这位朋友是想死还是想摆脱那只手呢？"医生问他。

"我不知道。"丹尼回答，"我一直觉得，这件事只跟那只手有关系。"

"哦，那样的话，他可能会实现愿望的。"艾琳说，"你瞧，动脉血管非常有弹性，被切断以后，它们会缩回手臂里，周围的组织会在一定程度上挤压它们。动脉壁的肌肉会立即收缩，动脉直径变小，减缓失血。我们的身体还是非常善于求生的，你的朋友会启动很多身体机能，避免失血死亡。"说到这里，艾琳又顿了顿。"怎么了？"她问丹尼。

丹尼尔·巴恰加卢波还在思索凯奇姆是不是打算自杀。这些年来，他们经常谈到这只左手，作家不觉得凯奇姆还隐瞒了更严重的企图。

"你不舒服吗？"莱利医生问丹尼。

"不，我没事，"丹尼说，"所以说，他不会失血而死——你是这个意思吗？"

"血小板能救他的命，"艾琳回答，"血小板是微小的血液粒子，因为体积太小，算不上真正的细胞。其实它们是从细胞上脱落下来的小碎片，在血液中循环。正常情况下，血小板是光滑没有黏性的小微粒，但当你朋友把手切断时，内皮和动脉壁暴露出来，会流出胶原蛋白——这是整形外科医生爱用的材料。血小板遇到暴露在外的胶原蛋白，会发生巨大的形变——变成黏稠的颗粒状，粘在一起，形成一个塞子。"

"你说的是血栓？"丹尼问，他的声音听起来挺怪异，他什么都没吃，因为无法下咽。不知怎么，他确信凯奇姆想自杀，剁手只是伐木工自杀的方式而已。当然，凯奇姆是因为没抓住罗茜而怪罪自己的左手的，但罗茜已经去世很多年了。丹尼意识到，凯奇姆是自责没有早些杀死卡尔，认为朋友多米尼克的死完全是他的错，他应该负全责。可杀死厨师的是牛仔，不能怪凯奇姆的左手。

"吃饭的时候是不是不能讲太多的细节？"艾琳问，"那我先不说了。血栓要等一会儿才能形成，还需要另外几种蛋白质的参与。总之，最后会形成一个堵住动脉的血块，阻止你朋友失血，挽救他的生命。砍掉手不会让他丧命。"

然而丹尼觉得自己快要窒息了，仿佛在水中迅速下沉。("好吧，作家应该知道，有时候死也挺难的，丹尼。"老伐木工曾经告诉他。)

"好吧，艾琳，"丹尼说，但他和艾琳都觉得，他的声音听上去不像是自己的了，"假设我的这个朋友想自杀，他想在寻死的过程中砍掉左手，但真正的目的是自杀，他要怎么做？"

医生狼吞虎咽地吃着，她得嚼完嘴里的食物，咽下去才能说话，丹尼等了几秒钟。"很容易。"艾琳又抿了一小口葡萄酒，"你朋友知道阿司匹林吗？他只要吃点阿司匹林就行了。"

"阿司匹林。"丹尼木然地重复道。他仿佛能看到凯奇姆的卡车储物箱里的东西，似乎储物箱的门还开着，而他从来没伸手把它关上一样——里面有一把小手枪和一大瓶阿司匹林。

"都是止疼的，"凯奇姆曾经随口告诉丹尼，"我不会不带阿司匹林和武器就心甘情愿咽气的。"

"阿司匹林会阻断血小板活化的某些环节，"莱利医生说，"要是你想显得专业一些，可以说，阿司匹林可以防止血液凝结——你朋友只要吃两片就很可能减慢血凝的速度，无法及时形成血栓，保住他的性命。如果他真的想死，可以喝烈酒配阿司匹林，酒精也能阻止血小板活化和聚集。酒精和阿司匹林在一起更能产生协同效应，让血小板失去作用——它们不会黏在一起，换句话说，血液不会凝结，你的那位断手的朋友会死掉。"

当艾琳看到丹尼盯着他的食物却不去吃的时候，终于没再说下去。同样值得注意的是，丹尼尔·巴恰格卢波几乎没动过他的啤酒。"丹尼？"医生说，"我不知道他真是你朋友，我还以为他可能是小说里的人物，你对'朋友'的定义太宽泛了。对不起。"

十一月的那天晚上，丹尼是从"狼之吻"跑回家的。他想马上给凯奇姆打电话，但要私下里打。那天晚上多伦多很冷，深秋的这个时候，新罕布什尔州库斯县可能已经下过很多场雪了。

凯奇姆不再发传真了，也不经常给丹尼打电话了——反正不如丹尼打给他的次数那么多。那天晚上，电话响了很久，无人接听。丹尼想给六罐装打电话，但他没有她的电话号码，而且他从来都不知道她姓什么——正如他不知道凯奇姆的真名那样，如果老伐木工有过真名的话。

他决定用传真把一些显然是胡说八道的废话发给凯奇姆——从而隐晦地让老伐木工明白，丹尼认为他应该知道六罐装的电话号码，以防万一遇到紧急情况，丹尼无法及时赶到凯奇姆身边。

我不需要任何人检查我的情况！

凯奇姆在丹尼早晨起床下楼之前回复了传真,但在来回发过几次传真、进行过一次尴尬的通话之后,凯奇姆把帕姆的电话号码给了丹尼。

同年——二〇〇一年十二月的一天,丹尼还是没勇气给六罐装打电话,她打电话时也不怎么健谈。没错,那年秋天她和凯奇姆去过几次观鹿塘,看驼鹿跳舞——或者按照六罐装的说法,它们是在"胡乱转圈"。没错,她也跟凯奇姆去"露营"来着,但只去过一次,还遇上了暴风雪。虽然她的胯骨没让她睡不着觉,但凯奇姆的鼾声做到了这一点。

丹尼也未曾有幸说服凯奇姆来多伦多度过那年的圣诞节。"我可能会去,更有可能不去。"凯奇姆说了这么一句——像往常一样不受他人左右。

很快就到了丹尼尔·巴恰加卢波坐立不安的日子——那是二〇〇一年圣诞节的前几天,再过几天就是他父亲的第一个忌日——作家独自在"狼之吻"吃晚餐。就在他心神恍惚的时候,帕特里斯——始终柔和优雅的餐厅老板——来到丹尼桌旁。"有人来找你,丹尼尔,"帕特里斯用少见的庄重语气说,"可是有点奇怪,那个人在厨房门那边等你。"

"来找我?在厨房?"丹尼问。

"是个高个子,看起来很壮实。"帕特里斯严肃地说,语气让丹尼产生了不祥的预感,"看起来不像是你的读者——你可能不会觉得这人是粉丝。"

"可为什么要在厨房门那里?"丹尼问。

"她说她觉得自己穿得不够好,从前门进不合适。"帕特里斯对作家说。

"她?"丹尼问。他多么希望来找自己的是天空女士啊!

"我看了两次才确定,"帕特里斯耸了耸肩说,"她毫无疑问是个女的。"

餐厅后面的王冠巷里,"独眼"佩德罗看到了那个高个子女人,殷勤地把她领到厨房门口,这个曾经叫作拉姆齐·法纳姆的家伙对六罐装帕姆说:"虽然菜单上没有,但每年这个时候他们会做豆焖肉——我推荐这道菜。"

"我不是来要饭的,"六罐装告诉他,"我是来找人的,他叫丹尼——著名作家。"

"丹尼不在厨房工作,他父亲以前在厨房里干活来着。"独眼佩德罗告诉她。

"我知道——可我只能走后门,"帕姆说,"这地方真他妈的高级。"

曾经的拉姆齐·法纳姆脸上闪过不屑一顾的神色,他一定是想起了过去的生活。"它可没那么高级。"他说。除了与生俱来的势利,拉姆齐仍然对这家他最喜欢的餐厅改叫这样的名字耿耿于怀,虽然别人都没看过那个电影,但《狼之吻》对"独眼"佩德罗来说永远都是一部色情片。

小巷里还有别的流浪汉,六罐装看得到他们,但他们跟她保持着距离。公平地说,也许佩德罗只能算半个流浪汉。巷子里的其他人都对帕姆怀有警惕——她虽然穿了一身破破烂烂的北方林区常见打扮,但看上去并不像个无家可归的人。

就连"独眼"佩德罗也能看出其中的差异。他敲了敲"狼之吻"的送货门,乔伊斯——餐厅的女二厨——开了门,没等乔伊斯跟他打招呼,佩德罗就把六罐装推到自己身前,推进厨房里。

"她在找丹尼,""独眼"佩德罗说,"别担心——她跟我们不一样。"

"我认识丹尼,他也认识我,"六罐装连忙对乔伊斯说,"我不是他的粉丝什么的。"（帕姆已经八十四岁了。乔伊斯不太可能误以为她是谁的粉丝——哪怕是作家的粉丝。）

克里斯汀跑去找帕特里斯，乔伊斯和西尔维斯特罗把六罐装迎进餐厅。帕特里斯带着丹尼回到厨房时，西尔维斯特罗已经说服帕姆喝着香槟品尝鹅肝酱和油封鸭了。一看到六罐装，丹尼的心就沉了下去，六罐装帕姆可不是天空女士，丹尼猜测肯定出了什么事。

"凯奇姆和你一起来的吗？"作家问她，但丹尼知道凯奇姆过来会走前门，不管老伐木工穿成什么样。

"别让我现在就说，丹尼——也别在这里说，我先吃点东西。"六罐装说，"妈的，我拉着那条放屁的狗开了一天车——只在尿尿和加油的时候停一下卡车。凯奇姆说我应该吃羊排的。"

于是六罐装吃到了羊排。他们坐在丹尼平时的餐桌旁一起吃了饭。帕姆拿手指捏着羊排，把餐巾掖在凯奇姆的法兰绒衬衫领口里，吃完之后，她在牛仔裤上擦了擦手。六罐装喝了两大杯散装"汽笛"和一瓶红酒，点了奶酪拼盘代替甜点。

凯奇姆把去丹尼家的详细路线给了她，还提醒她，如果她是在晚餐时到达的，那就去"狼之吻"找丹尼。伐木工把前往餐厅的路线也告诉了六罐装。但当她看到"狼之吻"的店堂里面时——六罐装的个子够高，能从俯瞰央街的毛玻璃上方望进去——罗斯戴尔社区的某些食客穿得特别讲究，这让她失去了直接从前门进去的勇气，转而去了后门。（罗斯戴尔的那群人看起来很自大。）

"我把英雄的狗床放在厨房里了——它喜欢在厨房睡觉。"帕姆说，"是凯奇姆让我进你家的，他说你从来不锁门。房子很漂亮。我把我的东西放在离你的卧室最远的那个卧室——里面全是那位漂亮女士的照片。这样如果我夜里做噩梦，可能就不会吵醒你了。"

"英雄来了？"丹尼问她。

"凯奇姆说你应该养条狗,但我不会给你我的狗,"六罐装说,"英雄这畜生对其他狗可不怎么友好——我的狗肯定不会想它的。"

"你一路开车过来,就是为了把英雄送给我?"丹尼问。(当然,作家明白,除了把猎熊犬送给他,六罐装此行还有别的意图。)

"凯奇姆说我要亲自来见你,不能打电话、写信或者发传真,这些乱七八糟的一律不行。"六罐装告诉他,"凯奇姆肯定是认真的,因为他把什么都写下来了。他还把另一样垃圾留给了你——都在他的卡车上。"

"你把凯奇姆的卡车开来了?"丹尼问她。

"卡车不是给你的,我要开回去,"帕姆说,"你在城里不会想开这种车的,丹尼——反正你不会想要的,因为车里闻起来还是像熊在里面拉过屎一样。"

"凯奇姆在哪里?发生了什么事?"作家问她。

"咱们该去遛个狗什么的。"六罐装建议道。

"你是说,找个人少的地方?"丹尼问。

"我的天哪,丹尼,这里有些人的鼻子是歪的!"六罐装说。

那天晚上,"狼之吻"人满为患,自从改了店名,再加上帕特里斯"回归小酒馆"的风格修缮,餐厅每晚的上座率很高。有些晚上,丹尼甚至觉得桌与桌之间的距离太近了。作家和六罐装帕姆离开时,帕姆似乎觉得胯骨疼,但丹尼很快意识到,她是故意把身体往邻桌靠,他和帕姆吃饭时,那桌的一对男女一直盯着他们看。作为名人的丹尼早已习惯,几乎感觉不到别人盯着自己看,但帕姆(显然)不喜欢。她假装做出站立不稳寻找平衡的样子,先是碰翻了这对男女桌上的酒杯和水杯,又突然抡起胳膊砸在坐在那儿的男人脸上。六罐装隔着狼藉一片的桌面,对那个惊讶的女人说:"这是因为他刚才一直傻了吧唧地盯着我看,好像我的奶子露出来了似的。"

一位侍者和一个传菜工跑过来收拾桌子，帕特里斯沉稳地踱到丹尼身边，在门口拥抱作家。"又一个令人难忘的夜晚——最令人难忘的一夜，丹尼尔！"帕特里斯对丹尼耳语道。

"我就说我不能走前门的嘛。"六罐装谦虚地对"狼之吻"的老板兼领班说。

两人走上央街，在路口等交通灯变色时，丹尼立刻对六罐装说："看在上帝的份上，告诉我吧！把一切都告诉我，什么细节都别遗漏。"

"我们去看看英雄吧，丹尼，"六罐装说，"我现在还是在背诵我必须说的话，你能想象出来，凯奇姆给我留下了很多指示。"原来，凯奇姆把好几页"指示"塞进一只信封，放在卡车的储物箱。储物箱的盖子是故意打开的，这样帕姆就不会看不到信封了，凯奇姆把信封压在了那把手枪下面。（"当时没找到更好的镇纸。"六罐装说。）

与此同时，丹尼看见凯奇姆的卡车就停在克鲁尼街住所门口的车道上，看起来就像老河工改变主意，来多伦多过圣诞了。英雄像是在守卫它的狗床那样对着他们低声咆哮，发出粗鲁的问候。帕姆已经把凯奇姆那把一英尺长的勃朗宁刀的刀鞘搁在了猎熊犬的小床上；也许它的功能跟安抚奶嘴差不多，作家想。他在厨房台面上发现了长长的勃朗宁刀，急忙把视线从宽大的刀片上移开。那条狗放的臭屁弥漫在厨房里——也许还填满了整个一楼。"上帝，英雄的眼睛怎么了？"丹尼问帕姆。

"少了一块眼皮。我待会儿再告诉你。尽量别让它感觉到这一点就行了。"六罐装说。

丹尼看到她已经把凯奇姆最喜欢的电锯放在了健身室。"我要电锯干什么？"作家问她。

"凯奇姆说你应该留着它。"六罐装告诉他。也许是为了转换话题,她说:"我猜英雄要拉屎了。"

他们去公园遛英雄。街区里的圣诞彩灯闪烁着将他们包围。两人把狗带回厨房,丹尼和六罐装坐在厨房的桌子旁;猎熊犬似乎刻意跟他们拉开了一段距离,坐在那里看着他们。帕姆往一只小玻璃杯里倒了些威士忌给自己。

"我知道你知道我要告诉你的事,丹尼——你只是不知道事情是怎么发生的,"她开口道,"我明白整件事是从你母亲开始的——都是因为凯奇姆当时并没在学识字,而是在干你妈——对吧?"六罐装说,"所以,不管怎么样,这就是结局了。"

后来,他们一起把卡车上的东西卸下来时,丹尼开始暗自感激六罐装没有马上把这个故事告诉他,而是给他留出时间来做好心理准备。在他等着听发生在凯奇姆身上的事时,丹尼已经以作家的方式想象出了一些细节。

丹尼知道凯奇姆想最后看一次驼鹿跳舞,但这一次老伐木工没有邀请六罐装跟他一起去。那天下过了雪,雪已经停了,可以想象晚上会有多冷——气温远低于零下,凯奇姆告诉六罐装,他知道她的胯骨不适合去伙房原址露营,但也许她愿意第二天早晨过去,跟他一起野餐。

"去那边吃早餐挺冷的,不是吗?"她问他。

毕竟,这时已经过了十二月中旬——是一年中夜晚最长的时候。绞河通常到了一月才会完全上冻,凯奇姆是怎么想的呢?然而(正如帕姆向丹尼解释的那样),他们确实曾经在伙房原址吃过早餐。凯奇姆总喜欢生一堆火,在火堆旁放点煤,用他喜欢的方式煮咖啡——在烤盘里融化一些雪水,加上咖啡粉和蛋壳。他会在火上烤几块鹿肉排,煮三四个鸡蛋。六罐装答应他去那边跟他一起吃早餐。

但是这个计划似乎说不通,帕姆知道。她看了一眼凯奇姆的卡车,车上没有帐篷,没有睡袋。如果老河工这样出去露营,肯定是想要冻死——要么就是打算睡在卡车驾驶室里,一宿都不关发动机。另外,凯奇姆还把英雄留在了帕姆那里。"我觉得,这么冷的天,对英雄的胯骨也不好。"他告诉她。

"我还是头一次听他这么说。"六罐装对丹尼说。

第二天早晨,一来到伙房原址,六罐装立刻意识到,凯奇姆没有真的安排野餐,他没煮咖啡,没做饭,也没生火。她看到凯奇姆坐在那里,背靠着残破的砖砌烟囱——仿佛老伐木工觉得伙房还在,这座已经被大火夷为平地的建筑似乎温暖而舒适,而他正置身其间。

凯奇姆坐在雪地上,英雄朝主人跑过去,但这条狗停在了离凯奇姆不远的地方。帕姆看到猎熊犬颈背上的毛竖了起来,步态变得僵直,围着老伐木工转起了圈。"凯奇姆!"六罐装叫道,但伐木工没有回应,只有英雄转过头来看着她。

"我走不到他旁边——用了很长时间才走过去,"六罐装告诉丹尼,"我能看出来,他早他妈的死透了。"

因为前一天下过雪,天黑时雪就停了,帕姆很容易看出他是怎么做的。新雪上有一道血痕,六罐装沿着血迹往山下走,来到河边,岸上有些大树桩,她看出凯奇姆抹掉了其中一个树桩上的雪,木头被温热的血浸透了,凯奇姆的斧头深深地斫进了树桩里,帕姆拔不出来。她也没找到那只左手,显然,凯奇姆把它扔进了河里。

因为曾经见过凯奇姆把盛着厨师骨灰的苹果汁罐子在河谷中央的水里打碎,所以丹尼毫不费力地想象出凯奇姆把他的左手扔在了什么地方,但对老伐木工来说,从岸边走上山,回到伙房原址肯定很不容易。从雪地上的那些血迹来看,帕姆知道凯奇姆必定血流如注。

"从前,菲利普斯河上还在运输原木的时候,"六罐装告诉丹尼,"有一次我看见凯奇姆给自己偷了些木柴。你知道,他只是从原木堆里捡出一些纸浆木——那些四英尺粗细的小木头没多大用处。我见过凯奇姆不到半个小时就把半考得纸浆木变成了引火的柴火!这样一来,就算别人发现他的卡车里有木柴,也猜不出它们的来历。凯奇姆握着斧头柄——单手握着,你知道吗,就像拎着把小手斧——他把那些木头竖着劈开,再劈开,直到它们变得足够细,这样就把四英尺的原木劈成两英尺粗细的引火柴了!我从没见他使劲挥动那把斧头,他力气很大,丹尼,动作也很准,单手拎着斧头,就好像那是一把小锤子!巴黎制造公司的那些小丑从来不知道他们的纸浆木是怎么没的!凯奇姆说,缅因州的那些浑蛋只顾着造平底雪橇去了——大部分硬木就是运到他们那边去了。巴黎的那帮蠢货从来不在乎他们的纸浆木去了哪里。"

没错,凯奇姆可以单手劈开四英尺粗的硬木原木,丹尼见过伐木工是怎么玩斧头的,斧子在他手里既能开山劈石,也能变成灵活的小手斧。凯奇姆砍掉左手以后,仍然能硬撑着走到山上,背靠着伙房残留的烟囱坐下,他旁边摆了瓶威士忌,六罐装说,她告诉丹尼,凯奇姆喝掉了大半瓶。

"还有别的吗?"丹尼问六罐装,"我是说——在他旁边的地上。"

"有,一大瓶阿司匹林,"帕姆告诉作家,"瓶子里还剩下很多。"六罐装说:"凯奇姆不是个需要止疼药的人,可我猜他为了止疼还是吃了阿司匹林——肯定是喝着威士忌送下去的。"

丹尼知道,那些阿司匹林不是用来"止疼"的,出于对凯奇姆的了解,丹尼相信,老河工很可能还会享受痛苦,从中寻找乐趣。威士忌也不是止疼的,作家知道,阿司匹林和威士忌都是用来确保凯奇姆血流不止的,伐木工很难原谅那些负有责任却严重失职的人。(只有凯奇姆才能杀死凯奇姆,对吧?)

"凯奇姆没保住大厨的命,他没法原谅自己,"六罐装告诉作家,"在那之前——是你的儿子去世,丹尼——凯奇姆觉得自己没本事保护你。他能做的只有关心你的写作。"

"我也是,"作家对六罐装说,"我也是。"

六罐装没有留下来过圣诞,他们把凯奇姆的枪搬到丹尼在二楼的卧室,帕姆坚持要把所有的枪放在丹尼的床下,因为这是凯奇姆的意思,他们还把罗茜留下的好几箱书搬到丹尼在三楼的写作室,搬完东西,六罐装立刻提醒作家说,她是个早起的人。

"多早?"他问她。

丹尼早上醒来时,凯奇姆的卡车和六罐装帕姆全都不见了;她为他煮了咖啡,给他留了一封信,信是她手写在健身室的打印纸上的,足有好几页。丹尼很熟悉六罐装的笔迹,凯奇姆还是文盲的那些年,都是她替凯奇姆写信,但丹尼忘了帕姆的文笔远胜于她的口才,连拼写都没有一点瑕疵。(作家想知道,这是不是她曾经常年为凯奇姆朗读各种作品的结果。)

当然,六罐装的信里包含了如何照顾英雄的说明,但大部分内容比丹尼预料的私密得多。她要按照凯奇姆的推荐,前往达特茅斯–希区柯克医院做髋关节置换手术。她在锯末巷——二十六号公路上那个漂亮的拖车公园——结识了几个新朋友,"九一一"袭击帮她认识了不少邻居。亨利,那个少了拇指和食指的老西达默尔锯木工,会在帕姆做手术时照顾她的狗。(六罐装开着凯奇姆的卡车往返多伦多时,亨利就主动提出帮她照顾狗。)

六罐装在柏林的安德罗斯科金河谷医院也跟一些人建立了长期的友谊,她仍然在那里当夜间清洁工。在伙房原址发现凯奇姆的尸体时,她给自己在医院的朋友们打了电话。六罐装想让丹尼知道,那天上午的大部分时间,她都和凯奇姆坐在一起,握着他剩下的那只手,右手——"他唯一碰过我的那只手。"六罐装在信中写道。

帕姆告诉丹尼,他会在原来属于他母亲的书里找到一些被压平了的照片,六罐装好不容易才忍住没烧掉罗茜的照片,好在她终于把嫉妒放在了一边。六罐装承认,她现在相信,凯奇姆比当年爱罗茜更爱厨师,她也接受了左手那件事。六罐装还说,凯奇姆想要让丹尼保留作家母亲的那些照片。

"我知道这不关我的事,"帕姆在信中说,"但如果我是你,我会在三楼的那个房间里写作和睡觉。我觉得那里很安静——是整座房子里最好的房间。可是——我这么说,你别生气,丹尼——我猜,你熟悉的鬼魂太多了,跟鬼魂在一个房间工作是一回事,但在同一个房间睡觉又是另一回事。我不知道——我从没想着要孩子。我的人生观是,不害怕失去的东西,不必带在身边——凯奇姆除外。"

丹尼在一小片打印纸上写下了"凯奇姆除外"这几个字,粘在自己的一台过时的打字机上——它也是一台 IBM 第二代电动打字机,他跟乔的鬼魂共用的三楼写作室里也有一台这样的打字机。作家喜欢"凯奇姆除外"这个说法,也许他会把它用在书里。

这一切都是三年前的事了。丹尼没把那台老式传真机扔掉,依旧把它摆在克鲁尼街住处的厨房里,唯一的理由是六罐装偶尔会给他发传真,他会给她传回去。帕姆肯定得有八十八九岁了,要是老伐木工还活着,也该有这么大年纪了——她通过传真机发来的信息,已经失去了当初她曾在信件中展示过的优美风格。

晚年的六罐装,语言变得更加简洁,每当她读到什么,或者在电视新闻里看到什么——假如其中的内容与比狗屎还蠢的人有关——六罐装就会给丹尼发传真,告诉他凯奇姆会对这些事发表怎样的评论,丹尼也会毫不犹豫地把自己认为老河工可能发表的意见传真给她。

这并非因为丹尼和六罐装一定想知道凯奇姆对伊拉克战争和中

东无休止的混乱的看法。无论凯奇姆评论什么，他们都会感兴趣，他们想听到的其实是老伐木工的声音。

通过这种方式，我们尝试让英雄们活在我们中间，将他们铭记在心里。

二月中旬，风暴从加拿大西部吹过休伦湖，但当风和雪朝乔治亚湾的那些岛屿席卷而来时，风向变了，雪下个不停；现在风从南方吹来，从帕里湾吹向沙瓦纳加湾。在写作窝棚里，丹尼再也无法看出水面与陆地的分界线。暴风雪把天地变得白茫茫，丹尼知道那些枞树应该长在陆地上，但那片树林却像是飘浮在半空的海市蜃楼，又像是从冰冻的水湾上面长出来的。旋风卷着细碎的雪花飞上天空，犹如雪珠组成的小小的龙卷风。有时候，风沿着沙瓦纳加湾向北吹，真的会掀起龙卷风——丹尼知道，它们跟美国中西部和加拿大大草原上的那些龙卷风没什么不同。（安迪·格兰特曾经告诫作家，要提防这种风。）

"不知疲倦"拨打了丹尼的手机。这天她不想来岛上干活了，能见度太低，乘坐"极地"汽艇外出不是个好主意。"不知疲倦"告诉丹尼，几年前，在一场类似的风暴中，俄亥俄州来了个傻子，开着汽艇去了奥康纳礁石那边——就在月光湾西北偏北方向。（丹尼到沙瓦纳加码头印第安保留地接"不知疲倦"时会经过那里。）

"他出了什么事——那个俄亥俄来的傻子？"丹尼问她。

"有人发现那个可怜的傻子冻成了一根冰棍。""不知疲倦"告诉他。

"我明天去接你，或者后天——等风暴结束之后，"丹尼说，"我会给你打电话的，要么你打给我。"

"替我亲亲英雄。"她说。

"我不经常亲英雄,"丹尼告诉"不知疲倦","起码不会特别想亲它。"

"嗯,你应该多亲亲它,"女原住民说,"要是你经常亲它,我觉得英雄对你会更好的。"

整个上午,英雄在写作窝棚不停放屁,势头堪比风暴——与丹尼正在注视的窗外的暴风雪不相上下。在这样的早晨,作家可不打算跟猎熊犬建立更亲密的关系。"上帝啊,英雄!"丹尼在屁味中叫道,但由于天气恶劣,不能把沃尔克犬放到外面去。尽管这条狗的胃肠胀气频繁发作,可丹尼的写作进展顺利,正在接近第一章的开头。

现在,他脑子里时常涌现出完整无缺的句子,连标点符号看起来都无须更改。当这样的句子一个接一个地连续出现时,作家感到自己完全沉浸在了写作之中。他把上午想出来的两个句子写在一张打印纸上,用图钉固定在写作窝棚粗糙的松木板墙上,盯着它们反复重读。

"至于那条河,如同所有的河流那样,它只会继续流淌——如同所有的河流那样。原木之下,年轻的加拿大人的尸体随波逐流,在水中来回摆荡——来回摆荡。"

丹尼喜欢句子里的重复。他知道这是第一章的内容,但这一段属于第一章的结尾,看上去绝对不像是开头。丹尼把"原木之下"几个字圈了出来,作家觉得这是个不赖的章节标题。然而第一章的重点似乎应该是厨师,而不是那个滑到原木之下的年轻人。

"谁要是敢当着厨师的面,谈什么'过去'和'未来',准会看到他皱起眉头。"丹尼尔·巴恰加卢波写道。还有几个独立的句子也提到了这个年轻的厨师,对丹尼来说,它们就像是地标或者路标,帮助作家确定第一章的发展方向。另一个句子是:"厨师认为,绞河的弯道数量其实并不多,有点儿名不副实。"当然,还会有更多句子说到厨师,它们不断出现。"厨师看到手腕骨折的伐木工上了岸,没受伤的那只手拿着长篙。"丹尼写道。

第一章主要从厨师的视角进行叙事,作家想——丹尼还觉得,厨师十二岁儿子的视角同样不可或缺。"厨师非常清楚,掉到原木下面的就是那个加拿大年轻人。"丹尼尔·巴恰加卢波写道。还有一句话也是讲厨师的,作家没有写完——至少目前是这样。"厨师周身笼罩着一种处于自我克制之下的忧心忡忡,仿佛总是能够预见到最出人意料的灾难。"——目前丹尼只想先写到这里,他知道总有一天自己会把这句话写完,眼下只要把有关厨师的构思打在纸上,用图钉钉在写作窝棚的墙上就够了。

"在绞河镇这样的地方,只有天气不会改变。"丹尼还写道。这句话可以作为第一章的开头,但作家知道,他还能做得更好。尽管如此,这个关于天气的句子值得保留,丹尼在某个地方用得上。"现在又到了一年一度的泥泞季节,河水再次上涨。"丹尼尔·巴恰加卢波写道——这个句子更适合当开头,可实际上它并非作家要找的东西。

有关凯奇姆这个人物的一切都更加零碎。对于凯奇姆这个人物,丹尼还没想出一个完整的句子,只有一点含混的描述——"比起运输木材时弄折手腕,凯奇姆给自己造成过更大的伤害。"丹尼喜欢这句话,但他看不清这句话的去向。关于凯奇姆,还有一个片段是"熟知原木漂流凶险之处的老手",丹尼知道这句话能用上,而且必然会用,但他不确定该放在哪里——也许可以安排在"凯奇姆仰面躺在河岸上,像头搁浅的熊"附近,这一句也有不确定的地方。这些片段都出现在了写作窝棚的墙上,作家用图钉把它们固定在第一章的路标或地标旁边。

现在,作家眼中的安吉尔这个人物要比凯奇姆更清晰——尽管丹尼尔·巴恰加卢波明白,凯奇姆这个人物更重要。(也许是最重要的,丹尼想。)

就在这时——讨厌程度与狗放了更臭的屁相当的事情发生了——丹尼的手机又响了。

"早上好,作家先生。"卢皮塔说。

"早上好,卢皮塔。"丹尼说。

墨西哥清洁女工很少打来电话。丹尼在乔治亚湾的小岛上过冬的这十个星期,由卢皮塔负责照看克鲁尼街的房子,拆阅作家收到的信件,重播答录机上的留言,还要留意传真机的动静。每个星期,卢皮塔都会列出一份清单,上面是她认为应该告诉丹尼的重要事项——基本上都是她觉得不能等丹尼回到多伦多再处理的事。她会把这份清单传真给安迪·格兰特在波因特奥巴里站的办公室。

丹尼总是给卢皮塔留下几本签好名字的空白支票簿,委托她在他外出时支付账单。最重要的是,墨西哥清洁女工显然很喜欢阅读作家收到的信,判断哪些重要,哪些不重要。这无疑迎合了卢皮塔的自尊——她觉得自己拥有了不可估量的权威,几乎以管家的身份控制了畅销书作家的居家生活。

丹尼知道卢皮塔会抓住所有展现自我的机会,主动掌管作家不幸的私生活。假如她有几个女儿,肯定会把她们介绍给丹尼。卢皮塔确实有几个侄女,她曾经不害臊地把她们的照片留在厨房柜台上,(回家后)打电话告诉丹尼,她"找不到"一些重要的照片了,他是不是在什么地方见过它们?

"卢皮塔,这些照片在我的厨房柜台上,你把它们留在了显眼的地方。"他会告诉她。

"那个穿粉红吊带的黑头发美女——笑容多灿烂,皮肤多么好!她其实是我的宝贝侄女,作家先生。"

"卢皮塔,她看着只有十来岁。"丹尼指出。

"不,她比那还要大——一点儿。"卢皮塔告诉他。

"千万别跟另一个作家结婚,你们只会互相闹得不开心。"卢皮塔曾经这样对他说。

"我不会跟任何人结婚,永远不会。"他告诉她。

"你还不如朝自己的心窝子扎一刀呢!"她说,"要是这样想的话,你很快就会找妓女鬼混了!我知道你已经跟狗说起话来了——我听见来着!"她告诉他。

丹尼知道,自己在波因特奥巴里的时候,如果卢皮塔打电话过来,肯定有什么急事。"怎么了,卢皮塔?"他在手机里问,"多伦多下雪了吗?我们这里的暴风雪很大,我和英雄出不了门啦。"

"我不了解那条可怜的狗,但我觉得你喜欢不出门。作家先生。"卢皮塔说。她显然考虑的并非天气,至少不是因为这个原因打来电话的。

有时候,卢皮塔坚信有人在监视克鲁尼街的房子,偶尔真的有人会这么做。每年都会出现几个害羞却有些狂热的粉丝,想看作家一眼——也许还有媒体派来的下三烂,他们想看到什么呢?(也许是另一起双重枪击案?)

有本低级粗俗的加拿大杂志曾经刊登过一幅地图,标出了多伦多各色名人的住处,丹尼在克鲁尼街的房子也包括在内。有时候——但并不频繁,几乎每月一次——会有人跑来要签名,卢皮塔会像打发要饭的那样把他们轰走。"他靠写书——而不是给书签名——赚钱!"清洁女工会这样说。

媒体的某个弱智甚至还写过卢皮塔:"隐居作家的同居女友似乎是个矮胖的西班牙裔老太太,防范意识很强。"卢皮塔没被这篇文章逗笑,"矮胖"和"老太太"这两个词伤了她的心。(自此,卢皮塔的防范意识更强了。)

"有人找你,作家先生,"卢皮塔在手机里对他说,"她看着不像是跟踪狂——目前还不像——但她非要找到你不可。"

"非要找到我?"丹尼问。

"我不会让她进来的!"卢皮塔叫道,"当然,我也没告诉她你在哪儿。"

"当然,"丹尼重复道,"她想干什么?"

"她不说——她很傲慢,两个眼睛直盯着你,就像他们说的,眼神能杀人!她还不要脸地暗示说,她知道你在哪儿,我觉得她是想套出更多消息,我可不会上钩。"卢皮塔自豪地说。

"怎么样不要脸地暗示?"丹尼问。

"她的消息竟然很灵通,"卢皮塔说,"她问你是不是去了你跟那个编剧同居过的岛!我说:'什么岛?'嘿,你真应该看看她当时是怎么看着我的!"

"就好像她知道你在说谎似的?"丹尼问。

"没错!"卢皮塔叫道,"也许她是个女巫!"

但丹尼·安吉尔的每个书迷都知道,他跟夏洛特·特纳同居过,两人曾经每年夏天都去乔治亚湾。甚至有文章指出,据说这位隐居避世的作家在休伦湖上的一个偏僻小岛上过冬。(无论如何,那个岛在冬天还算是"偏僻"。)对于丹尼·安吉尔的读者而言,这只能算作是聪明的猜测,但并不意味着那个寻找作家的女人拥有女巫的法力。

"这个女人长什么样,卢皮塔?"丹尼问。他很想问问墨西哥清洁女工,这个消息灵通的女人带没带扫帚,身上是不是有烟味,是否能发出火焰燃烧的噼啪声。

"她真的很吓人!"卢皮塔宣称,"肩膀宽得像个男人!块头很大!"

"块头很大。"丹尼重复道,他不由得想起了父亲。(他是厨师的儿子，显然继承了"爱重复别人的话"这个基因。）

"她看着就像是住在健身房里一样，"卢皮塔说，"相信我，你不会打算惹她的。"

"练健美的"四个字来到作家嘴边，但他没有说出来。卢皮塔的描述突然让丹尼想到了天空女士，艾米看起来不就像是住在健身房里吗？天空女士不就是喜欢眼睛直勾勾地盯着你吗？（她的眼神也确实能杀人。）艾米不也是个大块头吗？不知怎么，"傲慢"这个词不适合天空女士，但作家理解，这可能是卢皮塔的误解。

"她有文身吗？"丹尼问。

"作家先生，现在是二月！"卢皮塔叫道，"我让她待在外面，外面很冷！她穿得像个北极探险家！"

"你能看到她的头发是什么颜色吗？"丹尼问。（他记得艾米的头发是金红色的。他永远不会忘记她。）

"她穿着带风帽的大衣！"卢皮塔宣布，"我连她眉毛的颜色都看不出来！"

"但她块头很大，"丹尼又问，"不只是肩膀宽，个子也很高，对吗？"

"她比你高多了！"卢皮塔叫道，"她是个女巨人！"

毫无疑问，没必要问卢皮塔是不是在哪里看到了降落伞。丹尼思索着还有什么话可以问。作家起初觉得天空女士比自己年龄大，但后来他又想了想，也许她比他原先设想的更接近他的年龄。"她的年纪多大，卢皮塔？"丹尼问，"你觉得她跟我差不多，还是比我大？"

"她比你年轻。"卢皮塔坚定地回答，"没有年轻很多，但绝对比你年轻。"

"哦。"作家说。他知道自己的失望显而易见，这让丹尼对艾米再次从天而降这件事完全不抱希望。奇迹不会发生两次。连天空女士自己都说,她只是有时候是天使。但卢皮塔用"非要找到他"这样的话形容这位神秘访客,天空女士当然是个意志坚定的人。(小乔是多么爱她啊!)

丹尼在电话里对卢皮塔说:"嗯,无论这个人是谁,她都不会过来的,今天的暴风雪太大了。"

"总有一天她会过去的,要不然她还会回来——我就是知道,"卢皮塔提醒他,"你相信有女巫吗,作家先生?"

"你相信有天使吗?"丹尼问她。

卢皮塔告诉他:"这个女人看上去太危险了,不可能是天使。"

"我会小心她的,"丹尼说,"我会告诉英雄,她是一头熊。"

"跟她相比,遇上熊反而更安全,作家先生。"卢皮塔告诉他。

通话结束后,丹尼发现自己在想——尽管他很喜欢她——卢皮塔是个迷信的墨西哥老太太。天主教徒有相信女巫的吗?作家暗忖。(丹尼不知道天主教徒相信什么——更不用说卢皮塔信什么了)写作被打断了,他觉得有点恼火,另外,卢皮塔忘了说她是什么时候在多伦多见到女巨人的。也许是今天早晨——还是上周?刚才他还在按部就班地构思第一章,一个毫无意义的电话打过来,就害得他完全进行不下去了,现在就连天气也会让他分心。

那座因纽特石堆被埋在雪下。("这绝对不是好兆头。"作家能想象出"不知疲倦"会这样说。)丹尼不忍心去看那棵被风吹歪的小树,今天那棵残缺的树像极了他的父亲。暴风雪中,那棵松树似乎不堪重负,马上要被积雪压垮了。

如果丹尼朝东南方向——五旬节岛的方向,沙瓦纳加河上游的河口那边——望过去,会发现那里纯白一片,什么都没有,看不出旋涡状的白色天空与积雪覆盖的水湾的分界,更不用说地平线了。他往西南方望去,伯恩德岛消失了,仿佛在暴风雪中迷了路。正东方,丹尼只能分辨出陆地上最高的那些树木的顶端，与不知所终的地平线一样，完全找不到地面存在的痕迹。水湾最狭窄的区域本应有个冰钓小屋，也许暴风雪已经把这座小棚屋扫走了，也可能冰钓屋只是（如同其他的一切那样）暂时从他的视野中消失了。

丹尼觉得，最好还是趁着他仍然能看到那个湖，再从湖里多打几桶水提到主屋。新降的雪会盖住他上次在冰上凿的洞，丹尼和英雄必须小心，别从洞口的薄冰上掉下去。今天没必要冒险到镇上去——丹尼可以解冻冰柜里的一些食材做饭，也暂时不用出去砍柴了。

外面，风卷着雪片猛力拍打着英雄失去眼皮的那只眼睛，狗不停地拿爪子抹脸。"只打四桶水，英雄——来回两次就行了。"丹尼对猎熊犬说，"我们很快就回来。"但就在他第二次去湖边打水时，风一下子停了，雪垂直降下来，雪花变得更大更软了。虽然能见度没有改善，但体感比风雪交加时舒服了许多。"没有风就没有痛苦，英雄，这个说法怎么样？"丹尼问蓝斑沃尔克犬。

狗明显来了精神。看着英雄撵起了红松鼠，作家又从湖里打了两桶水（总共六桶了）。现在他的主屋里有足够的水熬过暴风雪了——无论雪有多大。这场暴风雪持续多久又有什么关系呢？反正已经无路可走了。

冰柜里有很多鹿肉。两块鹿肉排看起来似乎有点多，可一块也许不够吃——丹尼决定拿出两块来化冻。他有许多胡椒和洋葱，还有些蘑菇，可以混在一起炒，再做个蔬菜沙拉。他用酸奶、鲜榨柠檬汁、小茴香、姜黄和辣椒调了腌鹿肉用的酱汁（这个配方是他从毛家餐厅学来的），在主屋的柴炉里生起火来。要是他把腌好的鹿肉放在柴炉旁边，到了吃晚餐的时候，鹿肉排就化冻了。现在才刚到中午。

丹尼给英雄倒了些清水，给自己做了点午餐。因为有暴风雪，他下午不用像平时那样干杂活了，幸运的话，丹尼也许会回写作窝棚工作。他感到第一章还在等着自己。除了猎熊犬放的屁，没有什么能让他分心了。

"原木之下。"作家对英雄大声说，以此验证这适不适合做第一章的标题，丹尼觉得它挺适合做开头章节的标题。"来吧，英雄。"他对狗说，但是他们还没离开主屋，丹尼的手机又响了，这是当天的第三个电话。大多数情况下，作家在夏洛特岛上过冬时，手机一次都不会响。

"是熊打来的，英雄！"丹尼对狗说，"你觉得那头大母熊能不能过来？"然而电话是安迪·格兰特打来的。

"我想最好还是问问你的情况，"这位包工头说，"暴风雪没影响到你和英雄吧？"

"我和英雄还活着，其实我们过得很舒服。"丹尼对他说，"我正在给咱们上次打来的鹿肉化冻。"

"你不打算出去买东西吧？"安迪问他。

"我哪儿都不打算去。"丹尼回答。

"很好。"安迪说，"你住的那边已经全变白了，对吧？"

"全白了，"丹尼告诉他，"我看不到伯恩德岛——连陆地都看不到。"

"从后码头也看不见吗？"安迪问他。

"不知道，"丹尼回答，"英雄和我今天过得很懒。我们还没冒险到后码头去。"然后是一阵很长的停顿，长到丹尼看了看手机屏幕，确保电话没断线。

"你和英雄可能想去后码头看看，丹尼，"安迪·格兰特告诉作家，"如果我是你，我就等上十到十五分钟，然后去看看。"

"我去看什么，安迪？"作家问。

"一个客人，"包工头告诉他，"有人在找你，丹尼，她似乎下定决心要找到你。"

"下定决心。"丹尼重复道。

她在波因特奥巴里的护理站露过面,打听去特纳岛的路线。护士让她去找安迪,镇上的人都知道,安迪·格兰特是著名小说家的隐私保护人。

这个高大强壮的女人没有自己的汽艇,也没有雪地摩托,甚至没有滑雪板,只有滑雪杖。她的背包很大,上面系着一双雪鞋。如果她有车,也肯定是租来的,而且她已经把车扔下了。她也许是在拉里客栈过的夜,也许住过帕里湾附近的某家汽车旅馆,总之她不可能从多伦多开车来到波因特奥巴里站——至少不会在这个暴风雪肆虐的上午这么做。大雪覆盖了乔治亚湾,从马尼托林岛直到蜂蜜港。安迪推测,雪可能会下一整夜。

"她说她认识你,"安迪告诉作家,"但她其实只是个疯狂的粉丝,要么就是个想要签名的神经病。她那个背包很大,装着你全部八本书的精装版和平装版,那个大包连霰弹枪都能装下。"

"她是怎么认识我的,什么时候、在什么地方认识的?"丹尼问。

"她只说,'我们是老熟人。'不会有什么前女友来找你报仇吧,丹尼?"

"我觉得不可能,安迪。"作家说。

"她看起来很壮,丹尼。"包工头说。

"她块头有多大?"丹尼尔·巴恰加卢波问。

"可以说是个女巨人,"安迪告诉他,"手像野兽的爪子,靴子比我的都大。她那件大衣能装下咱们两个,也许还能塞得下英雄。"

"我想,她看起来就像个北极探险家。"作家猜测。

"她穿的衣服很适合现在的天气。"安迪说,"雪裤、雪地摩托专用手套,大衣上还有个又大又旧的风帽。"

"我猜,你看不见她的头发是什么颜色的。"作家说。

"当然,她戴着那个风帽呢。我甚至说不清她的眼睛是什么颜色的。"安迪说。

"你觉得她多大岁数?"丹尼问,"跟我差不多,还是比我大一点?"

"不,"包工头说,"她比你年轻很多,丹尼。至少我是这么觉得的。她真的很健壮。"

"她穿了那么多,你怎么知道她健壮?"

"她走进我的办公室——就为了看我的水湾地图。"包工头告诉丹尼,"她在地图上找到特纳岛时,我拎了拎她的包——刚拎起来就放下了,那个包足有七十磅重,丹尼,跟英雄差不多沉,她拿起包就走了,就像拿了个枕头。"

"听起来,她像是我见过的一个人,"丹尼说,"但是年龄对不上,如果她是我想到的那个女人,不可能比我'年轻很多',像你说的那样。"

"我可能看错了,"安迪告诉他,"有些人就是不显老,丹尼。还有的人,一段时间不见,你就不认识他们了。"

"哦,确实有很长时间没见了,假如她真的是我想到的那个人的话。"丹尼说。"已经快四十年了!不可能是她。"作家说,语气有些急躁,他不敢奢望那就是天空女士。他意识到,原来自己已经这么久都不再对任何事抱有期望了。(他曾经希望心爱的乔永远不会遭遇不测,也曾希望父亲比牛仔长寿,凯奇姆会安详地在睡梦中逝去——两手完好无损。丹尼尔·巴恰加卢波的期望经常不会实现。)

"丹尼,四十年不见了,一个人会变成什么样,你根本猜不出来。"安迪说,"我只想说,有些人比另一些人变化更大。听着,"包工头说，"要不我也出去看看吧？我可以开雪地摩托追上她，把她送到你那里，要是你不喜欢她——或者她不是你想到的那个人——我可以把她带回波因特奥巴里。"

"不，我和英雄去就行了，"丹尼说，"如果我想让她走，或者还有别的事，我会随时给你打电话的。"

"你和英雄最好现在就去后码头吧，"安迪告诉他，"她已经出发一段时间了，她的步子可大了呢。"

"好的，我们这就走。谢谢，安迪。"丹尼告诉他。

"你确定不用我过去，或者为你做点什么吗？"包工头问。

"我正在找第一章开头的那句话，"作家说，"这件事你帮不了我，对吗？"

"这件事我帮不了你，"安迪·格兰特说，"要是你和那个女人有麻烦，就给我打电话。"

"不会有任何麻烦。"丹尼告诉他。

"丹尼？你去后码头时，带上那支老雷明顿吧，带上枪，一定得让她看见，这样比较保险，行吗？"

"行。"作家回答。

与往常一样，意识到自己可以和凯奇姆的雷明顿 0.30-06 斯普林菲尔德一起出门，英雄高兴极了。"别抱太大期望，英雄，"丹尼对狗说，"她很可能不是熊。"

写作窝棚外面的大路上，积雪已经齐膝深了，但从丹尼的工作间到后码头的狭窄小路上，积雪更深。

经过写作窝棚时，作家大声说："我会回来的，第一章。回头见，第一个句子。"

英雄跑在前面。沿途有一小片可以避风的雪松林，前一晚曾经有一小群鹿来这里过夜，现在它们要么是被英雄吓跑了，要么在风停之后离开了。英雄在雪地上嗅来嗅去，雪下面可能有鹿粪。雪松林里的雪被聚集在这里的鹿群踩平了。

"它们走了，英雄——你错过它们了，"丹尼对猎熊犬说，"那些鹿已经跑到巴克莱岛，或者陆地上了。"狗在鹿曾经过夜的雪地上打着滚。"要是你把鹿粪滚到身上，英雄，我就给你洗澡——把洗发水什么的全用上。"

英雄讨厌洗澡；丹尼也不喜欢给这只不配合的狗洗澡。在多伦多克鲁尼街的房子里，由卢皮塔给狗洗澡。她似乎很喜欢在给英雄洗澡时数落它。（"猛男先生——只有一个眼皮，你觉得怎么样？这可全都要怪你太爱打架了，猛男先生，对吧？"）

特纳爷爷的小屋顶上的积雪肯定有三英尺厚，作家和狗没怎么往那边看。假如那个小屋以前真的闹鬼，现在可能闹得更厉害。丹尼和英雄都不想遇到凯奇姆的鬼魂，假如老伐木工变成了鬼，丹尼知道，这座偷猎者的小屋正好适合他待着。

后码头上的积雪已经到了大腿那么深，结冰的水湾对面，一部分陆地在大雪中隐约可见，但远处的岸边轮廓依然模糊，沿岸的土地若隐若现，稍纵即逝。没有明显的地标可以让丹尼看清楚佩恩路的雪地摩托车道是从哪里切入水湾的，但借助码头的有利地势，作家能分辨出冰钓小屋的形状，棚屋并没有被暴风雪吹跑，但这座小屋在连绵的雪幕遮掩之下显得格外模糊。丹尼知道，那个穿着雪鞋的人要走过湾面的一半，他才能看见她。

那天小乔在烤猪派对上说了什么？"是飞机。不是鸟。"然后，因为丹尼一直在看着凯蒂，而不是那架小飞机，他听到乔又说："没在飞，在往下掉！"这时丹尼才看到她：那位跳伞者正在自由落体般下坠，在空中一闪而过，这是作家看到她的第一眼。几秒钟后，她的降落伞打开了，艾米的样子变得越来越清晰。他首先看出她是个女的，然后又很快发现她没穿衣服。直到丹尼跟她一起站在猪圈里——周围全是泥巴和猪屎——的时候，他才意识到艾米的块头有多大，她可真健壮啊！

作家眯起眼睛看着水湾，向雪幕后方张望，仿佛在等待另一架小飞机出现在消失的地平线上——或者期待看到另一只红白蓝三色的降落伞蓦然弹开。

作家知道，无论她是谁，这次都不会光着身子过来，他也知道，像跳伞运动员一样，她还是会突然出现——犹如天使从天而降。尽管一直在寻找她，但丹尼明白，那个女人会在白茫茫的天地间凭空出现，就像变魔术那样简单。前一秒还什么都没有，下一秒，她会出现在湾面中央，迈着大步向你走来。

作家忽略了一个事实——英雄是一条猎犬，猎熊犬有着敏锐的听觉和嗅觉。狗从胸腔里发出低沉的咆哮，它的第一声吠叫闷在了喉咙中间。冰冻的湾面空无一人，但猎熊犬知道她来了，丹尼看到她几秒钟后，狗终于热情地叫出了声。"闭嘴，英雄，别吓唬她。"丹尼说。(当然，作家明白，如果来的是天空女士，没有什么能吓得到她。)

丹尼看见她的时候，穿雪鞋的人步子迈到了最大，几乎是在奔跑着前进——背着沉重背包的她已经流了很多汗，她拉开了大衣的拉链，让自己凉快一些，风帽也掀开了，搭在她宽阔的肩膀后面。丹尼能看到她那头金红色的头发，比她当年跳伞时长了一点儿，作家终于明白，为什么卢皮塔和安迪·格兰特都觉得她比丹尼年轻了：因为艾米看起来的确比作家年轻，假如不是年轻那么多的话。当她抵达码头时，英雄才停止了吠叫。

"你不会开枪打我的，对吧，丹尼？"艾米问他，但是习惯了希望落空的作家没法回答她，他一个字也说不出来，直愣愣地盯着她。

雪还在下，丹尼脸上的眼泪和雪融为一体。他可能不知道自己在哭，但是艾米看见了他的眼睛。"噢，等着——等着——我来了。"她说，"我是用最快的速度过来的，你知道吗。"她把背包和滑雪杖一起扔到了码头上，大步跨过礁石，脱掉雪鞋，踏上码头。

"天空女士。"丹尼说。他只能说出这么一句。他觉得自己快要融化了。

"没错，是我。"她拥抱了他，把他的脸搂在胸前。他靠着她瑟瑟发抖。"老天，你比我想象的还糟糕，"艾米告诉他，"不过我已经来了，我找到你了——你会好起来的。"

"你去哪儿了？"他艰难地问。

"我去做另一个项目了——其实是两个项目。"她告诉他，"结果它们只是浪费时间。但这么多年了，我一直想着你。"

丹尼不在乎自己现在是不是天空女士的"项目"，他猜想，她做过的项目很可能远远不止两个。那又怎么样？作家想，他很快就六十三岁了，丹尼知道自己已经贬值了。

"我本来能早点过来的，你这个杂种，要是你给我回信的话。"艾米告诉他。

"我没看过你的信，我爸读了你的信，然后把它扔了，他以为你是脱衣舞女。"丹尼告诉她。

"那是很久以前的事了——我跳伞之前做过脱衣舞女，"艾米说，"你爸去过芝加哥？我只在芝加哥做过脱衣舞女，以后再也没做过。"丹尼觉得很好笑，但他还没来得及消除误会，天空女士就仔细看了看英雄。猎熊犬正疑虑重重地嗅着艾米扔在地上的雪鞋——似乎打算朝它们撒尿。"嘿，你，"艾米对狗说，"你要是敢把腿抬到我的雪鞋上，就别想要另一只耳朵了，要么我就剁了你的鸡巴。"英雄知道人们什么时候是在和它说话，他用缺了眼皮的那只眼睛瞟了艾米一眼,眼神邪恶而疯狂,但这条狗从雪鞋旁退了回来。肯定是艾米的语气里的某些东西让猎熊犬想起了六罐装帕姆。其实,在这一刻,天空女士让丹尼想起了六罐装——年轻时的六罐装,很久以前曾经和凯奇姆一起生活的六罐装。

"老天,你抖得真厉害——那支枪都快让你震得走火了。"艾米告诉作家。

"我一直在等你,"丹尼告诉她,"我一直抱着希望。"

她吻了他。她嘴里有块薄荷味的口香糖,但他不在乎。她的身体热烘烘的,还在出汗,但并没有气喘吁吁——哪怕穿着雪鞋走了那么长的路。"我们进屋去吧?"艾米问他。(任何人都能一眼看出,特纳爷爷的小屋不适合居住——凯奇姆或者鬼魂除外。在小岛的后码头看不到别的建筑——即便在没有暴风雪的时候也是如此。)丹尼拾起她的雪鞋和滑雪杖,小心地确保枪管指向地面,艾米背起大背包,英雄像从前一样跑在前面。

他们在写作窝棚旁边停住脚步,丹尼带她参观自己工作的地方,小屋里仍然能闻见可怕的狗屁味,但柴炉里的火还没有熄——窝棚里热得像桑拿房。艾米脱下大衣和大衣下面的几层衣服,最后身上只留下T恤和雪裤。丹尼告诉她,他曾经相信她比他年龄大——或者两人同龄——但现在她怎么看起来这么年轻呢?丹尼说的不是比当年她在艾奥瓦的养猪场时年轻,而是她看起来不像他这么老——他想知道她觉得这是怎么回事。

艾米告诉他,她很年轻的时候就失去了幼小的儿子,丹尼看到她跳伞时,孩子已经不在了。艾米唯一的孩子在两岁时死去了——那正是小乔参加烤猪派对时的年龄。儿子去世时,还有此后的许多年里,艾米显得苍老了许多,但这并不是说现在的艾米放下了死去的儿子——这样的事永远不会让人放下,她知道丹尼也有同感。只不过，这么多年过去了，丧子之痛不会再像当时那样表现得那么明显，其他人也开始逐渐忽略了你失去过孩子的事实。（与之相比，乔的死还是不久前的事，对任何熟悉丹尼的人来说，作家因此明显苍老了很多。）

"我们两个差不多同龄，"艾米对作家说，"我觉得，前几年我一直是六十岁——起码我是这么回答别人的。"

"你看起来就像五十岁。"丹尼告诉她。

"你打算钻进我的裤子里吗？"艾米问他。她读着第一章的那些句子和句子片段——就是他用图钉固定在写作窝棚的松木板墙上那些。"这些是什么？"她问。

"是提前来找我的句子或者句子的某些部分，它们正等着我写到它们应该待的地方。"他告诉她，"这些都是第一章里的句子——现在就差第一句了，我还没找到它呢。"

"也许我会帮你找到它的，"艾米说，"我暂时不会去任何地方，也没有别的项目。"丹尼差点又要哭出来，可这时他的手机响了——这他妈的是今天的第四次！当然，打电话的是安迪·格兰特，问问丹尼情况怎么样。

"她到你那里了吗？"安迪问，"她是谁？"

"她是我一直在等的那个人，"丹尼告诉他，"她是天使。"

"有时候是，"丹尼挂断电话时，天空女士提醒他，"无论如何，这次是。"

如果厨师在被牛仔射中心脏之前有机会说出遗言，他会对儿子说些什么呢？多米尼克充其量会表达这样的愿望：希望他孤独的儿子能"找到某个人"，仅此而已。现在，丹尼已经找到了她；实际上是她找到了他。因为他先后遇到了夏洛特和艾米——至少在人生的这个方面，作家觉得自己是幸运的。有些人永远找不到"某个人"，丹尼尔·巴恰加卢波却找到了两个。

艾米说,最近几年她一直住在明尼苏达州。("要是你觉得多伦多冷,就来明尼阿波利斯试试吧。"她告诉他。)艾米在一家叫作"明尼苏达风暴"的摔跤俱乐部里练格斗,她说,她跟"一群金花鼠摔跤手"一起混,丹尼不明白这是什么意思。[1]

艾米·马丁——马丁是她的娘家姓,"很多年前",她恢复了这个姓氏——是加拿大人,在美国生活了许多年,成为美国公民,但艾米说,她"内心"还是加拿大人,一直想回加拿大。

起初她为什么要去美国呢?丹尼问她。"因为我认识了一个男的,"艾米告诉他,耸了耸肩,"后来我的孩子在那里出生,所以我觉得我应该留下。"

她说自己现在的政治观点"非常中立",她厌倦了美国人对世界其他部分的无知和冷漠的态度。经过两届任期,布什总统的失败政策很可能会给美国(以及世界其他地方)留下一个烂摊子。艾米·马丁的意思是,到时候就算是有个英雄骑着马入主白宫,也会无能为力,单枪匹马的英雄又能做什么呢?

不会有多么大的改变的,天空女士说。她降临的国度不相信天使,两大政党之一却被死守圣经教条的极端派把持。(只要这些极端派得势,就不会有任何改观。)此外,对于丹尼心目中的那群"比狗屎还要蠢的人"——爱国主义暴力分子——艾米说他们是"美国的浑蛋中的典型代表",他们要么死板而固执,要么受教育程度太低(或是两者兼有),看不到不停挥舞的旗帜和民族主义的狂言妄语背后的东西。"保守主义者已经绝种了,"天空女士说,"他们只是还不知

---

[1] 明尼苏达州别称"金花鼠州","金花鼠摔跤手"意即"明尼苏达摔跤手",丹尼不清楚这层含义。

道而已。"

丹尼带着艾米参观主屋——大浴缸、卧室和晚上吃的正在腌着的鹿肉排——的时候,两人已经确认,他们在许多方面的观点是一致的,至少在政治上是这样,但艾米对丹尼的了解胜过了他对她的了解,这是因为她读了他写的每一个字,也读了写他的几乎每一篇"狗屎"。(他俩都本能地用"狗屎"来形容媒体,所以在媒体这个话题上,他们发现彼此的看法同样一致。)

最重要的是,艾米知道他是何时以及如何失去小乔的——还有他父亲是何时以及如何死去的。他必须给她讲讲凯奇姆,她对老伐木工一无所知,尽管讲起来比较难,除了六罐装,丹尼从没跟别人谈论过凯奇姆,但作家发现,在描述凯奇姆的过程中,老伐木工的形象在丹尼构思的作品中活了起来,所以,丹尼滔滔不绝地谈起了那部小说,还有那难以捉摸的第一章。

他们在煤气炉上用意面锅烧了一锅湖水,然后两人都进了那个大浴缸,浴缸里的水满到了边缘。丹尼从没想到,这个巨大浴缸里的水会满到边缘,但小说家更没想到的是,这个浴缸里会有个女巨人。

艾米给他讲了她身上那些数不清的文身的历史。丹尼的注意力被文身的时间、地点和原因占据了近一个小时——其间,两人从温暖的浴缸跑到了有丙烷壁炉加热的卧室床上。他以前没有仔细看过艾米的文身——起先她身上满是泥巴和猪屎,后来她只披着一条毛巾,但他也没看过。那时候,丹尼觉得这样做不合适,还会惹人讨厌。

现在他凝视着她,把她的全身都看在眼里。艾米的许多文身都有一个武术方面的主题。她在曼谷练过跆拳道,在里约热内卢住的那几年,她参加过女子终极格斗的初赛,可惜失败了。(有些巴西的娘们儿比泰国跆拳道选手还厉害,天空女士说。)

这些文身有它们自己的故事,丹尼全都听了一遍,但对艾米来说,最重要的那个文身是"布拉德利"这个名字。那是她儿子的名字,也是她父亲的名字,她叫那孩子布拉德利,并且(在他死后)把两岁孩子的名字文在了右边的屁股上,那里正是孩子学走路时扶着她的地方。

讲述她是如何承受幼子的死亡时,艾米向丹尼指出,她的屁股是她强壮身体的最强壮的部分。(丹尼对此毫不怀疑。)

艾米高兴地发现丹尼会做饭,因为她不会做。鹿肉很好吃,尽管量有点少。丹尼又切了一些土豆片,跟洋葱、胡椒和蘑菇一起炒,这样才填饱两人的肚子。饭后,丹尼端上来一道蔬菜沙拉,因为厨师曾经告诉他,这是"文明"的饮食方式——尽管餐厅里的沙拉从来不会这样上。

发现天空女士爱喝啤酒,作家高兴极了。"我早就发现,"她告诉他,"我喝别的酒跟喝啤酒一样快——所以我最好还是只喝啤酒,假如我不想喝死自己的话。我不想活的那个阶段早就过去了。"艾米补充道。

丹尼告诉她,他也早就过了那个阶段。他学会了喜欢上英雄的陪伴,尽管它很能放屁。作家有两位擅长清洁的女士照顾他,如果他害死了自己,她们都会失望的。

当然,艾米已经见过其中一位女清洁工了——假如天气情况允许,天空女士很可能会在明天或者后天见到另一位。至于卢皮塔,艾米说那个墨西哥女清洁工是比英雄更好的护卫犬,天空女士确信,她和卢皮塔会成为好朋友。

"我没有幸福的权利。"第一天晚上,两人抱在一起入睡时,丹尼告诉他的天使。

"人人都有权利稍微幸福一点,浑蛋。"艾米告诉他。

凯奇姆会喜欢天空女士使用"浑蛋"这个词的方式的,作家想。

老伐木工打心眼里喜欢这个词,丹尼知道。在睡梦中,这个念头把他带回了那本让他魂牵梦萦的小说里。

艾米·马丁和丹尼尔·巴恰加卢波要在乔治亚湾的夏洛特-特纳岛待一个月,这是他们回多伦多一起生活之前彼此了解的独特方式。我们不会总是有机会选择与别人互相了解的方式。有时候,人们会干净利落地进入我们的生活——犹如从天而降,就像一道光,从天堂直接投向地球——我们失去别人时也会如此,而他们原本看起来似乎永远是我们生活的一部分。

小乔不在了,但在丹尼尔·巴恰加卢波的生活中,小乔没有一天不被爱和纪念。厨师被杀死在自己的床上,但多米尼克·巴恰加卢波胜过了牛仔,笑到了最后。凯奇姆的左手会永远留在绞河里,六罐装知道该如何处置老朋友遗体的其他部分。

二月中旬的一天,暴风雪从加拿大西部席卷了休伦湖,整个乔治亚湾完全被雪覆盖。作家和天空女士醒来时,暴风雪已经过去。那是个雪光炫目的早晨。

丹尼放狗出去,煮了咖啡。作家把咖啡端到卧室里给艾米,看到她又睡着了。天空女士走了很长的路,她过的那种生活能让任何人疲惫不堪。丹尼没有叫醒她,他喂了狗,给艾米留了一张字条,他没说自己正在爱上她,只是告诉她,她知道在哪里可以找到他——他的写作窝棚。丹尼觉得自己可以晚点再吃早餐,等天空女士再次醒来再说。他会带些咖啡去写作窝棚,给柴炉生火,他已经把主屋的柴炉点着了。

"来吧,英雄。"作家说。他们一起踏进刚落下的新雪。看到那棵被风吹歪、像他父亲的小松树熬过了暴风雪,丹尼松了一口气。

丹尼尔·巴恰加卢波相信，第一章不应该由凯奇姆这个人物来引导，最好先让这个人物保持隐藏状态——让读者等待与他见面。有时候，那些最重要的人物需要适当加以隐藏。丹尼想，最好是让那个不幸丧生的年轻人引出第一章——以及整本书。安吉尔这个人物看似不起眼，其实是个很好的诱饵，就讲故事而言，安吉尔就像一只钩子。作家应该从年轻的加拿大人（他其实不是加拿大人）写起。

丹尼尔·巴恰加卢波相信，他很快就能找到第一句话，一旦找到它，作家就会把它读给他渴望了一生的那个人听！

"无论是否合法、有没有正当手续，"丹尼写道，"安吉尔·波普最终跨越加拿大边境，来到了新罕布什尔州。"

这句不错，作家想，但它并不是开头——安吉尔曾经跨越边境的这个错误想法要放在后面。

"安德罗斯科金河在柏林有一段三英里的河道，落差达到两百英尺，那儿的分拣口附近有两家造纸厂，各据河岸一侧。"丹尼继续写下去，"不难想象，来自多伦多的年轻人安吉尔·波普正一路前往那里。"

是的、是的——作家现在更着急了，但最后这两句话作为开头，技术性太强。他把这些句子用图钉钉在墙上，跟其他句子排列在一起，然后又加了一句话："不断移动的成片原木犹如地毯，将年轻的加拿大人团团围拢，他再也没有浮出水面，连一只手、一只靴子都没能从褐色的浑水中挣脱出来。"

几乎就要出现了，丹尼尔·巴恰加卢波想。随即，另一个句子冒了出来——仿佛是绞河让这些句子浮出水面似的。"长篙戳弄原木的'铿铿'声此起彼伏，忽然被河工们的叫喊声短暂打断：他们在安吉尔落水处五十码开外的地方发现了男孩的长篙。"

很好、很好，丹尼想，但是这句话的信息太多，太让人分心，不适合作为开头。

也许正是"分心"这个词让他分了心,作家的思绪跳到了凯奇姆身上,他想出一个带有补充说明成分的新句子——"(只有凯奇姆才能杀死凯奇姆)"——这句话肯定值得保留,丹尼想,但绝对不能放在第一章。

丹尼在写作窝棚里打着哆嗦,柴炉里的火还要过一段时间才能把小屋烘热。丹尼通常会趁加热窝棚时去湖边凿冰取水,这天早晨,他没有去打水。(在这美妙的一天的晚些时候,天空女士会协助他干这些杂活。)

就在这时,他甚至想都没想——实际上,在这一刻,丹尼·巴恰加卢波正伸出手去,抚摸英雄那只好耳朵后面的毛——第一句话来了。作家觉得它好像从水下冒出来,浮现在他的视野里,就像凯奇姆开枪打碎盛着他父亲骨灰的那个苹果汁罐子之前,罐子浮出水面时那样。

"年轻的加拿大人顶多只有十五岁,他犹豫的时间太长了。"

啊,上帝——我又做到了——我写出开头了!作家想。

他失去了那么多宝贵的东西,可是丹尼知道,所有故事终将变为奇迹——这个过程永远不会停止。他感到自己生命中的伟大冒险才刚刚开始——父亲当初肯定抱有同样的感受,那时父亲在痛苦的挣扎和严酷的境遇中,度过了在绞河镇的最后一夜。

致谢

特别感谢各位厨师和餐厅老板抽出时间在专业知识方面为我提供的协助：佛蒙特州曼彻斯特"早起用餐"的邦妮·布鲁斯；佛蒙特州多赛特"西部风光农场酒馆"的陈雷和克里斯特·希尔维特森；多伦多"茴香酒快车"的乔治·格农和史蒂夫·西尔维斯特罗；佛蒙特州温霍尔"西北风"的谢里尔·马基和达娜·马基。

感谢各位亲朋好友以及本书初稿读者中各行各业的专家，他们为我的研究提供了帮助：新罕布什尔州的比尔·阿尔滕堡、贝亚德·肯尼特、约翰·扬特；佛蒙特州的大卫·卡里基奥、里克·凯利；安大略省的詹姆斯·查托、迪安·库克、唐·斯卡尔、马蒂·施瓦茨、海尔格·史蒂文森。

此外还要感谢我的妻子珍妮特和我的儿子埃弗里特，我曾经为他们朗读本书的初稿。感谢两位专职助理阿莉莎·巴莱特和艾米莉·科普兰抄写和校对所有草稿。感谢并拥抱我的主编暨文字编辑艾米·埃德尔曼。

作者后记

不久之前，我参加了一个晚宴，坐在我旁边的那位女士说："你连和别人说话的时候都要安排一下情节吗？"提到"情节"这个词的时候，她的语气非常不屑——甚至有些不自知的嫌恶，仿佛"情节"这玩意儿是一头死了八百年的畜生，我却非要把它拖到晚宴现场上来。要不然它就是我不小心踩到的狗屎，粘在我的鞋底，堂而皇之地跟随我招摇过市。

显然，这位女士是个相当敏锐而感性的读者，她的品位可能属于现代或者后现代的那一类，也可能为了赶时髦，她反对第三人称视角叙事（以及十九世纪小说的那一整套花活）。我最拿手的作品——情节贯穿始终的长篇小说——于她而言恰恰是种冒犯。在她眼里，我就是一只恐龙，甚至跟扼杀革新的保守派害人精没什么区别。她寻求的是理性而智慧的对话，可我实在编排不出理论性那么强的真知灼见，只能做点让她想象不到又接受不了的事儿：讲个故事给她听。

我是这么干的：当你打算讲个故事——尤其是准备借助故事说明观点——的时候，最好先搞清楚故事里究竟发生了什么。故事的结尾对我来说十分重要，创作小说和剧本的时候，我会先从结尾写起。假如不知道结尾是什么样的，我就没法动笔——我不仅需要知道故事里发生了什么,还得确定叙事的腔调和全篇的最后一句话(或者最后几句话)。我不仅要写出那句话,还需要听到说出这句话时的声音——那是一种感觉,我必须把握住这种感觉,否则无从下笔。

从最后一句话开始,我会倒着往回写,回溯到故事的开头,就像倒着画路线图。这个情节回溯的过程——从最后一句话到第一句话——通常会持续一年到十八个月,有的时候更长。不过,就我目前已经写出的十二本小说而言,最后一句话(或者几句话)总是如期而至,首先出现在我的脑海,而且在写作全篇的过程中始终没有变过——连标点符号都保持原样。

自然,写出第四五本小说之前,我并没有把自己这个从结尾开始布局谋篇的习惯看成一种"处理方式"——我现在已经这么称呼它了——那个时候,我甚至不好意思叫它"写作方法",只觉得这是个古怪的习惯,也许会有所改变。然而写到第六本小说《苹果酒屋的规则》时,我接受了这一对我而言不可或缺的创作模式。小说的结尾呼应前文,比如《独居的一年》,结束语来自开头发生过的一段对话,也许语境有所不同。《苹果酒屋的规则》之后,我不再对自己这套"处理方式"存有疑问。

《绞河镇的最后一夜》构思的时间比我任何一部作品都要长——持续了二十多年,对于其他作品,我从开始构思到结束从来没有用过这么长的时间,因为相比其他作品的结尾,这本小说的最后几句话出现得慢了不少。长久以来,对《绞河镇的最后一夜》这个故事的理解似乎远不足以启发我写出最后一个句子,我还是头一次这么长时间都没摸到门路,但我始终明白这是个关于逃亡的故事:一对父子被迫逃跑,自此踏上长达五十年(或者更长)的流亡之路。我也清楚,故事发生在一个偏僻落后的地方——类似于边陲小镇——执法人员只有一位,而且为人卑劣刻薄。我总觉得可以把背景设定在伐木营地的居住区,或是缅因州的渔村、加拿大沿海省份的那些捕龙虾的工人聚居的小镇。因此,故事开篇的背景就顺理成章地定在了新英格兰北部靠近加拿大边境的某个地方。

"暴力引发暴力"始终是故事的基调。我知道那个儿子逃亡时的大致年龄——十二三岁,他的父亲是个厨师。我甚至知道儿子长大后会成为作家——二十多年前就知道了,可这二十多年里,我始终没能想出故事的最后一句话是什么!于是我暂时放下这部小说,去写别的作品了。

我在以前的书里也写到过作家——《盖普眼中的世界》和《独居的一年》。不过,这两本小说里的作家并没有按照我自己的那套"处理方式"来写作——换言之,我没有让T.S.盖普或者露丝·科尔变成我这种类型的作家,而在《绞河镇的最后一夜》里,丹尼尔·巴恰加卢波跟我是同一类型的作家,我甚至把自己的教育背景也安插在丹尼身上。(我们在相同的学校就读,在相同的年份毕业,等等。)好在我没把自己的全部人生照搬给丹尼,这是件值得开心的幸事。我把自己能想象出的最不幸的人生安排给了丹尼尔·巴恰加卢波,让他经历我最害怕遭遇的人生经历——我永远不希望过那种日子。也许这本书算是自传——就更深层次的心理意义而言。(当你写出自己的恐惧和永远都不希望遇到——也不希望你爱的人遇到——的事情时,当然会给作品增添一抹自传的色彩。)

我是从情节开始着手的,这对我来说毫不奇怪。十五岁时,我读了查尔斯·狄更斯的《远大前程》,这本书让我立志成为作家。想想小说中的情节吧:一个在铁匠铺长大的男孩,在恩人的资助下接受了适当的教育,成为伦敦绅士中的完美势利鬼。他以为自己知道谁是他的恩人——我们也以为自己知道,尽管种种迹象表明哈维沙姆小姐很可能并没有资助他。她是个悲惨的女人,结婚的前一刻被人抛弃,守着婚礼蛋糕腐烂的残渣过日子,痛恨所有的男人和男孩。

其实,铁匠铺出身的男孩真正的恩人非常神秘莫测,我们在第一章里面已经见过他了。他是个从监狱船逃脱的罪犯,曾经在沼泽地的坟场跟男孩搭讪,恐吓男孩说,要是他不赶紧跑回家给他拿点吃的和锉开脚镣的锉刀,就吃掉他的心肝。这样的一个逃犯竟然是男孩的恩人,与哈维沙姆小姐相比,由他来表现高尚的人性——以及救赎与宽恕——实在是极为巧妙的选择,《远大前程》不愧是个伟大的故事。

我在变得足够成熟,领会到小说创作的其他方面之前,就已经意识到了情节的重要性。以托马斯·哈代的《卡斯特桥市长》为例,它有着英文小说中最为精彩的第一章:一个酩酊大醉的男人,把妻子和幼小的女儿卖给了水手。读到这里,我心想:哇哦!迈克尔·亨查德要怎么做才能自我救赎呢?虽然我并不了解哈代,但有时候连你本人都无法原谅自己的某些所作所为。迈克尔·亨查德永远无法弥补他在第一章里犯下的罪孽。他罪无可恕。亨查德在遗嘱中写道,谁也不该记住他,但大部分读者都饶不了他——包括我在内。

赫尔曼·梅尔维尔和纳撒尼尔·霍桑既是我的两位新英格兰老乡,也是我真诚希望能像他们那样写作的作家。《白鲸》有情节吗?想想魁魁格的棺材吧,这是个伏笔。《红字》有情节吗?别担心——请你自己去读,我不会提前剧透的。这些小说,还有狄更斯和哈代的小说,它们是我的老师。我爱情节,我爱十九世纪小说的全套花活,十九世纪是我写作模式的范本。

无论如何,《绞河镇的最后一夜》的最后一句来到我面前,可谓历时久远。一般来说,我会在想出最后一句话之前听到它的声音。

在《苹果酒屋的规则》结尾，写下重复前文的最后一句话之前，我就听到了它的声音："缅因州王子"和"新英格兰国王"。我明白，《为欧文·米尼祈祷》的结束语必然是一句祈祷（除此之外还会是什么呢）。问题在于，虽然我清楚丹尼尔·巴恰加卢波有着悲惨的人生经历，可我听到的《绞河镇的最后一夜》最后那句话，声音却是欢欣鼓舞的，丹尼尔在高兴什么？我觉得我肯定是误解了这个句子——我相信自己走错了路——所以我继续往下写。

后来，二〇〇五年一月，我恍然大悟。丹尼高兴的是，他又能写下去了。就是这么简单。还有什么更能让丹尼尔·巴恰加卢波欢欣鼓舞的呢？毕竟，就某种程度而言，《绞河镇的最后一夜》表现的是写作的过程，对丹尼来说，它还代表着成长为作家的心路历程。正是人生中的每一次重大遭遇——他担心发生在自己所爱的人身上的事——促使他成为作家。感谢上帝，在这方面我和他不一样。

跟随最后一句话，我很快就倒着画出了整本书的路线图。同年八月——想好最后一句话七个月后——我想出了小说的第一句话（这对我来说算是比较快的）。那时我已经厘清故事的大纲，敲定了自己心目中的全部重要情节。真正开始动笔时，我已经知晓了故事里发生的每一件事，只需要专注叙事的语言就可以了。

在我看来，如同倒着画路线图，《绞河镇的最后一夜》的实际写作完成得很快——二〇〇五年九月到二〇〇八年九月——三年就能写出一本书，在我的写作生涯中尚属首次，比我其他的作品写得都快，此前二十多年的构思过程想必起到了很大的帮助作用。

二〇一〇年一月记于佛蒙特州多塞特

马上扫二维码,关注 **"熊猫君"**

和千万读者一起成长吧!